16	3	2	13
5	10	11	8
9	6	7	12
4	15	14	1

Coleção LESTE

Ivan Turguêniev

MEMÓRIAS
DE UM CAÇADOR

Tradução, posfácio e notas
Irineu Franco Perpetuo

editora 34

EDITORA 34

Editora 34 Ltda.
Rua Hungria, 592   Jardim Europa   CEP 01455-000
São Paulo - SP Brasil Tel/Fax (11) 3811-6777 www.editora34.com.br

Copyright © Editora 34 Ltda., 2013
Tradução © Irineu Franco Perpetuo, 2013

A FOTOCÓPIA DE QUALQUER FOLHA DESTE LIVRO É ILEGAL E CONFIGURA UMA
APROPRIAÇÃO INDEVIDA DOS DIREITOS INTELECTUAIS E PATRIMONIAIS DO AUTOR.

Título original:
Zapíski okhótnika

Imagem da capa:
Boris Kustodiev, Floresta próxima à aldeia de Maurino, *1919,
óleo s/ cartão, 25 x 33 cm, Museu de Arte de Kostromá*

Capa, projeto gráfico e editoração eletrônica:
Bracher & Malta Produção Gráfica

Revisão:
Lucas Simone, Cide Piquet

1ª Edição - 2013, 2ª Edição - 2017 (2ª Reimpressão - 2022)

CIP - Brasil. Catalogação-na-Fonte
(Sindicato Nacional dos Editores de Livros, RJ, Brasil)

Turguêniev, Ivan, 1818-1883
T724m   Memórias de um caçador / Ivan Turguêniev;
tradução, posfácio e notas de Irineu Franco Perpetuo
— São Paulo: Editora 34, 2017 (2ª Edição).
488 p. (Coleção Leste)

Tradução de: Zapíski okhótnika

ISBN 978-85-7326-543-9

1. Literatura russa. I. Perpetuo, Irineu
Franco. II. Título. III. Série.

CDD - 891.73

MEMÓRIAS DE UM CAÇADOR

Khor e Kalínitch	7
Iermolai e a moleira	23
Água de Framboesa	37
O médico do distrito	51
Meu vizinho Radílov	63
O *odnodvóriets* Ovsiánikov	73
Lgov	97
O prado de Biéjin	111
Kassian de Krassívaia Mietch	137
O gerente	161
O escritório	179
Biriuk	201
Dois latifundiários	213
Lebedian	225
Tatiana Boríssovna e seu sobrinho	241
Morte	257
Os cantores	273
Piotr Petróvitch Karatáiev	297
O encontro	317
Hamlet do distrito de Schigrí	329
Tchertopkhánov e Nedopiúskin	359
O fim de Tchertopkhánov	383
Relíquia viva	425
Um barulho!	441
A floresta e a estepe	459
Posfácio do tradutor	468

Traduzido do original russo *Pólnoie sobránie sotchiniéni i píssem v tridtsatí tomakh* (Obra e correspondência completa em trinta volumes), de Ivan Serguêievitch Turguêniev, Moscou, Naúka, 1979.

As notas do autor fecham com (N. do A.), as notas da edição russa, com (N. da E.), e as notas do tradutor, com (N. do T.).

KHOR E KALÍNITCH

Quem já foi do distrito de Vólkhov ao de Jizdra possivelmente ficou espantado com a aguda diferença no aspecto das pessoas da província de Oriol e de Kaluga. O mujique de Oriol é baixo, arqueado, soturno, olha de soslaio, mora em umas isbás de choupo pequenas e malfeitas, presta corveia, não faz comércio, come mal, calça alpargatas; o camponês arrendatário de Kaluga habita em espaçosas isbás de pinheiro, é alto, olha de forma sorridente e alegre, tem o rosto limpo e claro, comercia manteiga e alcatrão e usa botas nos feriados. A aldeia de Oriol (estamos falando da parte oriental da província de Oriol) normalmente está situada em meio a campos arados, perto de uma vala transformada de qualquer jeito em um tanque imundo. Tirando uns salgueiros sempre às ordens e umas duas ou três bétulas ralas, não se vê uma árvore sequer no raio de uma versta;[1] uma isbá é grudada na outra, os telhados, atulhados de palha suja... A aldeia de Kaluga, ao contrário, é geralmente rodeada de floresta; as isbás são mais livres e mais retas, com telhado de ripa; o portão fecha direito, a cerca do quintal não está desfeita nem tombada, convidando os porcos que passam... E, para a caça, a província de Kaluga também é melhor. Na província de Oriol, as últimas florestas e praças[2] estão fadadas a desapa-

[1] Medida russa equivalente a 1,07 km. (N. do T.)

[2] Na província de Oriol, chamam-se de "praças" grandes massas

recer em cinco anos, e não há nem sombra de pântano; em Kaluga, ao contrário, as matas se estendem por centenas de verstas, os pântanos por dezenas, essa ave nobre que é o tetraz ainda não se extinguiu, encontra-se a bondosa narceja, e a atarefada perdiz alegra e assusta o atirador e o cachorro com seu voo impetuoso.

Visitando o distrito de Jizdra como caçador,[3] eu me deparei com um campo e travei conhecimento com um pequeno proprietário de Kaluga, Polutíkin, um apaixonado pela caça e, portanto, uma pessoa exemplar. Possuía, é verdade, algumas fraquezas: por exemplo, oferecia-se a todos os bons partidos da província e, quando a mão e a casa lhe eram recusadas, confiava seu pleno pesar, com o coração aflito, a todos os amigos e conhecidos, continuando, porém, a enviar aos parentes da noiva pêssegos azedos e outros presentes de seu jardim; adorava repetir sempre a mesma anedota, a qual, apesar da admiração do senhor Polutíkin por seus méritos, decididamente jamais fez alguém rir; louvava a obra de Akim Nakhímov[4] e a novela *Pinna*;[5] gaguejava; chamava o cachor-

---

contínuas de arbustos. Os termos de Oriol se distinguem por ser no geral bem originais; às vezes, extremamente precisos e, às vezes, completamente inadequados. (N. do A.)

[3] Depois da morte da mãe, Turguêniev herdou (e dividiu com o irmão) uma propriedade de sete aldeias e 450 servos no distrito de Jizdra, na província de Kaluga. Os camponeses dessas aldeias foram liberados por ele do pagamento do *obrok*, tributo que já era duas vezes menor do que no resto do distrito. (N. da E.)

[4] Akim Nikoláievitch Nakhímov (1782-1814), poeta, dramaturgo e satirista ucraniano. (N. do T.)

[5] Novela de Mikhail Aleksándrovitch Márkov (1810-1876). Na opinião de Vissarion Grigórievitch Bielínski (1811-1848), um dos principais críticos russos do século XIX, as novelas de Márkov "são esquecidas no exato instante em que são lidas". A respeito de *Pinna*, Bielínski escreveu que, com a morte do herói, "há um estúpido a menos no mundo — o único

ro de Astrônomo; em vez de *mas*, dizia *todavia*, e implantara em casa a cozinha francesa, cujo segredo, no entendimento de seu cozinheiro, consistia em alterar completamente o sabor natural de todos os pratos: graças a esse artista, a carne ficava com gosto de peixe, o peixe, de cogumelos, o macarrão, de pólvora; em compensação, não havia cenoura que entrasse na sopa sem ter tomado o aspecto de um losango ou trapézio. Porém, à exceção desses poucos e insignificantes defeitos, o senhor Polutíkin era, como já foi dito, uma pessoa exemplar.

No primeiro dia em que conheci o senhor Polutíkin, ele me convidou a pernoitar em sua casa.

— São umas cinco verstas — acrescentou —, é longe para ir a pé. Vamos primeiro até a casa de Khor. (Permita-me o leitor não reproduzir seu gaguejar.)

— E quem é esse Khor?

— Um mujique meu... Fica pertinho daqui.

Fomos até ele. Em meio à floresta, em uma clareira limpa e bem cuidada, a casa de Khor se erguia, solitária. Consistia de umas armações de pinheiro, unidas em uma cerca; na frente da isbá principal se estendia um alpendre sustentado por colunas finas. Entramos. Veio a nosso encontro um rapaz de vinte anos, alto e belo.

— Ei, Fiédia![6] Khor está em casa? — perguntou o senhor Polutíkin.

— Não, Khor foi à cidade — respondeu o rapaz, sorrindo e mostrando uma fileira de dentes brancos como a neve. — Quer que prepare a teleguinha?

— Sim, irmão, a teleguinha. E nos traga *kvas*.[7]

---

pensamento agradável que o leitor consegue extrair desse disparate". (N. da E.)

[6] Diminutivo de Fiódor. (N. do T.)

[7] Refresco fermentado de pão de centeio. (N. do T.)

Entramos na isbá. Nenhuma imagem de Suzdal[8] cobria as limpas paredes de madeira; no canto, em frente ao severo ícone com moldura de prata, ardia uma lamparina; a mesa de tília fora raspada e lavada há pouco tempo; nos troncos e no umbral da janela, não havia carochas ligeiras a perambular, nem se escondiam baratas pensativas. O jovem logo apareceu com uma grande caneca branca, cheia de um ótimo *kvas*, uma fatia enorme de pão branco e uma dúzia de pepinos salgados em uma tigela de madeira. Deixou toda essa comida na mesa, encostou-se na porta e se pôs a nos contemplar, sorridente. Nem conseguimos comer todos os acepipes, pois a telega já estava na entrada. Saímos. Um menino de quinze anos, com cabelos encaracolados e faces vermelhas, era o cocheiro, contendo com dificuldade o garanhão malhado e bem nutrido. Em volta da telega havia seis jovens grandes, muito parecidos uns com os outros e com Fiédia. "São todos filhos de Khor!", observou Polutíkin. "Todos de Khor", corroborou Fiédia, que viera atrás de nós até a entrada, "mas ainda não são todos: Potap está na floresta, e Sídor foi à cidade com o velho Khor... Veja bem, Vássia",[9] continuou, dirigindo-se ao cocheiro, "vá a toda: você está levando o patrão. Mas fique de olho nos solavancos: não vá acabar com a telega, nem revirar as tripas do patrão!". Os outros filhos de Khor riram do exagero de Fiédia. "Ajude o Astrônomo a subir", exclamou solenemente o senhor Polutíkin. Fiédia, não sem prazer, ergueu no ar o cachorro, que sorria amarelo, e colocou-o no fundo da telega. Vássia soltou a rédea do cavalo. Partimos. "Esse é o meu escritório", disse Polutíkin, subitamente, mostrando uma casinha baixa e pequenina, "quer entrar?". "Por favor." — "Está desativado", observou, des-

---

[8] Cidade medieval russa, foi um proeminente centro religioso. (N. do T.)

[9] Diminutivo de Vassíli. (N. do T.)

cendo, "mas ainda vale a pena dar uma olhada". O escritório consistia em dois aposentos vazios. O vigia, um velho zarolho, veio correndo dos fundos. "Olá, Miniáitch", disse Polutíkin, "cadê a água?". O zarolho sumiu, voltando imediatamente com uma garrafa de água e dois copos. "Aproveite", disse Polutíkin, "essa minha água de nascente é ótima". Bebemos copos d'água enquanto o velho nos fazia uma profunda reverência. "Bem, agora parece que podemos ir", observou meu novo amigo. "Nesse escritório, vendi ao negociante Allilúiev quatro *dessiatinas*[10] de floresta por um bom preço." Sentamo-nos na telega e, em meia hora, já estávamos no pátio da casa senhorial.

— Diga, por favor — perguntei a Polutíkin, no jantar —, por que Khor vive isolado dos outros mujiques?

— Veja por quê: ele é o meu mujique esperto. Há vinte e cinco anos, a isbá dele queimou; ele veio ao meu finado pai e disse: permita, Nikolai Kuzmitch, que eu me instale no pântano da floresta. Vou pagar ao senhor um ótimo tributo. "Mas por que você quer se instalar no pântano?" — "Ah, porque sim: Nikolai Kuzmitch, meu pai, apenas não exija nenhum trabalho de mim, mas estabeleça um tributo, aquele que o senhor quiser." — "Cinquenta rublos por ano!" — "Como quiser." — "Mas veja bem, não me venha com atraso!" — "Eu sei, sem atraso..." Daí ele se instalou no pântano. E, a partir desse dia, passou a ser chamado de Khor.[11]

— Ele enriqueceu?

— Enriqueceu. Agora ele me paga um tributo de cem rublos, e ainda é possível que eu aumente. Já lhe disse mais de uma vez: "Compre sua liberdade, Khor, compre...". Mas ele, malandro, me garante que não tem como: é o dinheiro, diz, não tenho... Sei, como se fosse isso!

---

[10] Antiga medida agrária russa, equivalente a 1,09 ha. (N. do T.)

[11] Doninha. (N. do T.)

No dia seguinte, fomos caçar logo depois do chá. Ao passar pela aldeia, o senhor Polutíkin mandou o cocheiro parar em uma isbá baixa, e chamou sonoramente: "Kalínitch!". "Já vou, meu pai, já vou", soou uma voz que vinha do pátio, "estou amarrando as alpargatas". Prosseguimos; na aldeia, fomos alcançados por um homem de quarenta anos, alto, magro, com a cabecinha erguida para trás. Era Kalínitch. Seu rosto bronzeado e bondoso, marcado aqui e ali pela varíola, agradou-me logo de cara. Kalínitch (como vim a saber mais tarde) ia caçar todo dia com o patrão, carregava sua bolsa, às vezes até a espingarda, observava onde estavam as aves, arrumava água, colhia morangos, construía cabanas, corria atrás da *drójki*;[12] sem ele, Polutíkin não conseguia dar um passo. Kalínitch era um homem do temperamento mais alegre e dócil, cantarolava a meia-voz o tempo todo, olhava despreocupadamente para todos os lados, falava um pouco pelo nariz, sorria, apertava os olhos azuis claros e passava a mão frequentemente na barba rala e cuneiforme. Não caminhava rápido, e sim a passos largos, levemente apoiado em um bastão comprido e fino. Ao longo do dia, falou comigo mais de uma vez, servindo-me sem ser servil, mas o patrão ele vigiava como se fosse um bebê. Quando o calor insuportável do meio-dia nos forçou a buscar refúgio, ele nos levou a seu colmeal, bem no fundo da mata. Kalínitch nos abriu uma pequena isbá, revestida de tufos de ervas aromáticas secas, alojou-nos em feno fresco e colocou na cabeça uma espécie de saco de tela, pegou uma faca, um pote e um tição e foi à colmeia, cortar um favo para nós. Sorvemos um mel diáfano como água de fonte, e adormecemos sob o zumbido monótono das abelhas e o murmúrio loquaz das folhas.

---

[12] Carruagem leve, aberta, de quatro rodas. (N. do T.)

Uma ligeira rajada de vento me despertou... Abri os olhos e vi Kalínitch: estava sentado na soleira da porta entreaberta, entalhando uma colher com a faca. Contemplei longamente seu rosto, dócil e claro como o céu da tarde. O senhor Polutíkin também acordou. Não nos levantamos de imediato. Depois de uma longa caminhada e sono profundo, era gostoso ficar deitado, imóvel, no feno: o corpo espreguiçava, lânguido, um leve calor se irradiava pelo rosto, uma doce lassidão cerrava os olhos. Finalmente nos erguemos e voltamos a vagar, até a noite. No jantar, falei novamente de Khor, e também de Kalínitch. "Kalínitch é um bom mujique", disse o senhor Polutíkin, "um mujique zeloso e obsequioso; todavia, não consegue manter sua terra em ordem: eu o impeço o tempo todo. Todo dia ele vai caçar comigo... Imagine como deve estar a terra dele". Concordei, e fomos dormir.

No dia seguinte, o senhor Polutíkin teve que ir à cidade, devido a negócios com o vizinho Pitchukov. O vizinho Pitchukov havia arado terra que lhe pertencia, e ainda por cima expulsado uma mulher de lá. Fui caçar sozinho e, antes do anoitecer, dei um pulo na casa de Khor. Na soleira da isbá, um velho veio ao meu encontro, careca, baixo, espadaúdo e encorpado: o próprio Khor. Contemplei esse Khor com curiosidade. A compleição de seu rosto lembrava-me Sócrates: a mesma testa alta e nodosa, os mesmos olhinhos pequenos, o mesmo nariz arrebitado. Entramos juntos na isbá. O mesmo Fiédia me trouxe leite e pão preto. Khor sentou-se em um banco e, acariciando a barba encaracolada com grande tranquilidade, entabulou conversa comigo. Parecia sentir seu próprio mérito, falava e se movia com vagar, sorrindo de quando em vez por baixo dos longos bigodes.

Discorremos sobre a semeadura, a safra, o estilo de vida camponês... Ele parecia concordar comigo em tudo; depois caí em mim e senti que estava falando bobagem... Foi meio estranho. Khor às vezes se exprimia de modo complicado; devia ser cautela... Eis um exemplo de nossa conversa:

— Escute, Khor — disse-lhe —, por que você não compra a sua alforria do patrão?

— E para que comprar? Hoje eu conheço o patrão e conheço o tributo... O nosso patrão é bom.

— A liberdade é melhor — observei.

Khor me fitou de lado.

— Sem dúvida — afirmou.

— Então, por que não compra?

Khor virou a cabeça.

— Por que, meu pai, o senhor quer que eu compre minha alforria?

— Ah, deixe disso, meu velho...

— Se Khor estivesse entre os livres — prosseguiu, como que só para si —, todo mundo que não tivesse barba seria maior do que Khor.[13]

— Então faça a barba.

— O que é a barba? A barba é grama: dá para cortar.

— E então?

— Ah, sabe, Khor acabou caindo no comércio; a vida dos comerciantes é boa, e eles usam barba.

— O quê, você também faz comércio? — perguntei.

— Comerciamos um pouquinho de manteiga e um alcatrãozinho... E então, meu pai, quer que mande atrelar a teleguinha?

"Você é duro na língua e não dá ponto sem nó", pensei.

— Não — disse em voz alta —, não preciso da teleguinha; amanhã ficarei por aqui, perto da sua propriedade, e, se você permitir, passo a noite de hoje no seu celeiro.

---

[13] Alusão ao funcionarismo público. Devido a um decreto do tsar Nicolau I, de 1837, os funcionários públicos estavam proibidos de usar barba e bigode. (N. do T.)

— Seja bem-vindo. Mas vai estar confortável no celeiro? Mandarei as mulheres estenderem um lençol e levarem um travesseiro. Ei, mulherada — gritou, levantando-se do lugar —, aqui, mulherada!... E você, Fiédia, vá com elas. Pois mulher é gente estúpida.

Em um quarto de hora, Fiédia me guiou ao celeiro com a lanterna. Joguei-me no feno perfumado, o cachorro se enrolou nos meus pés; Fiédia me desejou boa noite, a porta rangeu e fechou com estrondo. Fiquei um bom tempo sem conseguir dormir. Uma vaca veio até a porta por duas vezes, respirando ruidosamente; o cachorro rosnou para ela, com dignidade; um porco passou em frente, grunhindo contemplativamente; em algum lugar nas imediações, um cavalo se pôs a mascar feno e bufar. Finalmente cochilei.

Fiédia me acordou na alvorada. Esse rapaz alegre e esperto me agradava muito, e, até onde pude observar, o velho Khor também o amava. Eles zombavam um do outro com muita amabilidade. O velho saiu ao meu encontro. Fosse por eu ter passado a noite sob seu teto, ou por qualquer outro motivo, Khor me tratou de forma muito mais afável do que na véspera.

— O seu samovar está pronto — disse-me, com um sorriso —, vamos tomar chá.

Sentamo-nos à mesa. Uma mulher saudável, uma de suas noras, trouxe um pote de leite. Todos os seus filhos entraram na isbá, um após o outro.

— Que bela gente você tem! — disse ao velho.

— Sim — afirmou, mordendo um pedaço minúsculo de açúcar. — Aparentemente, eu e minha velha não temos do que nos queixar.

— Moram todos com você?

— Todos. É o que eles querem, então moram.

— E são todos casados?

— Tem um travesso que não casou — respondeu, apontando para Fiédia, que seguia encostado na parede, como antes. — Vaska[14] ainda é jovem, pode esperar.

— E vou casar para quê? — retrucou Fiédia. — Estou bem assim. Mulher para quê? Para brigar, ou o quê?

— Você, você... eu te conheço! Usa um anel de prata... Fica o tempo todo farejando as empregadas... "Chega, seu sem-vergonha" — prosseguiu o velho, arremedando as criadas —, eu te conheço, seu folgado!

— E o que uma mulher tem de bom?

— A mulher é uma trabalhadora — sublinhou Khor, com ares de importância. — A mulher é a serva do homem.

— E o que eu vou fazer com uma trabalhadora?

— O seu negócio é tirar a brasa com a mão do gato. Conheço o seu tipo.

— Se é assim, então me case. E então? Hein? Por que fica calado?

— Chega, chega, seu piadista. Olhe só, eu e você estamos perturbando o patrão. Vou casá-lo, com certeza... E você, patrão, não fique bravo: veja, é uma criança, uma criancinha, não conseguiu formar juízo.

Fiédia abanou a cabeça...

— Khor está em casa? — fez-se ouvir uma voz conhecida, atrás da porta, e Kalínitch entrou na isbá com um punhado de morangos silvestres nas mãos, que havia colhido para seu amigo, Khor. O velho saudou-o com cordialidade. Fitei Kalínitch com surpresa: admito que não esperava tamanha "ternura" de um mujique.

Naquele dia, fui à caça quatro horas mais tarde que o habitual, e passei os três dias seguintes na casa de Khor. Ocupava-me de meus novos conhecidos. Não sei como ganhei sua confiança, mas eles falavam comigo sem constrangimento. Ouvia-os e os observava com satisfação. Os amigos não

---

[14] Diminutivo de Vassíli. (N. do T.)

se pareciam em nada. Khor era um homem decidido, prático, uma cabeça administrativa, um racionalista; Kalínitch, ao contrário, pertencia aos idealistas, românticos, gente entusiasmada e sonhadora. Khor entendia a realidade, ou seja: construía, acumulava dinheiro, se dava bem com o patrão e demais poderes; Kalínitch andava de alpargatas e vivia do jeito que dava. Khor criou uma família grande, submissa e unânime; Kalínitch chegou a ter uma mulher, da qual tinha medo, e filhos não houve. Khor compreendia o senhor Polutíkin; Kalínitch venerava seu amo. Khor amava Kalínitch e lhe oferecia proteção; Kalínitch amava e respeitava Khor. Khor falava pouco, ria e pensava consigo mesmo; Kalínitch se explicava com ardor, embora não tivesse toda a lábia de um desenvolto operário de fábrica... Kalínitch, porém, era dotado de qualidades que o próprio Khor reconhecia, por exemplo: sabia estancar o sangue, o medo, a raiva, enxotar os vermes; suas abelhas rendiam, sua mão era leve. Na minha frente, Khor pediu-lhe que conduzisse um cavalo recém-comprado à estrebaria, e Kalínitch satisfez o pedido do velho cético com escrupulosa seriedade. Kalínitch era próximo da natureza; já Khor, das pessoas, da sociedade; Kalínitch não gostava de discutir, e acreditava cegamente em tudo; Khor se distinguia por seus pontos de vista irônicos com relação à vida. Vira muita coisa, conhecera muita coisa, e eu aprendi muito com ele. Por exemplo, por seus relatos fiquei sabendo que a cada verão, antes da sega, aparecia nas aldeias uma teleguinha de aspecto peculiar. Nessa teleguinha havia um homem de cafetã, vendendo gadanha. À vista, ele aceita um rublo e vinte e cinco copeques em moedas, mais um rublo e meio em notas; a crédito, três rublos em nota, e mais um em moeda. Todos os mujiques, é claro, compram a crédito. Em duas ou três semanas ele volta a aparecer, exigindo o dinheiro. Como o mujique acabou de cortar a aveia, tem com o que pagar; ele vai à taberna com o comerciante e acerta tudo por

Khor e Kalínitch

lá. Alguns senhores de terras pensaram em comprar as gadanhas à vista e repassá-las a crédito aos mujiques pelo mesmo preço; os mujiques, contudo, mostraram-se insatisfeitos, ficando até tristes; seriam privados da satisfação de dar piparotes na gadanha, apurar o ouvido, girá-la nas mãos e perguntar vinte vezes ao vendedor pequeno-burguês trapaceiro: "E então, rapaz, essa gadanha presta?". Esses mesmos truques aconteciam na compra de foices, com a única diferença de que, aí, as mulheres se metiam no assunto, levando às vezes o vendedor a ter de espancá-las — para o bem delas. Porém, acima de tudo, as mulheres sofriam mais no seguinte caso. Os fornecedores de material para as fábricas de papel confiam a compra de trapos a um tipo especial de gente, que em alguns distritos é chamado de "águia". Essa "águia" recebe do comerciante duzentos rublos em notas e sai à caça. Contudo, ao contrário da nobre ave à qual deve seu nome, não ataca de forma aberta e audaciosa: pelo contrário, a "águia" recorre à astúcia e malícia. Deixa sua teleguinha em alguma moita perto da aldeia e vai pelos fundos dos pátios e das casas, como se fosse um transeunte, ou simplesmente um vagabundo. As mulheres farejam sua proximidade e sorrateiramente vão ao seu encontro. A transação é concluída às pressas. Por alguns tostões de cobre, a mulher vende à "águia" não apenas todos os trapos inúteis, como, muitas vezes, até mesmo a camisa do marido e sua própria saia. Ultimamente, as mulheres têm achado vantajoso roubarem de si mesmas e se desfazerem, da mesma forma, do cânhamo, especialmente do tecido rústico caseiro — uma difusão e aperfeiçoamento importante da indústria das "águias"! Em compensação, os mujiques, por seu turno, ficam de sobreaviso e, diante da menor suspeita, de um remoto boato sobre a aparição de uma "águia", tomam, de maneira rápida e vivaz, medidas corretivas e preventivas. E, de fato, não é um ultraje? Vender cânhamo era negócio deles, e só eles o vendiam, não na cidade — na cidade teriam que carregá-lo eles mesmos —, mas para negociantes forasteiros, os quais, por falta de balança, contam um *pud*[15] como equivalente a quarenta mãos — e vocês sabem o que pode ser a mão de um homem russo, especialmente quando ele está "disposto"!

Inexperiente e não sendo "vivido" (como dizemos em Oriol) na aldeia, ouvi esse tipo de relato em abundância. Mas Khor não ficava só narrando; ele me interrogava sobre muita coisa. Ao saber que estive no estrangeiro, sua curiosidade se acendeu... Kalínitch não ficava para trás; mas Kalínitch era mais tocado por descrições da natureza, montanhas, cachoeiras, edifícios incomuns, grandes cidades; Khor se ocupava de questões administrativas e estatais. Procedia de forma ordenada: "Então, isso é que nem aqui ou é diferente?... Então, diga, meu pai, como é?". "Ah! Ai, Senhor, seja feita sua vontade!", exclamava Kalínitch durante meu relato; Khor ficava quieto, franzia as sobrancelhas espessas e só de vez em quando observava que "isso não iria dar certo aqui, mas é bom — é a ordem". Não tenho como relatar a vocês todas as indagações dele, e nem há por quê; contudo, de nossas conversas, extraí uma convicção que os leitores provavelmente não esperam: a convicção de que Pedro, o Grande, foi essencialmente um homem russo, e russo exatamente em suas reformas. O homem russo é tão seguro de sua força e vigor que não tem medo de quebrar: pensa pouco no passado, e fita o futuro com ousadia. O que é bom lhe agrada, o que é sensato manda vir, e tanto faz de onde vem. Seu bom senso zomba com prazer da seca razão alemã; contudo, os alemães, nas palavras de Khor, são um povo curioso, e ele está pronto para aprender com eles. Graças à sua posição excepcional e à sua independência de fato, Khor me falou de muita coisa que não seria possível arrancar de outro nem moendo com mó, como

---

[15] Medida russa antiga igual a 16,3 kg. (N. do T.)

Khor e Kalínitch

dizem os mujiques. Ele realmente compreendia sua posição. Conversando com Khor, ouvi pela primeira vez a fala simples e inteligente do mujique russo. Seus conhecimentos eram, em sua opinião, imensos, mas ele não sabia ler, e Kalínitch sabia. "Esse vadio é letrado", observou Khor, "e, suas abelhas não morrem nunca". "Seus filhos aprenderam a ler?" Khor ficou calado. "Fiédia sabe." — "E os outros?" — "Os outros não sabem." — "Como assim?" O velho não respondeu e mudou de assunto. Aliás, por mais inteligente que ele fosse, também tinha muitas superstições e preconceitos. Por exemplo, desprezava as mulheres do fundo da alma, e, nos momentos de alegria, se divertia em achincalhá-las. Sua esposa, velha e rabugenta, não saía da estufa o dia inteiro, resmungando e xingando sem parar; os filhos não prestavam atenção nela, mas as noras ela mantinha em sagrado terror. Não é por acaso que, em uma cantiga russa, a sogra canta: "Que tipo de filho você é, que tipo de pai de família?! Não bate na mulher, não bate na moça...". Uma vez pensei em intervir em favor das noras, tentando suscitar compaixão em Khor; contudo, ele retrucou, com calma: "que vontade é essa de se ocupar dessas... ninharias? Deixe as mulheres brigarem... Se alguém as separar, fica pior, e não vale a pena sujar as mãos". Às vezes a velha malvada descia da estufa e chamava o cachorro do quintal, repetindo: "Vem cá, cachorro, vem cá!", e batia em suas costas magras com o atiçador, ou se postava debaixo do alpendre e "latia", como dizia Khor, para todos os passantes. Entretanto, tinha medo do marido e, ao comando deste, voltava para a estufa. Mas era especialmente curioso escutar a discussão entre Kalínitch e Khor quando o assunto chegava ao senhor Polutíkin. "Não venha me falar dele", dizia Kalínitch. "Mas por que ele não manda fazer umas botas?", objetava o outro. "Ora, botas! Para que botas? Sou um mujique..." — "Também sou mujique, mas veja..." Depois dessas palavras, Khor erguia o pé e mostrava a Kalínitch a bota que parecia feita de couro de mamute. "Ah, como se você fosse um dos nossos!", respondia Kalínitch. "Bem, então ele pelo menos deveria lhe dar umas alpargatas, já que você vai caçar com ele; devia ser uma alpargata por dia." — "Ele me dá dinheiro para as alpargatas." — "Sim, no ano passado deu uma moeda de dez copeques." Kalínitch se virava, irritado, e Khor caía em um riso que fazia seus olhinhos sumirem completamente...

Kalínitch cantava de forma bem agradável e tocava um pouco de balalaica. Khor ouvia e ouvia, virava subitamente a cabeça e se punha a arrastar a voz lamentosa. Gostava especialmente da canção "Destino, ah, meu destino!". Fiédia não deixava escapar a ocasião de zombar do pai. "O que foi, velho, está com dó?" Khor, contudo, apoiava a face na mão, fechava os olhos e seguia a lamentar seu destino... Em compensação, em outras horas, não havia homem mais ativo do que ele: sempre remexendo alguma coisa — limpando a telega, arrumando a cerca, examinando os arreios. Contudo, não se atinha especialmente à limpeza e, a uma observação minha, respondeu uma vez que "a isbá tem que ter cheiro de vida".

— Veja — repliquei — como o colmeal de Kalínitch é limpo.

— As abelhas não conseguiriam viver ali, meu pai — disse, com um suspiro.

"Então", ele me perguntou, certa vez, "você tem uma propriedade sua?" — "Tenho." — "Fica longe daqui?" — "Cem verstas!" — "Meu pai, você mora na sua propriedade?" — "Moro." — "Mas com certeza gosta mais da espingarda." — "Devo reconhecer que sim." — "No que faz muito bem, meu pai: atire à vontade nos tetrazes e troque de estaroste com mais frequência."

No quarto dia, à tarde, o senhor Polutíkin mandou me buscar. Tive pena de me separar do velho. Subi à telega junto com Kalínitch. "Adeus, Khor, tudo de bom", disse... "Adeus, Fiédia." — "Adeus, meu pai, adeus, não se esqueça de nós." Partimos; o crepúsculo começava a arder. "Amanhã o tempo vai ser lindo", observei, fitando o céu claro. "Não, vai chover", retrucou Kalínitch, "os patos estão chapinhando por ali, e a grama tem um cheiro forte demais". Entramos na mata. Kalínitch pôs-se a cantar a meia-voz, saltitando na boleia e contemplando o crepúsculo o tempo todo...

No dia seguinte, deixei o teto hospitaleiro do senhor Polutíkin.

IERMOLAI E A MOLEIRA

Certa noite, saí para uma "campana" com o caçador Iermolai... Mas talvez nem todos os meus leitores saibam o que é uma campana. Escutem, senhores.

Um quarto de hora antes do pôr do sol, na primavera, você vai para um bosque, de espingarda, sem cachorro. Busca um lugar para si perto da orla, olha ao redor, examina a espoleta, dá uma piscada para seu camarada. Passa um quarto de hora. O sol se pôs, mas a floresta ainda está clara; o ar é puro e transparente; as aves palram, tagarelas; a grama fresca cintila com o brilho alegre da esmeralda... Você espera. O interior da floresta escurece pouco a pouco; a luz escarlate do crepúsculo se esgueira pelas raízes e troncos das árvores, vai se erguendo cada vez mais alto, passando dos ramos mais baixos e nus às copas imóveis e cobertas... Mas eis que mesmo as copas ficam escuras: o céu róseo se torna azul. O aroma da floresta fica mais forte, um leve sopro úmido e tépido; o vento que passava por você para de soprar. As aves adormecem — não todas ao mesmo tempo — em ordem de espécie; os tentilhões já estão sossegados, daqui a instantes vão ser as toutinegras, depois delas as hortulanas. A floresta vai escurecendo cada vez mais. As árvores se fundem em uma grande massa negra; as primeiras estrelas despontam timidamente no céu azul. Todas as aves dormem. Só os rabirruivos e os pequenos pica-paus ainda assobiam, sonolentos... Mas eis que até eles se calam. Mais uma vez, a voz sonora da felosa soa acima de você; o papa-figo berra em algum lugar, o rouxinol gorjeia pela primeira vez. Seu coração se aflige com a expectativa mas, de repente — só os caçadores, porém, vão me entender —, de repente, no silêncio profundo, soa um tipo especial de crocito e de assobio, ouve-se um bater ritmado de asas ligeiras, e a galinhola, inclinando com graça o bico comprido, decola suave da bétula escura, ao encontro do seu tiro.

Eis o que quer dizer "ficar de campana".

Pois bem, saí para uma campana com Iermolai; mas me perdoem, senhores: primeiro eu devo apresentá-los a Iermolai.

Imagine um homem de 45 anos, alto, magro, com um nariz comprido e fino, testa estreita, olhinhos cinzentos, cabelos eriçados e lábios largos e irônicos. Esse homem passava o inverno e o verão com um cafetã de nanquim amarelado de corte alemão, e um cinto em volta; trajava bombachas azuis e um gorro de pele de cordeiro, que um proprietário de terras arruinado lhe dera em um momento de felicidade. Dois sacos estavam atados ao cinto, um na frente, engenhosamente enrolado em duas metades, para pólvora e para chumbo, e o outro atrás, para as presas; já o algodão, Iermolai tirava do próprio gorro, aparentemente inesgotável. Com o dinheiro que ganhara com a venda de caça, ter-lhe-ia sido fácil comprar uma cartucheira e uma bolsa, mas ele jamais pensou em tal aquisição e seguia a carregar a espingarda ao modo antigo, suscitando o pasmo dos observadores pelo engenho com que evitava o perigo de derramar ou misturar chumbo e pólvora. Sua espingarda tinha um cano só, com uma pederneira, e dotada, além disso, do cruel hábito de "dar tranco", motivo pelo qual a face direita de Iermolai sempre estava mais inchada que a esquerda. Como ele conseguia acertar com aquela espingarda nem o mais astucioso dos homens pode imaginar, mas acertava. Tinha também um perdigueiro chamado Valetka, uma criatura maravilhosa. Iermolai jamais o alimentava. "Eu lá vou alimentar cão — sentenciava —, o cão, além disso, é um bicho esperto, acha seu próprio alimento sozinho." E de fato: embora Valetka chocasse até o mais indiferente dos passantes com sua magreza desmedida, ele viveu, e muito; e mais: apesar de sua situação crítica, nunca sumiu, nem manifestou desejo de largar o dono. Certa vez, na juventude, ausentou-se por dois dias, arrebatado pelo amor; tal loucura, contudo, logo desapareceu. A característica mais notável de Valetka era sua inconcebível indiferença para com tudo no mundo... Se não estivesse falando de um cachorro, empregaria a palavra "desilusão". Tinha o hábito de ficar sentado, com a cauda curta dobrada de baixo de si, carrancudo, com sobressaltos esporádicos, sem jamais sorrir. (Sabe-se que os cachorros têm a capacidade de sorrir, e inclusive sorriem mui gentilmente.) Era extremamente feio, e não havia criado ocioso que deixasse escapar a ocasião de troçar venenosamente de sua aparência; contudo, Valetka suportava todas essas troças, e até golpes, com espantoso sangue-frio. Proporcionava satisfação especial aos cozinheiros, que imediatamente se afastavam do trabalho e se lançavam sobre ele com gritos e palavrões quando, por uma fraqueza peculiar não apenas a cães, ele enfiava o focinho faminto na porta entreaberta de uma cozinha de calor e aroma sedutores. Na caça, distinguia-se por ser incansável, possuindo um olfato de primeira ordem; contudo, se por acaso alcançasse uma lebre meio ferida, devorava-a com gosto, até o último ossinho, em uma sombra fresca, sob uma moita verde, a respeitosa distância de Iermolai, que o xingava em todos os dialetos conhecidos e desconhecidos.

Iermolai pertencia a um de meus vizinhos, um latifundiário à moda antiga. Latifundiários à moda antiga não gostam de "passarinhos", e são apegados a animais domésticos. Apenas em casos raros, como aniversários, dias do santo[16] e elei-

---

[16] Na Rússia, data festejada como o aniversário. (N. do T.)

ções, os cozinheiros dos velhos latifundiários empreendem o preparo de aves de bicos longos e, tomados pelo arrebatamento característico do homem russo quando não sabe muito bem o que está fazendo, inventam para elas condimentos tão complexos que a maior parte dos convidados examina as iguarias oferecidas com curiosidade e atenção, sem se decidir, contudo, a prová-las. Iermolai recebera a ordem de proporcionar uma vez por mês à cozinha senhorial dois pares de tetrazes e perdizes, mas de resto era-lhe permitido viver onde e como quisesse. Haviam desistido dele como inapto para qualquer trabalho: um "molenga", como dizemos em Oriol. Pólvora e chumbo, evidentemente, não lhe eram dados, seguindo exatamente a mesma regra devido à qual ele não alimentava seu cachorro. Iermolai era um homem de aspecto muito estranho: despreocupado como um passarinho, falante, distraído e desajeitado; tinha forte paixão pela bebida, não parava no lugar, trançava as pernas e balançava os quadris ao caminhar e, trançando e balançando, percorria sessenta verstas em um dia. Expunha-se às mais variadas aventuras: pernoitava nos pântanos, nas árvores, nos telhados, debaixo de pontes, viu-se mais de uma vez trancafiado em sótãos, adegas e galpões, perdeu a espingarda, o cachorro, as roupas mais indispensáveis, apanhou bastante e com força — e, mesmo assim, depois de algum tempo, voltava para casa com roupa, espingarda e cachorro. Não era possível chamá-lo de pessoa alegre, embora quase sempre se encontrasse em um estado de espírito bastante disposto; no geral, parecia um excêntrico. Iermolai adorava tagarelar com gente boa, especialmente em torno de uns cálices, mas nem assim ficava muito tempo: levantava-se e ia embora. "Para onde diabos você vai? É noite lá fora." — "Mas vou para Tcháplino." — "Mas por que vai se arrastar dez verstas até Tcháplino?" — "Vou passar a noite na casa de Sofron, um mujique." — "Então passe a noite aqui." — "Não, não dá." — E lá vai Iermolai com seu Valetka pela noite escura, por entre arbustos e cursos d'água, e o seu mujique Sofron provavelmente não só não lhe abria a porta como, melhor ainda, o pegava pelo pescoço: não venha incomodar gente honrada. Em compensação, ninguém podia se comparar com Iermolai na arte de pescar nas águas abundantes da primavera, apanhar lagostim com a mão, achar a caça pelo faro, atrair codornizes, treinar açores, apanhar pássaros com "assobio fácil", com "voo de cuco"...[17] Uma coisa ele não sabia: adestrar cachorro; carecia de paciência. Tinha uma mulher. Visitava-a uma vez por semana. Sua mulher morava em uma pequena isbá, suja e em ruínas, aguentava-se do jeito que dava, sem jamais saber na véspera se haveria comida no dia seguinte, e em geral aturava uma sorte amarga. Iermolai, essa pessoa despreocupada e bondosa, tratava-a de modo cruel e rude, assumia em casa um aspecto terrível e severo, e sua pobre mulher não sabia o que fazer para lhe agradar, tremia com o olhar dele, comprava-lhe bebida com seu último copeque e o cobria servilmente com seu sobretudo quando ele, majestosamente pendurado na estufa, dormia um sono de herói. Ocorreu-me mais de uma vez de notar nele manifestações involuntárias de um certo furor sombrio: não me agradava a expressão de seu rosto quando ele mordia uma ave abatida. Iermolai, contudo, não ficava em casa mais do que um dia; e, em outro lugar, transformava-se de novo no "Iermolka", como o chamavam em um raio de cem verstas e como ele mesmo às vezes se designava. O último dos criados se sentia acima desse vagabundo, e talvez fosse exatamente por isso

[17] Expressões conhecidas dos caçadores de rouxinol, designam as melhores "figuras" do canto desses pássaros. (N. do A.) — Turguêniev escreveu extensivamente a esse respeito no ensaio "Sobre o rouxinol", de 1854. (N. da E.)

Iermolai e a moleira

que se dirigia a ele de forma amistosa; já os mujiques inicialmente o atiçavam e perseguiam como uma lebre do campo, mas depois o deixavam na mão de Deus e, se já conheciam o excêntrico, não mais o incomodavam, chegando até a lhe dar pão e a conversar... Esse é o homem que levei como caçador, e com ele fiquei de campana na grande floresta de bétulas à margem do Ista.[18]

Assim como o Volga, muitos rios russos têm uma margem montanhosa e outra de prados; também é assim no Ista. Esse pequeno rio tem um curso extraordinariamente caprichoso, se enrosca como uma serpente, não corre reto nem por uma versta e, em alguns lugares, do alto de uma colina abrupta, pode ser visto por dez verstas com suas represas, tanques, moinhos, hortas circundadas de salgueiros e rebanhos de gansos. Os peixes do Ista não acabam mais, especialmente escalos (no calor, os mujiques tiram-nos de debaixo dos arbustos com a mão). Pequenos maçaricos voam assobiando ao longo das margens pedregosas, salpicadas por fontes geladas e límpidas; patos selvagens emergem no meio dos tanques e olham cuidadosamente ao redor; garças destacam-se nas sombras, nos golfos, debaixo dos precipícios... Ficamos de campana cerca de uma hora, matamos dois pares de galinholas e, desejando tentar a sorte novamente ao nascer do sol (pois também se pode ficar de campana de madrugada), resolvemos pernoitar no moinho mais próximo. Saímos da floresta e descemos da colina. As águas azul-escuras do rio corriam; o ar se adensava sob o peso da noite úmida. Batemos em um portão. Os cães do pátio começaram a latir. "Quem é?", disse uma voz forte e sonolenta. "Caçadores: pedimos permissão para o pernoite." Não houve resposta.

[18] Rio da Rússia que percorre as regiões de Oriol, Tula e Kaluga. (N. da E.)

"Vamos pagar." — "Vou falar com o dono... Calados, seus malditos!... Vão se catar!" Ouvimos o trabalhador entrar na isbá; ele logo voltou ao portão. "Não — disse —, o dono não deixa entrar." — "Por que não deixa?" — "Por medo; vocês são caçadores: vai que incendeiam o moinho com essas suas armas de fogo." — "Que absurdo!" — "No ano passado, queimaram o moinho assim: uns atacadistas passaram a noite e, sabe-se lá como, atearam fogo." — "Mas, meu irmão, não temos como passar a noite no pátio!" — "Vocês é que sabem..." E partiu, com as botas a bater...

Iermolai prometeu-lhe uma série de malefícios. "Vamos à aldeia", disse, por fim, suspirando. Mas eram duas verstas até a aldeia... "Vamos dormir aqui — eu disse —, a noite está quente, e o moleiro vai nos mandar palha em troca de dinheiro." Iermolai concordou sem objeção. Voltamos a bater. "O que é que vocês querem?", disse de novo a voz do trabalhador. "Já disse que não pode." Explicamos o que desejávamos. Foi consultar o dono, e voltou com ele. A cancela rangeu. Apareceu o moleiro, um homem alto, de rosto gordo, nuca de touro e uma barriga grande e redonda. Concordou com a minha proposta. A cem passos do moinho havia um pequeno alpendre, aberto de todos os lados. Levamos palha e feno para lá; o trabalhador colocou um samovar na grama perto do rio e, agachado, começou a soprar zelosamente no tubo... O carvão, ao se acender, iluminou vivamente seu rosto jovem. O moleiro correu para acordar a esposa, e me propôs que passasse a noite na cabana, mas preferi ficar ao ar livre. A moleira nos trouxe leite, ovos, batatas, pão. Logo o samovar começou a ferver, e nos pusemos a tomar chá. Um vapor vinha do rio, e não havia vento; codornizes gritavam ao redor; perto da roda do moinho ouviam-se sons fracos, as gotas que caíam nas pás, a água que escoava por entre as grades da represa. Fizemos um foguinho. Enquanto Iermolai esquentava a batata na brasa, consegui cochilar... Um sussur-

Iermolai e a moleira

ro contido e ligeiro me despertou. Ergui a cabeça: diante do fogo, em uma dorna virada, estava sentada a moleira, a conversar com o meu caçador. Anteriormente, de suas vestes, movimentos e fala, deduzi que tinha sido uma doméstica, nem camponesa, nem pequeno-burguesa; mas só agora observava melhor seus traços. Parecia ter trinta anos; o rosto magro e pálido ainda guardava traços de uma beleza notável; gostei especialmente dos olhos, grandes e tristes. Apoiava os cotovelos no joelho e segurava o rosto com as mãos. Iermolai estava sentado de costas para mim e enfiava lascas no fogo.

— Voltou a praga do gado em Jeltúkhino — disse a moleira —, ambas as vacas do pai de Ivan ficaram doentes. Deus tenha piedade!

— E os seus porcos? — indagou Iermolai, depois de uma pausa.

— Estão vivos.

— Você podia me dar um leitão.

A moleira ficou em silêncio, depois suspirou.

— Quem é esse que está com o senhor? — perguntou.

— Um nobre de Kostomárov.

Iermolai jogou uns galhos de pinheiro no fogo; imediatamente, os galhos começaram a crepitar, e uma fumaça branca e espessa foi diretamente para o seu rosto.

— Por que o seu marido não liberou a isbá para nós?

— Está com medo.

— Olha só o barrigudo... Arina Timofiêievna, meu bem, traga-me um copinho de bebida.

A moleira se levantou e desapareceu nas trevas. Iermolai se pôs a cantar, a meia-voz:

> *Quando fui visitar a amada,*
> *Gastei os sapatos de tanto dançar...*

Arina voltou com uma garrafinha e um copo. Iermolai soergueu-se, fez o sinal da cruz e bebeu de um só gole. "Adoro!", acrescentou.

A moleira voltou a se sentar na dorna.

— E então, Arina Timofiêievna, continua doente?

— Sim.

— O que você tem?

— Uma tosse fica me incomodando de noite.

— Parece que o nobre dormiu — afirmou Iermolai, depois de breve silêncio. — Arina, não vá ao médico: só vai piorar.

— Nem quero.

— Mas venha me visitar.

Arina baixou a cabeça.

— Eu ponho a minha mulher para fora — prosseguiu Iermolai... — De verdade.

— Melhor o senhor acordar o nobre, Iermolai Petróvitch: veja, a batata assou.

— Ah, deixa ele dormir — foi a observação indiferente de meu fiel servidor —, correu muito e precisa descansar.

Virei-me no feno. Iermolai se levantou e veio até mim.

— Senhor, a batata está pronta, queira comer.

Saí debaixo do alpendre; a moleira se levantou da dorna com intenção de partir. Pus-me a falar com ela.

— Faz tempo que vocês assumiram esse moinho?

— Faz dois anos que eu vim, no dia da Trindade.

— E o seu marido é de onde?

Arina não ouviu minha pergunta.

— De que parte é o seu marido? — repetiu Iermolai, erguendo a voz.

— De Beliov. É um pequeno-burguês de lá.

— E você também é de Beliov?

— Não, sou criada... fui criada.

— De quem?

— Do senhor Zverkov. Agora sou livre.

— Que Zverkov?

— Aleksandr Sílitch.

— Você não era criada de quarto da mulher dele?

— Como o senhor sabe? Era.

Fitei Arina com curiosidade e interesse dobrados.

— Conheço o seu patrão — prossegui.

— Conhece? — respondeu a meia-voz, baixando a vista.

Preciso dizer ao leitor por que fitei Arina com tamanho interesse. Durante minha estadia em São Petersburgo, conheci por acaso o senhor Zverkov. Ele ocupava uma posição bastante elevada, e tinha a reputação de ser um homem competente e sensato. Tinha uma mulher rechonchuda, sentimental, chorona e perversa, uma criatura banal e desagradável; tinha também um filho, um autêntico menino de família nobre, mimado e estúpido. A aparência do senhor Zverkov não lhe era muito vantajosa: um rosto largo e quase quadrado emoldurava uns olhinhos de rato, e se sobressaía um nariz grande e pontudo, com narinas abertas; os cabelos grisalhos cortados se eriçavam em cima de uma fronte enrugada, os lábios finos se moviam constantemente e sorriam de forma adocicada. O senhor Zverkov normalmente ficava com as pernas abertas e com as mãos gordas no bolso. Certa vez calhou de eu ir com ele de carruagem até fora da cidade. Começamos a conversar. Como homem competente e sensato, o senhor Zverkov começou a me ensinar o "caminho da verdade".

— Permita-me observar — finalmente veio a dizer — que todos vocês, jovens, julgam e interpretam tudo às cegas; conhecem pouco sua própria pátria; para vocês, meus senhores, a Rússia é uma desconhecida, eis tudo! Vocês só leem livros alemães. Por exemplo, o senhor me falou agora sobre aquela coisa, ou seja, sobre os criados domésticos... Bem, não vou discutir, tudo isso é muito bom; mas o senhor não sabe, não sabe mesmo, que tipo de gente é essa. (O senhor Zverkov assoou o nariz com estrondo e aspirou rapé.) Permita-me que lhe conte, por exemplo, uma anedotinha: ela pode lhe interessar. (O senhor Zverkov pigarreou.) O senhor deve saber que tipo de mulher é a minha; concorde que parece difícil encontrar mulher mais bondosa. A vida de suas criadas de quarto é simplesmente o paraíso... Contudo, minha mulher estabeleceu para si uma regra: não ter criadas casadas. Realmente não dá certo: vêm os filhos, isso e aquilo e, bem, como a criada pode cuidar da patroa de forma apropriada e zelar como de costume? Ela não está para aquilo, não tem mais cabeça para aquilo. Precisamos julgar humanamente. Uma vez estávamos atravessando nossa aldeia, deve fazer, como direi, não quero mentir, uns bons quinze anos. Olhamos e na casa do estaroste havia uma moça, a filha, muito bonita; e algo também, veja, de muito obsequioso em seus modos. Minha mulher me disse: "Kokó — ou seja, o senhor entende, é assim que ela me chama —, vamos levar essa moça para São Petersburgo; gostei dela, Kokó...". Respondi: "Com prazer". O estaroste, evidentemente, estava a nossos pés: não podia esperar tamanha felicidade... Mas a moça, naturalmente, chorava de boba. E, no começo, era realmente duro: a casa paterna... enfim... isso não tem nada de espantoso. Entretanto, ela logo se acostumou a nós; inicialmente a colocaram entre as moças; instruíram-na, evidentemente. O que o senhor acha? A moça conseguiu um sucesso espantoso; minha mulher simplesmente se apegou a ela, e conferiu-lhe a posição principal, acima de todas as outras criadas... veja bem!... E precisamos ser justos com ela: minha mulher nunca teve uma criada dessas, nunca mesmo; prestimosa, modesta, obediente — simplesmente tudo que se requer. Em compensação, também devo admitir que minha mulher a mimou um pouco demais: vestia-a de modo impecável, alimentava-a da mesa senhorial, tomava chá com ela... enfim, tudo o que o senhor

Iermolai e a moleira

puder imaginar! Ela serviu minha mulher desse jeito por dez anos. De repente, numa bela manhã, entrou Arina — ela se chamava Arina — no meu gabinete sem ser chamada e se lançou a meus pés... Vou lhe dizer francamente: é uma coisa que não posso suportar. Uma pessoa não deve jamais esquecer a sua dignidade, não é verdade? "O que você tem?" — "Aleksandr Sílitch, meu pai, peço-lhe perdão." — "Por quê?" — "Permita que eu me case!" Confesso que fiquei admirado. "Sua imbecil, você não sabe que a sua senhora não tem outra criada?" — "Vou servir a senhora que nem antes." — "Que absurdo! Que absurdo! A senhora não admite criadas casadas." — "Malánia pode ficar no meu lugar." — "Não discuta, por favor." — "Seja feita a sua vontade..." Reconheço que fiquei aturdido. Asseguro-lhe que sou assim: nada me ofende tanto, nada me ofende, ouso dizer, com tamanha força quanto a ingratidão... Bem, não preciso lhe dizer nada, o senhor sabe que tipo de mulher é a minha: um anjo de carne e osso, de uma bondade inexplicável... Acho que até um canalha teria pena dela. Dispensei Arina. Pensei que talvez ela reconsiderasse: veja, eu não tinha vontade de acreditar no mal, na tenebrosa ingratidão humana. Mas o que o senhor acha? Meio ano depois, ela novamente se permitiu vir até mim com aquele mesmo pedido. Confesso que dessa vez eu a dispensei com raiva, e ameacei contar tudo para minha esposa. Fiquei revoltado. Mas imagine o meu aturdimento: algum tempo depois, minha mulher vem até mim, aos prantos, e tão agitada que cheguei a ficar assustado. "O que aconteceu?" — "Arina..." O senhor me entende... tenho vergonha de dizer. "Não pode ser!... Quem foi?" — "O lacaio Petruchka." Explodi de raiva. Eu sou assim... não gosto de meias medidas! Petruchka... Não era culpado. Seria possível castigá-lo, mas ele, para mim, não era culpado. Arina... bem, então, bem, bem, o que ainda posso dizer? Evidentemente, mandei imediatamente que seu cabelo fosse cortado, que ela fosse vestida de aniagem e expulsa para a aldeia. Minha mulher perderia uma criada exemplar, mas não havia o que fazer: não se pode tolerar a desordem dentro de casa. É melhor decepar de uma vez o membro doente... Porém, porém, agora julgue por si mesmo, e veja, o senhor conhece a minha mulher, ela é, é, é... um anjo, no fim das contas!... Ela acabou se apegando a Arina, e Arina sabia disso, e não teve vergonha... E? Então, me diga... e? Mas para que falar! Em todo caso, não havia o que fazer. Eu, em suma, fiquei muito tempo amargurado e ofendido com a ingratidão dessa moça. Diga o que disser... coração, sentimentos, não adianta procurá-los nessa gente! Não adianta dar de comer ao lobo, ele sempre está de olho na floresta... Essa é a lição! Mas eu só desejava lhe demonstrar...

E o senhor Zerkov, sem terminar a frase, virou a cabeça e se enrolou ainda mais em sua capa, reprimindo de forma máscula a emoção involuntária.

Agora o leitor possivelmente compreende por que fitei Arina com interesse.

— Faz tempo que você se casou com o moleiro? — finalmente perguntei.

— Dois anos.

— Mas então o seu patrão permitiu?

— Fui comprada.

— Por quem?

— Savéli Aleksêievitch.

— Quem é esse?

— Meu marido. (Iermolai sorriu para si mesmo.) Mas o meu patrão falava de mim? — acrescentou Arina, depois de um breve silêncio.

Eu não sabia o que responder. "Arina!", gritou o moleiro, de longe. Ela se levantou e saiu.

— O marido dela é uma pessoa boa? — perguntei a Iermolai.

Iermolai e a moleira

— Nada mau.

— Eles têm filhos?

— Tinham um, mas morreu.

— Como foi, você acha que o moleiro gostava dela? Será que pagou caro?

— Não sei. Ela sabe ler; no ramo deles... isso... vai bem. Ele devia gostar.

— E você a conhece faz tempo?

— Sim. Eu costumava ir à casa do senhor dela. A herdade deles não ficava longe.

— E você conhece o lacaio Petruchka?

— Piotr Vassílievitch? Conheci, como não.

— O que é feito dele?

— Virou soldado.

Ficamos em silêncio.

— Você acha que ela não está bem de saúde? — perguntei a Iermolai, por fim.

— Não é a saúde!... Mas amanhã a campana certamente vai ser boa. Dormir um pouco não ia fazer mal.

Um bando de patos selvagens passou silvando acima de nós, e os ouvimos descendo o rio, perto de onde estávamos. Já havia escurecido completamente, e começava a esfriar; um rouxinol gorjeava com alarde no arvoredo. Abrigamo-nos no feno e adormecemos.

ÁGUA DE FRAMBOESA

No começo de agosto, o calor costuma ficar insuportável. Nessa época, das doze às três horas, nem o mais decidido e concentrado dos homens tem condições de caçar, e o mais fiel dos cães começa a "limpar as esporas do caçador", ou seja, a ir atrás dele, semicerrando os olhos com morbidez e mostrando a língua com exagero, e, em resposta à reprimenda do dono, abana o rabo com humildade e faz cara de aflito, mas não dá um passo adiante. Justamente em um dia desses me aconteceu de estar caçando. Resisti por muito tempo à tentação de deitar em algum lugar na sombra, nem que fosse por um momento; meu inesgotável cão prosseguiu por muito tempo a fuçar as moitas, embora ele mesmo, obviamente, não esperasse nada de bom de sua atividade febril. O calor sufocante finalmente me forçou a pensar em poupar nossas últimas forças e capacidades. Arrastei-me a custo até o riacho Ista, já conhecido de meus condescendentes leitores, desci pela escarpa e caminhei pela areia amarela e úmida na direção de uma fonte conhecida em todos os arredores pelo nome de "Água de Framboesa".[19] Essa fonte jorra de uma fenda na margem, que aos poucos se converteu em uma ribanceira pequena, porém profunda, e, a vinte passos dali, deságua no rio com um barulho alegre e tagarela. Arbustos

---

[19] A fonte descrita por Turguêniev tem até hoje o nome de Água de Framboesa, e deságua no rio Ista. (N. da E.)

de carvalho crescem na encosta da ribanceira; perto do manancial, floresce uma grama verde, curta e aveludada; os raios solares quase nunca roçam sua umidade fria e prateada. Alcancei a fonte; jazia sobre a erva uma vasilha de casca de bétula, deixada para o bem comum por um mujique de passagem. Bebi, deitei-me à sombra e olhei em volta. Na enseada que se formava com o jorro do manancial no rio, e que por isso estava sempre coberta de pequenas ondulações, sentavam-se dois velhos, de costas para mim. Um, bem encorpado e alto, com cafetã verde-escuro limpo e quepe de lã, pescava; o outro, magro e pequeno, sem gorro, com uma sobrecasaca de *mukhoiar*[20] remendada, segurava nos joelhos um pote cheio de minhocas e, de quando em vez, levava a mão à cabecinha grisalha, como se desejasse protegê-la do sol. Fitei-o mais de perto e reconheci Stiópuchka,[21] de Chumíkhino. Peço permissão ao leitor para apresentar essa pessoa.

A algumas verstas da minha aldeia está localizada a grande povoação de Chumíkhino, com sua igreja de pedra, erguida em honra dos santos Cosme e Damião. Em frente a essa igreja destacava-se outrora um vasto palacete senhorial, rodeado de distintas construções, anexos, oficinas, estrebarias, galpões para as plantas no inverno, cocheiras, casas de banho e cozinhas provisórias, alas para hóspedes e administradores, estufas de flores, balanços para as pessoas e outras edificações mais ou menos úteis. Nesse palacete viviam grandes latifundiários, e tudo estava em ordem até que, de repente, em uma bela manhã, toda aquela bem-aventurança foi reduzida a cinzas. Os senhores se mudaram para outro ninho; a herdade ficou vazia. O vasto lugar do incêndio virou uma horta, em que se amontoam aqui e ali pilhas de tijolos, restos dos antigos alicerces. Construíram às pressas uma pequena

[20] Antigo tecido asiático. (N. do T.)

[21] Diminutivo de Stepan. (N. do T.)

isbá com os troncos que se salvaram, cobriram-na com tábuas de barcos, que haviam sido compradas há dez anos para erigir um pavilhão em estilo gótico, e instalaram ali Mitrofan, o jardineiro, com sua mulher Aksínia e sete filhos. Mitrofan recebeu a ordem de fornecer à mesa senhorial, a cento e cinquenta verstas dali, verduras e legumes; Aksínia foi incumbida de vigiar a vaca tirolesa que havia sido adquirida em Moscou por muito dinheiro, mas que infelizmente estava privada de qualquer possibilidade de reprodução e por isso, desde o tempo da compra, não dava leite; também deixaram em suas mãos o pato topetudo e cor de fumo, a única ave "senhorial"; devido à pouca idade, as crianças não receberam funções, o que, aliás, não as impediu de se tornarem completamente preguiçosas. Aconteceu-me de passar a noite duas vezes na casa desse jardineiro; de passagem, levei seus pepinos que, sabe Deus por quê, mesmo no verão se distinguiam pelo tamanho, pelo imprestável sabor aguado e pela casca gorda e amarela. Na casa dele, vi Stiópuchka pela primeira vez. À exceção de Mitrofan e sua família, e do velho e surdo sacristão Guerássim, que vivia da graça de Cristo em um cubículo da mulher zarolha de um soldado, não havia ficado em Chumíkhino nenhum servo, já que Stiópuchka, que tenho a intenção de apresentar ao leitor, não podia ser contado nem como pessoa em geral, nem como servo em particular.

Todo mundo tem essa ou aquela posição na sociedade, e também algum tipo de relação; todo servo recebe, se não um ordenado, pelo menos uma "cesta básica": Stiópuchka não recebia realmente nenhum subsídio, não tinha parente, ninguém sabia de sua existência. Uma pessoa dessas não tinha nem passado; não se falava dele; nem era contado no censo. Corriam obscuros rumores de que fora camareiro de alguém; mas quem era, de onde vinha, de quem era filho, como veio a figurar entre os súditos de Chumíkhino, como conseguiu o cafetã de *mukhoiar* que trajava desde tempos imemoriais, onde vivia, como vivia — acerca disso ninguém tinha realmente a menor ideia, e, na verdade, ninguém se ocupava de tais questões. O avô Trofímitch, que conhecia a genealogia de todos os servos e os ascendentes até o quarto grau, só chegou a dizer uma vez que, pelo que se lembrava, Stepan era aparentado a uma turca que o finado patrão, o brigadeiro Aleksei Românitch, tinha trazido de lambuja de uma campanha, em um trem. Nem nos dias de festa, dias de recompensa geral e distribuição de pão e sal, com pastelão de trigo sarraceno e aguardente, de acordo com o velho hábito russo, nem mesmo nesses Stiópuchka aparecia nas mesas e barris expostos, não cumprimentava, não beijava a mão do amo, não tomava o copo de um só gole sob o olhar do senhor e à saúde do senhor, copo esse cheio pela mão gorda do feitor; quiçá alguma alma bondosa, passando ao lado, concedesse ao coitado um pedaço de pastelão que não havia comido. No domingo de Páscoa, trocavam com ele um beijo triplo, mas ele não dobrava a manga ensebada, não tirava do bolso de trás um ovo vermelho para oferecê-lo, ofegando e piscando, a um senhorzinho, ou mesmo para a própria patroa. Passava o verão em uma gaiola atrás do galinheiro, e o inverno no vestiário dos banhos; quando o frio era forte, pernoitava no palheiro. Estavam acostumados a vê-lo, às vezes até lhe davam um pontapé, mas nunca lhe dirigiam a palavra, e ele mesmo não parecia jamais ter aberto a boca. Depois do incêndio, esse ser abandonado se refugiou ou, como dizem em Oriol, "arrumou um espaço" junto ao jardineiro Mitrofan. O jardineiro não foi para cima dele: não disse venha morar comigo, nem o expulsou. Stiópuchka tampouco morava na casa do jardineiro: habitava e vagava na horta. Andava e se movia sem fazer qualquer ruído; espirrava e tossia na mão, e não sem medo; estava eternamente atarefado, operando às escondidas, como uma formiga — e sempre para comer, apenas para comer. E, com efeito, caso não se ocupasse de manhã até a noite de sua alimentação, meu Stiópuchka morreria de fome. Como é ruim não saber de manhã o que se vai comer à noite! Ora Stiópuchka se sentava ao pé da cerca e comia rabanete, ou chupava uma cenoura, ou esfarelava um repolho sujo; ora carregava gemendo, para algum lugar, um balde de água; ora acendia um foguinho embaixo de um pote, jogando nele uns pedacinhos pretos que tirava de dentro da roupa; ora saía batendo com um pau em seu aposento, pregando cravos, fazendo uma prateleira para o pão. E tudo isso fazia em silêncio, como se fosse de tocaia: mal você olha e ele já se escondeu. E de repente se ausentava por dois dias; sua ausência, evidentemente, ninguém notava... Você olha e lá está ele de novo, em algum lugar perto da cerca, debaixo de um tripé, lançando lascas furtivamente. Seu rosto era pequeno, olhinhos amarelados, cabelos até a sobrancelha, narizinho afilado, orelhas enormes e translúcidas como as dos morcegos, a barba como se tivesse sido feita há duas semanas, sem nunca ficar menor nem maior. Foi esse Stiópuchka que encontrei às margens do Ista, em companhia de outro velho.

Fui até ele, cumprimentei e me sentei a seu lado. O camarada de Stiópuchka também era um conhecido: reconheci nele um liberto do conde Piotr Ilitch ***, Mikhailo Savêliev, apelidado de Tuman.[22] Morava na casa de um pequeno-burguês tuberculoso de Bólkhov, dono de uma estalagem na qual me hospedei com bastante frequência. Jovens burocratas e outras pessoas ociosas (os negociantes, imersos em seus edredons listrados, não querem nem saber) que passam pela grande estrada de Oriol ainda podem, até hoje, reparar, não muito distante da grande povoação de Tróitskoie, uma enorme casa de madeira de dois andares, completamente abandonada, com telhado arruinado e janelas hermeticamente fecha-

[22] Neblina. (N. do T.)

Água de Framboesa

das, que dá para essa mesma estrada. Ao meio-dia, com tempo claro e ensolarado, não dá para imaginar nada mais triste do que essas ruínas. Aqui viveu outrora o conde Piotr Ilitch, conhecido pela hospitalidade, um grão-senhor rico do século passado. Acontecia de toda a província ir até sua casa, dançando e se divertindo às mil maravilhas, ao som ensurdecedor da banda doméstica, estalos de rojões e velas romanas; e provavelmente mais de uma velha, caminhando agora em frente aos aposentos vazios dos boiardos, suspire ao recordar os tempos passados e a juventude passada. O conde se banqueteou por muito tempo, perambulou por muito tempo, sorrindo afável entre a multidão de servis convidados; contudo, suas posses, infelizmente, não duraram a vida inteira. Completamente arruinado, dirigiu-se a São Petersburgo, em busca de uma colocação, morrendo em um quarto de hotel sem ter obtido solução alguma. Tuman fora seu mordomo, recebendo a alforria ainda na vida do conde. Era um homem de setenta anos, de rosto regular e agradável. Ria quase o tempo todo, como hoje só riem as pessoas dos tempos de Catarina:[23] de forma bondosa e majestosa; ao falar, movia e apertava os lábios com lentidão, estreitava os olhos amigavelmente e pronunciava as palavras um pouco pelo nariz. Ao assoar o nariz e cheirar rapé também não tinha pressa, como se estivesse fazendo algo sério.

— E então, Mikhailo Savêlitch — comecei —, pescou algum peixe?

— Queira o senhor dar uma olhada na cesta: peguei duas percas e cinco peças de escalo... Mostre, Stiopa.

Stiópuchka me mostrou a cesta.

— Como anda, Stepan? — indaguei-lhe.

[23] Catarina II, a Grande, governou a Rússia entre 1762 e 1796. (N. do T.)

— I... i... i... i... indo, meu pai, na miúda — respondeu Stepan, balbuciando, como se a língua pesasse um *pud*.

— Mitrofan está bem de saúde?

— Sim, tá... está bem, meu pai.

O coitado se virou de costas.

— Mas não estão mordendo muito — pôs-se a falar Tuman —, faz calor demais demais; o peixe se enfia atrás da moita e dorme... Coloque uma minhoca, Stiopa. (Stiópuchka pegou uma minhoca, colocou na palma da mão, bateu duas vezes, botou no anzol, cuspiu e deu a Tuman.) Obrigado, Stiopa... E o senhor, meu pai — prosseguiu, dirigindo-se a mim —, resolveu caçar?

— Como pode ver...

— Sim, senhor... E que cachorro é esse, *iglês* ou *furlandês*?[24]

O velho adorava se exibir: "olha só, eu também andei por esse mundo!".

— Não sei qual é a raça, mas é bom.

— Sim, senhor... Mas o senhor também tem outros?

— Sim, duas matilhas.

Tuman sorriu e abanou a cabeça.

— Uma coisa é certa: tem quem goste de cachorro, e quem não aceite nem dado. Eu acho, no meu modesto entendimento, que você tem que ter cachorro, nem que seja pelas aparências... E tudo tem que estar em ordem: os cavalos têm que estar em ordem, os cães também, nos conformes, em ordem, e todo o resto. O finado conde — que Deus o tenha! — não era de caçar, eu reconheço, mas tinha cachorros, e duas vezes por ano saía com eles. Reunia os caçadores no

---

[24] A grafia está propositadamente errada no original. O correto seria inglês ou curlandês — natural da Curlândia, região da atual Letônia. (N. do T.)

Água de Framboesa

pátio, de cafetã vermelho com galões, e fazia soar a trompa; Sua Graça se dignava a sair, e levavam o cavalo a Sua Graça; montavam Sua Graça, e o monteiro-mor punha seu pé no estribo, tirava o gorro da cabeça e lhe dava as rédeas com o gorro. Sua Graça se dignava a estalar o chicote, os caçadores soltavam um grito e saíam pátio afora. O palafreneiro ia atrás do conde, que levava os dois cães preferidos em uma trela de seda, e ia observando tudo desse jeito, como o senhor sabe... E ele ia montado, o tal palafreneiro, bem alto, bem alto, em uma sela cossaca, de rosto vermelho, mexendo os olhos assim... Ah, e, evidentemente, nessa hora também tinha convidados. E diversões, com o devido respeito... Ai, o maldito escapou! — acrescentou, subitamente, puxando o caniço.

— Dizem que o conde vivia à larga. É verdade? — perguntei.

O velho cuspiu na minhoca e voltou a lançar o caniço.

— Tratava-se de um grão-senhor, como se sabe. Dá para dizer que o primeiro escalão, as pessoas mais especiais de São Petersburgo iam à sua casa. Sentavam-se à mesa com suas fitas azul-celeste[25] e comiam. E também era um mestre em receber. Acontecia de me convocar: "Tuman — dizia —, necessito de esturjões vivos para amanhã cedo: mande buscar, está me ouvindo?". — "Estou ouvindo, Sua Graça." Cafetãs bordados, perucas, canas, perfumes, *ladekolon*[26] de primeira, tabaqueiras, quadros enormes, mandava vir direto de Paris. Dava um banquete — meu Deus, senhor da minha vida! —, e tinha fogos de artifício e passeio de carruagem! Davam até tiro de canhão. Só de músicos tinha quarenta. Mantinha um

[25] Símbolo da ordem de Santo André, criada por Pedro, o Grande, em 1698, e outorgada exclusivamente a militares de alta patente. (N. do T.)

[26] Deturpação de *odekolon*, forma russificada do francês *eau de Cologne* ("água de Colônia"). (N. do T.)

kampellmeister[27] alemão, e um alemão muito presunçoso; queria comer na mesma mesa dos senhores; daí, Sua Graça mandou que fosse com Deus: "meus músicos sabem se virar sozinhos", disse. Como se sabe, assim é o poder de um senhor. Caíam na dança, e dançavam até o amanhecer, especialmente a *lakossez-matradura*...[28] É... é... é... fisguei, mano! (O velho tirou uma perca pequena da água.) Aqui, Stiopa... O patrão era um patrão como tinha que ser — prosseguiu o velho, voltando a lançar o caniço — e também tinha uma alma boa. Se acontecia de bater em você uma vez, esquecia logo depois. Tinha uma coisa: as *matreskas*.[29] Ah, essas *matreskas*, que Deus me perdoe! Foram elas que o arruinaram. E olhe que a maioria ele pegava na classe baixa. O senhor diria: o que mais elas podiam querer? Mas não, ele tinha que dar para elas o que havia de mais caro em toda a *Europia*! Pode-se dizer: por que ele não podia viver como queria, era assunto do patrão... Sim, mas não precisava se arruinar. Uma em especial: chamava-se Akulina; já morreu — que Deus a tenha! Era uma moça simples, filha de um guarda rural de Sítovo, mas que megera! Chegava a bater na cara do conde. Enfeitiçou-o completamente. Fez que raspassem a cabeça[30] do meu sobrinho porque ele deixou cair chocolate no seu vestido novo... E não foi o único que teve que raspar a cabeça. Sim... Mesmo assim, que bons tempos, aqueles! — acrescentou o velho, baixando os olhos e se calando.

[27] Deturpação de *Kapellmeister*, "mestre-de-capela" (ou seja, regente) em alemão. (N. do T.)

[28] Expressão arbitrária constituída da denominação de duas danças: a *écossaise*, dança de salão ("escocesa") e a *matradura* (ou *matradur*), dança antiga. (N. da E.)

[29] Deturpação do francês *maitresse* ("amante"). (N. da E.)

[30] Ou seja, forçou-o a virar soldado. (N. do T.)

Água de Framboesa

— Então, pelo que vejo, seu patrão era severo — comecei, depois de breve silêncio.

— Estava na moda naquela época, meu pai — replicou o velho, abanando a cabeça.

— Hoje não se usa mais — observei, sem tirar os olhos dele.

Ele me fitou de soslaio.

— Hoje é melhor, sem dúvida — balbuciou, lançando o caniço longe.

Estávamos sentados à sombra, mas mesmo à sombra estava abafado. O ar pesado e tórrido estava como que parado; a face ardente buscava o vento com angústia, mas o tal vento não vinha. De um céu azul e escurecido, o sol golpeava; na nossa frente, na outra margem, havia um campo amarelo de aveia, com absinto a crescer aqui e ali, mas nem sequer uma espiga se movia. Um pouco mais abaixo, o cavalo de um camponês, no rio, com água pelos joelhos, abanava-se preguiçosamente com o rabo úmido; de vez em quando um grande peixe emergia das moitas hirsutas, soltava umas bolhas e mergulhava silenciosamente nas profundezas, deixando uma ligeira ondulação atrás de si. Os grilos estridulavam na grama desbotada; as codornizes cantavam contra a vontade; os açores sobrevoavam os campos suavemente, parando com frequência em um lugar, batendo as asas com rapidez e abrindo a cauda em leque. Permanecíamos imóveis, abatidos pelo calor. De repente, atrás de nós, fez-se um ruído na ribanceira: alguém descia ao manancial. Olhei para trás e vi um mujique de cinquenta anos, cheio de pó, de camisa, alpargata, alforje trançado e casaco no ombros. Foi à fonte, bebeu com sofreguidão e se ergueu.

— Ei, Vlas! — gritou Tuman, fixando o olhar nele. — Salve, irmão. De onde Deus o manda?

— Salve, Mikhailo Savêlitch — proferiu o mujique, chegando-se a nós —, venho de longe.

— Onde você se meteu? — perguntou Tuman.

— Fui a Moscou, atrás do amo.

— Para quê?

— Fui fazer um pedido ao patrão.

— Que pedido?

— Que diminuísse o meu tributo ou o trocasse pela corveia, ou que me transferisse, sei lá... Meu filho morreu, e sozinho eu não dou mais conta.

— Seu filho morreu?

— Morreu. O finado — acrescentou o mujique, depois de uma pausa — era cocheiro em Moscou; confesso que era ele quem pagava o tributo por mim.

— E agora você é que paga o tributo?

— Sou eu.

— E o seu patrão?

— O patrão? Expulsou-me. Ele disse, "como você ousa vir diretamente até mim: para isso existe o administrador; você primeiro tinha a obrigação de relatar ao administrador... E para onde vou transferi-lo? Primeiro você vai pagar os atrasados". Ficou completamente furioso.

— E você, voltou?

— Voltei. Queria me informar se o finado não havia deixado bens, mas não consegui nada. Eu disse ao patrão dele: "Sou o pai de Filipp"; e ele me disse: "E eu com isso? E o seu filho — disse — não deixou nada; e ainda por cima me devia". Daí eu fui embora.

O mujique nos contava isso tudo com um sorriso, como se falasse de outra pessoa; contudo, em seus olhinhos miúdos e caídos surgiu uma pequena lágrima, e seus lábios se contraíram.

— E agora, você vai para casa?

— Para onde iria? Claro que para casa. Minha mulher agora deve estar morrendo de fome.

— Mas você devia... então... — pôs-se a falar subitamen-

Água de Framboesa

te Stiópuchka, mas se confundiu, calou-se e se pôs a remexer no pote.

— E você vai até o administrador? — prosseguiu Tuman, não sem antes olhar com espanto para Stiopa.

— Para que ir até ele?... Eu tenho atrasados. Esse meu filho ficou doente um ano antes de morrer e não pôde pagar o imposto... E estou na lona: não há nada que possam levar de mim... Pois é, meu irmão, por mais astúcia que você tenha, já deu: minha cabeça está vazia! (O mujique caiu na risada.) Por mais sábio que você seja, Kintilián Semiônitch, nem...

Vlas voltou a rir.

— O que é isso? Isso é ruim, irmão Vlas — afirmou pausadamente Tuman.

— Ruim como? Não... (A voz de Vlas ficou embargada.) Que calor — prosseguiu, enxugando o rosto na manga.

— Quem é o seu amo? — indaguei.

— O conde ***, Valerian Petróvitch.

— Filho de Piotr Ilitch?

— Filho de Piotr Ilitch — respondeu Tuman. — O finado Piotr Ilitch concedeu-lhe a aldeia de Vlássovo em vida.

— Ele é saudável?

— Sim, graças a Deus — replicou Vlas. — Tão corado que o rosto parece pintado.

— É isso, meu pai — prosseguiu Tuman, dirigindo-se a mim —, ele estaria bem lá por Moscou, mas é obrigado a pagar tributo aqui.

— E quanto é o imposto?

— Noventa e cinco rublos — balbuciou Vlas.

— E veja, de terra só tem um pouquinho, tudo o que existe é o bosque senhorial.

— Mesmo esse, pelo que dizem, foi vendido — observou o mujique.

— Pois veja bem... Stiopa, dê-me uma minhoca... Stiopa, hein? O que você tem? Dormiu?

Stiópuchka deu uma sacudida. O mujique se sentou conosco. Voltamos a ficar em silêncio. Na margem oposta, alguém entoava uma canção, mas era tão triste... Meu pobre Vlas ficou melancólico...

Meia hora mais tarde, nos separamos.

O MÉDICO DO DISTRITO

Certa vez, no outono, na jornada de regresso de um campo afastado, fiquei resfriado e adoeci. Felizmente a febre me surpreendeu na cidade do distrito, em um hotel; mandei buscar um doutor. Em meia hora apareceu o médico do distrito, um homem de baixa estatura, magro e de cabelos negros. Prescreveu-me o habitual sudorífico, mandou colocar um sinapismo, enfiou na manga com grande destreza uma nota de cinco rublos, enquanto tossia secamente e olhava para o lado, e já estava prestes a voltar para casa quando se pôs a falar e ficou. O calor me afligia; eu previa uma noite de insônia, e estava contente por prosear com uma pessoa boa. Serviram chá. Meu médico desandou a conversar. Não era nada bobo, expressando-se com desenvoltura e de forma bastante divertida. No mundo acontecem coisas estranhas: você convive um tempão com uma pessoa e se relaciona com ela de forma amigável, mas nenhuma vez fala abertamente com ela, do fundo do coração; outra mal chega a conhecer, e você a encara, ou ela encara você, como um confidente, e deixa escapar todos os segredos. Não sei como mereci a confiança de meu novo conhecido, que, sem como nem por quê, "agarrou" a ocasião e me contou um caso realmente notável; pois agora levarei seu relato ao conhecimento do benévolo leitor. Tentarei me exprimir com as palavras do médico.

— Por acaso o senhor não conhece — começou, com uma voz debilitada e trêmula (efeito do rapé de Berezov sem mistura) —, por acaso o senhor não conhece o juiz local, Mílov, Pável Lukitch? Não conhece... Bem, dá na mesma. (Tossiu e esfregou os olhos.) Veja bem, a coisa aconteceu, como direi, para não mentir, na quaresma, durante o degelo. Eu estava na casa dele, do nosso juiz, jogando *préférence*.[31] Nosso juiz é uma pessoa ótima, e um aficionado do *préférence*. De repente (meu médico empregava com frequência a expressão "de repente") me disseram: tem uma pessoa perguntando por você. Eu disse: o que quer? Disseram: está trazendo um bilhete — deve ser de alguém doente. Passe-me o bilhete, eu disse. Era mesmo de um doente... Tudo bem; o senhor me entende, é o pão nosso de cada dia... O caso era o seguinte: quem me escrevia era uma fazendeira, viúva; dizia que a filha estava morrendo, "venha, pelo amor de Deus, mandei cavalos para buscá-lo". Bem, mas isso ainda não é nada... Pois ela mora a vinte verstas da cidade, era noite, e as estradas estavam de um jeito, arre! E é uma pobretona, não dá para esperar mais do que dois rublos, e mesmo isso é duvidoso, e talvez eu só chegue a receber um pano ou um grão qualquer. Contudo, o senhor me entende, o dever está acima de tudo: tem uma pessoa morrendo. Passei as cartas de repente a Kalliopin, membro permanente do conselho, e fui para casa. Dei uma olhada: uma pequena telega diante da entrada; cavalos camponeses, barrigudos, tribarrigudos, cujo pelo era puro feltro, e o cocheiro, em sinal de deferência, sem gorro. Daí eu pensei: meu irmão, é evidente que esses senhores não estão nadando em ouro... O senhor está rindo, mas eu lhe digo: meu irmão, nós, os pobres, levamos tudo em consideração... Se o cocheiro está sentado como um príncipe, não toca no gorro, fica rindo na sua cara e sacudindo o cnute, daí eu ousaria apostar que vão sair duas notas grandes! Mas ali, pelo visto, não tinha nem cheiro disso. Contudo,

---

[31] Jogo de cartas. (N. do T.)

pensei, não havia o que fazer: o dever acima de tudo. Apanhei os remédios indispensáveis e me pus a caminho. Acredite, mal consegui chegar. A estrada era infernal: córrego, neve, sujeira, fosso e, de repente, uma represa que se rompeu — uma desgraça! Mas acabei chegando. Casinha pequenina, telhado de palha. Luz na janela: queria dizer que me esperavam. Entrei. Ao meu encontro veio uma venerável senhora, de touca. "Salve-a — disse —, está morrendo." Eu disse: "Não precisa se preocupar... Cadê a doente?". — "Por aqui, por favor." Olhei: um quartinho limpo, com uma lamparina no canto e, na cama, uma moça de vinte anos, inconsciente. Ardendo de calor e respirando pesadamente: era febre. Havia outras duas moças, as irmãs, assustadas, em lágrimas. "Ontem ela estava com a saúde perfeita, comendo com apetite; hoje de manhã se queixou da cabeça e, à tarde, de repente, olha só o seu estado..." Voltei a dizer: "não se preocupem" — como o senhor sabe, é minha obrigação —, e comecei a trabalhar. Sangrei-a, mandei colocar sinapismos, prescrevi uma poção. Enquanto isso, olhava para ela, sabe como é, e, meu Deus, nunca vi um rosto daqueles... Uma beldade, em uma palavra! Que dó me deu! As feições eram tão agradáveis, os olhos... Daí, graças a Deus, sossegou; começou a suar, como se recuperasse os sentidos; olhou ao redor, sorriu, passou a mão no rosto... As irmãs se inclinaram sobre ela, perguntando: "O que é que você tem?". — "Nada", disse, e virou-se... Olhei: tinha adormecido. Bem, eu disse, agora devemos deixar a paciente em paz. Fomos todos para fora, na ponta dos pés; ficou só a criada de quarto, para qualquer eventualidade. Na sala de estar, o samovar já estava na mesa, e o rum também: no nosso ramo, não dá para passar sem isso. Serviram-me chá, pediram que pernoitasse... Concordei: para onde eu iria àquela hora? A velha gemia o tempo todo. "O que é isso?", eu disse. "Ela vai sobreviver, não se preocupe, e o melhor é que a senhora também descanse: passa da uma."

O médico do distrito

— "Mas o senhor vai mandar me acordar se acontecer alguma coisa?" — "Eu mando, mando." A velha saiu, e as moças também foram para seu quarto; fizeram uma cama para mim na sala de estar. Deitei, mas, que raridade, não conseguia dormir! Talvez pelos maus bocados que passei. E a minha doente não me saía da cabeça. Finalmente não me contive, e levantei de repente: pensei, vou olhar o que a paciente está fazendo. Seu dormitório ficava ao lado da sala de estar. Então levantei e abri a porta de mansinho, com o coração batendo forte. Olhei: a criada de quarto dormia de boca aberta e até roncando, a besta! E a doente estava deitada, com o rosto virado para mim e os braços abertos, pobrezinha! Cheguei perto... E ela de repente abriu os olhos e os cravou em mim!... "Quem é? Quem é?" Fiquei atrapalhado. "Não se assuste, senhorita — eu disse —, sou o doutor, vim ver como está se sentindo." — "O senhor é o doutor?" — "Sim, sim... Sua mãe mandou me buscar na cidade; nós a sangramos, senhorita; agora durma, por favor, e dentro de um ou dois dias, se Deus quiser, vamos colocá-la de pé." — "Ah, sim, sim, doutor, não me deixe morrer... por favor, por favor." — "O que é isso, Deus está com a senhorita!" A febre voltou, pensei comigo mesmo; tomei o pulso, e era exatamente a febre. Ela olhou para mim e de repente me tomou pela mão. "Vou lhe dizer por que não tenho vontade de morrer, vou lhe dizer, vou lhe dizer... Agora estamos sozinhos; o senhor apenas, por favor, a ninguém... ouça..." Inclinei-me: ela aproximou os lábios da minha orelha, roçando minha face com os cabelos — admito que minha cabeça se pôs a rodar —, e começou a sussurrar... Não entendi nada... Ah, sim, estava delirando... Sussurrou, sussurrou, tão rápido que nem parecia russo, terminou, tremeu, deixou a cabeça cair no travesseiro e me ameaçou com o dedo. "Veja bem, doutor, a ninguém..." Tranquilizei-a com alguma dificuldade, dei-lhe de beber, despertei a criada e saí.

Daí o médico voltou a dar uma boa cheirada no rapé e ficou entorpecido por um instante.

— No dia seguinte, contudo — prosseguiu —, a doente, contra as minhas expectativas, não melhorou. Pensei, pensei e de repente resolvi ficar, embora meus outros pacientes estivessem à espera... O senhor sabe que não podia negligenciá-los: quem sofre com isso é a prática. Porém, em primeiro lugar, a doente realmente estava em situação desesperada; e, em segundo lugar, para dizer a verdade, eu sentia uma forte inclinação por ela. Ademais, toda a família me agradava. Embora passassem necessidade, tinham uma cultura rara... O pai fora um estudioso, um escritor; claro que morrera na pobreza, mas conseguira dar às filhas uma educação primorosa; deixara também muitos livros. Seja porque cuidei da doente com zelo, ou por qualquer outro motivo, ouso dizer que, naquela casa, gostavam de mim como de um parente... Entretanto, o lodaçal nas estradas estava horrível: toda a ligação com o exterior, por assim dizer, ficou completamente interrompida; era difícil até mesmo mandar buscar os remédios na cidade... A doente não sarava... Dia após dia, dia após dia... Mas então... logo... (O médico se calou.) Na verdade, não sei como lhe contar... (Voltou a cheirar o rapé, pigarreou e tomou um gole de chá.) Digo-lhe sem rodeios, a minha paciente... foi isso... então, ela se apaixonou, pois é, por mim... ou não, não é que tenha se apaixonado... pensando bem... na verdade, foi algo do gênero, assim... (O médico baixou os olhos e enrubesceu.)

— Não — prosseguiu com vivacidade —, não se apaixonou nada! No fim das contas, precisamos conhecer nosso próprio valor. Era uma moça instruída, inteligente, lida, e até o meu latim eu tinha esquecido, posso dizer que completamente. No que tange à aparência — o médico me fitou com um sorriso —, tampouco me parece que tenho do que me vangloriar. Porém, Nosso Senhor tampouco me colocou entre

O médico do distrito

os estúpidos; sei distinguir o branco do negro; e consigo entender uma ou outra coisa. Por exemplo, compreendia muito bem que Aleksandra Andrêievna — ela se chamava Aleksandra Andrêievna — não sentia amor por mim, mas um afeto amistoso, respeito, o que fosse. Embora ela mesma pudesse se enganar com relação a isso, pois estava em uma situação que o senhor pode julgar... Pensando bem — acrescentou o médico, que proferira todo esse discurso entrecortado de um só fôlego, e com flagrante perturbação —, eu, pelo visto, me atrapalhei um pouco... Desse jeito, o senhor não vai entender nada... então, perdoe-me, vou contar tudo em ordem.

Esvaziou o copo de chá e se pôs a falar com voz mais calma.

— Bem, foi assim. Minha doente ia piorando, piorando, piorando. Meu prezado, o senhor não é médico; o senhor não tem como entender o que acontece na alma de um colega, especialmente em início de carreira, quando ele começa a suspeitar que a doença o está vencendo. Para onde vai a autoconfiança? De repente você fica intimidado de um jeito que não dá nem para dizer. Você começa a achar que esqueceu tudo o que sabia, que o paciente não confia mais em você, e que os outros já começam a reparar que você está perdido, que lhe contam os sintomas de má vontade, olham de soslaio, cochicham... ai, um horror! Você pensa: mas existe um remédio contra essa doença, só preciso encontrá-lo. Será que não é esse? Você testa: não, não é esse! Você não dá tempo para o remédio atuar... vai atrás de um, depois de outro. Pega a farmacopeia... Ele está aqui, você pensa, aqui! Para dizer a verdade, dá uma folheada ao acaso de vez em quando: quem sabe o destino, você pensa... Enquanto isso, a pessoa vai morrendo; e um outro médico a teria salvado. Você diz, preciso de uma junta; não posso assumir a responsabilidade sozinho. Nesses casos, você parece tão estúpido! Bem, com o tempo você se acostuma, não é nada. A pessoa morre — não é culpa sua; você se comportou de acordo com as regras. Mas uma coisa ainda é torturante: ver que a fé que as pessoas têm em você é cega, e sentir que você não está em condições de ajudar. Era exatamente esse tipo de fé que toda a família de Aleksandra Andrêievna tinha em mim: esqueceram-se de pensar que sua filha estava em perigo. E eu mesmo, de minha parte, assegurava-lhes de que não era nada, enquanto minha alma se afligia. Para cúmulo da infelicidade, o lodaçal era tamanho, que o cocheiro podia levar um dia inteiro até conseguir trazer os remédios. E eu não saía do quarto da doente, não conseguia me separar, sabe, contava várias anedotas divertidas, jogava cartas com ela. Passava a noite em vigília. A velha me agradecia aos prantos; e eu pensava comigo mesmo: "Não mereço sua gratidão". Confesso-lhe com franqueza — agora não tenho por que esconder — que me apaixonei pela minha doente. Aleksandra Andrêievna também se afeiçoou a mim: às vezes acontecia de não admitir no quarto ninguém que não fosse eu. Começava a falar comigo, perguntava onde eu tinha estudado, como eu vivia, quem eram meus pais, quem eu visitava... E eu sentia que ela não deveria falar; mas proibi-la, assim, peremptoriamente, proibir — eu não conseguia. Às vezes eu punha a mão na cabeça: "O que você está fazendo, seu bandido?...". E ela tomava a minha mão e ficava segurando, fitava-me muito, muito tempo, virava-se, suspirava e dizia: "Como o senhor é bom!". Suas mãos ardiam tanto, os olhos eram grandes e lânguidos. "Sim — dizia —, o senhor é bondoso, o senhor é um homem bom, não é como os nossos vizinhos... não, não é como eles, não é como eles... Como é que eu não o conhecia até agora?" — "Sossegue, Aleksandra Andrêievna — eu dizia... —, acredite, eu sinto, não sei o que fiz por merecer... Mas apenas sossegue, pelo amor de Deus, sossegue... Tudo vai ficar bem, a senhorita vai sarar." Entretanto, preciso lhe dizer — acrescentou o médico, inclinando-se para a frente e erguendo as sobrance-

O médico do distrito   57

lhas — que eles se davam pouco com os vizinhos, pois os humildes não estavam à sua altura, e o orgulho lhes impedia de se relacionar com os ricos. Digo ao senhor: era uma família extraordinariamente culta, o que também me lisonjeava. Só aceitava os remédios da minha mão... a pobrezinha se soerguia com minha ajuda, tomava-os e olhava para mim... meu coração vinha abaixo. E enquanto isso ela ia ficando pior, cada vez pior: vai morrer, eu pensava, vai morrer, não tem jeito. Creia, eu mesmo estava com o pé na cova; e a mãe e as irmãs me observando, fitando-me nos olhos... e a confiança indo embora. "O quê? Como?" — "Não é nada, não é nada!" Como não é nada, intrometia-se a minha mente. Certa noite, eu estava sentado, novamente sozinho, junto à doente. A criada também estava lá, roncando a todo vapor... Mas não dava para cobrar a infeliz criada: ela também estava esgotada. Aleksandra Andrêievna sentira-se muito mal a noite inteira; a febre torturava-a. Ficou agitada até a meia-noite; finalmente, pareceu adormecer; pelo menos não se mexia, estava deitada. No canto, a lâmpada ardia em frente ao ícone. Sabe, eu fiquei sentado, baixei os olhos, também cochilei. De repente, como se alguém me empurrasse nos flancos, eu me virei... Senhor, meu Deus! Aleksandra Andrêievna me fitou com os olhos escancarados... a boca aberta, o rosto ardendo. "O que a senhorita tem?" — "Doutor, eu vou morrer?" — "Deus me perdoe!" — "Não, doutor, não, por favor, não me diga que vou viver... não me diga... se o senhor soubesse... ouça, pelo amor de Deus, não me esconda a minha situação!" Ela respirava rápido. "Se eu soubesse com certeza que vou morrer... eu lhe contaria tudo, tudo!" — "Aleksandra Andrêievna, tenha piedade!" — "Ouça, eu não dormi nada, estou observando-o faz tempo... pelo amor de Deus... confio no senhor, o senhor é um homem bom, o senhor é um homem honrado, suplico por tudo que é sagrado no mundo: diga-me a verdade! Se o senhor soubesse como isso é importante para mim... Doutor, diga, pelo amor de Deus, eu estou em perigo?" — "O que vou lhe dizer, Aleksandra Andrêievna, tenha piedade!" — "Pelo amor de Deus, eu imploro!" — "Não tenho como esconder, Aleksandra Andrêievna: a senhorita está em perigo, mas Deus é misericordioso..." — "Vou morrer, vou morrer..." E era como se ficasse contente, o rosto ficou tão alegre que eu me assustei. "Não tema, não tema, a morte não me dá medo nenhum." Ergueu-se de repente e se apoiou no cotovelo. "Agora... bem, agora posso lhe dizer que lhe sou grata de todo o coração, que o senhor é bondoso, um homem bom, e que eu o amo..." Olhei para ela como um louco; é duro, sabe... "Ouça, eu o amo..." — "Aleksandra Andrêievna, o que fiz para merecer?" — "Não, não, o senhor não está me entendendo... você não está me entendendo..." E de repente esticou os braços, tomou a minha cabeça e beijou... Acredite, eu estava a ponto de gritar... pus-me de joelhos e enfiei a cabeça no travesseiro. Ela se calou; seus dedos tremiam nos meus cabelos; ouvi: ela estava chorando. Comecei a consolá-la, a assegurar... na verdade, nem sei mais o que lhe disse. "Você vai acordar a criada — eu disse —, Aleksandra Andrêievna... obrigado... creia... sossegue." — "Já basta, basta — ela repetia. — Que eles vão todos com Deus; se acordarem, se vierem para cá, dá tudo na mesma, pois eu vou morrer... Por que você está envergonhado, tem medo do quê? Levante a cabeça... Ou talvez o senhor não me ame, talvez eu tenha me enganado... nesse caso, perdoe-me." — "Aleksandra Andrêievna, o que está dizendo?... Eu a amo, Aleksandra Andrêievna." Ela me fitava diretamente nos olhos e abria os braços. "Então me abrace..." Digo-lhe francamente: não entendo como não perdi a razão naquela noite. Sentia que minha doente estava se matando; via que não estava em seu completo entendimento; compreendia que, se não se considerasse à beira da morte, não teria pensado em mim; pois veja, é duro morrer aos vin-

O médico do distrito

59

te e cinco anos sem jamais ter amado; eis o que a atormentava, o motivo para ela, em seu desespero, se apegar a mim, compreende agora? Ela não me soltava dos seus braços. "Tenha piedade de mim, Aleksandra Andrêievna, e tenha piedade de si mesma, eu lhe digo." — "Por quê — ela disse —, para quê? Se eu tenho que morrer..." Repetia isso sem cessar. "Se eu soubesse que ia viver e voltar a ser uma senhorita decente, teria vergonha, vergonha mesmo, mas... para quê?" — "E quem lhe disse que vai morrer?" — "Ah, não, chega, você não vai me enganar, você não sabe mentir, olhe para si mesmo." — "A senhorita vai viver, Aleksandra Andrêievna, vou curá-la; pediremos a bênção de sua mãe... vamos unir nossos laços, seremos felizes." — "Não, não, o senhor me deu sua palavra, tenho de morrer... você me prometeu... você me disse." Aquilo era amargo para mim, amargo por muitas razões. Julgue por si mesmo como as coisas acontecem às vezes; parece não ser nada, mas dói. Ela inventou de perguntar meu nome, quer dizer, não o sobrenome, mas o prenome. E me coube ainda a infelicidade de me chamar Trífon. Sim, senhor, sim, senhor, Trífon, Trífon Ivánitch. Naquela casa, todos me chamam de doutor. Não tinha o que fazer; eu disse: "Trífon, senhorita". Ela franziu o cenho, meneou a cabeça e murmurou qualquer coisa em francês — ah, alguma coisa de ruim —, e depois deu um sorriso, também ruim. Bem, passei quase a noite inteira com ela. De manhã fui embora, como um louco; voltei a seu quarto já de dia, depois do chá. Meu Deus, meu Deus! Ela estava irreconhecível: no caixão, as pessoas têm aparência melhor do que aquela. Juro pela minha honra que hoje não entendo, não entendo mesmo, como suportei aquela tortura. Minha paciente ainda se arrastou por três dias e três noites... e que noites! O que ela não me disse!... Na última noite, imagine, eu me sentava ao seu lado, e só pedia a Deus uma coisa: leve-a o quanto antes, comigo junto... De repente a velha mãe irrompeu no quarto... Na vés pera eu já lhe dissera, à mãe, que havia poucas esperanças, que estava mal, e que não seria demais chamar um sacerdote. Ao vê-la, a doente disse: "Que bom que você veio... olhe para nós, nós nos amamos e demos a palavra um ao outro". — "O que ela está dizendo, doutor, o que é isso?" Fiquei como morto. "É um delírio, minha senhora — disse —, a febre..." E ela: "Basta, basta, você acabou de me dizer uma coisa bem diferente, e aceitou meu anel... por que está se contradizendo? Minha mãe é boa, vai perdoar, vai entender, e eu vou morrer — não há por que mentir; dê-me sua mão...". Dei um pulo e saí correndo. A velha, evidentemente, adivinhou tudo.

— Contudo, não vou mais atormentá-lo, pois reconheço que mesmo para mim é duro recordar isso tudo. Minha paciente faleceu no dia seguinte. Que Deus a tenha! — acrescentou o médico rapidamente, com um suspiro. — Antes de morrer, pediu à família que saísse, para ficar a sós comigo. "Perdoe-me — disse —, talvez o senhor me ache culpada... a doença... mas creia, não amei ninguém mais do que o senhor... não se esqueça de mim... guarde o meu anel..."

O médico se virou e eu o tomei pelo braço.

— Ai! — disse. — Vamos falar de outra coisa, ou o senhor não queria jogar uma mão de *préférence*? Sabe, gente como eu não tem o hábito de se entregar a sentimentos tão elevados. Só pensamos em uma coisa: que as crianças não piem e que a mulher não xingue. Desde então, consegui casar de papel passado, como dizem... Ou seja... Peguei a filha de um mercador: sete mil de dote. Chama-se Akulina; combina com Trífon. Devo dizer que é uma mulher má; ainda bem que passa o dia inteiro dormindo... E a *préférence*?

Começamos a jogar *préférence* a um copeque. Trífon Ivánitch ganhou de mim dois rublos e meio e foi embora tarde, bastante satisfeito com sua vitória.

O médico do distrito

MEU VIZINHO RADÍLOV

... No outono, as galinholas costumam se assentar nos velhos jardins de tília. Há uma quantidade muito grande desses jardins na nossa província de Oriol. Ao escolher o lugar de sua residência, nossos ancestrais obrigatoriamente reservavam duas *dessiatinas* de boa terra para um pomar, com alamedas de tília. Depois de cinquenta, no máximo setenta anos, essas herdades, "ninhos da nobreza", foram aos poucos desaparecendo da face da terra, as casas apodreceram ou foram vendidas para desmanche, as dependências de pedra transformaram-se em montes de ruínas, as macieiras secaram e viraram lenha, cercas e sebes sumiram. Apenas as tílias continuaram crescendo tão gloriosamente como antes, e agora, circundadas por campos arados, falam à nossa geração leviana do "repouso de nossos finados pais e irmãos". A velha tília é uma árvore maravilhosa... Até o impiedoso machado do mujique russo a respeita. Suas folhas pequenas e ramos poderosos se estendem amplamente, por todos os lados, com sombra eterna debaixo de si.

Uma vez, errando atrás de perdizes pelos campos com Iermolai, vi de lado um jardim baldio, e me dirigi a ele. Foi só entrar na orla do jardim e uma galinhola se alçou ruidosamente de uma moita; disparei, e, naquele exato instante, a alguns passos de mim, soou um grito: o rosto apavorado de uma moça surgiu por detrás das árvores, e imediatamente se escondeu. Iermolai veio correndo atrás de mim. "Como o senhor saiu dando tiros? Aqui mora um proprietário."

Antes de eu responder, antes de meu cachorro me entregar, com nobre seriedade, a ave morta, ouviram-se passos rápidos, e um homem alto e de bigode saiu do matagal e se deteve diante de mim, com cara de descontente. Desculpei-me como pude, apresentei-me e lhe ofereci a ave abatida em seus domínios.

— Muito bem — disse-me, com um sorriso —, aceito sua caça, mas com uma condição: o senhor fica para almoçar conosco.

Reconheço não ter ficado muito feliz com o convite, mas era impossível recusá-lo.

— Sou o dono daqui, e seu vizinho, Radílov, talvez já tenha ouvido falar — prosseguiu meu novo conhecido. — Hoje é domingo e a comida deve ser boa, senão eu não o teria convidado.

Respondi o que se responde nesses casos, e fui atrás dele. Uma pequena vereda que havia sido limpa há pouco logo nos levou para fora do bosque de tílias; entramos em uma horta. Em meio a velhas macieiras e espessos arbustos de groselheiras abundavam repolhos verdes e pálidos; os altos estames do lúpulo ascendiam em espiral; galhos pardos se apertavam nos canteiros, emaranhados com a ervilha ressequida; abóboras grandes e achatadas pareciam desabar na terra; os pepinos amareleciam sob as folhas empoeiradas e angulosas; ao longo da cerca balançava a urtiga alta; em dois ou três lugares cresciam amontoados a madressilva tártara, o sabugueiro, a roseira silvestre, restos do antigo "canteiro de flores". Ao lado de um laguinho artificial, cheio de água avermelhada e viscosa, via-se um poço, rodeado de poças. Patos chapinhavam inquietos e claudicavam por essas poças; um cão, tremendo o corpo inteiro e revirando os olhos, roía um osso na clareira; uma vaca malhada mascava preguiçosamente a grama, passando de quando em vez o rabo pelo dorso magro. A vereda deu uma guinada para o lado; detrás de um salgueiro corpulento e uma bétula nos fitava uma casinha velha e cinzenta com telhado de tábuas e alpendre curvo. Radílov se deteve.

— Pensando bem — disse, olhando-me direto na cara, de forma bondosa —, agora me ocorreu que talvez o senhor não tenha a menor vontade de entrar na minha casa: nesse caso...

Não lhe deixei concluir, assegurando que, pelo contrário, teria muito prazer em almoçar com ele.

— O senhor é que sabe.

Entramos na casa. Um jovem criado de cafetã comprido de feltro azul veio ao nosso encontro no alpendre. Radílov imediatamente ordenou-lhe que levasse vodca a Iermolai; meu caçador inclinou-se respeitosamente perante o magnânimo doador. Da antessala, decorada com diversos quadros coloridos e cheia de gaiolas, entramos em um pequeno aposento: o gabinete de Radílov. Tirei os apetrechos de caça e deixei a espingarda em um canto; o jovem de sobrecasaca comprida me limpou, agitado.

— Bem, agora vamos à sala de estar — afirmou Radílov, afetuoso —, vou apresentá-lo a mamãe.

Segui-o. Na sala de estar, no sofá do meio, estava sentada uma velhinha de baixa estatura, vestido marrom e touca branca, rosto bondoso e magro, olhar tímido e triste.

— Mamãe, apresento-lhe ***, nosso vizinho.

A velha se ergueu e se inclinou, sem soltar das mãos ressecadas um retículo de lã grossa que parecia um saco.

— Faz tempo que o senhor está pelos nossos lados? — ela perguntou, com voz fraca e baixa, piscando os olhos.

— Não, senhora.

— Pretende ficar por aqui bastante?

— Acho que até o inverno.

A velha se calou.

— E esse aí — prosseguiu Radílov, mostrando-me um

homem alto e magro no qual eu não havia reparado ao entrar na sala — é Fiódor Mikhéitch... Então, Fiédia, mostre sua arte ao convidado. Por que foi se esconder aí no canto?

Fiódor Mikhéitch imediatamente se levantou da cadeira, tirou da janela um violino imprestável, pegou o arco — não pela extremidade, como se deve, mas pelo meio —, apoiou o violino no peito, fechou os olhos e caiu na dança, cantando uma canção e arranhando as cordas. Parecia ter uns setenta anos; a sobrecasaca comprida de nanquim balouçava triste sobre seus membros secos e ossudos. Dançava; ora dava umas sacudidas audaciosas, ora, como se estivesse morrendo, movia a cabecinha calva e esticava o pescoço fibroso, batia os pés no chão e, às vezes, dobrava os joelhos, com visível dificuldade. A boca desdentada emitia uma voz decrépita. Pela expressão de meu rosto, Radílov deve ter deduzido que a "arte" de Fiédia não me proporcionava grande satisfação.

— Está bem, velho, basta — afirmou —, pode ir buscar sua recompensa.

Fiódor Mikhéitch imediatamente colocou o violino na janela, inclinou-se primeiramente para mim, como convidado, depois para a velha, depois para Radílov, e saiu.

— Também foi proprietário de terras — prosseguiu meu novo conhecido —, e rico, mas se arruinou, e agora mora comigo... Na sua época, era tido como o maior fanfarrão da província; tirou duas mulheres de seus maridos, mantinha cantores, cantava e dançava como um mestre... Mas não vai uma vodca? O almoço está na mesa.

Uma jovem, a mesma que eu vira de relance no jardim, entrou no aposento.

— E essa é a Ólia![32] — observou Radílov, virando a cabeça de leve. — Permita-me apresentar-lhe... Bem, vamos almoçar.

[32] Diminutivo de Olga. (N. do T.)

Dirigimo-nos à sala de jantar e nos sentamos. Enquanto saíamos da sala de estar e tomávamos assento, Fiódor Mikhéitch, cuja "recompensa" fizera seus olhinhos ficarem resplandecentes e o nariz levemente avermelhado, cantou: "Ressoe o trovão da vitória!".[33] Haviam preparado para ele uma mesinha especial, em um canto, sem toalha. O pobre velho não podia se gabar de ser asseado, e por isso era sempre conservado a certa distância dos demais. Fez o sinal da cruz, suspirou e começou a comer como um tubarão. O almoço era bom de verdade e, como era domingo, não transcorreu sem uma trepidante geleia e um pastel de vento à espanhola. À mesa, Radílov, que servira durante dez anos em um regimento de infantaria e estivera na Turquia, pôs-se a contar causos; eu o escutava com atenção, e observava Olga furtivamente. Não era muito bonita; contudo, a expressão decidida e tranquila de seu rosto, sua fronte ampla e branca, os cabelos espessos e, especialmente, os olhos castanhos, pequenos mas inteligentes, claros e vivos, teriam impressionado qualquer outro que estivesse em meu lugar. Seguia cada palavra de Radílov; seu rosto exprimia não simpatia, mas uma atenção apaixonada. Pela idade, Radílov poderia ser seu pai; chamava-a de "você", mas imediatamente deduzi que não era sua filha. No decorrer da conversa, lembrou-se de sua finada esposa — "irmã dela", acrescentou apontando para Olga. Esta enrubesceu rapidamente e baixou os olhos. Radílov se calou e mudou de assunto. Durante todo o almoço, a velha não proferiu palavra, quase não comeu e não me ofereceu nada. Seus traços transpiravam uma expectativa cheia

---

[33] *Polonaise*, popular em sua época, para orquestra e coro do compositor Óssip Antónovitch Kozlóvski (1757-1831), sobre versos de Gavriil Derjávin (1743-1816). A *polonaise* tinha o *status* de hino nacional, e era conhecida também como "Glória a vós, Catarina", devido às linhas iniciais do refrão. (N. da E.)

de medo e desprovida de esperança, aquela tristeza senil que tortura o coração do observador. No final do almoço, Fiódor Mikhéitch se pôs a "saudar" anfitriões e convidados, porém Radílov olhou para mim e lhe pediu que se calasse; o velho passou a mão nos lábios, piscou, inclinou-se e voltou a se sentar, mas dessa vez, na beira da cadeira. Depois do almoço, fui com Radílov a seu gabinete.

Existe algo em comum nas pessoas que se ocupam de uma única ideia ou paixão de forma intensa e constante, certa semelhança externa na atitude, por mais distintas que sejam, de resto, suas características, capacidades, condição social e educação. Quanto mais observava Radílov, mais ele me parecia pertencer a esse tipo de pessoa. Falava da propriedade, da colheita, da ceifa, da guerra, das fofocas do distrito e das próximas eleições, e falava por vontade própria, até com interesse, mas, subitamente, suspirava e afundava na poltrona, como se esgotado por trabalho pesado, e passava a mão no rosto. Toda a sua alma, boa e calorosa, parecia completamente perpassada e repleta de um único sentimento. Eu já havia ficado espantado por não descobrir nele paixão nem pela comida, nem pelo álcool, nem pela caça, nem pelos rouxinóis de Kursk, nem pelas pombas epiléticas, nem pela literatura russa, nem pelos cavalos esquipadores, nem pelas danças húngaras, nem por jogos de cartas e bilhar, nem por bailes, nem por viagens às cidades da província e às capitais, nem pelas fábricas de papel e de açúcar de beterraba, nem por caramanchões coloridos, nem por chá, nem por cavalos em louca disparada, nem mesmo pelos cocheiros gordos, com cinto na altura do sovaco, esses magníficos cocheiros que, sabe Deus por quê, a cada movimento do pescoço ficam com os olhos tortos, parecendo sair para fora... "Afinal, que tipo de fazendeiro é esse?", eu pensava. Ao mesmo tempo, não se mostrava sombrio ou insatisfeito com seu destino; pelo contrário, emanava uma benevolência indiscriminada, cordialidade e uma prontidão quase ultrajante ao se aproximar de qualquer um que encontrasse. Verdade que, ao mesmo tempo, você sentia que fazer amizade, aproximar-se de verdade de alguém, ele não conseguia, e não conseguia não por não precisar dos outros, mas porque toda a sua vida era voltada para dentro. Ao olhar para Radílov, eu não conseguia imaginá-lo feliz nem agora, nem nunca. Tampouco era belo; contudo, em seu olhar, no sorriso, em todo o seu ser, escondia-se algo de um encanto extraordinário — escondia-se, exatamente. Isso acabava despertando uma vontade de conhecê-lo melhor, de gostar dele. Claro que às vezes aflorava nele o proprietário de terras e o homem da estepe; mas, no geral, era uma ótima pessoa.

Começáramos a falar do novo chefe de distrito quando, de repente, fez-se ouvir à porta a voz de Olga: "O chá está pronto". Passamos à sala de estar. Assim como antes, Fiódor Mikhéitch estava sentado no seu canto, entre a janela e a porta, com as pernas humildemente recolhidas. A mãe de Radílov cerzia meias. Pelas janelas abertas chegava do jardim o frescor do outono e o aroma das maçãs. Olga servia o chá, agitada. Agora eu a observava com maior atenção que no almoço. Falava muito pouco, como todas as moças do distrito, mas nela, pelo menos, eu não notava o desejo de dizer algo de bom, ao lado de uma torturante sensação de vazio e impotência; não suspirava como se tivesse sentimentos inefáveis em excesso, nem revirava os olhos, nem sorria de modo sonhador e vago. Fitava com a calma e a indiferença de uma pessoa que descansa depois de uma grande felicidade ou de uma grande inquietação. Seu andar e seus movimentos eram decididos e livres. Gostei muito dela.

Voltei a entabular conversação com Radílov. Já não me lembro por que caminho chegamos à conhecida observação de como as coisas mais insignificantes frequentemente impressionam mais as pessoas do que as de relevância.

Meu vizinho Radílov

— Sim — afirmou Radílov —, eu passei por isso. Como o senhor sabe, fui casado. Há pouco tempo... três anos, minha mulher morreu de um parto. Achei que não sobreviveria a ela; fiquei horrendamente amargurado, acabado, mas não conseguia chorar — fiquei como um louco. Como de costume, ela foi vestida e colocada em cima da mesa, nesta mesma sala. Chegou o padre; vieram os diáconos, começaram a cantar, a rezar, a queimar incenso; prostrei-me até o chão, mas não derramei uma lágrima. Era como se meu coração tivesse virado de pedra, e a cabeça também, e tudo em mim ficou pesado. Assim se passou o primeiro dia. O senhor acredita? À noite eu até dormi. No dia seguinte, fui até minha esposa: a história aconteceu no verão, o sol a iluminava da cabeça aos pés, e com muita clareza. De repente eu vi... (Daí Radílov estremeceu involuntariamente.) O que o senhor acha? O olho dela não estava completamente fechado, e uma mosca vagava em cima dele... Eu desabei e, ao recobrar os sentidos, chorei, chorei, e não conseguia me conter...

Radílov ficou em silêncio. Olhei para ele, depois para Olga... Jamais esquecerei a expressão do rosto dela. A velha colocou a meia no joelho, tirou um lenço do retículo e enxugou furtivamente uma lágrima. Fiódor Mikhéitch se levantou de repente, pegou o violino e entoou uma canção, com voz rouca e selvagem. Provavelmente queria nos alegrar; contudo, ao seu primeiro som, ficamos todos sobressaltados, e Radílov pediu-lhe que sossegasse.

— Enfim — prosseguiu —, o que passou, passou; não dá para voltar o passado e, no fim das contas... tudo que acontece nesse mundo é para o melhor, como eu acho que Voltaire disse — acrescentou, apressadamente.

— Sim — repliquei —, é claro. Ademais, toda desgraça pode ser suportada, e não há situação tão péssima da qual não seja possível sair.

— O senhor acha? — observou Radílov. — Não sei,

talvez o senhor tenha razão. Lembro-me de que, na Turquia, estava no hospital, semimorto, com uma febre tifoide.[34] Bem, não dava para se gabar das instalações — evidentemente, estávamos em guerra —, e ainda tínhamos que dar graças a Deus! De repente nos trazem ainda mais doentes; onde colocá-los? O médico vai de lá para cá, e não tem lugar. Daí ele vem até mim e pergunta ao marechal de campo: "Está vivo?". A resposta: "De manhã estava vivo". O médico se inclina e ausculta: estou respirando. O sujeito não se contém. "Veja como a natureza é estúpida — diz —, esse homem vai morrer, vai morrer sem dúvida, mas fica aí rangendo, se arrastando, só ocupando o lugar de outro e atrapalhando." — "Veja só como você está mal, Mikhailo Mikháilitch...", pensei comigo mesmo. Só que sarei e estou vivo até hoje, como o senhor pode ver. Talvez o senhor tenha razão.

— Eu teria razão em todo caso — respondi. — Mesmo se o senhor tivesse morrido, teria, de qualquer forma, saído de sua péssima situação.

— Claro, claro — acrescentou, batendo a mão na mesa de súbito, e com força... — Só é preciso decidir... Qual o sentido de uma situação péssima?... Para que retardar, esticar...

Olga se levantou rapidamente e saiu para o jardim.

— Vamos, Fiédia, uma dança! — exclamou Radílov.

Fiédia se ergueu de um salto, percorrendo a sala com aquele jeito rebuscado e peculiar da célebre "cabra" perto do urso amestrado,[35] e se pôs a cantar: "Como no portão de casa...".[36]

---

[34] Radílov narra sua participação na guerra russo-turca de 1828-9, onde o exército russo teve muitas perdas devido a epidemias. (N. da E.)

[35] Normalmente vestiam de cabra o menino que guiava o urso amestrado. (N. da E.)

[36] Canção popular de dança, conhecida no final do século XVIII. (N. do T.)

Ouviu-se na entrada o barulho de uma *drójki*, e, em instantes, entrou na sala um velho alto, espadaúdo e corpulento, o *odnodvóriets*[37] Ovsiánikov... Ovsiánikov, porém, é uma pessoa tão notável e original que, com a permissão do leitor, falaremos dele em outro trecho. Agora só vou acrescentar que, no dia seguinte, saí para caçar com Iermolai ao amanhecer, e da caça voltei para casa; que em uma semana voltei a visitar Radílov, mas nem ele, nem Olga estavam em casa e que, duas semanas mais tarde, fiquei sabendo que ele tinha desaparecido de repente, abandonado a mãe e fugido com a cunhada para algum lugar.[38] Toda a província ficou alvoroçada e falando desse acontecimento, e só então eu finalmente compreendi a expressão no rosto de Olga durante o relato de Radílov. Não era só compaixão, mas também ciúme.

Antes de partir da aldeia, visitei a velha Radílova. Encontrei-a na sala de estar, jogando *duratchkí*[39] com Fiódor Mikhéitch.

— A senhora tem notícias do seu filho? — perguntei, finalmente.

A velha se pôs a chorar. Não perguntei mais de Radílov.

---

[37] Pequeno proprietário rural, categoria intermediária entre a nobreza e os servos: tinha o direito de possuir terras e servos, mas pagava imposto sobre os últimos. (N. da E.)

[38] De acordo com as regras da igreja, Radílov não podia se casar com Olga por ela ser irmã de sua primeira mulher. (N. do T.)

[39] Jogo de cartas russo ("bobinho", em tradução literal). (N. do T.)

O *ODNODVÓRIETS* OVSIÁNIKOV

Imaginem, caros leitores, um homem corpulento, alto, de setenta anos, com um rosto que lembrava um pouco o de Krilov,[40] olhar claro e inteligente por debaixo das sobrancelhas erguidas, postura altiva, fala cadenciada, passo lento: esse é Ovsiánikov. Trajava uma sobrecasaca azul folgada de mangas compridas, abotoada até em cima, um lenço de seda lilás no pescoço, lustrosas botas com borlas, e tinha o aspecto geral de um comerciante abastado. As mãos eram lindas, suaves e brancas, e, ao longo da conversa, ele ficava pegando os botões da sobrecasaca. Ovsiánikov, pela altivez e imobilidade, sagacidade e indolência, retidão e tenacidade, recordava-me os boiardos russos de antes de Pedro, o Grande... O *fieriaz*[41] teria lhe caído bem. Tratava-se de um dos últimos representantes do século passado. Todos os vizinhos tinham uma estima extraordinária por ele, e consideravam uma honra conhecê-lo. Seus pares, os outros *odnodvórtsi*,[42] só faltavam rezar por ele: descobriam a cabeça ao avistá-lo de longe e dele se orgulhavam. Em termos gerais, até hoje é difícil distinguir um *odnodvóriets* de um mujique: sua propriedade

[40] Ivan Andrêievitch Krilov (1769-1844), o mais célebre fabulista russo. (N. do T.)

[41] Antigo traje russo de mangas compridas, largo e sem gola. (N. da E.)

[42] Plural de *odnodvóriets*. (N. do T.)

é quase pior que a do mujique, os vitelos só comem trigo sarraceno, os cavalos mal se aguentam, os arreios são de corda. Ovsiánikov era uma exceção à regra geral, embora tampouco passasse por rico. Vivia apenas com a mulher em uma casinha aconchegante e asseada, tinha poucos servos, vestia seu pessoal à russa e os chamava de trabalhadores. Eram eles que lavravam sua terra. Não se fazia passar por nobre, não posava de latifundiário, nunca "passava do ponto", como dizem, nem se sentava ao primeiro convite e, quando entrava um novo hóspede, levantava-se infalivelmente do lugar, e o fazia com tamanha dignidade, com uma amabilidade tão majestosa, que o hóspede acabava lhe fazendo uma reverência involuntária. Ovsiánikov guardava os velhos costumes, não por superstição (tinha o espírito completamente livre), mas por hábito. Por exemplo, não apreciava carruagens de mola por não considerá-las cômodas, e preferia se locomover ou em *drójki* ligeiras, ou em uma bela teleguinha com coxim de couro, e ele mesmo conduzia o trote do seu baio. (Só tinha cavalos baios.) O cocheiro, um jovem de faces vermelhas, com o cabelo cortado em forma de cuia, casaco azulado, cinto e gorro baixo de carneiro, ficava sentado a seu lado, com respeito. Ovsiánikov sempre fazia a sesta, visitava a casa de banho aos sábados, lia apenas livros religiosos (para isso colocava no nariz, com seriedade, óculos prateados redondos), levantava-se e se deitava cedo. Contudo, fazia a barba, e usava o cabelo à alemã. Recebia os convidados de forma bastante afável e hospitaleira, mas não fazia profundas reverências, não se agitava, nem ficava oferecendo todos os secos e molhados. "Mulher!", dizia, devagar, sem se erguer do lugar e mal virando a cabeça para ela. "Traga aos senhores algo para degustar." Achava pecaminoso vender trigo — uma dádiva divina — e, em 1840, na época da fome generalizada e da horrível carestia, distribuiu entre os proprietários de terras e mujiques dos arredores todas as suas reservas; no ano seguinte, em sinal de gratidão, eles lhe pagaram essa dívida em espécie. Os vizinhos constantemente recorriam a Ovsiánikov como juiz e mediador, e quase sempre se submetiam a seu veredito e ouviam seus conselhos. Graças a ele, foram feitas muitas demarcações definitivas... Porém, depois de dois ou três choques com proprietárias de terras, declarou que renunciava a qualquer tipo de mediação entre membros do sexo feminino. Não conseguia suportar o açodamento, a precipitação inquieta, o falatório das mulheres e sua "balbúrdia". Um dia, sua casa pegou fogo. Um trabalhador entrou apressadíssimo e aos berros: "Fogo! Fogo!". — "Mas por que você está gritando?", disse Ovsiánikov, calmo. "Passe-me o gorro e o bastão..." Gostava de adestrar ele mesmo os cavalos. Uma vez, um fogoso *bitiuk*[43] arrastou-o a toda monte abaixo, até uma ribanceira. "Bem, chega, chega, potro moleque, assim você vai se matar", foi a observação bonachona de Ovsiánikov que, em um instante, foi arremessado na ribanceira junto com a *drójki* ligeira, o menino que estava sentado a seu lado e o cavalo. Felizmente havia um monte de areia no fundo da ribanceira. Ninguém se machucou, só o *bitiuk* destroncou a pata. "Então, está vendo — prosseguiu Ovsiánikov, com voz tranquila, ao se levantar do chão —, bem que eu lhe disse." Encontrou uma esposa ao seu feitio. Tatiana Ilínitchna Ovsiánikova era uma mulher alta, imponente e calada, sempre envolta em um lenço marrom de seda. Emanava frio, mas ninguém jamais se queixou de que fosse severa; pelo contrário, muitos coitados a chamavam de mãe e benfeitora. Os traços regulares do rosto, os grandes olhos negros e os lábios finos ainda hoje atestavam a beleza que fora, outrora, famosa. Não teve filhos.

[43] *Bitiuk*, raça especial de cavalo criada na província de Vorônej, perto do célebre "Khrenôvoie" (antigo haras da condessa Orlova). (N. do A.)

O *odnodvóriets* Ovsiánikov

Como o leitor já sabe, eu o conheci na casa de Radílov, e fui visitá-lo dois dias depois. Encontrei-o em casa. Estava sentado em uma grande poltrona de couro, lendo a vida dos santos. Um gato cinzento ronronava em seus ombros. Recebeu-me de acordo com seu hábito, de modo afável e majestoso. Pusemo-nos a falar.

— Mas me diga a verdade, Luká Petróvitch — disse eu, entre outras coisas —, antes, no seu tempo, a coisa era melhor?

— De certo modo, digo-lhe que era melhor — retrucou Ovsiánikov —, a vida era mais tranquila; a abundância era maior... Não obstante, hoje é melhor; e Deus queira que seja ainda melhor no tempo dos seus filhos.

— Luká Petróvitch, eu esperava que o senhor fosse elogiar os velhos tempos.

— Não, não tenho por que elogiar especialmente os velhos tempos. Para dar um exemplo, hoje o senhor é um latifundiário, exatamente como o seu finado avô, mas não vai ter o mesmo poder! E o senhor também é uma outra pessoa. Hoje somos oprimidos por outros senhores; sem isso, contudo, não é possível passar, evidentemente. Vamos moendo, e quem sabe sai farinha. Não, hoje eu não vejo mais coisas que presenciei na juventude.

— O quê, por exemplo?

— Por exemplo, vou voltar a falar do seu avô. Era um homem autoritário! Insultava todos nós. O senhor talvez conheça — quem é que não conhece sua própria terra — aquele lote que vai de Tchaplíguino a Malínin... Agora tem aveia lá. Bem, ele é nosso; todinho nosso. O seu avô o tirou de nós; chegou a cavalo, apontou com a mão e disse: "Minha propriedade", e se apropriou. Meu finado pai (que Deus o tenha!) era um homem justo, mas também de cabeça quente, não aguentou — e quem aguenta perder de bom grado o que é seu? — e apresentou uma queixa ao tribunal. Mas ficou

76   Memórias de um caçador

sozinho, os outros não o seguiram, de medo. E ainda foram dizer a seu avô que Piotr Ovsiánikov havia apresentado uma queixa contra ele por ter tomado sua terra... O seu avô imediatamente enviou o monteiro-mor Bausch com um grupo... Pegaram meu pai e levaram-no até a propriedade de vocês. Naquela época, eu era um menininho, e saí correndo atrás dele, descalço. E daí?... Levaram-no até a casa de vocês e o açoitaram ao pé da janela. Seu avô ficou vendo, no balcão, e a avó também estava na janela, assistindo. Meu pai grita: "Mãezinha, Mária Vassílievna, faça alguma coisa, tenha piedade pelo menos a senhora!". Mas ela só fez se levantar e continuar olhando. Conseguiram que meu pai desse a palavra de renunciar à terra e agradecesse por ter sido deixado vivo. Assim a terra ficou com vocês. Vá e pergunte aos seus mujiques: como se chama essa terra? Ela se chama terra do cacete, porque foi tomada a cacetadas. Eis por que nós, gente humilde, não sentimos muita falta da velha ordem.

Eu não sabia o que responder a Ovsiánikov, e não ousava encará-lo.

— Nessa época apareceu um outro vizinho, Kômov, Stepan Niktopoliônitch. Atormentava meu pai de todo jeito, por bem ou por mal. Era um bêbado que gostava de receber, e quando se embriagava dizia *c'est bon*,[44] em francês, lambia os beiços, e soltava o verbo! Mandava convidar todos os vizinhos. As troicas estavam sempre de prontidão, mas, se você não fosse, ele mesmo aparecia de supetão... Que homem mais estranho! No estado "normal" não mentia; contudo, era só beber e começava a contar que tinha três casas na Fontanka, em Píter[45] — uma vermelha com uma chaminé, outra amarela com três chaminés, e uma terceira azul e sem

---

[44] Em francês, no original: "é bom". (N. do T.)

[45] São Petersburgo. (N. do T.)

O odnodvóriets Ovsiánikov

chaminé —, e três filhos (sendo que não era casado): um na infantaria, outro na cavaleria, outro que vivia por conta própria... E dizia que cada um morava em uma casa, que o mais velho era visitado por almirantes, o outro por generais, e o mais novo só por ingleses! Daí se levantava e dizia: "À saúde do meu filho mais velho, o mais respeitável dos três!", e caía no choro. E ai daquele que se recusasse a brindar. "Eu mato!", dizia. "E não deixo enterrar!..." Ou então dava um pulo e começava a gritar: "Vamos dançar, povo de Deus, para sua diversão e meu conforto!". Daí você tinha que dançar, dançar até morrer. E atormentava de todo jeito as moças que estavam a seu serviço. Acontecia de terem que cantar em coro a noite inteira, até de manhã, e a que elevasse a voz mais alto ganhava um prêmio. Se alguém se cansava, colocava as mãos na cabeça e se lamuriava: "Ah, sou um órfão abandonado! Minhas queridas não querem saber de mim!". Os cavalariços imediatamente se punham a alentar as moças. Meu pai caiu nas graças dele: que fazer? Quase levou meu pai à sepultura, e teria levado mesmo quando, felizmente, morreu: caiu bêbado de um poleiro... Veja só os vizinhos que nós tínhamos!

— Como os tempos mudaram! — notei.

— Sim, sim — corroborou Ovsiánikov. — Contudo, deve-se dizer que antigamente os nobres viviam com mais pompa. Isso para não falar dos grão-senhores: esses eu vi em Moscou. Dizem que hoje eles também estão extintos por lá.

— O senhor esteve em Moscou?

— Estive, há tempos, há muito tempo. Agora estou com setenta e três anos, e fui a Moscou com dezesseis.

Ovsiánikov suspirou.

— Quem o senhor viu por lá?

— Vi muitos grão-senhores, e qualquer um podia vê-los; eles levavam uma vida aberta, para assombro e admiração de todos. Contudo, nenhum deles igualava o finado conde

Aleksei Grigórievitch Orlov-Tchesmenski.[46] Aleksei Grigórievitch eu via bastante; meu tio era seu mordomo. O conde morava no portão de Kaluga, em Chábolovka. Esse sim era um grão-senhor! Uma postura, uma benevolência que é difícil de imaginar e impossível de contar. Que estatura, que força, que olhar! Enquanto você não o conhecesse e não chegasse perto dele, ficava completamente amedrontado e intimidado; bastava chegar perto e um sol o iluminava, e era só alegria. Recebia todos e era um caçador de mão cheia. Nas corridas, tomava as rédeas, e saía atrás de todos; nunca largava na frente, nem xingava, nem fechava ninguém, e só deixava para fazer a ultrapassagem no fim; e era muito afetuoso, consolava o adversário e elogiava seu cavalo. Tinha pombos de competição de primeira classe. Acontecia de entrar no pátio, sentar-se numa poltrona e mandar soltar os pombos; em volta, nos telhados, havia gente com espingarda, por causa dos açores. Aos pés do conde, colocavam uma grande bacia de prata, cheia de água, para que ele também visse os pombos olhando para a água. Centenas de indigentes e mendigos viviam de seu pão... e quanto dinheiro ele dava! Contudo, quando se zangava, era como um trovão. Dava muito medo, mas não havia por que chorar: você olhava e ele já estava rindo. Dava um banquete, e Moscou inteira bebia!... Era uma cabeça! Derrotou os turcos.[47] Também gostava de luta; traziam para ele uns atletas de Tula, de Khárkov, de Tambov, de todo lado. Se vencia, recompensava, e, se alguém o vencia, era cumulado de presentes e ganhava beijo na boca... Ainda durante a minha permanência em Moscou,

[46] Líder militar e estadista (1737-1808), obteve destaque no reinado de Catarina, a Grande. (N. do T.)

[47] O nome honorário de Tchesmenski foi-lhe dado depois de, sob seu comando, os russos destruírem a frota turca na batalha de Cesme (em russo, Tchesme), em 1770. (N. do T.)

O *odnodvóriets* Ovsiánikov

organizou uma caçada como nunca houve na Rússia; convidou caçadores de todo o império para uma determinada data, com três meses de antecedência. E eles se reuniram. Juntaram cachorros, palafreneiros, ah, formou-se um exército, um verdadeiro exército. Primeiro teve um banquete como tem que ser, depois se dirigiram para a caça. Veio gente a não mais poder!... E o que o senhor acha?... A cadela do seu avô deixou todo mundo para trás.

— Não era Milovidka? — indaguei.

— Sim, Milovidka, Milovidka... O conde começou a pedir: "Dê-me a sua cadela: pode pegar o que quiser". — "Não, conde, eu não sou comerciante: não consigo vender nem um trapo e, em sua honra, estou pronto a ceder até a minha mulher, mas não a Milovidka... Mais fácil eu oferecer a mim mesmo." E Aleksei Grigórievitch elogiou-o: "Gostei", disse. Seu avô levou-a de volta de carruagem, e, quando Milovidka morreu, enterrou-a no jardim, com música, fez um funeral para a cachorra e colocou uma lápide com uma inscrição para ela.

— Aleksei Grigórievitch nunca ficava ofendido com nada — observei.

— É sempre assim: quem mais procura briga é o zé-mané.

— E que tipo de homem era esse Bausch? — perguntei, depois de breve silêncio.

— Como o senhor ouviu falar de Milovidka e não de Bausch?... Era o monteiro-mor e caçador principal do seu avô. Seu avô não gostava dele menos do que de Milovidka. Era um homem temerário, e o que o seu avô mandava ele fazia na hora, ainda que fosse andar em cima de uma faca... Quando se punha a ulular, seu bramido enchia a floresta. Porém, de repente, embirrava, descia do cavalo e se deitava... E logo que os cachorros deixavam de ouvir a sua voz, era o fim! Paravam de seguir a pista e não havia bem que os pudesse obrigar. E como o seu avô ficava zangado! "Não quero continuar vivo se não enforcar esse vagabundo! Vou revirar esse anticristo do avesso! Vou enfiar meu salto goela abaixo desse facínora!" Terminava mandando saber do que ele precisava, por que não estava mais ululando. Nesse caso, Bausch normalmente pedia álcool, bebia, levantava e voltava a uivar com gosto.

— O senhor também parece amar a caça, Luká Petróvitch.

— Poderia ter amado, na verdade... mas não agora: agora minha época passou. Mas na juventude... Sabe, é complicado, por causa da minha posição social. Gente da nossa classe não deve imitar os nobres. É certo que, mesmo na nossa posição acontece de algum bêbado e incapaz se juntar aos senhores... Mas que alegria é essa? Só se passa vergonha. Dão-lhe um mísero cavalo branco; jogam seu gorro no chão; chicoteiam-no, em vez de chicotear o cavalo; e ele ri, além de fazer os outros rirem. Não, eu lhe digo: quanto mais humilde a condição social, mais austero você tem que ser se não quiser cair em desgraça.

— Sim — prosseguiu Ovsiánikov, com um suspiro —, já rolou muita água desde que vivo nesse mundo: os tempos mudaram. Vejo mais modificações nos nobres. Os pequenos fidalgos ou estão no serviço público, ou não estão em suas terras; já os grandes, não há quem os conheça. Dei uma olhada neles, nos grandes, em casos de demarcação.[48] E devo lhe

[48] Em 1836, na Rússia, foram instituídas comissões especiais de mediação, que tinham a tarefa de convencer os proprietários a "concordar amigavelmente" com a demarcação de suas terras e propriedades camponesas. Ao mesmo tempo, tinha a intenção de eliminar a sobreposição e de juntar as propriedades camponesas fragmentadas e dispersas por longas distâncias para aproximá-las das aldeias. A demarcação se prolongou por décadas, e não ocorreu sem fortes conflitos entre os senhores de terras. Em 1846, menos de um ano antes da criação deste conto, o prazo para a de-

dizer que meu coração se alegrou ao contemplá-los: são gentis e corteses. Só uma coisa me espantou: eles estudaram todas as ciências e falam tão bem que comovem a alma, mas não têm a menor ideia de seus negócios, e não percebem nem seus próprios interesses: o administrador, um servo, faz com eles o que quer, como se fossem sua montaria. Talvez o senhor conheça Koroliov, Aleksandr Vladímiritch; não é um nobre de verdade? Bonito, rico, fez *niversidade*, parece que até foi para o estrangeiro, fala manso, é modesto, dá a mão para todo mundo. O senhor o conhece?... Bem, então ouça. Na semana passada, fomos a Beriózovka, por solicitação de nosso mediador, Nikífor Ilitch. Nosso mediador, Nikífor Ilitch, disse: "Senhores, precisamos fazer a demarcação; é uma vergonha que a nossa seção tenha ficado para trás de todas as outras: mãos à obra". Começamos. Houve boatos e discussões, como é de praxe; nosso advogado começou a teimar. Mas o primeiro a brigar foi Porfíri Ovtchínnikov... E por que esse homem brigava?... Não tinha um *verchok*[49] de terra, era o representante do irmão. Gritava: "Não! Ninguém me engana! Não, vocês não vão me forçar a isso! Quero as plantas! Eu quero o agrimensor, entreguem-me esse judas!". — "Mas afinal qual é a sua exigência?" — "Vocês acham que eu sou bobo? Ora! Vocês acham que eu vou declarar minha exigência agora?... Não, passem-me as plantas, e só!" E, enquanto isso, batia com a mão nas plantas. Marfa Dmítrievna ficou profundamente ofendida. Gritava: "Como ousa difamar minha reputação?". — "Não quero a sua reputação nem para minha égua marrom." Fizeram-no beber vinho madeira à força. Acalmaram-no, mas outros começaram a brigar. Meu

marcação "amigável" foi estendido pela terceira vez. As coisas andavam especialmente mal na província de Oriol, onde a última comissão de mediação só foi fechada em 1884. (N. da E.)

[49] Antiga medida russa, equivalente a 4,4 cm. (N. do T.)

querido Koroliov, Aleksandr Vladímiritch, ficou sentado, em um canto, só mordiscando o castão de sua bengala e meneando a cabeça. Fiquei com vergonha, sem forças, e quase saí correndo. O que aquele homem ia pensar de nós? Olhei e meu Aleksandr Vladímiritch se levantava, mostrando que desejava falar. O mediador ficou agitado e disse: "Senhores, senhores, Aleksandr Vladímiritch deseja falar". Não tenho como não elogiar os nobres: todos se calaram imediatamente. E Aleksandr Vladímiritch começou, dizendo: "acho que nos esquecemos por que nos reunimos; embora a demarcação seja indiscutivelmente vantajosa para os proprietários, para que na verdade ela está sendo feita? Para aliviar os camponeses, para que seu trabalho seja mais cômodo, para fazê-los cumprir com suas obrigações; hoje eles não conhecem sua própria terra, e não é raro irem lavrar a cinco verstas de distância — e não dá para cobrá-los". Depois Aleksandr Vladímiritch disse que era um pecado o latifundiário não se preocupar com o bem-estar dos camponeses, que os camponeses foram enviados por Deus, que, finalmente, se você olhar direito, os interesses deles são os nossos interesses, está tudo ligado: se eles vão bem, nós vamos bem, se eles vão mal, nós vamos mal... e que, consequentemente, era vergonhoso e insensato não entrarmos em acordo por bobagem... E foi, e foi... Como falou! Era de tocar o coração... Todos os nobres ficaram de cabeça baixa; eu mesmo não chorei por muito pouco. Para falar a verdade, nem nos livros antigos há um discurso como aquele... Mas como terminou? Ele mesmo não cedeu, nem quis vender quatro *dessiatinas* de pântano. Disse: "Com o meu pessoal, vou drenar esse pântano e estabelecer é uma fábrica de panos, com todas as melhorias. Já escolhi o lugar e fiz meus cálculos...". Isso teria sido justo, mas o fato é que simplesmente o vizinho de Aleksandr Vladímiritch, Anton Karássikov, regateou e não quis passar cem rublos em notas para o administrador de Koroliov. De modo que nos separamos sem chegar a acordo. Porém, Aleksandr Vladímiritch até hoje acha que está certo e fala sempre da fábrica de pano, mas nada de começar a drenagem do pântano.

— E como ele administra sua propriedade?

— Está sempre introduzindo novas normas. Os mujiques não falam bem, mas não se deve dar ouvidos a eles. Aleksandr Vladímiritch se porta bem.

— Como assim, Luká Petróvitch? Eu achava que o senhor se aferrasse às velhas normas.

— Meu caso é outro. Não sou nobre, nem latifundiário. O que é minha propriedade?... E nem sei fazer de outro jeito. Tento me portar de acordo com a justiça e a lei — e Deus seja louvado! Os jovens senhores não gostam das velhas normas: eu os aplaudo... É tempo de criar juízo. Só vejo uma desgraça: os jovens senhores sofismam demais. Tratam o mujique como se fosse um boneco: giram, giram, quebram e jogam fora. E o intendente, um servo, ou o administrador, um alemão, voltam a ter o camponês em suas garras. Se pelo menos um dos jovens senhores desse o exemplo e demonstrasse: olhem, assim é que se administra!... Como isso vai acabar? Será que vou morrer sem ver uma nova ordem?... O que vem a ser isso? O velho morreu e o novo não nasce!

Eu não sabia o que responder a Ovsiánikov. Ele olhou ao redor, aproximou-se de mim e prosseguiu, a meia-voz:

— O senhor ouviu falar de Vassíli Nikoláitch Liubozvônov?

— Não, não ouvi.

— Explique-me, por favor, que fenômeno é esse. Não sei o que pensar. Os mujiques dele me contaram, mas não consigo compreender o que dizem. Sabe, é um jovem que recebeu herança materna há pouco tempo. Chega à sua propriedade. Os mujiques se reúnem para ver o patrão. Vassíli Nikoláitch vai até eles. Os mujiques olham: que estranho! O patrão usa pantalonas de veludo, como um cocheiro, botas com franjas, uma camisa vermelha e um cafetã também de cocheiro; deixou a barba crescer, tem um chapéu esquisito na cabeça, e sua cara também é esquisita: bêbado ou não, ele não é senhor de si. "Olá, rapazes!", diz. "Que Deus esteja com vocês." Os mujiques fazem uma reverência, em silêncio, intimidados. E ele também parece intimidado. Começa seu discurso: "Sou russo", diz, "e vocês também são russos; eu amo todos os russos... Minha alma é russa e o meu sangue é russo...". E de repente manda: "Então, meus filhos, cantem uma canção popular russa!". Os mujiques tremem de medo; estão completamente atônitos. Um valente começa a cantar, mas imediatamente se senta no chão, escondendo-se atrás dos outros... Veja o que é mais espantoso: tivemos fazendeiros que eram senhores temerários, farristas de carteirinha; vestiam-se como cocheiros, dançavam, tocavam violão, cantavam e bebiam com a criadagem, faziam banquetes com os camponeses; mas esse Vassíli Nikoláitch é como uma mocinha: sempre lendo ou escrevendo, ou recitando versos em voz alta; não conversa com ninguém, é tímido, passeia sozinho no jardim, como se padecesse de tédio ou tristeza. O velho administrador morria de medo no começo: antes da chegada de Vassíli Nikoláitch, percorreu as casas dos camponeses, cumprimentando todo mundo — sabia muito bem o que tinha aprontado! E os mujiques tiveram esperança, e pensaram: "Pode parar, meu irmão! Você vai ter que responder por tudo, meu querido; agora você vai dançar, depois de tudo que fez!...". Em vez disso... Como vou lhe explicar? Nem Deus entende o que aconteceu! Vassíli Nikoláitch convocou-o e disse, vermelho e respirando rápido: "Seja justo e não oprima ninguém, está me ouvindo?". Desde então, não o chamou mais à sua presença! Mora em sua propriedade como se fosse um estranho. Bem, o administrador respirou aliviado, e os mujiques nem ousam chegar perto de Vassíli Nikoláitch: têm

O *odnodvóriets* Ovsiánikov

medo. Veja de novo o que é digno de espanto: o patrão os cumprimenta, fita-os com amabilidade, mas revira os estômagos deles de medo. Meu pai, que fenômeno é esse?... Devo ter ficado bobo ou velho, sei lá, mas não entendo.

Respondi a Ovsiánikov que o senhor Liubozvônov provavelmente estava doente.

— Que doente, que nada! É gordo e alto, e tem um rosto, que Deus o tenha, barbudo, embora seja jovem... Contudo, Deus é quem sabe! (E Ovsiánikov deu um suspiro profundo.)

— Bem, deixando os nobres de lado — comecei —, o que o senhor pode me contar dos *odnodvórtsi*, Luká Petróvitch?

— Ah, não, libere-me dessa — afirmou, apressado —, na verdade... eu lhe diria... mas para quê? (Ovsiánikov fez um gesto com a mão.) Melhor tomarmos o chá... Um mujique é sempre um mujique; e, além disso, para dizer a verdade, o que mais podemos ser?

Calou-se. Serviram o chá. Tatiana Ilínitchna se ergueu do seu lugar e se sentou mais perto de nós. Ao longo da tarde, saiu algumas vezes sem ruído, para regressar de forma igualmente silenciosa. A quietude reinava no aposento. Ovsiánikov bebia xícara atrás de xícara, de modo solene e lento.

— Mítia[50] esteve aqui hoje — observou Tatiana Ilínitchna, a meia-voz.

Ovsiánikov franziu o cenho.

— O que ele queria?

— Veio pedir perdão.

Ovsiánikov balançou a cabeça.

— Diga, meu senhor — prosseguiu, dirigindo-se a mim —, o que devo fazer com os parentes? É impossível renunciar

---

[50] Diminutivo de Dmitri. (N. do T.)

a eles... Pois Deus também me recompensou com um pequeno sobrinho. Um menino com cabeça, um menino inteligente, sem dúvida; estudou bem, só que não espero dele nada de proveitoso. Virou servidor público, mas largou o serviço: veja só, não era a carreira para ele... E ele por acaso é nobre? E mesmo um nobre não vira general de uma hora para a outra. Agora ele vive sem ocupação... E mesmo isso não seria muito grave, mas agora virou arruaceiro! Escreve petições para os camponeses, redige informes, instrui os policiais, desmascara os agrimensores, frequenta tabernas, relaciona-se com soldados de licença, com os pequeno-burgueses da cidade e até com os varredores das hospedarias. O quanto vai demorar para se desgraçar? Comissários de polícia e *isprávniki*[51] já o ameaçaram mais de uma vez. Ainda bem que ele sabe brincar: faz os policiais rirem, mas algum dia a sua batata vai assar... Mas chega: será que ele não está lá no seu quartinho? — acrescentou, dirigindo-se à mulher. — Pois eu a conheço: você é muito piedosa, deve estar a protegê-lo.

Tatiana Ilínitchna baixou os olhos, sorriu e enrubesceu.

— É isso mesmo — prosseguiu Ovsiánikov... — Ah, menina travessa! Bem, mande que entre; graças ao nosso querido convidado, vou perdoar aquele imbecil... Mande, mande...

Tatiana Ilínitchna se aproximou da porta e gritou: "Mítia!".

Mítia, um rapaz de vinte e oito anos, alto, esbelto e de cabelo encaracolado, entrou no aposento e, ao me ver, parou na soleira. Seu traje era alemão, mas só o tamanho descomunal das dobras bufantes nos ombros já serviam como prova evidente de que o alfaiate era russo da mais pura cepa.

— Entre, entre — disse o velho —, está com vergonha de quê? Agradeça à sua tia: está perdoado... Bem, meu pai,

---

[51] Plural de *isprávnik*, chefe da polícia rural do distrito. (N. do T.)

apresento — prosseguiu, apontando para Mítia — meu querido sobrinho, que eu não emendo de jeito nenhum. É o fim dos tempos! (Cumprimentamo-nos.) Diga-me, então, por que você se mete em tanta confusão? Conte-me por que estão se queixando de você.

Mítia, evidentemente, não tinha vontade de se explicar e se justificar na minha frente.

— Depois, titio — murmurou.

— Não, depois não, agora — prosseguiu o velho... — Sei que você está envergonhado com a presença do senhor proprietário: melhor ainda, fica como punição. Vamos, vamos, diga... Estamos escutando.

— Não tenho do que me envergonhar — começou Mítia, com vivacidade, e sacudiu a cabeça. — Julgue por si mesmo, titio. Dois *odnodvórtsi* de Rechetílovka chegam para mim e dizem: "Ajude-nos, irmão". — "O que é?" — "É o seguinte: nossos armazéns de cereais se encontram em bom estado, ou seja, não poderiam estar melhor; de repente chega um funcionário, com ordem de inspeção. Inspeciona e diz: 'Seus armazéns estão em desordem, o descuido é grave, tenho que relatar à chefia'. — 'Mas que descuido?' — 'Quem sabe disso sou eu', diz... Reunimo-nos e decidimos dar uma gratificação ao funcionário, como de hábito, mas o velho Prokhóritch se opõe, dizendo que isso só vai atiçá-lo. E para quê? Será que não temos justiça?... Ouvimos o velho, mas o funcionário ficou com raiva, apresentou a queixa e escreveu o relatório. Agora estão exigindo de nós uma resposta." — "Mas os seus armazéns estão mesmo em ordem?", pergunto. "Deus está vendo que estão em ordem, e com a quantidade de cereal estabelecida por lei..." — "Bem", eu digo, "então vocês não têm por que se intimidar", e escrevi um papel para eles... Ainda não se sabe quem vai ganhar a causa... Que tenham vindo se queixar de mim ao senhor por causa disso é compreensível: cada um cuida da sua pele.

— Cada um cuida, mas você, pelo visto, não — disse o velho, a meia-voz... — E qual é o seu rolo com os camponeses de Chutolômovo?

— Como o senhor sabe?

— Sabendo.

— Nisso eu também tenho razão; volte a julgar por si mesmo. O vizinho Bespándin lavrou quatro *dessiatinas* de terra dos camponeses de Chutolômovo. Dizia: a terra é minha. Os de Chutolômovo pagam tributo, o dono deles foi para o exterior, julgue por si mesmo: quem pode defendê-los? A terra é indiscutivelmente deles, uma servidão que vem de tempos imemoriais. Eles chegam para mim e dizem: redija uma petição. Eu redijo. Mas Bespándin ficou sabendo, e começou a ameaçar: "vou esmagar as omoplatas desse Mitka e arrancar a cabeça dos ombros dele...". Vamos ver como ele arranca: até agora está no lugar.

— Mas não fique se gabando: essa sua cabeça ainda vai acabar mal — afirmou o velho —, você está completamente louco!

— Mas, titio, o senhor não me disse sempre...

— Sei, sei o que você vai me dizer — interrompeu Ovsiánikov —, e é verdade: o homem deve viver pela justiça e está obrigado a ajudar o próximo. Às vezes não tem como poupar a si mesmo... Mas será que a sua conduta é essa? Você não é levado para a taberna? Não bebem com você, não o cumprimentam? "Dmitri Aleksêitch, meu pai, ajude-nos, e vamos mostrar nossa gratidão", e daí lhe passam uma nota de um ou cinco rublos por debaixo dos panos. Então? Não é isso que acontece? Diga, não é?

— Disso eu sou mesmo culpado — respondeu Mítia, baixando os olhos —, mas não aceito dos pobres, nem ajo contra a minha consciência.

— Agora não aceita, mas, quando piorar, vai aceitar. Não age contra a consciência... Ah, sei! Quer dizer que todos

O *odnodvóriets* Ovsiánikov

os que defende são santos? E Borka[52] Perekhódov, esqueceu? Quem intercedeu por ele? Quem o protegeu, hein?

— Perekhódov, de fato, tinha culpa...

— Esbanjou dinheiro público... Não é brincadeira!

— Mas pense, titio: a pobreza, a família...

— A pobreza, a pobreza... É um bêbado e um jogador, isso sim!

— Começou a beber de desespero — observou Mítia, baixando a voz.

— De desespero! Bem, já que o seu coração é tão zeloso, você deveria tê-lo ajudado, em vez de ficar no botequim com o bêbado. Ele fala bonito: grande coisa!

— É uma excelente pessoa...

— Para você, todo mundo é bom... E então — prosseguiu Ovsiánikov, dirigindo-se à mulher —, enviaram-no... bem, para lá, você sabe...

Tatiana Ilínitchna assentiu com a cabeça.

— Por onde você andou por esses dias? — voltou a dizer o velho.

— Estive na cidade.

— Imagino que ficou só jogando bilhar, tomando chá, arranhando um violão, correndo para cá e para lá pelas repartições públicas, redigindo petições nos quartos dos fundos, contando vantagem com filhos de comerciante... Foi isso? Conte-me!

— Mais ou menos isso — disse Mítia, com um sorriso...

— Ah! Estava quase esquecendo: Fúntikov, Anton Porfiônitch, convida-o para comer no domingo.

— Não vou na casa daquele barrigudo. Ele oferece peixe caro com manteiga rançosa. Que Deus o tenha.

---

[52] Diminutivo de Boris. (N. do T.)

— E também encontrei Fedóssia Mikháilovna.

— Quem é essa Fedóssia?

— Aquela do fazendeiro Garpentchenko, que arrematou Mikúlino em um leilão. Fedóssia é de Mikúlino. Era costureira em Moscou, e pagava regularmente um tributo de 182 rublos e meio por ano. O caso é que, em Moscou, recebia ótimas encomendas. E, agora, Garpentchenko a convocou e fica nessa, sem lhe dar ocupação. Ela está pronta para comprar sua alforria, e até já falou com o amo, mas ele não se decide. Titio, o senhor conhece Garpentchenko; não poderia lhe dizer uma palavrinha?... Pois Fedóssia está disposta a dar um bom dinheiro.

— Não é dinheiro seu, hein? Bem, bem, está certo, vou falar com ele, vou falar. Se bem que eu não sei — prosseguiu o velho, com rosto contrariado —, esse Garpentchenko, que Deus me perdoe, é um unha de fome: compra letras de câmbio, empresta dinheiro a juros, adquire bens em leilão... Quem é que o trouxe para os nossos lados? Ah, esses forasteiros todos! Não vai ser fácil chegar a um acordo, mas, enfim, vejamos.

— Faça um esforço, titio.

— Está bem, farei. Mas olhe aqui, olhe aqui! Não, não precisa se justificar... Que Deus esteja com você, que Deus esteja com você!... Pense no futuro, pelo amor de Deus, Mítia, senão você vai se dar mal, meu Deus, vai se estrepar. Não posso carregá-lo nas costas o tempo todo... não sou um homem poderoso. Bem, vá com Deus.

Mítia saiu. Tatiana Ilínitchna foi atrás dele.

— Sirva-lhe chá, menina travessa — gritou Ovsiánikov, em sua direção... — O rapaz não é nada bobo — prosseguiu —, e tem uma boa alma, mas eu temo por ele... Além disso, perdoe-me por tê-lo ocupado tanto tempo com ninharias.

A porta da frente abriu. Entrou um homenzinho atarracado e grisalho, de sobrecasaca de veludo.

— Ah, Franz Ivánitch! — gritou Ovsiánikov. — Olá! Como tem passado?

Caro leitor, permita-me apresentá-lo a esse senhor.

Franz Ivánitch Lejeune, meu vizinho e proprietário de terras em Orlov, chegou ao título honorífico de nobre russo de maneira nada comum. Nasceu em Orleans, de pais franceses, e esteve com Napoleão na invasão da Rússia, na qualidade de tamborileiro. Inicialmente, tudo correu às mil maravilhas, e o nosso francês entrou em Moscou de cabeça erguida; porém, na viagem de volta, o pobre *monsieur* Lejeune, congelado e sem tambor, caiu nas mãos dos mujiques de Smolensk. Os mujiques de Smolensk trancaram-no à noite em uma oficina de pisoamento e, na manhã seguinte, levaram-no a um buraco aberto no gelo, perto da represa, e começaram a pedir ao tamborileiro *"de la grrrrande armée"*[53] que lhes desse a honra, ou seja, que mergulhasse. *Monsieur* Lejeune não tinha como concordar com a proposta deles e, por seu turno, começou a pedir aos mujiques de Smolensk, em dialeto francês, que o deixassem ir a Orleans. "Lá, *messieurs* — dizia —, mora a minha mãe, *une tendre mère"*.[54] Mas os mujiques, provavelmente por desconhecerem a posição geográfica da cidade de Orleans, seguiram a lhe propor uma jornada subaquática, curso abaixo, pelo sinuoso rio Gnilotiorka, e já começavam a incentivá-lo com leves empurrões na cervical e na coluna vertebral, quando de repente, para indescritível alegria de Lejeune, ouviram-se sininhos, e apareceu na represa um trenó enorme, com um tapete colorido na traseira exageradamente elevada, atrelado a uma

[53] Em francês, no original (arremedando a pronúncia do "r"): "do grande exército". (N. do T.)

[54] "Uma terna mãe". (N. do T.)

troica de ruanos de Viatka. No trenó havia um fazendeiro gordo e corado, com um grande casaco de peles.

— O que vocês estão fazendo? — perguntou aos mujiques.

— Estamos afogando um francês, meu pai.

— Ah! — retrucou o latifundiário, com indiferença, virando as costas.

— *Monsieur! Monsieur!* — gritou o infeliz.

— Ah, ah! — disse o casaco de pele de lobo, em tom de reproche. — Veio à Rússia com um exército de doze nações, incendiou Moscou, seu maldito, arrancou a cruz de Ivan, o Grande, e agora me vem com *mussiê, mussiê!* Com o rabo entre as pernas! Bem feito... Vamos, Filka!

Os cavalos arrancaram.

— Ah, um instante, parem! — acrescentou o latifundiário... — Ei, você, *mussiê*, sabe música?

— *Sauvez moi, sauvez moi, mon bon monsieur!*[55] — repetia Lejeune.

— Veja só que povinho! Nenhum deles sabe russo! *Miusique, miusique, savê miusique vu? Savê?* Vai, fala! *Comprenê? Savê miusique vu? Savê juê* piano?

Lejeune finalmente entendeu o que o fazendeiro estava pedindo, e assentiu com a cabeça.

— *Oui, monsieur, oui, oui, je suis musicien; je joue de tous les instruments possibles! Oui, monsieur... Sauvez moi, monsieur!*[56]

— Bem, o seu santo é forte — retrucou o fazendeiro... — Rapazes, libertem-no; tomem vinte copeques para a vodca.

---

[55] Em francês, no original: "Salve-me, salve-me, meu bom senhor!". (N. do T.)

[56] "Sim, senhor, sim, sim, eu sou músico; eu toco todos os instrumentos possíveis! Sim, senhor... Salve-me, senhor!". (N. do T.)

— Obrigado, meu pai, obrigado. Por favor, leve-o.

Lejeune subiu no trenó. Sufocava de alegria, chorava, tremia, fazia reverências, agradecia ao fazendeiro, ao cocheiro, aos mujiques. Trajava apenas uma malha verde com fitas rosas, e o frio o maltratava para valer. Em silêncio, o fazendeiro olhou seus membros azulados e enregelados, embrulhou o infeliz em seu casaco e o levou para casa. Vieram os criados. Em um instante aqueceram, alimentaram e vestiram o francês. O proprietário conduziu-o até suas filhas.

— Vejam, crianças — disse —, o professor que encontrei para vocês. Vocês viviam me importunando: "faça-nos aprender música e o dialeto francês". Bem, ele é francês e toca piano. Bem, *mussiê* — prosseguiu, apontando para um piano vagabundo que comprara há cinco anos de um judeu que, a propósito, vendia água-de-colônia —, mostre-nos sua arte: *juê*!

Lejeune se sentou na cadeira com o coração na mão: jamais encostara em um piano.

— *Juê* aí, *juê* aí! — repetia o fazendeiro.

O coitado golpeava o teclado com desespero, como se fosse um tambor, e tocava do jeito que dava... "Eu achava — contou mais tarde — que o meu salvador ia me pegar pelo colarinho e expulsar de casa." Contudo, para extremo assombro do improvisador involuntário, o proprietário, pouco depois, deu-lhe um tapinha de aprovação no ombro. "Está bem, está bem — afirmou —, vejo que você sabe; agora vá descansar."

Duas semanas mais tarde, Lejeune passou daquele fazendeiro a outro, um homem rico e instruído, que se afeiçoou a ele devido a seu temperamento alegre e dócil, casou-se com sua pupila, entrou para o serviço público, deu a mão de sua filha a Lobizániev, proprietário rural de Oriol, dragão de cavalaria aposentado e poeta, e estabeleceu residência em Oriol.

Pois foi esse mesmo Lejeune, ou, como agora o chamam, Franz Ivánitch, quem estava diante de mim no quarto de Ovsiánikov, com o qual mantinha relações de amizade...

Mas talvez o leitor já esteja aborrecido de estar comigo na casa do *odnodvóriets* Ovsiánikov, motivo pelo qual guardarei um silêncio eloquente.

LGOV

— Vamos a Lgov — disse-me certa vez Iermolai, que os leitores já conhecem —, lá podemos atirar nos patos à vontade.

Embora para o verdadeiro caçador o pato selvagem não ofereça atrativo especial, devido à falta, até então, de outro tipo de caça (era começo de setembro; as galinholas ainda não apareciam, e eu já estava farto de correr pelos campos atrás de perdizes), dei ouvidos a meu caçador e me dirigi a Lgov.

Lgov é uma grande aldeia na estepe com uma antiquíssima igreja de uma só cúpula e dois moinhos no pantanoso riacho Rossota. A cinco verstas de Lgov, tal riacho vira uma grande lagoa, em cujas margens e em cujo centro, em alguns lugares, crescia um canavial espesso, chamado em Oriol de *maier*. Nessa lagoa, nas enseadas ou na calmaria do canavial, sobrevivia uma quantidade incontável de patos de todas as variedades possíveis: pato-real, marreco selvagem, arrabio, cerceta, pato-mergulhador. Pequenos bandos passavam voando o tempo todo e pairavam sobre a água, e a cada disparo se erguiam nuvens tais, que o caçador involuntariamente levava a mão ao gorro e dizia, de modo arrastado: "Arre-e!". Passei com Iermolai ao largo da lagoa, mas, em primeiro lugar, o pato, ave cautelosa, não ia ficar ali, bem na margem; em segundo lugar, ainda que alguma cerceta retardatária e inexperiente se expusesse a nossos tiros e perdesse a vida, nossos cães não teriam condições de tirá-la do denso *maier*: apesar de sua nobilíssima abnegação, eles não tinham como nadar, nem andar pelo fundo, e só teriam cortado inutilmente seus valorosos narizes nas arestas afiadas da cana.

— Não — afirmou, por fim, Iermolai —, a coisa não vai: precisamos arranjar um barco... Voltemos a Lgov.

E nós fomos. Mal demos um passo e, por detrás de um salgueiro espesso, veio correndo em nossa direção um mísero cão perdigueiro, atrás do qual surgiu um homem de estatura mediana, de sobrecasaca azul bastante surrada, colete amarelado, calças de cor *gris de lin* ou *bleu d'amour* enfiadas às pressas em umas botas esburacadas, lenço vermelho no pescoço e espingarda de um só cano no ombro. Enquanto nossos cães, com o habitual cerimonial chinês que lhes é peculiar, farejavam aquela fisionomia desconhecida que, evidentemente, morria de medo, metia o rabo entre as pernas, alçava as orelhas e virava o corpo todo com rapidez, sem dobrar os joelhos e arreganhando os dentes, o desconhecido veio até nós, saudando-nos com extraordinária cortesia. Aparentava ter vinte e cinco anos: seus longos cabelos castanho-claros, fortemente embebidos de *kvas*, formavam mechas rígidas, os olhinhos castanhos piscavam com alegria, e todo o seu rosto, envolto em um lenço negro, como se tivesse dor de dente, sorria com doçura.

— Permita que me apresente — começou, com voz suave e insinuante —, sou Vladímir, um caçador daqui... Ao ouvir falar de sua chegada e ao saber que o senhor pretendia se dirigir à margem da nossa lagoa, decidi, se o senhor não se opuser, oferecer-lhe meus serviços.

O caçador Vladímir falava como um jovem ator de província desempenhando o papel do galã principal, sem tirar nem pôr. Concordei com sua proposta e consegui saber toda a sua história antes de chegar a Lgov. Era um servo liberto; na mais tenra infância aprendeu música, depois foi camareiro, foi alfabetizado, leu, como pude observar, um ou outro livrinho e vivia hoje como muitos vivem na Rússia, sem um tostão nem ocupação permanente, alimentando-se de pouco mais que o maná dos céus. Exprimia-se com rara elegância e evidentemente se gabava de seus modos; também devia ser um mulherengo, com todas as probabilidades de êxito, já que as moças russas adoram a eloquência. Além disso, deu-me a entender que frequentava vez por outra os vizinhos fazendeiros, e também visitava a cidade, jogava *préférence*, e conhecia pessoas da capital. Ria de forma magistral e extraordinariamente variada: caía-lhe especialmente bem o riso modesto e contido que lhe aflorava aos lábios quando prestava atenção na fala dos outros. Ao escutá-lo, estava de pleno acordo com você, ainda que não perdesse o senso de dignidade, dando a entender que poderia, se fosse o caso, expressar sua própria opinião. Iermolai, homem nem um pouco instruído e completamente desprovido de "sutileza", começou a chamá-lo de "você". Valia a pena ver com que sorriso Vladímir o tratava de "meu senhor"...

— Por que o senhor está de lenço? — perguntei. — Tem dor de dente?

— Não, senhor — retrucou —, trata-se da consequência extremamente nefasta de uma imprudência. Eu tinha um amigo que era uma ótima pessoa, mas de caçador não tinha nada, como às vezes acontece. Certo dia ele me diz: "Querido amigo, leve-me para caçar: tenho curiosidade de saber em que consiste esse passatempo". Eu, evidentemente, não queria negar isso a um camarada; arrumei-lhe uma espingarda e levei-o à caça. Caçamos à vontade e, no fim, decidimos descansar. Sentei-me ao pé de uma árvore enquanto ele, em vez disso, pôs-se a brincar com a espingarda, chegando a apontá-la para mim. Pedi-lhe que parasse, porém, por inexperiência, ele não me deu ouvidos. Rebentou o tiro e eu perdi o queixo e o indicador da mão direita.

Chegamos a Lgov. Vladímir e Iermolai decidiram ambos que não dava para caçar sem barco.

— Sutchok tem um *doschánik*[57] — observou Vladímir —, mas não sei onde escondeu. Temos que ir atrás dele.

— Atrás de quem? — perguntei.

— Aqui mora um homem cujo apelido é Sutchok.[58]

Vladímir foi atrás de Sutchok com Iermolai. Eu lhes disse que esperaria junto à igreja. Observando as tumbas do cemitério, deparei-me com uma enegrecida urna retangular, com as seguintes inscrições: de um lado, as letras francesas *"Ci gît Théophile Henri, vicomte de Blangy"*;[59] no outro, "Sob esta lápide está sepultado o corpo do súdito francês, conde de Blangy, nascido em 1737, morto em 1799, à idade de 62 anos"; no terceiro, "Paz a seus restos mortais", e, no quarto,

Sob esta lápide jaz um emigrado francês;
Além de linhagem nobre, possuía também talento,
Depois de chorar o extermínio da esposa e da família,
Deixou a pátria, violada por tiranos;
Ao chegar às margens da terra russa,
Encontrou teto hospitaleiro para a velhice;
Educou os filhos, enterrou os pais...
O juízo do Altíssimo concedeu-lhe repouso aqui...

A chegada de Iermolai, de Vladímir e do homem com o estranho apelido de Sutchok interrompeu minha meditação.

Descalço, esfarrapado e com os cabelos em pé, Sutchok parecia um servo aposentado de sessenta anos.

---

[57] Barco achatado, feito de tábuas de velhas barcaças. (N. do A.)

[58] Galho. (N. do T.)

[59] Em francês, no original: "Aqui jaz Théophile Henri, visconde de Blangy". (N. do T.)

— Você tem barco? — perguntei.

— Tenho — respondeu com voz surda e gasta —, mas é bem ruim.

— Como assim?

— Ele se desfez; os rebites caíram das fendas.

— Grande coisa! — exclamou Iermolai. — Dá para arrumar com estopa.

— Dá sim — confirmou Sutchok.

— E quem é você?

— Um pescador senhorial.

— Como você é pescador e seu barco está fora de ordem?

— Mas no nosso rio não há peixes.

— Os peixes não gostam da ferrugem do pântano —, observou meu caçador, com seriedade.

— Bem — eu disse a Iermolai —, vá arrumar estopa e consertar o nosso barco, mas logo.

Iermolai saiu.

— E se nós afundarmos? — eu disse a Vladímir.

— Deus é misericordioso — respondeu. — Em todo caso, supõe-se que a lagoa não seja profunda.

— Não, não é profunda — observou Sutchok, que falava de modo estranho, como se estivesse meio dormindo —, no fundo dela tem lodo e erva, e a erva está por todos os lados. Além disso, também há *koldóbini*.[60]

— Só que, se tem tanta erva — observou Vladímir —, não dá para remar.

— E quem vai remar em um *doschánik*? Tem que empurrar. Vou com vocês; tenho uma estaca, mas também dava para levar uma pá.

— Pá não serve, ela não chega ao fundo de um lugar desses —, disse Vladímir.

---

[60] Lugar profundo, buraco em uma lagoa ou rio. (N. do A.)

— Tem razão, não serve.

Sentei-me em uma tumba, à espera de Iermolai. Vladímir se afastou para um lado por decoro e também se sentou. Sutchok continuava de pé no mesmo lugar, de cabeça baixa e as mãos, de acordo com um antigo costume, às costas.

— Diga, por favor — comecei —, faz tempo que você é pescador aqui?

— Cheguei ao sétimo ano — respondeu, aprumando-se.

— E antes você fazia o quê?

— Antes eu era cocheiro.

— E quem o despediu como cocheiro?

— A nova patroa.

— Que patroa?

— A que nos comprou. Talvez o senhor a conheça: Aliona Timofiêievna, uma gorda... De idade.

— E por que ela decidiu transformá-lo em pescador?

— Sabe Deus. Chegou aqui de sua propriedade, em Tambov, mandou reunir todos os servos e veio até nós. Primeiro beijamos sua mão, e ela não fez nada: não ficou brava... Depois começou a nos interrogar em ordem: o que fazíamos, qual a nossa função. A fila chegou até mim, e ela me perguntou: "O que você faz?". Respondi: "Sou cocheiro". — "Cocheiro? Não, cocheiro como, olhe para si mesmo: como assim, cocheiro? Cocheiro não lhe cabe, agora você vai ser meu pescador, e vai fazer a barba. Quando eu vier, você vai fornecer peixe à mesa senhorial, está me ouvindo?..." Desde então, sou um dos pescadores. "E mantenha a minha lagoa em ordem..." Mas como mantê-la em ordem?

— Antes você era de quem?

— De Serguei Serguêitch Piékhterev. Ficamos de herança para ele. Mas ele não nos teve por muito tempo, foram uns seis anos ao todo. Foi com ele que virei cocheiro... mas não na cidade; no campo, lá ele tinha outros.

— Você é cocheiro desde a juventude?

— Que nada! Virei cocheiro com Serguei Serguêitch, mas antes era cozinheiro; só que não na cidade, mas também na aldeia.

— Você foi cozinheiro de quem?

— Do patrão anterior, Afanássi Nefiéditch, tio de Serguei Serguêitch. Foi ele, Afanássi Nefiéditch, quem comprou Lgov, que ficou de herança para Serguei Serguêitch.

— Comprou de quem?

— De Tatiana Vassílievna.

— Que Tatiana Vassílievna?

— A que morreu dois anos atrás, perto de Bôlkhov... não, perto de Karátchev, ficou para tia... Nunca se casou. Não chegou a conhecê-la? Chegamos a ela a partir de seu pai, Vassíli Semiônitch. Ela nos teve por bom tempo... uns vinte anos.

— Então você foi cozinheiro dela?

— Primeiro fui exatamente cozinheiro, depois virei *kofíchenk*.[61]

— Virou o quê?

— *Kofíchenk*.

— O que é isso?

— Nem eu sei, meu pai. Ficava no bar e era chamado de Anton, e não de Kuzmá. Ordem da patroa.

— Seu verdadeiro nome é Kuzmá?

— Kuzmá.

— E foi *kofichénk* o tempo todo?

— Não, o tempo todo não: também fui *artor*.

— Sério?

— Fui mesmo... atuei em um *queatro*. A patroa tinha um *queatro* em casa.

---

[61] Do alemão *Kaffeeschenk*, empregado da corte encarregado do chá, café, chocolate etc. (N. da E.) — A pronúncia correta é *kofichénk*, usada em seguida pelo narrador. (N. do T.)

— Quais eram os seus papéis?

— Como assim?

— O que você fazia no teatro?

— O senhor não sabe? Eles me pegavam e me punham umas roupas bonitas; daí eu andava todo enfeitado, ou ficava de pé, ou me sentava, como fosse o caso. Diziam: diga isso, e eu dizia. Uma vez me fiz de cego... Colocaram-me uma ervilha embaixo de cada pálpebra... Era assim!

— E depois você foi o quê?

— Depois voltei a ser cozinheiro.

— Por que o rebaixaram de volta para cozinheiro?

— Um irmão meu fugiu.

— E com o pai da sua primeira patroa, o que você fazia?

— Tive diversas funções: primeiro *kazatchok*,[62] depois *faléter*,[63] jardineiro e monteiro.

— Monteiro?... Saía com os cachorros?

— Saía com os cachorros, e quase morri: caí do cavalo, e o cavalo se machucou. Nosso velho amo era muito severo; mandou me açoitarem e me enviarem a Moscou como aprendiz de sapateiro.

— Aprendiz? Mas você não devia ser um menino quando era monteiro.

— Eu tinha uns vinte e poucos anos.

— Dá para aprender alguma coisa com vinte anos?

— Quando é uma ordem do patrão, tem que dar. Felizmente ele morreu logo, e me devolveram à aldeia.

— Quando você aprendeu a cozinhar?

Sutchok ergueu o rosto magro e amarelado e riu.

— E isso se aprende?... Se as mulheres cozinham!

— Bem, Kuzmá — afirmei —, você passou por cada

---

[62] "Pequeno cossaco": pajem que se vestia de cossaco. (N. do T.)

[63] Deformação de *foréitor*, postilhão. (N. do T.)

uma! E como você faz agora para ser pescador se não tem peixe?

— Ah, meu pai, eu não me queixo. Graças a Deus que me fizeram pescador. Veja aquele outro, um velho como eu, Andrei Pupir, que a patroa mandou para a fábrica de papel, para as tinas. Ela dizia que era pecado comer o pão sem ganhá-lo... E Pupir tinha esperança de ganhar a graça dela: tem um sobrinho que serve como empregado no escritório senhorial, que prometeu se lembrar de falar dele à patroa. Ah, claro que se lembrou! Mesmo assim, Pupir, na minha frente, fez uma reverência ao sobrinho até o chão.

— Você tem família? Foi casado?

— Não, meu pai, não fui. A finada Tatiana Vassílievna, que Deus a tenha, não deixava ninguém se casar. Deus nos guarde! Às vezes dizia: "Pois eu vivo assim, solteira, que capricho é esse? O que vocês querem?".

— Do que você vive agora? Recebe ordenado?

— Que ordenado, meu pai? Dão a boia, e glória ao Senhor! Estou bastante satisfeito. Que Deus dê longa vida à nossa senhora!

Iermolai voltou.

— O barco foi consertado — afirmou, rude. — Vá já buscar sua vara!...

Sutchok saiu correndo atrás da vara. Durante toda a minha conversa com o pobre velho, o caçador Vladímir o fitara com um sorriso de desprezo.

— Que imbecil — afirmou, assim que o outro saiu —, um ignorante completo, um mujique e nada mais. Nem merece ser chamado de criado doméstico... e ficava se gabando o tempo todo... Como poderia ser ator? Julgue por si só! Foi uma perda de tempo o senhor se incomodar e se dignar a conversar com ele!

Em um quarto de hora já estávamos sentados no *doschánik* de Sutchok. (Deixamos o cachorro na isbá, aos cuidados do cocheiro Iegudiil.) Não estávamos muito confortáveis, mas os caçadores são gente frugal. Sutchok estava de pé, na extremidade traseira, achatada, "empurrando"; Vladímir e eu estávamos sentados na barra transversal do barco; Iermolai alojou-se na frente, na proa. Apesar da estopa, a água logo surgiu a nossos pés. Felizmente o tempo era tranquilo, e a lagoa parecia adormecida.

Navegávamos bem devagar. O velho arrancava com dificuldade o lodo pegajoso de sua longa vara, toda emaranhada de fios verdes de erva submarina; as folhas redondas e densas dos lírios do pântano também atrapalhavam a marcha de nosso barco. Finalmente chegamos ao canavial, e foi um Deus nos acuda. Os patos levantavam voo de forma ruidosa, "escapavam" da lagoa, assustados com nossa inesperada aparição em seus domínios, os tiros iam na direção deles em conjunto, e era divertido ver aquelas aves de cauda curta dando cambalhotas no ar e caindo pesadamente na água. Claro que não pegamos todos os patos que acertamos: os que estavam feridos de leve mergulharam; outros, que haviam sido mortos, caíram naquele *maier* tão espesso que nem os olhinhos de lince de Iermolai conseguiam descobri-los; porém, de qualquer forma, na hora do almoço, nosso barco estava cheio de caça até a borda.

Vladímir, para grande alívio de Iermolai, atirava muito mal, e depois de cada disparo fracassado se espantava, inspecionava e limpava a espingarda, ficava perplexo e, finalmente, nos relatava o motivo de ter errado. Como sempre, Iermolai atirava com êxito, e eu muito mal, como de hábito. Sutchok nos observava com os olhos de alguém que servia desde a juventude, gritando às vezes: "Olha lá, olha lá mais um pato!", enquanto coçava as costas não com as mãos, mas com um movimento de ombros. O tempo ficou maravilhoso: nuvens brancas e redondas deslizavam em silêncio bem acima de nós, refletindo-se com clareza na água; o canavial cochichava ao nosso redor; em alguns lugares, a lagoa brilhava ao sol como aço. Preparávamo-nos para retornar à aldeia quando, de repente, ocorreu um incidente bastante desagradável.

Já havíamos podido observar há tempos que a água vinha se apossando aos poucos do *doschánik*. Vladímir tinha sido encarregado de jogá-la fora com o auxílio de uma concha que meu precavido caçador havia furtado, para uma eventualidade, de alguma mulher descuidada. A coisa estava indo bem enquanto Vladímir não se esquecia de seu dever. Contudo, no final da caçada, como se estivessem se despedindo, os patos levantaram voo em bandos tão grandes, que mal conseguimos carregar nossas espingardas. No ardor dos disparos, não prestamos atenção no estado de nosso *doschánik* quando, de repente, com um movimento brusco de Iermolai (que tentava alcançar um pássaro morto, apoiando-se com o corpo inteiro na borda), nossa vetusta embarcação se inclinou, encheu-se de água e foi a pique de modo solene — felizmente, em um lugar pouco profundo. Gritamos, mas já era tarde: em um instante, estávamos com água pelo pescoço e rodeados pelos corpos dos patos mortos que vieram à tona. Hoje não consigo me lembrar sem dar risada dos rostos assustados e pálidos de meus camaradas (provavelmente meu rosto também não estava muito corado); confesso, contudo, que rir naquele momento nem me passava pela cabeça. Cada um de nós segurava a espingarda acima da testa, e Sutchok, talvez devido ao hábito de imitar os senhores, levantou a vara. O primeiro a romper o silêncio foi Iermolai.

— Arre, diacho! — murmurou, cuspindo na água. — Que coisa! Tudo culpa sua, seu diabo velho! — acrescentou, com irritação, na direção de Sutchok. — Que tipo de barco você tem?

— Culpa minha — balbuciou o velho.

— E você também foi ótimo — prosseguiu o meu caçador, voltando a cabeça na direção de Vladímir —, estava olhando para onde? Por que não tirou a água? Seu, seu, seu...

Vladímir, porém, não estava para objeções: tremia como uma folha, batia os dentes e sorria com absoluta demência. Onde tinha ido parar sua eloquência, seu fino senso de decoro e amor-próprio?

O maldito *doschánik* balançava debilmente sob nossos pés... No momento do naufrágio, a água nos pareceu extremamente fria, mas nos acostumamos rapidamente. Quando o medo inicial passou, olhei ao redor; em volta, a dez passos de nós, crescia a cana; ao longe, acima de seu topo, avistava-se a margem. "Ruim!", pensei.

— O que vamos fazer? — perguntei a Iermolai.

— Vejamos: não dá para passar a noite aqui — respondeu. — Ei, você, segure minha espingarda — disse a Vladímir.

Vladímir acatou sem ressalvas.

— Vou procurar o vau — prosseguiu Iermolai, com segurança, como se em toda lagoa infalivelmente tivesse de existir um vau; tomou a vara de Sutchok e partiu na direção da margem, sondando o fundo com cautela.

— Mas você sabe nadar? — indaguei-lhe.

— Não, não sei — soou sua voz, detrás do canavial.

— Então vai se afogar — observou com indiferença Sutchok, o qual inicialmente se assustara não com o perigo, e sim com a nossa ira, e que agora, completamente tranquilo, só resfolegava de tempos em tempos, e não parecia sentir necessidade de mudar de posição.

— E sua morte será inútil — acrescentou Vladímir, em tom de queixa.

Passou mais de uma hora sem que Iermolai voltasse. Aquela hora nos pareceu interminável. Primeiro, trocamos gritos com ele com bastante assiduidade; depois passou a responder mais raramente aos nossos brados, até finalmente se calar de todo. Os sinos da aldeia soavam as vésperas. Não conversávamos, e até tentávamos não olhar uns para os outros. Os patos se ergueram acima de nossas cabeças; alguns davam a impressão de pousar perto de nós, mas subiam de repente, como "flechas", como se diz, e saíam voando com um grasnado. Começamos a ficar entorpecidos. Sutchok piscava, como se tencionasse dormir.

Finalmente, para nosso indescritível júbilo, Iermolai regressou.

— E então?

— Fui até a margem; encontrei um vau... Vamos.

Queríamos partir imediatamente; mas antes ele tirou um barbante do bolso debaixo da água, amarrou os patos mortos pelas patas, pegou ambas as extremidades com os dentes e avançou; Vladímir atrás dele, eu atrás de Vladímir. Sutchok fechava o cortejo. Eram uns duzentos passos até a margem; Iermolai caminhava com segurança e sem se deter (de tão bem que havia anotado o caminho), e só gritava de vez em quando: "Para a esquerda, à direita tem um buraco!"; ou: "Para a direita, à esquerda você vai ficar atolado...". Em ocasiões a água chegava até o pescoço, e por duas vezes o pobre Sutchok, que era mais baixo do que nós, se engasgou e borbulhou: "Vamos, vamos, vamos!" — gritava-lhe Iermolai, em tom de ameaça —, e Sutchok trepava, balançava as pernas, pulava e chegava com dificuldade a um lugar mais raso, mas nem mesmo na maior urgência se decidia a agarrar a aba da minha sobrecasaca. Extenuados, imundos e molhados, chegamos finalmente à margem.

Duas horas mais tarde, já estávamos sentados em um grande celeiro de feno, tão secos quanto possível, e nos preparando para jantar. O cocheiro Iegudiil, homem extraordinariamente lerdo, de andar pesado, ponderado e modorrento, estava de pé junto ao portão, oferecendo fumo zelosamente a Sutchok. (Reparei que, na Rússia, os cocheiros fazem amizade bem rápido.) Sutchok cheirava o rapé com um fre-

Lgov

nesi que dava até enjoo: cuspia, tossia e, pelo jeito, sentia enorme satisfação. Vladímir assumiu um aspecto lânguido, com a cabeça baixa e de lado, e falava pouco. Iermolai limpava nossas espingardas. Os cães reviravam as caudas com rapidez exagerada, à espera da aveia; os cavalos batiam os cascos e relinchavam sob o alpendre... O sol se punha; seus últimos raios se dispersavam em amplas tiras rubras; nuvens douradas se alastravam pelo céu, cada vez mais miúdas, como flocos de lã lavados e passados... Na aldeia ouviam-se canções.

O PRADO DE BIÉJIN

Era um maravilhoso dia de julho, um daqueles que só ocorrem quando o tempo está bem firme. O céu estava claro desde o nascer do dia; o amanhecer não arde como um incêndio, mas se abre em um dócil rosado. O sol, nem escarlate, nem abrasador, como na época da tórrida seca, nem com o rubro turvo de antes da tempestade, mas sim resplandecente, afável e límpido, emerge tranquilamente de uma nuvenzinha estreita e longa, brilha com frescor e submerge em sua neblina lilás. A fina borda superior da prolongada nuvem cintila como uma serpente; seu brilho é similar ao brilho da prata polida... Mas eis que os raios brincalhões voltam a jorrar, e de forma alegre e majestosa, como se levantasse voo, o poderoso astro se ergue. Perto do meio-dia, normalmente surge grande quantidade de nuvens altas e redondas, de um cinza dourado, com suaves contornos brancos. Como se fossem ilhas dispersas sobre um rio infinitamente a transbordar, que as contorna com seus braços diáfanos de um azul profundo e transparente, elas quase não saem do lugar; mais adiante, na direção do horizonte, elas se deslocam, se comprimem, e o azul entre elas já não se vê; porém, são tão celestes quanto o céu: de lado a lado estão perpassadas de luz e calor. A cor do horizonte, um lilás ligeiro e pálido, não muda ao longo do dia todo, e é a mesma ao redor; não está escuro em lugar algum, nem há tempestade a se adensar; só umas faixas azul-celeste a se estender de cima para baixo, em alguns lugares: cai dessa forma uma chuva quase imperceptível. Ao entardecer, tais nuvens desaparecem; as últimas delas, enegrecidas e indistintas como fumaça, formam rolos rosados diante do sol poente; no lugar em que ele se põe, com a mesma calma com que ascendeu aos céus, um clarão azul paira certo tempo sobre a terra escurecida, e, piscando suavemente como uma velinha carregada com cuidado, a estrela d'alva se acende. Em dias assim, todas as cores se suavizam; são claras, mas não berrantes; tudo leva a marca de uma comovente doçura. Em dias assim, o calor às vezes fica bem forte, e às vezes até sai "vapor" das encostas dos campos; o vento, contudo, afasta e dispersa o ardor acumulado, e redemoinhos — sinal indubitável de tempo bom — de colunas altas e brancas passeiam pelos caminhos dos campos lavrados. O ar seco e limpo cheira a absinto, a centeio segado, a trigo sarraceno; a umidade não se faz sentir até o cair da noite. É esse tempo que o lavrador deseja para a colheita do cereal...

Foi em um dia desses que certa vez saí à caça de tetrazes no distrito de Tchern, na província de Tula. Encontrei e atirei em muitas presas; minha bolsa de caçador, repleta, machucava-me o ombro sem misericórdia; entretanto, o crepúsculo já descia, e no ar, ainda claro, embora não mais iluminado pelos raios do sol poente, começaram a se adensar e se derramar sombras frias, quando decidi, finalmente, voltar para casa. Com passos rápidos, percorri uma longa "praça" de arbustos, subi uma colina e, em vez da esperada e familiar planície com um bosque de carvalhos à esquerda e uma igreja branca baixa ao longe, deparei-me com um lugar completamente diferente e desconhecido. Um vale estreito se estendia aos meus pés; bem de frente para mim, erguia-se, como uma parede abrupta, um bosque cerrado de choupos-tremedores. Perplexo, detive-me e olhei ao redor... "Ei — pensei —, fui dar em outro lugar, completamente diferente: fui muito para a direita", e, surpreso com meu próprio erro, desci prontamente a colina. Fui imediatamente tomado por uma umidade desagradável e parada, como se tivesse entrado em uma adega; a grama espessa e alta do fundo do vale, completamente molhada, branquejava como uma toalha; dava arrepios percorrê-la. Escapei o mais rápido possível para o outro lado e, tomando a esquerda, passei ao lado do bosque de choupos. Os morcegos já sobrevoavam suas copas adormecidas, fazendo círculos misteriosos e trêmulos no claro-escuro do céu; um açor atrasado passou nas alturas, num voo veloz e reto, com pressa de chegar ao ninho. "Quando tiver alcançado aquele canto — pensei comigo mesmo —, vou achar a estrada, mas depois de dar uma volta de uma versta!"

Finalmente cheguei ao canto do bosque, mas lá não havia estrada alguma: uns arbustos não segados e baixos se estendiam amplamente à minha frente, e atrás deles, bem ao longe, avistava-se um campo ermo. Voltei a me deter. "O que vem a ser isso?... Onde é que eu estou?" Comecei a recordar por onde tinha caminhado ao longo do dia... "Ah! São os arbustos de Parákhino! — exclamei por fim —, é isso mesmo! E esse tem que ser o bosque de Sindêievo... Mas como vim parar aqui? Tão longe?... Que estranho! Agora tenho que tomar de novo a direita."

Tomei a direita, por entre os arbustos. Enquanto isso, a noite se aproximava e crescia, como uma nuvem de tempestade; parecia que, junto com os vapores da noite, a escuridão se erguia de todos os lados, e mesmo despencava das alturas. Fui dar em uma trilha selvagem, cheia de mato; percorri-a olhando para a frente com atenção. Tudo em volta ficou rapidamente escuro e silencioso; só as codornizes gritavam de quando em vez. Um pequeno pássaro noturno, batendo as asas suaves de modo silencioso e baixo, quase se chocou comigo, mergulhando para o lado, cheio de medo. Saí na ourela do matagal e caminhei pelo limite do campo. Já tinha dificuldade de distinguir objetos distantes; o campo ao meu redor era de um branco difuso; atrás dele, a cada instante avançavam as trevas sombrias, em nuvens colossais. Meus passos soavam surdos no ar enregelado. O céu pálido voltou a ficar azul, mas já era o azul da noite. Nele começaram a cintilar e remexer-se as estrelinhas.

O que eu havia tomado por um bosque revelou-se um outeiro escuro e redondo. "Mas onde é que estou?", repeti novamente em voz alta, detendo-me pela terceira vez e fitando de modo interrogativo Dianka, minha cadela inglesa de manchas amarelas, decididamente a mais inteligente de todos os quadrúpedes. Contudo, a mais inteligente de todos os quadrúpedes só fazia mover o rabo e piscar tristemente os olhinhos cansados, e não me dava nenhum conselho prático. Fiquei com vergonha dela e me lancei com ímpeto para a frente, como se de repente tivesse adivinhado para onde devia ir, contornei o outeiro e fui parar em um vale raso e lavrado. De imediato, fui tomado por uma sensação estranha. Esse vale tinha o aspecto quase perfeito de um caldeirão com as paredes inclinadas; em seu fundo se destacavam umas pedras brancas em posição vertical, que pareciam ter se juntado ali para uma reunião secreta, e ali era tão surdo e mudo, tão uniforme, e o céu sobre ele pairava tão triste, que meu coração se apertou. Entre as pedras, um bichinho dava piados fracos e queixosos. Apressei-me para voltar ao outeiro. Até então, ainda não tinha perdido a esperança de achar o caminho de casa; contudo, convenci-me finalmente de que estava completamente perdido e, sem mais tentar reconhecer os arredores, quase totalmente afogados na escuridão, caminhei reto, guiando-me pelas estrelas, ao acaso... Caminhei assim cerca de meia hora, arrastando os pés com dificuldade. Tive a impressão de jamais ter estado em um lugar tão deserto: nenhuma fagulha a tremeluzir em lugar algum, nenhum ruído a se ouvir. Uma colina inclinada sucedia à outra, campo ia atrás de campo, infinitamente, e era como se os arbustos brotassem de repente da terra, debaixo do meu nariz. Eu andava o tempo todo e já me preparava para me deitar em algum lugar até o amanhecer quando, de repente, fui dar em um horrível precipício.

Recuei rapidamente a perna estendida e, através da penumbra quase opaca da noite, avistei ao longe, embaixo de mim, uma imensa planície. Um rio largo a contornava em um semicírculo, afastando-se de mim; acerados reflexos de água, cintilando intermitentes e confusos, marcavam o seu curso. A colina na qual eu estava terminava subitamente no precipício íngreme; seus contornos enormes se distinguiam, enegrecidos, do azul do espaço celestial, e logo embaixo de mim, no ângulo formado pelo precipício e pela planície, junto ao rio, que naquele lugar permanecia imóvel como um espelho escuro, embaixo da própria escarpa da colina, duas pequenas fagulhas ardiam com chamas vermelhas e soltavam fumaça, uma ao lado da outra. Em torno delas se moviam pessoas, agitavam-se sombras, às vezes a fronte de uma pequena cabeça com cabelos encaracolados reluzia de modo imprevisto...

Reconheci, por fim, onde estava. Aquele prado era célebre em nossas redondezas com o nome de prado de Biéjin... Contudo, não havia nenhuma possibilidade de voltar para casa, ainda mais à noite; minhas pernas fraquejavam de cansaço. Resolvi ir até os fogos e, em companhia daquelas pessoas, que tomei por vaqueiros, esperar o amanhecer. Desci placidamente, mas mal consegui soltar o último galho a que me agarrara e, de súbito, dois grandes cachorros brancos e peludos se lançaram sobre mim, ladrando com fúria. Ouvi sonoras vozes de criança em torno do fogo; dois ou três meninos se levantaram rapidamente do chão. Respondi seus gritos de interrogação. Eles correram até mim, chamaram no ato os cães, que tinham ficado especialmente surpresos com a aparição da minha Dianka, e eu fui até eles.

O prado de Biéjin

Enganei-me ao tomar as pessoas sentadas em volta do fogo como vaqueiros. Eram simplesmente meninos camponeses das aldeias vizinhas, guardando uma manada. No nosso verão escaldante, os cavalos são levados para se alimentar nos campos à noite: de dia, moscas e mutucas não lhes dão sossego. Levar os cavalos ao anoitecer e trazê-los ao amanhecer é uma grande ocasião para os meninos camponeses. Sentados sem gorros e com velhas peliças curtas nos mais vivos corcéis, eles voam ululando e gritando de alegria, balançando braços e pernas, saltitando alto, gargalhando ruidosamente. Uma leve poeira de colunas amarelas se eleva e percorre o caminho; ao longe se ouve o impetuoso tropel, os cavalos correm de orelhas em pé; à frente de todos, erguendo a crista e mudando incessantemente o passo, sai em disparada um alazão, com bardanas na crina emaranhada.

Disse aos meninos que tinha me perdido e me sentei perto deles. Perguntaram de onde eu era, calaram-se, se afastaram. Conversamos um pouco. Sentei-me embaixo de um arbusto meio roído e me pus a olhar em volta. O quadro era maravilhoso: perto do fogo, tremia, e parecia se extinguir, apoiando-se na escuridão, um clarão circular e avermelhado; a chama, ao arder, lançava de vez em quando clarões rápidos para além da linha desse círculo; uma tênue língua de luz lambia os ramos nus do salgueiro para desaparecer imediatamente; sombras pontiagudas e longas, por sua vez, irrompiam em um instante, e alcançavam o fogo: a sombra lutava com a luz. Às vezes, quando a chama ardia com menos força e o círculo de luz se estreitava, da escuridão que se aproximava surgia subitamente uma cabeça de cavalo, um baio, de franja sinuosa, ou completamente branco, olhava para nós de forma atenta e atoleimada, mascando com presteza a grama alta e, ao voltar a baixar a cabeça, ficava escondido no mesmo instante. Só dava para ouvi-lo continuar a mascar e a fungar. De um lugar iluminado, é difícil discernir o que ocorre na penumbra, e, por isso, tudo nas redondezas parecia quase coberto por uma cortina negra; porém, mais longe, no horizonte, vislumbravam-se as manchas longas das colinas e bosques. O céu escuro e límpido pairava sobre nós, solene e vasto, com toda a sua suntuosidade misteriosa. Dava um leve aperto no coração respirar esse aroma especial, penoso e fresco, o aroma da noite russa de verão. Ao redor não se ouvia quase nenhum ruído... Apenas, de vez em quando, no rio próximo, um grande peixe chapinhava de modo repentinamente sonoro, e a cana da margem fazia um fraco murmúrio, levemente sacudida pelo impacto da água... Só as chamas crepitavam tênues.

Os meninos estavam sentados em torno delas, junto com os dois cachorros que haviam querido me devorar. Durante muito tempo eles não conseguiram se habituar à minha presença e, estreitando os olhos de sono e fitando o fogo de esguelha, rosnavam de vez em quando, com um raro sentimento de dignidade; primeiro rosnavam, depois ganiam, como se deplorassem a impossibilidade de realizar seu desejo. Ao todo, os meninos eram cinco: Fiédia, Pavlucha, Iliucha, Kóstia e Vânia.[64] (Fiquei sabendo seus nomes ao ouvi-los conversar, e agora os apresento ao meu leitor.)

A Fiédia, o primeiro, o mais velho de todos, você daria uns catorze anos. Era um menino bem-proporcionado, com um rosto de traços belos, finos e um pouco miúdos, cabelos cacheados e loiros, olhos claros e um sorriso permanente, meio alegre, meio distraído. Pertencia, por todos os indícios, a uma família rica, e estava no campo não por necessidade, mas por diversão. Trajava uma camisa colorida de chita com debrum amarelo; um pequeno casaco novo, que ele usava nas

---

[64] Diminutivos, respectivamente, de Fiódor, Pável, Iliá, Konstantin e Ivan. (N. do T.)

O prado de Biéjin

costas, mal se aguentava em seus ombros estreitos; um pente estava pendurado em seu cinto azul-claro. As botas de cano estreito que calçava pertenciam realmente a ele, e não ao pai. O segundo menino, Pavlucha, tinha cabelos desgrenhados e negros, olhos cinzentos, zigomas salientes, rosto pálido e bexiguento, boca grande, porém harmoniosa, uma cabeça imensa como um barril de cerveja, como dizem, e um corpo atarracado e desajeitado. O moleque era feioso — que dizer! —, mas me agradou assim mesmo: seu olhar era bem inteligente e direto, e a voz tinha força. Não podia se gabar de suas vestes: não eram nada além de uma camisa simples de cânhamo e calças remendadas. O rosto do terceiro, Iliucha, era bastante insignificante: alongado, de nariz aquilino, míope, exprimia uma certa solicitude bronca e doentia; seus lábios comprimidos não se moviam, as sobrancelhas contraídas não se separavam, era como se ele estivesse sempre com o olhar apertado por causa do fogo. Tufos pontiagudos dos cabelos amarelos e quase brancos sobressaíam por debaixo de um gorrinho curto de feltro, que ele fazia descer até as orelhas com ambas as mãos, o tempo todo. Calçava alpargatas e perneiras novas; uma corda grossa, que dava três voltas em torno do corpo, prendia com cuidado seu asseado blusão negro. Tanto ele quanto Pavlucha não tinham mais que doze anos. O quarto menino, Kóstia, tinha dez anos, e despertou minha curiosidade pelo olhar meditativo e triste. Seu rosto era todo pequeno, magro, sardento, de queixo pontiagudo, como um esquilo: mal dava para distinguir os lábios; contudo, seus olhos grandes e negros, que cintilavam com um brilho débil, suscitavam uma impressão estranha: eles pareciam querer exprimir algo para que a língua — a língua dele, pelo menos — não tinha palavras. Era baixo, mirrado e se vestia muito pobremente. No começo, nem reparei no último, Vânia: estava deitado no chão, pacificamente acomodado sob uma esteira retangular, para só às vezes mostrar os cabelos

118   Memórias de um caçador

castanhos e encaracolados. Esse menino tinha uns sete anos, no máximo.

Pois bem, deitei-me de lado, debaixo de uma arvorezinha e pus-me a observar os meninos. Uma pequena caldeira jazia em cima de um dos fogos; nela eram cozidas "batatinhas". Pavlucha as vigiava e, de joelhos, mexia a água fervente com uma lasca. Fiédia estava deitado, apoiado nos cotovelos, com as abas do casaco abertas. Iliucha sentava-se ao lado de Kóstia, com os olhos semicerrados e tensos. Kóstia tinha a cabeça um pouco baixa e fitava algum lugar, ao longe. Vânia não se mexia em sua esteira. Eu fingia dormir. Aos poucos, os meninos voltaram a conversar.

Primeiro falaram disso e daquilo, do trabalho do dia seguinte, dos cavalos; mas de repente Fiédia virou para Iliucha e, como se retomasse uma conversa interrompida, perguntou-lhe:

— Então, você viu o *domovôi*?[65]

— Não, não vi, porque não dá para vê-lo — respondeu Iliucha, rouco e com voz fraca, cujo som não poderia corresponder melhor à expressão de seu rosto —, mas ouvi... E não fui o único.

— Na propriedade de vocês ele fica onde?

— Na velha *rólnia*.[66]

— Vocês vão à fábrica?

— Claro que vamos. Eu e meu irmão, Avdiucha,[67] somos *lissóvschiki*.[68]

— Então você é operário de fábrica!...

---

[65] Duende doméstico. (N. do T.)

[66] *Rólnia* ou *tcherpálnaia* é o nome que se dá, nas fábricas de papel, ao edifício onde o papel é extraído das tinas. Fica na represa, debaixo da roda. (N. do A.)

[67] Diminutivo de Avdei. (N. do T.)

[68] Os *lissóvschiki* alisam e esfregam o papel. (N. do A.)

O prado de Biéjin

— Bem, então como você o ouviu? — indagou Fiédia.

— Foi assim. Um dia estava com meu irmão Avdiucha, e com Fiódor Mikhêievski, com Ivachka Kossói,[69] com o outro Ivachka, o de Krásnie Kholmí, e ainda com Ivachka Sukhorúkov,[70] e também tinha outros rapazes; ao todo éramos dez, ou seja, o turno todo; e aconteceu de nós passarmos a noite na *rólnia*, ou seja, não é que aconteceu, mas Nazárov, o capataz, nos obrigou, dizendo: "Então, moçada, para que voltar para casa? Amanhã tem muito trabalho, então, moçada, vocês não vão para casa". Daí ficamos e nos deitamos todos juntos, e Avdiucha começou a dizer, "e então, moçada, e se o *domovôi* chegar?". Avdei nem conseguiu terminar de falar quando, de repente, algo passou acima das nossas cabeças; pois nós estávamos deitados embaixo, e aquilo entrou por cima, perto da roda. Escutamos: ele caminhava, as tábuas cediam e estalavam embaixo de si; estava passando em cima das nossas cabeças; a água em torno da roda começou a fazer barulho, a rumorejar; a roda começou a bater, a bater, e a girar; mas as comportas do palácio[71] estavam abaixadas. Ficamos admirados: quem as tinha levantado, como a água estava correndo? Contudo, a roda girava e girava, até que parou. Aquilo voltou a passar pela porta de cima e começou a descer as escadas, e descia como se não tivesse pressa; os degraus até se vergavam com o seu peso... Daí ele se aproximou da nossa porta, esperou, esperou e a porta de repente foi escancarada. Ficamos alarmados e olhamos: nada... De repente, a forma[72] de uma das tinas se moveu, levantou-se,

---

[69] Vesgo. (N. do T.)

[70] *Sukhorúkii*: de braço atrofiado. (N. do T.)

[71] "Palácio" é o nome que damos ao lugar pelo qual a água escorre até a roda. (N. do A.)

[72] Tela com a qual se extrai o papel. (N. do A.)

submergiu, caminhou, caminhou pelo ar, como se alguém a estivesse agitando, e voltou para o lugar. Depois, em outra tina, o gancho se desprendeu do prego e voltou a ficar pregado; depois foi como se alguém chegasse perto da porta e começasse a tossir de repente e a pigarrear como uma ovelha, e com uma força... Nós nos amontoamos todos, subimos uns em cima dos outros... Que medo nós passamos!

— Olha só! — disse Pável. — Por que ele estava tossindo?

— Não sei; talvez pela umidade.

Ficaram todos em silêncio.

— E então — indagou Fiédia —, as batatinhas estão cozidas?

Pavlucha apalpou-as.

— Não, ainda estão cruas... Veja, ele chapinhou — acrescentou, virando a cara na direção do rio —, deve ser um lúcio... Olha lá uma estrelinha cadente!

— Ah, meus irmãos, vou lhes contar uma coisa — pôs-se a falar Kóstia, com uma vozinha fina —, ouçam o que papai me contou outro dia.

— Sim, vamos escutar — disse Fiédia, em tom protetor.

— Vocês devem conhecer Gavrila, o carpinteiro do arraial.

— Sim, conhecemos.

— Vocês sabem por que ele está sempre infeliz e calado, não sabem? Vejam por que ele é infeliz. Ele estava indo uma vez, meu pai disse, estava indo, meus irmãos, à floresta, atrás de nozes. Bem, entrou na floresta atrás de nozes e se perdeu; foi parar, sabe Deus onde foi parar. Andou, andou, meus irmãos, e nada! Não conseguia achar o caminho; e já era noite. Daí ele se sentou embaixo de uma árvore; "vou esperar a manhã", disse, sentou-se e adormeceu. Adormeceu e ouviu de repente que estava sendo chamado. Olhou: ninguém. Voltou a dormir; voltaram a chamar. Olhou e olhou e na sua

O prado de Biéjin 121

frente tinha uma *russalka*[73] sentada num galho, balançando-se e chamando-o para si enquanto dava risada, morria de rir... E a lua brilhava clara, tão clara e tão ardente que dava para ver tudo, meus irmãos. Então ela o chamava, e estava toda radiante e branca em cima do galho, como o rutilo ou o gobião — bem, o peixinho-dourado também é esbranquiçado e prateado... Gavrila, o carpinteiro, estava petrificado, meus irmãos, e ela gargalhando o tempo todo e o chamando para si, com a mão. Gavrila já ia se levantando e dando ouvidos à *russalka*, meus irmãos, quando o Senhor o iluminou: ele começou a fazer o sinal da cruz.. Como era difícil fazer essa cruz, meus irmãos; diz ele que era como se seu braço fosse de pedra, não queria se mexer... Ai dele, ai dele!... Enquanto fazia o sinal da cruz, meus irmãos, a *russalkinha* parou de rir, e de repente se pôs a chorar... Chorava, meus irmãos, enxugava os olhos nos cabelos, e seus cabelos eram verdes como o cânhamo. Daí Gavrila olhou, olhou para ela e se pôs a perguntar: "Por que está chorando, musa da floresta?". E a *russalka* lhe disse: "Homem, se você não tivesse feito o sinal da cruz, teria vivido feliz comigo até o fim de seus dias; choro e me consumo porque você fez o sinal da cruz; mas não vou me consumir sozinha; você também vai se consumir até o fim de seus dias". Daí, meus irmãos, ela desapareceu, e Gavrila imediatamente percebeu como conseguiria sair da floresta... Só que, desde então, está sempre infeliz.

— Arre! — disse Fiédia, depois de breve silêncio. — Como foi possível esse espírito impuro da floresta arruinar uma alma cristã se ele nem deu ouvidos a ela?

— Veja só! — disse Kóstia. — E o Gavrila assegurou que a vozinha dela é fina e queixosa como a dos sapos.

— Foi o seu pai mesmo que contou isso? — prosseguiu Fiédia.

---

[73] Náiade da mitologia eslava. (N. do T.)

— Ele mesmo. Eu estava deitado no *poláti*[74] e ouvi tudo.

— Que coisa esquisita! Por que ele é infeliz?... Ela devia gostar dele, já que o chamou.

— Sim, gostava! — secundou Iliucha. — E como! Ela queria matá-lo de cócegas, isso é que ela queria. É o que elas fazem, essas *russalkas*.

— Pois aqui também devia ter *russalkas* — observou Fiédia.

— Não — respondeu Kóstia —, esse lugar é limpo e aberto. Só o rio que está perto.

Todos se calaram. De repente, em algum lugar ao longe, ouviu-se um som prolongado, estridente, quase um lamento, um daqueles sons noturnos ininteligíveis que surgem às vezes em meio ao silêncio profundo, erguem-se, pairam no ar e, por fim, lentamente se espalham, como que se extinguindo. Você apura o ouvido, e é como se não houvesse nada, mas algo ressoa. Parece que alguém passou muito, muito tempo gritando, para lá no horizonte, e que um outro lhe respondeu da floresta com uma gargalhada aguda e penetrante, e um assobio débil e sibilante passou voando pelo rio. Os meninos se entreolharam, trêmulos...

— Que a Santa Cruz esteja conosco! — murmurou Iliá.

— Ei, seus trouxas! — gritou Pável. — Por que se assustaram? Olhem aqui, as batatinhas estão cozidas. — Todos se aproximaram da caldeira e começaram a comer as batatas fumegantes; apenas Vânia não se movia. — O que você tem? — disse Pável.

Mas ele não saiu da esteira. A caldeira logo se esvaziou.

— Moçada, vocês ouviram falar — começou Iliucha — o que nos ocorreu outro dia em Varnavitsi?

— Na represa? — indagou Fiédia.

— Sim, sim, na represa que rachou. Aquilo ali é um lu-

---

[74] Leito de tábuas que vai da lareira à parede oposta. (N. do T.)

O prado de Biéjin

gar escabroso, bem escabroso, e selvagem. Está rodeado de ravinas e ribanceiras, e as ribanceiras estão cheias de *kaziuli*.[75]

— Então, o que aconteceu? Conte...

— Olhe o que aconteceu. Fiédia, talvez você não saiba, mas ali está enterrado um afogado; ele se afogou há muito, muito tempo, quando o tanque ainda era profundo; ainda se avista a sua tumba, mas mal dá para ver, é um montículo... Há uns dias, o administrador chamou o cachorreiro Ermil e disse: "Ermil, vá ao correio". Sempre é Ermil quem vai ao correio; ele exterminou todos os seus cães: eles não sobrevivem, como nunca sobreviveram com ele, mas se trata de um ótimo cachorreiro, segundo dizem. Então Ermil foi ao correio, atrasou-se na cidade, e voltou embriagado. Era noite, e noite clara: a lua brilhava... Ermil contornou a represa: o caminho passa por ali. O cachorreiro Ermil foi andando desse jeito e viu: na tumba do afogado tinha um carneirinho, bem branco, de pelo enrolado, bonitinho, passeando por ali. Ermil pensou: "Vou levar comigo, por que deixá-lo perdido?", apeou, e o tomou nos braços... E o cordeirinho não fez nada. Daí Ermil foi até o cavalo, e o cavalo arregalou os olhos, bufou, sacudiu a cabeça; entretanto ele o acalmou, montou nele com o cordeirinho e voltou a partir: o cordeirinho tremia na sua frente. Olhou para ele, e o cordeirinho também o fitou direto nos olhos. Começou a sentir arrepios, o cachorreiro Ermil: disse, não me lembro de nenhum cordeiro me olhar nos olhos como esse; mas não ligou; e, assim, começou a acariciar seu pelo, dizendo, "Bé, bé!". E o carneiro de repente arreganhou os dentes, também fazendo: "Bé, bé...".

Mal o narrador conseguiu proferir suas últimas palavras e, de repente, ambos os cães se levantaram ao mesmo tempo,

---

[75] Cobras, no dialeto de Oriol. (N. do A.)

precipitaram-se para longe do fogo com um latido convulsivo e sumiram na escuridão. Todos os meninos se assustaram. Vânia saiu de debaixo da esteira. Com um grito, Pavlucha se lançou atrás dos cães. Seus latidos se afastavam rapidamente... Ouviu-se o tropel inquieto da manada em alvoroço. Pavlucha gritava, alto: "Cinzento! Besouro!...". Em alguns instantes, o latido se calou; a voz de Pável ainda soava bem distante... Passou mais algum tempo; os meninos se entreolhavam perplexos, como se aguardassem o que iria acontecer... Subitamente se ouviu o trote de um cavalo a correr; parou bruscamente na fogueira e, aferrado à sua crina, Pavlucha apeou com presteza. Ambos os cães também prorromperam no círculo de luz e se sentaram imediatamente, com as línguas vermelhas de fora.

— O que tem? O que é? — perguntaram os meninos.

— Nada — respondeu Pável, acenando para o cavalo —, os cachorros devem ter farejado algo. Acho que um lobo — acrescentou, com voz indiferente, enchendo o peito de ar com rapidez.

Involuntariamente, admirei Pavlucha. Ele estava esplêndido naquele instante. Seu rosto feio, animado pela rápida cavalgada, ardia de intrépida ousadia e inabalável firmeza. Sem uma vara na mão, à noite, absolutamente sem vacilar, saíra sozinho atrás do lobo... "Que menino excelente!", pensei, fitando-o.

— Mas você viu algum lobo? — perguntou Kóstia, medroso.

— Sempre tem muitos aqui — respondeu Pável —, mas só incomodam no inverno.

Voltou a se ajeitar na frente do fogo. Ao se sentar no chão, deixou a mão na nuca felpuda de um dos cães, e o animal, alegre, ficou um bom tempo sem virar a cabeça, olhando de soslaio para Pavlucha com altivo reconhecimento.

Vânia voltou a se enfiar embaixo da esteira.

O prado de Biéjin

— Que coisas assustadoras você estava contando para nós, Iliucha — pôs-se a falar Fiédia, ao qual, como filho de camponês rico, cabia ser o animador (e ele mesmo falava pouco, como se temesse rebaixar sua dignidade). — Justo naquela hora deu nos cachorros de latir... E eu ouvi mesmo que aquele lugar é escabroso.

— Varnavitsi?... Ah, sim! E como! Dizem que viram por lá mais de uma vez o antigo patrão — o finado patrão. Dizem que anda com um cafetã de abas longas e se lamenta o tempo todo, procurando alguma coisa no chão. Uma vez, vovô Trofímitch se deparou com ele: "Ivan Ivánitch, meu pai, o que o senhor está buscando no chão?".

— Ele respondeu? — interrompeu Fiédia, pasmado.

— Sim, respondeu.

— Bem, esse Trofímitch é um bravo... Então, o que era?

— "Estou procurando a planta mágica", disse. Mas falou de um jeito surdo, bem surdo: "a planta mágica". — "E o que você, Ivan Ivánitch, meu pai, vai fazer com a planta mágica?" — A tumba me oprime — ele respondeu —, oprime, Trofímitch: quero sair, quero sair..."

— Está vendo? — notou Fiédia. — Quer dizer que viveu pouco.

— Que prodígio! — afirmou Kóstia. — Eu achava que só desse para ver os defuntos no Sábado das Almas.[76]

— Dá para ver os defuntos a qualquer hora — confirmou com segurança Iliucha, o qual, até onde pude notar, conhecia as crenças populares melhor do que os outros... — Só que no Sábado das Almas você também pode ver, dentre os vivos, aqueles que vão morrer ao longo do ano. Você só tem que ficar sentado à noite no átrio da igreja e ficar olhando para a estrada. Eles vão passar na sua frente na es-

---

[76] Dia da celebração dos mortos no calendário da Igreja Ortodoxa. Há vários deles ao longo do ano. (N. do T.)

trada, ou seja, aqueles que vão morrer nesse ano. No ano passado, Uliana fez isso.

— E ela viu alguém? — Kóstia perguntou, curioso.

— Como não? Primeiramente ficou sentada por muito, muito tempo, sem ver nem ouvir ninguém... Só parecia ter um cachorro a latir, latindo em algum lugar... De repente ela olha, e vê na estrada um menino só de camisa. Ela olha e é Ivachka Fedossêiev...

— Aquele que morreu na primavera? — interrompeu Fiédia.

— Aquele mesmo. Ia sem levantar a cabeça... Mas Uliana o reconheceu... Daí olha de novo: vem uma mulher. Fixa o olhar, com atenção, com atenção e — ai, meu Deus! É ela mesma na estrada, a própria Uliana.

— Ela mesma? De verdade? — perguntou Fiédia.

— Por Deus, ela mesma.

— Mas o que é isso? Ela não morreu!

— Sim, mas o ano ainda não acabou. E olhe bem para ela: está nas últimas.

Todos voltaram a ficar em silêncio. Pável jogou no fogo um punhado de galhos secos. O contato súbito com as chamas resplandecentes fez com que eles ficassem bruscamente negros, crepitassem, fumegassem e se contorcessem, erguendo as pontas queimadas. O clarão de luz jorrou, tremulando com ímpeto, em todas as direções, especialmente para cima. De repente, não se sabe de onde, um pombo branco veio voando na direção desse clarão, deu rodopios, assustado, completamente envolto pelo brilho ardente, e desapareceu, retinindo as asas.

— Deve ter se perdido de casa — observou Pável. — Agora vai ficar voando até dar em alguma coisa, e onde der, vai passar a noite, até o amanhecer.

— Então, Pavlucha — indagou Kóstia —, não seria uma alma justa subindo ao céu?

O prado de Biéjin

Pável jogou outro punhado de galhos no fogo.

— Pode ser — disse, por fim.

— E diga, por favor, Pavlucha — começou Fiédia —, em Chalámovo vocês viram algum presságio celeste?[77]

— Quando não dá para ver o sol? Claro.

— Vocês devem ter se assustado.

— E não só nós. Dizem que nosso patrão mesmo, embora ele tenha nos explicado com antecedência que teríamos um presságio, ficou com tanto medo, que vou lhe contar. E na isbá dos criados domésticos uma cozinheira, assim que escureceu, ouça-me, quebrou todos os potes do forno com o atiçador: "Quem vai comer agora? Começou o fim do mundo". E também derramou o *schi*.[78] E na nossa aldeia, meu irmão, corriam boatos de que lobos brancos correriam pela terra, devorariam as pessoas, surgiriam aves de rapina, e o próprio Trichka[79] seria visto.

— Quem é esse Trichka? — Kóstia perguntou.

— Como você não sabe? — interveio Iliucha, acalorado. — Meu irmão, de onde é que você vem que não conhece Trichka? Vocês estão por fora na sua aldeia, completamente por fora! Trichka é um homem assombroso que virá; quando ele vier, será o fim dos tempos. E ele vai ser tão espantoso que ninguém conseguirá agarrá-lo, e ninguém poderá lhe fazer nada, de tão assombroso que ele será. Por exemplo, se os camponeses quiserem agarrá-lo; vão atrás dele com cacetes, cercam-no, mas ele desvia seus olhares, e desvia seus olhares de um jeito que eles acabam batendo uns nos outros. Colocam-no, por exemplo, numa prisão, e ele pede para beber água em uma concha: trazem-lhe a concha e ele mergulha

[77] Assim os nossos mujiques designam o eclipse solar. (N. do A.)

[78] Sopa russa de repolho. (N. do T.)

[79] Essa crença em "Trichka" provavelmente corresponde à lenda do anticristo. (N. do A.)

nela, e era uma vez. Enfiam-lhe umas correntes, ele começa a bater palmas, e elas caem. Bem, e esse Trichka estará nas aldeias e na cidade; e esse Trichka, um malandro, vai levar o povo camponês no bico... E não vai dar para fazer nada contra ele... Pois ele vai ser um homem muito assombroso e malandro.

— Pois bem — prosseguiu Pável, com sua voz ponderada —, é isso. Nós também esperávamos por ele. Os velhos diziam que assim que começasse o presságio celeste, Trichka viria. E o presságio começou. O povo todo se precipitou para as ruas, para os campos, esperando o que ia acontecer. E vocês sabem que lá é um lugar bem destacado e amplo. Olham e, de repente, da colina detrás do arraial vem um homem bem estranho, com uma cabeça bem assombrosa. Todos gritam: "Ai, é o Trichka! Ai, é o Trichka" — e pernas para que te quero! Nosso estaroste se enfiou em uma vala; a mulher dele, que tinha ficado enroscada no portão, gritava como uma possessa, até que o cão da casa ficou com tanto medo que se soltou das correias, pulou a cerca e fugiu para o mato; e o pai de Kuzka, Dorofêitch, correu para o campo de aveia, sentou-se e deu de silvar como a codorniz: "Quem sabe o coisa-ruim, o facínora, tenha pena dos pássaros". Estava todo mundo alvoroçado!... Só que aquele homem caminhando era Vavila, nosso tanoeiro: tinha comprado uma bilha nova e estava com ela na cabeça.

Todos os meninos caíram na gargalhada e voltaram a se calar em um instante, como frequentemente ocorre com gente que conversa ao ar livre. Olhei em volta: a noite era solene e majestosa; o frescor úmido do entardecer se convertera no calor seco da meia-noite, que ainda estenderia por longo tempo sua cortina suave sobre os campos adormecidos; ainda faltava muito para o primeiro balbucio, os primeiros sussurros e murmúrios da manhã, as primeiras gotas de orvalho da alvorada. A lua não estava no céu: nessa época, ela saía tar-

O prado de Biéjin

de. Incontáveis estrelas douradas pareciam correr, todas em silêncio, competindo no brilho, na direção da Via Láctea, e, na verdade, ao olhar para elas, era como se você sentisse vagamente o curso impetuoso e ininterrupto da Terra...

De súbito, um grito estranho, agudo e doloroso soou duas vezes seguidas por sobre o rio, para poucos instantes depois repetir-se mais longe...

Kóstia ficou sobressaltado. "O que é isso?"

— O grito de uma garça — replicou Pável, tranquilo.

— Uma garça — repetiu Kóstia... — Pavlucha, e o que é aquilo que ouvi ontem à noite? — acrescentou, depois de breve silêncio. — Talvez você saiba...

— O que você ouviu?

— Olhe só o que eu ouvi. Eu estava indo de Kámenni Grad a Cháchkino; primeiro andei por todas as aveleiras, depois passei pelo prado — sabe, no *suguíbel*[80] — lá onde tem um *butchilo*;[81] sabe, e ele é todo coberto de juncos; eu estava passando ao lado desse *butchilo*, meus irmãos, e de repente de dentro desse *butchilo* alguma coisa começa a gemer, e doído, bem doído: "u-u... u-u... u-u!". Meus irmãos, me deu o maior medo: já era bem tarde, e uma voz tão sofrida! Eu achei que ia chorar... O que foi aquilo? Hein?

— Nesse *butchilo*, no verão passado, o guarda-florestal Akim foi afogado por uns ladrões — observou Pavlucha —, podia ser a alma dele se lamentando.

— E vejam bem, meus irmãos — replicou Kóstia, dilatando ainda mais seus olhos, que já eram enormes... — E eu nem sabia que Akim tinha sido afogado naquele *butchilo*: eu teria ficado com ainda mais medo.

---

[80] Curva acentuada em uma ribanceira. (N. do A.)

[81] Buraco profundo com água do degelo da primavera, que não seca nem no verão. (N. do A.)

— Mas dizem que lá tem umas rãzinhas minúsculas — prosseguiu Pável —, que gritam bem doído.

— Rãs? Não, não, não eram rãs... como assim... (A garça voltou a gazear acima do rio.) Olha lá! — disse Kóstia, involuntariamente. — Parece o grito de um silvano.

— O silvano não grita, é mudo — interveio Iliucha —, só bate palmas e dá estalos...

— Mas você já viu esse tal silvano? — interrompeu-o Fiédia, com ironia.

— Não, não vi, e Deus me guarde de vê-lo; mas outras pessoas viram. Há alguns dias ele se deparou com um de nossos mujiques: o fez girar e girar pela floresta, sempre em volta da mesma clareira... Só conseguiu chegar em casa ao amanhecer.

— E ele o viu?

— Viu. Diz que era grande, bem grande, escuro, encoberto como se estivesse atrás de uma árvore, você não consegue distinguir direito, como se estivesse se escondendo da lua, e fica olhando para você com uns olhões sempre piscando, piscando...

— Pare com isso! — exclamou Fiédia, sobressaltando-se de leve e encolhendo os ombros. — Ui!...

— E por que uma porcaria dessas veio ao mundo? — observou Pável. — Não entendo, de verdade!

— Não o insulte: vai que ele escuta — notou Iliá.

Novamente se fez silêncio.

— Olhem só, olhem só, moçada — soou a voz infantil de Vânia —, olhem as estrelas de Deus: parecem um enxame de abelhas!

Tirou o rostinho pueril de debaixo da esteira, apoiou-se em seu pequeno punho e ergueu lentamente os grandes olhos calmos. Os olhos de todos os meninos se levantaram aos céus e demoraram para baixar.

O prado de Biéjin

— Então, Vânia — disse Fiédia, com carinho —, Aniutka, a sua irmã, está bem de saúde?

— Está — respondeu Vânia, ceceando de leve.

— Pergunte-lhe por que ela não vem conosco.

— Não sei.

— Diga-lhe para vir.

— Digo.

— Diga-lhe que tenho um presente para ela.

— Para mim também?

— Para você também.

Vânia suspirou.

— Ah, não, eu não preciso. Melhor dar para ela: é tão boa para nós!

E Vânia voltou a deitar a cabeça no chão. Pável se levantou e pegou a caldeira vazia.

— Para onde você vai? — Fiédia lhe perguntou.

— Para o rio, buscar água; deu vontade de beber água.

Os cães se levantaram e foram atrás dele.

— Olhe bem, não vá cair no rio! — Iliucha gritou para ele.

— Por que iria cair? — disse Fiédia. — Ele vai se cuidar.

— Sim, vai. Mas tudo pode acontecer: ele se dobra, começa a tirar a água, e daí o *vodianói*[82] pega no pé dele e o puxa para si. Depois vão dizer: o moleque caiu na água... Caiu como?... Olhe lá, entrou no juncal — acrescentou, apurando o ouvido.

Os juncos, ao se afastarem, "murmuravam", como dizemos.

— E é verdade — perguntou Kóstia — que Akulina, a idiota, ficou doida depois de cair na água?

— Sim... Olhe como ela está agora! Mas dizem que antes era bonita. O *vodianói* acabou com ela. Parece que não

---

[82] Gênio das águas. (N. do T.)

esperava que fosse ser resgatada rápido. Então a levou para o fundo e acabou com ela.

(Encontrei essa Akulina mais de uma vez. Coberta de farrapos, horrivelmente magra, o rosto negro como carvão, de olhar turvo e dentes sempre arreganhados, ficava por horas inteiras no mesmo lugar, em algum ponto da estrada, apertando com força os braços ossudos no peito e alternando lentamente o apoio de uma perna para a outra, como um animal selvagem em uma jaula. Não entende nada do que lhe dizem, e de vez em quando cai em uma gargalhada convulsiva.)

— Mas dizem — prosseguiu Kóstia — que Akulina se jogou no rio porque foi enganada pelo amado.

— Isso mesmo.

— E você se lembra de Vássia? — acrescentou Kóstia, com tristeza.

— Que Vássia? — indagou Fiédia.

— Aquele que se afogou nesse mesmo rio — respondeu Kóstia. — Que menino ele era! Ah, que menino ele era! A mãe dele, Feklista, amava tanto o Vássia! Era como se ela, Feklista, pressentisse que a água iria matá-lo. Quando Vássia vinha no verão ao riacho conosco, com os meninos, para tomar banho, ela tremia toda. As outras mulheres não estavam nem aí, passavam do lado com suas tinas, iam embora, mas Feklista colocava a tina no chão e começava a gritar para ele: "Volte, meu bem! Ah, volte, meu lindo!". E como se afogou, só Deus sabe. Estava brincando na margem, e a mãe também estava por lá, ajuntando feno; de repente, ouviu alguém soltando bolhas na água, olhou, e só viu o gorrinho de Vássia em cima da água. Desde então, Feklista não está mais no seu juízo: vai até lá e se deita no lugar em que ele se afogou; deita-se e começa a cantar uma canção, claro que uma canção que Vássia sempre cantava, e ela canta, e chora, e se queixa amargamente ao Senhor...

O prado de Biéjin

— Lá vem Pavlucha — disse Fiédia.

Pável chegou ao fogo com a caldeira cheia na mão.

— Então, rapazes — começou, depois de um silêncio —, a coisa não está boa.

— Como assim? — perguntou Kóstia, afoito.

— Ouvi a voz do Vássia.

Todos estremeceram.

— O que você está dizendo, o que está dizendo? — balbuciou Kóstia.

— Juro. Foi só eu me abaixar para a água e de repente ouvi que me chamava uma voz que nem a do Vássia, como se viesse debaixo d'água: "Pavlucha, ei, Pavlucha!". Apuro o ouvido, e ele me chama de novo: "Pavlucha, vem cá". Fui embora. Mas peguei água.

— Ai, meu Deus! Ai, meu Deus! — diziam os meninos, fazendo o sinal da cruz.

— Foi o *vodianói* quem te chamou, Pável — acrescentou Fiédia... — E nós estávamos falando de Vássia agora mesmo.

— Ah, é um mau agouro — disse Iliucha, pausadamente.

— Ah, deixa, não é nada! — afirmou Pável, decidido, voltando a se sentar. — Ninguém escapa ao seu destino.

Os meninos ficaram quietos. Era evidente que as palavras de Pável produziram neles uma impressão profunda. Começaram a se ajeitar diante do fogo, como se se preparassem para dormir.

— O que é isso? — Kóstia perguntou subitamente, erguendo a cabeça.

Pável apurou o ouvido.

— São maçaricos-reais, voando e assoviando.

— Estão voando para onde?

— Para onde dizem que não tem inverno.

— E existe um lugar assim?

— Sim.

— Longe?

— Longe, longe, para além dos mares quentes.

Kóstia suspirou e fechou os olhos.

Haviam se passado mais de três horas desde que eu me juntara aos meninos. A lua finalmente saiu; inicialmente não reparei nela, de tão pequena e mirrada. Essa noite sem luar parecia tão magnífica quanto antes... Contudo, muitas estrelas que há pouco tempo ainda estavam no céu já haviam passado para o lado escuro da Terra; tudo ao redor ficou em completo silêncio, como normalmente só acontece ao amanhecer: tudo dormia o sono profundo e imóvel que precede a aurora. O ar já não cheirava tão forte, como se voltasse a se impregnar de umidade... As noites de verão são curtas!... A conversa dos meninos se extinguiu junto com o fogo... Até os cachorros cochilavam; os cavalos, até onde pude distinguir à luz quase extinta e débil das estrelas, estavam deitados, de cabeça baixa... Um doce torpor se abateu sobre mim, que logo virou cochilo.

Um ar fresco percorreu meu rosto. Abri os olhos: a manhã despontava. Ainda não se via o rosado do crepúsculo, mas o oriente já começava a ficar branco. Ao redor, tudo se tornara visível, embora de maneira vaga. O céu cinza pálido ia ficando claro, frio, azul; as estrelas ora piscavam com uma luz fraca, ora sumiam; a terra tornou-se úmida, as folhas se cobriram de suor, em alguns lugares se ouviam sons de vida, vozes, e uma brisa débil e prematura já vagava e se lançava sobre a terra. Meu corpo respondeu a ela com um tremor leve e alegre. Levantei-me com presteza e fui até os meninos. Todos dormiam como mortos em torno da fogueira extinta; apenas Pável soergueu-se e me fitou fixamente.

Cumprimentei-o com a cabeça e comecei a regressar, ao largo do rio enevoado. Não tinha me afastado duas verstas e já se derramava ao meu redor pelo prado largo e úmido, e em frente às colinas verdejantes, de bosque em bosque, e por

O prado de Biéjin 135

detrás da longa estrada empoeirada, pelas moitas púrpuras e cintilantes, e pelo rio, que azulava timidamente sob a neblina que ia rareando, derramava-se uma torrente inicialmente escarlate, depois vermelha e dourada, de luz jovem e ardente... Tudo se agitava, acordava, começava a cantar, a falar. Por todas as partes, gotas graúdas de orvalho ficavam púrpuras como diamantes radiantes; ao meu encontro, puro e claro, como se também estivesse banhado do frescor matinal, vieram os sons de um sino, e de repente ao meu lado, fustigada pelos meninos que tinha conhecido, passou voando a manada descansada...

Infelizmente devo acrescentar que, naquele mesmo ano, Pável se foi. Não se afogou: morreu ao cair de um cavalo. Pena, era um rapaz excelente!

KASSIAN DE KRASSÍVAIA MIETCH[83]

Voltava eu da caçada em uma teleguinha sacolejante e, abatido pelo calor sufocante de um dia nublado de verão (sabe-se que, nesses dias, o calor às vezes é mais insuportável que nos dias claros, especialmente quando não tem vento), cochilava e balouçava, entregue, com melancólica resignação, a tragar a poeira branca e miúda que se erguia incessantemente da estrada batida sob as rodas ressequidas a tilintar quando, de repente, minha atenção foi desperta por uma inquietação incomum e pelos agitados movimentos corporais de meu cocheiro, que, até então, cochilava ainda mais profundamente do que eu. Ele puxava as rédeas, se inquietava na boleia e gritava com os cavalos ao mesmo tempo em que olhava em determinada direção. Olhei ao redor. Percorríamos uma vasta planície arada; colinas baixas, também aradas e com uma inclinação brusca, desciam até ela com suave ondulação; a vista abarcava umas cinco verstas de espaço deserto; ao longe, pequenos bosques de bétulas com suas copas redondas e dentadas eram a única coisa a perturbar a linha quase reta do horizonte. Veredas estreitas se estendiam pelos campos, perdiam-se nos vales, enroscavam-se nos montes, e em uma delas, que cruzava nosso caminho a quinhentos pas-

---

[83] Rio da província de Tula, afluente do Don. Krassívaia Mietch significa "Espada Bonita", em russo. (N. do T.)

sos de nós, distingui algo como um cortejo. Meu cocheiro estava olhando para ele.

Tratava-se de um funeral. À frente, em uma telega puxada por um cavalo, ia um sacerdote; um sacristão estava sentado ao lado dele e guiava; atrás da telega, quatro mujiques de cabeça descoberta levavam o caixão, coberto com um lençol branco; duas mulheres iam atrás. A vozinha fina e queixosa de uma delas chegou de repente a meus ouvidos; apurei a audição; era a carpideira. Aquele cântico modulado, monótono, desesperado e aflito fazia-se ouvir tristemente em meio aos campos desertos. O cocheiro atiçou os cavalos: desejava se antecipar ao cortejo. Encontrar um defunto na estrada é de mau agouro. Ele realmente conseguiu cruzar a estrada a galope antes do féretro; contudo, não tínhamos nos afastado cem passos quando, de repente, nossa telega deu um encontrão forte, se inclinou e por pouco não caiu. O cocheiro deteve os cavalos debandados, desceu da boleia, deu uma olhada, abanou os braços e cuspiu.

— O que foi? — perguntei.

Meu cocheiro desceu em silêncio e sem pressa.

— Mas o que foi?

— O eixo quebrou... desgastou — respondeu, sombrio, ajustando subitamente a retranca do cavalo com uma tal indignação que este quase caiu de lado; contudo, o animal manteve-se de pé, bufou, deu uma sacudida e, com muita tranquilidade, começou a coçar com os dentes a pata dianteira, abaixo do joelho.

Desci e fiquei algum tempo na estrada, vagamente entregue a uma sensação de desagradável perplexidade. A roda direita havia se entortado quase completamente embaixo da telega, e parecia erguer o cubo com mudo desespero.

— O que vamos fazer agora? — perguntei, por fim.

— Olhe de quem é a culpa! — disse o cocheiro, apontando com o cnute para o cortejo, que já conseguira dobrar a estrada e se aproximava de nós. — Sempre reparei — prosseguiu — que encontrar um defunto é seguramente um presságio... Sim.

E voltou a importunar o cavalo que, vendo sua antipatia e severidade, resolveu permanecer imóvel, para só balançar o rabo de vez em quando, com discrição. Andei um pouco para a frente e para trás e voltei a ficar diante da roda.

Enquanto isso, o defunto nos alcançou. Saindo em silêncio da estrada na direção da grama, o cortejo fúnebre passou ao lado de nossa telega. Eu e o cocheiro tiramos os gorros, saudamos o sacerdote e lançamos um olhar aos carregadores. Eles avançavam com dificuldade, erguendo alto seus amplos peitos. Das duas mulheres que iam atrás do caixão, uma era muito velha e pálida; seus traços imóveis, cruelmente desfigurados pelo pesar, guardavam uma expressão de gravidade austera e solene. Caminhava em silêncio, levando esporadicamente a mão magra aos lábios delgados e caídos. A outra mulher, uma jovem de vinte e cinco anos, tinha os olhos vermelhos e úmidos e o rosto todo inchado de pranto; ao passar por nós, parou de carpir e se cobriu com a manga... Porém, assim que o defunto nos ultrapassou, tomando novamente a estrada, seu cântico queixoso e lancinante voltou a soar. Depois de acompanhar silenciosamente com os olhos o caixão, que balançava de forma cadenciada, meu cocheiro se dirigiu a mim.

— É o enterro do carpinteiro Martin — pôs-se a dizer —, de Riabaia.

— Como é que você sabe?

— Reconheci as mulheres. A velha é a mãe, a jovem é a esposa.

— Ele estava doente?

— Sim... febre... Anteontem o administrador mandou buscar um doutor, mas não acharam o doutor em casa... E era um bom carpinteiro; enchia um pouco a cara, mas era

Kassian de Krassívaia Mietch

um bom carpinteiro. Olha como a mulher dele está arrasada... Bem, mas todo mundo sabe que lágrima de mulher é de graça. Lágrima de mulher é que nem água... Sim.

Abaixou-se, passou debaixo da rédea do cavalo e agarrou o arco com ambas as mãos.

— Então, o que vamos fazer? — observei.

Meu cocheiro inicialmente apoiou o joelho no ombro do cavalo, sacudiu duas vezes o arco, arrumou o cilhão, depois voltou a passar debaixo da rédea e, golpeando o focinho do cavalo de passagem, foi até a roda — foi e, sem tirar os olhos dela, sacou lentamente da aba do cafetã uma tabaqueira de casca de bétula, abriu lentamente a tampa com uma pequena correia, enfiou lentamente dois dedos gordos na tabaqueira (esses dois mal cabiam lá dentro), amassou o fumo e, tendo entortado previamente o nariz, aspirou com gosto, acompanhando cada dose de um gemido prolongado e, apertando e piscando os olhos lacrimejantes de forma dorida, mergulhou em profunda meditação.

— E então? — falei, por fim.

Meu cocheiro enfiou com cuidado a tabaqueira no bolso, baixou o gorro até as sobrancelhas com um movimento de cabeça, sem a ajuda das mãos, e deslizou até a boleia, contemplativo.

— Para onde você vai? — indaguei, não sem surpresa.

— Tenha a bondade de sentar — respondeu, calmo e tomando as rédeas.

— Mas como vamos?

— Nós vamos.

— Mas o eixo...

— Tenha a bondade de se sentar.

— Mas o eixo quebrou...

— Quebrar ele quebrou; mas até o povoado a gente chega... claro que devagar. Logo atrás do bosque, à direita, tem um povoado chamado Iúdini.

— Você acha que a gente consegue chegar?

O cocheiro não se dignou a me responder.

— Prefiro ir à pé — eu disse.

— Como o senhor quiser...

E agitou o cnute. Os cavalos se puseram em movimento. Realmente chegamos ao povoado, embora a roda dianteira direita mal se aguentasse, girando de modo incomum e estranho. Em uma colina ela não caiu por pouco; meu cocheiro, porém, gritou-lhe com uma voz exasperada, e nós descemos incólumes.

O povoado de Iúdini consistia em seis isbazinhas baixas e pequenas que já estavam se entortando para um lado, embora provavelmente tivessem sido construídas há pouco tempo: nem todos os pátios estavam cercados. Ao entrarmos no povoado, não encontramos vivalma; na rua não se via nem galinha, nem cachorro; só um, preto, de rabo cortado, com a nossa presença pulou, apressado, de uma tina completamente seca, à qual devia ter sido levado pela sede, e de imediato, sem latir, lançou-se embaixo de um portão a toda pressa. Fui até a primeira isbá, abri a porta de entrada, chamei os donos: ninguém respondeu. Voltei a chamar: um miado faminto soou do outro lado da porta. Empurrei-a com o pé: um gato magro se esgueirou ao meu lado, reverberando os olhos verdes na escuridão. Meti a cabeça no quarto e dei uma olhada: estava escuro, cheio de fumaça e vazio. Dirigi-me ao pátio, mas lá também não havia ninguém... Junto à cerca, um bezerro mugia; um ganso coxo e cinza mancava de lado. Fui à segunda isbá, e na segunda isbá tampouco havia vivalma. E no pátio...

Bem no meio do pátio fortemente iluminado, a pleno sol, como dizem, com a cara na terra e a cabeça coberta por um casaco, jazia o que me parecia um menino. A alguns passos dele, ao lado de uma carretinha vagabunda, debaixo de um toldo de palha, havia um cavalinho magro de arreios quebrados. A luz do sol, que incidia através dos orifícios estreitos do alpendre envelhecido, salpicava de pequenas manchas claras seu pelo hirsuto, avermelhado e baio. Lá mesmo, em uma casinha alta, os estorninhos tagarelavam, olhando para baixo, com tranquila curiosidade, de sua casa no ar. Fui até o adormecido e comecei a despertá-lo...

Ele levantou a cabeça, viu-me e ficou de pé imediatamente... "O que é isso? O que quer?", balbuciou, meio adormecido.

Não respondi na hora, de tão surpreso que fiquei com seu aspecto. Imagine um anão de cinquenta anos, com um rosto pequeno, bronzeado e enrugado, narizinho afilado, olhinhos castanhos quase imperceptíveis e cabelos encaracolados, negros e espessos que se assentavam profusamente em sua cabecinha como um chapéu de cogumelo. Todo o seu corpo era de uma magreza e de uma miudeza extraordinárias, e não há mesmo como exprimir em palavras o que havia de incomum e estranho no seu olhar.

— O que quer? — voltou a me perguntar.

Expliquei-lhe do que se tratava, e ele me escutou sem tirar de mim os olhos, que piscavam devagar.

— Não teria como conseguir um eixo novo? — eu disse, por fim. — Eu pagaria com satisfação.

— Mas o que vocês são? Caçadores, ou o quê? — ele perguntou, examinando-me com um olhar da cabeça aos pés.

— Caçadores.

— Vocês atiram nos passarinhos do céu, imagino... Nos bichos da floresta... E não é um pecado matar os pássaros de Deus e derramar o sangue de inocentes?

O estranho velhinho falava de modo muito arrastado. O ruído de sua voz também me assombrou. Nela não apenas não se ouvia nada de decrépito, como era surpreendentemente doce, jovem e de uma ternura quase feminina.

— Não tenho eixo — acrescentou, depois de breve silêncio —, essa não serve (apontava para a sua própria carreta), a telega do senhor deve ser grande.

— Dá para encontrar na aldeia?

— Que aldeia? Aqui não tem isso... E não tem ninguém em casa: está todo mundo trabalhando. Vão embora — afirmou de repente, voltando a se deitar no chão.

Eu jamais esperaria tal desfecho.

— Escute, meu velho — pus-me a dizer, tocando-o nos ombros —, faça-me o favor, ajude.

— Vão com Deus! Estou cansado: fui até a cidade — ele me disse, cobrindo a cabeça com o casaco.

— Mas me faça o favor — prossegui —, eu... eu pago.

— Não preciso do seu dinheiro.

— Por favor, meu velho...

Soergueu-se e se sentou, cruzando as perninhas magras.

— Eu poderia levá-lo até a *ssetchka*.[84] Os comerciantes daqui compraram um bosque, que Deus os julgue, estão acabando com esse bosque, e até montaram um escritório, que Deus os julgue. Lá você pode encomendar um eixo, ou comprar um pronto.

— Que maravilha! — exclamei, com alegria. — Maravilha!... Vamos.

— Um eixo de carvalho, ótimo — prosseguiu, sem sair do lugar.

— E é longe essa *ssetchka*?

— Três verstas.

— Muito bem! Podemos ir na sua carreta.

— Mas não...

— Vamos lá — eu disse —, vamos, meu velho! O cocheiro está nos esperando na rua.

O velho se levantou a contragosto e me seguiu até a rua. Meu cocheiro se encontrava em um estado de espírito irrita-

---

[84] Lugar desmatado da floresta. (N. do A.)

do: aprontou-se para dar de beber aos cavalos, mas a água do poço era muito pouca e de sabor ruim, e essa, como dizem os cocheiros, é a prioridade... Contudo, ao ver o velho, ele sorriu, acenou a cabeça e exclamou:

— Ei, Kassiánuchka! Salve!

— Salve, Ierofei, meu bom homem! — respondeu Kassian, com uma voz triste.

Imediatamente informei o cocheiro de sua proposta; Ierofei manifestou sua concordância e foi até o pátio. Enquanto ele desatrelava os cavalos com inquietude deliberada, o velho ficava com o ombro apoiado no portão e olhava infeliz ora para ele, ora para mim. Parecia perplexo: até onde pude observar, não estava nem um pouco alegre com nossa visita repentina.

— Você também foi transferido? — perguntou-lhe subitamente Ierofei, tirando o arco.

— Também.

— Arre! — proferiu meu cocheiro, entredentes. — Sabe o Martin, o carpinteiro... Você conhece o Martin de Riabaia?

— Conheço.

— Então, ele morreu. Acabamos de encontrar o caixão dele.

Kassian estremeceu.

— Morreu? — indagou, baixando os olhos.

— Sim, morreu. Como você não o curou, hein? Pelo que dizem, você cura, é um médico.

Meu cocheiro estava evidentemente se divertindo e achincalhando o velho.

— E essa é a sua telega, né? — acrescentou, apontando-a com o ombro.

— Sim.

— Bem, uma telega... uma telega! — repetia, e, tomando-a pelo varal, por pouco não a virou de ponta-cabeça... — Uma telega!... E por que o senhor vai à *ssetchka*? Não dá para atrelar nossos cavalos nesse varal: nossos cavalos são grandes, e o que é isso?

— Não sei com que montaria vocês vão — respondeu Kassian —; talvez com esse bichinho. — acrescentou, suspirando.

— Com esse aqui? — secundou Ierofei e, indo até o rocim de Kassian, cutucou seu pescoço com o terceiro dedo da mão direita, em tom de desprezo. — Vixe — acrescentou, dando bronca —, o paspalho adormeceu!

Pedi a Ierofei que atrelasse o quanto antes. Eu tinha vontade de ir com Kassian à *ssetchka*: sempre há tetrazes por lá. Quando a carreta já estava pronta, eu já tinha tomado lugar com meu cachorro em seu fundo torto de tília, e Kassian, enrodilhado e com a expressão anterior de tristeza no rosto, também havia se sentado na barra dianteira, Ierofei veio até mim e cochichou, com cara de mistério:

— O senhor fez bem, meu pai, de vir com ele. Pois ele é um *iuródivi*,[85] e o apelidaram de Pulga. Não sei como o senhor conseguiu se entender com ele...

Queria fazer notar a Ierofei que, até então, Kassian me parecia uma pessoa completamente sensata, mas o cocheiro emendou de imediato, com a mesma voz:

— Só fique de olho para onde ele leva o senhor. E se digne de escolher o senhor mesmo o eixo: permita-se pegar o mais firme... E então, Pulga — acrescentou, em voz alta —, dá para arranjar um pãozinho por aqui?

— Procure, talvez ache — respondeu Kassian, tomando as rédeas, e nós partimos.

O cavalo dele, para meu grande espanto, trotava muito bem. Ao longo de todo o caminho, Kassian guardou um silêncio tenaz, respondendo às minhas perguntas com voz entrecortada e de má vontade. Logo chegamos à *ssetchka*, e lá

---

[85] Idiota com qualidades de santo, vidente ou adivinho. (N. do T.)

fomos ao escritório, uma isbá alta que ficava sozinha em uma pequena ribanceira, uma represa formada às pressas e convertida em reservatório. Nesse escritório, encontrei dois jovens empregados do comércio, de dentes brancos como a neve, olhos doces, fala doce e desenvolta e sorriso doce e maroto, acertei o preço do eixo com eles e me dirigi à *ssetchka*. Achei que Kassian ficaria com o cavalo, me esperando, mas ele subitamente veio até mim.

— Então, vai atirar nos passarinhos? — pôs-se a dizer.
— Hein?
— Sim, se os encontrar.
— Vou com você... Posso?
— Pode, pode.

E nós fomos. O lugar desmatado tinha ao todo uma versta. Admito que olhava mais para Kassian que para o meu cachorro. Não era à toa que o haviam apelidado de Pulga. Sua cabeça negra e descoberta (aliás, seus cabelos podiam fazer as vezes de qualquer gorro) cintilava por entre as moitas. Ele caminhava com agilidade incomum, parecia saltitar o tempo todo em seu trajeto, abaixava-se incessantemente, arrancava grama, enfiava-a na roupa, murmurava algo incompreensível para si e ficava olhando o tempo todo para mim e para o meu cachorro, com um olhar escrutador e estranho. Nas moitas baixas e nos troncos cortados havia frequentemente pequenos pássaros cinza, pulando de árvore em árvore de vez em quando e assobiando ao alçar súbito voo. Kassian os arremedava, chamava-os; um *porchok*[86] levantou voo, piando, debaixo de suas pernas, e ele saiu piando como o pássaro; uma cotovia começou a descer acima dele, tremulando as asas e cantando sonoramente, e Kassian acompanhou seu canto. Comigo ele não falava de jeito nenhum...

[86] Jovem codorna. (N. do A.)

O tempo era maravilhoso, ainda mais maravilhoso do que antes; o calor, porém, não dava trégua. No céu claro, mal se moviam umas nuvens altas e esparsas, branco-amareladas como a neve tardia da primavera, achatadas e espichadas como velas recolhidas. Seus contornos bordados, felpudos e leves como algodão, mudavam a cada instante, de modo lento, porém evidente; elas se desvaneciam, essas nuvens, e não faziam sombra. Vagamos longamente com Kassian pela *ssetchka*. Jovens brotos, que ainda não tinham conseguido crescer mais do que uma arquina,[87] rodeavam os tocos baixos e enegrecidos com seus caules delgados e retos; fungos redondos e esponjosos de debrum cinzento, os mesmos fungos com os quais se fazem iscas, grudavam nesses tocos; morangos lançavam sobre eles suas arestas rosadas; famílias de cogumelos se comprimiam. As pernas se enroscavam e ficavam presas o tempo todo na grama alta e enfastiada pelo sol ardente; por toda parte, os olhos se turvavam com o penetrante brilho metálico das jovens e avermelhadas folhas das árvores; por toda parte abundavam ramos azul-claros de ervilhaca, cálices dourados de ranúnculo, flores meio lilases e meio amarelas de amor-perfeito; em alguns lugares, perto de caminhos abandonados, nos quais os sulcos de rodas eram marcados por tiras de uma suave graminha avermelhada, erguiam-se pilhas de lenha, enegrecida pelo vento e pela chuva, empilhada em braças; seus retângulos oblíquos projetavam uma débil sombra, e não havia outra sombra em lugar algum. Uma brisa ligeira ora começava, ora parava: ela soprava subitamente no rosto e parecia crescer; tudo ao redor farfalhava, acenava e se movia com alegria, as extremidades flexíveis das samambaias balançavam de modo gracioso, felizes com seu aparecimento... Mas eis que a brisa volta a fe-

---

[87] Unidade de medida russa, equivalente a 71 cm. (N. do T.)

necer, e tudo volta a se calar. Só os grilos cricrilavam com ímpeto, como que exasperados, e era cansativo aquele som ininterrupto, ácido e seco. Combinava com o calor constante do meio-dia; era como se nascesse dele, como se fosse convocado por ele da terra incandescente.

Sem termos nos deparado com nenhuma ninhada, chegamos finalmente a novas *ssetchkas*. Lá, os choupos cortados há pouco tempo jaziam tristemente por terra, esmagando a grama e os pequenos arbustos; em alguns, as folhas, ainda verdes, mas já mortas, pendiam moles dos ramos imóveis; em outros já estavam secas e enrugadas. Das lascas frescas, brancas e douradas, amontoadas junto aos tocos fortemente úmidos, emanava um odor particular, extraordinariamente agradável e amargo. Ao longe, perto do bosque, ouvia-se o som surdo dos machados, e, de tempos em tempos, majestosa e silenciosa, como se fizesse uma saudação e abrisse os braços, tombava uma frondosa árvore...

Fiquei muito tempo sem encontrar caça; finalmente, um codornizão decolou de um amplo pé de carvalho todo cheio de absinto. Atirei; ele se virou no ar e caiu. Ao ouvir o tiro, Kassian rapidamente cobriu os olhos com a mão e não se moveu até eu carregar a espingarda e levantar o codornizão. Quando eu já estava avançando, ele foi até o lugar em que a ave havia caído, inclinou-se sobre a grama que estava borrifada de gotas de sangue, meneou a cabeça e me fitou com temor... Depois o ouvi sussurrar: "Pecado!... Ah, isso é pecado!".

Por fim, o calor nos forçou a entrar no bosque. Lancei-me debaixo de um alto arbusto de aveleira, acima do qual um bordo jovem e esbelto estendia lindamente seus ramos ligeiros. Kassian tomou assento na extremidade grossa de uma bétula cortada. Olhei para ele. Oscilando debilmente nas alturas, as folhas lançavam sombras de um verde esmaecido, que deslizavam em silêncio por seu pequeno rosto e atrás e à frente de seu corpo mirrado, displicentemente agasalhado pelo casaco escuro. Não erguia a cabeça. Entediado com o silêncio dele, deitei-me de costas e me pus a admirar o tranquilo jogo das folhas emaranhadas no céu claro e distante. Ficar deitado de costas e olhar para cima é uma ocupação extremamente agradável! Você tem a impressão de contemplar um mar insondável, que se alastra amplamente *embaixo* de você, de que as árvores não se erguem do solo, porém, como raízes de plantas enormes, elas descem, precipitando-se naquelas águas cristalinas; as folhas das árvores ora são transparentes como esmeraldas, ora espessas, de um verde dourado e quase negro. Em algum lugar ao longe, no final de um ramo delgado, uma folhinha isolada permanece imóvel em um pedacinho azul-claro de céu diáfano, e a seu lado bamboleia outra, cujo movimento lembra a nadadeira de um peixe, como se esse movimento fosse espontâneo, e não causado pelo vento. Como mágicas ilhas submarinas, brancas nuvens redondas chegam em silêncio e passam em silêncio, e de repente todo esse mar, esse ar resplandecente, esses ramos e folhas banhados de sol, tudo isso oscila, treme com um brilho fugaz, e se eleva um murmúrio fresco e trepidante, similar ao marulho infinito e suave da maré que surge repentinamente. Você não se mexe, você olha: e não há como exprimir em palavras a alegria, a calma e a doçura que leva no coração. Você olha: aquele azul puro e profundo suscita em seus lábios um sorriso tão inocente quanto ele mesmo, como as nuvens no céu, e é como se, junto com elas, um lento rosário de lembranças felizes desfilasse na alma, e o tempo todo você tem a impressão de que o seu olhar vai para cada vez mais longe, e o arrasta consigo para esse abismo tranquilo e cintilante, e de que não é possível se apartar dessa altura, dessa profundidade...

— Patrão, patrão! — proferiu subitamente Kassian, com sua voz sonora.

Levantei-me com espanto; até então ele mal respondera às minhas perguntas, e de repente saía falando daquele jeito.

— O que você tem? — perguntei.

— Então, por que você matou o passarinho? — ele começou, encarando-me.

— Por quê? Como assim?... Codornizão é caça, ele pode ser comido.

— Não foi por isso que você o matou, patrão: você não vai comer! Você o matou por diversão.

— Acho que você come ganso e galinha, por exemplo, não?

— São aves que Deus destinou aos homens, mas o codornizão é uma ave livre, da floresta. E não é só ele: muitos deles, todos os bichos da mata, os bichos do campo e do rio, do pântano e do prado, de cima e de baixo, é um pecado matá-los, e eles devem viver o seu quinhão sobre a Terra... O alimento destinado ao homem é outro; seu alimento é outro, a comida é outra: o pão, dom divino, as águas dos céus, os animais domésticos de nossos ancestrais.

Olhei para Kassian com assombro. Suas palavras fluíam livremente; ele não as buscava, falava com animação tranquila e dócil seriedade, fechando às vezes os olhos.

— Então, na sua opinião também é pecado matar os peixes? — indaguei.

— Os peixes têm sangue frio — replicou, com segurança —, o peixe é um bicho mudo. Não tem medo, não fica alegre: o peixe é um bicho sem fala. O peixe não sente, nem o seu sangue é vivo... O sangue — prosseguiu, depois de uma pausa —, o sangue é uma coisa sagrada! O sangue não vê o solzinho de Deus, o sangue se esconde da luz... Levar o sangue à luz é um grande pecado, um grande pecado e dá medo... Oh, como é grande!

Suspirou e baixou a cabeça. Reconheço que fitei o velho com completo assombro. Sua fala não parecia de mujique:

Memórias de um caçador

gente simples não fala assim, nem mesmo os de mais lábia falam assim. Essa língua era ponderada, solene e estranha... Eu jamais ouvira algo semelhante.

— Diga, por favor, Kassian — comecei, sem tirar os olhos de seu rosto levemente enrubescido —, a que você se dedica?

Não respondeu imediatamente a minha pergunta. Por um instante, seu olhar vagou intranquilo.

— Vivo como o Senhor manda — afirmou, por fim —, mas isso de se dedicar, não, eu não me dedico a nada. Sou bastante tolo, desde a infância; trabalho quando dá, mas sou ruim de trabalhar... Como poderia? Não tenho saúde, e minhas mãos são estúpidas. Mas caço rouxinóis na primavera.

— Caça rouxinóis?... Mas como você veio dizer que não devemos tocar nos bichos da floresta, do campo e nos outros?

— De fato, não se deve matá-los; a morte virá buscar os seus. Veja Martin, o carpinteiro; Martin, o carpinteiro, viveu, viveu pouco, e morreu; agora sua mulher está se consumindo por causa do marido, dos filhos pequenos... Nem o homem nem os bichos têm artimanhas contra a morte. A morte não corre, e também não dá para correr dela: ela não precisa de ajuda... Eu não mato os rouxinoizinhos, Deus me guarde! Não os caço para atormentá-los, nem para acabar com a sua vida, mas para a satisfação das pessoas, para seu conforto e alegria.

— Você vai até Kursk para caçá-los?

— Vou a Kursk e até mais longe, conforme o caso. Passo a noite nos pântanos, nas orlas dos bosques, passo a noite sozinho, no campo, nos confins: lá onde as galinholas cantam, onde as lebres gritam, onde os patos grasnam... De noite eu fico de olho, de manhã apuro o ouvido, na alvorada jogo a rede na moita... Um ou outro rouxinolzinho canta com tanta pena e de um jeito tão doce que até dá dó.

— Você os vende?

— Dou para gente boa.

— E o que mais você faz?

— Como faço?

— Do que você se ocupa?

O velho se calou.

— Não me ocupo de nada... Sou um mau trabalhador. Mas sei ler.

— Você é alfabetizado?

— Sei ler. Com a ajuda do Senhor e de gente boa.

— Você tem família?

— Tenho não.

— Como assim?... Morreram?

— Não, foi assim: não tive sorte na vida. Foi a vontade de Deus, estamos todos sujeitos à vontade de Deus; mas o homem tem que ser justo, é isso! Ou seja, devemos agradar a Deus.

— Você também não tem parentes?

— Tenho... mas... é...

O velho titubeou.

— Diga-me uma coisa, por favor — comecei. — Ouvi meu cocheiro perguntar por que você não curou Martin. Então você sabe curar?

— O seu cocheiro é um homem justo — respondeu Kassian, pensativo —, mas também não está isento de pecado. Chamam-me de médico... Médico, pois sim! E quem pode curar? Tudo isso vem de Deus. Mas existem... Existem ervas, existem flores: elas ajudam mesmo. Veja, por exemplo, o picão, uma erva boa para o homem; a tanchagem também; falar delas não é vergonha nenhuma: as ervas puras são de Deus. Mas com outras não é assim: elas ajudam, mas é pecado; até falar delas é pecado. Talvez com alguma reza... Ah, e é claro que há umas palavras... E quem acredita se salva — acrescentou, baixando a voz.

— Você não deu nada a Martin? — perguntei.

— Fiquei sabendo tarde — respondeu o velho. — E para quê? É o destino de cada um, está escrito. O carpinteiro Martin não devia viver, não devia viver sobre a Terra, e foi assim. Quando a pessoa não deve permanecer viva sobre a Terra, o sol não a esquenta como os outros, e o pão não lhe faz bem, como se alguém a estivesse chamando... Pois que Deus tenha a sua alma!

— Vocês foram transferidos para cá faz tempo? — perguntei, depois de breve silêncio.

Kassian se agitou.

— Não, há pouco tempo: quatro anos. Com o patrão antigo, vivíamos todos em nossos lugares de origem, mas o tutor nos transferiu. Nosso antigo patrão era uma alma dócil, um santo — que Deus o tenha! Mas é claro que o tutor tomou uma decisão justa; foi o que aconteceu.

— Onde vocês viviam antes?

— Em Krassívaia Mietch.

— Fica longe daqui?

— Cem verstas.

— Lá era melhor?

— Melhor... Melhor. O lugar lá era amplo, cheio de rios, era o nosso ninho; e aqui é um aperto, uma secura... Aqui somos órfãos. Lá, em Krassívaia Mietch, você subia em uma colina, subia e, meu Deus, o que era aquilo? Hein?... O rio, o prado, o bosque; e depois uma igreja, e depois de novo o prado. Dava para enxergar longe, bem longe. Ah, como a vista ia longe... Você olhava aquilo, olhava, que beleza! Mas aqui, na verdade, aqui a terra é melhor: argila, argila boa, dizem os camponeses; para mim, o trigo cresce igualmente bem em toda parte.

— Mas meu velho, diga a verdade: você gostaria de visitar sua terra natal?

— Sim, gostaria de dar uma olhada. Contudo, estamos bem em todo lugar. Não tenho família, sou irrequieto. É isso!

Kassian de Krassívaia Mietch

Você fica muito tempo em casa? Daí você sai e, quando sai — prosseguiu, elevando a voz —, fica melhor, de verdade. O solzinho brilha para você, você fica mais à vista de Deus, e canta de modo mais harmonioso. Você vê uma erva crescendo, observa e colhe. Lá, por exemplo, corre uma água de fonte, de manancial, água benta; você bebe e também observa. As aves cantam no céu... E para lá de Kursk há as estepes, aquelas estepes, que assombro, que satisfação para o homem, que vastidão, que bênção divina! Dizem que elas vão até os mares quentes, onde vive o pássaro Gamaiun,[88] de voz doce, e as folhas não caem das árvores nem no inverno, nem no outono, e maçãs douradas crescem em ramos de prata, e todas as pessoas vivem na abundância e na justiça... Lá eu iria... Mas eu não andei pouco! Estive em Romní, em Sinbirsk, cidade gloriosa, e na própria Moscou de zimbórios dourados; fui ao rio Oká, a ama de leite, ao rio Tsná, a pomba, e ao Volga, nossa mãe,[89] e vi muita gente, bons camponeses, e passei por cidades honradas... E voltaria para lá... bem... e até... E não fui o único pecador... Muitos outros camponeses vagaram pelo mundo, de alpargata, buscando a verdade... Sim!... E o que tem em casa, hein? Não há justiça no homem, é isso...

Kassian proferiu essas últimas palavras com rapidez, de modo quase incompreensível; depois voltou a dizer algo, que eu já não consegui ouvir, e seu rosto assumiu uma expressão tão estranha que, sem querer, lembrei-me da designação de *iuródivi* que Ierofei lhe deu. Baixou os olhos, tossiu e pareceu voltar a si.

---

[88] Lendário pássaro cuja imagem adornava os uniformes dos falcoeiros do tsar. (N. da E.)

[89] *Reká*, a palavra russa para rio, pertence ao gênero feminino. (N. do T.)

— Ah, solzinho! — proferiu, a meia-voz. — Que felicidade, Senhor! Que calor na floresta!

Moveu os ombros, calou-se, olhou distraído e se pôs a cantar baixinho. Não consegui captar todas as palavras de sua cantiga arrastada; ouvi as seguintes:

Eu me chamo Kassian,
Mas meu apelido é Pulga...

"Olha só!", pensei. "Ele compõe..."

De repente, ele estremeceu e emudeceu, fixando o olhar na espessura da mata. Virei-me e vi uma pequena camponesa de oito anos, de sarafã azul, com um lenço xadrez na cabeça e cesto de vime debaixo do braço nu e bronzeado. Ela provavelmente não esperava de jeito nenhum nos encontrar; deu de cara conosco, como dizem, e ficou imóvel na espessura verde da aveleira, no prado em sombras, fitando-me temerosa com seus olhos negros. Mal consegui olhar para ela, que imediatamente mergulhou atrás da árvore.

— Ánnuchka! Ánnuchka! Venha cá, não tenha medo — gritou o velho, carinhoso.

— Tenho medo — soou uma vozinha fina.

— Não tenha, não tenha, venha cá.

Ánnuchka deixou o esconderijo em silêncio, deu uma volta suave — seus pezinhos infantis crepitavam levemente na grama densa — e saiu do matagal para junto do velho. Não se tratava de uma menina de oito anos, como inicialmente me pareceu devido à sua baixa estatura, mas de treze ou catorze. Seu corpo era todo pequeno e delgado, mas muito bem proporcionado e jeitoso, e o belo rostinho era surpreendentemente parecido com o de Kassian, embora Kassian não fosse belo. Os mesmos traços angulosos, o mesmo olhar estranho, astuto e confiante, pensativo e perspicaz, e os mesmos movimentos... Kassian lançou-lhe um olhar; ela permanecia a seu lado.

— Então, estava colhendo cogumelos? — ele perguntou.

— Sim, cogumelos — respondeu, com um sorriso tímido.

— E achou muitos?

— Muitos. (Ela o fitou rapidamente e voltou a sorrir.)

— Tem também dos brancos?

— Também.

— Mostre aí, mostre aí... (Ela tirou o cesto do braço e ergueu até a metade a grande folha de bardana que cobria os cogumelos.) Ah! — disse Kassian, inclinando-se sobre o cesto —, mas que beleza! Muito bem, Ánnuchka!

— É sua filha, Kassian? — perguntei. (O rosto de Ánnuchka corou de leve.)

— Não, só uma parente — afirmou Kassian, com desatenção fingida. — Bem, Ánnuchka, vá — acrescentou imediatamente —, vá com Deus. Mas veja...

— Por que ela tem que ir a pé? — interrompi. — Vamos levá-la...

Ánnuchka ficou vermelha como papoula, aferrou-se com ambas as mãos ao barbante da cesta e fitou o velho com aflição.

— Não, vai a pé — ele replicou com a mesma voz indiferente e preguiçosa. — Para quê?... Ela vai assim mesmo... Vá.

Ánnuchka entrou no bosque com presteza. Kassian olhou na direção dela, depois baixou os olhos e sorriu. Naquele longo sorriso, nas poucas palavras que dissera a Ánnuchka, no próprio som de sua voz ao lhe dirigir a palavra, havia um amor e uma ternura inefável e ardente. Voltou a olhar para o lado ao qual ela tinha se encaminhado, voltou a sorrir e, esfregando o rosto, balançou a cabeça algumas vezes.

— Por que você a despediu tão rápido? — perguntei.

— Eu teria comprado os cogumelos...

— Tudo bem, o senhor pode comprá-los quando quiser, em casa — respondeu, tratando-me por "senhor" pela primeira vez.

— Ela se parece com você.

— Não... como... assim... — respondeu, como que a contragosto, e no mesmo instante caiu no silêncio de antes.

Ao ver que todos os meus esforços em forçá-lo a voltar a conversar eram em vão, dirigi-me à *ssetchka*. Ademais, o calor arrefecia; porém, meu azar ou, como dizem por aqui, minha desventura prosseguiu, e voltei para o povoado apenas com o codornizão e o eixo novo. Já estávamos entrando no pátio quando Kassian, de repente, se voltou para mim.

— Patrão, meu patrão — pôs-se a falar —, estou em dívida com você; eu afugentei a sua caça.

— Como assim?

— Eu é que sei. Pois você tem um cão adestrado e bom, mas não conseguiu nada. Pense, o que é um homem, o que é um homem? É um animal, e o que foi feito dele?

Teria sido inútil persuadir Kassian da impossibilidade de "enfeitiçar" a caça, e, por isso, não lhe respondi nada. Além disso, chegamos ao portão naquela hora.

Ánnuchka não estava na isbá, mas tinha conseguido chegar e deixar o cesto de cogumelos. Ierofei ajustou o novo eixo, submetendo-o antes a uma crítica severa e injusta; parti em uma hora, deixando a Kassian algum dinheiro, que inicialmente ele não queria aceitar, mas que depois, refletindo e pegando-o com a mão, alojou no casaco. Ao longo dessa hora ele quase não proferiu palavra; estava que nem antes, encostado no portão, sem responder os reproches de meu cocheiro, e se despediu de mim com absoluta frieza.

Bastou voltar e reparei que meu Ierofei novamente se encontrava num estado de espírito sombrio... E, de fato, não tinha encontrado nada para comer na aldeia, e o bebedouro dos cavalos era ruim. Partimos. Com um mau humor que era visível até na nuca, estava sentado na boleia e morria de vontade de falar comigo, mas, enquanto esperava minha primeira pergunta, limitava-se a leves resmungos a meia-voz e instruções, e às vezes discursos mordazes, dirigidos aos cavalos. "Uma aldeia!", murmurava. "E isso lá é aldeia! Pedi *kvas* — e não tinha *kvas*... Ai, meu Deus! E a água, argh! (Cuspiu sonoramente.) Nem pepino, nem *kvas*, nem nada. Ei, você — acrescentou em voz alta, dirigindo-se ao cavalo da direita —, eu o conheço, seu picareta! Você adora fazer corpo mole, né?... (E chicoteou-o.) Virou um cavalo totalmente manhoso, e antes era um bicho tão obediente... Ei, ei, olha aí!..."

— Ierofei, diga-me, por favor — comecei a falar —, que tipo de pessoa é Kassian?

Ierofei não me respondeu logo: no geral, era uma pessoa ponderada e sem pressa; contudo, adivinhei na hora que minha pergunta o animou e acalmou.

— O Pulga? — disse, por fim, agitando as rédeas. — Uma pessoa esquisita: um *iuródivi*, uma pessoa tão esquisita que você não acha fácil outra igual. Por exemplo, ele é igual ao nosso baio, sem tirar nem pôr: sempre tira o corpo fora... Do trabalho, quero dizer. É claro; que tipo de trabalhador ele poderia ser, mal para em pé, e mesmo assim... Desde a infância é desse jeito. Primeiro fazia carreto com os tios, que tinham uma troica; depois, parece que se aborreceu, e largou. Passou a viver em casa, mas nem em casa assentou: é tão irrequieto como uma pulga. Felizmente tinha um patrão bondoso, que não o forçava a nada. Desde então, fica vagando por aí, que nem ovelha tresmalhada. E é tão assombroso, sabe Deus como: ora fica calado como um paspalho, ora começa a falar, e as coisas que diz, só Deus é que entende. E isso são modos? Não, não são modos. Uma pessoa absurda, é isso. Mas sabe cantar bem. E de modo tão solene; nada mal, nada mal.

— É verdade que ele cura?

— Que nada!... Como pode curar? Uma pessoa dessas.... Se bem que ele me curou uma vez de escrófula... Como pode? Uma pessoa tão estúpida — acrescentou, calando-se.

— Você o conhece há muito tempo?

— Sim. Éramos vizinhos em Sitchovka e em Krassívaia Mietch.

— No bosque encontramos uma moça, Ánnuchka. Quem é? Parente dele?

Ierofei me fitou por cima do ombro e deu um sorriso de boca inteira.

— É!... Bem, uma parente. É órfã: não tem mãe, e ninguém sabe quem foi sua mãe. Mas deve ser parente: é muito parecida com ele... Bem, mora com ele. Uma menina esperta, não tem o que dizer; uma boa menina, a menina dos olhos do velho: uma boa menina. E ele, o senhor não vai acreditar, inventou de ensinar Ánnuchka a ler. Pois é, pois é, isso tem tudo a ver com ele: é um sujeito tão fora do comum. Tão volúvel, até mesmo desequilibrado... Ei, ei, ei! — interrompeu-se subitamente meu cocheiro e, detendo os cavalos, inclinou-se de lado e se pôs a cheirar o ar. — Não está cheirando queimado? Isso mesmo! Ah, esses eixos novos... E aparentemente foram engraxados... Vou atrás de água: a propósito, tem um tanque por aqui.

Ierofei desceu lentamente da boleia, desatou o cubo, foi até o tanque e, ao voltar, ouviu, não sem satisfação, o rangido da bucha da roda ao ser repentinamente banhada de água... Ao longo de umas dez verstas, ele teve que jogar água no eixo aquecido seis vezes, e a tarde já havia caído de todo quando voltamos para casa.

Kassian de Krassívaia Mietch

O GERENTE

A quinze verstas das minhas terras mora um conhecido, um jovem fazendeiro, o oficial reformado da guarda Arkadi Pávlitch Piênotchkin. Há muita caça em sua propriedade, a casa foi construída de acordo com a planta de um arquiteto francês, as pessoas se vestem à inglesa, suas refeições são excelentes, os hóspedes são recebidos com carinho, mas nem assim dá vontade de visitá-lo. Trata-se de uma pessoa sensata e ponderada, teve, como é de praxe, uma educação excelente, esteve no serviço público, frequentou a mais alta sociedade e agora é um proprietário de grande êxito. Arkadi Pávlitch, empregando suas próprias palavras, é severo, porém justo, zela pelo bem de seus súditos e os pune para seu próprio bem. "Eles têm que ser tratados como crianças — diz, nesses casos — são uns ignorantes, *mon cher*; *il faut prendre cela en considération.*"[90] Da mesma forma, quando ocorre aquilo que chamam de triste necessidade, ele evita movimentos bruscos e impetuosos e não gosta de elevar a voz, preferindo enfiar o dedo na cara e sentenciar: "Mas eu lhe pedi isso, meu caro", ou "O que você tem, meu amigo, pense bem", e, além disso, só faz cerrar os dentes de leve e crispar a boca. É de baixa estatura, elegante, muito bem-apessoado, cuida das mãos e das unhas com grande asseio; seus lábios e faces coradas emanam saúde. Tem um riso sonoro e despreo-

---

[90] Em francês, no original: "meu caro; isso tem que ser levado em consideração". (N. do T.)

cupado, e estreita com amabilidade os olhos castanho-claros. Veste-se com gosto e distinção; encomenda livros, desenhos e jornais franceses, embora não seja um grande aficionado da leitura: sofreu para terminar *O judeu errante*.[91] Joga cartas magistralmente. No geral, Arkadi Pávlitch é tido como um dos nobres mais cultos e um dos partidos mais invejados de nossa província; as damas são loucas por ele, louvando particularmente seus modos. Porta-se de modo admirável, é cauteloso como um gato, e jamais se envolveu em escândalos, embora goste de se fazer notar e de desconcertar e intimidar os acanhados. Tem uma decidida repulsa pelas más companhias, e teme se comprometer; contudo, em horas alegres declara-se admirador de Epicuro, embora no geral fale mal da filosofia, chamando-a de alimento nebuloso dos cérebros alemães e, às vezes, de puro disparate. Também gosta de música e, quando joga, canta entre os dentes, mas com sentimento; lembra-se de alguma coisa da *Lucia* e da *Sonnambula*,[92] mas invariavelmente cantarola em um tom um pouco alto. Passava os invernos em São Petersburgo. Sua casa sempre está excepcionalmente em ordem; até os cocheiros se submeteram ao seu ponto de vista e, todo dia, não apenas limpam os arneses e os casacos, como chegam a lavar o rosto. Para dizer a verdade, os criados de Arkadi Pávlitch olham meio de soslaio, mas, na Rússia, não dá para distinguir o soturno do sonolento. Arkadi Pávlitch fala com voz suave e agradável, fazendo cada palavra passar pausada e prazerosamente por seus bigodes magníficos e perfumados; também emprega mui-

[91] *Le Juif Errant*, romance do escritor francês Eugène Sue (1804-1857), foi publicado em capítulos entre 1844 e 1845, e obteve enorme sucesso na época. (N. da E.)

[92] *Lucia di Lammermoor* e *La sonnambula*, óperas dos italianos Gaetano Donizetti (1797-1848) e Vincenzo Bellini (1801-1835), respectivamente. (N. do T.)

Memórias de um caçador

tas expressões francesas, como: *"Mais c'est impayable!"*, *"Mais comment donc!"*[93] etc. Por tudo isso, eu, pelo menos, não tenho a menor vontade de visitá-lo e, se não fosse pelas tetrazes e perdizes, provavelmente teria cessado de todo minhas relações com ele. Na casa dele, você é tomado por uma inquietude estranha; nem o conforto deixa você alegre e, toda vez, à noite, quando um criado de libré azul-clara e botões heráldicos se apresenta na sua frente e servilmente começa a amarrar as suas botas, você sente que, se no lugar dessa figura pálida e seca de repente aparecessem na sua frente os zigomas maravilhosamente largos e o nariz incrivelmente achatado de um jovem robusto que o patrão havia acabado de tirar do arado, mas que já havia conseguido arrebentar em dez lugares a costura do cafetã de nanquim recém-endossado, você sentiria uma alegria indizível, e de bom grado se sujeitaria ao risco de que, junto com a bota, a mão dele arrancasse a sua perna, até o côndilo...

Apesar de minha antipatia por Arkadi Pávlitch, uma vez me aconteceu de passar a noite na casa dele. No dia seguinte, de manhã cedo, mandei atrelar minha caleche, mas ele não queria me liberar sem um café da manhã à inglesa, e me levou a seu gabinete. Junto com o chá vieram costeletas, ovos quentes, manteiga, mel, queijo etc. Dois camareiros, de luvas brancas e limpas, antecipavam, rapidamente e em silêncio, nossos mais ínfimos desejos. Estávamos sentados em um divã persa. Arkadi Pávlitch trajava bombachas largas de seda, japona negra de veludo, um belo fez de borla azul e chinelos chineses amarelos sem salto. Tomava chá, ria, contemplava as unhas, fumava, colocava travesseiros nas costas e, em geral, sentia-se de ótimo humor. Depois de ter desjejuado fartamente, e

---

[93] Em francês, no original: "Mas é impagável! Mas como!". (N. do T.)

O gerente 163

com visível satisfação, Arkadi Pávlitch serviu-se um cálice de vinho tinto, levou-o aos lábios e subitamente franziu o cenho.

— Por que não aqueceram o vinho? — perguntou a um dos criados, com voz bem ríspida.

O camareiro ficou confuso, imóvel e pálido.

— Estou lhe fazendo uma pergunta, meu caro — prosseguiu Arkadi Pávlitch, tranquilamente, sem tirar os olhos dele.

O infeliz criado titubeou, torceu o guardanapo e não disse palavra. Arkadi Pávlitch baixou a cabeça e fitou-o pensativo e de soslaio.

— *Pardon, mon cher*[94] — proferiu, com sorriso agradável, apoiando a mão amistosamente no meu joelho, para voltar a fitar o camareiro. — Bem, vá embora — acrescentou, depois de breve silêncio, erguendo as sobrancelhas e tocando campainha.

Entrou um homem gordo, moreno, de cabelos negros, testa baixa e olhos completamente inchados.

— Quanto a Fiódor... tome as providências — disse Arkadi Pávlitch, a meia-voz e completamente sob controle.

— Entendi, senhor — respondeu o gordo, e saiu.

— *Voilà, mon cher, les désagréments de la campagne*[95] — observou Arkadi Pávlitch, alegremente. — Mas para onde o senhor vai? Fique mais um pouco.

— Não — respondi —, está na minha hora.

— A caçada é tudo! Ah, esses caçadores! Mas daqui o senhor vai para onde?

— Para Riábovo, a quarenta verstas daqui.

— Para Riábovo? Ah, meu Deus, nesse caso vou com o senhor. Riábovo fica a umas cinco verstas da minha Chipílovka, e faz tempo que não vou a Chipílovka: não consigo

---

[94] Em francês, no original: "Perdão, meu caro". (N. do T.)

[95] "Eis, meu caro, os inconvenientes do campo". (N. do T.)

arrumar tempo. Isso vem a calhar: hoje o senhor caça em Riábovo, e amanhã me visita. *Ce sera charmant.*[96] Vamos jantar juntos, levo meu cozinheiro comigo, o senhor pernoita na minha casa. Maravilha! Maravilha! — acrescentou, sem aguardar minha resposta. — *C'est arrangé...*[97] Ei, quem está aí? Mande atrelar uma caleche para nós, o quanto antes. O senhor nunca esteve em Chipílovka? Eu teria vergonha de lhe propor que dormisse na isbá do meu gerente, embora saiba que o senhor seja frugal e que, em Riábovo, acabaria dormindo em um celeiro... Vamos, vamos!

E Arkadi Pávlitch se pôs a cantar uma romança francesa qualquer.

— Talvez o senhor não saiba — prosseguiu, balouçando ambas as pernas — que os camponeses de lá me pagam tributo. É a constituição, o que vamos fazer? Mas me pagam o tributo com regularidade. Reconheço que poderia tê-los passado para o regime de corveia há muito tempo, mas a terra é pouca! Sempre fico surpreso em como eles conseguem, no fim das contas. Enfim, *c'est leur affaire.*[98] Meu gerente de lá é um bravo, *une forte tête,*[99] um estadista! O senhor vai ver... Como isso veio a calhar, de verdade!

Não havia o que fazer. Em vez das nove da manhã, partimos às duas. Os caçadores vão entender minha impaciência. Arkadi Pávlitch adorava, como ele mesmo dizia, mimar a si mesmo de vez em quando, e levou consigo tamanha quantidade de roupa branca, comida, vestes, perfumes, almofadas e artigos de *nécessaire* que teria bastado por um ano a um alemão parcimonioso e contido. A cada descida de um mon-

---

[96] Em francês, no original: "Vai ser encantador". (N. do T.)

[97] "Está combinado". (N. do T.)

[98] "É problema deles". (N. do T.)

[99] "Uma cabeça boa". (N. do T.)

te, Arkadi Pávlitch fazia um discurso breve porém firme ao cocheiro, o que me fez deduzir que meu conhecido era um covarde e meio. De resto, a jornada se completou de modo plenamente satisfatório; só aconteceu que, em um pontilhão recém-reparado, a telega do cozinheiro virou, e a roda traseira lhe bateu no estômago.

Ao ver a queda de seu Carême[100] doméstico, Arkadi Pávlitch ficou seriamente assustado e logo mandou perguntar se suas mãos estavam em ordem. Ao receber resposta afirmativa, logo se acalmou. Com tudo isso, a viagem durou bastante; eu estava na mesma caleche de Arkadi Pávlitch e, no final do trajeto, experimentava um tédio mortal, maior ainda porque, ao longo de algumas horas, meu conhecido esgotou o assunto e começou a dar uma de liberal. Por fim chegamos, só que não a Riábovo, e sim a Chipílovka; de algum jeito, deu nisso. Naquele dia eu já não tinha como caçar e, a contragosto, resignei-me à minha sorte.

O cozinheiro havia chegado alguns minutos antes de nós e, pelo visto, conseguira dar as devidas ordens e disposições, porque, mal chegamos à cerca, veio a nosso encontro o estaroste (filho do gerente), um mujique robusto, ruivo e espadaúdo, montado e sem gorro, de casaco aberto. "E cadê Sofron?", perguntou-lhe Arkadi Pávlitch. O estaroste primeiro apeou do cavalo, fez uma profunda referência ao patrão e afirmou: "Olá, Arkadi Pávlitch, meu pai", depois ergueu a cabeça, deu uma sacudida e relatou que Sofron fora a Perovo, mas já tinham mandado buscá-lo. "Bem, siga-nos", disse Arkadi Pávlitch. Por deferência, o estaroste puxou o cavalo de lado, montou e seguiu atrás da caleche a trote curto, com o gorro na mão. Atravessamos a aldeia. Cruzamos com al-

---

[100] Marie Antoine Carême (1783-1833), célebre cozinheiro francês, trabalhou para Talleyrand e para as cortes imperiais austríaca e russa. (N. da E.)

guns mujiques em telegas vazias; vinham da eira e cantavam canções, saltitando com o corpo todo e balançando as pernas no ar; porém, ao avistar nossa caleche e o estaroste, repentinamente se calaram, tiraram os gorros de inverno (estávamos no verão) e se levantaram, como se esperassem ordens. Arkadi Pávlitch saudou-os com benevolência. Uma agitação inquieta se espalhara visivelmente pela aldeia. Mulheres de saias quadriculadas atiravam lascas nos cachorros pouco perspicazes ou excessivamente apegados; um velho coxo com uma barba que começava logo depois dos olhos afastou do poço um cavalo que não havia bebido, bateu nas ancas dele sem motivo e também se prosternou. Meninos de camisões compridos entravam nas isbás aos berros, se lançavam de barriga pela soleira alta, baixavam a cabeça, levantavam a perna e rodavam com muita agilidade por trás da porta, no escuro do corredor, onde não eram mais vistos. Até as galinhas se apressavam em um trote acelerado no vão de entrada; só um galo de briga, cujo peito negro parecia um colete de cetim, e cuja cauda vermelha chegava até a crista, ficou no meio do caminho e estava para gritar quando, de repente, se desconcertou e também saiu correndo. A isbá do gerente ficava à parte das outras, em meio a um canhameiral espesso e verde. Paramos diante do portão. O senhor Piênotchkin se levantou, tirou a capa de forma pitoresca e saiu da caleche, olhando afavelmente ao redor. A mulher do gerente nos recebeu com grande reverência e foi beijar a mão do patrão. Arkadi Pávlitch deixou que beijasse à vontade e foi até a varanda. Em um canto escuro da entrada, estava a mulher do estaroste, que também fez uma reverência, mas não ousou beijar-lhe a mão. Na assim chamada isbá fria — à direita da entrada — havia duas mulheres atarefadas; tiravam dali todo tipo de lixo, bilhas vazias, rígidos sobretudos de pele, potes de manteiga, um berço com um monte de trapos e um bebê corado, varrendo com uma vassoura de casa de banho. Arka-

O gerente

di Pávlitch mandou-as para fora e tomou lugar no banco embaixo dos ícones. Os cocheiros começaram a trazer as arcas, cofres e outras comodidades, tentando de todas as formas abafar o som de suas botas pesadas.

Enquanto isso, Arkadi Pávlitch interrogava o estaroste sobre a colheita, a semeadura e outros assuntos da fazenda. O estaroste respondia satisfatoriamente, mas com certa moleza e embaraço, como se estivesse abotoando o cafetã com os dedos enregelados. De pé junto à porta, de vez em quando se afastava e olhava ao redor, dando passagem a um ágil camareiro. Por detrás de seus ombros poderosos, pude ver a mulher do gerente espancando às escondidas uma outra mulher na entrada. De repente se ouviu uma telega, que parou na frente da varanda: o gerente entrou.

Aquele a que Arkadi Pávlitch se referia como estadista era um homem de baixa estatura, espadaúdo, grisalho e encorpado, de nariz vermelho, pequenos olhos azuis e barba em forma de leque. A propósito, devemos observar que, até hoje, desde que a Rússia existe, nela jamais houve o exemplo de um homem bondoso e rico sem uma barba em leque; alguém que a vida inteira usou uma barba rala, em forma de cunha, de repente você olha e ele está rodeado por uma auréola: de onde veio aquele pelo todo? O gerente devia ter aprontado em Perovo: sua cara estava inchada e cheirava a álcool.

— Ah, nosso senhor, nosso pai, nosso benfeitor — pôs-se a falar, arrastando as palavras, e com tamanha comoção na voz que as lágrimas pareciam prestes a surgir —, finalmente o senhor se dignou a nos conceder a honra!... Sua mão, meu pai, sua mão — acrescentou, já esticando os lábios por antecipação.

Arkadi Pávlitch satisfez seu desejo.

— E então, irmão Sofron, como estão indo as coisas? — perguntou, com voz carinhosa.

— Ah, nosso senhor, nosso pai — exclamou Sofron —, e como elas poderiam ir mal? Pois o senhor é nosso pai, nosso benfeitor, dignou-se a iluminar nossa aldeiazinha com a sua chegada, alegrando-nos até o dia da nossa morte. Glória a você, Arkadi Pávlitch, glória a você, senhor! Tudo aqui é muito próspero graças à sua benevolência.

Daí Sofron se calou, olhou de novo para o patrão e, em novo ímpeto de entusiasmo (no qual a bebedeira também tinha sua parte), voltou a pedir a mão e a louvar ainda mais do que antes:

— Ah, nosso senhor, nosso pai, benfeitor... e... que mais? Ah, meu Deus, estou completamente tonto de alegria... Ah, meu Deus, eu olho e não acredito... Ah, nosso senhor, nosso pai!...

Arkadi Pávlitch olhou para mim, riu-se e perguntou: "*N'est-ce pas que c'est touchant?*".[101]

— Sim, Arkadi Pávlitch, meu pai — prosseguiu o incansável gerente —, como o senhor pôde fazer isso? Meu pai, o senhor me deixou totalmente arrasado; não se dignou a me informar de sua chegada. Onde o senhor vai passar a noite? Aqui está cheio de sujeira, de lixo...

— Não é nada, Sofron, não é nada — respondeu Arkadi Pávlitch, com um sorriso —, aqui está bom.

— Mas veja, nosso pai, está bom para quem? Para um mujique como eu está bom; mas para o senhor... Ah, meu senhor, meu pai, meu benfeitor, ah, meu senhor, meu pai!... Perdoe-me, sou um tolo, perdi o juízo, ai, meu Deus, fiquei bobo de vez.

Entretanto, serviram o jantar; Arkadi Pávlitch começou a comer. O velho mandou seu filho embora, dizendo que estava muito abafado.

— E aí, meu chapa, deu certo a demarcação? — pergun-

---

[101] Em francês, no original: "Não é tocante?". (N. do T.)

O gerente

tou o senhor Piênotchkin, que claramente desejava imitar a fala do mujique, piscando para mim.

— Deu certo, meu pai, graças à sua benevolência. O documento foi assinado há três dias. Os de Khlínov, no começo, fizeram manha... Fizeram bastante manha. Exigiam... exigiam... e Deus sabe o quanto exigiam; mas são uns imbecis, meu pai, um povo estúpido. Mas nós, meu pai, manifestamos generosamente a sua gratidão e recompensamos o intermediário, Mikolai Mikoláitch; fizemos tudo de acordo com as suas ordens, meu pai; fizemos exatamente o que você ordenou, e fizemos tudo com o conhecimento de Iegor Dmítritch.

— Iegor me informou — observou Arkadi Pávlitch, com ares de importância.

— Claro, meu pai, Iegor Dmítritch, é claro.

— Então agora vocês devem estar satisfeitos.

Era o que Sofron estava esperando.

— Ah, nosso senhor, nosso pai, nosso benfeitor! — voltou a entoar... — Perdoe-me... Mas rezamos a Deus dia e noite pelo senhor, nosso pai... Claro que é pouca terra...

Piênotchkin interrompeu:

— Pois está bem, está bem, Sofron, eu sei que você é um servidor aplicado... E então, como anda a debulha?

Sofron suspirou.

— Ah, nosso pai, a debulha não vai muito bem. Bem, Arkadi Pávlitch, meu pai, permita-me informar uma coisa que aconteceu. (Daí se aproximou do senhor Piênotchkin, abrindo os braços, inclinando-se e entrefechando um olho.) Apareceu um cadáver em nossa terra.

— Como assim?

— Não sei o que pensar, meu pai, nosso pai: pelo visto, são artes do demônio. Ainda bem que foi perto do limite com o vizinho; mas tenho que confessar que do nosso lado. Imediatamente mandei levá-lo para o lote do vizinho enquanto fosse possível, coloquei um vigia e disse a todos: "Calados!". De todo modo, expliquei tudo ao comissário de polícia rural: veja como foi, eu disse; e lhe dei um chazinho e uns agrados... Qual a sua opinião, meu pai? Passamos a carga para o ombro dos outros; pois um cadáver sai uns duzentos rublos.

O senhor Piênotchkin deu muitas risadas com a astúcia de seu gerente e me disse algumas vezes, apontando para ele com a cabeça: "*Quel gaillard*, hein?".[102]

Enquanto isso, lá fora havia escurecido completamente; Arkadi Pávlitch mandou tirar a mesa e trazer o feno. O camareiro estendeu os lençóis e ajeitou os travesseiros; deitamos. Sofron se retirou, depois de receber as instruções para o dia seguinte. Arkadi Pávlitch, antes de dormir, ainda discorreu um pouco a respeito das qualidades notáveis do mujique russo, fazendo-me notar que, desde o começo da gestão de Sofron, os camponeses de Chipílovka não atrasavam nem um vintém de pagamento... O vigia começou a pregar uma tábua; um bebê, que obviamente ainda não conseguira se compenetrar do devido sentimento de abnegação, pôs-se a choramingar em alguma parte da isbá... Dormimos.

Acordamos bem cedo na manhã do dia seguinte. Eu estava me preparando para ir a Riábovo, mas Arkadi Pávlitch desejava me mostrar sua propriedade, e me convenceu a ficar. Eu não tinha nada contra verificar na prática as notáveis qualidades do estadista Sofron. O gerente apareceu. Usava um casaco azul com um cinto vermelho. Falava menos do que na véspera, fitava os olhos do patrão de modo fixo e perspicaz e dava respostas coerentes e sensatas. Fomos até a eira com ele. O filho de Sofron, o estaroste de três arquinas de altura, e, por todos os indícios, um completo idiota, também nos seguia, e também se uniu a nós seu assistente, Fedossêitch, soldado reformado com bigodes enormes e uma

---

[102] Em francês, no original: "Que atrevido". (N. do T.)

O gerente

expressão facial muito estranha, como se há muito tempo algo de extraordinário o tivesse assustado, e até hoje ele não tivesse voltado a si. Vistoriamos a eira, o celeiro, o secador para cereais, o galpão, o moinho de vento, o estábulo, a horta, o canhameiral; tudo realmente estava na mais perfeita ordem, e só a tristeza nos rostos dos mujiques me causou certa perplexidade. Além do útil, Sofron ainda cuidava do agradável: plantou salgueiros em todas as valas, abriu passagens cobertas de areia entre as medas da eira, colocou no moinho de vento um catavento em forma de urso com a goela escancarada e a língua vermelha de fora, acrescentou ao estábulo de tijolos algo parecido com um frontão grego e escreveu, em alvaiade: "*Canstruído na aldeia de Chipilofka emmil oito Centos e carenta. Estes tábulo*". Arkadi Pávlitch ficou totalmente enternecido e começou a me expor, em francês, as vantagens de tributar os camponeses, embora tenha assinalado que a corveia fosse mais vantajosa para os proprietários de terra, mas o que fazer?... Começou a dar conselhos ao gerente sobre como plantar batatas, como preparar a forragem para o gado etc. Sofron escutava o discurso do patrão com atenção, retrucando de vez em quando, mas já não chamava Arkadi Pávlitch nem de pai, nem de benfeitor, ressaltando o tempo todo que a terra era pouca e que não seria mal adquirir mais. "Então compre — disse Arkadi Pávlitch — no meu nome, não tenho nada contra."[103] Sofron não respondeu essas palavras, apenas acariciou a barba; "Agora não seria mal ir até o bosque", notou o senhor Piênotchkin. Trouxeram-nos imediatamente cavalos selados; fomos até o bosque ou, como dizem por aqui, até o "vedado". Nesse "vedado" encontramos mata cerrada e uma tremenda caça, motivo pelo qual Arkadi Pávlitch elogiou So-

---

[103] Os servos não tinham direito à propriedade da terra, e a compra só podia ser formalizada no nome do latifundiário. (N. da E.)

fron, dando-lhe um tapinha no ombro. No que tange à silvicultura, o senhor Piênotchkin apoiava o ponto de vista russo, e me contou o caso, em suas palavras, divertido, de um fazendeiro brincalhão que convenceu seu guarda florestal arrancando-lhe quase metade da barba como prova de que cortar a mata não faz com que ela cresça de forma mais espessa... Contudo, em outros casos, nem Sofron, nem Arkadi Pávlitch eram alheios a inovações. No regresso à aldeia, o gerente nos levou para ver uma tarara trazida há pouco tempo de Moscou. De fato, a tarara funcionava bem, mas se Sofron soubesse que contrariedade aguardava por ele e por seu patrão nesse último passeio, provavelmente teria ficado conosco em casa. Eis o que aconteceu. Ao sair do galpão, avistamos o seguinte espetáculo. A alguns passos da porta, junto a um charco imundo, no qual três patos chapinhavam despreocupadamente, havia dois mujiques de joelhos: um era um velho de sessenta anos, o outro, um jovem de vinte, ambos de camisas de cânhamo remendadas, pés descalços e cordas como cintos. Fedossêitch, o assistente, cuidava deles, solícito, e provavelmente os teria convencido a se retirar se nós tivéssemos nos demorado no galpão; porém, ao nos ver, retesou-se e ficou imóvel. O estaroste também estava por lá, com a boca aberta e os punhos sem serventia. Arkadi Pávlitch franziu o cenho, mordeu os lábios e foi até os requerentes. Ambos lhe fizeram uma profunda reverência, em silêncio.

— O que vocês querem? Estão pedindo o quê? — perguntou, com voz severa e algo anasalada. (Os mujiques se entreolharam sem proferir palavra, apenas apertaram os olhos, como se fosse por causa do sol, e passaram a respirar mais rápido.)

— E daí? — prosseguiu Arkadi Pávlitch, dirigindo-se em seguida a Sofron. — De que família são?

— Da família Toboliêiev — respondeu o gerente, devagar.

O gerente

— Então, qual é a de vocês? — voltou a falar o senhor Piênotchkin. — Não têm mais língua, ou o quê? Diga-me o que quer — acrescentou, meneando a cabeça para o velho. — E não tenha medo, seu estúpido.

O velho esticou o enrugado pescoço castanho-escuro, deu um sorriso forçado com os lábios azulados e afirmou, com uma voz forte: "Ajude-nos, senhor!", e voltou a bater a testa no chão. O mujique jovem também se prosternou. Arkadi Pávlitch observou suas nucas com dignidade, atirou a cabeça para trás e afastou um pouco as pernas.

— O que é? O que deseja?

— Tenha piedade, senhor! Deixe-nos respirar... Estamos completamente acabados. (O velho falava com dificuldade.)

— Quem acabou com você?

— Sofron Iákovlitch, meu pai.

Arkadi Pávlitch ficou em silêncio.

— Como você se chama?

— Antip, meu pai.

— E quem é esse?

— Meu pai, esse é meu filho.

Arkadi Pávlitch voltou a se calar e mexeu os bigodes.

— Bem, e como ele acabou com você? — disse, fitando o velho através dos bigodes.

— Meu pai, ele nos arruinou por completo. Meu pai, ele mandou dois filhos para o recrutamento sem ser a vez deles, e agora está me arrancando o terceiro. Meu pai, ontem ele levou a última vaquinha do meu curral e bateu na minha patroa; essa é a piedade dele. (Apontou para o estaroste.)

— Hum! — proferiu Arkadi Pávlitch.

— Não deixe que ele arruíne completamente um pai de família.

O senhor Piênotchkin franziu o cenho.

— Afinal de contas, o que isso quer dizer? — perguntou ao gerente, a meia-voz e com ar descontente.

— É um bêbado, meu senhor — respondeu o gerente, empregando pela primeira vez o tratamento respeitoso —, e um vagabundo. Veja o senhor que está atrasado há cinco anos.

— Sofron Iákovlitch pagou por mim, meu pai — prosseguiu o velho —, já é o quinto ano em que pagou, e pagou, e me fez escravo dele, meu pai, e até...

— E por que ele pagou por você? — perguntou o senhor Piênotchkin, ameaçador. (O velho ficou cabisbaixo.) — Certamente você gosta de encher a cara e de vagar pelos botequins, não? (O velho fez menção de abrir a boca.) Eu conheço vocês — prosseguiu Arkadi Pávlitch, colérico —, o negócio de vocês é beber e deitar na estufa, e que os bons mujiques respondam por vocês.

— E também é um brutamontes — intrometeu-se o gerente na fala do patrão.

— Ah, mas isso é evidente. É sempre assim; já reparei mais de uma vez. Fica o ano inteiro na libertinagem, na grosseria, e agora desaba aos meus pés.

— Arkadi Pávlitch, meu pai — disse o velho, desesperado —, tenha piedade, nos defenda. Como assim, eu sou grosseiro? Digo diante de Deus que não dá mais para aguentar. Sofron Iákovlitch tomou-se de antipatia por mim, de tamanha antipatia que Deus o julgue! Está me arruinando completamente, meu pai... Meu último filhinho... e daí... (Uma lágrima despontou nos olhos amarelos e enrugados do velho.) Tenha piedade, senhor, defenda-nos...

— E nós não somos os únicos — tentou começar o jovem mujique...

Subitamente, Arkadi Pávlitch estourou:

— E quem está perguntando para você, hein? Ninguém lhe perguntou nada, então fique calado... O que é isso? Calado, estou dizendo, calado!... Ah, meu Deus! Isso é quase um motim. Não, meu irmão, não aconselho a fazer motim contra mim... contra mim... (Arkadi Pávlitch deu um passo para a frente, porém, provavelmente por ter se lembrado de minha presença, recuou e colocou a mão no bolso.) *Je vous demande bien pardon, mon cher*[104] — disse, com um riso forçado, e baixando a voz significativamente. — *C'est le mauvais côté de la médaille...*[105] Então, está bem, está bem — prosseguiu, sem olhar para os mujiques —, vou dar ordens... está bem, vão embora. (Os mujiques não se levantavam.) Vejam, eu já lhes disse... está bem. Vão embora, eu vou dar ordens, estou dizendo.

Arkadi Pávlitch virou de costas para eles. "Sempre insatisfeitos", disse entredentes, e voltou para casa a passos largos. Sofron foi atrás dele. O assistente esbugalhou os olhos, como se estivesse se preparando para dar um grande salto. O estaroste espantou os patos do charco. Os requerentes ainda ficaram um pouco no lugar, entreolharam-se e se arrastaram para casa, sem olhar para trás.

Passadas duas horas eu já estava em Riábovo e, junto com Anpadist, um mujique conhecido meu, preparava-me para caçar. Piênotchkin ficou aborrecido com Sofron até o momento da minha partida. Puxei papo com Anpadist a respeito dos camponeses de Chipílovka, do senhor Piênotchkin, e perguntei se ele não conhecia o gerente de lá.

— Sofron Iákovlitch?... Sai para lá!

— Que tipo de pessoa ele é?

— Não é uma pessoa, é um cachorro, um cachorro como você não encontra nem em Kursk.

— Como assim?

— Pois Chipílovka só consta como sendo desse Piênkin, mas não é ele que manda: quem manda é Sofron.

— É mesmo?

---

[104] Em francês, no original: "Peço-lhe perdão, meu caro". (N. do T.)

[105] "É o lado ruim da medalha". (N. do T.)

— Manda como se fosse dele. Todos os camponeses têm dívida com ele; trabalham como se fossem peões dele: esse ele manda ir com o trem, aquele para um outro lugar... não deixa ninguém em paz.

— Ao que parece, lá a terra é pouca.

— Pouca? Só para os habitantes de Khlínov ele arrenda oitenta *dessiatinas*, e mais cento e vinte para nós; ao todo, dá cento e cinquenta *dessiatinas*. E ele não mexe com terra: mexe com cavalos, gado, alcatrão, manteiga, cânhamo, isso e aquilo... É inteligente, muito inteligente, e rico, um finório! Mas o pior é que ele bate. É uma fera, não um homem; como disse, um cachorro, um cão, um autêntico cão.

— E por que não se queixam dele?

— Sei! O patrão não liga! Não tem atraso no pagamento, o que mais ele quer? Bem, vá lá — acrescentou, depois de breve silêncio —, vá se queixar. Ele pega você e... vá até lá... Pois ele pega você e...

Lembrei-me de Antip e contei o que tinha visto.

— Bem — afirmou Anpadist —, ele vai ser devorado, devorado por inteiro. O estaroste vai lhe dar uma surra. Pense, é um pobre coitado, um desgraçado! E por que está passando por isso?... Em uma assembleia, discutiu com ele, com o gerente, perdeu a paciência, foi o que aconteceu... Grande coisa! Só que ele começou a perseguir Antip. Agora vai acabar com ele. Olha só que cão, que cachorro, que o Senhor me perdoe, mas ele sabe quem ataca. Com os velhos que são ricos e têm família ele não mexe, esse diabo dos infernos, mas olha com quem ele resolve brigar! Mandou os filhos de Antip para o recrutamento sem ser a vez deles, esse cão, vigarista, descarado, que o Senhor me perdoe!

Fomos caçar.

Salzbrunn, na Silésia, julho de 1847

O gerente

O ESCRITÓRIO

Aconteceu no outono. Já fazia horas que eu vagava com minha espingarda pelos campos, e provavelmente não teria voltado antes do anoitecer à hospedaria na grande estrada de Kursk, onde minha troica me aguardava, se uma chuva excepcionalmente fina e fria, que desde a manhã vinha me perseguindo com a persistência e a crueldade de uma velha solteirona, não tivesse me obrigado a, por fim, procurar em algum lugar nas imediações um refúgio, mesmo que temporário. Enquanto ainda pensava em que rumo tomar, surgiu repentinamente aos meus olhos uma choupana perto de um campo tomado de ervilha. Aproximei-me da choupana, dei uma olhada por debaixo do teto de palha e avistei um velho tão decrépito, que imediatamente me lembrei do bode moribundo que Robinson encontrou em uma caverna de sua ilha. O velho estava de cócoras, com os olhinhos escurecidos semicerrados e, com a pressa e a precaução de uma lebre (o coitado não tinha dentes), mastigava uma ervilha seca e dura, fazendo-a passar incessantemente de um lado da boca para o outro. Estava tão imerso em sua ocupação que nem reparou na minha chegada.

— Vovô! Ei, vovô! — eu disse.

Parou de mastigar, ergueu alto as sobrancelhas e abriu os olhos com dificuldade.

— O que é? — murmurou com voz roufenha.

— Onde tem uma aldeia aqui perto? — perguntei.

O velho voltou a mastigar. Não me ouvia. Repeti a pergunta mais alto.

— Uma aldeia?... Mas do que você precisa?

— Quero abrigar-me da chuva.

— Como?

— Abrigar-me da chuva.

— Ah! (Coçou a nuca bronzeada.) Bem, vá — começou, de repente, agitando os braços desordenadamente —, a... bem, quando passar pelo bosque, quando passar, vai ter uma estrada; largue ela, a estrada, e pegue sempre a direita, a direita, a direita, a direita... Daí vai dar em Anánievo. Ou vai chegar em Sítovka.

Tive dificuldade em entender o velho. Os bigodes atrapalhavam, e a língua o obedecia mal.

— E você é de onde? — perguntei.

— Como?

— De onde você é?

— De Anánievo.

— E o que está fazendo aqui?

— Como?

— O que está fazendo aqui?

— Sou o vigia.

— Vigia o quê?

— A ervilha.

Não pude deixar de rir.

— Perdão, quantos anos você tem?

— Sabe Deus.

— Acho que não enxerga bem.

— Como?

— Você não enxerga bem, né?

— Não. E o fato é que também não ouço nada.

— Perdão, e como pode ser vigia?

— Os chefes é que sabem.

"Chefes!", pensei, olhando para o pobre velho, não sem compaixão. Ele se apalpou, tirou da roupa um pedaço de pão duro e pôs-se a chupá-lo, como uma criança, movendo com esforço as faces já naturalmente encovadas.

Tomei a direção do bosque, virei à direita, e mantive a direita, sempre a direita, como o velho havia me aconselhado, até finalmente chegar a uma grande vila com uma igreja de pedra no estilo novo, ou seja, com colunas, e uma ampla casa senhorial, também com colunas. Já de longe, por entre o denso véu da chuva, eu havia reparado em uma isbá com telhado de tábua e duas chaminés mais altas do que as outras; com todas as probabilidades era a residência do estaroste, para a qual direcionei meus passos, na esperança de encontrar um samovar, chá, açúcar e creme não completamente azedo. Acompanhado de meu cachorro enregelado, entrei na varanda, no pórtico, abri a porta mas, em vez das peças habituais de uma isbá, deparei-me com mesas tomadas por papéis, dois armários vermelhos, tinteiros manchados, areeiros de estanho com um *pud* de peso, penas compridas etc. Um jovem de vinte anos de rosto roliço e doentio, olhinhos minúsculos, testa gorda e têmporas infindáveis estava sentado a uma das mesas. Estava vestido como de praxe, com um cafetã de nanquim cinza e lustro na gola e na cintura.

— O que deseja? — perguntou-me, esticando a cabeça para cima como um cavalo pego inesperadamente pelo focinho.

— Aqui é a casa do intendente? Ou...

— Aqui é o escritório senhorial central — interrompeu-me. — Estou aqui de serviço... Por acaso não viu a placa? A placa está aí para isso.

— Onde posso me secar? Tem samovar em algum lugar desta aldeia?

— Com não ia ter samovar — replicou o jovem de cafetã cinza, com seriedade —, vá até o pai Timofei, senão à

O escritório   181

isbá da criadagem, senão à de Nazar Tarássitch, senão de Agrafiena, a mulher dos pássaros.

— Está falando com quem, seu idiota? Não vá dormir, seu idiota! — soou uma voz do quarto vizinho.

— Chegou um senhor perguntando onde pode se secar.

— Que senhor?

— Não sei. Com cachorro e espingarda.

Uma cama rangeu no quarto vizinho. A porta se abriu, e entrou um homem de cinquenta anos, gordo, de baixa estatura, pescoço de touro, olhos saltados, faces extraordinariamente redondas e lustro por toda a cara.

— O que deseja? — perguntou.

— Secar-me.

— Aqui não tem lugar.

— Não sabia que aqui era um escritório; além disso, estou disposto a pagar...

— Por favor, aqui também dá — respondeu o gordo —, pronto, venha para cá. (Levou-me a outro aposento, não o mesmo do que tinha saído.) Aqui está bem?

— Sim... Seria possível um chá com creme?

— Por favor, agora mesmo. Por enquanto, tenha a bondade de se despir e descansar, e o chá estará pronto no mesmo instante.

— De quem é essa propriedade?

— Da senhora Losniakova, Ielena Nikoláievna.

Ele saiu. Olhei em volta. Ao longo do tabique que separava meu aposento do escritório havia um imenso sofá de couro; duas cadeiras, também de couro, com espaldares altíssimos, assomavam de ambos os lados da única janela, que dava para a rua. Nas paredes forradas de papel verde com desenhos rosa estavam pendurados três quadros enormes, pintados a óleo. Em um estava representado um cão perdigueiro de coleira azul-clara e a inscrição: "Esse é o meu deleite"; aos pés do cão passava um rio, e, na margem oposta, havia uma lebre de tamanho desmedido, com as orelhas levantadas, debaixo de um pinheiro. No outro quadro havia dois velhos comendo uma melancia; por detrás da melancia, avistava-se à distância um pórtico grego com a inscrição "Templo da Satisfação". O terceiro quadro retratava uma mulher seminua em decúbito, *en raccourci*,[106] de joelhos vermelhos e calcanhares bem gordos. Meu cachorro, sem tardar um instante, enfiou-se debaixo do sofá com esforço sobrenatural e, pelo visto, deve ter encontrado muito pó por lá, pois começou a espirrar terrivelmente. Fui até a janela. Tábuas haviam sido colocadas ao longo da rua, inclinadas, da casa senhorial ao escritório: uma precaução das mais úteis, pois ao redor, graças ao nosso solo de terra negra e à chuva contínua, a lama era terrível. Perto da propriedade senhorial, de costas para a rua, acontecia o que normalmente acontece perto das propriedades senhoriais: moças de vestidos de chita desbotados corriam para frente e para trás; os criados perambulavam pela lama, paravam e coçavam as costas, pensativos; o cavalo amarrado do policial rural abanava o rabo com preguiça e, erguendo alto o focinho, roía a cerca; as galinhas cacarejavam; uns perus definhados gorgolejavam sem parar. Na varanda de uma construção negra e carcomida, possivelmente a casa de banhos, estava sentado um moço robusto com um violão, cantando, não sem brio, a conhecida romança:

> Tô me retirando pro deserto,
> Simbora desse lugar maravilhoso...[107] etc.

---

[106] Em francês, no original: "em escorço". (N. do T.)

[107] Versos iniciais de "Estou me retirando para o deserto", de Maria Voinova Zubova (1749-1799). No original, Turguêniev arremeda a pronúncia do cantor. (N. do T.)

O escritório

O gordo entrou no meu quarto.

— Já vão trazer o chá — disse ele, com um sorriso agradável.

O jovem de cafetã cinza, empregado do escritório, colocou na velha mesa de jogo um samovar, uma chaleira, um copo com um pires quebrado, um pote de creme e uma porção de roscas de Vólkhov, duras como pedras. O gordo saiu.

— Quem é ele — perguntei ao empregado —, o intendente?

— Não, senhor: era o caixeiro-chefe, e agora foi promovido a chefe do escritório.

— Então vocês não têm intendente?

— Não, senhor. Tem um gerente, Mikhail Vikúlov, mas intendente não.

— E administrador, tem?

— Claro: um alemão, Lindamandol, Karlo Kárlitch. Só que não é ele quem administra.

— E quem administra?

— A própria patroa.

— Olha só!... E tem muita gente no escritório?

O jovem refletiu.

— Somos seis.

— Quem? — perguntei.

— Veja: primeiro Vassíli Nikoláievitch, o caixeiro-chefe; depois o funcionário Piotr, Ivan, irmão de Piotr, e outro Ivan, também funcionário; Koskênkin[108] Narkízov, também funcionário, mais eu — e nem dá para contar todos.

— Então a sua patroa deve ter muitos servos.

— Não, nem tantos...

— Mais ou menos quantos?

— Devem ser uns cento e cinquenta.

---

[108] Antiga forma popular do nome Konstantin. (N. da E.)

Nós dois nos calamos.

— E você escreve bem? — recomecei.

O jovem abriu um sorriso de boca inteira, balançou a cabeça, foi ao escritório e trouxe uma folha escrita.

— Veja como eu escrevo — afirmou, sem deixar de sorrir.

Olhei; em um quarto de papel acinzentado, em letras grandes e bonitas, estava escrito o seguinte:

"ORDEM

DA CASA CENTRAL DA SENHORA DE ANÁNIEVO AO ESCRITÓRIO DO AGENTE MIKHAIL VIKÚLOV, Nº 209

Ordena-se que, assim que se receba esta, descubra-se sem tardar o seguinte: quem, na noite passada, em estado de embriaguez, esteve no jardim iglês[109] perturbando a governanta francesa, madame Engèni, com canções desagradáveis? Para onde os vigias estavam olhando, e quem estava de vigia no jardim e permitiu tamanha desordem? A respeito do supracitado, ordena-se apurar em detalhes e informar o escritório sem demora.

Chefe do escritório, Nikolai Khvostov"

Um imenso selo de armas encontrava-se anexado, com a inscrição: "Selo da casa central da senhora de Anánievo", e, embaixo, uma assinatura: "Cumprir rigorosamente. Ielena Losniakova".

— Foi a própria patroa que assinou? — perguntei.

— Claro que sim; sempre assina ela mesma. Senão a ordem não é válida.

---

[109] Deformação de "inglês". (N. do T.)

O escritório

— Daí vocês mandam a ordem para o gerente?

— Não, senhor. Ele vem e lê em pessoa. Ou melhor, alguém lê para ele; ele não é alfabetizado. (O empregado voltou a ficar em silêncio.) E então, meu senhor — acrescentou, sorrindo —, está bem escrito, não?

— Sim.

— Devo reconhecer que não foi elaborado por mim. Koskênkin é um mestre nisso.

— Como assim?... Vocês fazem rascunho das ordens?

— E como não? Elas são passadas a limpo.

— E qual é o seu ordenado? — perguntei.

— Trinta e cinco rublos, e mais cinco rublos para as botas.

— E você está satisfeito?

— Sim, estou. Não é todo mundo que consegue trabalhar em um escritório como o nosso. Devo reconhecer que, no meu caso, foi a vontade de Deus: meu tio era mordomo.

— E é bom para você?

— Sim, senhor. Para dizer a verdade — prosseguiu, com um suspiro —, nossos colegas que trabalham com os comerciantes estão melhor. Nossos colegas que trabalham com os comerciantes vão muito bem. Ontem veio aqui um comerciante de Veniov, e um empregado dele me contou... É bom, não há o que dizer, é bom.

— Por quê? Os negociantes pagam melhor?

— Deus me livre! Se você pedir ordenado, leva um pescoção. Não, com o comerciante você tem que viver na base da confiança. Ele lhe dá de comer, de beber, de vestir, e tudo. Se você o agradar, ele dá mais... Para que ordenado? Não é necessário para nada... E o comerciante vive com simplicidade, à russa, como nós: se você está viajando com ele, e ele toma chá, você também toma chá; o que ele come você também come. Com o comerciante... é na boa: o comerciante não é igual ao senhor rural. O comerciante não tem caprichos;

quando fica bravo, bate em você e o caso está encerrado. Não fica atormentando, não fica implicando... Com o senhor rural, é uma desgraça! Nada o deixa satisfeito: nada está bom, nada o agrada. Você dá para ele um copo d'água ou uma comida: "Ah, essa água não presta! Ah, essa comida não presta!". Você leva para fora, fica perto da porta e volta a trazer "Ah, agora está bom, agora presta". As senhoras, então, as senhoras são umas coisas!... E as senhoritas, então!...

— Fiédiuchka![110] — soou a voz do gordo, na oficina.

O empregado saiu rapidamente. Terminei de beber o copo de chá, deitei no sofá e adormeci. Dormi duas horas.

Ao acordar, tive vontade de me levantar, mas a preguiça me venceu; fechei os olhos, mas não voltei a dormir. Detrás do tabique, no escritório, falavam em voz baixa. Comecei a ouvir sem querer.

— Sim, senhor, sim, senhor, Nikolai Ieremêitch — disse uma voz —, sim, senhor. Não há como não levar isso em conta; não há mesmo... Hum! (A pessoa que falava tossiu.)

— Pode acreditar em mim, Gavrila Antônitch — respondeu o gordo —, eu sei como são as coisas por aqui, julgue por si mesmo.

— E como não saberia, Nikolai Ieremêitch? Pode-se dizer que aqui o senhor é a pessoa mais importante. Então, meu senhor, como vai ser? — continuou a voz que eu não conhecia. — O que vamos decidir, Nikolai Ieremêitch? Perdoe minha curiosidade.

— O que vamos decidir, Gavrila Antônitch? Como dizem, o caso depende do senhor: o senhor não me parece querer muito.

— Perdão, Nikolai Ieremêitch, o que é isso? Nosso negócio é comprar, comerciar; nosso negócio é comprar. Pode-se dizer que estamos aqui para isso, Nikolai Ieremêitch.

---

[110] Diminutivo de Fiódor. (N. do T.)

O escritório

— Oito rublos — disse o gordo, pausadamente.

Ouviu-se um suspiro.

— Nikolai Ieremêitch, o senhor está pedindo demais.

— Não dá para ser de outro jeito, Gavrila Antônitch; digo como se estivesse diante de Deus que não dá.

Fez-se silêncio.

Levantei-me de mansinho e espiei por uma fenda do tabique. O gordo estava de costas para mim. De frente para ele estava sentado o comerciante, de quarenta anos, ressequido e pálido, como se fosse untado de azeite. Mexia na barba sem parar, piscando os olhos e contraindo os lábios com muita rapidez.

— O trigo desse ano pode ser chamado de extraordinário — voltou a dizer. — Fiquei admirando-o em todo o meu trajeto. Está extraordinário desde Vorônej, dá para dizer que de primeira classe.

— Sim, o trigo não está nada mau — respondeu o caixeiro-chefe —, mas você sabe, Gavrila Antônitch, que o outono põe e a primavera dispõe.

— Isso mesmo, Nikolai Ieremêitch, tudo depende da vontade de Deus; o que o senhor disse é a mais completa verdade... Será que o seu hóspede não acordou?

O gordo se virou... Apurou o ouvido...

— Não, está dormindo. Porém, talvez seja possível... — Foi até a porta.

— Não, está dormindo — disse, voltando para o lugar.

— Bem, e então, Nikolai Ieremêitch? — retomou o comerciante. — Precisamos fechar o negócio... Então vão ser, Nikolai Ieremêitch, então vão ser... duas cinzas e uma branca[111] para vossa senhoria, e ali (acenando a cabeça para o pátio senhorial) seis e meio. De acordo?

---

[111] A nota cinza era de cinquenta rublos; a branca, de 25 rublos. (N. da E.)

— Quatro cinzas — respondeu o intendente.

— Três, então!

— Quatro cinzas e nenhuma branca.

— Três, Nikolai Ieremêitch.

— Três e meia e nenhum copeque a menos.

— Três, Nikolai Ieremêitch.

— Não repita, Gavrila Antônitch.

— Que teimoso — murmurou o comerciante. — Assim é melhor tratar com a patroa em pessoa.

— Como quiser — respondeu o gordo —, deveria ser assim faz tempo. Aliás, por que se preocupa?... É muito melhor assim!

— Bem, chega, chega, Nikolai Ieremêitch. Não precisa ficar zangado! Falei de brincadeira.

— Não, de fato...

— Chega, já disse... Já disse que estava brincando. Bem, pegue suas três e meia, o que vou fazer com você?

— Eu devia ter pego quatro, mas fui burro e me precipitei — resmungou o gordo.

— Então lá, na casa, são seis e meio, Nikolai Ieremêitch; vão me vender o cereal por seis e meio, certo?

— Seis e meio, já foi dito.

— Então estamos de acordo, Nikolai Ieremêitch. (O comerciante bateu com os dedos abertos na palma da mão do funcionário.) Fique com Deus! (O comerciante se levantou.) Bem, Nikolai Ieremêitch, meu pai, agora vou até a patroa me anunciar e dizer: combinei seis e meio com Nikolai Ieremêitch.

— Diga isso mesmo, Gavrila Antônitch.

— Agora tenha a bondade de receber.

O comerciante entregou ao intendente um pequeno pacote de papel, persignou-se, sacudiu a cabeça, pegou o chapéu com dois dedos, encolheu os ombros, fez um movimento sinuoso com o corpo e saiu, fazendo as botas ranger esplendi-

O escritório   189

damente. Nikolai Ieremêitch foi até a parede e, até onde pude notar, começou a contar as notas entregues pelo comerciante. Por trás da porta, assomou uma cabeça ruiva com espessas suíças.

— E então? — perguntou a cabeça. — Tudo nos conformes?

— Tudo nos conformes.

— Quanto?

Irritado, o gordo mexeu os braços e apontou para o meu quarto.

— Ah, está bem! — respondeu a cabeça, escondendo-se.

O gordo foi até a mesa, sentou-se, abriu um livro, pegou um ábaco e começou a subir e descer as peças, empregando não o indicador, mas o dedo médio da mão direita: era mais decoroso. O empregado entrou.

— O que você quer?

— Sídor chegou de Golopliok.

— Ah! Bem, chame-o. Espere, espere... Primeiro vá ver se aquele senhor ainda está dormindo ou se já acordou.

O empregado entrou cuidadosamente no meu quarto. Coloquei a cabeça na bolsa de caçador que me servia de travesseiro e fechei os olhos.

— Está dormindo — sussurrou o empregado ao voltar para o escritório.

O gordo resmungou entredentes.

— Bem, chame Sídor — proferiu, por fim.

Voltei a me levantar. Entrou um mujique enorme, de trinta anos, saudável, de faces coradas, cabelos castanho--claros e uma barbinha encaracolada. Fez o sinal da cruz diante do ícone, persignou-se para o caixeiro-chefe, tomou o chapéu com ambas as mãos e se empertigou.

— Olá, Sídor — afirmou o gordo, mexendo no ábaco.

— Olá, Nikolai Ieremêitch.

— Então, como estava a estrada?

— Estava boa, Nikolai Ieremêitch. Com um pouco de lama. (O mujique falava devagar e baixo.)

— Sua mulher está bem?

— Como sempre!

O mujique suspirou e pôs o pé para a frente. Nikolai Ieremêitch colocou a pena atrás da orelha e assoou o nariz.

— Você veio atrás de quê? — continuou perguntando, enquanto colocava o lenço xadrez no bolso.

— Ouça, Nikolai Ieremêitch, estão nos pedindo carpinteiros.

— E daí, vocês não têm?

— Como não íamos ter, Nikolai Ieremêitch? Todo mundo sabe que é uma vila com bosque. Só que estamos em época de trabalho, Nikolai Ieremêitch.

— Época de trabalho! Vocês estão a fim de trabalhar para os outros, mas não gostam de trabalhar para a sua senhora... É sempre igual!

— Realmente, Nikolai Ieremêitch, o trabalho é sempre igual... só que...

— O quê?

— O pagamento é muito... sabe...

— Era só o que faltava! Olha como ficaram mimados. Vá embora!

— E também devo dizer, Nikolai Ieremêitch, que tem trabalho só para uma semana, mas vão nos reter por um mês. Ou vai faltar matéria-prima, ou vão mandar limpar as veredas do jardim.

— Era só o que faltava! Como se trata de uma ordem da própria patroa, não tenho que ficar discutindo com você.

Sídor ficou em silêncio e começou a se apoiar ora em um pé, ora no outro.

Nikolai Ieremêitch virou a cabeça de lado e se pôs a mexer zelosamente as pedras do ábaco.

— Nikolai Ieremêitch... os nossos... mujiques... — por

O escritório

fim se pôs a falar Sídor, tropeçando em cada palavra — mandaram entregar... a vossa senhoria... isso... (Enfiou a manopla no casaco e começou a tirar um pacote envolto em uma toalha vermelha.)

— O que é isso, o que é isso, seu imbecil, você ficou louco? — interrompeu-o apressadamente o gordo. — Vá embora, vá para a minha isbá — continuou, quase expulsando à força o assombrado mujique —, lá peça a minha mulher... Ela vai lhe servir chá, e eu vou chegar em seguida, vá embora. Sim, estou dizendo, vá embora.

Sídor se foi.

— Argh! Que urso! — murmurou o chefe do escritório à sua saída, balançando a cabeça e voltando a mexer com o ábaco.

De repente, gritos de "Kúpria! Kúpria! Ninguém vai derrubar Kúpria!" se fizeram ouvir na rua e na varanda, e pouco depois entrou no escritório um homem de baixa estatura, aspecto de tísico, nariz extraordinariamente comprido, grandes olhos imóveis e postura totalmente altiva. Vestia uma sobrecasaca velha e esfarrapada de cor de adelaide[112] ou, como dizemos por aqui, *odeloide*, com colarinho de bélbute e botões minúsculos. Carregava um feixe de lenha no ombro. Perto dele, aglomeravam-se cinco criados, todos gritando: "Kúpria! Ninguém vai derrubar Kúpria! Kúpria virou foguista, virou foguista!". Contudo, o homem de sobrecasaca com colarinho de bélbute não prestava a mínima atenção no escândalo de seus camaradas, e seu rosto não se mexia. Com passos cadenciados, foi até a estufa, colocou sua carga no chão, levantou-se, pegou a tabaqueira do bolso de trás, arregalou os olhos e começou a encher o nariz de pó de trevo amarelo, misturado com cinzas.

---

[112] Azul-escuro. (N. da E.)

À entrada do bando ruidoso, o gordo franziu as sobrancelhas e se ergueu do lugar; porém, ao ver do que se tratava, sorriu e só mandou que não gritassem, dizendo que um caçador estava dormindo no quarto vizinho.

— Que caçador? — perguntaram dois, a uma só voz.

— Um fazendeiro.

— Ah!

— Deixe fazerem barulho — pôs-se a falar, abrindo os braços, o homem de colarinho de bélbute —, o que me importa? Desde que não me encham... Virei foguista...

— Foguista! Foguista! — secundou a multidão, com alegria.

— Foi ordem da patroa — prosseguiu, encolhendo os ombros —, e vocês devem ter paciência... Vocês ainda vão virar guardadores de porcos. Eu sou alfaiate, e um bom alfaiate, aprendi com os melhores mestres de Moscou e costurei para generais... Isso ninguém me tira. E vocês, se orgulham de quê?... De quê? Se forem libertados de seus senhores, o que vai ser? Vocês são uns parasitas, uns vagabundos, nada mais. Se me libertarem eu não vou morrer de fome, não vou afundar; se me derem um passaporte, vou pagar um bom tributo e o patrão vai ficar satisfeito. E vocês? Vão morrer, vão morrer como moscas, nada mais!

— Olha que mentira! — interrompeu-o um rapaz bexiguento e com um cabelo loiro desbotado, de gravata vermelha e roupa rasgada no cotovelo. — Você já teve passaporte, mas o patrão não viu um copeque de tributo, e não ganhou nem um vintém para si: conseguiu voltar para casa a custo, se arrastando, e desde então vive só com um cafetãzinho.

— Que fazer, Konstantin Narkízitch! — retrucou Kuprian. — O cara se apaixona e já era, morreu. Primeiro passe pelo que passei, Konstantin Narkízitch, depois venha me julgar.

O escritório

— E por quem foi se apaixonar! Um verdadeiro demônio!

— Não, não diga isso, Konstantin Narkízitch.

— Quem é que vai acreditar em você? Pois eu a vi; ano passado, em Moscou, eu a vi com meus próprios olhos.

— Realmente, no ano passado ela se estragou um pouco — reparou Kuprian.

— Não, senhores, parem com isso — pôs-se a falar, com voz de desprezo e desdém, um homem alto, magro, com o rosto cheio de espinhas, de cabelo crespo e untado, que devia ser criado doméstico —, e que Kuprian Afanássitch nos cante sua cantiga. Vamos lá, comece, Kuprian Afanássitch!

— Sim, sim! — apoiaram os outros. — Dá-lhe, Aleksandra! Aprontou uma boa para Kúpria, não tem o que dizer... Cante, Kúpria!... Grande Aleksandra! (É comum os servos empregarem terminações femininas nos nomes como expressão de carinho.) Cante!

— Aqui não é lugar de cantar — retrucou Kuprian, duro. — Aqui é o escritório senhorial.

— E o que você tem a ver com isso? Acho que você está querendo trabalhar no escritório! — respondeu Konstantin, com um sorriso rude. — Deve ser!

— Tudo depende da vontade da patroa — observou o coitado.

— Viu, viu, onde quer chegar, viu? É! É! Ah!

Todos caíram na gargalhada, e alguns deram pulos. Quem mais se esbaldava era um menino de quinze anos, possivelmente o filho de um aristocrata misturado com os servos: trajava um colete com botões de bronze, gravata lilás e já começava a cultivar uma pança.

— Ouça, Kúpria, admita — Nikolai Ieremêitch se pôs a falar, cheio de si, visivelmente alegre e enternecido —, ser foguista é ruim, não? No fundo, é uma ninharia.

— O que fazer, Nikolai Ieremêitch? — Kuprian disse.

— De fato, hoje o senhor é o nosso chefe de escritório; de fato, não há discussão; só que o senhor também caiu em desgraça, e também morou em isbá de mujique.

— Olhe bem para mim e não se esqueça — interrompeu-o o gordo, arrebatado — de que estamos brincando com você, seu imbecil; seu imbecil, você devia se sentir grato por nos ocuparmos de um imbecil como você.

— Escapou-me, Nikolai Ieremêitch, desculpe...

— Sim, escapou.

A porta se abriu e entrou correndo um *kazatchok*.

— Nikolai Ieremêitch, a patroa o está chamando.

— Quem está com ela? — ele perguntou ao *kazatchok*.

— Aksínia Nikítitchna e um comerciante de Veniov.

— Chego lá em um minuto. E vocês, meus caros — prosseguiu, com voz persuasiva —, é melhor que saiam daqui com o foguista recém-promovido: de repente aparece o alemão e dá queixa.

O gordo alisou os cabelos, tossiu na mão quase toda coberta pela manga da sobrecasaca, abotoou-se e se dirigiu à casa da patroa, abrindo bem as pernas ao caminhar. Pouco depois, o bando todo foi atrás dele, junto com Kúpria. Só ficou meu velho conhecido, o empregado. Fez menção de apontar as penas, mas se sentou e adormeceu. Algumas moscas logo aproveitaram o feliz acaso e cobriram sua boca. Um mosquito pousou na sua testa, abriu as pernas como manda a regra e afundou lentamente o ferrão naquele corpo macio. A mesma cabeça ruiva com suíças de antes voltou a assomar de trás da porta, olhou, olhou e entrou no escritório junto com o corpo bem feio a que pertencia.

— Fiédiuchka! Ah, Fiédiuchka! Sempre dormindo! — afirmou a cabeça.

O empregado abriu os olhos e se levantou da cadeira.

— Nikolai Ieremêitch foi até a patroa?

— Sim, Vassíli Nikoláitch.

O escritório

"Ah! Ah!", pensei. "Esse é o caixeiro-chefe."

O caixeiro-chefe começou a andar pelo aposento. Aliás, mais do que andar, ele se esgueirava, como um gato. De seus ombros pendia um velho fraque negro, com abas estreitíssimas; mantinha uma mão no peito, enquanto a outra ficava pegando o tempo todo na gravata comprida e estreita de crina de cavalo, girando a cabeça de forma tensa. Usava botas de couro de cabra, que não rangiam, e pisava com muita suavidade.

— Hoje o fazendeiro Iagúchkin perguntou pelo senhor — acrescentou o empregado.

— Hum, perguntou? O que ele disse?

— Disse que iria até à casa de Tiutiúrev à noite e que esperaria pelo senhor. Disse: "Preciso falar com Vassíli Nikoláitch de um assunto", mas que assunto ele não mencionou. "Vassíli Nikoláitch sabe", disse.

— Hum! — retrucou o caixeiro-chefe, indo até a janela.

— Então, Nikolai Ieremêiev[113] está no escritório? — soou, no saguão, uma voz forte, e um homem alto, visivelmente irritado, com rosto irregular, porém expressivo e ousado, vestido de forma bastante asseada, atravessou a soleira.

— Não está? — perguntou, olhando rapidamente ao redor.

— Nikolai Ieremêitch foi até a patroa — respondeu o caixeiro. — Diga-me o que necessita, Pável Andrêitch: para mim o senhor pode dizer. O que deseja?

— O que desejo? O senhor quer saber o que desejo? (O caixeiro meneou dolorosamente a cabeça.) Desejo dar uma lição naquele barrigudo imprestável, vil dedo-duro... Ele vai ter o que dedar!

Pável se atirou na cadeira.

---

[113] No original, há uma alternância entre Ieremêiev e Ieremêitch, duas contrações possíveis do patronímico Ieremêievitch. (N. do T.)

— O que o senhor tem, o que tem, Pável Andrêitch? Calma... Não tem vergonha? Não se esqueça de com quem está falando, Pável Andrêitch! — balbuciou o caixeiro.

— De quem? Que me importa se ele foi promovido a chefe do escritório? Veja só quem foram promover! É o mesmo que colocar uma raposa para tomar conta do galinheiro![114]

— Basta, basta, Pável Andrêitch, basta! Deixe disso... Que bobagem é essa?

— Bem, Comadre Raposa[115] foi abanar o rabo! Vou esperar — disse Pável, com raiva, batendo com a mão na mesa. — Ah, já está vindo — acrescentou, olhando pela janelinha —, é falar no diabo e aparece o rabo. Tenha a bondade! (Levantou-se.)

Nikolai Ieremêiev entrou no escritório. Seu rosto irradiava satisfação, mas, ao ver Pável, ficou um pouco perturbado.

— Olá, Nikolai Ieremêitch — disse Pável, de modo expressivo, e se movendo lentamente na direção do outro —, olá.

O chefe do escritório não respondeu nada. O rosto do comerciante assomou à porta.

— Por que não se digna a me responder? — prosseguiu Pável. — Se bem que não... não — acrescentou —, não é por aí; gritos e palavrões não levam a nada. Não, é melhor o senhor me dizer por bem, Nikolai Ieremêitch: por que me persegue? Por que quer acabar comigo? Vamos, diga aí, diga.

— Aqui não é lugar para explicações — retrucou o chefe do escritório, não sem inquietação —, nem tenho tempo. Mas devo reconhecer que estou espantado com uma coisa:

---

[114] No original russo, a tradução literal seria "colocar uma cabra em uma horta". (N. do T.)

[115] No original, Lissá Patríkevna, a raposa personagem das fábulas russas. (N. do T.)

O escritório

de onde tirou que eu quero acabar com o senhor, ou que estou de perseguição? Aliás, como é que eu poderia persegui--lo? O senhor não é meu subordinado no escritório.

— Era só o que faltava — respondeu Pável. — Mas por que o senhor fica se fazendo de desentendido, Nikolai Ieremêitch?... O senhor me entende bem.

— Não, não entendo.

— Entende sim.

— Entendo não, pelo amor de Deus.

— E ainda fala de Deus! Já que chegamos até ele, então me diga: o senhor não teme a Deus? Então por que não deixa uma pobre moça viver? O que deseja dela?

— Pável Andrêitch, do que o senhor está falando? — perguntou o gordo, com pasmo fingido.

— Arre! Será que não sabe? Estou falando de Tatiana. Tema a Deus; por que essa vingança? Tenha vergonha na cara: o senhor é um homem casado, tem filhos do meu tamanho, e comigo não é diferente... Quero me casar, e estou me comportando honradamente.

— Qual é a minha culpa, Pável Andrêitch? A patroa não quer deixar o senhor se casar: é a vontade dela! O que eu tenho a ver com isso?

— O senhor? Por acaso o senhor não ficou conspirando com aquela velha bruxa, a governanta? Por acaso não fica dedando, hein? Diga, não inventou todo tipo de história a respeito dessa moça indefesa? Por acaso não foi graças a vossa senhoria que ela foi rebaixada de lavadeira para lavar pratos? E não é graças a vossa senhoria que ela apanha e é vestida com trapos?... Tenha vergonha, tenha vergonha, o senhor é um homem idoso! Olhe que um dia pega uma paralisia... Vai ter que responder perante Deus.

— Vá xingando, Pável Andrêitch, vá xingando... Vamos ver quanto tempo o senhor continua xingando!

Pável estourou.

— O quê? Ainda inventa de me ameaçar? — disse, com raiva. — Acha que eu tenho medo de você? Não, meu caro, não me venha com essa! Por que eu deveria ter medo?... Ganho meu pão em qualquer lugar. Já com você é outra coisa! Só aqui você consegue viver, dedurar e roubar...

— Veja só que presunçoso — interrompeu-o o funcionário, que também já começava a perder a paciência —, um auxiliar de enfermagem, um mero auxiliar, um reles mediquinho; quem ouve até pensa que é um figurão!

— Sim, um auxiliar, mas sem esse auxiliar vossa senhoria hoje estaria apodrecendo no cemitério... O que é que me deu que eu fui curá-lo? — acrescentou, entredentes.

— Você me curou?... Não, você queria me envenenar; você me encharcou de aloé — seguiu o funcionário.

— Que fazer se só o aloé fazia efeito em você?

— O aloé foi proibido pelo conselho médico — prosseguiu Nikolai —, ainda vou dar queixa contra você. Você quis me matar, é isso! Mas o Senhor não permitiu.

— Parem com isso, senhores, parem... — começou o caixeiro.

— Deixe-me em paz! — gritou o funcionário. — Ele quis me envenenar! Você está me entendendo?

— Era só o que faltava... Escute, Nikolai Ieremêiev — disse Pável, desesperado —, é a última vez que lhe peço: você me forçou a isso, eu não aguento mais. Deixe-nos em paz, entendeu? Senão algum de nós vai acabar mal, estou lhe dizendo.

O gordo se exaltou.

— Não tenho medo de você — gritou —, está me ouvindo, seu fedelho? Eu dei um jeito no seu pai, eu o domei; olhe, que sirva de exemplo para você!

— Não me lembre do meu pai, Nikolai Ieremêiev, não me lembre do meu pai!

— Fora! Quem é você para me dar sermão?

— Estou lhe dizendo, não me lembre!

— E eu estou lhe dizendo, não se esqueça... Por mais necessário que você seja à patroa, como diz, se ela tiver que escolher entre nós, não é com você que ela vai ficar, meu caro! Ninguém tem permissão para se rebelar, veja bem! (Pável tremia de fúria.) Já a moça Tatiana, foi bem feito... Espere só o que ainda vai acontecer a ela!

Pável se lançou para a frente com os braços erguidos, e o funcionário caiu pesadamente no chão.

— Algema nele, algema — gemia Nikolai Ieremêiev...

Não ouso descrever o fim da cena; temo ofender a sensibilidade do leitor.

Voltei para casa naquele mesmo dia. Uma semana mais tarde, fiquei sabendo que a senhora Losniakova manteve Pável e Nikolai a seu serviço, mas deportou a moça Tatiana: pelo visto, não precisava dela.

BIRIUK

Eu estava voltando da caçada à noite, sozinho, numa *drójki* ligeira. Até chegar em casa, ainda faltavam oito verstas; minha boa égua de trote corria com ânimo pela estrada empoeirada, relinchando e mexendo as orelhas de vez em quando; o cachorro, cansado, não se deixava ficar um passo atrás das rodas traseiras, como se estivesse amarrado a elas. A tempestade se aproximava. Adiante, um imenso nimbo lilás se erguia por detrás da floresta; nuvens cinzentas corriam acima de mim e ao meu encontro; os salgueiros se moviam inquietos, e farfalhavam. O calor abafado subitamente se transformou em um frio úmido; as sombras se adensaram rapidamente. Dei com a rédea na montaria, desci a ribanceira, atravessei um regato seco todo coberto de arbustos de salgueiro, subi a colina e entrei na floresta. O caminho serpenteava diante de mim entre espessas moitas de aveleira, já submersas na escuridão; eu avançava com dificuldade. A *drójki* sacolejava ao bater nas raízes duras das tílias e carvalhos centenários, continuamente cortadas por profundos sulcos longitudinais — as marcas das rodas das telegas; minha égua começou a tropicar. De repente, um vento forte passou a zunir nas alturas, as árvores se agitaram, enormes gotas de chuva começaram a bater com força e espirrar nas folhas, relampejou, e o temporal desabou. Chovia a cântaros. Eu avançava passo a passo, e logo tive de parar: a montaria empacou, eu não via um palmo na frente do nariz. Refugiei-me numa moita grande, do jeito que deu. Curvando-me e cobrindo o rosto, aguardava com paciência o fim da intempérie quando, de repente, no clarão de um relâmpago, apareceu-me no caminho uma figura alta. Pus-me a olhar fixamente naquela direção; era como se aquela figura tivesse brotado da terra, ao lado da minha *drójki*.

— Quem é? — perguntou uma voz sonora.

— E você, quem é?

— Sou o guarda-florestal daqui.

Eu disse meu nome.

— Ah, conheço! O senhor está indo para casa?

— Sim. Mas veja que tempestade...

— Sim, que tempestade — respondeu a voz.

Um relâmpago branco iluminou o guarda-florestal da cabeça aos pés; ato contínuo, um trovão retumbante e breve soou atrás dele. A chuva caía com o dobro da força.

— Não vai passar logo — prosseguiu o guarda-florestal.

— Que fazer?

— Permita-me levá-lo até a minha isbá — ele disse, de modo entrecortado.

— Será um favor.

— Queira se sentar.

Foi até a cabeça da montaria, tomou-a pelo freio e deu um tranco. Partimos. Agarrei a almofada da *drójki*, que balançava "como uma canoa no mar",[116] e chamei o cachorro. Minha pobre égua arrastava as pernas na lama com dificuldade, escorregava, tropeçava; o guarda-florestal cambaleava entre os varais para a esquerda e para a direita, como um fantasma. Prosseguimos por um bom tempo; finalmente meu guia parou: "Estamos em casa, patrão", afirmou, com voz tranquila. A cancela rangeu, alguns cachorros latiram amis-

---

[116] Citação do poema "Três palmeiras", de Mikhail I. Liérmontov (1814-1841). (N. do T.)

tosamente. Ergui a cabeça e, à luz de um relâmpago, distingui uma isbá pequena em meio a um pátio amplo, circundado por uma cerca. Uma luz tênue brilhava em uma janelinha. O guarda-florestal levou a montaria até a varanda e bateu na porta. "Já vô, já vô", soou uma vozinha fina, ouviram-se passos de pés descalços, o ferrolho rangeu, e uma menina de doze anos, de camisa, com um cinto de tecido listrado e uma lanterna na mão, apareceu na soleira.

— Dê luz ao patrão — disse a ela — enquanto eu coloco sua *drójki* debaixo do toldo.

A menina olhou para mim e entrou na isbá. Fui atrás dela.

A isbá do guarda-florestal consistia em um único aposento coberto de fuligem, baixo e vazio, sem beliche nem anteparos. Um sobretudo de peles esfarrapado estava pendurado na parede. Havia uma espingarda de cano simples num banco, um amontoado de trapos largado num canto, dois potes grandes perto do forno. Uma tocha ardia em cima da mesa, acendendo e apagando com tristeza. Um berço pendia no centro do aposento, amarrado à ponta de uma vara comprida. A menina apagou a lanterna, sentou-se em um banquinho minúsculo e começou a balançar o berço com a mão direita, regulando a tocha com a esquerda. Olhei ao redor, e meu coração doeu: não é alegre entrar à noite na isbá de um mujique. No berço, o bebê respirava pesada e rapidamente.

— Mas você está aqui sozinha? — perguntei à menina.

— Sozinha — proferiu, quase com culpa.

— Você é a filha do guarda-florestal?

— Sim — sussurrou.

A porta rangeu e o guarda-florestal cruzou a soleira, inclinando a cabeça. Levantou a lanterna do chão, foi à mesa e acendeu a luminária.

— Ao que parece, o senhor não está habituado à tocha — afirmou, sacudindo os cachos.

Olhei para ele. Poucas vezes vi alguém tão bem constituído. Era alto, de ombros largos e de compleição invejável. Seus músculos poderosos destacavam-se com proeminência debaixo da camisa molhada de linho caseiro. A barba negra e encaracolada cobria até a metade seu rosto severo e viril; pequenos olhos castanhos fitavam com firmeza por debaixo das sobrancelhas unidas e largas. Apoiou ligeiramente as mãos no flanco e se deteve diante de mim.

Agradeci e perguntei o seu nome.

— Eu me chamo Fomá — respondeu —, de apelido Biriuk.[117]

— Ah, você é Biriuk?

Fitei-o com curiosidade dobrada. Do meu Iermolai e outros, ouvi com frequência relatos a respeito do guarda--florestal Biriuk, que todos os mujiques dos arredores temiam como fogo. Nas palavras deles, jamais houvera no mundo tamanho mestre em seu ofício: "Não dá para surrupiar nem um feixe de lenha; não interessa a hora, mesmo que seja à meia-noite, ele cai em cima de você, como se fosse um floco de neve, e nem pense em resistir: é forte, dizem, e astuto como o diabo... E não há como apanhá-lo: nem com álcool, nem com dinheiro; também não cai em armadilha. Mais de uma vez, gente boa tentou acabar com ele, mas não, não conseguiram".

Assim é que os mujiques da vizinhança se referiam a Biriuk.

— Então você é Biriuk — repeti —, já ouvi falar de você, meu irmão. Dizem que você não dá mole para ninguém.

— Cumpro o meu dever — respondeu, sombrio —, não posso comer o pão do meu amo a troco de nada.

[117] Na província de Oriol, chama-se de Biriuk um homem solitário e lúgubre. (N. do A.)

Tirou um machado de trás do cinturão, sentou-se no chão e começou a rachar lenha.

— E você não tem esposa? — perguntei.

— Não — respondeu, brandindo o machado com vigor.

— Mas o que foi, ela morreu?

— Não... sim... morreu — acrescentou, erguendo-se.

Fiquei em silêncio; ele alçou os olhos e me fitou.

— Ela fugiu com um pequeno-burguês que estava de passagem — afirmou, com um sorriso cruel. A menina baixou os olhos; o bebê acordou e se pôs a gritar; a menina foi até o berço. — Vamos, dê para ele — disse Biriuk, enfiando na mão dela uma mamadeira suja. — Ele também foi abandonado — prosseguiu, a meia-voz, apontando para o bebê. Foi até a porta, parou e se virou.

— Patrão, o senhor talvez não queira o nosso pão — começou —, mas além de pão eu tenho...

— Não estou com fome.

— Bem, como queira. Não aqueci o samovar porque estou sem chá... Vou ver como anda a sua égua.

Saiu e bateu a porta. Voltei a olhar ao redor. A isbá me parecia ainda mais triste do que antes. Um cheiro amargo de fumaça arrefecida incomodava-me e me oprimia a respiração. A menina não arredava do lugar, nem levantava os olhos; de vez em quando dava um empurrão no berço, erguendo timidamente até o ombro a camisa escorregadia; suas pernas nuas pendiam imóveis.

— Como você se chama? — perguntei.

— Ulita — afirmou, baixando ainda mais a carinha triste.

O guarda-florestal entrou e se sentou no banco.

— A tempestade está passando — observou, depois de breve silêncio. — Caso queira, posso levá-lo para fora da floresta.

Biriuk

Levantei-me. Biriuk pegou a espingarda e examinou a trava.

— Para que isso? — perguntei.

— Estão aprontando na floresta... Estão cortando madeira no Morro[118] da Égua — acrescentou, em resposta a meu olhar de interrogação.

— E dá para ouvir daqui?

— Dá para ouvir do pátio.

Saímos juntos. A chuva havia parado. Ao longe ainda se aglomeravam massas pesadas de nuvens, longos raios cintilavam de quando em quando; porém, sobre nossas cabeças, já se via aqui e ali o céu azul-escuro, as estrelas cintilavam por entre as nuvens ralas, a deslizar rapidamente. Os contornos das árvores, molhadas pela chuva e encapeladas pelo vento, começaram a surgir das trevas. Apuramos o ouvido. O guarda-florestal tirou o gorro e se abaixou. "A... ali — afirmou de repente, esticando o braço —, olha só a noite que ele foi escolher." Eu não ouvia nada além do barulho das folhas. Biriuk fez a égua sair de debaixo do toldo. "Mas assim talvez eu o perca", acrescentou em voz alta. — "Vou com você... quer?" — "De acordo — respondeu, fazendo a montaria recuar —, vamos pegá-lo em um instante, e daí eu guio o senhor. Vamos."

Fomos: Biriuk na frente, eu atrás dele. Deus sabe como ele achou o caminho, mas só parou uma vez ou outra, e apenas para escutar as batidas do machado. "Veja — murmurava entredentes —, está ouvindo? Está ouvindo?" — "Mas onde?" Biriuk dava de ombros. Descemos à ribanceira, o vento sossegou por um momento, e os golpes cadenciados chegaram a meus ouvidos de forma clara. Biriuk olhou para mim e balançou a cabeça. Seguimos adiante pelas samam-

---

[118] "Morro" é o nome que dão às ribanceiras na província de Oriol. (N. do A.)

baias e urtigas úmidas. Ouviu-se um baque surdo e prolongado.

— Derrubou... — Biriuk balbuciou.

Enquanto isso, o céu continuava a se abrir; a floresta ia clareando aos poucos. Finalmente saímos da ribanceira. "Espere aqui", sussurrou o guarda-florestal, que se abaixou e, erguendo a espingarda, desapareceu entre os arbustos. Pus-me a ouvir, tenso. Em meio ao ruído constante do vento pareceu-me distinguir sons débeis e próximos: um machado a bater cautelosamente nos galhos, rodas a ranger, um cavalo a bufar... "Para onde vai? Alto!", ressoou subitamente a voz de ferro de Biriuk. Uma outra voz pôs-se a gritar em tom de queixa, como uma lebre capturada... Começou a luta.

"Delinquente, delinquente — repetia Briuk, esbaforido —, não vai escapar..." Saí correndo na direção do barulho e, tropeçando a cada passo, fui dar no lugar do combate. O guarda-florestal estava no chão, junto à árvore cortada, e não parava de se mexer; mantinha o ladrão debaixo de si e prendia-lhe o braço nas costas com uma cinta. Aproximei-me. Biriuk se levantou e colocou-o de pé. Vi um mujique molhado, andrajoso, com uma barba longa e desgrenhada. Havia um rocim imprestável, coberto até a metade com uma esteira tosca, junto a uma telega. O guarda-florestal não proferia palavra; o mujique também estava calado, e só fazia sacudir a cabeça.

— Liberte-o — cochichei no ouvido de Biriuk. — Eu pago pela madeira.

Biriuk, em silêncio, pegou o cavalo pela crina com a mão esquerda; com a direita segurava o ladrão, com o cinto: "Então, dê meia-volta, sua gralha", proferiu em tom severo. "Pegue o machado", murmurou o mujique. "Não há por que perdê-lo!", disse o guarda-florestal, e apanhou o machado. Partimos. Eu ia atrás... A chuva voltou a cair, e logo desabou com força. Chegamos à isbá com dificuldade. Biriuk largou o rocim capturado no meio do pátio, introduziu o mujique no aposento, afrouxou o nó do cinto e o fez sentar em um canto. A menina, que estava adormecida junto ao fogão, ergueu-se de um salto, e começou a nos fitar com silencioso espanto. Sentei-me no banco.

— Ai, como chove! — observou o guarda-florestal. — Vai ter que esperar. Não quer se deitar?

— Obrigado.

— Por obséquio ao senhor, eu o trancaria na dispensa — prosseguiu, apontando para o mujique —, mas veja, a tranca...

— Deixe-o aí, não o toque — interrompi.

O mujique me olhou de soslaio. Internamente, jurei a mim mesmo libertar o coitado. Ele estava sentado no banco, imóvel. À luz da lanterna, eu conseguia discernir seu rosto macilento e enrugado, as hirsutas sobrancelhas amarelas, os olhos inquietos, os membros flácidos... A menina se deitou no chão, aos pés dele, e voltou a adormecer. Biriuk estava sentado junto à mesa, com a cabeça apoiada na mão. Um grilo estrilava no canto... A chuva batia no telhado e escorria pela janela; todos nós estávamos calados.

— Fomá Kuzmitch — pôs-se a falar subitamente o mujique, com voz surda e gasta —, ei, Fomá Kuzmitch.

— O que você quer?

— Deixe-me ir.

Biriuk não respondeu.

— Deixe-me ir... foi a fome... deixe-me ir.

— Eu conheço o senhor — retrucou o guarda-florestal. — Toda a sua vila é assim: ladrão em cima de ladrão.

— Deixe-me ir — repetiu o mujique. — O administrador... estamos arruinados, olhe só... deixe-me ir!

— Arruinados... Ninguém tem direito de roubar.

— Deixe-me ir, Fomá Kuzmitch... não acabe comigo. Você sabe, olhe só, seu chefe vai me liquidar.

Biriuk se virou. O mujique se contraía como se estivesse com calafrios de febre. Sua cabeça dava solavancos, e ele respirava a custo.

— Deixe-me ir — repetiu, com desespero triste —, deixe-me ir, pelo amor de Deus, deixe-me ir. Vou pagar, olhe só, pelo amor de Deus. Pelo amor de Deus, foi a fome... As crianças estão chorando, você sabe como é. De repente, olhe só, acontece.

— Mas você não venha me roubar.

— O rocim — continuou o mujique —, o rocim, pelo menos ele... nosso único animal... deixe-o ir...

— Digo que não posso. Também sou um subordinado: terei que responder depois. E também não tenho por que mimá-lo.

— Deixe-me ir! Foi a necessidade, Fomá Kuzmitch, a necessidade, é isso... Deixe-me ir!

— Eu o conheço!

— Mas me deixe ir!

— Ei, para que ficar falando com você? Sente-se quietinho ou vai se ver comigo, entendeu? Não está vendo que esse aí é um figurão?

O coitado baixou os olhos... Biriuk bocejou e deitou a cabeça na mesa. A chuva não cessava. Eu aguardava o que aconteceria.

O mujique se aprumou de repente. Seus olhos ardiam, e um rubor surgiu nas faces. "Então venha, me devore, venha, me esmague, venha — ele começou, estreitando os olhos e baixando os cantos dos lábios —, venha, seu maldito facínora; beba sangue cristão, beba..."

O guarda-florestal se virou.

— Estou falando com você, com você, seu asiático, bebedor de sangue, com você!

— Você está bêbado para xingar desse jeito? — disse o guarda-florestal. — Ficou louco ou o quê?

Biriuk   209

— Bêbado! Não com o seu dinheiro, seu maldito facínora, seu animal, animal, animal!

— Ah você... Vou lhe mostrar!

— Vai me mostrar o quê? Dá tudo na mesma, estou perdido; onde vou conseguir ir sem cavalo? Acabe comigo — o fim é igual; seja de fome, seja assim, dá na mesma. Acabe com todo mundo: mulher, filhos, todos vamos morrer... Mas vamos pegá-lo, pode esperar!

Biriuk se levantou.

— Bata, bata — prosseguiu o mujique, com voz furiosa —, bata, venha, venha, bata... (A menina pulou do chão apressadamente e cravou os olhos nele.) Bata! Bata!

— Silêncio! — bradou o guarda-florestal, dando dois passos para a frente.

— Chega, chega, Fomá — gritei —, deixe-o... Que Deus esteja com ele.

— Não vou ficar em silêncio — prosseguiu o infeliz. — Dá tudo na mesma; vou acabar morrendo. Seu facínora, seu animal, ainda não deram cabo de você... Mas espere, seu reino vai acabar logo! Você vai ser esganado, espere!

Biriuk o agarrou pelo ombro... Lancei-me para socorrer o mujique...

— Não toque nele, patrão! — o guarda-florestal gritou para mim.

Não tive medo de suas ameaças, e cheguei a armar o braço; contudo, para meu extremo assombro, de um só golpe ele arrancou a cinta do cotovelo do mujique, agarrou-o pelo cangote, enfiou-lhe o gorro, abriu a porta e enxotou-o para fora.

— Vá para o diabo com o seu cavalo — gritou —, mas veja, na próxima vez...

Voltou para a isbá e se pôs a remexer no canto.

— Ei, Biriuk — proferi, por fim —, você me surpreendeu: vejo que é uma boa pessoa.

— Ei, patrão, deixe para lá — interrompeu-me, com enfado —, só tenha por bem não sair falando disso por aí. É melhor eu guiá-lo — acrescentou —, quer dizer, o senhor não vai ficar esperando essa chuvinha passar.

No pátio, começaram a soar as rodas da telega do mujique.

— Veja, já foi! — murmurou. — Se eu pego...

Meia hora depois, despediu-se de mim, na orla do bosque.

DOIS LATIFUNDIÁRIOS

Já tive a honra de lhe apresentar, benévolo leitor, alguns senhores que são meus vizinhos; permita-me agora, aproveitando a ocasião (para nós, escritores, sempre há uma ocasião), levar ao seu conhecimento mais dois latifundiários com os quais cacei com frequência, gente bastante honrada, bem-intencionada e que goza de admiração geral em diversos distritos.

Primeiro vou lhe descrever o major-general Viatcheslav Illariônovitch Khvalinski. Imagine um homem alto e outrora esbelto, agora já um pouco obeso, mas sem nada de caduco nem de velho, um homem maduro, na flor da idade, como dizem. É verdade que os traços de seu rosto, no passado regulares e ainda hoje agradáveis, mudaram um pouco, as faces estão flácidas, inúmeras rugas em forma de raio se instalaram em torno dos olhos e, quanto aos dentes, alguns não existem mais, como teria dito Saadi, segundo Púchkin;[119] os cabelos castanho-claros, ou pelo menos os que haviam sobrado, tinham virado lilases, graças a uma substância adquirida na feira de cavalos de Romní de um judeu que se fazia passar

---

[119] Turguêniev cita a terceira e a quarta linha da 51ª estrofe do oitavo e último capítulo do romance em versos *Ievguêni Oniéguin*, de Aleksandr Púchkin (1799-1837). De acordo com Vladímir Nabókov (1899-1977), a citação de Púchkin provavelmente veio de uma tradução francesa do *Bostan*, livro de versos do poeta persa do século XIII Saadi Shirazi. (N. do T.)

por armênio; contudo, Viatcheslav Illariônovitch anda com desenvoltura, ri de modo sonoro, faz tinir as esporas, torce os bigodes e, por fim, chama a si mesmo de velho cavaleiro, quando todo mundo sabe que um velho de verdade jamais chama a si mesmo de velho. Normalmente veste uma sobrecasaca abotoada até em cima, uma gravata alta com colarinho engomado e calças cinza malhadas, de corte militar; usa o chapéu bem em cima da testa, deixando a nuca de fora. Trata-se de uma pessoa excelente, mas com opiniões e hábitos bem estranhos. Por exemplo: não consegue tratar os nobres sem fortuna ou sem posição como iguais. Ao conversar com eles, normalmente os olha de lado, apoiando a cara com força na gola dura e branca, ou subitamente se põe a fitá-los com um olhar brilhante e imóvel, fica calado e move todo o couro cabeludo; passa até a pronunciar as palavras de outra forma, e não diz, por exemplo: "Obrigado, Pável Vassílitch", ou "Por aqui, Mikhailo Ivánitch", mas "Brigado, Pall Assílitch", ou "Pra cá, Mikhal Vánitch". As pessoas dos graus mais baixos da sociedade são tratadas de forma ainda mais estranha: não as olha de jeito nenhum e, antes de explicar seu desejo ou dar uma ordem, repete algumas vezes, sem interrupção, com fisionomia preocupada e sonhadora: "Qual o seu nome?... Qual o seu nome?", com uma ênfase incomum na primeira palavra, "qual", e proferindo as outras muito rápido, o que confere à sua fala uma semelhança muito grande com o canto do macho da codorna. É intrometido, terrivelmente mão de vaca, e mau proprietário: contratou como administrador um furriel reformado, um ucraniano de rara estupidez. Aliás, no que tange à gestão, nenhum de nós conseguiu superar um importante burocrata de São Petersburgo que, ao examinar os relatórios de seu intendente, segundo os quais os secadores de cereais estavam sujeitos ao risco frequente de incêndio e, com isso, perdia-se muito trigo, baixou uma ordem severíssima: dali por diante, os feixes não deviam ser colocados no secador antes de o fogo estar completamente apagado. Esse mesmo dignatário teve a ideia de semear todos os seus campos com papoula, aparentemente devido a um cálculo simples: a papoula, dizia, é mais cara do que o centeio; por conseguinte, semear papoula é mais lucrativo. Ainda ordenou suas servas que usassem *kokóchnik*[120] de acordo com um modelo encomendado de São Petersburgo; e, de fato, desde então suas criadas usam *kokóchnik*... só que debaixo da *kitchka*...[121] Mas voltemos a Viatcheslav Illariônovitch. Viatcheslav Illariônovitch é um terrível aficionado do belo sexo, e basta ver uma beldade no bulevar da cidade de seu distrito para ir atrás dela. Mas logo começa a coxear — que coisa esplêndida. Gosta de jogar cartas, mas só com gente de condição inferior; eles o chamam de "Sua Excelência", enquanto ele repreende e xinga de tudo quanto é jeito. Quando lhe acontece de jogar com o governador ou qualquer outro dignatário, tem lugar uma mudança espantosa: ele sorri, balança a cabeça, olha todo mundo nos olhos, enfim, esparrama mel para todo o lado... Chega até a perder sem se queixar. Viatcheslav Illariônovitch lê pouco, e, quando o faz, fica mexendo o tempo todo o bigode e as sobrancelhas, primeiro o bigode, depois as sobrancelhas, como se uma onda lhe percorresse o rosto, de baixo para cima. Esse movimento de onda no rosto de Viatcheslav Illariônovitch é especialmente notável quando lhe acontece de (na presença de visitas, evidentemente) percorrer as colunas do *Journal des Débats*.[122] Nas eleições, desempenhava um papel bem impor-

[120] Tradicional adorno feminino para a cabeça, no formato de semicírculo. (N. do T.)

[121] Versão modificada do *kokóchnik*, com a fronte elevada, usado pelas mulheres casadas. Era corrente nas províncias do sul da Rússia, como Oriol, onde se passa a ação do livro. (N. do T.)

[122] Periódico parisiense publicado entre 1789 e 1944. (N. do T.)

Dois latifundiários

tante, mas por avareza recusava o posto honorífico de decano da nobreza. "Senhores — costuma dizer aos nobres que o abordam, e o diz em tom protetor e independente —, sou muito grato pela honra; contudo, decidi consagrar meu ócio à solidão." E, depois de dizer tais palavras, move a cabeça algumas vezes para a direita e para a esquerda, e então ajusta, com dignidade, o queixo e as bochechas junto à gravata. Na juventude, serviu como ajudante de campo de uma pessoa importante, que ele só designa pelo nome e patronímico; dizem que não desempenhava apenas as funções de ajudante, mas que, por exemplo, paramentado com o uniforme de gala completo, e com todos os colchetes abotoados, dava banho no chefe. Mas não se pode acreditar em qualquer boato. Aliás, o general Khvalinski não gosta nem de falar sobre seu tempo de serviço, o que é bem estranho; ao que parece, ele também não esteve na guerra. O general Khvalinski mora em uma casinha pequenina, sozinho; não experimentou a felicidade conjugal e, por isso, até hoje é tido como um partido, até como um bom partido. Em compensação, tem uma governanta, uma mulher de trinta e cinco anos, de olhos e sobrancelhas negras, roliça, saudável e de bigode, que usa vestido engomado em dias de semana e, aos domingos, enverga mangas de musselina. Viatcheslav Illariônovitch fica à vontade nos grandes jantares de gala dados pelos latifundiários em honra do governador e de outros dignatários: lá se pode dizer que se encontra completamente no seu meio. Nesses casos, ele normalmente se senta, se não à direita do governador, a pouca distância dele; no começo do jantar, mantém acima de tudo o sentimento de dignidade e, inclinado para trás, mas sem virar a cabeça, lança a vista de lado na direção de todas as nucas redondas e colarinhos levantados dos convidados; em compensação, ao final se anima, começa a rir para todos os lados (já vinha sorrindo na direção do governador desde o começo do jantar), e às vezes até propõe um brinde em honra do belo sexo, que ele chama de "enfeite de nosso planeta". O general Khvalinski se dá igualmente bem em todos os atos solenes e públicos, exames, assembleias e exposições; também toma a bênção de forma magistral. Em desvios, passagens e outros lugares do gênero, o pessoal de Viatcheslav Illariônovitch não faz barulho, nem grita; pelo contrário, ao abrir caminho entre as pessoas ou ao chamar a carruagem, eles dizem, com uma agradável voz gutural de barítono: "Licença, licença, deixem o general Khvalinski passar", ou "É a carruagem do general Khvalinski...". Verdade que a carruagem de Khvalinski está bem passada de moda; as librés dos lacaios estão bem gastas (e não preciso recordar que são cinzentas com debrum vermelho); os cavalos também são bastante velhos, e estão a seu serviço desde sempre, mas Viatcheslav Illariônovitch não tem pretensões a elegância, nem considera digno de sua posição ostentar. Khvalinski não possui o dom da palavra, ou talvez não tenha ocasião de manifestar sua eloquência, já que não suporta não apenas discussões, como contrariedades em geral, evitando com cuidado qualquer conversa longa, em especial com jovens. De fato, é melhor assim, pois o mal das pessoas de hoje em dia é que logo faltam à obediência e perdem o respeito. Diante dos superiores, Khvalinski fica a maior parte do tempo calado, mas, diante dos inferiores, que evidentemente despreza, mas que são os únicos com quem se dá, fala de forma entrecortada e ríspida, empregando o tempo todo expressões como as seguintes: "Isso que o senhor está dizendo é um ab-sur--do"; ou: "Por fim, sou obrigado, meu bom senhor, a fazê-lo notar"; ou: "Creio que o senhor sabe com quem está falando" etc. É temido em especial pelos administradores dos correios, assessores permanentes e chefes de estação de posta. Não recebe ninguém em casa, e ouvi dizer que vive como um sovina. Com tudo isso, é um excelente latifundiário. "Um velho servidor, uma pessoa desinteressada, com princípios, *vieux grognard*,[123] é o que os vizinhos dizem dele. Só o procurador da província se permite sorrir quando mencionam diante dele as qualidades notáveis e sólidas do general Khvalinski: o que a inveja não faz!...

Aliás, vamos agora ao outro latifundiário.

Mardari Apollônitch Stegunov não se parece com Khvalinski em nada; mal esteve no serviço público, e jamais foi tido como belo. Mardari Apollônitch é um velho baixinho, rechonchudo, careca, com papada dupla, mãozinhas suaves e uma bela pança. É muito hospitaleiro e brincalhão; vive, como se diz, a seu bel-prazer; passa inverno e verão com um roupão listrado de algodão. Só converge em uma coisa com o general Khvalinski: também é solteiro. Possui quinhentas almas. Mardari Apollônitch se ocupa de sua propriedade de forma bastante superficial; para não ficar ultrapassado, comprou, há dez anos, dos irmãos Butenop, em Moscou, uma debulhadora, trancou-a no galpão e sossegou. Às vezes, em um belo dia de verão, manda atrelar uma *drójki* ligeira e sai ao campo para dar uma olhada no trigo e colher centáurea. Mardari Apollônitch vive completamente à moda antiga. Sua casa é uma construção antiga: a antessala recende, como de praxe, a *kvas*, velas de sebo e couro; imediatamente à direita há um aparador com cachimbos e toalhas; na sala de jantar, retratos de família, moscas, um grande vaso de gerânios e um piano enferrujado; na sala de estar, três sofás, três mesas, dois espelhos e um relógio roufenho, de esmalte enegrecido e ponteiros de bronze cinzelado; no gabinete, uma mesa com papéis, um biombo de cor azulada no qual foram coladas imagens recortadas de diversas obras do século passado, armários com livros fedorentos, aranhas e poeira negra, uma poltrona acolchoada, uma janela italiana e uma porta hermeticamente vedada, que levava ao jardim... Em uma pala-

---

[123] Em francês, no original: "velho rabugento". (N. do T.)

vra, tudo como tem que ser. Mardari Apollônitch tem muitos criados, todos vestidos à antiga: cafetã azul, comprido e de gola alta, pantalona de cor turva e colete curto e amarelado. Tratam os hóspedes por "meu pai". A propriedade é dirigida por um gerente, um mujique cuja barba cobre todo o seu sobretudo de peles; em casa, manda uma velha envolta em um lenço marrom, enrugada e avarenta. As estrebarias de Mardari Apollônitch abrigam trinta cavalos de diversas estirpes; ele se locomove em uma caleche de fabricação caseira, de cento e cinquenta *puds*. Recebe convidados com grande hospitalidade e os regala gloriosamente; ou seja, graças às propriedades inebriantes da cozinha russa, ele os priva, até o anoitecer, de fazer qualquer outra coisa que não seja jogar *préférence*. Ele mesmo nunca faz nada, e até o *Livro dos sonhos* parou de ler. Contudo, há muitos latifundiários assim na nossa Rússia; pode-se perguntar: com que propósito, e por que me pus a falar dele?... À guisa de resposta, permitam-me contar uma das minhas visitas a Mardari Apollônitch.

Cheguei à casa dele no verão, às sete da noite. Haviam acabado de celebrar as vésperas, e o sacerdote, um jovem pelo visto totalmente tímido, e recém-saído do seminário, estava sentado na sala de estar, perto da porta, na ponta de uma cadeira. Mardari Apollônitch, como de hábito, recebeu-me com carinho extremo: ficava alegre de verdade com qualquer visita, era uma pessoa absolutamente bondosa. O sacerdote se levantou e pegou o chapéu.

— Espere, espere, meu pai — pôs-se a dizer Mardari Apollônitch, sem soltar a minha mão —, não se vá... Mandei trazerem vodca para você.

— Não bebo, meu senhor — murmurou o sacerdote, embaraçado e vermelho até as orelhas.

— Que bobagem! Como alguém da sua condição pode não beber? — respondeu Mardari Apollônitch. — Micha! Iuchka! Vodca para o nosso padre!

Dois latifundiários

219

Iuchka, um velho alto e magro de oitenta anos, entrou com um cálice de vodca em uma bandeja escura com manchas cor da pele.

O sacerdote se pôs a recusar.

— Beba, meu pai, não teime que isso não é bom — observou o latifundiário, em tom de reproche.

O pobre jovem obedeceu.

— Bem, agora, meu pai, pode ir embora.

O sacerdote começou a se despedir.

— Está bem, está bem, vá... É um homem maravilhoso — continuou Mardari Apollônitch, olhando na direção dele —, faz-me muito gosto; só que ainda é jovem. Faz a sua pregação, mas não bebe álcool. Mas como está o senhor, meu pai? O que tem, como está? Vamos até o balcão — veja, a noite está ótima.

Fomos até o balcão, nos sentamos e começamos a conversar. Mardari Apollônitch olhou para baixo e de repente ficou terrivelmente agitado.

— De quem são essas galinhas? De quem são essas galinhas? — pôs-se a gritar. — De quem são essas galinhas passeando pelo jardim?... Iuchka! Iuchka! Vá já descobrir de quem são essas galinhas passeando pelo jardim!... De quem são essas galinhas? Quantas vezes eu proibi, quantas vezes eu disse!

Iuchka saiu correndo.

— Que bagunça! — repetia Mardari Apollônitch. — Que horror!

Ainda hoje me lembro de como as infelizes galinhas, duas pintadas e uma branca com topete, seguiam a caminhar muito tranquilamente ao pé das macieiras, exprimindo de vez em quando seus sentimentos com cacarejos prolongados, quando de repente Iuchka, sem gorro, com um pau na mão, e três outros criados de maior idade lançaram-se conjuntamente sobre elas. Foi um Deus nos acuda. As galinhas gritavam, batiam as asas, pulavam, cacarejavam de modo ensurdecedor; os criados corriam, tropeçavam, caíam; o patrão gritava do balcão, em frenesi: "Pega, pega! Pega, pega! Pega, pega, pega!... De quem são essas galinhas, de quem são essas galinhas?". Por fim, um criado conseguiu capturar a galinha topetuda, esmagando-a no chão com o peito e, no mesmo instante, vinda da rua, uma menina de onze anos pulou a cerca do jardim, toda desgrenhada e com uma vergasta na mão.

— Ah, olhe de quem são as galinhas! — exclamou o latifundiário, triunfante. — As galinhas são de Iermil, o cocheiro! Ele mandou sua Natalka vir buscá-las... Claro que não mandou Paracha — acrescentou o latifundiário a meia-voz, com um sorriso significativo. — Ei, Iuchka! Deixe as galinhas: traga-me Natalka.

Porém, antes que o ofegante Iuchka conseguisse alcançar a menina assustada, apareceu a governanta, não se sabe de onde, tomou-a pelo braço e deu umas pancadas nas costas da coitada...

— Isso mesmo, isso mesmo — incentivava o latifundiário —, dá, dá, dá! Dá, dá, dá!... E leve as galinhas embora, Avdótia — acrescentou, com voz forte, e, com o rosto radiante, dirigiu-se a mim: — Que caçada, hein, meu pai? Até suei, veja.

E Mardari Apollônitch caiu na gargalhada. Continuamos no balcão. De fato, a noite era excepcionalmente boa. Serviram-nos chá.

— Diga-me, Mardari Apollônitch — comecei —, aquelas casas isoladas ali, na estrada, detrás da ribanceira, são suas?

— São minhas... E daí?

— Como isso é possível, Mardari Apollônitch? É um pecado. As isbazinhas destinadas aos mujiques são péssimas, apertadas; não se vê uma árvore ao redor; tanque também

Dois latifundiários   221 não tem; o poço é um só, e não presta para nada. O senhor não podia ter encontrado outro lugar para eles? Dizem que o senhor tirou deles até os velhos canhameirais.

— E o que dá para fazer com essa nova demarcação? — respondeu-me Mardari Appolônitch. — Estou com a demarcação por aqui. (Apontou para a garganta.) Não prevejo nenhuma vantagem nessa demarcação. Quanto a ter tirado os canhameirais deles e não ter escavado um tanque, disso, meu pai, quem sabe sou eu. Sou um homem simples, sigo os costumes antigos. Para mim, patrão é patrão, e mujique é mujique... É isso.

Evidentemente, não havia o que responder a argumentação tão clara e convincente.

— Além disso — prosseguiu —, esses mujiques são ruins, uns desgraçados. Especialmente duas famílias de lá; meu finado pai, que Deus o tenha, já não gostava deles, não gostava nada. E eu sou da crença de que, se o pai é ladrão, o filho também é ladrão; diga o que quiser... Ah, o sangue, o sangue é uma coisa grandiosa! Reconheço francamente que mandei os homens dessas famílias para o serviço militar sem esperar a vez deles, e tentei espalhá-los por aí; mas não consegui, que fazer? São férteis, os malditos.

Enquanto isso, o ar se acalmou completamente. Só havia uma corrente de vento a soprar de vez em quando e, ao morrer pela última vez perto da casa, trouxe aos nossos ouvidos o som de golpes regulares e frequentes, que vinham da direção do estábulo. Mardari Appollônitch acabara de levar aos lábios um pires cheio e já dilatava as narinas, sem o quê, como se sabe, um russo legítimo não toma chá, quando se deteve, apurou o ouvido, balançou a cabeça, sorveu e, colocando o pires em cima da mesa, proferiu, com o melhor dos sorrisos, como se repetisse involuntariamente os golpes: "Tchuk-tchuk-tchuk! Tchuk-tchuk! Tchuk-tchuk!".

— O que é isso? — perguntei, admirado.

— Por ordem minha, estão castigando um rapaz travesso... Conhece Vássia, o copeiro?

— Que Vássia?

— Que nos serviu o jantar, outro dia. Usa umas suíças grandes.

A mais feroz indignação não teria resistido ao olhar sereno e dócil de Mardari Apollônitch.

— O que tem, meu jovem, o que tem? — pôs-se a dizer, meneando a cabeça. — Por acaso sou um canalha para o senhor me olhar desse jeito? Quem ama castiga, como o senhor sabe.

Despedi-me de Mardari Apollônitch um quarto de hora depois. Ao passar pela aldeia, avistei Vássia, o copeiro. Caminhava pela rua, roendo uma noz. Mandei o cocheiro parar o cavalo e o chamei.

— Irmão, por que você foi castigado hoje? — perguntei.

— Como o senhor sabe? — respondeu Vássia.

— O seu patrão me contou.

— O patrão mesmo?

— Mas por que ele mandou castigar?

— Foi merecido, meu pai, merecido. Aqui não se castiga por bobagem; não temos esse hábito; não, não. Nosso patrão não é assim; nosso patrão... você não acha um patrão como esse em toda a província.

— Vamos! — eu disse ao cocheiro. "Ei-la, a velha Rússia", pensei, no caminho de volta.

Dois latifundiários

LEBEDIAN

Uma das principais vantagens da caça, meus amados leitores, consiste em que ela obriga a mudar o tempo todo de um lugar para outro, o que é bastante prazeroso para alguém ocioso. Verdade que, às vezes (especialmente em tempo chuvoso) não é nem um pouco agradável errar por estradas vicinais, pegar "atalhos", parar todos os mujiques que encontra com a pergunta "Ei, querido! Como faço para chegar em Mordovka?", e, em Mordovka, arrancar de uma mulher néscia (os trabalhadores estão todos no campo) a informação a respeito de quão longe se está de alguma hospedaria na estrada principal e de como se faz para chegar a ela, e, depois de percorrer dez verstas, em vez da hospedaria, ir parar na aldeola senhorial totalmente arruinada de Khudobúbnov, para extremo assombro de toda uma vara de porcos, imersos até as orelhas na lama castanha escura, bem no meio da rua, e que não tinham a menor expectativa de serem incomodados. Também não é agradável atravessar pontilhões trepidantes, descer ribanceiras, passar a vau riachos pantanosos; não é agradável percorrer, o dia inteiro, o mar verde das grandes estradas ou, Deus me livre, ficar horas atolado diante de um poste colorido com o número 22 de um lado e 23 do outro; não é agradável ficar semanas se alimentando de ovos, leite e o alardeado pão de centeio... Todos esses inconvenientes e reveses são porém compensados por vantagens e satisfações de outro tipo. Aliás, vamos à história.

Lebedian

Devido a tudo que foi dito acima, não preciso explicar ao leitor de que forma, há cinco anos, fui dar em Lebedian em meio à barafunda da feira. O colega caçador pode, em uma bela manhã, sair de sua propriedade mais ou menos hereditária com a intenção de voltar na tarde do dia seguinte e, pouco a pouco, sem parar de atirar nas galinholas, chegar por fim às benditas margens do rio Pietchora; além disso, todo aficionado da espingarda e do cão é um fã apaixonado do mais nobre animal do mundo: o cavalo. Pois bem, cheguei a Lebedian, hospedei-me em um hotel, troquei de roupa e fui para a feira. (O criado, um moço comprido e magro de vinte anos, já tinha conseguido me informar, com uma doce e anasalada voz de tenor, que o senhor príncipe N., comprador de cavalos do regimento de ***, estava hospedado na estalagem deles, que muitos outros senhores haviam chegado, que ciganos cantavam à tarde, que no teatro estava sendo representado o *Pan Twardowski*,[124] que os cavalos estavam a bom preço e que, aliás, os cavalos eram uma beleza.)

Na praça do mercado, arrastavam-se filas intermináveis de telegas e, atrás das telegas, cavalos de todos os tipos possíveis: de trote, garanhões, de tiro, de transporte, de posta e os simples rocins camponeses. Alguns, roliços e bem nutridos, agrupados pela cor do pelo, cobertos de gualdrapas multicoloridas, atados com força à elevada trave das carroças, olhavam para trás com o rabo do olho, com medo dos tão conhecidos cnutes de seus donos, os mercadores de cavalos; os cavalos dos fazendeiros, mandados das estepes pelos nobres de umas cem, duzentas verstas de distância, sob vigilância de um cocheiro decrépito e dois ou três cavalariços broncos, agitavam os pescoços compridos, batiam as patas, mordiam, entediados, a paliçada; baios de Viatka apertavam-se forte-

---

[124] Ópera de 1828 de Aleksei Nikoláievitch Verstovski (1799-1862), sobre uma espécie de Fausto polonês. (N. do T.)

mente uns contra os outros; trotadores de garupa grande, rabo ondulado e patas peludas, tordilhos, murzelos e baios repousavam em uma imobilidade majestosa, como leões. Os conhecedores paravam na frente deles com deferência. Nas ruas formadas pelas telegas aglomerava-se gente de todas as classes, idades e aspectos: os mercadores de cavalos, de cafetã azul e gorro alto, observavam com astúcia e marcavam os compradores; ciganos de olhos e cabelos cacheados ficavam se agitando para a frente e para trás, como loucos, olhavam os dentes dos cavalos, erguiam suas patas e rabos, gritavam, xingavam, serviam de intermediários, tiravam a sorte ou bajulavam algum remontista de boné e capote militar com gola de castor. Um cossaco forte chamava a atenção em cima de um cavalo castrado com pescoço de cervo e o vendia "com tudo", ou seja, com sela e freio. Mujiques de sobretudos de pele rasgados nas axilas abriam caminho em meio à multidão, desesperados, amontoando-se às dezenas em uma telega atrelada a um cavalo que deviam "testar", ou em algum canto, com o auxílio de um cigano manhoso, negociavam à exaustão, apertando as mãos uns dos outros centenas de vezes, mantendo cada um o seu preço, enquanto o objeto de sua discussão, um cavalinho miserável coberto de uma esteira enrugada, só fazia piscar os olhos, como se a coisa não fosse com ele... E, em todo caso, para ele dava na mesma de quem ia apanhar! Latifundiários de testa larga, bigode tingido e expressão de dignidade no rosto, de *konfederatka*[125] e *tchuika*[126] de chamalote enfiadas em uma só manga, dirigiam-se, ostentando ar de superioridade, a comerciantes barrigudos de chapéu de feltro e luvas verdes. Oficiais de diver-

[125] Gorro nacional polonês, de quatro pontas. (N. do T.)

[126] Espécie de cafetã longo de pano, vestimenta camponesa russa do século XIX e início do século XX. (N. do T.)

Lebedian

sos regimentos se acotovelavam por ali; um couraceiro de altura acima da média, de origem alemã, perguntava, com sangue frio, a um mercador de cavalos coxo o quanto ele desejava receber por seu alazão. Um hussardozinho loiro de dezenove anos escolhia uma parelha para seu flácido esquipador; um postilhão de chapéu baixo adornado com uma pena de pavão, casaco pardo e luvas de couro enfiadas em um cinto verde estreito, procurava um cavalo para os varais. Os cocheiros faziam tranças nos rabos dos cavalos, molhavam as crinas e davam conselhos respeitosos aos senhores. Os que haviam fechado negócio corriam para a taberna ou para o botequim, de acordo com sua condição... E toda essa gente fazia algazarra, gritava, se remexia, brigava e fazia as pazes, xingava e ria com lama pelos joelhos. Tive vontade de comprar um trio de cavalos razoáveis para a minha brisca: os meus estavam começando a negar fogo. Encontrei dois, mas não consegui escolher um terceiro. Depois do almoço, que não posso descrever (Eneias já sabia como é desagradável recordar pesares passados),[127] fui ao lugar que chamavam de café, onde todas as tardes se reuniam remontistas, criadores de cavalos e outros forasteiros. No salão de bilhar, submerso em ondas plúmbeas de fumaça de cigarro, havia umas vinte pessoas. Lá estavam jovens e desenvoltos fazendeiros de dólmã e pantalonas cinzas, longas têmporas e bigodinhos untados, olhando ao redor com nobreza e ousadia; outros nobres de redingote, pescoço extraordinariamente curto e olhos nadando em gordura resfolegavam, aflitos; os comerciantes ficavam à parte, "na deles", como se diz; os oficiais conversavam entre si com liberdade. O príncipe N., um jovem de vinte e dois anos, de rosto alegre e algo desdenhoso, com uma sobrecasaca desabotoada, camisa vermelha de seda e largas

---

[127] Referência à *Eneida*, de Virgílio (N. da E.)

bombachas de veludo, jogava bilhar com o tenente reformado Viktor Khlopakov.

O tenente reformado Viktor Khlopakov, um homem pequeno, moreno e magro, de trinta anos, cabelos negros, olhos castanhos e nariz grande e arrebitado, participa assiduamente de eleições e feiras. Caminha saltitando, mexe os braços arredondados de forma arrojada, usa o gorro de lado e vira as mangas de sua sobrecasaca militar forrada de chita cor de pombo. O senhor Khlopakov é dotado da habilidade de ganhar a confiança dos arruaceiros ricos de São Petersburgo; fuma, bebe e joga cartas com eles, chamando-os de "você". É bem complicado entender por que gostam dele. Não é inteligente, nem divertido, nem sabe fazer piada. Na verdade, tratam-no com um desdém afável, como uma pessoa boa, mas insignificante; dão-se com ele por umas duas ou três semanas e depois, de repente, param de cumprimentá-lo, e ele também para de cumprimentá-los. A particularidade do tenente Khlopakov consiste em que, ao longo de um ano, às vezes dois, ele emprega sempre a mesma expressão, com propósito ou sem propósito, da qual, sabe Deus por quê, todo mundo ri. Oito anos atrás, a cada passo ele dizia: "Ofereço-lhe minha veneração e mais humilde gratidão", e os seus protetores de então morriam de rir a cada vez, fazendo-o repetir "minha veneração"; depois começou a empregar uma expressão bastante complicada: "Não, o que é isso, *quequecé?*[128] Isso tem que dar certo", com o mesmo êxito fulgurante; há dois anos, inventou um novo gracejo: "*Ne vu esquentê pá,*[129] homem de Deus cosido em pele de cordeiro"

---

[128] Forma deformada do francês *qu'est-ce que c'est* ("o que é isso"). (N. do T.)

[129] Expressão macarrônica, mesclando francês (*ne vouz récchaufez pas*) e russo. (N. do T.)

etc. E essas palavrinhas, como vocês podem ver, completamente despretensiosas, é que lhe dão de comer, de beber e de vestir. (Dissipou seu patrimônio há muito tempo, vivendo exclusivamente às custas dos amigos.) Observem que não possui nada mais de atraente; é verdade que fuma cem cachimbos de tabaco Júkov por dia e que, quando joga bilhar, ergue a perna direita acima da cabeça e, ao mirar, desliza freneticamente o taco na mão, mas esse tipo de qualidade não é para todos os gostos. Também bebe muito bem... embora, na Rússia, seja difícil distinguir-se por isso... Em uma palavra, seu sucesso, para mim, é um total enigma... A menos que seja porque ele é prudente, não lava roupa suja em público, não fala mal de ninguém...

"Bem — pensei, ao ver Khlopakov —, qual será o dito dele de hoje?"

O príncipe acertou a bola branca.

— Trinta a zero — cantou o marcador tísico de rosto escuro e uma mancha cor de chumbo debaixo dos olhos.

Com um estalo, o príncipe colocou a bola amarela na caçapa do canto.

— Boa! — um comerciante gordo, sentado em uma mesinha bamba, apoiada em uma só perna, soltou um brado de aprovação do fundo da barriga, e se assustou com o próprio grito. Felizmente, porém, ninguém reparou nele, que suspirou e acariciou a barba.

— Trinta e seis a nada! — gritou o marcador, pelo nariz.

— O que você acha disso, meu irmão? — perguntou o príncipe a Khlopakov.

— O que acho? É um *rrrracaliooon*,[130] um *rrrracaliooon*!

O príncipe caiu no riso.

---

[130] Deformação do francês *racaille* ("canalha"). (N. do T.)

— Como, como? Repita!

— *Rrrracaliooon*! — repetiu o tenente reformado, cheio de si.

"Ah, então o dito é esse!", pensei.

O príncipe encaçapou a bola vermelha.

— Ei! Não é assim, príncipe, não é assim — pôs-se a balbuciar de repente um oficialzinho loiro de olhos avermelhados, narizinho minúsculo e cara de menino sonolento. — Não é assim que se joga... tinha que... não é assim!

— Como assim? — perguntou o príncipe, por cima do ombro.

— Tinha que... ali... repicar nos dois lados da mesa.

— É mesmo? — murmurou o príncipe, entredentes.

— Então, príncipe, hoje à noite vamos aos ciganos? — acrescentou, apressado, o jovem desconcertado. — Stechka vai cantar... Iliuchka...

O príncipe não respondeu.

— *Rrrracaliooon*, meu irmão — afirmou Khlopakov, piscando o olho esquerdo, com malícia.

E o príncipe caiu na gargalhada.

— Trinta e oito a zero — proclamou o marcador.

— Zero... olha só o que eu vou fazer com a amarela...

Khlopakov deslizou o taco na mão, mirou e errou.

— Ah, *rracalioon* — gritou, irritado.

O príncipe voltou a rir.

— Como, como, como?

Mas Khlopakov não estava a fim de repetir seu dito: teriam que mimá-lo.

— O senhor errou — notou o marcador. — Quer passar giz no taco? Quarenta a nada!

— Sim, meus senhores — pôs-se a falar o príncipe, dirigindo-se a todos mas sem olhar para ninguém em particular —, temos que aplaudir a Verjembítskaia hoje à noite, no teatro.

Lebedian

— Claro, claro, sem dúvida — puseram-se a gritar, competindo entre si, alguns senhores, lisonjeados e surpresos com a possibilidade de responder à fala do príncipe —, a Verjembítskaia...

— A Verjembítskaia é uma atriz extraordinária, muito melhor que a Sopniakova — disse com voz fina, em um canto, um homem mirrado de bigode e óculos. Infeliz! Suspirava fortemente em segredo pela Sopniakova, e o príncipe não se dignou nem a olhar para ele.

— Ga-ar-çom, um cachimbo! — disse um senhor alto, de gravata, com rosto de traços regulares, postura nobre e todos os indícios de ser um trapaceiro.

O homem saiu correndo atrás do cachimbo e, ao regressar, informou Sua Alteza que o postilhão Baklaga[131] estava perguntando por ele.

— Ah! Bem, mande que aguarde e leve uma vodca para ele.

— Sim, senhor.

Conforme mais tarde me contaram, Baklaga era o apelido de um postilhão jovem, belo e extraordinariamente mimado; o príncipe o adorava, presenteava-o com cavalos, corria atrás dele, passavam noites inteiras juntos... Hoje vocês não reconheceriam esse mesmo príncipe, outrora um arruaceiro perdulário... Como está empolado, teso, arrogante! Como está empenhado na sua função e, principalmente, como é sensato!

Entretanto, a fumaça do tabaco começava a me irritar os olhos. Depois de ouvir pela última vez a exclamação de Khlopakov e a gargalhada do príncipe, dirigi-me para o meu quarto, onde meu criado tinha feito a minha cama em um divã de crina, estreito e afundado.

---

[131] Em russo, *baklaga* significa "cantil". (N. do T.)

No dia seguinte, fui espiar os cavalos no curral, começando pelo conhecido mercador Sítnikov. Cruzando uma cancela, entrei em um curral cheio de areia. Diante da porta escancarada da estrebaria estava o dono, um homem alto e gordo que não era mais jovem, de casaco de lebre com colarinho erguido e virado. Ao me avistar, veio lentamente a meu encontro, ergueu o gorro da cabeça com ambas as mãos e disse, arrastando as palavras:

— Meus respeitos. Então, deseja dar uma olhada nos cavalinhos?

— Sim, vim dar uma olhada nos cavalinhos.

— Permito-me perguntar: quais exatamente?

— Mostre-me o que o senhor tem.

— Com muito gosto.

Entramos na estrebaria. Uns mestiços de pelo branco se levantaram do feno e correram em nossa direção, mexendo o rabo; um bode velho de barba comprida saiu de lado, descontente; três cavalariços, de sobretudos de pele resistentes, porém ensebados, nos cumprimentaram em silêncio. À direita e à esquerda, cerca de trinta cavalos, cuidados e limpos de forma estupenda, ocupavam baias elevadas artificialmente. Pombos voavam e arrulhavam entre as travessas.

— O senhor quer um cavalo para quê: para montaria ou para reprodução? — perguntou-me Sítnikov.

— Para montaria e para reprodução.

— Entendo, senhor, entendo, senhor, entendo, senhor — dizia o mercador. — Pétia, mostre o Arminho ao senhor.

Saímos para o pátio.

— Deseja que mande trazer um banquinho da isbá? Não precisa? Como queira.

Cascos ressoaram nas tábuas, o cnute estalou e Pétia, de quarenta anos, bexiguento e moreno, saiu da estrebaria com um garanhão cinza e muito bem-proporcionado, fez com que empinasse, deu duas voltas correndo com ele em volta do

Lebedian

pátio e o acomodou com destreza no mostruário. O Arminho se endireitou, bufou, levantou o rabo, ergueu a fuça e nos fitou de esguelha.

"Um bicho amestrado!", pensei.

— Solte-o, solte-o — disse Sítnikov, cravando os olhos em mim.

— Que tal, meu senhor? — perguntou, por fim.

— O cavalo não é mau, mas as patas dianteiras não estão muito firmes.

— As patas são excelentes! — retrucou Sítnikov, com convicção. — E a garupa... tenha a bondade de examinar... é larga como uma estufa, dá até para dormir em cima dela.

— As quartelas são compridas.

— Como compridas? Tenha dó! Ponha-o para correr, Pétia, ponha para correr, mas a trote, a trote, a trote... não deixe galopar.

Pétia voltou a correr com o Arminho pelo pátio. Ficamos todos em silêncio.

— Bem, coloque-o no lugar — disse Sítnikov — e traga o Falcão.

O Falcão, um garanhão de raça holandesa, murzelo, cor de besouro, magro e de ancas caídas, revelou-se um pouco melhor que o Arminho. Pertencia àquela categoria de cavalos à qual os aficionados se referem como os que "cortam, picam e balançam", ou seja, ao caminhar, jogam as patas dianteiras para a direita e para à esquerda, mas avançam pouco. Comerciantes de meia-idade adoram esse tipo de cavalo: sua marcha lembra o passo marcial de um garçom decidido; são ótimos para usar sozinhos, em um passeio depois do almoço: com ar engomado e pescoço torcido, levam com zelo uma *drójki* de mau gosto que carrega um cocheiro empanturrado de comida, um comerciante padecendo de azia, e sua esposa gorda, de capa de seda azul-celeste e lenço lilás na cabeça. Desisti também de Falcão. Sítnikov me mostrou mais alguns cavalos... Finalmente, um garanhão cinza rodado de Voiêikov[132] me agradou. Não consegui me conter e lhe dei umas palmadas de satisfação na crina. Sítnikov imediatamente se fez de indiferente.

— E então, ele marcha direito? — perguntei. (Para um trotador não se usa o verbo correr.)

— Sim — respondeu o mercador, tranquilo.

— Posso ver?

— Como não, pode sim, meu senhor. Ei, Kúzia,[133] atrele o Perseguidor à *drójki*.

Kúzia, um ginete, mestre em sua arte, passou três vezes por nós, na rua. O cavalo corria bem, não perdia o passo, não erguia a garupa, movia as patas com desenvoltura, mantinha a cauda destacada e era "firme", com passos largos.

— Quanto o senhor quer por ele?

Sítnikov pediu um preço exorbitante. Começamos a negociar ali, no meio da rua, quando de repente, da esquina, saiu voando com estrondo uma troica de posta, de acabamento magistral, parando bruscamente diante do portão da casa de Sítnikov. Na elegante teleguinha de caça estava sentado o príncipe N.; a seu lado, destacava-se Khlopakov. Baklaga dirigia os cavalos... e como dirigia! O danado teria conseguido passar no meio de um brinco! Os baios atrelados, pequenos, vivos, de olhos negros, ardiam de tensão; bastava um assobio e eles disparavam! O cavalo dos varais, de pelo escuro, erguia o pescoço como um cisne, com o peito para a frente, as patas como setas, balançava a cabeça e estreitava os olhos, orgulhoso... Que beleza! Até o tsar Ivan Vassílievitch[134] gostaria de dar uma volta nela na Páscoa!

---

[132] Ou seja, da criação de Dmitri Petróvitch Voiêikov (1780-1876), fazendeiro de Mtzensk. (N. do T.)

[133] Diminutivo de Kuzmá. (N. do T.)

[134] Trata-se do tsar Ivan IV, o Terrível (1530-1589). (N. do T.)

— Sua Alteza! Seja bem-vindo! — bradou Sítnikov.

O príncipe apeou da telega. Khlopakov desceu lentamente do outro lado.

— Olá, meu irmão... Tem cavalo?

— Como não haveria para Sua Alteza? Entre, por favor... Pétia, traga o Pavão! E mande preparar o Favorito. Meu pai, nosso assunto — prosseguiu, dirigindo-se a mim — nós encerramos em outra hora... Fomka, um banco para Sua Alteza.

Trouxeram o Pavão de uma estrebaria especial, na qual inicialmente não reparei. O imponente baio escuro empinou, com todas as patas no ar. O próprio Sítnikov virou a cabeça e franziu o cenho.

— Ah, *rracalion*! — proclamou Khlopakov. — *Jemçá*.[135]

O príncipe riu.

Não foi sem dificuldade que contiveram o Pavão; ele arrastou o cavalariço pelo pátio; por fim, encostaram-no na parede. Bufava, tremia e se encolhia, e Sítnikov ainda o provocava, brandindo o cnute contra ele.

— O que está olhando? Aqui para você! Olha! — dizia o mercador, em ameaça carinhosa, ele mesmo admirando involuntariamente seu próprio cavalo.

— Quanto? — indagou o príncipe.

— Para Sua Alteza, cinco mil.

— Três.

— Impossível, Sua Alteza, tenha dó...

— Ele disse três, *rracalion* — secundou Khlopakov.

Não aguardei o fim da transação e saí. No canto mais extremo da rua reparei em uma grande folha de papel pregada no portão de uma casinha acinzentada. Na parte de cima estava desenhado, a bico de pena, um cavalo com o rabo em

---

[135] Do francês *j'aime ça* ("adoro isso"). (N. do T.)

forma de trompete e pescoço interminável e, debaixo de seus cascos, as seguintes palavas, em ortografia antiga:

"Vendem-se aqui cavalos de diversos matizes, trazidos à feira de Lebedian do célebre haras na estepe de Anastássiei Ivánitch Tchernobai, latifundiário de Tambov. Os cavalos são de aspecto excelente; domados à perfeição e de caráter dócil. Os senhores compradores por obséquio perguntem pelo próprio Anastássiei Ivánitch; na ausência de Anastássiei Ivánitch, perguntar pelo cocheiro Nazar Kubíchkin. Senhores compradores, honrem um ancião com a sua presença!"

Parei. Pensei, vamos ver os cavalos do célebre haras da estepe do senhor Tchernobai.

Quis entrar pela cancela, porém, ao contrário do que costumava acontecer, estava fechada. Bati.

— Quem é?... Um comprador? — disse uma fina voz feminina.

— Sim.

— Já vai, meu pai, já vai.

A cancela se abriu. Avistei uma mulher de cinquenta anos, cabeça descoberta, botas e sobretudo desabotoado.

— Entre, por favor, meu senhor, já vou buscar Anastássiei Ivánitch... Nazar, ei, Nazar!

— O que é? — murmurou do estábulo a voz de um velho de setenta anos.

— Apronte os cavalos; chegou um comprador.

A velha correu para dentro da casa.

— Um comprador, um comprador — resmungou Nazar, em resposta a ela. — Ainda não lavei os rabos deles todos.

"Oh, Arcádia!", pensei.

Lebedian

— Olá, meu pai, seja bem-vindo — proferiu com vagar, às minhas costas, uma voz sonora e agradável. Virei a cabeça: diante de mim, com um capote azul de abas longas, estava um velho de estatura mediana, cabelos brancos, sorriso amável e lindos olhos azuis.

— Quer um cavalinho? Está bem, meu pai, está bem... Mas você não gostaria primeiro de tomar um chá em casa?

Recusei e agradeci.

— Bem, como queira. Perdoe-me, meu pai, eu faço tudo à antiga. (O senhor Tchernobai falava sem pressa e acentuando o ó.) Sabe, aqui em casa é tudo simples... Nazar, ei, Nazar — acrescentou, arrastando a voz e sem subir o volume.

Nazar, um velhinho enrugado de narizinho aquilino e barbicha pontiaguda, apareceu na soleira da estrebaria.

— Meu pai, que tipo de cavalo você quer? — prosseguiu o senhor Tchernobai.

— Não muito caros, adestrados, para a *kibitka*.[136]

— Está bem... também temos desses, está bem... Nazar, Nazar, mostre ao senhor o castrado cinza, sabe, aquele que fica no fundo, e o baio com a mancha branca, senão aquele outro baio, de Krassotka, sabe?

Nazar voltou à estrebaria.

— Traga-os pelo cabresto! — Tchernobai gritou para ele. — Aqui, meu pai — prosseguiu, olhando-me na cara de modo sereno e dócil —, não é como lá com os mercadores, que o diabo os carregue! Lá usam todo tipo de gengibre, sal, borra,[137] que Deus os tenha!... Aqui, pode ver, tudo é preto no branco, sem truques.

Os cavalos foram trazidos. Não me agradaram.

— Bem, que vão com Deus aos seus lugares — disse Anastássiei Ivánitch. — Mostre-nos outros.

---

[136] Carruagem coberta. (N. do T.)

[137] Borra e sal fazem o cavalo engordar rapidamente. (N. do A.)

Mostraram outros. Por fim, escolhi um dos mais baratos. Começamos a negociar. O senhor Tchernobai não se exaltava, e falava de modo tão sensato, e chamava Deus por testemunha com tamanha seriedade, que não pude deixar de "honrar o ancião": paguei o sinal.

— Bem, agora — afirmou Anastássiei Ivánitch — permita-me que lhe entregue o cavalo de acordo com o costume antigo... Você vai me agradecer por isso... Veja o frescor dele! Parece uma noz... puro... é da estepe! Aguenta qualquer arreio.

Fez o sinal da cruz, colocou a aba de seu capote na mão, pegou o cabresto e me entregou o cavalo.

— Agora ele é seu, com a graça de Deus... Não quer mesmo um chá?

— Não, muito obrigado; tenho que ir para casa.

— Como queira... Meu cocheiro deve levar o cavalinho para o senhor?

— Agora mesmo, se possível.

— Claro, meu querido, claro... Vassíli, ei, Vassíli, vá com o senhor; leve o cavalinho e traga o dinheiro. Vá com Deus, meu pai.

— Adeus, Anastássiei Ivánitch.

Levaram o cavalo à minha casa. No dia seguinte, ele se revelou derreado e coxo. Pensei em atrelá-lo: o cavalo refugou e, ao ser chicoteado, teimava, dava coice e ia para o chão. Dirigi-me imediatamente ao senhor Tchernobai. Perguntei:

— Está em casa?

— Sim.

— O que é isso? — disse. — O senhor me vendeu um cavalo derreado.

— Derreado? Deus me livre!

— E também é coxo e, ainda por cima, teimoso.

— Coxo? Não sei, talvez o seu cocheiro o tenha estragado de alguma forma... Eu juraria diante de Deus...

Lebedian   239

— Na verdade, Anastássiei Ivánitch, o senhor deveria pegá-lo de volta.

— Não, meu pai, não se irrite: depois que saiu do meu curral, acabou. O senhor deveria ter visto isso antes.

Entendi do que se tratava, resignei-me à minha sorte e fui embora. Por felicidade não paguei muito caro pela lição.

Parti dois dias depois e, uma semana mais tarde, em meu caminho de volta, regressei a Lebedian. No café, encontrei quase as mesmas pessoas de antes, e o príncipe N. continuava jogando bilhar. Contudo, o destino do senhor Khlopakov já sofrera a mudança habitual. O oficialzinho loiro o substituíra nos favores do príncipe. Em minha presença, o pobre tenente reformado tentou mais uma vez soltar o seu dito — quem sabe ele voltasse a agradar como antes —, mas o príncipe não apenas não riu, como chegou a franzir o cenho e dar de ombros. O senhor Khlopakov baixou os olhos, encolheu-se e se pôs a encher o cachimbo em silêncio...

TATIANA BORÍSSOVNA E SEU SOBRINHO

Dê-me sua mão, querido leitor, e venha comigo. O tempo está maravilhoso; o céu de maio é de um azul dócil; as folhinhas lisas do salgueiro brilham como se tivessem sido lavadas; o caminho amplo e regular está todo coberto daquela erva miúda de caule avermelhado que as ovelhas beliscam com tanto gosto; à direita e à esquerda, balança suavemente, pelas encostas das colinas arredondadas, o centeio verde; sombras de pequenas nuvens deslizam sobre ele, em débeis manchas. Ao longe, o escuro dos bosques, o esplendor dos açudes, o amarelo das aldeias; centenas de cotovias levantam voo, cantam, baixam precipitadamente e, esticando o pescoço, pairam acima da terra; as gralhas do caminho param, olham para você, bicam o chão, abrem passagem e, dando dois pulos, saem voando de lado, pesadamente; um mujique ara o monte detrás da ribanceira; um potro malhado de rabinho curto e crina eriçada corre atrás da mãe com suas patas inseguras: dá para ouvir seu relincho fino. Entramos em um bosque de bétulas; um aroma forte e suave dá um gostoso aperto na respiração. Eis a sebe. O cocheiro desce, os cavalos bufam, as parelhas olham em volta, o cavalo de varas mexe o rabo e encosta a cabeça no arco... O portão se abre com um rangido. O cocheiro volta a se sentar... Toca para a frente! Uma aldeia está diante de nós. Depois de passar por cinco casas, viramos à direita, descemos até o fosso e saímos na represa. Atrás do pequeno açude, detrás das copas redondas das macieiras e dos lilases, avista-se um telhado de tábuas, outrora vermelho, com duas chaminés; o cocheiro mantém-se à esquerda, ao longo da cerca e, ao latido estridente e roufenho de três vira-latas envelhecidos, atravessa o portão escancarado, contorna rapidamente o amplo pátio passando pela estrebaria e pelo galpão, saúda galhardamente a velha governanta que caminha de lado através da alta soleira até a porta aberta da despensa, e finalmente para na frente da varanda de uma casinha escura de janelas claras... Estamos na residência de Tatiana Boríssovna. Em pessoa, ela abre o postigo e balança a cabeça para nós... Olá, minha cara!

Tatiana Boríssovna é uma mulher de cinquenta anos, grandes olhos cinza saltados, nariz algo achatado, bochechas rosadas e queixo duplo. Seu rosto transpira amabilidade e carinho. Foi casada algum tempo, mas enviuvou logo. Tatiana Boríssovna é uma mulher magnífica. Mora permanentemente em sua pequena propriedade rural, pouco conhece os vizinhos, só aprecia e recebe os jovens. Nasceu em uma família de fazendeiros bem pobres, e não recebeu qualquer instrução, ou seja, não fala francês; inclusive nunca esteve em Moscou e, apesar de todas essas carências, porta-se de maneira tão boa e simples, é tão livre nos sentimentos e ideias, tão pouco contaminada pelos males habituais das pequenas proprietárias, que realmente não dá para não admirá-la... E de fato: uma mulher que passa o ano inteiro na aldeia, em um fim de mundo, e não fofoca, não choraminga, não fica fazendo reverências, não se altera, não sufoca de rir, não treme de curiosidade... é um milagre! Habitualmente traja um vestido cinza de tafetá e uma touca branca com fitas lilases; adora comer, mas sem excessos; deixa para a criada os doces, frutas secas e conservas em salmoura. O que ela faz o dia inteiro? — você vai perguntar... Lê? — Não, não lê; e, para dizer a verdade, os livros não são feitos para ela... Quando não está recebendo visitas, minha Tatiana Boríssovna fica sentada à janela cerzindo meias no inverno; no verão, sai ao jardim, planta e rega flores, fica horas inteiras brincando com os gatinhos, dá de comer aos pombos... Ocupa-se pouco da fazenda. Porém, quando recebe algum convidado, um jovem vizinho de que gosta, Tatiana Boríssovna fica toda animada; acomoda-o, serve chá, ouve suas histórias, dá risada, acaricia--lhe as faces de vez em quando, mas fala pouco; na desgraça e no pesar ela tranquiliza e dá bons conselhos. Quanta gente lhe confiou seus segredos íntimos e familiares e chorou em suas mãos! Por vezes fica sentada na frente do visitante, apoiada em silêncio no cotovelo e fitando-o com tamanha simpatia e com um sorriso tão benévolo, que à mente do hóspede involuntariamente ocorre um pensamento: "Que mulher estupenda você é, Tatiana Boríssovna! Vou lhe contar tudo que me vai no coração". Em seus aposentos pequenos e aconchegantes a pessoa sempre se sente bem e acolhida; em sua casa faz sempre tempo bom, se for possível empregar essa expressão. Tatiana Boríssovna é uma mulher surpreendente, mas ninguém se surpreende com ela: seu bom senso, firmeza e desembaraço, o envolvimento caloroso com as desgraças e alegrias dos outros, em uma palavra, todas as suas qualidades parecem inatas, sem lhe custar nenhum trabalho ou preocupação... Não dá nem para imaginá-la de outro jeito, e nem há motivo para lhe agradecer por isso. Aprecia especialmente observar as brincadeiras e travessuras da juventude; coloca as mãos no peito, inclina a cabeça para trás, aperta os olhos, sorri e de repente solta um suspiro, dizendo: "Ah, criançada, minhas crianças!...". Daí dá vontade de chegar perto dela, pegá-la pela mão e dizer: "Ouça, Tatiana Boríssovna, a senhora não conhece o seu próprio valor, pois com toda a sua simplicidade e ignorância é uma criatura extraordinária!". Só o seu nome já soa como algo familiar, amável, é bom de dizer, causa um sorriso benevolente. Por exemplo, quantas vezes me ocorreu de perguntar a um mujique que encontrei: irmão, como faço para chegar, digamos, a Gratchovka? "Meu pai, vá primeiro a Viázovoie, de lá para Tatiana Boríssovna, e da casa de Tatiana Boríssovna qualquer um vai lhe indicar." E, ao mencionar o nome de Tatiana Boríssovna, o mujique meneava a cabeça de forma especial. Criados ela tem poucos, de acordo com sua condição. Quem cuida da casa, da lavanderia, da despensa e da cozinha é Agáfia, a governanta, sua antiga babá, uma criatura bondosa, chorona e desdentada; duas raparigas saudáveis de faces acinzentadas e vigorosas como maçãs *antonovka*[138] estão sob suas ordens. As funções de camareiro, mordomo e copeiro são desempenhadas por Polikarp, criado de setenta anos, um tipo excêntrico e lido, violinista aposentado, admirador de Viotti,[139] inimigo pessoal de Napoleão ou, como diz, Bonapartezinho, e amante apaixonado dos rouxinóis. Sempre tem uns cinco ou seis no quarto; no começo da primavera, fica dias inteiros sentado perto da gaiola, aguardando o primeiro "ruído" e, quando ele chega, cobre o rosto com as mãos e geme: "Ai, que dó, que dó!" — e se debulha em lágrimas. Polikarp é ajudado por seu neto, Vássia, um menino de doze anos, cabelos encaracolados e olhos vivos; Polikarp ama-o perdidamente, e fica resmungando para ele o dia inteiro. Também cuida de sua educação. "Diga, Vássia — diz ele —: Bonapartezinho é um bandido." — "E o que você vai me dar, vovô?" — "O que vou dar?... não vou dar nada... O que é que você é? Você não é russo?" — "Sou *amtchano*, vovô: eu nasci em Amtchensk."[140] — "Ai, cabeça estúpida! E onde

[138] Maçã verde e ácida, popular na Rússia e na Polônia. (N. do T.)

[139] Giovanni Battista Viotti (1755-1824), violinista e compositor piemontês, célebre por seu virtuosismo. (N. do T.)

[140] Em linguagem popular, a cidade de Mtzensk é chamada de Amtchensk, e seus habitantes são os amtchanos. Os rapazes amtchanos são

fica Amtchensk?" — "E eu lá sei?" — "Amtchensk fica na Rússia, seu estúpido." — "E daí que fica na Rússia?" — "E daí? O sereníssimo defunto príncipe Mikhailo Illariônovitch Goleiníschev-Kutúzov Smolenski, com a graça de Deus, expulsou esse Bonapartezinho para fora das fronteiras da Rússia. Por causa disso, foi composta uma canção: Bonaparte hoje não dança, deixou a liga na França... Lembre-se: ele libertou a sua pátria." — "E o que eu tenho a ver com isso?" — "Ai, que menino estúpido, que estúpido! Pois se o sereníssimo príncipe Mikhailo Illariônovitch não tivesse expulsado o Bonapartezinho, hoje um *mussiê* qualquer ia estar batendo com um pau no seu cocuruto. Ia chegar perto de você, dizer *coman vu portê vu*,[141] e porrada, porrada." — "E eu ia dar com o punho na pança dele." — "E ele para você: *bonjur, bonjur, venê icí*,[142] e pancada no seu topete." — "E eu ia dar na perna, na perna, naqueles cambitos." — "Isso mesmo, eles têm uns cambitos... Mas e se ele quisesse amarrar as suas mãos?" — "Eu não ia deixar; ia pedir ajuda ao cocheiro Mikhei." — "E o francês não ia poder com Mikhei?" — "Ia não! Mikhei é muito forte!" — "Então, e o que vocês iam fazer?" — "Íamos dar nas costas dele." — "E ele ia gritar *pardon: pardon, pardon, sevuplêi!*"[143] — "E nós íamos dizer: não tem *sevuplêi* para você, seu francês!..." — "Bravo, Vássia!... Então grite: Bonapartezinho é um bandido!" — "Então me dê um açúcar!" — "Arre!..."

determinados; não é à toa que, entre nós, você deseja a um inimigo que tenha "um amtchano em casa". (N. do A.)

[141] Forma corrompida do francês *comment vous portez-vous* ("como vai"). (N. do T.)

[142] Forma corrompida do francês *bonjour, bonjour, venez ici* ("bom dia, bom dia, venha cá"). (N. do T.)

[143] Forma corrompida do francês *pardon, pardon, s'il vous plaît* ("perdão, perdão, por favor"). (N. do T.)

Tatiana Boríssovna se dá pouco com as fazendeiras; elas a visitam a contragosto, e Tatiana Boríssovna não sabe como diverti-las, adormece ao som de sua fala, fica sobressaltada, faz força para abrir os olhos e volta a adormecer. Em geral, Tatiana Boríssovna não gosta de mulheres. Um de seus amigos, um jovem bom e cordato, tinha uma irmã, uma solteirona velha de trinta e oito anos e meio, uma criatura bondosa, porém afetada, tensa e exaltada. O irmão sempre lhe contava de sua vizinha. Em uma bela manhã, minha velha solteirona, sem dizer nada, mandou selar o cavalo e foi até Tatiana Boríssovna. De vestido longo, chapéu na cabeça, véu verde e cachos soltos, entrou na antessala e, passando por um perplexo Vássia, que a tomou por uma *russalka*, entrou correndo na sala. Tatiana Boríssovna se assustou, quis se levantar, mas as pernas fraquejaram. "Tatiana Boríssovna — pôs-se a dizer a visita, com voz de súplica —, perdão pela ousadia; sou a irmã do seu amigo Aleksei Nikoláievitch K***, e, de tanto ouvir falar da senhora, resolvi conhecê-la." — "Quanta honra", murmurou a anfitriã, surpresa. A visitante tirou o chapéu, sacudiu os cachos, sentou-se ao lado de Tatiana Boríssovna, tomou-a pelas mãos... "Então, eis aqui — começou, com voz sonhadora e terna —, eis aqui a criatura boa, serena, nobre, santa! Ei-la, a mulher simples e profunda ao mesmo tempo! Como estou feliz, como estou feliz! O quanto vamos gostar uma da outra! Finalmente posso respirar... Eu a tinha imaginado exatamente assim", acrescentou, cochichando e cravando os olhos em Tatiana Boríssovna. "Minha boa, minha ótima senhora, não está zangada comigo, não é verdade?" — "Ora, estou muito feliz... A senhora não quer chá?" A visitante sorriu com condescendência. "*Wie wahr, wie unreflektiert*",[144] sussurrou, como

---

[144] Em alemão, no original: "Que franca, que natural". (N. do T.)

se falasse consigo mesma. — "Permita-me abraçá-la, minha querida!"

A velha solteirona ficou três horas na casa de Tatiana Boríssovna, sem se calar nem por um instante. Empenhou-se em explicar à nova conhecida sua especial importância. Logo após a saída da visita inesperada, a pobre fazendeira foi até o banheiro, tomou chá de tília e se deitou na cama. No dia seguinte, porém, a velha solteirona voltou, ficou quatro horas e partiu com a promessa de visitar Tatiana Boríssovna todo dia. Reparem que ela tinha a ideia de terminar de educar e desenvolver por completo aquela que chamava de "uma natureza rica", e provavelmente teria acabado de vez com Tatiana Boríssovna se, em primeiro lugar, em duas semanas não tivesse se decepcionado "totalmente" com a amiga do irmão e, em segundo lugar, se não tivesse se apaixonado por um jovem estudante de passagem, com o qual iniciou de imediato uma correspondência ativa e ardente; nas missivas, como é de praxe, ela lançava uma bênção para que a vida dele fosse santa e maravilhosa, oferecia-se "por inteiro" em sacrifício, pedia apenas para ser chamada de irmã, incorria em descrições da natureza, lembrava Goethe, Schiller, Bettina[145] e a filosofia alemã, levando, finalmente, o pobre jovem a um sombrio desespero. A juventude, contudo, prevaleceu: em uma bela manhã, ele acordou com um ódio tão encarniçado de sua "irmã e melhor amiga", que teve um repente de quase moer de pancadas seu criado pessoal e, por muito tempo, à menor alusão ao amor elevado e desinteressado, só faltava morder... Contudo, desde então Tatiana Boríssovna passou a evitar ainda mais do que antes a proximidade dos vizinhos.

Infelizmente, não há nada de eterno sobre a Terra. Tudo que lhe contei do cotidiano de minha boa fazendeira é coisa

---

[145] Bettina von Arnim (1785-1959), nascida Elisabeth Brentano, escritora alemã do círculo de Goethe. (N. do T.)

Tatiana Boríssovna e seu sobrinho

do passado; a calma que reinava em sua casa acabou para sempre. Há mais de um ano há um sobrinho que mora com ela, um artista de São Petersburgo. Eis o que aconteceu.

Há oito anos, morava na casa de Tatiana Boríssovna um menino de doze anos, Andriucha, órfão de pai e mãe, filho de seu finado irmão. Andriucha tinha olhos grandes, claros e úmidos, boquinha pequena, nariz regular e uma bela fronte elevada. Falava com uma voz baixa e doce, portava-se com asseio e correção, era afetuoso e prestativo com os convidados, beijava a mão da tia com o sentimentalismo de um órfão. Às vezes, você nem tinha chegado direito e ele já lhe trazia uma poltrona. Não tinha o hábito de fazer travessuras, nem barulho; ficava sentado em um canto, com um livrinho, tão discreto e tranquilo que nem se apoiava no espaldar da cadeira. Entrava uma visita e o meu Andriucha se levantava, sorria com decoro e enrubescia; a visita saía e ele voltava a se sentar, tirava do bolso uma escovinha e um espelho e se penteava. Sua inclinação pelo desenho se fez sentir desde a mais tenra idade. Se uma folha de papel lhe caía em mãos, ele logo solicitava a Agáfia, a governanta, uma tesoura, recortava cuidadosamente um retângulo, traçava uma moldura ao redor e se punha ao trabalho: desenhava um olho com uma pupila enorme, ou um nariz grego, ou uma casa com uma chaminé e a fumaça na forma de hélice, um cachorro *"en face"*, parecido com um banco, uma árvore com duas pombas e assinava: "Pintado por Andrei Bielovzôrov, dia tal, ano tal, aldeia de Málie Briki". Trabalhava com especial afinco duas semanas antes do dia do santo de Tatiana Boríssovna: era o primeiro que aparecia para dar os parabéns, levando um pergaminho amarrado com uma fita rosa. Tatiana Boríssovna beijava a testa do sobrinho e desfazia o nó: o pergaminho se abria e revelava ao olhar curioso do espectador um templo circular, traçado com desenvoltura, com colunas e um altar central; no altar, ardia um coração e jazia uma coroa, e em cima, em uma faixa ondulante, caracteres nítidos diziam: "Para minha tia e benfeitora Tatiana Boríssovna Bogdánova, do sobrinho que a ama e respeita, como sinal do mais profundo afeto". Tatiana Boríssovna voltava a beijá-lo e lhe dava um rublo. Entretanto, não sentia grande apego por ele: o servilismo de Andriucha não lhe agradava nem um pouco. Enquanto isso, Andriucha crescia; Tatiana Boríssovna começava a se preocupar com seu futuro. Uma circunstância inesperada tirou-a do apuro...

A saber: certa vez, há oito anos, ela foi visitada pelo senhor Benevolenski, Piotr Mikháilitch, conselheiro colegiado e condecorado. Tempos atrás, o senhor Benevolenski servira na cidade mais próxima do distrito, visitando Tatiana Boríssovna com assiduidade; depois se mudou para São Petersburgo, entrou para o ministério, ascendeu a um posto de grande importância e, em uma de suas frequentes viagens de trabalho, lembrou-se da velha conhecida e voltou a visitá-la, com a intenção de ter descanso por uns dias das preocupações do trabalho "no seio da tranquilidade rural".[146] Tatiana Boríssovna recebeu-o com a hospitalidade de costume, e o senhor Benevolenski... Mas antes de continuar a narração, permita-me, querido leitor, apresentá-lo a esse novo rosto.

O senhor Benevolenski era um homem rechonchudo, de estatura mediana, aspecto suave, perninhas curtas e mãos gordas; vestia um fraque folgado e extraordinariamente limpo, uma gravata alta e larga, de linho branco como a neve, uma corrente de ouro no colete de seda, um anel de brilhante no indicador e uma peruca loira; falava de modo convincente e dócil, não fazia barulho, ria de modo agradável, fitava de modo agradável, mergulhava o queixo na gravata de

---

[146] Citação do sétimo capítulo de *Ievguêni Oniéguin*, de Aleksandr Púchkin. (N. da E.)

modo agradável: tratava-se de uma pessoa agradável em tudo. O Senhor também o dotou de um coração muito bondoso: chorava e se entusiasmava com facilidade; além disso, ardia de uma paixão desinteressada pela arte, e era verdadeiramente desinteressada, pois de arte, para dizer a verdade, o senhor Benevolenski não entendia nada. Chega até a surpreender: de onde veio, por força de que leis secretas e desconhecidas tal paixão despertou nele? Pois ele parecia um homem prático, até mesmo comum... De resto, a nossa Rússia está cheia de gente assim.

O amor pela arte e pelos artistas causa nessas pessoas uma pieguice indizível; relacionar-se e conversar com elas é um tormento: são uns autênticos palermas untados de mel. Por exemplo, nunca chamam Rafael de Rafael, ou Correggio de Correggio: "O divino Sanzio, o inimitável Allegri", dizem, enfatizando sempre a letra *o*. Qualquer talento tosco, narcisista, astuto e medíocre eles celebram como gênio, ou, melhor dizendo, como "*génie*"; não param de falar do céu azul da Itália, dos limões do sul, dos vapores perfumados das margens de Brenta. "Ei, Vânia, Vânia" ou "Ei, Sacha, Sacha[147] — dizem um ao outro, com sentimento —, devíamos ir para o sul, para o sul... pois eu e você somos gregos de alma, gregos antigos!" É possível observá-los nas exposições, diante de algumas obras de alguns pintores russos. (É preciso observar que a maior parte deles é de terríveis patriotas.) Ora recuam um ou dois passos e atiram a cabeça para trás, ora voltam a se aproximar do quadro; seus olhinhos se cobrem de um líquido oleoso... "Ai, meu Deus — dizem, por fim, com a voz embargada pela emoção —, quanta alma, quanta alma! Que coração, que coração! Vem do fundo da alma! Das trevas da alma!... E que concepção! Uma concepção magistral!"

---

[147] Diminutivo de Aleksandr. (N. do T.)

E os quadros que eles têm em suas salas! E os artistas que os visitam à tarde, tomam chá com eles, ouvem suas conversas! E as perspectivas que eles oferecem de seus próprios aposentos com uma vassoura no plano da direita, um monte de lixo no chão encerado, um samovar amarelo na mesa junto à janela e o próprio dono, de roupão, solidéu e um reflexo de luz clara na face! E os cabeludos pupilos das musas que os visitam com um sorriso febril de desprezo! E as senhoritas de um verde pálido que guincham em seus pianos! Pois aqui na Rússia foi estabelecido o seguinte: a pessoa não pode se dedicar a apenas uma arte, tem de se entregar a todas. Portanto, não é nada surpreendente que esses senhores aficionados sejam vigorosos protetores da literatura russa, especialmente a dramática... *Jacopo Sannazaro*[148] foi escrito para eles: a mil vezes retratada luta do talento não reconhecido contra o mundo inteiro os comove até o fundo da alma...

No dia seguinte à chegada do senhor Benevolenski, Tatiana Boríssovna, na hora do chá, mandou que o sobrinho mostrasse seus desenhos ao hóspede. "E ele desenha aqui?", proferiu o senhor Benevolenski, não sem espanto, dirigindo-se a Andriucha com interesse. "Desenha sim", disse Tatiana Boríssovna. "Gosta muito! E faz tudo sozinho, sem professor." — "Ah, mostre, mostre", prosseguiu o senhor Benevolenski. Corando e sorrindo, Andriucha achegou seu caderno ao hóspede. Com ares de entendido, o senhor Benevolenski se pôs a folheá-lo. "É bom, meu jovem — sentenciou, por fim —, é bom, muito bom." E acariciou a cabecinha de Andriucha. Num abrir e fechar de olhos, Andriucha beijou-lhe a mão. "Olha que talento!... Parabéns, Tatiana Boríssovna, parabéns." — "Parabéns por quê, Piotr Mikháilitch, se não

---

[148] Alusão irônica à fantasia dramática, de 1834, escrita por Néstor Vassílievitch Kúkolnik (1809-1868) nos empolados padrões românticos. (N. da E.)

tenho como arrumar professor para ele aqui? Um da cidade é caro; na vizinhança, Artamônov tem um pintor que dizem ser excelente, mas a patroa o proíbe de dar aulas. Diz que vai lhe arruinar o gosto." — "Hum", proferiu o senhor Benevolenski, refletindo e fitando Andriucha com o cenho franzido. "Bem, vamos falar disso", acrescentou, de repente, esfregando as mãos. No mesmo dia, pediu a Tatiana Boríssovna permissão para conversar a sós. Trancaram-se. Chamaram Andriucha meia hora mais tarde. Andriucha entrou. O senhor Benevolenski estava junto à janela, com um ligeiro rubor no rosto e os olhos radiantes. Tatiana Boríssovna estava sentada em um canto, enxugando lágrimas. "Bem, Andriucha — ela disse, por fim —, agradeça a Piotr Mikháilitch; ele vai cuidar de você, vai levá-lo a São Petersburgo." Andriucha ficou pasmado. "Diga-me com franqueza, meu jovem — disse o senhor Benevolenski, com uma voz cheia de dignidade e condescendência —, o senhor deseja ser artista, sente a vocação sagrada da arte?" — "Eu desejo ser artista, Piotr Mikháilitch", replicou Andriucha, trêmulo. "Fico muito contente. É claro — prosseguiu o senhor Benevolenski — que vai ser muito duro se separar da sua venerável tia; o senhor deve sentir a mais viva gratidão por ela." — "Eu idolatro a titia", interrompeu-o Andriucha, piscando. "Claro, claro, isso é plenamente compreensível, e lhe faz muita honra; contudo, imagine a alegria que vai vir com o tempo... com o seu sucesso..." — "Abrace-me, Andriucha", murmurou a bondosa fazendeira. Andriucha se atirou no seu pescoço. "Bem, agradeça agora o seu benfeitor..." Andriucha abraçou a barriga do senhor Benevolenski, ficou na ponta dos pés e alcançou a mão do benfeitor, que, na verdade, aceitou o gesto, embora sem a menor pressa... Era preciso agradar e satisfazer o menino, mas ele também tinha direito a se divertir um pouco. Em dois dias, o senhor Benevolenski foi embora, levando seu novo pupilo.

No decorrer dos primeiros três anos, Andriucha escrevia com bastante frequência, anexando às vezes desenhos às cartas. O senhor Benevolenski acrescentava algumas palavras de vez em quando, na maioria das vezes de aprovação; depois as cartas se tornaram mais raras, até finalmente cessar. O sobrinho ficou em silêncio por um ano inteiro; Tatiana Boríssovna já começava a se inquietar quando, de repente, recebeu uma nota com o seguinte conteúdo:

"Querida titia!

Há quatro dias, Piotr Mikháilitch, meu protetor, não está mais entre nós. Um cruel ataque de paralisia me privou deste último apoio. Claro que já estou com vinte anos; ao longo de sete anos, obtive êxitos notáveis; tenho forte esperança no meu talento, e poderei viver dele; não desanimo, mas, de qualquer forma, se for possível, envie-me, o quanto antes, duzentos e cinquenta rublos em dinheiro. Beijo a sua mão e me despeço" etc.

Tatiana Boríssovna mandou duzentos e cinquenta rublos para o sobrinho. Em dois meses ele voltou a exigir; ela reuniu o que ainda tinha e enviou. Não haviam se passado seis semanas desde a última remessa e ele, pediu pela terceira vez, para adquirir tintas para um retrato que lhe havia sido encomendado pela princesa Terterechnióva. Tatiana Boríssovna se negou. "Nesse caso — ele escreveu —, tenho a intenção de ir à sua aldeia para recuperar minha saúde." E, de fato, em maio daquele mesmo ano Andriucha regressou a Málie Briki.

Inicialmente, Tatiana Boríssovna não o reconheceu. Pela carta, esperava uma pessoa doentia e magra, mas via um rapaz espadaúdo, gordo, de rosto grande e vermelho e cabelos cacheados e engordurados. O Andriucha magricela e pálido tinha se transformado no robusto Andrei Ivanov Bielovzôrov. Não mudara só a aparência. A delicada timidez, a cautela e o asseio dos anos anteriores tinham sido substituídos por uma ousadia negligente e um desleixo insuportável; andava balançando de um lado para outro, jogava-se na poltrona, desabava na mesa, se esparramava, bocejava a plenos pulmões; era insolente com a tia e com as outras pessoas. Dizia: "sou um artista, um cossaco livre! Nós somos assim!". Acontecia de ficar dias inteiros sem pegar no pincel; quando chegava a assim chamada inspiração, praguejava como se estivesse de ressaca, pesado, incômodo, barulhento; as faces se inflamavam de uma cor rude, fazia olhos de peixe morto; punha-se a falar de seu talento, de seus êxitos, de como estava se desenvolvendo e avançando... Na prática, verificou-se que sua capacidade mal dava para pintar retratos toleráveis. Era um rematado ignorante e não lia, pois por que um artista precisa ler? A natureza, a liberdade, a poesia, esses eram seus elementos. Bastava sacudir os cachos, falar com eloquência, fumar Júkov com paixão! A audácia russa é uma coisa boa, mas combina com poucos; e Polejáevs[149] de segunda mão, e sem talento, são insuportáveis. Nosso Andrei Ivánitch resolveu se demorar na casa da tia; pelo visto, estava pegando gosto pelo pão dado de graça. Às vezes se sentava ao piano (Tatiana Boríssovna também tinha um piano) e começava, com um dedo, a arranhar "A troica audaz"; tocava uns acordes, batia nas teclas; por horas inteiras, uivava de modo aflitivo romanças de Varlámov, como "O pinheiro solitário" ou "Não, doutor, não venha",[150] com os olhos co-

---

[149] Aleksandr Ivánovitch Polejáev (1804-1838), foi consumido pelo alcoolismo e teve um fim prematuro depois de ser perseguido e alistado como simples soldado em um regimento da linha de frente devido a seu poema satírico "Sacha". (N. do T.)

[150] Apenas a segunda canção é do compositor Aleksandr Iegórovitch

bertos de gordura e as faces lustrosas como um tambor... E quando de repente eclodiu "Acalmem-se, tormentos da paixão",[151] Tatiana Boríssovna se sobressaltava.

— É espantoso — ela observou certa vez — como todas as canções de hoje são desesperadas; no meu tempo elas eram diferentes; também havia canções tristes, mas eram agradáveis de ouvir... Por exemplo:

> *Venha, venha me encontrar no prado*
> *Onde eu a aguardo sem esperança.*
> *Venha, venha me encontrar no prado*
> *Onde verto lágrimas sem cessar.*
> *Ah, você virá me encontrar no prado,*
> *Mas vai ser tarde demais, minha querida!*[152]

Tatiana Boríssovna sorriu com malícia.

"Eu sofro, eu so-o-fro", uivava o sobrinho no quarto vizinho.

— Chega, Andriucha.

"Minh'alma se consome à distâ-ância", prosseguia o incansável cantor.

Tatiana Boríssovna meneou a cabeça.

— Ah, esses artistas!...

Passou um ano desde então. Bielovzôrov mora até hoje na casa da tia, e está sempre se preparando para ir a São Petersburgo. Na aldeia, ficou ainda mais gordo. A tia — quem

---

Varlámov (1801-1848). A primeira é de Nikolai Títov (1800-1875). (N. da E.)

[151] Primeiro verso da canção "Dúvida" (1838), do "pai fundador" da música russa, Mikhail Ivánovitch Glinka (1804-1857), com versos de Kúkolnik. (N. da E.)

[152] Canção de autor desconhecido, muito em voga na década de 1820. (N. da E.)

poderia imaginar — o ama de todo o coração, e as moças das redondezas são apaixonadas por ele...

Muitos dos conhecidos de antigamente deixaram de visitar Tatiana Boríssovna.

MORTE

Tenho um vizinho que é um jovem proprietário e jovem caçador. Em uma bela manhã de julho, fui até sua casa a cavalo com a proposta de sairmos juntos no encalço de tetrazes. Ele concordou. "Só peço — disse — que você venha comigo ver umas ninharias, perto do rio Zucha; aproveito para dar uma olhada em Tchaplíguino, o meu carvalhal, sabe? Estou derrubando." — "Vamos." Mandou selar o cavalo, envergou uma sobrecasaca verde com botões de bronze representando cabeças de javali, uma bolsa de caçador bordada de fios de lã, um cantil de prata, colocou no ombro uma nova espingarda francesa, deu umas voltas na frente do espelho, satisfeito, e chamou Espérance, o cachorro, presente da prima, uma velha solteirona dotada de ótimo coração, mas desprovida de cabelo. Pusemo-nos a caminho. Meu vizinho levava consigo o policial rural Arkhip, um mujique gordo e atarracado de rosto quadrado e zigomas de proporções antediluvianas, e o administrador recém-contratado das províncias bálticas, um jovem de dezenove anos, magro, loiro, míope, de ombros caídos e pescoço longo, o senhor Gottlieb von der Kock. Meu vizinho tinha tomado posse da propriedade há pouco tempo. Ela lhe coubera como herança de uma tia, viúva do conselheiro de Estado Kárdon-Katáev, uma mulher extraordinariamente gorda que mesmo deitada no leito gemia de modo contínuo e queixoso. Chegamos às "ninharias". "Esperem-me aqui na clareira", afirmou Ardalion

Mikháilitch (meu vizinho), dirigindo-se a seus companheiros de viagem. O alemão se inclinou, desceu do cavalo, tirou do bolso um livrinho, que parecia um romance de Johanna Schopenhauer,[153] e se sentou embaixo de uma moita; Arkhip ficou ao sol, sem se mexer por uma hora. Demos uma volta em torno das moitas e não encontramos nenhuma cria. Ardalion Mikháilitch anunciou sua intenção de ir até o bosque. Naquele dia, eu não acreditava no êxito da caça: fui atrás dele. Voltamos à clareira. O alemão deixou o marcador na página, levantou-se, colocou o livro no bolso e montou com dificuldade em sua égua defeituosa e derrabada, que relinchava e saltava ao mais leve contato; Arkhip se sacudiu, puxou as duas rédeas de uma vez, agitou as pernas e finalmente tirou do lugar seu cavalinho aturdido e agoniado. Partimos.

Conheço o bosque de Ardalion Mikháilitch desde a infância. Junto com meu preceptor francês, *monsieur* Désiré Fleury, uma pessoa excelente (que, a propósito, quase arruinou minha saúde para sempre ao me obrigar a tomar todas as tardes o remédio Leroy),[154] ia a Tchaplíguino com frequência. O bosque consistia em uns duzentos ou trezentos carvalhos e freixos imensos. Seus troncos esbeltos e possantes se destacavam magnificamente em negro sobre o verde dourado e transparente das aveleiras e sorvas; elevando-se ainda mais, traçavam linhas harmoniosas no azul-claro e esparramavam em pavilhão os ramos amplos e nodosos; açores, esmerilhões e francelhos voavam sibilando sobre as copas imóveis, pica-paus coloridos bicavam com força as cascas espessas; o canto sonoro do melro negro se ouvia subitamente na folhagem espessa, em seguida ao grito modulado do papa-figo; embaixo, nas moitas, chilreavam e cantavam os piscos-de-peito-

---

[153] Escritora, mãe do filósofo Arthur Schopenhauer. (N. do T.)

[154] Jean-Jacques-Joseph Leroy d'Etiolles (1798-1860), médico francês de cujo filho Turguêniev foi próximo, em Paris. (N. da E.)

-ruivo, as abadavinas e as toutinegras; os tentilhões corriam agilmente pelos caminhos; a lebre branca se metia pela orla do bosque, "mancando" cuidadosamente; o esquilo verme-lho-pardo saltava com vivacidade de árvore em árvore para de repente se sentar, elevando a cauda acima da cabeça. Na grama, perto de formigueiros altos, sob a sombra ligeira das belas folhas cortadas das samambaias, floresciam violetas e lírios-do-vale, cresciam fungos vermelhos, amanitas, cogumelos brancos, fungos de carvalho, mata-moscas; nos relvados, entre arbustos largos, o morango se destacava, verme-lho... E que sombra fazia no bosque! Era a pura noite em pleno calor do meio-dia: silêncio, perfume, frescor... Passei tempos felizes em Tchaplíguino, e por isso reconheço que não era sem melancolia que entrava agora naquele bosque tão familiar. O nefasto inverno sem neve de 1840 não poupara meus velhos amigos, os carvalhos e freixos; secos, nus, cobertos aqui e ali de um bolor raquítico, erguiam-se com tristeza acima dos rebentos que "tomavam seu lugar sem substituí-los"...[155] Alguns, ainda cobertos de folhas embaixo, erguiam os galhos sem vida e partidos, em sinal de reprovação e desespero; em outros, por entre as folhas, ainda bastante espessas, embora não abundantes nem fartas como antes, ressaltavam ramos grossos, secos e mortos; outros já haviam perdido a casca; por fim, outros já tinham caído de vez e

---

[155] Em 1840, sob o frio mais cruel, não caiu neve até o final de dezembro; toda a vegetação pereceu, e o inverno implacável exterminou muitos maravilhosos bosques de carvalho. É difícil substituí-los: a força produtiva da terra se exauriu visivelmente; nos terrenos interditados (com imagens de santos), no lugar das nobres árvores de antes, crescem bétulas e choupos; e não conhecemos outro modo de reflorestamento. (N. do A.)
— Na época de Turguêniev, quando se queria reflorestar um bosque, interditava-se o acesso a ele, fazendo uma procissão ao seu redor. "Tomavam seu lugar sem substituí-los" é paráfrase de um verso do *Ievguêni Oniéguin*, de Púchkin. (N. da E.)

apodreciam na terra, como cadáveres. Quem poderia prever isso? As sombras, era impossível encontrar sombras em Tchaplíguino! Ao olhar para as árvores agonizantes, pensei: "que vergonha e amargura vocês devem estar sentindo!...". Lembrei-me de Koltsov:

> *Que é feito*
> *Da fala altiva,*
> *Da força orgulhosa,*
> *Da régia valentia?*
> *Onde foi parar o teu*
> *Verde poderio?*[156]

— O que é isso, Ardalion Mikháilitch? — comecei. — Por que já não mandou podar essas árvores no ano passado? Agora não vão dar por elas nem um décimo do valor.

Ele se limitou a dar de ombros.

— Deveria ter perguntado à sua tia. E compradores não iam faltar, importunando vocês com dinheiro vivo.

— *Mein Gott! Mein Gott!*[157] — gritava von der Kock a cada passo. — Que chiste! Que chiste!

— Cadê o chiste? — assinalou meu vizinho, a sorrir.

— Isso é muito trrriste, foi o que quis dizerr. (Sabe-se que os alemães, quando finalmente conseguem pronunciar a letra "r" em nossa língua, colocam uma forte ênfase nela.)

Seu pesar fora despertado particularmente pelos carvalhos que jaziam no chão, e de fato mais de um moleiro teria pagado caro por eles. Em compensação, o policial rural Arkhip guardava uma calma impassível e não se afligia; pelo

---

[156] Trecho de "Floresta", poema de 1838 de Aleksei Vassílievitch Koltsov (1809-1842), dedicado à memória de Púchkin. (N. da E.)

[157] Em alemão, no original: "Meu Deus! Meu Deus!". (N. do T.)

contrário, não era sem satisfação que pulava entre eles e os chicoteava.

Abrimos caminho até o lugar da poda quando, de repente, depois do barulho da queda de uma árvore, ouviu-se grito e falatório, e, em alguns instantes, acorreu em nossa direção, saído da mata, um jovem mujique, pálido e despenteado.

— O que é isso? Para onde está correndo? — perguntou-lhe Ardalion Mikháilitch.

Ele parou imediatamente.

— Ai, Ardalion Mikháilitch, meu pai, uma desgraça!

— O que foi?

— Uma árvore esmagou Maksim, meu pai.

— Como foi isso?... Maksim, o empreiteiro?

— Ele mesmo, meu pai. Começamos a cortar um freixo, e ele ficou olhando... Olhou, olhou e foi até o poço, atrás de água: pelo jeito, tinha vontade de beber. Daí, de repente, o freixo começou a crepitar e ir para cima dele. Gritamos: corra, corra, corra... Tinha que ter ido para um lado, mas saiu correndo exatamente para a frente... Acho que ficou intimidado. O freixo o acertou com os ramos de cima. Sabe Deus como foi cair tão depressa... Talvez o tronco estivesse podre.

— E feriu o Maksim?

— Sim, meu pai.

— Ferido de morte?

— Não, meu pai, ainda está vivo, mas quebrou os braços e as pernas. Eu estava correndo atrás de Seliviórstitch, o médico.

Ardalion Mikháilitch mandou o policial rural galopar até a aldeia atrás de Seliviórstitch e foi até a *ssetchka* a trote largo... Segui-o.

Encontramos o pobre Maksim no chão. Havia uns dez mujiques perto dele. Apeamos dos cavalos. Ele quase nem

Morte

gemia, abria e dilatava os olhos de vez em quando, fitando ao redor admirado e mordiscando os lábios azulados... Seu queixo tremia, os cabelos estavam grudados na testa, o peito subia de forma irregular: agonizava. A sombra ligeira de uma jovem tília deslizava silenciosamente por seu rosto.

Curvamo-nos em sua direção. Ele reconheceu Ardalion Mikháilitch.

— Meu pai — pôs-se a dizer, de modo quase ininteligível — um pope... buscar... mande... O Senhor... me castigou... pernas, braços, está tudo quebrado... hoje é domingo... e eu... e eu... bem... não liberei o pessoal.

Calou-se. Faltava-lhe fôlego.

— E o meu dinheiro... para a mulher... dê para minha mulher... com desconto... Oníssin sabe... para quem... eu devo...

— Mandamos buscar o médico, Maksim — disse meu vizinho —, talvez ainda não seja a sua hora de morrer.

Tentou abrir os olhos, erguendo com esforço as sobrancelhas e as pálpebras.

— Não, é a morte. Ela... está chegando, está aí, chegou... Perdoem-me, rapazes, se eu...

— Deus vai lhe perdoar, Maksim Andrêitch — disseram os mujiques, em tom surdo e tirando os gorros. — Perdoe--nos.

Subitamente sacudiu a cabeça com desespero, inchou o peito com angústia e voltou a baixá-lo.

— De qualquer modo, ele não pode morrer aqui — exclamou Ardalion Mikháilitch. — Rapazes, peguem a esteira da telega; vamos levá-lo ao hospital.

Dois homens foram atrás da telega.

— Lá do Efim... de Sitchovka... — pôs-se a balbuciar o moribundo — eu comprei ontem um cavalo... paguei o sinal... então o cavalo é meu... também vai... para minha mulher...

Começaram a colocá-lo na esteira... Tremeu todo, como um pássaro ferido, e ficou rígido.

— Morreu — murmuraram os mujiques.

Montamos nos cavalos em silêncio e partimos.

A morte do pobre Maksim me deu o que pensar. O mujique russo morre de modo surpreendente! Sua atitude diante do falecimento não pode ser chamada nem de indiferente, nem de inexpressiva; morre como se cumprisse uma cerimônia: com frieza e simplicidade.

Alguns anos atrás, um mujique se queimou no secador de um outro vizinho meu. (Ele teria ficado no secador se um cidadão que estava passando não o tivesse retirado de lá meio morto: mergulhou em uma dorna de água e saiu correndo, arrombando a porta soterrada pelo alpendre em chamas.) Fui até sua isbá. Estava escura, abafada, cheia de fumaça. Perguntei: cadê o doente? "Lá, meu pai, deitado na estufa", respondeu-me, de modo arrastado, uma mulher transtornada. Aproximei-me e o mujique jazia coberto por um sobretudo de peles, respirando com dificuldade. "Então, como está se sentindo?" O doente se agitou na estufa e quis levantar-se, embora estivesse coberto de feridas e diante da morte. "Deite, deite, deite... E então? Como vai?" — "Claro que mal", disse. "Tem dor?" Silêncio. "Precisa de alguma coisa?" Silêncio. "Quer chá?" — "Não precisa." Afastei-me e me sentei no banco. Fiquei sentado um quarto de hora, fiquei sentado meia hora: silêncio mortal na isbá. Em um canto, atrás da mesa, embaixo dos ícones, escondia-se uma menina de cinco anos, comendo pão. A mãe a ameaçava de vez em quando. Na entrada, andavam, batiam e conversavam: a mulher do irmão cortava repolho. "Ai, Aksínia!", disse o doente, por fim. "O que é?" — "Dê-me *kvas*." Aksínia deu-lhe *kvas*. Silêncio de novo. Perguntei, sussurrando: "Ele recebeu o sacramento?". — "Sim." Então estava tudo em ordem: só restava esperar pela morte. Não aguentei e saí...

Morte

Também me lembro de certa vez ter dado um pulo no hospital da aldeia de Krasnogórie, visitando um conhecido, o paramédico Kapiton, amante da caça.

O hospital consistia em um antigo anexo senhorial; tinha sido construído pela própria latifundiária, ou seja, ela tinha pregado na porta uma tábua azul-celeste com uma inscrição em branco: "Hospital de Krasnogórie", e entregue em pessoa a Kapiton um belo álbum para escrever os nomes dos pacientes. Na primeira página de tal álbum, um dos bajuladores e lacaios da benemérita latifundiária redigira os seguintes versos:

> *Dans ces beaux lieux, où règne l'allégresse,*
> *Ce temple fut ouvert par la Beauté;*
> *De vos seigneurs admirez la tendresse,*
> *Bons habitants de Krasnogorié!* —[158]

e um outro senhor escreveu embaixo:

> *Et moi aussi j'aime la nature!*[159]
> *Jean Kobyliatnikoff*

O paramédico comprou seis leitos com seu próprio dinheiro e se pôs a curar o povo de Deus, com a sua bênção. Tirando ele, o hospital contava com duas pessoas: o gravador Pável, que tinha propensão à loucura, e uma mulher de braço atrofiado, Melikitrissa, que se ocupava das tarefas da cozinha. Ambos preparavam os remédios, secavam as ervas e

---

[158] Em francês, no original: "Nesse belo lugar, onde reina a alegria/ Esse templo foi aberto pela Beleza/ Dos vossos senhores, admirai o afeto/ Bons habitantes de Krasnogórie!". (N. do T.)

[159] Em francês, no original: "E eu também amo a natureza!". (N. do T.)

faziam infusões; também amansavam os doentes febris. O louco tinha aspecto taciturno e era avaro em palavras; à noite cantava uma canção à "maravilhosa Vênus" e se aproximava de todos os passantes com o pedido de que lhe permitissem se casar com uma certa Malánia, falecida há tempos. A maneta batia nele e o obrigava a vigiar os perus. Bem, certo dia eu estava com o paramédico Kapiton. Pusemo-nos a falar das nossas últimas caçadas quando, de repente, entrou no pátio uma telega puxada por um cavalo ruço extraordinariamente gordo, como só os moleiros têm. Estava na telega um mujique encorpado, de casaco novo e barba multicolor. — "Ah, Vassíli Dmítritch — Kapiton gritou, da janela —, seja bem-vindo... É o moleiro de Libóvchino", cochichou-me. O mujique, grunhindo, desceu da telega, entrou no aposento do paramédico, buscou o ícone com os olhos e fez o sinal da cruz. "Então, Vassíli Dmítrich, quais são as novas? O senhor não deve estar bem: sua cara não é boa." — "Pois é, Kapiton Timofêitch, não me sinto bem." — "O que o senhor tem?" — "Veja, Kapiton Timofêitch. Há pouco tempo comprei umas mós na cidade; porém, ao levá-las para casa, assim que comecei a tirá-las da telega, fiz um esforço a mais e senti um puxão nas tripas, como se alguma coisa estivesse rasgando... Não me sinto bem desde então. Hoje estou bem mal, inclusive." — "Hum — disse Kapiton, aspirando rapé —, é uma hérnia. Isso aconteceu faz tempo?" — "Há dez dias." — "Dez dias? (O paramédico inspirou ar por entre os dentes e balançou a cabeça.) Permita-me examiná-lo. Bem, Vassíli Dmítritch — disse, por fim —, tenho pena de você, de coração, pois a situação não é nada boa; sua doença é séria; fique aqui comigo; de minha parte, não vou poupar esforços, mas não posso garantir nada." — "Mas é tão grave?", murmurou o moleiro, pasmado. "Sim, Vassíli Dmítritch, é grave; se o senhor tivesse vindo há uns dois dias, não teria sido nada, eu o colocaria de pé com uma só mão; mas agora o senhor está

Morte

265

com uma inflamação; pode até gangrenar." — "Mas não pode ser, Kapiton Timofêitch." — "É o que estou lhe dizendo." — "Mas como foi isso? (O paramédico deu de ombros.) E vou morrer por essa bobagem?" — "Não estou dizendo isso... Apenas fique por aqui." O mujique refletiu, olhou para o chão, depois nos fitou, coçou a cabeça e pegou o gorro. "Para onde vai, Vassíli Dmítritch?" — "Para onde? Se estou tão mal, é claro que vou para casa. Se as coisas são assim, tenho que tomar providências." — "Mas assim o senhor vai se arruinar, Vassíli Dmítrich, por favor; fiquei admirado de o senhor ter conseguido chegar aqui. Fique." — "Não, Kapiton Timofêitch, meu irmão; se for morrer, vou morrer em casa; por que vou morrer aqui? Tenho uma casa, e sabe Deus o que vai acontecer." — "Vassíli Dmítrich, não se sabe ainda o que vai ser... Claro que o senhor corre risco, muito risco, não há discussão... Mas é por isso que o senhor tem que ficar." (O mujique negou com a cabeça.) "Não, Kapiton Timofêitch, não fico... mas me receite um remédio." — "O remédio sozinho não vai ajudar." — "Já disse que não vou ficar." — "Bem, como queira... só não venham se queixar depois!"

O paramédico arrancou uma folha do álbum, escreveu a receita e deu conselhos sobre o que mais deveria ser feito. O mujique pegou o papel, deu uma moeda de cinquenta copeques a Kapiton, saiu do aposento e se sentou na telega. "Adeus, Kapiton Timofêitch, não guarde rancor e não se esqueça dos órfãos, caso..." — "Ah, fique, Vassíli!" O mujique apenas negou com a cabeça, deu com as rédeas no cavalo e saiu do pátio. Fui até a rua e acompanhei-o com o olhar. O caminho era imundo e esburacado; o moleiro avançava com cautela, sem pressa, guiando o cavalo com habilidade e cumprimentando quem encontrava... Morreu quatro dias depois.

Os russos morrem de forma muito surpreendente. Muitos finados me vêm agora à cabeça. Lembro-me de você, meu velho amigo, o estudante Avenir Sorokoúmov, que não chegou a completar o curso, pessoa maravilhosa e nobilíssima! Vejo de novo seu semblante verde de tuberculoso, seus cabelos ralos e castanho-claros, seu sorriso dócil, seu olhar arrebatado, seus membros compridos; ouço sua voz débil e afetuosa. Você morava com o fazendeiro russo Gur Krupiánikov, ensinava gramática russa, geografia e história aos filhos dele, Fofa e Ziózia,[160] suportava com paciência as piadas pesadas do próprio Gur, a amabilidade rude do mordomo, os chistes indecentes dos moleques malvados, e não sem um sorriso amargo, mas também sem queixumes, cumpria as exigências caprichosas da patroa entediada; em compensação, como você descansava, como você se deleitava à noite, depois do jantar, quando, finalmente liberado de todas as obrigações e ocupações, ficava sentado à janela, fumando pensativo um cachimbo ou folheando com sofreguidão um número estropiado e engordurado de uma revista grossa, trazida da cidade pelo agrimensor, um pobre-diabo sem lar, como você! Como você gostava então de qualquer poema e qualquer novela, com que facilidade as lágrimas acorriam aos seus olhos, com que satisfação você ria, que amor mais franco pelas pessoas, que nobre simpatia por tudo de bom e de belo enchia a sua alma pura e de criança! Tenho que dizer a verdade: você não se distinguia por excesso de espírito; a natureza não o agraciou nem com memória, nem com aplicação; na universidade, você era tido como um dos piores alunos; nas aulas, dormia, e, nas provas, ficava solenemente calado; mas os olhos de quem brilhavam de alegria, quem perdia o fôlego com o êxito, com o sucesso de um camarada? Avenir... Quem confiava cegamente na elevada vocação dos amigos, quem os exaltava com orgulho, defendia-os tenazmente? Quem não conhecia a inveja, nem o amor-próprio, quem se sacrificava

---

[160] Diminutivos, respectivamente, de Feofan e Zossima. (N. do T.)

desinteressadamente, quem se sujeitava de bom grado a gente indigna de desatar a correia de suas sandálias?[161] Você, sempre você, nosso bondoso Avenir! Eu me lembro: com o coração aflito você se despediu dos camaradas ao partir para a "requisição"; era atormentado por maus pressentimentos... E, realmente, as coisas foram ruins para você na aldeia; na aldeia você não tinha a quem escutar com veneração, com quem se maravilhar, quem amar... Tanto os moradores da estepe quanto os fazendeiros esclarecidos tratavam você como mero professor: uns com rudeza, outros com desdém. Ademais, sua figura não impressionava; era tímido, ficava vermelho, suava, gaguejava... Nem a sua saúde melhorou com o ar do campo: coitado, você se apagava como uma vela! Verdade que o seu quartinho dava para o jardim; cerejeiras, macieiras e tílias derramavam suas flores ligeiras na sua mesa, no tinteiro, nos livros; a parede tinha uma almofada azul de seda para o relógio, presenteada na hora da despedida por uma alemã bondosa e sentimental, uma preceptora de cabelos loiros e olhos azuis; de vez em quando você era visitado por algum velho amigo de Moscou e ficava enlevado com versos alheios, ou mesmo próprios; porém, a solidão, a escravidão insuportável do cargo de professor, a impossibilidade de libertação, os outonos e invernos intermináveis, a enfermidade constante... Pobre, pobre Avenir!

Visitei Sorokoúmov pouco antes de sua morte. Já quase não conseguia andar. O latifundiário Gur Krupiánikov não o expulsou de sua casa, mas parou de pagar seu salário e contratou outro professor para Ziózia... Fofa foi mandado para o corpo de cadetes. Avenir ficava sentado perto da janela, em uma velha poltrona Voltaire. O tempo estava uma maravilha. O céu claro de outono abria um azul alegre sobre a cadeia castanho-escura de tílias nuas; em alguns lugares

---

[161] Citação bíblica (Marcos, 1, 7). (N. da E.)

tremulavam e murmuravam sobre elas suas derradeiras folhas, de um dourado vivo. Penetrada pelo frio, a terra transpirava e degelava em contato com o sol; seus oblíquos raios fulvos tocavam de relance a grama pálida; o ar parecia crepitar de leve; as vozes dos trabalhadores soavam claras e nítidas no jardim. Avenir trajava uma velha bata de Bukhará; um cachecol verde lançava um matiz cadavérico em seu rosto terrivelmente descarnado. Ficou muito contente em me ver, me esticou a mão, pôs-se a falar e a tossir. Deixei que se acalmasse e me sentei a seu lado... Nos joelhos de Avenir havia um caderno com versos de Koltsov, copiados com esmero; bateu nele com um sorriso. "Isso é que é poeta", balbuciou, reprimindo a tosse com esforço, e pôs-se a declamar com uma voz quase inaudível:

> As asas do falcão
> Estão amarradas?
> Seus caminhos estão
> Todos cerrados?[162]

Interrompi-o: o médico o proibira de falar. Eu sabia como agradá-lo. Sorokoúmov, como dizem, jamais "seguiu" a ciência, mas tinha curiosidade de saber até onde as grandes inteligências chegavam. Às vezes pegava um camarada em algum canto e começava a interrogá-lo: ouvia, pasmava, acreditava em cada palavra e saía repetindo. Tinha uma atração forte e especial pela filosofia alemã. Comecei a lhe falar de Hegel (o caso aconteceu já há muito tempo, como podem ver).[163] Avenir assentiu com a cabeça em aprovação, ergueu

[162] Citação do poema "Meditação do falcão" (1842), de Koltsov. (N. da E.)

[163] Turguêniev cita versos da primeira canção do poema *Ruslan e Liudmila*, de Púchkin. (N. da E.)

as sobrancelhas, sorriu e sussurrou: "Entendo, entendo!... Ah! Muito bem, muito bem!...". Reconheço que a curiosidade infantil daquele pobre moribundo sem lar e sem cuidados me levou às lágrimas. É necessário notar que Avenir, ao contrário de todos os tuberculosos, não se enganava a respeito de sua doença... E então? Não suspirava, não se afligia, quase nunca aludia à sua condição...

Reunindo forças, pôs-se a falar de Moscou, dos camaradas, de Púchkin, de teatro, de literatura russa; recordou nossas farras e os debates acalorados do nosso círculo, proferindo com pesar os nomes de dois ou três finados amigos...

— Você se lembra de Dacha? — acrescentou, por fim. — Aquilo era uma alma de ouro! Aquilo sim era um coração! E como ela me amava!... O que é feito dela? Provavelmente ficou seca e atrofiada, a pobrezinha.

Não ousei desiludir o enfermo e, de todo modo, por que deveria ele saber que a sua Dacha agora, pelo contrário, estava bem gorda, se dava com comerciantes, os irmãos Kondatchkov, usava pó de arroz e pintura, piava e praguejava?

Entretanto, pensei, observando seu rosto prostrado, não haveria como tirá-lo dali? Talvez ainda existisse alguma possibilidade de cura... Mas Avenir não me deixou concluir a proposta.

— Não, meu irmão, muito obrigado — afirmou —, tanto faz onde morrer. Pois não vou chegar vivo ao inverno... Para que incomodar as pessoas sem razão? Estou acostumado à minha casa atual. Claro que meus senhores atuais...

— São malvados? — disse.

— Não, não são malvados: são limitados. Por outro lado, não posso me queixar deles. Há uns vizinhos: o fazendeiro Kassátkin tem uma filha instruída, gentil, uma moça bondosa... não é orgulhosa...

Sorokoúmov voltou a tossir.

— Nada teria importância — prosseguiu, depois de des-

270   Memórias de um caçador

cansar — se me deixassem fumar meu cachimbinho... E eu não vou morrer sem fumar um cachimbinho! — acrescentou, movendo os olhos com malícia. — Graças a Deus, vivi bastante: conheci gente boa...

— Você devia escrever aos seus parentes — interrompi.

— Para que escrever aos parentes? Ajudar, eles não me ajudam; quando eu morrer, vão ficar sabendo. Para que falar disso?... Conte-me melhor o que viu no exterior.

Comecei a contar. Era como se ele bebesse das minhas palavras. Parti à tarde e, dez dias depois, recebi a seguinte carta do senhor Krupiánikov:

> "Venho a informar por meio dessa, meu prezado senhor, que o seu amigo, o estudante que morava na minha casa, o senhor Avenir Sorokoúmov, faleceu há quatro dias, às duas da tarde, e hoje foi enterrado às minhas custas, no cemitério da minha paróquia. Ele me pediu para lhe enviar os livros e cadernos em anexo. Em dinheiro ele deixou 22 rublos e meio, os quais, junto com suas outras coisas, serão destinados a seus parentes. Seu amigo faleceu em plena consciência e pode-se dizer que totalmente impassível, não manifestando nenhum sinal de comiseração, nem quando nos despedimos dele com toda a nossa família. Minha esposa, Kleopatra Aleksándrovna, manda seus cumprimentos. Não havia como a morte do seu amigo não agir sobre os nervos dela; no que toca a mim, graças a Deus, estou bem, e tenho a honra de permanecer
> Seu mais humilde servo.
>
> G. Krupiánikov"

Ocorrem-me ainda muitos outros exemplos, mas não dá para falar de todos. Vou me limitar a um.

Morte

Uma velha proprietária morreu em minha presença. O sacerdote começou a lhe ministrar os últimos sacramentos e de repente percebeu que a doente estava piorando, e se apressou para lhe dar a cruz. A proprietária se afastou, com desagrado. "Que pressa é essa, meu pai — ela disse, tartamudeando —, você vai conseguir..." Beijou a cruz, tentou colocar a mão debaixo do travesseiro e deu o último suspiro. Embaixo do travesseiro havia um rublo: ela queria pagar o sacerdote por sua própria extrema-unção...

Sim, os russos morrem de forma surpreendente!

OS CANTORES

A pequena aldeia de Kolotovka, que pertenceu outrora a uma latifundiária apelidada nas redondezas de Ceifadora por seu caráter impetuoso e vivo (seu nome real permanece ignorado), e hoje propriedade de um alemão de São Petersburgo, fica na encosta de uma colina nua, fendida de cima a baixo por uma tremenda ribanceira, que, abrindo-se como um abismo, penetra, escavado pelas águas, bem no meio da rua, e divide os dois lados da pobre aldeola com mais força do que um rio — por cima de um rio pelo menos dá para colocar uma ponte. Uns salgueiros descarnados se agarram timidamente a seus flancos arenosos; no fundo, seco e amarelo como cobre, jazem imensas lajes de pedra argilosa. Nem preciso dizer que é uma visão triste, mas, apesar disso, todos os habitantes dos arredores conhecem bem o caminho para Kolotovka, indo para lá de bom grado e com frequência.

Bem na cabeceira da ribanceira, a alguns passos do ponto em que começa uma fenda estreita, há uma pequena isbá quadrada, sozinha, separada das outras. É coberta de palha, com uma chaminé; uma janela, qual olho vigilante, está voltada para a ribanceira e, nas noites de inverno, iluminada de dentro, pode ser vista de longe, em meio à neblina opaca do gelo, tendo cintilado para mais de um mujique de passagem como uma estrela guia do caminho. Em cima da porta da isbazinha está pregada uma tabuleta azul: a pequena isbá é um botequim chamado Prijínni.[164] Esse botequim provavelmente vende bebida alcoólica a um preço que não é inferior ao corrente, mas tem uma frequência muito mais assídua do que todos os estabelecimentos do gênero na região. O motivo é o taberneiro, Nikolai Ivánitch.

Nikolai Ivánitch — outrora um rapaz esbelto, de cabelos cacheados e corado, hoje um mujique de gordura descomunal, grisalho, de rosto balofo, olhinhos espertos e bonachões e testa gordurosa e sulcada por fios de rugas — mora em Kolotovka já há mais de vinte anos. Nikolai Ivánitch é uma pessoa despachada e sagaz, como a maior parte dos taberneiros. Não se destaca particularmente nem pela amabilidade, nem pela loquacidade, mas possui o dom de atrair e conservar os clientes, que ficam felizes por se sentar diante do seu balcão, sob o olhar tranquilo e afável, embora vigilante, do fleumático proprietário. Tem muito bom senso; conhece bem tanto o estilo de vida do fazendeiro, quanto do camponês e do pequeno-burguês; em casos difíceis, pode dar conselhos pertinentes, porém, prudente e egoísta, prefere ficar à parte, e apenas por meio de uma leve alusão, dita como se fosse sem querer, indica aos clientes — e só aos clientes queridos — o caminho da verdade. Entende de tudo que é importante ou interessante para um russo: cavalos e gado, bosques, tijolos, louça, tecidos e couros, canções e danças. Quando não tem clientes, normalmente fica sentado no chão, como um saco, diante da porta de sua isbá, com as perninhas delgadas dobradas embaixo de si, trocando palavras amáveis com todos os passantes. Em seu tempo, viu muita coisa, sobreviveu a mais de uma dezena de pequenos fidalgos que o procuraram atrás de uma "pura", sabe de tudo que acontece em um raio

---

[164] Prijínni é o nome dado a um lugar ao qual as pessoas vão de bom grado, a um lugar acolhedor. (N. do A.) — A tradução em português seria "refúgio". (N. do T.)

Memórias de um caçador

de cem verstas, mas jamais dá com a língua nos dentes, nem dá a entender que sabe aquilo de que o mais perspicaz comissário rural sequer desconfia. Mas teima em ficar calado, e dá risada e mexe nos copinhos. Goza do respeito dos vizinhos: o general civil[165] Scherepetenko, mais elevada patente dentre os potentados do distrito, cumprimenta-o com condescendência sempre que passa pela sua casinha. Nikolai Ivánitch é uma pessoa influente: obrigou um conhecido ladrão de cavalos a devolver a montaria que havia levado do curral de um conhecido seu, chamou à razão uns mujiques da aldeia vizinha que não queriam aceitar um novo administrador etc. Porém não se deve pensar que fez isso por amor à justiça ou dedicação ao próximo; não! Simplesmente tentava prevenir tudo que poderia em algum momento acabar com a sua tranquilidade. Nikolai Ivánitch é casado e com filhos. Sua mulher, uma pequeno-burguesa desenvolta, de nariz pontiagudo e olhos vivos, também havia engordado nos últimos tempos, a exemplo do marido. Este conta com ela para tudo, deixando o dinheiro sob sua guarda. Os bêbados brigões a temem; ela não gosta deles, que dão lucro de menos e barulho demais; os silenciosos e taciturnos estão mais próximos ao seu coração. Os filhos de Nikolai Ivánitch ainda são pequenos; os primeiros morreram, mas os remanescentes se parecem com os pais: dá gosto olhar para as carinhas inteligentes daquelas crianças sadias.

Era um dia de julho, de calor insuportável, quando eu, movendo as pernas com vagar, subia com meu cachorro a ribanceira de Kolotovka na direção do botequim Prijínni. O sol ardia com ferocidade no céu; estava abafado, um calor tórrido e insistente; o ar estava impregnado de uma poeira sufocante. Gralhas e corvos de plumagem resplandecente

---

[165] Conselheiro de Estado, grau civil equivalente à patente militar de general. (N. do T.)

Os cantores

olhavam queixosos para os transeuntes, com os bicos escancarados, como se implorassem compaixão; só os pardais não se afligiam e, inchando as plumas, chilreavam ainda mais forte do que antes e se engalfinhavam nas cercas, saíam voando impetuosamente da estrada empoeirada, formando nuvens cinzentas sobre os canhameirais verdes. A sede me atormentava. Não havia água por perto: em Kolotovka, assim como em muitas aldeias da estepe, os mujiques, na falta de fontes e poços, bebem a aguinha suja de qualquer tanque... Mas quem chamaria aquela beberagem nojenta de água? Queria pedir a Nikolai Ivánitch um copo de cerveja ou *kvas*.

Devo reconhecer que em nenhuma época do ano Kolotovka oferece um espetáculo agradável; contudo, ela me desperta uma sensação de especial tristeza quando o sol chamejante de julho inunda com seus raios implacáveis os telhados marrons e desmoronados das casas, e a ribanceira profunda, e a pastagem queimada e cheia de pó, pela qual erram desesperançadas umas galinhas magras e de pescoço comprido, e a armação cinzenta de choupo, com buracos no lugar de janelas — o que restou da antiga casa senhorial —, rodeada de moitas de urtiga, erva daninha e absinto, e o tanque negro, coberto de penugem de ganso, com a borda de lama ressequida, como se estivesse em ebulição, e a represa semidestruída, junto à qual, sobre uma terra levemente pisoteada e cinzenta, as ovelhas, mal conseguindo respirar e arquejando de calor, comprimiam-se com tristeza umas contra as outras e, com melancólica paciência, abaixavam a cabeça o máximo possível, como se aguardassem que finalmente terminasse essa canícula insuportável. Com passos cansados, eu me aproximava da moradia de Nikolai Ivánitch, despertando na criançada, como de hábito, um assombro intenso e insano, próximo da estupefação, e, nos cães, uma indignação que se expressava por latidos tão roucos e raivosos, que parecia que suas entranhas estavam se rasgando, e depois eles mesmos acabavam tossindo e ficando esbaforidos, quando, de repente, na soleira do botequim, mostrou-se um mujique alto, sem gorro, de capote frisado, cingido na parte de baixo com uma faixa azul-celeste. Tinha aspecto de criado doméstico; espessos cabelos cinzentos caíam desordenados em seu rosto seco e enrugado. Chamou alguém, agitando, apressado, os braços, que visivelmente estavam se movendo muito mais do que ele desejava. Era óbvio que já vinha bebendo.

— Vamos, vamos! — balbuciava, erguendo com esforço as sobrancelhas espessas. — Vamos, Pisca-Pisca, vamos! Meu irmão, você está se arrastando, para dizer a verdade. Isso não é legal, meu irmão. Todo mundo esperando, e você se arrastando... Vamos.

— Já vou, já vou — soou uma voz trêmula, e, por detrás da isbá, à direita, apareceu um baixinho, gordinho e coxo. Vestia um cafetã de feltro bastante limpo, com uma manga enfiada; um gorro alto e pontiagudo, caído em cima das sobrancelhas, conferia a seu rosto redondo e rechonchudo uma expressão travessa e maliciosa. Seus olhinhos amarelos se mexiam incessantemente, um riso comedido e tenso não lhe saía dos lábios, e o nariz, pontudo e comprido, avançava de forma insolente, como um timão. — Já vou, meu caro — prosseguiu, mancando na direção do estabelecimento de bebidas. — Por que está me chamando?... Quem está me esperando?

— Por que estou chamando? — disse o homem de capote frisado, em tom de reprimenda. — Pisca-Pisca, meu irmão, você é esquisito: é chamado para o botequim e ainda pergunta por quê. Todo mundo que está esperando por você é gente de bem: Iachka[166] Turco, Mestre Selvagem e um empreiteiro de Jizdra. Iachka e o empreiteiro fizeram uma aposta: um vasilhame de cerveja para quem superar o outro, ou seja, cantar melhor... Entendeu?

---

[166] Diminutivo de Iákov. (N. do T.)

Os cantores

— Iachka vai cantar? — perguntou com animação o homem apelidado de Pisca-Pisca. — Não é mentira, Tonto?

— Eu não minto — respondeu Tonto, com dignidade —, quem mente é você. Se apostou, é claro que vai cantar, Pisca-Pisca, que palerma e que velhaco você é!

— Então vamos, bobalhão — replicou Pisca-Pisca.

— Ah, pelo menos me dê um beijo, meu bem — balbuciou Tonto, abrindo largamente os braços.

— Sai para lá, seu Esopo maricas — respondeu Pisca-Pisca, com desprezo, afastando-o com o cotovelo, e ambos cruzaram a porta baixa, curvando-se.

A conversa que eu acabara de escutar despertou fortemente minha curiosidade. Não era a primeira vez que chegavam a meus ouvidos rumores falando de Iachka Turco como o melhor cantor das redondezas, e, de repente, apresentava-se a ocasião de ouvi-lo em competição com outro mestre. Apressei o passo e entrei no estabelecimento.

Provavelmente não são muitos aqueles entre meus leitores que tiveram a ocasião de dar uma espiada em botequins de aldeia; mas onde um caçador não entra? A organização deles é de uma simplicidade extraordinária. Normalmente consistem em um teto escuro e uma isbá branca, dividida em duas por um tabique, que os fregueses não têm direito de cruzar. Nesse tabique, em cima de uma grande mesa de carvalho, é feita uma grande abertura longitudinal. A bebida é servida nessa mesa ou balcão. Garrafas fechadas de diversos tamanhos ficam nas prateleiras, bem diante da abertura. Na parte dianteira da isbá, destinada aos clientes, ficam um banco, dois ou três barris vazios e uma mesa de canto. A maioria dos botequins de aldeia é bem escura, e você quase nunca vai ver em suas paredes de madeira aqueles quadros de cores vivas sem os quais nenhuma isbá pode passar.

Quando entrei no botequim Prijínni, uma frequência bastante numerosa já estava reunida por ali.

Atrás do balcão, geralmente cobrindo quase toda a extensão da abertura, ficava Nikolai Ivánitch, de pé, vestindo uma camisa estampada de chita, e, com um sorriso preguiçoso nas bochechas rechonchudas, ele enchia os copos dos recém-chegados, Pisca-Pisca e Tonto, com a mão gorda e branca; atrás dele, no canto, perto da janela, avistava-se sua mulher, de olhos alertas. No meio do aposento estava Iachka Turco, esbelto, bem-proporcionado, de vinte e três anos, vestindo um cafetã de nanquim azul-celeste de abas longas. Tinha o aspecto de um audaz trabalhador de fábrica e não parecia poder se gabar de uma saúde excelente. As faces cavadas, os grandes olhos cinzentos e intranquilos, o nariz reto de narinas finas e corrediças, a testa branca e fugidia com os cachos loiros claros lançados para trás, os lábios grossos, porém belos e expressivos; todo o seu rosto revelava uma pessoa arrebatada e apaixonada. Estava bastante agitado: piscava os olhos, tinha a respiração irregular, as mãos tremiam como se estivesse febril, e ele realmente estava com febre, aquela febre inquietante e repentina que é tão conhecida dos que falam ou cantam em público. Perto dele havia um homem de quarenta anos, ombros largos, zigomas salientes, testa baixa, estreitos olhos tártaros, nariz pequeno e chato, queixo quadrado e cabelos negros e reluzentes, duros como cerdas. A expressão de seu rosto moreno com laivos de chumbo e especialmente de seus lábios pálidos quase poderia ser chamada de feroz se não fosse tão tranquila e contemplativa. Quase não se movia, limitando-se a olhar lentamente ao redor, como um touro na canga. Trajava uma sobrecasaca gasta com botões lisos de cobre; um velho lenço negro de seda envolvia seu pescoço imenso. Chamavam-no Mestre Selvagem. Bem na frente dele, em um banco embaixo dos ícones, estava sentado o rival de Iachka — o empreiteiro de Jizdra. Era um homem baixo, encorpado, de trinta anos, bexiguento e de cabelo crespo, de nariz obtuso e arrebitado, olhos

Os cantores

castanhos e vivos e barbicha rala. Olhava ao redor com desembaraço, com as mãos embaixo de si, tagarelando sem preocupação e batendo os pés calçados com elegantes botas com orlas. Vestia um fino casaco novo de feltro cinza e gola de belbutina, sob o qual se destacava com nitidez uma camisa escarlate, fortemente abotoada na garganta. No canto oposto, à direita da porta, estava sentado à mesa um mujique com uma *svita*[167] apertada e surrada, com um buraco enorme no ombro. A luz do sol entrava em ralos raios amarelados, atravessando o vidro empoeirado de duas janelinhas, e parecia incapaz de vencer a escuridão habitual do aposento: todos os objetos estavam mal iluminados, como se cobertos de manchas. Em compensação, fazia quase frio, e a sensação de abafamento e calor foi um peso que me caiu dos ombros assim que atravessei a soleira.

Deu para notar que minha chegada, no começo, embaraçou um pouco os fregueses de Nikolai Ivánitch; porém, ao ver que este me cumprimentou como um conhecido, eles sossegaram e não prestaram mais atenção em mim. Pedi cerveja e me sentei no canto, perto do mujique de *svita* rasgada.

— E aí? — gritou subitamente Tonto, bebendo de um só gole um copo de aguardente e acompanhando sua exclamação daqueles estranhos movimentos de braço sem os quais, pelo visto, ele não conseguia proferir palavra. — O que ainda estamos esperando? Vamos começar. E daí? Iacha?...

— Vamos começar, vamos — apoiou Nikolai Ivánitch.

— Comecemos, por favor — disse o empreiteiro, com sangue frio e confiante —, estou pronto.

— Também estou — afirmou Iákov, nervoso.

— Então comecem, rapazes, comecem — disse Pisca--Pisca, com voz fina.

---

[167] Traje longo, utilizado na Ucrânia, na Rússia e em Belarus. (N. do T.)

Contudo, apesar do desejo unanimemente expresso, ninguém começava; o empreiteiro nem levantou do banco. Era como se todo mundo estivesse esperando alguma coisa.

— Comecem! — disse Mestre Selvagem, em tom carrancudo e rude.

Iákov estremeceu. O empreiteiro se levantou, ajustou a cinta e deu uma tossida.

— Quem começa? — perguntou com voz levemente alterada ao Mestre Selvagem, que seguia de pé, imóvel, no meio do aposento, com as pernas grossas bem separadas e os braços possantes enfiados no bolso das bombachas quase até o cotovelo.

— Você, empreiteiro, você — balbuciou Tonto —, você, meu irmão.

Mestre Selvagem fitou-o de soslaio. Tonto soltou um pio fraco, titubeou, lançou um olhar indefinido para o teto, deu de ombros e se calou.

— Vamos tirar a sorte — afirmou Mestre Selvagem, com disposição. — Ponham o vasilhame no balcão.

Nikolai Ivánitch se agachou, ergueu o vasilhame do chão, gemendo, e colocou-o na mesa.

O Mestre Selvagem olhou para Iákov e disse: "Vamos!".

Iákov remexeu os bolsos, sacou uma moeda de dez copeques e marcou-a com os dentes. O empreiteiro tirou do fundo do cafetã uma bolsa nova de couro, desamarrou os cordões sem pressa, colocou uns trocados na mão e escolheu uma moeda nova de dez copeques. Tonto ofereceu seu quepe gasto, esfarrapado e de viseira capenga; Iákov depositou lá sua moeda, e o empreiteiro, a dele.

— Você tira — afirmou Mestre Selvagem, dirigindo-se a Pisca-Pisca.

Pisca-Pisca sorriu, satisfeito, pegou o quepe e se pôs a sacudi-lo com ambas as mãos.

Logo se fez um silêncio profundo: as moedas tiniam de-

Os cantores

bilmente ao bater uma na outra. Olhei ao redor com atenção: todos os rostos exprimiam uma expectativa tensa; até Mestre Selvagem apertou os olhos; meu vizinho, o mujique de *svitka* rasgada, também esticou o pescoço, curioso. Pisca-Pisca enfiou a mão no quepe e tirou a moeda do empreiteiro; todos suspiraram. Iákov ficou vermelho, e o empreiteiro passou a mão no cabelo.

— Bem que eu disse que era você — gritou Tonto —, bem que eu disse.

— Chega, chega, não guinche![168] — observou Mestre Selvagem, com desprezo. — Comece — prosseguiu, apontando para o empreiteiro com a cabeça.

— O que devo cantar? — indagou o empreiteiro, tomado pelo nervosismo.

— O que quiser — respondeu Pisca-Pisca. — Cante o que vier à cabeça.

— Claro, o que quiser — acrescentou Nikolai Ivánitch, passando lentamente a mão no peito. — Ninguém vai mandar nada. Cante o que quiser, mas cante bem; daí vamos decidir de acordo com nossa consciência.

— De acordo com a consciência, evidentemente — corroborou Tolo, lambendo as bordas do copo vazio.

— Irmãos, deixem-me dar uma pigarreada — disse o empreiteiro, deslizando os dedos pela gola do cafetã.

— Ah, ah, chega de embromação, comece! — decidiu Mestre Selvagem, baixando a vista.

O empreiteiro pensou um pouco, sacudiu a cabeça e avançou. Iákov devorava-o com os olhos...

Porém, antes de descrever a competição em si, considero não ser supérfluo dizer algumas palavras sobre cada um dos personagens de meu conto. Eu já conhecia as vidas de

---

[168] Os falcões guincham quando estão com medo. (N. do A.)

alguns deles ao encontrá-los no botequim Prijínni; recolhi posteriormente informações sobre os outros.

Vamos começar pelo Tonto. Seu nome real era Ievgraf Ivanov; contudo, ninguém nas redondezas o chamava de outra forma que não de Tonto, e ele mesmo se denominava assim: pois lhe caía muito bem. De fato, nada podia combinar mais com aqueles traços insignificantes e sempre inquietos. Tratava-se de um criado doméstico pândego e solteirão, cujos patrões de direito haviam abandonado há muito tempo e que, desprovido de emprego e sem receber nem dez copeques de remuneração, encontrara, entretanto, um meio de se esbaldar todo dia às custas dos outros. Tinha muitos conhecidos que o empanturravam de aguardente e de chá sem saber por quê, já que sua companhia não apenas não era divertida, como ainda, pelo contrário, aborrecia a todos com sua tagarelice insensata, impertinência insuportável, movimentos corporais febris e gargalhada incessante e falsa. Não sabia cantar nem dançar; jamais proferira palavra inteligente, nem ao menos útil: só matraqueava e mentia a respeito de tudo: um autêntico Tonto! Contudo, não havia bebedeira em um raio de quarenta verstas sem que sua figura esguia surgisse entre os convivas; já estavam tão habituados a ele que suportavam sua presença, como um mal inevitável. Verdade que o tratavam com desprezo, mas Mestre Selvagem era o único que sabia domar seus rompantes disparatados.

Pisca-Pisca não se parecia em nada com Tonto. O apelido de Pisca-Pisca também combinava com ele, embora não piscasse mais do que os outros; sabe-se que os russos são mestres em dar apelidos. Apesar de meu esforço em descobrir detalhes de seu passado, permaneceram para mim — e provavelmente para muitos outros — manchas escuras em sua vida, lugares, como dizem os eruditos, encobertos pelas trevas profundas do desconhecido. Só fiquei sabendo que chegou a ser cocheiro de uma velha senhora sem filhos, fugiu com a troica que lhe havia sido confiada, passou um ano inteiro fora e, possivelmente persuadido das desvantagens e desgraças da vida errante, regressou, já coxo, atirou-se aos pés da senhora e, em alguns anos de conduta exemplar, reparou seu delito, voltou aos poucos às graças dela, conseguindo finalmente sua completa confiança, chegando a intendente, e, com a morte da patroa, não se sabe como, acabou recebendo a alforria, virou um pequeno-burguês, começou a arrendar melanciais dos vizinhos, enriqueceu e agora tem uma vida folgada. É um homem experiente, sagaz, nem mau nem bom, mas muito circunspecto; trata-se de um sabichão, que conhece as pessoas e sabe se servir delas. É prudente e empreendedor ao mesmo tempo, como uma raposa; tagarela como uma velha, mas nunca dá com a língua nos dentes, e consegue fazer com que o interlocutor diga tudo; a propósito, não dá uma de bobo, como fazem outros espertalhões de sua laia, pois lhe teria sido difícil fingir: nunca vi olhos mais penetrantes e inteligentes que seus olhinhos minúsculos e astutos. Nunca estão simplesmente olhando: tudo espiam e observam. Às vezes Pisca--Pisca fica semanas inteiras refletindo sobre uma empreitada aparentemente simples, daí de repente decide fazer um negócio terrivelmente ousado; parece que vai sair em desabalada carreira... Você olha e deu tudo certo, tudo caminha às mil maravilhas. É sortudo, acredita na sorte, e acredita em presságios. Em geral, é muito supersticioso. Não é amado, pois não se interessa por ninguém, mas é respeitado. Toda a sua família consiste em um único filho, que ele adora, e que, criado por um pai desses, provavelmente vai longe. "Pisca-Pisquinha saiu ao pai", já dizem os velhos a respeito dele, a meia-voz, sentados nos bancos de terra em volta da isbá, quando conversam nas noites de verão; todo mundo entende o que isso quer dizer, e ninguém acrescenta nada.

Não há por que se estender muito a respeito de Iákov Turco e do empreiteiro. Iákov, apelidado Turco porque realmente descendia de uma cativa turca, era de alma um artista, em todas as acepções da palavra, e de profissão, extrator na fábrica de papel de um comerciante; no que tange ao empreiteiro, reconheço que seu destino me permaneceu ignoto, mas ele me pareceu um pequeno-burguês urbano, engenhoso e decidido. Do Mestre Selvagem, contudo, vale a pena falar com mais detalhes.

A primeira impressão que essa pessoa causava em você era a sensação de uma força rude, pesada, porém irresistível. De compleição ele era desajeitado, "taludo", como dizemos por aqui, mas exalava uma saúde inquebrantável, e — coisa estranha — sua figura de urso não era desprovida de certa graça original, proveniente talvez de uma confiança totalmente tranquila em seu próprio poder. Era difícil decidir, da primeira vez, a que classe pertencia esse Hércules; não parecia criado doméstico, nem pequeno-burguês, nem um escriturário empobrecido e sem emprego, nem um membro arruinado da pequena nobreza, bom de caça e de briga: era simplesmente ele mesmo. Ninguém sabia de onde viera para o nosso distrito; diziam que era descendente de um *odnodvóriets* e foi servidor em algum lugar; mas não se sabia nada de taxativo a respeito disso; aliás, por meio de quem é que se iria saber? Não dele mesmo: não havia homem mais calado e soturno. Da mesma forma, ninguém podia dizer de modo taxativo com que meios ele vivia; não exercia ofício algum, não visitava ninguém, não se dava quase com ninguém, mas tinha dinheiro; verdade que era pouco, mas tinha. Portava-se não com modéstia — de modesto não tinha nada —, mas com sossego; vivia como se não reparasse em ninguém ao redor, e decididamente não precisava de ninguém. Mestre Selvagem (esse era seu apelido; o nome verdadeiro era Perevlêssov) exercia uma enorme influência nas redondezas; era obedecido imediatamente e de bom grado, embora não apenas não tivesse direito algum de mandar em quem quer que fosse, como ainda não manifestava a menor pretensão à obediência das pessoas nas quais tropeçava por acaso. Bastava falar e se submetiam a ele; a força sempre se impõe. Quase não tomava bebida alcoólica, não se relacionava com mulheres e tinha paixão pelo canto. Naquele homem havia muito de enigmático; parecia que forças colossais repousavam sombriamente dentro dele, como se soubessem que, uma vez que se erguessem, que recobrassem a liberdade, elas teriam que destruí-lo e a tudo que com ele entrasse em contato; estarei redondamente enganado se uma irrupção dessas não tiver ocorrido na vida desse homem, se ele, depois de aprender com a experiência e de escapar por um triz da destruição, não tiver decidido controlar a si mesmo de modo inflexível, com mão de ferro. Causou-me especial espanto sua mescla de uma certa ferocidade inata, natural, e uma nobreza também inata; mescla essa que não encontrei em mais ninguém.

Assim, o empreiteiro avançou, fechou os olhos pela metade e se pôs a cantar com um falsete alto. Sua voz era bem agradável e doce, embora algo roufenha; ele brincava e jogava com a voz, como um pião, fazia trinados sem parar, ia de cima para baixo na escala e voltava incessantemente para os agudos, que segurava e prolongava com cuidado especial, calando-se para de repente retomar a melodia inicial com uma audácia fanfarrona e arrebatada. Suas modulações às vezes eram bastante ousadas, às vezes bastante divertidas: teriam dado grande satisfação a um conhecedor e deixado um alemão indignado. Era um *tenore di grazia* russo, um *ténor léger*.[169] Cantava uma canção alegre e de dança, cuja letra, conforme pude captar entre as infindáveis ornamentações, acréscimos harmoniosos e exclamações, era a seguinte:

---

[169] Ambas as expressões (a primeira italiana, a segunda francesa) designam um tenor bastante agudo e de voz leve. (N. do T.)

Vou lavrar, minha jovem, jovenzinha,
Uma terrinha pequenina;
Vou plantar, minha jovem, jovenzinha,
Uma florzinha escarlate.[170]

Ele cantou; todos o escutaram com grande atenção. Pelo visto, sentiu que estava lidando com gente versada, e por isso deu o sangue, como se diz. De fato, nas nossas paragens todos são peritos em canto, e não é por acaso que a aldeia Sérguievskoie, na grande estrada de Oriol, ficou célebre em toda a Rússia por suas vozes agradáveis e harmoniosas. O empreiteiro cantou por muito tempo, sem despertar grande interesse em seus ouvintes; o acompanhamento do coro fazia-lhe falta; por fim, em uma modulação particularmente bem-sucedida, que fez até Mestre Selvagem sorrir, Tonto não se conteve e gritou de satisfação. Todos se agitaram. A meia-voz, Tonto e Pisca-Pisca começaram a apoiar, acompanhar, gritar: "Força!... Dá-lhe, patife!... Dá-lhe, estique, seu monstro! Estique mais! Pegue fogo, seu cachorro, seu cão!... Herodes vai levar a sua alma!" etc. Detrás do balcão, Nikolai Ivánitch aprovava, meneando a cabeça para a direita e para a esquerda. Tonto, por fim, pôs-se a bater os pés, mexer as pernas e sacudir os ombros, enquanto os olhos de Iákov se inflamaram como carvão; ele tremia todo, como uma folha, e ria sem parar. Só Mestre Selvagem não alterava o semblante e continuava parado no lugar, como antes; porém, o seu olhar, fixo no cantor, suavizou-se um pouco, embora a expressão dos lábios permanecesse de desprezo. Animado pelos sinais de

---

[170] Canção popular russa amplamente difundida e com melodia de dança, mais conhecida como "Vou plantar, minha jovem, jovenzinha". A melodia foi utilizada por Tchaikovski no final de sua Sinfonia n° 1. (N. da E.)

satisfação geral, o empreiteiro virou um turbilhão e começou a fazer espirais, a trinar e tamborilar com a língua, a brincar freneticamente com a garganta, de tal forma que, quando finalmente, cansado, pálido e banhado de suor quente, ele emitiu, jogando o corpo inteiro para trás, seu derradeiro brado evanescente, a resposta foi uma gritaria total e generalizada, em uma explosão frenética. Tonto lançou-se ao pescoço dele e começou a sufocá-lo com seus braços longos e ossudos; o rosto gordo de Nikolai Ivánitch ganhou cor, rejuvenescendo; Iákov gritava como doido: "Bravo, bravo!". Nem o meu vizinho, o mujique de *svita* rasgada, se conteve, e, batendo na mesa com o punho, gritou: "Aha! Muito bem! O diabo que lhe carregue! Muito bem!", e deu uma cuspida resoluta de lado.

— Muito bem, meu irmão, que beleza — gritou Tonto, sem liberar o extenuado empreiteiro de seus abraços —, foi uma beleza, não há o que dizer! Já ganhou, meu irmão, já ganhou! Parabéns; o vasilhame é seu! Iachka ficou muito para trás... É o que digo: para trás... Pode crer! (E voltou a estreitar o empreiteiro contra o peito.)

— Deixe-o em paz; deixe-o, seu inoportuno... — disse Pisca-Pisca, irritado. — Deixe-o sentar no banco; veja como ele está cansado... Você é um imbecil, meu irmão, um imbecil! Grudou nele que nem carrapato!

— Tudo bem, ele vai se sentar, e eu vou beber à sua saúde — disse Tonto, indo até o balcão. — Por sua conta, irmão — acrescentou, dirigindo-se ao empreiteiro.

Este aprovou com a cabeça, sentou-se no banco, tirou um lenço do gorro e começou a enxugar o rosto; já Tonto entornou um copo com pressa e sofreguidão e, como acontece com os bêbados contumazes, grasnou e assumiu um aspecto triste e preocupado.

— Você canta bem, meu irmão, canta bem — observou Nikolai Ivánitch, em tom carinhoso. — Agora é a sua vez,

288   Memórias de um caçador

Iacha: vamos, não tenha medo. Vamos ver quem é quem, vamos ver... Meu Deus, mas esse empreiteiro canta bem.

— Bem demais — observou a mulher de Nikolai Ivánitch, olhando para Iákov com um sorriso.

— Bem sim! — respondeu meu vizinho, a meia-voz.

— Ah, esse homem do mato é ardiloso![171] — começou a berrar subitamente Tonto e, aproximando-se do mujique com um buraco no ombro, apontou para ele com o dedo, pôs-se a saltar e rebentou com uma gargalhada tilintante. — Homem do mato! Homem do mato! Rá, bah, bora,[172] seu ardiloso! O que o trouxe aqui, ardiloso? — gritava em meio ao riso.

O pobre mujique ficou perturbado, e já se preparava para se levantar e partir o quanto antes quando subitamente se ouviu a voz de cobre do Mestre Selvagem:

— Mas que animal intragável é esse? — disse, rangendo os dentes.

— Nada não — balbuciou Tonto —, nada, não... eu só...

— Então se cale! — retrucou Mestre Selvagem. — Iákov, comece!

Iákov levou a mão à garganta.

— Olhe, meu irmão, aqui... tem alguma coisa... Hum... Verdade, não sei o que é...

— Chega, coragem. Que vergonha!... Por que fica com rodeios?... Cante como Deus manda.

[171] "Homem do mato" é o nome que se dá aos habitantes da Poléssia meridional, uma longa faixa de floresta que começa na fronteira dos distritos de Bólkhov e Jizdra. Distinguem-se por muitas particularidades no modo de vida, costumes e língua. São chamados de ardilosos devido a seu caráter desconfiado e tenso. (N. do A.)

[172] Depois de quase cada palavra os polessianos acrescentam as exclamações "rá!" e "bah!". Dizem "bora" em vez de "vamos". (N. do A.)

Os cantores

E Mestre Selvagem baixou a cabeça, esperando.

Iákov fez silêncio, olhou ao redor e tapou o rosto com as mãos. Todos o devoravam com os olhos, especialmente o empreiteiro, em cujo rosto, por detrás da habitual confiança e alegria com o êxito, surgira uma leve inquietude involuntária. Encostou na parede e voltou a colocar ambas as mãos embaixo de si, mas sem balançar mais as pernas. Quando Iákov finalmente descobriu o rosto, estava pálido como um morto; era escasso o brilho dos olhos sob os cílios abaixados. Respirou profundamente e se pôs a cantar... O primeiro som de sua voz foi fraco e desigual, e não parecia vir do peito, mas proceder de algum lugar distante e ter entrado no aposento por acaso. Aquele som trêmulo e vibrante teve um efeito estranho em todos nós; entreolhamo-nos, e a mulher de Nikolai Ivánitch se aprumou. A esse primeiro som seguiu-se um outro, mais firme e prolongado, mas ainda de um tremor evidente, como a última vibração efêmera de uma corda ao receber o toque brusco de dedos fortes; depois do segundo som veio um terceiro, e, aquecida e alargada, a voz entoou a melancólica canção "Não havia um caminho nos campos". Ao cantar, ele nos trazia doçura e horror. Reconheço ter ouvido poucas vezes uma voz daquelas: era levemente quebrada e parecia uma taquara rachada; no começo, tinha até um sabor doentio; contudo, nela havia uma paixão profunda e autêntica, uma juventude, uma força, uma doçura e uma espécie de aflição triste, fascinante e negligente. A verdadeira alma russa, ardente, soava e respirava nela, e, dessa forma, tocava nossos corações, tocava direto essas cordas russas. A canção crescia, se derramava. Iákov fora visivelmente tomado pelo êxtase: não estava mais acanhado, entregando-se por completo à felicidade; a voz não balançava mais — ela tinha um tremor que era aquele tremor interno da paixão, quase imperceptível, que se crava como uma flecha na alma dos ouvintes, e ia ficando cada vez mais forte, mais firme e mais ampla. Lembro-me de ter visto uma vez, à tarde, na hora da maré baixa, à margem plana e arenosa de um mar que rugia, ameaçador e pesado, ao longe, uma grande gaivota branca: imóvel, ela oferecia o peito sedoso ao resplendor escarlate do crepúsculo, para só de vez em quando abrir lentamente as asas compridas ao encontro do mar familiar, ao encontro do sol baixo e rubro; lembrei-me dela ao ouvir Iákov. Ele cantava, de todo esquecido de seu rival e de todos nós, mas visivelmente levado por nosso interesse silencioso e apaixonado, como um bravo nadador pelas ondas. Cantava, e cada som de sua voz irradiava algo íntimo e infinitamente amplo, como se uma estepe familiar se abrisse diante de nós, perdendo-se no horizonte infinito. Sentia meu coração em ebulição e lágrimas subirem aos olhos; soluços surdos e reprimidos me surpreenderam de repente... Olhei em volta, e a mulher do taberneiro estava chorando com o peito apoiado na janela. Iákov lançou-lhe um olhar rápido e se pôs a cantar de modo ainda mais sonoro e mais doce do que antes; Nikolai Ivánitch baixou os olhos, Pisca-Pisca se virou; Tonto, completamente enternecido, mantinha a boca aberta de forma estúpida; o mujique rude soluçava baixinho no canto, balançando a cabeça com um murmúrio de amargura; e, por cima do rosto de ferro do Mestre Selvagem, debaixo das sobrancelhas totalmente caídas, rolava devagar uma lágrima pesada; o empreiteiro ergueu o punho cerrado até a testa e ficou imóvel... Não sei no que ia dar essa angústia generalizada se Iákov não tivesse concluído de súbito, com um som alto e extraordinariamente fino, como se a voz se rompesse. Ninguém gritou, nem se mexeu; era como se todo mundo esperasse o que ele ainda fosse cantar; ele, porém, abriu os olhos, como se estivesse espantado com nosso silêncio, lançou a todos um olhar de interrogação e viu que a vitória era sua...

— Iacha — disse Mestre Selvagem, colocando a mão em seu ombro e se calando.

Estávamos todos entorpecidos. O empreiteiro se levantou calmamente e foi até Iákov. "Você... é sua... você ganhou", disse por fim com dificuldade, e se precipitou para fora do aposento.

Aquele movimento rápido e decidido como que rompeu o encanto: de repente, todo mundo começou a falar alto e com alegria. Tonto pulava, murmurava e mexia os braços como se fossem as pás de um moinho; Pisca-Pisca, mancando, aproximou-se de Iákov e se pôs a beijá-lo; Nikolai Ivánitch levantou-se e declarou solenemente que acrescentaria mais um vasilhame de cerveja por sua conta; Mestre Selvagem pôs-se a rir um riso tão bom como eu jamais esperei encontrar em seu rosto; o mujique rude volta e meia repetia em seu canto, esfregando com ambas as mangas os olhos, faces, nariz e barba: "Ai, que bom, meu Deus, que bom, sou o filho de uma cadela se ele não é bom!", e a mulher de Nikolai Ivánitch, totalmente enrubescida, levantou-se rapidamente e se retirou. Iákov se deleitava com seu triunfo como uma criança; seu rosto se transfigurara por inteiro; seus olhos tinham um brilho especial de felicidade. Arrastaram-no até o balcão; ele chamou o mujique rude, que se debulhara em pranto, mandou o filho do taberneiro ir atrás do empreiteiro que, contudo, não foi encontrado, e o festim teve início. "Você vai cantar de novo, você vai ficar cantando para nós até a noite", repetia Tonto, erguendo alto os braços.

Dei mais uma olhada em Iákov e saí. Não queria ficar; temia estragar minha impressão. Mas o calor estava tão insuportável quanto antes. Ele pairava sobre a terra como uma camada espessa e pesada; no céu azul-escuro pareciam girar fagulhas miúdas e luminosas entre uma poeira finíssima e quase negra. Tudo era silêncio; havia algo de desesperado e esmagador naquele silêncio profundo da natureza extenuada. Cheguei a um palheiro e me deitei na erva recém-cortada, porém já quase seca. Fiquei muito tempo sem conseguir dormir; a voz irresistível de Iákov seguiu ressoando longamente nos meus ouvidos... Por fim, o calor e o cansaço fizeram sua parte, e dormi o sono dos mortos. Ao acordar, tudo já estava escuro; a erva espalhada ao redor exalava um cheiro forte e logo ficou úmida; por entre as varas finas do teto entreaberto, estrelas pálidas cintilavam debilmente. Saí. O crepúsculo já se extinguira há tempos, e mal dava para ver no horizonte seus últimos traços brancos; contudo, no ar que fora incandescente até pouco tempo atrás sentia-se, por entre o frescor da noite, que algum calor ainda restava, e o peito ficava ansioso por um sopro frio. Não havia vento, nem nuvem; ao redor, o céu permanecia completamente limpo, escuro e transparente, com estrelas incontáveis, porém quase invisíveis, brilhando em silêncio. Luzinhas faiscavam na aldeia; do botequim próximo e fortemente iluminado vinha um alarido confuso e vago, em meio ao qual pareceu-me reconhecer a voz de Iákov. Uma explosão de riso violento erguia-se de lá de tempos em tempos. Fui até a janelinha e encostei o rosto no vidro. Vi um quadro triste, embora colorido e vivo: estava todo mundo bêbado — todo mundo, a começar por Iákov. Com o peito nu, ele estava sentado em um banco, cantando uma canção de dança de rua com uma voz roufenha, dedilhando e beliscando preguiçosamente as cordas de um violão. Tufos molhados de cabelo caíam em cima de seu rosto terrivelmente pálido. No meio do botequim, Tonto, completamente "desequilibrado" e sem cafetã, dançava pulando em frente ao mujique de casaco acinzentado; o mujique, por seu turno, batia e arrastava com dificuldade os pés debilitados e, rindo ensandecido através da barba eriçada, agitava um braço de vez em quando, como se quisesse dizer: "vamos lá!". Nada podia ser mais ridículo que seu rosto; por mais que erguesse as sobrancelhas, as pálpebras pesadas não queriam se levantar, e jaziam sobre seus quase imperceptíveis porém dulcíssimos olhinhos de peixe morto. Encontrava-se naquela

Os cantores

situação agradável da pessoa que está completamente embriagada, quando qualquer passante, ao olhar para a cara dela, necessariamente diz: "Está ótimo, meu irmão, ótimo!". Pisca-Pisca, vermelho como um pimentão, e com as narinas amplamente dilatadas, sorria com mordacidade em seu canto; só Nikolai Ivánitch, como é adequado a um taberneiro de verdade, mantinha seu inalterável sangue-frio. Muitos rostos novos se aglomeravam no aposento, mas não avistei Mestre Selvagem.

Voltei-me e, com passos rápidos, pus-me a descer a colina na qual está Kolotovka. No sopé da colina se estende uma vasta planície; submersa nas brumosas ondas da neblina noturna, ela parecia ainda mais infinita, como se se fundisse com o céu a escurecer. Avancei a passos largos pelo caminho ao largo da ribanceira, quando de repente, em algum lugar ao longe, na planície, ouviu-se a voz sonora de um menino. "Antropka! Antropka-a-a!...", gritava, com desespero obstinado e choroso, prolongando bastante a última sílaba.

Calou-se por alguns instantes e voltou a gritar. Sua voz sonora se propagava pelo ar imóvel e levemente sonolento. Ele gritou o nome de Antropka pelo menos umas trinta vezes, até que de repente, da extremidade oposta da clareira, como se fosse de outro mundo, veio uma resposta quase inaudível:

— O que é-é-é-é?

Uma voz de menino imediatamente soou, gritando com alegre exasperação:

— Venha cá, silvano dos diabo-o-os!

— Por quê-ê-ê-ê? — o outro respondeu depois de muito tempo.

— Porque o papai quer te bate-e-er — gritou a primeira voz, apressada.

A segunda voz parou de gritar, e o menino voltou a chamar Antropka. Seus brados, cada vez mais ralos e fracos, ainda alcançavam meus ouvidos quando já estava completamente escuro e eu contornava a orla do bosque que rodeava a minha aldeia e ficava a quatro verstas de Kolotovka...

"Antropka-a-a!", tive a impressão de ainda ouvir no ar cheio de sombras da noite.

PIOTR PETRÓVITCH KARATÁIEV

Há cinco anos, no outono, na estrada de Moscou para Tula, aconteceu-me de ficar quase um dia inteiro em uma casa de posta devido à falta de cavalos. Eu regressava de uma caçada, e cometi a imprudência de mandar minha troica na frente. O chefe da estação, um homem velho, carrancudo, com os cabelos caindo em cima do nariz e pequenos olhos sonolentos, que respondia a todas as minhas queixas e pedidos com resmungos entrecortados, bateu a porta com irritação, como se amaldiçoasse o seu emprego e, saindo à varanda, ralhou com os postilhões que ou se arrastavam lentamente no lodo com arcos muito pesados na mão, ou estavam sentados no banco, bocejando e se coçando, sem prestar especial atenção aos irados gritos de seu superior. Eu já tinha tomado chá umas três vezes, tentara dormir em algumas ocasiões, lera todas as inscrições das janelas e das portas: um terrível tédio me atormentava. Contemplava com exasperação fria e desesperada os varais erguidos do meu tarantás,[173] quando de repente soou uma sineta, e uma pequena telega, atrelada a três cavalos extenuados, parou na frente da varanda. O recém-chegado saltou da telega e entrou no aposento aos gritos de "Cavalos, rápido!". Enquanto ele, com a surpresa e estranhamento de praxe, ouvia o chefe da estação responder que não tinha cavalos, consegui, com a ávida

[173] Carruagem rústica de quatro rodas. (N. do T.)

curiosidade de um entediado, examinar meu novo camarada com um olhar da cabeça aos pés. Parecia ter uns trinta anos. A varíola deixara traços indeléveis em seu rosto seco, amarelado, com desagradáveis reflexos de cobre; os longos cabelos, de um preto azulado, caíam em anéis por detrás da gola, enrolando-se na frente em suas arrojadas têmporas; os olhinhos, pequenos e inchados, fitavam sem expressão; uns pelinhos despontavam no lábio superior. Estava vestido como um fazendeiro dissoluto, frequentador de feiras de cavalos, com um *arkhaluk*[174] colorido e bem sujo, uma gravata de seda lilás desbotada, um colete com botões de cobre e pantalonas cinza com bocas imensas, debaixo das quais se entreviam as pontinhas de umas botas mal engraxadas. Exalava um cheiro forte de tabaco e vodca; em seus dedos vermelhos e gordos, cobertos quase totalmente pelas mangas do *arkhaluk*, viam-se anéis de prata e bronze de Tula. Gente assim você encontra na Rússia não às dúzias, mas às centenas; para dizer a verdade, não dá nenhum prazer conhecê-la; contudo, apesar da prevenção com que encarei o recém-chegado, não tive como não reparar na expressão de bondade despreocupada e paixão de seu rosto.

— Esse senhor está esperando há mais de uma hora — disse o chefe da estação, apontando para mim.

"Mais de uma hora!" O canalha estava tirando sarro da minha cara.

— Bem, mas talvez ele não esteja tão necessitado — respondeu o recém-chegado.

— Meu senhor, isso nós não temos como saber — disse o chefe da estação, soturno.

— Então não há mesmo o que fazer? Não tem cavalo de jeito nenhum?

---

[174] Casaco usado no Cáucaso até a década de 1920. (N. do T.)

— Não há o que fazer, senhor. Não temos nenhum cavalo.

— Bem, então mandem que me preparem o samovar. Se não dá para fazer nada, vamos esperar.

O recém-chegado se sentou no banco, jogou o quepe na mesa e passou a mão nos cabelos.

— O senhor já tomou chá? — perguntou-me.

— Já.

— Não tomaria de novo para fazer companhia?

Concordei. O grande samovar ruivo veio à mesa pela quarta vez. Saquei uma garrafa de rum. Não me enganei ao achar que meu interlocutor era da pequena nobreza. Ele se chamava Piotr Petróvitch Karatáiev.

Conversamos. Não havia se passado nem meia hora de sua chegada e ele já me havia contado toda a sua vida, com a maior bondade e franqueza.

— Agora estou indo para Moscou — disse-me, tomando o quarto copo. — Não tenho mais o que fazer no campo.

— Como assim?

— Assim mesmo. Reconheço que acabei com a fazenda, arruinei os mujiques; foram anos ruins: más colheitas, sabe, e desgraças diversas... Sim, e além disso — acrescentou, olhando para o lado com tristeza —, que belo patrão eu sou!

— Por quê?

— Ah — interrompeu-me —, nem sou um patrão! Mas veja — prosseguiu, virando a cabeça e fumando o cachimbo com afinco —, o senhor, olhando para mim, poderia pensar que eu sou um desses... só que devo reconhecer que recebi uma educação medíocre; não havia os meios. Perdoe-me, sou um homem franco, e finalmente...

Não terminou a frase e fez um gesto com a mão. Pus-me a lhe assegurar que estava enganado, de que eu estava muito feliz com nosso encontro etc., e depois notei que, para administrar uma propriedade, não parecia ser necessária uma educação muito elevada.

— Concordo — respondeu —, concordo com o senhor. O que é necessário é um estado de espírito especial! Tem gente que é depenada e aceita bem! Só que eu... Perdoe-me perguntar, o senhor é de Píter ou de Moscou?

— Sou de São Petersburgo.

Expeliu um longo jato de fumaça pelas narinas.

— Estou indo servir em Moscou.

— Onde o senhor tenciona trabalhar?

— Não sei; onde der. Devo reconhecer que tenho medo do serviço: você imediatamente tem responsabilidades. Sempre vivi no campo; sabe, estou acostumado... mas não tem o que fazer... a necessidade! Ah, sim, é a necessidade!

— Em compensação, o senhor vai morar na capital.

— Na capital... Só que eu não sei o que tem de bom na capital. Vamos ver, talvez ela seja boa... Mas eu acho que não pode existir nada melhor do que o campo.

— E o senhor não pode mesmo viver mais no campo?

Suspirou.

— Não. Minha terra não me pertence mais.

— Por quê?

— Um bom homem, um vizinho, levou-a... uma letra de câmbio...

O pobre Piotr Petróvitch passou a mão na cara, pensou e sacudiu a cabeça.

— Ah, é isso! Mas admito — acrescentou, depois de breve silêncio — que não devo censurar ninguém, o culpado sou eu mesmo. Eu adorava farrear! O diabo que me carregue, eu adoro farrear!

— Sua vida no campo era feliz? — perguntei.

— Meu senhor — respondeu, pausadamente, fitando-me nos olhos —, eu tinha doze parelhas de galgos, uns galgos que vou te contar, eram raros. (Proferiu a última palavra de modo arrastado.) Pegavam as lebres na hora, e para perseguir a raposa vermelha eram umas serpentes, umas áspides. E eu também podia me gabar dos meus corcéis. Agora já é tudo coisa do passado, não tenho por que mentir. Eu caçava de espingarda. Tinha uma cadela, a Condessa; era de uma firmeza excepcional, de faro superior, nada lhe escapava. Às vezes eu ia até o pântano e dizia: pega! Se ela não pegasse, você podia voltar com uma dúzia de cães e procurar, que não ia encontrar nada! Em compensação, se ela pegasse, podia até cair morta no lugar de tão feliz! E em casa era tão educada! Se você lhe oferecesse um pão com a mão esquerda e dissesse "um judeu comeu", ela não aceitava; mas se oferecesse com a direita e dissesse "uma senhorita mordeu", daí ela aceitava na hora e comia. Eu também tinha uma cria dela, um filhote excelente, que eu queria levar para Moscou, mas que um amigo requisitou junto com a espingarda, dizendo: "meu irmão, em Moscou essas coisas não vão ter serventia; lá sua vida vai ser completamente diferente". Eu lhe entreguei a cria e a espingarda, e tudo ficou para trás.

— Mas o senhor poderia caçar em Moscou.

— Não, para quê? Já que eu não soube conservar, agora tenho que aguentar. Melhor que o senhor me diga, por favor, se a vida em Moscou é cara.

— Não, não muito.

— Não muito? E me conte, por favor, se há ciganos em Moscou.

— Ciganos? Como?

— Desses que tem nas feiras.

— Sim, em Moscou...

— Ah, que bom. Eu adoro ciganos, que diabos, adoro...

E os olhos de Piotr Petróvitch cintilaram com uma alegria audaz. Entretanto, virou-se de repente no banco, depois matutou, baixou a cabeça e me estendeu o copo vazio.

— Dê-me seu rum — disse.

Piotr Petróvitch Karatáiev

— Mas o chá acabou.

— Tudo bem, vai assim, sem chá... Ah!

Karatáiev apoiou a cabeça nas mãos e colocou os cotovelos na mesa. Contemplei-o em silêncio, aguardando aquelas exclamações sentidas e até mesmo as lágrimas nas quais os bêbados são tão pródigos, mas, quando ele ergueu a cabeça, devo reconhecer ter ficado surpreso com a expressão de profunda tristeza em seu rosto.

— O que o senhor tem?

— Nada, meu senhor... Lembrei-me de uma coisa antiga. Uma piada... Eu poderia contar, mas tenho receio de incomodá-lo...

— Por favor!

— Sim — prosseguiu, com um suspiro —, acontece cada coisa... Por exemplo, como aconteceu comigo. Bem, se o senhor quiser, eu conto. Aliás, não sei...

— Conte, meu caro Piotr Petróvitch.

— Pois seja, só que talvez... Veja bem — começou —, em verdade eu não sei...

— Basta, meu caro Piotr Petróvitch.

— Pois seja. Veja o que me ocorreu. Eu vivia no campo... De repente, tomei gosto por uma moça, ah, que moça era aquela... Linda, inteligente, e como era boa! Chamava-se Matriona. Era uma moça simples, ou seja, o senhor entende, uma serva, uma simples criada. Mas não pertencia a mim, e sim a outra pessoa — eis a desgraça. Bem, eu me apaixonei — de verdade, meu senhor, é uma piada —, e ela também. Daí Matriona começou a me pedir que eu a comprasse de sua senhora; e eu mesmo já vinha pensando nisso... E a senhora dela era rica, uma velha horrível; morava a quinze verstas de mim. Bem, num belo dia, mandei atrelar à minha *drójki* uma troica — no meio ia o meu esquipador, um asiático extraordinário, que por isso tinha o nome de Lampardós —, vesti minha melhor roupa e fui até à patroa de Matriona. Cheguei: era

302 Memórias de um caçador

uma casa grande, com várias alas, com jardim... Matriona me esperava em uma curva, com vontade de falar comigo, mas só me beijou a mão e saiu de lado. Entrei na antessala e chamei: "Ó de casa...". Um lacaio alto me disse: "Como devo anunciá-lo?". Eu disse: "Meu irmão, anuncie o proprietário Karatáiev, que veio tratar de negócios". O lacaio saiu; esperei e pensei: o que vai ser? A malandra vai me arrebentar, vai pedir um preço extorsivo, apesar de ser rica. É capaz de pedir uns quinhentos rublos. Daí finalmente o lacaio voltou e disse: "Por favor". Adentrei a sala de visitas. Uma velhinha amarelada estava sentada na poltrona, piscando os olhos. "O que deseja?" Sabe, inicialmente pensei que seria necessário declarar que era um prazer conhecê-la. "O senhor está enganado, eu não sou a proprietária daqui, sou uma parente... O que deseja?" Observei que precisava falar com a proprietária. "Mária Ilínitchna não está recebendo hoje: ela não está bem de saúde... O que deseja?" Não há o que fazer, pensei comigo mesmo, e expliquei-lhe minha situação. A velha me ouviu. "Matriona? Que Matriona?" — "Matriona Fiódorovna, filha de Kulik." — "A filha de Fiódor Kulik... E como o senhor a conheceu?" — "Por acaso." — "E ela sabe das suas intenções?" — "Sim." A velha se calou. "Vou ensinar aquela imprestável!..." Reconheço que fiquei espantado. "Mas o que é isso, tenha dó!... Estou pronto a pagar por ela a soma que a senhora se dignar a estipular." A velha bruxa começou a resmungar. "Que bela surpresa o senhor veio inventar: como se a gente precisasse muito do seu dinheiro!... Vou dar um jeito nela, ah vou... Vou tirar essa minhoca da cabeça dela." A velha tossiu de raiva. "Então ela não está bem aqui?... Ah, essa diaba, que Deus me perdoe!" Confesso que não me contive. "Por que a senhora está ameaçando a pobre moça? Qual é a culpa dela?" A velha fez o sinal da cruz. "Nosso Senhor Jesus Cristo! Será que eu não sou livre para com os meus servos?" — "Mas ela não é sua!" — "Bem, quem sabe disso é Mária Ilínitchna; não é da sua conta, meu pai; e eu vou mostrar a Matriochka[175] de quem ela é serva." Reconheço que estive a ponto de me atirar em cima da maldita velha, mas me lembrei de Matriona e recolhi os braços. Fiquei tão acanhado que nem tenho como contar; pus-me a suplicar à velha: "Pegue o que quiser". — "O que ela é para o senhor?" — "Estou apaixonado, minha mãe; coloque-se no meu lugar... Permita-me que beije a sua mão." E eu beijei a mão da danada! "Bem — resmungou a bruxa —, vou falar com Mária Ilínitchna; vai ser o que ela quiser; o senhor volte em dois dias." Fui para casa muito preocupado. Comecei a desconfiar que havia conduzido mal o assunto, que fora inútil dar a conhecer meus sentimentos, e percebi tarde demais. Dois dias depois eu me dirigi à senhora. Conduziram-me a seu gabinete. Um monte de flores, mobiliário excelente, a própria sentada em uma poltrona estranha, com a cabeça inclinada para trás, apoiada em uma almofada; a parente também estava sentada, e também uma senhorita de vestido verde, loira aguada, de boca torta, que devia ser dama de companhia. A velha disse, fanhosa: "Sente-se, por favor". Sentei-me. Ela começou a me interrogar sobre a minha idade, onde tinha servido, o que pretendia fazer, tudo de modo altaneiro e solene. Respondi minuciosamente. A velha pegou um lenço da mesa e o agitou repetidamente diante de si... "Katerina Kárpovna me informou de suas intenções, disse; mas eu estabeleci a regra de não alforriar meus servos. É indecoroso, não combina com uma casa em ordem: é a desordem. Já tomei minhas providências, e o senhor não tem mais por que se incomodar", disse. — "Não é incômodo, perdão... A senhora precisa tanto de Matriona Fiódorovna?" — "Não, não preciso", disse. — "Então por que a senhora não a cede para

---

[175] Diminutivo de Matriona. (N. do T.)

mim?" — "Porque não quero; não quero, e isso é tudo. Já tomei minhas providências: ela vai ser alocada em uma aldeia da estepe", disse. Era como se um trovão tivesse me atingido. A velha disse umas palavras em francês à senhorita de verde, que saiu. "Sou uma mulher de princípios rígidos", disse, "e minha saúde é frágil; não posso suportar perturbações. O senhor ainda é jovem, e eu, como velha, estou no direito de lhe dar conselhos. Não seria melhor o senhor conseguir uma colocação, casar-se, procurar um bom partido? Noivas ricas são raras, mas é possível encontrar uma moça pobre, porém de boa moral." Olhe, eu fitei a velha sem entender seus disparates; ouvi que estava falando de matrimônio, mas a aldeia da estepe não saía dos meus ouvidos. Casar! Que diabo!

O narrador subitamente se deteve e olhou para mim.

— O senhor não é casado?

— Não.

— Claro, é evidente. Não me contive: "Perdão, minha mãe, que palavrório é esse? Que história é essa de casamento? Só desejo saber da senhora se vai me ceder a moça Matriona ou não". A velha começou a se lamuriar. "Ai, como ele está me perturbando! Ai, façam-no sair! Ai!..." A parente se aproximou dela e passou a gritar comigo. E a velha gemia o tempo todo: "Como fui merecer isso?... Não sou mais a senhora em minha própria casa? Ai, ai!". Apanhei meu gorro e saí feito um louco.

— Talvez — prosseguiu o narrador — o senhor me condene por ter me ligado de maneira tão forte a uma moça de classe baixa; não tenho a intenção de me justificar... foi o que aconteceu!... Creia-me, eu não tinha sossego nem de noite, nem de dia... Eu sofria! Porque achava que tinha arruinado uma moça infeliz! Às vezes eu pensava nela de túnica, correndo atrás dos gansos, maltratada por ordem da patroa, aguentando o estaroste, um mujique de botas de alcatrão que a cumulava de palavrões, e me cobria de um suor frio. Daí não aguentei, apurei para qual aldeia ela tinha sido mandada, montei e me encaminhei para lá. Só cheguei no dia seguinte, à tarde. Pelo visto, não esperavam um escândalo desses de minha parte, e não deram nenhuma ordem a meu respeito. Fui direto até o estaroste, como se fosse um vizinho; entrei no pátio e vi: Matriona estava sentada na varanda, apoiada nas mãos. Ia gritar, mas eu a ameacei com o dedo e apontei para o quintal, para o campo. Entrei na isbá; bati um papo com o estaroste, contei-lhe milhões de mentiras, aproveitei a ocasião e fui atrás de Matriona. A coitada se pendurou no meu pescoço. A minha pombinha estava mais magra e mais pálida. Olhe, eu disse o seguinte: "Não é nada, Matriona; não é nada, não chore", mas eu mesmo vertia lágrimas e mais lágrimas... Contudo, por fim, fiquei com vergonha; disse-lhe: "Matriona, as lágrimas não vão resolver nossos problemas, mas veja: temos que agir com determinação, como se diz; você tem que fugir comigo; é isso que temos que fazer". Matriona ficou petrificada... "Não é possível! Vai ser o meu fim, vão acabar comigo!" — "Sua boba, quem vai encontrá-la?" — "Vão me encontrar, vão me encontrar, sem dúvida. Muito obrigado, Piotr Petróvitch, jamais vou me esquecer do seu carinho, mas agora me deixe; meu destino é esse." — "Matriona, ei, Matriona, eu achava que você fosse uma moça de caráter." E ela realmente tinha muito caráter... e que alma, uma alma de ouro! "Por que você vai ficar aqui? Dá na mesma; pior não vai ficar. E me conte: você já provou os punhos do estaroste, não?" Matriona ficou vermelha, e seus lábios tremiam. "Não vão deixar minha família em paz por minha causa." — "Ah, a sua família... Vai ser deportada?" — "Sim; meu irmão vai ser deportado com certeza." — "E o seu pai?" — "Ah, meu pai não vai ser deportado; é o único bom alfaiate que temos." — "Pois veja: o seu irmão não vai morrer disso." Creia-me, custou muito convencê-la; e ela ainda inventou de dizer que eu é que ia responder por tudo aquilo...

"Mas isso não é problema seu...", eu disse. Contudo, finalmente eu a levei embora... não dessa vez, mas em outra: cheguei de telega numa noite e a levei.

— Levou?

— Levei... Instalei-a na minha casa. Minha casinha era pequena, a criadagem era pouca. Digo sem rodeios que o meu pessoal me respeitava; não me trairiam por recompensa nenhuma. Comecei a levar uma vida folgada. Matriônuchka descansou, se recuperou; fui me ligando cada vez mais a ela... Ah, que moça! De onde tinha tirado tudo aquilo? Sabia cantar, dançar, tocar violão... Não a mostrava aos vizinhos para evitar que saíssem tagarelando. Mas eu tinha um camarada, um amigo íntimo, Panteliei Gornostáiev, o senhor não o conhece? Ficou louco por ela: beijava-lhe as mãos como se fosse uma dama, é verdade. E vou lhe dizer que Gornostáiev não era parecido comigo: era um homem instruído, tinha lido todo o Púchkin; às vezes se punha a conversar com Matriona e comigo, e nós ficávamos abismados. O excêntrico chegou a ensiná-la a escrever! E como eu a vestia! Era melhor do que a mulher do governador, simplesmente; mandei fazer um casaco de veludo framboesa com debrum de pele... Como esse casaco lhe caía bem! O casaco tinha sido feito por uma madame de Moscou, ajustado na cintura. E que maravilha era essa Matriona! Às vezes ficava sentada por horas, contemplativa, olhando para o chão, sem mexer uma sobrancelha; e eu também ficava sentado, olhando para ela, pois não conseguia tirar os olhos, como se jamais a tivesse visto... Quando ela sorria, meu coração se sobressaltava como se estivessem fazendo cócegas. E de repente se punha a rir, a brincar, a dançar; abraçava-me com tanto ardor, tão apertado, que minha cabeça rodava. Da manhã até a noite eu só pensava em como podia fazê-la feliz. E acredite, era só para ver como ela, a minha querida, ficaria feliz com meu presente, ficaria vermelha de alegria, como iria prová-lo, como viria até mim com a roupa nova e me beijaria. Não sei como Kulik, seu pai, farejou a coisa; o velho veio dar uma olhada em nós, e chorou tanto... Só que chorou de felicidade, o que é que o senhor acha? Enchemos Kulik de presentes. Minha pombinha lhe passou uma nota de cinco rublos no fim de tudo, e ele caiu de joelhos com aquele milagre! Vivemos desse jeito por cinco meses; por mim, eu teria passado a eternidade assim, mas o meu destino é tão maldito!

Piotr Petróvitch se deteve.

— O que aconteceu? — perguntei, com interesse.

Ele fez um gesto com a mão.

— Tudo foi para o diabo. Eu acabei com ela. Matriônu-chka amava loucamente passear de trenó, dirigindo ela mes-ma; vestia o casaco, as luvas bordadas de Torjok e saía aos gritos. Sempre passeávamos de noite, para evitar encontros. Daí fez-se um dia maravilhoso; frio, claro, sem vento... e nós saímos. Matriona estava com as rédeas. Daí eu olhei, e ela estava indo para onde? Não seria para Kukúievka, a aldeia de sua patroa? Exatamente, para Kukúievka. Eu disse a ela: "Sua louca, para onde você está indo?". Ela me olhou por cima do ombro e riu. Deixe-me ostentar, disse. Ai! — pensei. — Seja o que Deus quiser!... É certo passar na frente da casa senhorial? É certo? Diga-me o senhor. E nós fomos. O meu esquipador flutuava, os outros cavalos atrelados eram um turbilhão, posso lhe dizer, e já dava para avistar a igreja de Kukúievka; olhei, e vinha se arrastando pelo caminho uma velha carruagem verde com um lacaio em destaque na trasei-ra... A patroa, é a patroa! Fiquei com medo, enquanto Ma-triona dava nos cavalos com as rédeas e partia para cima da carruagem a toda! O cocheiro, ao ver que um Alquimeres voava em sua direção, tentou dar passagem, mas, como o senhor pode imaginar, deu uma volta brusca e jogou a car-ruagem em um monte de neve. O vidro quebrou, e a patroa gritava: "Ai, ai, ai! Ai, ai, ai!". A dama de companhia piava:

"Pega, pega!". E nós fomos em frente, pernas para que te quero. Saímos correndo, e eu pensei: isso vai ficar feio, não devia tê-la deixado ir a Kukúievka. E adivinha? A patroa, a velha, reconheceu Matriona e me reconheceu, e ainda deu queixa contra mim: minha moça fugida está morando com o nobre Karatáiev; e apresentou o suborno de praxe. Quando eu vi, o *isprávnik* apareceu lá em casa; eu conhecia o *isprávnik*, Stepan Serguêievitch Kúzovkin, um homem bom, ou seja, na essência não prestava. Bem, ele chegou e disse: "o que é isso, Piotr Petróvitch, como foi acontecer?... A responsabilidade é coisa séria, e as leis são claras a esse respeito". Eu disse a ele: "É lógico que vamos falar disso, mas o senhor não deseja comer alguma coisa?". Concordou em comer, mas disse: "A justiça exige, Piotr Petróvitch, julgue pelo senhor mesmo". — "Ah, claro, a justiça — eu disse —, é claro... mas eu ouvi dizer que você tem um cavalinho preto, não desejaria trocá-lo pelo meu Lampardós?... Quanto à moça Matriona Fiódorovna, ela não mora aqui." — "Ora, Piotr Petróvitch — ele disse —, a moça está aqui, olhe que nós não estamos na Suíça... posso trocar o Lampardós pelo meu cavalinho; como também posso simplesmente levá-lo." Dessa vez, porém, consegui me livrar dele. A velha patroa, contudo, levou a coisa mais longe do que antes; não me importa gastar dez mil, disse. Veja, ao olhar para mim, entrou-lhe na cabeça, de repente, a ideia de me casar com a sua dama de companhia verde, como fiquei sabendo mais tarde; por isso ela se agastou tanto. O que não passa pela cabeça dessas senhoras! Deve ser efeito do tédio. A coisa ficou feia para mim: não poupei dinheiro, escondi Matriona, e nada! Não me deixaram em paz, me fizeram perder a cabeça. Endividei-me, minha saúde acabou... Certa noite, eu estava deitado na cama e pensei: "Senhor, por que estou suportando isso tudo? O que me resta a fazer se não posso deixar de amá-la?... Pois não posso, é isso!". Matriona entrou no meu quarto. Nessa época, eu a ti-

Piotr Petróvitch Karatáiev

nha escondido em uma granja a duas verstas de casa. Assustei-me. "O que foi? Você foi descoberta por lá?" — "Não, Piotr Petróvitch — disse —, ninguém me incomoda em Bubnovo; mas até quando isso vai continuar? Meu coração está se despedaçando, Piotr Petróvitch — ela disse —, tenho dó de você, meu pombinho; jamais me esquecerei do seu carinho, Piotr Petróvitch, mas chegou a hora da despedida." — "O que é isso, o que é isso, sua louca?... Que despedida? Que despedida?" — "Assim... vou até lá e me entrego." — "Sua louca, vou trancá-la no sótão... Ou você pensou em acabar comigo? Quer me matar, é isso?" A moça se calou e olhou para o chão. "Mas diga aí, diga!" — "Não quero lhe trazer mais preocupações, Piotr Petróvitch." Ah, não dá para discutir com ela... "Sua imbecil, você não sabe, sua... sua louca..."

Piotr Petróvitch soluçou amargamente.

— O que é que o senhor acha? — prosseguiu, dando com o punho na mesa e tentando franzir as sobrancelhas, enquanto as lágrimas corriam por suas faces enrubescidas. — A moça se entregou, foi até lá e se entregou...

— Os cavalos estão prontos, meus senhores! — exclamou solenemente o chefe da estação, entrando no aposento.

Nós dois nos levantamos.

— O que é feito de Matriona? — perguntei.

Karatáiev fez um gesto com a mão.

Um ano depois de meu encontro com Karatáiev, aconteceu-me de ir a Moscou. Certa vez, antes do almoço, entrei em um café na Okhótni Riad, um café moscovita, original.[176]

---

[176] Provavelmente o café Bajánov, local muito popular nas décadas de 1830 e 1840. (N. da E.)

Na sala de bilhar, entre ondas de fumaça, passavam rostos corados, bigodes, topetes, trajes húngaros fora de moda e novos à moda eslava. Velhos magros de sobrecasaca modesta liam jornais russos. Garçons carregavam bandejas lepidamente, pisando de leve no capacho verde. Mercadores tomavam chá com uma tensão aflitiva. De repente saiu da sala de bilhar um homem meio despenteado e sem muita firmeza nos pés. Colocou a mão no bolso, baixou a cabeça e lançou um olhar ensandecido ao redor.

— Ora, ora, ora! Piotr Petróvitch!... Como vai?

Piotr Petróvitch esteve a ponto de se lançar ao meu pescoço e, cambaleando um pouco, arrastou-me para um pequeno aposento privado.

— Aqui — disse, solícito, acomodando-me em uma poltrona —, aqui o senhor vai estar bem. Garçom, cerveja! Não, é melhor champanhe! Então, admito que não estava esperando, não estava esperando... Quanto tempo faz? Muito tempo? Bem, como dizem, foi Deus quem o trouxe aqui...

— Sim, lembra...

— Como não lembrar, como não lembrar? — interrompeu-me, apressado. — O passado... o passado...

— Então, o que anda fazendo aqui, meu caro Piotr Petróvitch?

— Vivendo, como pode ver. A vida aqui é boa, o povo é hospitaleiro. Aqui eu sosseguei.

Suspirou e ergueu os olhos para o céu.

— Está empregado?

— Não, senhor, ainda não, mas penso em arrumar uma colocação logo. Mas o que é um emprego? As pessoas são o principal. Aqui eu conheci cada pessoa!

Um menino entrou com uma garrafa de champanhe em uma bandeja preta.

— Esse aí também é bom... Vássia, não é verdade que você é bom? À sua saúde!

Piotr Petróvitch Karatáiev

O menino ficou parado, moveu a cabeça com decoro, sorriu e saiu.

— Sim, aqui as pessoas são boas — prosseguiu Piotr Petróvitch —, têm sentimento, têm alma... Quer que eu as apresente ao senhor? É uma rapaziada ótima... Todos vão gostar do senhor. Estou dizendo... Pena que Bobrov morreu.

— Que Bobrov?

— Serguei Bobrov. Era um homem ótimo; cuidou de mim, um chucro da estepe. Panteliei Gornostáiev também morreu. Todo mundo morreu, todo mundo!

— O senhor ficou em Moscou o tempo todo? Não foi para a aldeia?

— A aldeia... minha aldeia foi vendida.

— Vendida?

— Em um leilão... Veja só, pena que não foi o senhor que comprou!

— De que o senhor vai viver aqui, Piotr Petróvitch?

— De fome eu não morro, Deus me livre! Não terei dinheiro, terei amigos. O que é dinheiro? Pó! O ouro é pó!

Semicerrou os olhos, vasculhou os bolsos e me mostrou duas moedas de quinze copeques e uma de dez na palma da mão.

— O que é isso? É pó! (E o dinheiro caiu no chão.) Mas me diga, o senhor leu Polejáev?

— Li.

— Viu Motchálov[177] em *Hamlet*?

— Não, não vi.

— Não vi, não vi... (E o rosto de Karatáiev empalideceu, seus olhos se puseram a girar, inquietos; virou-se; leves con-

---

[177] Pável Stepánovitch Motchálov (1800-1848), célebre ator russo do romantismo, atuou no Teatro Máli, de Moscou. (N. do T.)

vulsões agitaram seus lábios.) Ah, Motchálov, Motchálov! "Morrer, dormir",[178] declamou, com voz surda.

> *Nada mais! E com o sono terminamos*
> *Com as mágoas e milhares de golpes naturais,*
> *Que são devidos à carne... Eis uma consumação*
> *Que desejamos devotamente! Morrer... dormir...*

— Dormir, dormir! — murmurou algumas vezes.

— Diga, por favor — tentei começar; mas ele prosseguiu com ardor:

> *Quem suportaria o açoite e o desdém dos tempos,*
> *O erro do opressor, a arrogância do orgulhoso,*
> *A insolência do poder, o desprezo*
> *Que o mérito paciente recebe do indigno,*
> *Quando ele mesmo poderia encontrar repouso*
> *Com um mero punhal? Ninfa, nas tuas preces*
> *Lembra-te de todos os meus pecados!*

E deixou a cabeça cair na mesa. Começou a gaguejar e se enrolar.

— "Um mês depois!" — proferiu, com força renovada.

> *Um curto mês, ou que ficassem velhos os sapatos,*
> *Com os quais ela seguiu o pobre corpo de meu pai,*
> *Como Níobe, toda em lágrimas; por que ela, até mesmo ela —*

---

[178] *Hamlet*, de Shakespeare, ato III, cena I. Turguêniev, de acordo com a edição russa, cita a peça na tradução de Kroneberg. Nesta edição, contudo, preferimos traduzir do original inglês, em vez de fazer uma versão a partir da tradução russa. (N. do T.)

Meu Deus! Um animal selvagem, privado de fala e
razão
Teria pranteado por mais tempo![179]

Levou o cálice de champanhe aos lábios, mas não sorveu o líquido, e prosseguiu:

Por Hécuba!
O que é Hécuba para ele, ou ele para Hécuba,
Para que ele chore por ela?...
Mas eu sou um patife tolo e de temperamento turvo
Quem quer me chamar de covarde? Pegar pela gar-
ganta e dizer que menti?...
Por que tenho que suportar; isso não pode ser,
Mas meu fígado é de pombo, e não tenho bílis
Para deixar a opressão amarga.[180]

Karatáiev deixou o copo cair e agarrou a cabeça. Tive a impressão de compreendê-lo.

— Então — disse, finalmente —, quem se lembrar do passado, que tenha os olhos arrancados... Não é verdade? (E sorriu.) À sua saúde!

— O senhor vai ficar em Moscou? — perguntei.

— Vou morrer em Moscou!

— Karatáiev! — ouviu-se no aposento vizinho. — Karatáiev, cadê você? Venha cá, meu querido!

— Estão me chamando — disse, levantando-se pesadamente do lugar. — Adeus; se puder, venha me visitar, eu moro em ***.

---

[179] *Hamlet*, ato I, cena II. (N. do T.)

[180] *Hamlet*, ato II, cena II. (N. do T.)

No dia seguinte, contudo, devido a circunstâncias imprevistas, tive que sair de Moscou, e nunca mais vi Piotr Petróvitch Karatáiev.

O ENCONTRO

Repousava eu num bosque de bétulas, no outono, lá por meados de setembro. Desde a manhã caía uma chuvinha fina, que se alternava de tempos em tempos com um sol cálido e resplandescente; o tempo era instável. O céu ora ficava todo oculto por leves nuvens brancas, ora abria de repente em alguns lugares, por instantes, e então, por detrás das nuvens afastadas, descortinava-se um azul claro e terno como um belo olhar. Eu estava sentado, olhando ao redor e ouvindo com atenção. As folhas mal se moviam acima de minha cabeça; só por esse ruído já dava para saber qual era a estação do ano. Não se tratava nem do tremor alegre e risonho da primavera, nem do sussurro suave, do longo murmúrio do verão, nem do farfalhar tímido e gelado do outono tardio, mas sim de um chilreado quase inaudível e sonolento. Uma brisa ligeira roçava de leve as copas das árvores. O interior do bosque, umedecido pela chuva, mudava constantemente conforme o sol brilhava ou era coberto pelas nuvens; ora se iluminava por inteiro, como se de repente tudo nele estivesse a sorrir — os troncos delgados das bétulas esparsas subitamente adquiriam o brilho suave da seda branca, as folhas miúdas do chão de repente ficavam coloridas e resplandeciam como ouro rutilante, e as belas hastes das samambaias altas e frondosas, já tingidas de sua cor outonal, semelhante à cor da uva madura demais, se manifestavam, emaranhando-se e cruzando-se sem parar diante dos olhos; ora tudo ao redor fica azul de repente — as cores vivas se apagavam momentaneamente, as bétulas ficavam brancas por inteiro, sem brilho, brancas como a neve recém-caída que o raio frio e brincalhão do sol de inverno ainda não tocou; furtiva e manhosa, uma chuva finíssima começava a cair e sussurrar no bosque. As folhas das bétulas ainda estavam quase todas verdes, embora visivelmente pálidas; apenas aqui e ali sobrava uma, solitária, pequenina, toda vermelha ou toda dourada, e dava gosto vê-la ardendo ao sol, quando seus raios prorrompiam subitamente, deslizando por entre a teia colorida e espessa de ramos delgados, recém-molhados pela chuva cintilante. Não se ouvia pássaro algum; estavam todos escondidos e em silêncio; só de vez em quando soava a vozinha irônica da mejengra, um sino de metal. Antes de me deter nesse bosque de bétulas, eu tinha atravessado uma floresta de choupos-tremedores com meu cachorro. Confesso não gostar muito dessa árvore, o choupo, com seu tronco lilás pálido e sua folhagem verde acinzentada e metálica, que ele ergue o mais alto possível e estende no ar como um leque trêmulo; não gosto do balanço eterno de suas folhas redondas e desmazeladas, canhestramente presas a seus troncos compridos. Ele só fica bem em certas tardes de verão, nas quais, elevando-se isoladamente entre as moitas baixas, dá de cara com os raios vermelhos do sol poente, brilha e treme, banhado por igual de um púrpura amarelado, das raízes até a copa, ou então quando, num dia claro de vento, se expande e murmura contra o céu azul, e cada uma de suas folhas, apanhada nesse movimento, parece querer se despregar, sair voando e partir para longe. Em geral, contudo, não gosto dessa árvore, e por isso não parei para descansar na floresta de choupos; fui até um bosque de bétulas, aninhei-me embaixo de uma delas, cujos ramos nasciam bem perto da terra e, consequentemente, podiam me proteger da chuva, e, depois de admirar os arredores, dormi aquele sono tranquilo e dócil que só os caçadores conhecem.

Não posso dizer quanto tempo dormi, mas, ao abrir os olhos, todo o interior do bosque estava repleto de sol, e por todas as partes, através das folhas que murmuravam com alegria, o céu, de um azul brilhante, aparecia e resplandecia; as nuvens sumiram, dispersadas pelo vento agitado; o tempo agora estava aberto, e dava para sentir no ar aquele frescor peculiar e seco que, enchendo o coração de uma sensação de bem-estar, quase sempre vaticina uma noite tranquila e clara depois de um dia chuvoso. Eu me preparava para levantar e voltar a tentar a sorte, quando, de repente, meus olhos se detiveram em uma figura humana imóvel. Observei: era uma jovem camponesa. Estava sentada a vinte passos de mim, pensativa, com a cabeça baixa e ambas as mãos nos joelhos; em uma delas, entreaberta, jazia um grande buquê de flores do campo que, a cada respiração sua, deslizava suavemente sobre sua saia xadrez. Uma camisa branca e limpa, abotoada na gola e nos pulsos, caía no seu talhe em pregas curtas e suaves; um enorme colar com duas fileiras de contas amarelas descia-lhe do pescoço até o peito. Era bem bonita. Espessos cabelos loiros de um cinza deslumbrante dividiam-se em duas esmeradas tranças semicirculares, atadas em uma faixa escarlate que quase chegava à testa, branca como marfim; o resto de sua face tinha aquele leve bronzeado dourado que só surge nas peles delicadas. Não pude ver seus olhos — ela não os erguia; porém, vi com clareza suas sobrancelhas finas e altas e os longos cílios: estavam úmidos, e em uma de suas faces brilhava o traço de uma lágrima que o sol não havia secado, detendo-se nos lábios levemente pálidos. Sua cabeça era bela por inteiro; nem o nariz meio grande e redondo a estragava. Agradou-me especialmente a expressão de seu rosto, de tão simples e dócil, de tão triste e repleto de perplexidade infantil perante sua própria tristeza. Claro que estava à espera de alguém; foi só ouvir um estalo fraco na floresta e ela logo ergueu a cabeça e olhou; diante de mim, na sombra

O encontro

transparente, seus olhos brilharam com rapidez, grandes, claros e assustadiços como os de um gamo. Ela ouviu com atenção por alguns instantes, sem tirar os olhos bem abertos do lugar de onde viera o som fraco, suspirou, baixou a cabeça em silêncio, inclinou-se ainda mais e se pôs a mexer nas flores, lentamente. Suas pálpebras enrubesceram, os lábios se moveram com tristeza, e uma nova lágrima rolou por debaixo dos cílios espessos, parando e resplandecendo em sua face. Passou muito tempo assim; a pobre moça não se movia, apenas agitava as mãos melancolicamente de quando em vez, escutando, sempre escutando... Algo voltou a fazer barulho no bosque; ela se agitou. O barulho não parava, foi ficando mais nítido, aproximou-se para, por fim, se distinguirem passos decididos e rápidos. Ela se aprumou e pareceu se intimidar; seu olhar atento tremia, inflamado pela expectativa. Do meio da mata surgiu a figura de um homem. Ela olhou, ficou subitamente corada, sorriu de alegria e felicidade, quis se levantar e logo voltou a se deixar cair, empalideceu, agitou-se e só ergueu o olhar trêmulo e quase suplicante ao recém-chegado quando ele parou ao seu lado.

De meu esconderijo, observei-o com curiosidade. Admito que ele não produziu uma impressão agradável em mim. Tinha todos os indícios de ser o camareiro mimado de um senhor jovem e rico. Seus trajes traíam uma pretensão a bom gosto e um desdém de janota: envergava um sobretudo curto cor de bronze, possivelmente originário do patrão, abotoado até em cima, uma gravatinha rosa com pontinhas lilases e um quepe preto de veludo com galão dourado, caído em cima das sobrancelhas. A gola redonda de sua camisa branca chegava-lhe às orelhas e feria-lhe as faces, e as mangas engomadas cobriam o braço inteiro até os dedos vermelhos e encurvados, enfeitados com anéis prateados e dourados com miosótis feitos de turquesa. Seu rosto corado, fresco e atrevido pertencia àquele tipo que, conforme pude observar, quase sempre deixa os homens indignados e, infelizmente, agrada muito às mulheres. De forma ostensiva, tentava conferir a seus traços rústicos uma expressão de desprezo e tédio; apertava o tempo todo os já minúsculos olhinhos de um cinza leitoso, fazia caretas, baixava os cantos dos lábios, dava uns bocejos fingidos e, com um desembaraço negligente e inábil, ora endireitava com a mão as têmporas arruivadas, ousadamente enroladas, ora beliscava os pelinhos amarelos que sobressaíam acima de seu delgado lábio superior; em uma palavra, era de uma afetação insuportável. Começou com a pose assim que viu a jovem camponesa que o esperava; aproximou-se dela devagar, com passo indolente, parou, encolheu os ombros, colocou ambas as mãos nos bolsos do sobretudo e, sem agraciar a pobre moça com mais do que um olhar furtivo e indiferente, deixou-se cair no chão.

— E então — começou, continuando a olhar para o outro lado, balançando a perna e bocejando —, faz tempo que você está aqui?

A moça não conseguiu responder imediatamente.

— Sim, senhor, Viktor Aleksándritch — proferiu finalmente, com voz quase inaudível.

— Ah! (Ele tirou o quepe, passou majestosamente a mão pela cabeleira espessa e bem crespa, que começava quase nas sobrancelhas, e, olhando ao redor com dignidade, voltou a cobrir com cuidado a preciosa cabeça.) Já ia me esquecendo completamente. Além disso, olhe, teve a chuva! (Voltou a bocejar.) Tenho um montão de coisas para fazer: não dá para cuidar de tudo, e ainda ralham comigo. Partimos amanhã...

— Amanhã? — proferiu a moça, lançando-lhe um olhar assustado.

— Amanhã... Ei, ei, ei, por favor — prosseguiu ele com pressa e enfado, ao ver que ela estava toda tremendo e inclinando a cabeça em silêncio —, por favor, Akulina, não

O encontro   321

chore. Você sabe que eu não suporto isso. (Franziu o nariz achatado.) Senão vou embora agora... Choramingar! Que estupidez!

— Não choro, não choro, não choro — disse Akulina apressadamente, engolindo as lágrimas com esforço. — Então o senhor vai embora amanhã? — acrescentou, após breve silêncio. — E quando Deus vai permitir que nos vejamos de novo, Viktor Aleksándritch?

— Vamos nos ver, vamos nos ver. Se não no ano que vem, depois. Parece que o patrão quer entrar para o serviço público em São Petersburgo — prosseguiu, pronunciando as palavras com desprezo e de maneira algo anasalada —, e talvez a gente vá para o estrangeiro.

— O senhor vai me esquecer, Viktor Aleksándritch — disse Akulina, com tristeza.

— Não, por quê? Não vou esquecê-la: seja esperta, não faça bobagens, escute o seu pai... Mas eu não vou esquecê-la: nã-ão. (Espreguiçou-se tranquilamente e voltou a bocejar.)

— Não me esqueça, Viktor Aleksándritch — ela prosseguiu, em tom de súplica. — Olha, eu acho que o amei, acho que fiz tudo pelo senhor... O senhor está me dizendo para escutar meu pai, Viktor Aleksándritch... Mas como é que vou escutar meu pai...

— O que é que tem? (Proferiu essas palavras como se elas viessem de dentro do estômago, deitado de costas e com as mãos debaixo da cabeça.)

— Mas como, Viktor Aleksándritch, o senhor mesmo sabe...

Calou-se. Viktor brincava com a corrente de aço do seu relógio.

— Akulina, você não é uma moça boba — disse, por fim —, portanto não fale bobagem. Eu só desejo o seu bem, está me entendendo? Claro que você não é estúpida, não é uma rústica, por assim dizer; sua mãe também não era. Só que você não teve instrução, ou seja, deve escutar quando falam com você.

— Mas estou com medo, Viktor Aleksándritch.

— Ah, ah, que bobagem, querida: medo de quê? O que é isso que você tem — acrescentou, achegando-se a ela —, flores?

— Sim — respondeu Akulina, com tristeza. — Colhi atanásias — prosseguiu, animando-se um pouco —, é bom para os bezerros. E esse é o picão-preto, contra a escrófula. Veja que florzinha mais linda; nunca vi uma florzinha tão linda na vida. Esse é o miosótis, essa a violeta... E isso aqui é para o senhor — acrescentou, tirando debaixo das atanásias amarelas um pequeno buquê de centáureas azuis, atadas com ervinha fina —, quer?

Viktor esticou a mão com preguiça, cheirou as flores de modo negligente e se pôs a girá-las nos dedos, olhando para cima com ar de importância contemplativa. Akulina observava-o... Em seu olhar triste havia uma imensa lealdade, submissão devota e amor. Ela o temia, não ousava chorar, despedia-se dele e o contemplava pela última vez; e ele estava deitado, refestelado como um sultão, recebendo sua adoração com magnânima paciência e condescendência. Confesso que eu olhava com indignação para aquele rosto vermelho, por detrás de cuja indiferença e desprezo fingidos evidenciava-se um amor-próprio fartamente saciado. Nesse instante, Akulina estava muito bela: toda a sua alma se descortinava perante ele, crédula e apaixonada, enquanto ele... Ele deixou as centáureas cair no chão, tirou um vidrinho redondo com armação de bronze do bolso lateral do sobretudo e se pôs a tentar encaixá-lo no olho; porém, por mais que tentasse segurá-lo, franzindo as sobrancelhas, erguendo as faces e até mesmo o nariz, o vidrinho escorregava e lhe caía na mão.

— O que é isso? — perguntou, por fim, Akulina, admirada.

O encontro

— Um lornhão — ele respondeu, com ar de importância.

— Para quê?

— Para ver melhor.

— Mostre-me.

Viktor franziu o cenho, mas lhe deu o vidrinho.

— Olhe lá, não vá quebrar.

— Claro que não. (Levou-o timidamente ao olho.) Não estou vendo nada — disse, ingênua.

— O olho, tem que apertar o olho — ele retrucou, em tom de instrutor insatisfeito. (Ela apertou o olho diante do qual estava segurando o vidrinho.) Mas não é esse, sua estúpida! O outro! — exclamou Viktor e, sem lhe dar a chance de consertar seu erro, arrancou dela o lornhão.

Akulina enrubesceu, deu um sorriso e se virou.

— É óbvio que não é feito para mim — ela afirmou.

— Claro que não!

A coitada se calou e deu um suspiro profundo.

— Ai, Viktor Aleksándritch, o que vai ser de mim sem o senhor? — disse subitamente.

Viktor limpou o lornhão com a aba e voltou a colocá-lo no bolso.

— Sim, sim — disse, por fim —, no começo vai ser difícil para você, é verdade. (Deu-lhe uns tapinhas no ombro, condescendente; ela tirou suavemente a mão dele de seu ombro e a beijou com timidez.) Bem, você é uma moça boa de verdade, é sim — prosseguiu, sorrindo com satisfação —, mas o que fazer? Julgue por si mesma! Eu e o patrão não podemos ficar aqui; o inverno está chegando, e o inverno no campo — como você sabe — é simplesmente detestável. São Petersburgo é outra coisa! Lá tem cada maravilha que você, sua boba, não conseguiria imaginar nem em sonho. Cada casa, cada rua, a sociedade, a instrução — é um assombro! (Akulina o escutava com atenção ávida, com os lábios entreabertos como um bebê.) Aliás — acrescentou, remexendo a terra

—, por que é que estou lhe dizendo isso tudo, se você não tem como entender?

— Como assim, Viktor Aleksándritch? Eu entendi; entendi tudo.

— Veja só!

Akulina baixou a vista.

— Antes o senhor não falava comigo desse jeito, Viktor Aleksándritch — ela disse, sem levantar os olhos.

— Antes?... Ah, antes! Veja só!... Antes! — notou, como se estivesse indignado.

Ficaram ambos em silêncio.

— Enfim, tenho que ir — disse Viktor, já se apoiando nos cotovelos...

— Espere só mais um pouquinho — disse Akulina, em tom de súplica.

— Esperar o quê, se eu já me despedi de você?

— Espere — repetiu Akulina.

Viktor voltou a se deitar e começou a assobiar. Akulina não tirava os olhos dele. Pude reparar que estava ficando nervosa: os lábios se contraíam, as faces pálidas se ruborizavam de leve...

— Viktor Aleksándritch — ela disse, por fim, com voz entrecortada —, isso é um pecado... isso é um pecado, Viktor Aleksándritch, meu Deus!

— Que pecado? — ele perguntou, franzindo as sobrancelhas e virando de leve a cabeça na direção dela.

— Que pecado, Viktor Aleksándritch! Você devia pelo menos me dizer uma palavrinha boa na despedida; só uma palavrinha para a orfãzinha desgraçada...

— E o que eu devo dizer?

— Não sei; o senhor sabe bem melhor, Viktor Aleksándritch. O senhor está indo embora, e nem uma palavrinha... O que fiz para merecer?

— Como você é estranha! O que posso dizer?

O encontro

— Só uma palavrinha...

— Bem, é sempre a mesma cantiga — ele afirmou, irritado, e se levantou.

— Não fique zangado, Viktor Aleksándritch — acrescentou ela, apressadamente, mal contendo as lágrimas.

— Não estou zangado, só que você é uma estúpida... O que é que você quer? Eu não posso me casar com você. Não posso. Então, o que é que você quer? O quê? (Encarou-a, como se aguardasse uma resposta, e abriu os dedos.)

— Nada... eu não quero nada — ela respondeu, gaguejando e mal se atrevendo a lhe estender as mãos trêmulas —, mas só uma palavrinha de despedida...

E verteu uma torrente de lágrimas.

— Ah, caiu no choro — disse Viktor, com frieza, descendo o quepe sobre os olhos.

— Não quero nada — ela prosseguiu, soluçando e tapando o rosto com ambas as mãos —, mas o que vai ser de mim lá em casa, o que vai ser de mim? O que vai ser de mim, o que vai acontecer com essa desgraçada? Vão casar a orfãzinha com alguém de que ela não gosta... Ai, minha pobre cabecinha!

— Cante, cante — disse Viktor, a meia-voz, pisoteando sem sair do lugar.

— Se eu ouvisse só uma palavrinha, só uma... Diga assim, Akulina, eu...

Um pranto repentino que prorrompeu em seu peito não lhe permitiu terminar a fala; caiu com o rosto na grama e chorou um choro amargo... O corpo inteiro se agitava convulsivamente, a nuca subia... O pesar, reprimido por tanto tempo, finalmente jorrava, de forma torrencial. Viktor ficou de pé ao lado dela, parou um momento, deu de ombros, virou-se e partiu a passos largos.

Passaram-se alguns instantes... Ela se acalmou, levantou a cabeça, ergueu-se de um salto, olhou ao redor e esticou os braços; teve vontade de sair correndo atrás dele, mas suas pernas fraquejaram, e caiu de joelhos... Não aguentei e me precipitei em sua direção; porém foi ela me ver e suas forças voltaram — com um débil grito ela se ergueu e desapareceu por entre as árvores, deixando as flores esparramadas no chão.

Parei, peguei o buquê de centáureas e saí do bosque para o campo aberto. O sol estava baixo no céu pálido e claro, e seus raios também pareciam murchos e frios: não brilhavam, e sim se derramavam em uma luz uniforme, quase aguada. Não faltava mais do que meia hora para a noite, e o crepúsculo ia se acendendo aos poucos. Uma ventania soprava na minha direção por entre o restolho amarelado e ressequido; com sua ação, pequenas folhas tortas se erguiam apressadas e corriam para adiante, na direção da estrada, ao longo da orla do bosque; o lado do arvoredo que estava virado para o campo, como se fosse uma parede, tremia todo, e brilhava com um brilho suave, nítido, porém opaco; na grama avermelhada, nas hastes, nas palhas, por toda parte cintilavam e se agitavam fios de teias de aranha outonais. Detive-me... Fiquei triste; através do melancólico, porém suave sorriso da natureza a murchar, parecia se insinuar o temor desalentado do inverno próximo. Acima de mim, lá no alto, um prudente corvo cruzava o ar de modo pesado e cortante; virou a cabeça, olhou-me de lado, elevou-se e, grasnando de forma entrecortada, se escondeu na floresta; uma grande revoada de pombos saídos de uma eira passou veloz, formou de súbito uma coluna a girar e se dispersou pelo campo, com agitação — um sinal do outono! Alguém passou por trás da colina nua, martelando ruidosamente uma telega vazia...

Voltei para casa; mas a imagem da pobre Akulina permaneceu na minha cabeça durante muito tempo, e ainda conservo suas centáureas, murchas há tempos...

O encontro

HAMLET DO DISTRITO DE SCHIGRÍ

Em uma de minhas excursões, recebi convite para jantar na casa do rico latifundiário e caçador Aleksandr Mikháilitch G***.[181] Sua aldeia estava localizada a cinco verstas do lugarejo em que eu estava alojado naquela época. Enverguei o fraque, sem o qual não aconselho ninguém a sair de casa, mesmo que seja para caçar, e parti para a casa de Aleksandr Mikháilitch. O jantar foi marcado para as seis horas; cheguei às cinco e encontrei uma grande quantidade de nobres de farda, à paisana e outros trajes indeterminados. O anfitrião me recebeu com carinho, mas imediatamente saiu correndo para o alojamento da criadagem. Aguardava um alto dignatário, e sentia um nervosismo completamente incompatível com sua situação de independência e riqueza. Aleksandr Mikháilitch jamais se casou e não gostava das mulheres; as reuniões em sua casa eram de celibatários. Vivia à larga, melhorou a mansão de seus avós e enfeitou-a em grande estilo, encomendava anualmente quinze mil rublos de bebida al-

---

[181] Esse personagem foi baseado em uma pessoa realmente existente, retratada no livro *Excêntricos e originais extraordinários* (1898), de Mikhail Ivánovitch Piláiev (1842-1899), com as iniciais "N. K-i". Era um latifundiário riquíssimo de Oriol, que transformou uma de suas casas em um hotel em que recebia às centenas seus amigos caçadores. Sua esquisitice peculiar era a hostilidade às mulheres, que não eram permitidas na mansão. (N. da E.)

coólica de Moscou e gozava de enorme consideração geral. Aleksandr Mikháilitch estava aposentado há muito tempo e não cobiçava honraria alguma... O que o obrigava a convidar um alto dignatário e o deixava nervoso desde a manhã do jantar solene? Isso está coberto pelas trevas do mistério, como dizia um advogado, conhecido meu, quando lhe perguntavam se ele recebia suborno de doadores pródigos.

Depois de me separar do anfitrião, pus-me a perambular pelos aposentos. Quase todos os convidados eram-me completamente desconhecidos; já havia umas vinte pessoas nas mesas de carteado. Entre esses amantes do *préférence* havia dois militares de rostos nobres, porém algo gastos, alguns civis de gravatas altas e apertadas e bigodes suspensos e tingidos, como só acontece com gente decidida, porém bem-intencionada (essa gente bem-intencionada pegava as cartas com seriedade e, sem erguer a cabeça, davam um olhar de soslaio para os recém-chegados); e cinco ou seis funcionários de distrito com panças redondas, mãos gordas e suadas e perninhas discretas e imóveis (esses senhores falavam com voz suave, riam docilmente em todas as direções, seguravam o jogo junto ao peitilho e, quando baixavam um trunfo, não batiam na mesa, mas, pelo contrário, largavam as cartas no feltro verde com um volteio e, ao recolher a vaza, produziam um leve rangido, bem decoroso e cortês). Os demais nobres estavam sentados nos sofás, comprimindo-se em grupos junto às portas e perto das janelas; um fazendeiro de aspecto afeminado, que já não era jovem, estava de pé em um canto, sobressaltado, corado, e fazia girar junto à barriga, com embaraço, o sinete de seu relógio, embora ninguém prestasse atenção nele; outros senhores, de fraques redondos e pantalonas xadrez, obra do alfaiate de Moscou, o eterno mestre dos ateliês Firs Kliúkhin, conversavam com rara desenvoltura e animação, mexendo com gosto as nucas gordas e calvas; um jovem de vinte anos, míope e loiro, vestido de negro da cabeça aos pés, estava claramente envergonhado, mas abria um sorriso mordaz...

Eu estava começando a me entediar quando de repente se aproximou de mim um certo Voinítsin, um jovem que não terminara os estudos e morava na casa de Aleksandr Mikháilitch na qualidade de... difícil dizer exatamente na qualidade de quê. Atirava muito bem e sabia adestrar cachorros. Eu já o conhecia de Moscou. Pertencia à categoria dos jovens que, em todas as provas, "ficavam como um poste", ou seja, não respondiam palavra às perguntas do professor. Em prol da beleza do estilo, esses senhores também eram chamados de "costeletas". (O caso já é bem antigo, como podem ver.)[182] A coisa era assim: chamavam, por exemplo, Voinítsin. Voinítsin, que até então estava sentado em seu banco, imóvel e reto, banhado da cabeça aos pés de um suor febril e girando os olhos de forma lenta, mas insensata, se levantava, abotoava apressadamente o uniforme até em cima e ia de lado até a mesa dos examinadores. "Por favor, retire um papel", dizia-lhe um professor, em tom ameno. Voinítsin esticava a mão e roçava o monte de papéis com os dedos trêmulos. "Por favor, não escolha", observava, com um tinido na voz, um velhinho forasteiro e irascível, professor de outra faculdade, que subitamente passara a odiar o infeliz "costeleta". Voinítsin se submetia à sorte, pegava um papel, mostrava o número e ia se sentar perto da janela, enquanto seu predecessor era arguido. Na janela, Voinítsin só tirava os olhos do papel para dar uma lenta olhada ao redor, como antes, sem, contudo, mover um músculo. Nesse meio tempo, seu predecessor terminara; diziam-lhe: "Está bem, pode ir", ou até "muito

---

[182] Em decreto de 2 de abril de 1837, o tsar Nicolau I proibiu que funcionários civis usassem barba e bigode. A proibição também valia para os estudantes, de modo que, na época em que o conto foi escrito, os estudantes não usavam costeletas há tempos. (N. da E.)

bem, meu senhor, muito bem", de acordo com a sua capacidade. Daí chamavam Voinítsin; Voinítsin se levantava e se aproximava da mesa com passos pesados. "Leia o papel", diziam-lhe. Voinítsin erguia o bilhete até o nariz com ambas as mãos, lia devagar e baixava as mãos devagar. "Então, meu senhor, responda, por favor", dizia de forma indolente o mesmo professor, inclinando o tronco para trás e cruzando os braços sobre o peito. Reinava um silêncio sepulcral. "O que o senhor tem?" Voinítsin ficava em silêncio. O velhinho forasteiro começava a ficar inquieto. "Mas diga alguma coisa!" Meu Voinítsin ficava calado como um morto. Sua nuca tosquiada se oferecia, firme e imóvel, aos olhares de curiosidade de todos os seus camaradas. Os olhos do velhinho forasteiro estavam prestes a saltar: definitivamente odiava Voinítsin. "Não obstante, isso é estranho — observava um outro examinador —, por que o senhor fica parado aí, como um mudo? Não sabe, é isso? Então diga." — "Permita-me retirar um outro papel", dizia o infeliz, em tom surdo. Os professores se entreolhavam. "Permissão concedida", respondia o examinador chefe, com um gesto de mão. Voinítsin de novo tirava um papel, de novo se encaminhava à janela, de novo regressava à mesa e de novo ficava calado como um morto. O velhinho forasteiro estava disposto a comê-lo vivo. Por fim era dispensado e recebia um zero. Vocês pensam que daí, pelo menos, ele ia embora? Nada disso! Voltava ao seu lugar, ficava imóvel até o fim da prova e, à saída, exclamava: "Que difícil! Que azar!". E saía caminhando o dia inteiro por Moscou, batendo na própria cabeça de quando em vez e amaldiçoando amargamente sua pobre sorte. É lógico que não ia atrás de livro algum, e na manhã seguinte a história se repetia.

Foi esse Voinítsin que se aproximou de mim. Falamos de Moscou e de caça.

— Quer que eu lhe apresente a pessoa mais engraçada daqui? — cochichou-me de repente.

— Por obséquio.

Voinítsin me levou a um homem de baixa estatura, topete e bigode, fraque marrom e gravata colorida. De fato, seus traços biliosos e vivos respiravam inteligência e agressividade. Um sorriso fugidio e cáustico crispava constantemente seus lábios; os olhinhos negros semicerrados fitavam com insolência por sob os cílios irregulares. Perto dele estava sentado um fazendeiro grande, suave, açucarado — um autêntico adulador — e zarolho. Ria de antemão das graças do baixinho, como se se derretesse de satisfação. Voinítsin apresentou-me ao engraçado, que se chamava Piotr Petróvitch Lupíkhin. Saudamo-nos e trocamos os cumprimentos iniciais.

— Permita-me apresentar-lhe meu melhor amigo — Lupíkhin disse de repente com voz aguda, tomando o fazendeiro açucarado pela mão. — Não teime, Kirila Selifánitch — acrescentou —, ninguém vai mordê-lo. Senhores, é ele — prosseguiu, enquanto um perplexo Kirila Selifánitch saudava de modo desajeitado, como se a pança estivesse lhe escapando —, é ele, apresento aos senhores esse nobre magnífico. Gozava de saúde excelente até os cinquenta anos, quando, de repente, teve a ideia de submeter a vista a tratamento, em consequência do qual ficou caolho. Desde então, vem tratando seus camponeses com êxito similar... Eles, evidentemente, têm a mesma devoção...

— Pois é — murmurou Kirila Selifánitch, caindo na risada.

— Conclua, meu amigo, ei, conclua — secundou Lupíkhin. — Olhe que ainda podem fazê-lo juiz, e vão fazer, o senhor vai ver. Supomos que obviamente os assessores é que vão pensar pelo senhor; em todo caso, vai ter que saber falar, nem que seja para expressar as ideias dos outros. É capaz de chegar o governador e perguntar: por que o juiz está gaguejando? Daí, suponhamos, vão dizer: teve uma paralisia; e ele

Hamlet do distrito de Schigrí

vai dizer, então o sangrem. O senhor mesmo vai concordar que isso é indecoroso para alguém da sua posição.

O fazendeiro açucarado continuou rindo.

— Olhe como ele está rindo — prosseguiu Lupíkhin, fitando com maldade a pança balouçante de Kirila Selifánitch. — E por que não haveria de rir? — acrescentou, dirigindo-se a mim. — Está de barriga cheia, bem de saúde, não tem filhos, seus mujiques não estão hipotecados — ele mesmo trata deles —, sua mulher é biruta. (Kirila Selifánitch deu uma virada de lado, como se não tivesse ouvido, e continuou a gargalhar.) Eu também dou risada, e olhe que a minha mulher fugiu com um agrimensor. (Arreganhou os dentes.) O senhor não sabia? Como assim? Um belo dia ela fugiu e me deixou uma carta, dizendo: querido Piotr Petróvitch, perdão; no enlevo da paixão, parti com o amigo do meu coração... E o agrimensor só a conquistou porque não cortava as unhas e usava calças justas. O senhor está surpreso? Isso é o que chamam de homem franco... Meu Deus! Nós, da estepe, dizemos a verdade nua e crua. Mas vamos para outro lado... Não temos por que ficar perto de um futuro juiz...

Tomou-me pela mão, e fomos até a janela.

— Aqui eu tenho a reputação de ser engraçado — disse-me, ao longo da conversa —, mas não acredite. Sou apenas um exasperado que xinga em voz alta: por isso sou tão desembaraçado. Aliás, por que eu deveria fazer cerimônia? Não dou um tostão pela opinião dos outros e não ambiciono nada; sou mordaz, e daí? Quem é mordaz pelo menos não precisa ser inteligente. O senhor não pode imaginar que alívio isso dá... Por exemplo, observe o nosso anfitrião. Diga-me, por que ele fica correndo, olhando o relógio o tempo todo, sorrindo, suando, fazendo ar solene, matando a gente de fome? Como se nunca tivesse visto um alto dignatário! Olhe lá, olhe lá, está correndo de novo, até tropeçou, veja.

E Lupíkhin riu com voz esganiçada.

— A única pena é que não haja damas — prosseguiu, com um suspiro profundo —, é um jantar de solteiros, é disso que ele gosta. Veja — exclamou subitamente — veja o príncipe Kozélski, aquele homem alto, de barba e luvas verdes. Agora é evidente que esteve no exterior... E sempre chega bem tarde. Vou lhe contar, sozinho ele é tão estúpido como um par de cavalos de mercador, mas se o senhor pudesse ver em que tom condescendente fala conosco, com que magnanimidade se permite rir das gentilezas de nossas mães e filhas famintas!... E ainda faz piada de vez em quando, embora só esteja aqui de passagem; e faz cada piada! É como tentar cortar um barbante com uma faca cega. Ele não me suporta... Vou cumprimentá-lo.

E Lupíkhin saiu correndo na direção do príncipe.

— E aquele é meu inimigo pessoal — murmurou, voltando de repente para perto de mim. — Está vendo aquele gordo de cara parda e cabelo arrepiado, ali, que não larga o gorro, arrastando-se pela parede e olhando para todos os lados, como um lobo? Vendi-lhe por quatrocentos rublos um cavalo que valia mil, e essa criatura taciturna agora tem todo o direito de me desprezar; e ainda é completamente desprovido da capacidade de pensar, especialmente de manhã, antes do chá, ou logo depois do almoço, de modo que se você lhe der bom dia, ele vai responder: como assim? E aquele é o general — prosseguiu Lupíkhin —, um general civil aposentado, um general arruinado. Tem uma filha de açúcar de beterraba e uma fábrica com escrófula... Perdão, não é isso... Mas o senhor me entendeu. Ah! O arquiteto também veio! Alemão, bigodudo, e não sabe nada do seu ofício: um portento! Mas de que lhe adiantaria saber do seu ofício: basta que ele receba subornos para colocar colunas, ou melhor, pilares que agradem os pilares de nossa sociedade!

Lupíkhin voltou a cair na gargalhada... Porém, de repente, a inquietação se espalhou por toda a casa. O alto dig-

Hamlet do distrito de Schigrí

335

natário tinha chegado. O anfitrião se precipitou para a antessala. Algumas fiéis pessoas da casa e convidados zelosos se lançaram atrás dele... A conversa barulhenta se converteu em um murmúrio suave e agradável, semelhante ao zumbido primaveril das abelhas nas colmeias. Só a vespa incansável — Lupíkhin — e o suntuoso zangão — Kozélski — não baixaram a voz... E eis que finalmente entra a abelha-rainha: o alto dignatário. Os corações acorreram em sua direção, quem estava sentado ergueu o tronco; até o fazendeiro que havia comprado barato o cavalo de Lupíkhin, até esse fazendeiro enfiou o queixo no peito. O alto dignatário não podia ter mantido melhor a dignidade: movendo a cabeça para trás à guisa de saudação, proferiu umas palavras de aprovação, todas começando com a letra A, ditas de modo arrastado e pelo nariz; olhou para a barba do príncipe Kozélski com uma indignação devoradora[183] e ofereceu ao general civil arruinado que tinha uma fábrica e uma filha o dedo indicador da mão esquerda. Em alguns minutos, ao longo dos quais o alto dignatário conseguiu dizer duas vezes que estava muito feliz por não ter se atrasado para o jantar, todos se encaminharam para a sala de refeições, com os figurões à frente.

Não preciso narrar ao leitor como colocaram o alto dignatário no lugar de honra, entre o general civil e o marechal da província, homem cuja expressão facial livre e digna combinava completamente com o peitilho engomado, o imenso colete e a tabaqueira redonda com fumo francês; como o anfitrião andava atarefado, corria, agitava-se, obsequiava os convidados, sorria ao passar às costas do alto dignatário e, parado em um canto, como um colegial, deglutia às pressas um pratinho de sopa ou um pedacinho de carne bovina; como

---

[183] Reflexo da aversão do tsar Nicolau I à barba, que, como explicado na nota anterior, resultou em um decreto proibindo o uso de barba e bigode pelos funcionários públicos da Rússia. (N. da E.)

o mordomo servia um peixe de uma arquina e meia de comprimento com um ramalhete na boca; como os criados de libré, de aspecto severo, abordavam circunspectos cada um dos nobres, oferecendo ora málaga, ora madeira, e como quase todos os nobres, especialmente os mais velhos, entornavam cálice atrás de cálice, como se a contragosto se submetessem à sensação de dever; como, por fim, espocaram as garrafas de champanhe e começaram a fazer brindes: o leitor provavelmente conhece tudo isso muito bem. Contudo, o mais notável foi uma anedota contada pelo próprio alto dignatário, em meio ao silêncio geral e alegre. Alguém, acho que o general arruinado, um homem familiarizado com a literatura moderna, mencionou a influência das mulheres em geral, particularmente sobre os jovens. "Sim, sim — corroborou o alto dignatário —, é verdade; os jovens têm que ser mantidos em obediência restrita, senão ficam loucos com qualquer rabo de saia." (Um alegre sorriso infantil perpassou os rostos de todos os convidados; o olhar de um fazendeiro chegou a brilhar de gratidão.) "Pois os jovens são *tólos*." (Provavelmente para se dar ares de importância, o alto dignatário mudava às vezes a acentuação corrente das palavras.) "Vejam Ivan, meu filho — prosseguiu —, o tonto tinha acabado de fazer vinte anos e de repente veio até mim e disse: 'Meu pai, permita-me que me case'. Eu lhe disse: 'Estúpido, primeiro entre para o serviço...'. Teve desespero e lágrimas... mas comigo... isso..." (O alto dignatário proferiu a palavra "isso" mais com a barriga que com os lábios; calou-se e fitou seu vizinho, o general, de forma majestosa, elevando as sobrancelhas muito mais do que seria de se esperar. O general civil inclinou com gosto a cabeça para o lado e, com rapidez extraordinária, piscou para o alto dignatário.) "E querem saber?", voltou a dizer o alto dignatário. "Agora ele me escreve dizendo 'obrigado, meu pai, por ter ensinado ao estúpido'... Assim é que temos que agir." Claro que todos os convidados estavam

Hamlet do distrito de Schigrí

totalmente de acordo com o narrador, e pareceram se animar de satisfação pelo sermão recebido... Depois do jantar, todos se levantaram e foram à sala de estar com um barulho grande, porém decente, e, nesse caso, permitido... Foram jogar cartas.

Terminei a noitada com dificuldade e, depois de encarregar meu cocheiro de preparar minha caleche para as cinco da manhã do dia seguinte, fui descansar. Porém, ainda naquele dia, eu tinha pela frente o encontro com uma pessoa das mais notáveis.

Devido à grande quantidade de hóspedes, ninguém dormiu sozinho. Em um pequeno quarto esverdeado e úmido, ao qual fui levado pelo mordomo de Aleksandr Mikháilitch, já havia outro hóspede, completamente despido. Ao me ver, logo mergulhou embaixo da manta, cobrindo-se até o nariz, remexeu-se um pouco sobre o colchão fofo de penugem e acalmou-se, espiando, vigilante, por sob o debrum redondo de seu gorro de algodão. Fui até o outro leito (havia dois no quarto), despi-me e me deitei nos lençóis úmidos... Desejei-lhe boa noite.

Passou meia hora. Apesar de meus esforços, não conseguia dormir de jeito nenhum: uma fileira interminável de pensamentos inúteis e obscuros se sucediam como os baldes de uma máquina hidráulica.

— Pelo jeito o senhor não está dormindo — disse meu vizinho.

— Como pode ver — respondi. — Mas o senhor também não está dormindo?

— Nunca tenho sono.

— Como assim?

— Assim. Eu mesmo não sei como pego no sono; fico deitado, fico deitado e acabo dormindo.

— Por que o senhor se deita antes de ter vontade de dormir?

— E o que o senhor me recomenda?

Não respondi à pergunta de meu vizinho.

— Estou surpreso — prosseguiu, após breve silêncio — porque aqui não tem pulga. Cadê elas?

— Parece que o senhor lamenta — notei.

— Não, não lamento; em tudo, porém, aprecio observar as consequências.

"Olhe as palavras que ele usa", pensei.

O vizinho voltou a se calar.

— Quer apostar comigo? — disse ele de repente, bem alto.

— O quê?

Meu vizinho começava a me divertir.

— Hum... o quê? Já sei: tenho certeza de que o senhor me acha um tolo.

— Permita-me — murmurei, espantado.

— Um homem da estepe, um tosco... Admita...

— Não tenho o prazer de conhecê-lo — repliquei. — De onde o senhor foi tirar...

— De onde? Do simples tom da sua voz: o senhor me responde com um desdém... Mas eu não sou nada disso que o senhor está pensando...

— Permita-me...

— Não, permita-me *o senhor*. Em primeiro lugar, não falo francês pior do que o senhor, e o meu alemão é até melhor; em segundo, passei três anos no exterior: só em Berlim foram oito meses. Estudei Hegel, meu caro senhor, sei Goethe de cor; acima de tudo, estive apaixonado muito tempo pela filha de um professor alemão, e me casei por aqui com uma senhorita tuberculosa e careca, mas de personalidade notável. Ou seja, sou um animal da sua espécie; não sou esse homem da estepe que o senhor acha... Também sou atormentado pela reflexão, e não tenho nada de espontâneo.

Levantei a cabeça e fitei o excêntrico com atenção redo-

Hamlet do distrito de Schigrí

brada. À luz embaçada da lâmpada de cabeceira mal dava para distinguir seus traços.

— Agora o senhor está olhando para mim — prosseguiu, endireitando o barrete —, e provavelmente está perguntando a si mesmo: como eu não reparei nele hoje? Direi por que não reparou: é que eu não ergo a voz; é que eu me escondo atrás dos outros, fico atrás da porta, não converso com ninguém; é que o mordomo, ao passar por mim com a bandeja, levanta o cotovelo até a altura do meu peito... E por que é assim? Por dois motivos: primeiro que eu sou pobre, segundo que sou resignado... Pode dizer a verdade: o senhor não reparou em mim.

— Realmente, eu não tive a satisfação...

— Está vendo, está vendo — interrompeu-me —, eu já sabia.

Levantou-se e cruzou os braços; a longa sombra do seu barrete projetava-se nas paredes e no teto.

— Admita também — acrescentou, fitando-me subitamente de soslaio — que eu devo lhe parecer o que chamam de esquisitão, um original ou até talvez algo pior: talvez o senhor pense que eu me finjo de esquisito.

— Devo lhe repetir mais uma vez que não o conheço...

Baixou os olhos por um instante.

— Por que eu me pus a falar de modo tão inesperado com o senhor, um completo desconhecido? Meu Deus, só Deus sabe! (Suspirou.) Não deve ser por afinidade de espírito! O senhor e eu, nós dois somos gente honesta, ou seja, egoísta: não tenho nada a ver com o senhor, nem o senhor comigo; não é? Só que nenhum de nós consegue dormir... Por que não conversar? Hoje estou de bom humor, e isso é raro. Veja, eu sou tímido, mas não sou tímido por ser provinciano, pobretão, sem colocação, mas sim por excesso de amor-próprio. Só que às vezes, por influência de circunstâncias benéficas e casuais que eu, a propósito, não tenho como determinar nem prever, minha timidez desaparece por completo, como, por exemplo, agora. Se o senhor me colocasse agora cara a cara com o Dalai Lama, eu pediria a ele rapé para cheirar. O senhor está com vontade de dormir?

— Pelo contrário — retruquei apressadamente —, tenho muito prazer em falar com o senhor.

— Ou seja, eu o estou divertindo, é o que o senhor queria dizer... Melhor assim... Pois bem, meu senhor, informo-lhe que aqui sou chamado de original, ou seja, chamam-me assim aqueles que por acaso chegam a proferir meu nome, entre outras ninharias. "Ninguém se preocupa com a minha sorte."[184] Eles acham que me melindram... Ah, meu Deus! Se eles soubessem... Pois justamente o que me faz perecer é não ter de fato nenhuma originalidade, nenhuma, à exceção de extravagâncias como, por exemplo, essa nossa conversa de agora; mas uma extravagância dessas não vale um tostão furado. É o tipo mais barato e baixo de originalidade.

Virou a cara para mim, gesticulando.

— Meu caro senhor! — exclamou. — Sou de opinião de que só os originais estão vivos na terra; só eles têm direito de viver. "*Mon verre n'est pas grand, mais je bois dans mon verre*",[185] como disse alguém. Veja — acrescentou, a meia-voz — como falo francês bem. Que me interessa se você tem uma cabeça grande e espaçosa e que compreenda tudo, que saiba muito e que esteja atualizado se você não tem nada de seu, de particular, de próprio? Mais um depósito para os lugares comuns do mundo, e quem se satisfaz com isso? Não, que você seja estúpido, mas à sua maneira! Tenha seu pró-

---

[184] Citação do poema "Testamento" (1840), de Mikhail Liérmontov. (N. da E.)

[185] Em francês, no original: "Meu copo não é grande, mas eu bebo no meu copo". Do poema dramático *La coupe et les lèvres* [A taça e os lábios] (1832), de Alfred de Musset (1810-1857). (N. da E.)

prio cheiro, seu cheiro particular, é isso aí! E não ache que minha exigência quanto ao cheiro seja grande... Deus me guarde! Existe gente original assim: para onde você olhar, vai ver um original; todas as pessoas vivas são originais, só eu que não!

— Na juventude, porém — prosseguiu, após breve silêncio —, que expectativas eu não despertava! Como era alta a opinião que eu tinha de mim mesmo antes de partir para o exterior, e também nos primeiros tempos depois do regresso! Bem, no exterior eu estava sempre alerta, ficava sempre isolado, como acontece com aquele que está entendendo tudo, está entendendo tudo, mas, no fim, quando você vai ver, não entendeu nem o abecê!

— Original, original! — repetia, balançando a cabeça em reprovação... — Chamam-me de original... E o caso é que não existe no mundo ninguém menos original que esse seu criado. Devo ter nascido para imitar alguém... Ai, meu Deus! Vivo como se fosse uma imitação dos diversos autores que estudei, vivo do suor do meu rosto; finalmente estudei, me apaixonei e me casei como se não fosse de vontade própria, como se fosse para cumprir algum dever, alguma lição, quem sabe?

Arrancou o barrete da cabeça e o atirou no leito.

— Quer que eu lhe conte a minha vida — perguntou-me com voz entrecortada —, ou melhor, alguns traços da minha vida?

— Faça-me o favor.

— Ou não, é melhor eu lhe contar como me casei. Pois o matrimônio é uma coisa importante, a pedra de toque de todo indivíduo, que se vê refletido nele como em um espelho... Essa comparação é bem batida... Permita-me cheirar rapé.

Tirou a tabaqueira de debaixo da almofada, abriu-a e voltou a falar, agitando a tabaqueira aberta.

— Meu caro senhor, coloque-se no meu lugar... Julgue o senhor mesmo, tenha a bondade de dizer, que proveito eu poderia tirar da *Enciclopédia* de Hegel? Diga-me, o que essa enciclopédia tem em comum com a vida na Rússia? E como poderíamos aplicar ao nosso modo de vida não só essa enciclopédia, mas a filosofia alemã em geral... e digo mais, também a ciência?

Saltou na cama e passou a resmungar a meia-voz, cerrando os dentes, com raiva:

— Pois é, pois é! Para que você foi se arrastar pelo exterior? Por que não ficou em casa e não estudou a vida que estava a seu redor? Você teria descoberto suas necessidades, seu futuro, e aquilo que chamam de sua vocação também teria ficado clara... Mas, com a sua permissão — prosseguiu, voltando a mudar de voz, como se se justificasse e se intimidasse —, onde seria possível aprender o que nenhum sábio conseguiu pôr nos livros? Eu ficaria feliz em ter aulas com a vida russa, mas ela, minha querida, está sempre calada. Ela me diz: entenda-me assim; mas eu não consigo, preciso de deduções, apresente-me conclusões... Conclusões? Eis a conclusão: escute os moscovitas, eles não são uns rouxinóis? Mas a desgraça é que eles cantam como rouxinóis de Kursk, em vez de falar como gente... Então eu pensei, pensei e achei que a ciência devia ser uma só, assim como a verdade é uma só, e fui com Deus para a terra estrangeira, pagã... Que fazer? Estava tomado pela juventude, pelo orgulho. Sabe, eu não queria ficar gordo antes do tempo, embora digam que isso seja bom. Aliás, se a natureza não colocou carne no seu corpo, também não vai enchê-lo de gordura!

— Contudo — acrescentou, depois de pensar um pouco —, acho que prometi lhe contar como me casei. Ouça. Em primeiro lugar, informo-lhe que não há mulher melhor do que a minha no mundo, e em segundo lugar... em segundo lugar vejo que terei que falar da minha juventude, senão o

Hamlet do distrito de Schigrí   343

senhor não vai entender nada... Não está com vontade de dormir?

— Não, não estou.

— Maravilha. Então me ouça... Como é horrível o ronco do senhor Kantagriúkhin no outro quarto! Meus pais não eram ricos; digo pais pois, como reza a tradição, além de mãe, eu também tinha um pai. Não me lembro dele; contam que era um homem limitado, de nariz grande, sardas, ruivo, que cheirava rapé por uma narina só; no dormitório de mamãe havia seu retrato, de uniforme vermelho e gola preta até a orelha, extraordinariamente repugnante. Eu era açoitado na sua frente, e nessas ocasiões mamãe sempre o apontava, dizendo: com ele seria pior. O senhor pode imaginar como isso me incentivava. Não tive irmão nem irmã; bem, para dizer a verdade, tive um irmãozinho que gorou, teve raquitismo na nuca e morreu logo... Como é que essa doença, que chamamos de inglesa,[186] atravessou a província de Kursk e chegou ao distrito de Schigrí? Mas o assunto não é esse. Minha mãe cuidou de minha educação, com o zelo impetuoso de uma fazendeira da estepe: ela cuidou disso de modo esplêndido, desde meu nascimento até eu completar dezesseis anos... O senhor está me seguindo?

— Sim, continue.

— Muito bem. Então, completei dezesseis anos e a minha mãe, sem demora, dispensou meu professor de francês, Filipóvitch, um alemão da comunidade grega de Niéjin; levou-me até Moscou, matriculou-me na universidade, entregou a alma ao Todo-Poderoso e me deixou nas mãos de meu tio, o advogado Koltun-Babur, uma peça conhecida não apenas no distrito de Schigrí. Esse meu parente, meu tio, o advogado Koltun-Babur, como de praxe, me roubou até me

---

[186] Em russo, o raquitismo é chamado de "doença inglesa". (N. do T.)

deixar limpo... Mas, de novo, o assunto não é esse. Entrei na universidade — devo fazer justiça à minha mãe — muito bem preparado; minha falta de originalidade, porém, já se fazia notar. Minha infância não foi em nada diferente da infância dos outros jovens: cresci igualmente tonto e indolente, como se estivesse embaixo de um edredom, e também comecei cedo a repetir versos de cor e a ficar na moleza, sob pretexto de uma inclinação a sonhar... Com o quê? — Sim, com o belo... Etc. Na universidade não segui outro caminho: logo fiz parte de um círculo. Naquela época havia outros... Mas talvez o senhor não saiba como são esses círculos. Lembro-me de que Schiller disse em algum lugar:

> *Gefährlich ist's den Leu zu wecken,*
> *Und schreklich ist des Tigers Zahn,*
> *Doch das schrecklichste der Schrecken —*
> *Das ist der Mensch in seinem Wahn!*[187]

Asseguro-lhe que, na verdade, ele queria dizer: *Das ist ein "círculo"... in der Stadt Moskau!*[188]

— O que o senhor acha horrível nos círculos? — perguntei.

Meu vizinho pegou o barrete e o enfiou até o nariz.

— O que eu acho horrível? — gritou. — Isso: o círculo é a morte de qualquer desenvolvimento singular; o círculo é o repugnante substituto da sociedade, das mulheres, da vida; o círculo... ah, espere que eu vou lhe dizer o que é o círculo!

---

[187] Em alemão, no original: "É perigoso acordar o leão/ E terrível o dente do tigre/ Porém o mais terrível dos terrores/ É o homem em sua ilusão!". Trecho de "Das Lied von der Glocke" ("A canção do sino"). (N. do T.)

[188] Em alemão, no original: "É um círculo na cidade de Moscou!". (N. do T.)

Hamlet do distrito de Schigrí

O círculo é o convívio preguiçoso e indolente ao qual se dá significado e aspecto de algo racional; o círculo substitui a conversa pelo debate, acostuma à tagarelice infrutífera, distrai do trabalho solitário e benéfico, inculca a sarna da literatura; e é claro que priva do frescor e da força virgem da alma. O círculo é torpeza e tédio sob o nome de fraternidade e amizade, a união do equívoco e da pretensão sob pretexto de franqueza e colaboração; no círculo, graças ao direito dado a todo participante de enfiar os dedos sujos no interior de seu camarada em qualquer hora ou ocasião, não sobra lugar limpo ou intacto na alma de ninguém; no círculo são reverenciados os de lábia vazia, os sabichões cheios de si, os velhos antes do tempo, elevam os versejadores sem talento, mas com ideias "ocultas"; no círculo, jovenzinhos de dezessete anos falam de mulheres e de amor com astúcia e sofisticação, mas, quando estão diante delas, ficam calados, ou se expressam como nos livros — e do que falam! No círculo floresce a eloquência artificial; no círculo, um vigia o outro como policial... Oh, círculo! Você não é apenas um círculo: você é o círculo vicioso no qual perece mais de uma pessoa virtuosa!

— Admita, por favor, que está exagerando — interrompi.

Meu vizinho me fitou em silêncio.

— Pode ser, sabe Deus, pode ser. Pois só resta uma satisfação a esse seu colega: exagerar. Bem, meu senhor, foi assim que passei quatro anos em Moscou. Não tenho condições de lhe descrever, meu bom senhor, como esse tempo passou rápido, terrivelmente rápido; fico triste e aborrecido só de lembrar. Você acorda de manhã e é como se descesse uma montanha de trenó... Quando vai ver já chegou no fim; já anoiteceu; um criado sonolento já está lhe colocando a sobrecasaca, que você veste para ir atrás de um amigo para fumar cachimbo, tomar um copo de chá ralo e falar de filosofia alemã, do amor, da eterna luz do espírito e outros temas distantes. Mas lá eu também encontrei gente original e singular: alguns até tentavam ceder, tentavam se curvar, mas a natureza sempre acabava fazendo a sua parte; só eu, infeliz, me deixava moldar, mole como cera, e minha deplorável natureza não opunha a menor resistência! Entretanto fiz vinte e um anos. Fiquei de posse de meu patrimônio ou, para ser mais exato, da parte de meu patrimônio que meu tutor quis me deixar, confiei a administração de todos os meus bens ao servo alforriado Vassíli Kudriachov, e parti para o exterior, para Berlim. Como já tive a satisfação de lhe informar, passei três anos no exterior. E então? Lá fora eu continuei sendo a mesma pessoa sem originalidade. Em primeiro lugar, não preciso dizer que não conheci nem traço da Europa e do estilo de vida europeu; eu ouvia professores alemães e lia livros alemães em seus lugares de nascimento... eis no que consistia toda a diferença. Levava uma vida solitária e monástica; tinha relações com um tenente aposentado, acossado, como eu, pela sede de saber, porém de entendimento bastante lerdo e não agraciado com o dom da palavra; dava-me com famílias néscias de Penza e outras províncias ricas em cereal; vagava pelos cafés, lia revistas, ia ao teatro à noite. Conheci poucos nativos, falava com eles com certa tensão e não recebia nenhum deles em casa, à exceção de dois ou três jovens enfadonhos de origem judaica, que acorriam a mim de vez em quando para pedir dinheiro emprestado porque confiavam em *der Russe*.[189] Uma estranha manobra do acaso levou-me por fim à casa de um de meus professores, do seguinte modo: procurei-o para me inscrever em um curso e ele de repente me convidou para visitá-lo à noite. Esse professor tinha duas filhas de vinte e sete anos, atarracadas — que Deus as tenha — de narizes majestosos, cabelos cacheados, olhos

---

[189] Em alemão, no original: "o russo". (N. do T.)

de um azul pálido e mãos vermelhas com unhas brancas. Uma se chamava Linchen, a outra Minchen. Comecei à ir à casa do professor. Devo lhe dizer que esse professor não era burro, mas parecia lesado: na cátedra, falava com bastante coerência, porém, em casa, enrolava a língua e tinha os óculos sempre na testa; ademais, era um homem bem culto... E daí? Subitamente tive a impressão de estar apaixonado por Linchen, uma impressão que durou seis meses. Verdade que falava pouco com ela, o que mais fazia era observá-la; mas eu lia para ela em voz alta diversas obras tocantes, estreitava-lhe furtivamente a mão e, à noite, sonhava com ela, olhando obstinadamente para a lua, ou apenas para o alto. Além disso, ela fazia um café ótimo! O que mais eu queria? Só uma coisa me perturbava: nos momentos daquilo que chamam de inefável deleite dava-me uma dor de estômago, e um tremor melancólico e frio me percorria a espinha. Por fim, não aguentei tamanha felicidade e fugi. Depois disso, passei ainda dois anos no exterior: estive na Itália, postei-me diante da Transfiguração, em Roma, e de Vênus, em Florença; subitamente caí em um enlevo exagerado, como se a fúria se apossasse de mim; à noite escrevia versos, comecei um diário; ou seja, lá eu fazia o que todo mundo faz. Veja, contudo, como é fácil ser original. Eu, por exemplo, não entendo nada de pintura e escultura... Dizer isso em voz alta... Não, seria impossível! Pegue um cicerone e corra para ver os afrescos...

Voltou a baixar a vista e voltou a tirar o barrete.

— Eis que volto finalmente à pátria — prosseguiu, com voz cansada —, chegando a Moscou. Em Moscou, sofri uma mudança surpreendente. Se no exterior eu ficava na maior parte do tempo calado, aqui eu de repente comecei a falar com uma desenvoltura inesperada e, ao mesmo tempo, comecei a alimentar sabe Deus que sonhos a respeito de mim mesmo. Havia pessoas condescendentes para as quais eu quase parecia um gênio; as damas ouviam meus discursos retóricos com simpatia; mas eu não soube me manter à altura de minha glória. Em um belo dia, começaram fofocas ao meu respeito (por Deus que não sei como isso apareceu: deve ser alguma solteirona do sexo masculino, como as que há em Moscou), começaram e criaram folhas e frutos, como morangos silvestres. Eu me enrolei, quis escapar, romper os fios pegajosos, mas não deu... Parti. Aí eu também mostrei ser um insensato; deveria ter aguardado com calma o fim da agressão, do mesmo jeito que se aguarda o fim de uma urticária, e aquelas mesmas pessoas condescendentes voltariam a me abrir os braços, e as mesmas damas voltariam a sorrir aos meus discursos... Eis aí a desgraça de não ser original. Veja bem, de repente meus escrúpulos despertaram: fiquei com vergonha de tagarelar, tagarelar sem parar, tagarelar ontem na Arbat, hoje na Trubá, amanhã na Sívtsev-Vrájek, e sempre sobre o mesmo assunto... Mas e se era o que queriam de mim? Olhe para os verdadeiros vencedores nesse campo: isso não lhes custa nada; pelo contrário, é tudo o que eles precisam; fazer a língua trabalhar por vinte anos, sempre na mesma direção... É o que vale a confiança em si mesmo e a autoestima! Eu também tinha autoestima, e mesmo hoje ela não sossegou de todo... Mas o mal é que, como volto a dizer, não sou uma pessoa original, fiquei no meio do caminho: a natureza devia ter me destinado muito mais autoestima, ou não ter me dado nenhuma. Nos primeiros tempos, porém, a coisa foi bem difícil; a viagem ao exterior, ainda por cima, tinha esgotado completamente meus recursos, e, como eu não tinha vontade de me casar com uma comerciante jovem, mas com o corpo já flácido como geleia, retirei-me para o campo. Acho — acrescentou meu vizinho, voltando a me fitar de soslaio — que posso me calar a respeito das primeiras impressões da vida no campo, as alusões à beleza da natureza, o silencioso fascínio da solidão etc...

— Pode, pode, — retruquei.

— Ainda mais — prosseguiu o narrador — porque tudo isso é bobagem, pelo menos no que se refere a mim. Morria de tédio no campo, como um cão encarcerado, embora reconheça que, no caminho de volta, ao percorrer pela primeira vez o conhecido bosque de bétulas, minha cabeça começou a rodar, e o coração bateu com uma vaga e doce esperança. Porém essas vagas esperanças, como o senhor bem sabe, jamais se concretizam; pelo contrário, o que se concretiza são coisas diferentes, completamente inesperadas, como morte de gado, atraso de pagamento, vendas em hasta pública etc. Ia sobrevivendo dia após dia com a ajuda do gerente Iákov, que substituíra o administrador anterior e depois se revelou tão ladrão quanto o outro, se não mais, e que ainda por cima me envenenava a existência com o cheiro de suas botas de alcatrão; lembrei-me certa vez de uma família vizinha, que consistia na viúva de um coronel aposentado e duas filhas, mandei atrelar a *drójki* e saí em visita. Tal dia deve permanecer para sempre na minha memória: em seis meses, casei-me com a filha mais nova da coronela!...

O narrador baixou a cabeça e ergueu as mãos para o céu.

— Contudo — prosseguiu, com ardor —, não queria lhe causar uma má impressão da falecida. Deus me livre! Era a mais nobre das criaturas, a melhor, amorosa e capaz de qualquer sacrifício, embora, aqui entre nós, eu deva admitir que, se não me tivesse ocorrido a infelicidade de perdê-la, provavelmente não estivesse em condições de falar agora com o senhor, pois até hoje está intacta no fundo do meu galpão a viga na qual mais de uma vez quis me enforcar!

— Há peras — recomeçou, após breve silêncio — que precisam ficar algum tempo debaixo da terra, no porão, para adquirir o que chamam de seu gosto verdadeiro; minha falecida, pelo visto, era um ser de natureza semelhante. Só agora lhe faço plena justiça. Só agora, por exemplo, a lembrança de algumas tardes que passei ao seu lado antes do casamento não apenas não me desperta a menor amargura como, pelo contrário, toca-me quase até as lágrimas. Não era gente rica; sua casa, bem velha, de madeira, mas confortável, ficava em uma colina, em meio a um jardim abandonado e um pátio cheio de mato. Ao pé da colina corria um rio, que mal dava para ver em meio à folhagem espessa. Um grande terraço levava da casa ao jardim, e diante do terraço resplandecia um canteiro alongado, coberto de rosas; em cada uma das extremidades do canteiro cresciam duas acácias, entrelaçadas na juventude em forma de hélice pelo finado patrão. Um pouco mais adiante, em meio a framboeseiras abandonadas e silvestres, havia um caramanchão, engenhosamente decorado por dentro, mas com um exterior tão velho e decrépito que dava pavor olhar. Uma porta de vidro levava do terraço à sala de estar, que oferecia ao olhar curioso do observador estufas de azulejo nos cantos, à direita um piano estridente, coberto de partituras manuscritas, um divã forrado de damasco azul desbotado com desenhos brancos, uma mesa redonda, duas cristaleiras de porcelana e adereços de miçanga dos tempos de Catarina, a Grande, na parede o célebre retrato de uma moça loira com uma pomba no peito e os olhos virados,[190] na mesa um vaso de rosas frescas... Veja como descrevo de forma detalhada. Nessa sala e nesse terraço se desencadeou toda a tragicomédia do meu amor. A vizinha era uma mulher desagradável, com a voz sempre rouca de cólera, uma criatura opressora e rabugenta; das filhas, uma, Vera, não se

[190] Nessa época, desfrutavam de grande popularidade os quadros do pintor francês Jean-Baptiste Greuze (1725-1805), que criou uma melosa e sentimental série de "cabeças", muitas vezes complementadas pela imagem de uma "ave" assentada no peito. Havia, deste artista, uma *Cabeça: moça com pomba* pendurada entre os retratos de família na propriedade dos Lutovinov (família da mãe de Turguêniev), na aldeia de Kholodovo. (N. da E.)

distinguia em nada das moças normais do distrito, e a outra, Sófia, foi aquela por quem me apaixonei. As irmãs tinham um outro quarto, seu dormitório comum, com duas inocentes caminhas de madeira, álbuns amarelados, resedas, retratos de amigos e amigas bem mal desenhados a lápis (dentre eles se destacava um senhor com um rosto de rara expressão enérgica e uma assinatura ainda mais enérgica, que, em sua juventude, deve ter suscitado esperanças descomunais, mas que por fim, como todos nós, não deu em nada), bustos de Goethe e Schiller, livros alemães, coroas de flores ressequidas e outras lembranças. Contudo, eu ia a esse quarto raramente, e a contragosto: minha respiração ficava apertada. Ademais, olhe que estranho! Eu gostava mais de Sófia quando estava sentado às costas dela, ou ainda mais quando sonhava com ela, especialmente à tarde, no terraço. Nessas horas eu olhava para o crepúsculo, para as árvores, para as folhinhas verdes que já estavam escuras, mas ainda se destacavam nitidamente no céu rosado; na sala de estar, Sófia estava ao piano, tocando sem parar alguma frase querida e tristemente contemplativa de Beethoven; a velha má roncava pacificamente no divã; na sala de jantar, inundada por uma torrente de luz escarlate, Vera cuidava do chá; o samovar chiava de modo peculiar, como se estivesse feliz com alguma coisa; as roscas se partiam com um estalido alegre, as colherinhas batiam sonoramente nas xícaras; o canário, que matraqueara incansavelmente o dia inteiro, tinha ficado sossegado de repente, piando só de vez em quando, como se estivesse perguntando alguma coisa; gotas ralas caíam de uma nuvem límpida e ligeira a passar... E eu ficava sentado, sentado, escutava, escutava, meu coração se dilatava e eu voltava a ter a impressão de amar. Foi sob a influência dessas tardes que uma vez pedi à velha a mão de sua filha, e, em dois meses, me casei. Tive a impressão de amá-la... Agora já seria tempo de saber, mas eu, meu Deus, nem mesmo agora sei se amava Sófia. Tratava-se de uma criatura bondosa, inteligente, silenciosa, de coração cálido; porém, sabe Deus por quê, se devido a viver muito tempo no campo, ou por qualquer outro motivo, no fundo de sua alma (se é que alma tem fundo) ocultava-se uma ferida, ou, melhor dizendo, sangrava uma ferida incurável, que ela não sabia definir, nem eu. É óbvio que eu só me dei conta da existência dessa ferida depois das núpcias. O que eu não fiz para combatê-la — nada adiantava! Em criança tive um lugre que caiu uma vez nas garras de um gato; o pobre lugre foi salvo e curado, mas não conseguiu se recuperar; amuou-se, definhou, parou de cantar... Acabou que, certa noite, uma ratazana entrou em sua gaiola aberta e lhe mordeu o nariz, em consequência do que ele finalmente decidiu morrer. Não sei que gato botou as garras na minha mulher, só sei que ela se amuou e definhou como meu infeliz lugre. Às vezes parecia que estava se animando, com vontade de sair ao ar fresco, ao sol, à liberdade; tentava, mas logo voltava a ficar ensimesmada. E olha que ela me amava: quantas vezes me assegurava que não queria nada além disso — ah, que diabo! —, com os olhos embaciados... Pensei: não seria algo em seu passado? Fui me informar: não descobri nada. Agora julgue o senhor mesmo: uma pessoa original teria dado de ombros, talvez soltasse uns dois suspiros, e logo recomeçaria a viver à sua maneira; mas eu, criatura sem originalidade, passei a contemplar as vigas. Os hábitos de solteirona — Beethoven, passeios noturnos, a reseda, a correspondência com os amigos, os álbuns etc. — estavam tão arraigados na minha mulher que ela jamais poderia se habituar a outro tipo de vida, especialmente à de dona de casa; além disso, é ridículo uma mulher casada languescer em melancolia indefinível e cantar "Não a desperte no crepúsculo"[191] ao cair da tarde.

[191] Romança de Aleksandr Iegórovitch Varlámov (1801-1848), com versos de Afanássi Afanássievitch Fet (1820-1892). (N. da E.)

Hamlet do distrito de Schigrí

Bem, meu senhor, fomos felizes desse jeito por três anos; em casa, Sófia morreu no parto, e — coisa estranha — era como se eu já soubesse com antecedência que ela não teria condição de dar novos habitantes à terra, fosse uma filha ou um filho. Lembro-me do seu enterro. Nossa igreja paroquial não é grande, é antiga, a iconóstase está enegrecida, as paredes são nuas, o chão de tijolos está solto em alguns lugares; acima de cada assento do coro há uma grande imagem antiga. Trouxeram o caixão, colocaram-no bem no meio, na frente da porta do santuário, cobriram-no com um véu desbotado, dispondo três castiçais ao seu redor. Começou o serviço. Um sacristão decrépito, com uma pequena trança atrás e uma faixa verde na cintura, resmungava com tristeza diante do atril; o sacerdote, também velho, de rosto bondoso e aparência cega, e batina lilás com desenhos amarelos, fazia também as vezes de diácono. Ao largo de todas as janelas abertas, as folhinhas suaves e chorosas das bétulas tremulavam e murmuravam; um cheiro de erva vinha do pátio; a chama vermelha dos círios empalidecia diante da luz alegre do dia de primavera; pardais piavam por toda igreja, e, de vez em quando, ouvia-se embaixo da cúpula a exclamação sonora de uma andorinha a voar. Na poeira dourada dos raios de sol, baixavam e se levantavam rapidamente as cabeças marrons de uns poucos mujiques a rezar zelosamente pela falecida; um delgado filete azulado de fumaça saía do orifício do turíbulo. Olhei para o rosto morto de minha mulher... Meu Deus! Nem a morte, nem mesmo a morte a havia libertado, não a havia curado de suas feridas: aquela mesma expressão doentia, tímida, como se estivesse sem jeito até mesmo no caixão... Meu coração se encheu de amargura. Era uma criatura boa, muito boa, e o melhor para ela foi morrer!

As faces do narrador se enrubesceram, e os olhos se empanaram.

— Quando por fim me livrei — voltou a falar — do

forte desânimo que se apoderara de mim depois da morte de minha mulher, resolvi lançar mãos à obra, como dizem. Arrumei um emprego em uma cidade da província; porém, os grandes aposentos do edifício público me davam dor de cabeça, e meus olhos também funcionavam mal; também houve outros motivos... e eu me demiti. Tive vontade de ir até Moscou, mas, em primeiro lugar, o dinheiro não dava e, em segundo... já lhe disse que sou um resignado. Essa resignação foi ao mesmo tempo rápida e demorada. De alma eu era resignado há muito tempo, mas a minha cabeça não queria se curvar. Eu atribuía a modéstia de meus sentimentos e ideias à vida no campo, à infelicidade... Por outro lado, já havia reparado há muito tempo que quase todos os meus vizinhos, jovens e velhos, que no começo tinham ficado intimidados por minha instrução, pela viagem ao exterior e pelas outras vantagens da minha formação, não apenas tinham conseguido se acostumar completamente comigo, como ainda passaram a se dirigir a mim com uma sem-cerimônia rude, não ouviam minhas frases até o fim e, ao falar comigo, não usavam mais as fórmulas de cortesia. Também esqueci de lhe contar que, ao longo de meu primeiro ano de casado, o tédio me fez tentar a literatura, e até cheguei a mandar para uma revista um artiguinho, se não me engano, uma novela; mas logo recebi do redator uma polida carta que dizia, entre outras coisas, que, se era impossível negar minha inteligência, eu carecia da única coisa que conta na literatura, o talento. Além disso, chegou a meu conhecimento que um visitante de Moscou — por sinal, um jovem excelente — referira-se de passagem a meu respeito, em uma tarde, na casa do governador, como uma pessoa gasta e vazia. Porém, minha cegueira semivoluntária continuava: sabe, eu não tinha vontade de dar um tapa na minha própria cara; em um belo dia, finalmente abri os olhos. Veja o que aconteceu. O *isprávnik* veio até mim com o propósito de chamar minha atenção para uma

Hamlet do distrito de Schigrí

ponte que havia desabado em meus domínios, e que eu decididamente não tinha como consertar. Depois de tragar um cálice de vodca e esturjão defumado, o indulgente guardião da ordem repreendeu-me paternalmente por meu descuido, simpatizando, contudo, com minha situação, aconselhando-me a apenas mandar os mujiques fazer um enchimento com esterco, para daí fumar um cachimbo e falar das próximas eleições. O respeitável título de marechal da província estava sendo cobiçado naquela época por um certo Orbassánov, um falastrão, e ainda por cima concussionário. Além disso, não se distinguia nem por riqueza, nem por fidalguia. Exprimi minha opinião a respeito dele com bastante desdém: devo admitir que olhava para o senhor Orbassánov de cima para baixo. O *isprávnik* olhou para mim, deu-me um tapinha carinhoso no ombro e afirmou, bonachão: "Ei, Vassíli Vassílitch, não somos nós que vamos julgar essa gente. Quem somos nós? Cada macaco no seu galho". — "Perdão — retruquei, com despeito —, mas qual é a diferença entre mim e o senhor Orbassánov?" O *isprávnik* tirou o cachimbo da boca, arregalou os olhos e caiu na gargalhada. "Que divertido!", disse por fim, entre lágrimas. "Que bela piada... Ah! Que legal!", e não parou de me achincalhar até sua partida, cutucando-me às vezes com o cotovelo e já me chamando de "você". Finalmente saiu. Foi a gota d'água; o copo transbordou. Dei umas voltas no quarto, fiquei na frente do espelho, olhei bastante, bastante tempo para meu rosto desconcertado e, colocando lentamente a língua para fora, meneei a cabeça em amarga zombaria. A venda me caiu dos olhos: via claro, mais claro que meu rosto no espelho, a pessoa vazia, insignificante, inútil e sem originalidade que eu era!

O narrador se calou.

— Em uma tragédia de Voltaire — prosseguiu, com tristeza —, um nobre se alegra por ter chegado à última fronteira da infelicidade. Embora no meu destino não haja nada de trágico, admito que experimentei algo do gênero. Conheci o arrebatamento venenoso do desespero frio; provei como é doce, ao longo de um dia inteiro, passado sem pressa na cama, amaldiçoar o dia e a hora de meu nascimento; não consegui me resignar de pronto. Mas, realmente, diga o que acha: a falta de dinheiro me prendia ao campo, que eu odiava; não dei certo na fazenda, no emprego, nem na literatura; eu evitava os latifundiários e estava farto dos livros; para as senhoritas gorduchas, aguadas e de suscetibilidade doentia, que sacodem os cachos e repetem febrilmente a palavra "vida", deixei de ser interessante a partir do momento em que parei de tagarelar e me exaltar; não sabia e não podia me isolar completamente... O que o senhor acha que eu fiz? Comecei a me arrastar pela vizinhança. Como se estivesse ébrio de desprezo por mim mesmo, sujeitava-me de propósito às humilhações mais mesquinhas. Eu não era servido à mesa, era recebido com frieza e soberba, e por fim nem reparavam em mim; não me deixavam participar da conversa de todos, e eu mesmo, às vezes, no meu canto, fazia coro de propósito a algum falador estúpido que, no meu tempo de Moscou, teria beijado com admiração a poeira dos meus pés e a ponta do meu capote... E nem me permitia pensar que estava me concedendo a satisfação amarga da ironia... Afinal, fazer ironia sozinho? Essa vem sendo minha conduta já há alguns anos, e continua sendo minha conduta até hoje...

— Realmente, eu nunca vi nada igual — rosnou, no quarto vizinho, a voz sonolenta do senhor Kantagriúkhin. — Quem é o idiota que teve a ideia de ficar conversando à noite?

O narrador mergulhou rapidamente embaixo do cobertor e, com um olhar tímido, ameaçou-me com o dedo.

— Psiu... psiu... — sussurrou e, desculpando-se e se humilhando, murmurou com deferência na direção da voz de Kantagriúkhin: — Eu ouvi, meu senhor, eu ouvi, meu senhor, perdão, meu senhor... O senhor pode dormir, o senhor deve dormir — prosseguiu, voltando a sussurrar —, o senhor deve reunir novas forças, nem que seja só para comer amanhã com satisfação. Não temos direito de incomodá-lo. Além disso, acho que já disse tudo que queria; e, provavelmente, o senhor também tem vontade de dormir. Desejo-lhe uma boa noite.

Com rapidez febril, o narrador se virou e mergulhou a cabeça embaixo do travesseiro.

— Permita-me pelo menos saber — perguntei — com quem tive a satisfação...

Ergueu a cabeça rapidamente.

— Não, pelo amor de Deus — interrompeu-me —, não pergunte meu sobrenome nem para mim, nem para os outros. Que eu continue sendo para o senhor um desconhecido, um Vassíli Vassílievitch abatido pelo destino. Além disso, sendo desprovido de originalidade, não mereço um nome especial... Agora, se o senhor quiser me atribuir de qualquer jeito um apelido, então me chame... chame-me de Hamlet do distrito de Schigrí. Hamlets assim há em todos os distritos, embora talvez o senhor ainda não tenha se deparado com outro... Com essa, adeus.

Voltou a se cobrir com seu colchão de penugem e, na manhã seguinte, quando vieram me despertar, ele já não estava no quarto. Partira antes do amanhecer.

TCHERTOPKHÁNOV E NEDOPIÚSKIN

Certa vez, num dia quente de verão, eu voltava da caçada, de telega; sentado ao meu lado, Iermolai cochilava e cabeceava. Os cachorros adormecidos sacudiam como cadáveres aos nossos pés. O cocheiro espantava as moscas dos cavalos com seu cnute. Uma leve nuvem de poeira branca se erguia ao passar da telega. Fomos dar numas moitas. O caminho ficou esburacado, as rodas começaram a se enroscar nos ramos. Iermolai estremeceu e olhou ao redor... "Ei!", disse. "Aqui deve ter tetrazes. Vamos descer." Paramos e fomos até a "praça". Meu cachorro deu de encontro com uma ninhada. Disparei e me pus a carregar a espingarda quando, de repente, atrás de mim, fez-se um grande estrondo, e um homem a cavalo se aproximou, afastando as moitas com a mão. "Pe-permita-me perguntar — pôs-se a falar, em tom arrogante —, com que direito o senhor está ca-caçando aqui, meu bom senhor?" O desconhecido falava com rapidez incomum, de modo entrecortado e pelo nariz. Olhei para a sua cara: jamais vira nada parecido. Queridos leitores, imaginem um homem pequeno, loiro, com um narizinho arrebitado vermelho e longuíssimos bigodes ruivos. Um gorro persa pontiagudo com a parte superior de feltro cor de framboesa cobria-lhe a fronte até as sobrancelhas. Estava vestido com um *arkhaluk* amarelo e surrado, com cartucheiras negras de belbutina no peito e galões prateados desbotados em todas as costuras; tinha uma trompa pendurada no ombro, e um punhal sobressaía na cintura. Um alazão de nariz aquilino agitava-se como doido embaixo dele; dois galgos, magros e cambaios, reviravam-se sob suas patas. O rosto, o olhar, a voz, cada movimento: o desconhecido como um todo transpirava uma bravura ensandecida e uma soberba desmedida e extraordinária; entortava e esgazeava os olhos vítreos, de um azul pálido, como se estivesse bêbado; jogava a cabeça para trás, inchava as faces, bufava e tremia o corpo todo como que por excesso de dignidade — um pavão, sem tirar nem pôr. Repetiu a pergunta.

— Não sabia que era proibido atirar aqui — respondi.

— Meu bom senhor — prosseguiu —, aqui o senhor está em terras minhas.

— Perdão, vou embora.

— Permita-me perguntar — retrucou — quem é o nobre com o qual tenho a honra de falar?

Disse meu nome.

— Nesse caso, pode caçar. Sou um nobre, e fico muito feliz por obsequiar outro nobre... Eu me champo Tcher-top-khánov, Panteliei.

Curvou-se, ululou e açoitou o pescoço do cavalo; o cavalo meneou a cabeça, empinou, lançou-se para um lado e pisou na pata de um dos cachorros. O cachorro soltou um grito esganiçado. Tchertopkhánov inflamou-se, começou a resmungar, deu com o punho na cabeça do cavalo, entre as orelhas, apeou mais rápido do que um relâmpago, examinou a pata do cachorro, cuspiu na ferida, deu-lhe um chute nas costelas para que não chiasse, agarrou a crina do cavalo e pôs o pé no estribo. O cavalo ergueu o focinho, levantou a rabo e se lançou às moitas, de lado; Tchertopkhánov foi atrás do animal saltando em uma perna só, até que finalmente montou na sela; girou freneticamente a *nagaika*,[192] soprou

---

[192] Látego de correia. (N. do T.)

a trompa e se pôs a galope. Eu ainda não tinha conseguido me recompor da aparição inesperada de Tchertopkhánov, quando, de repente, quase sem ruído, saiu do matagal um homem gordo de quarenta anos, em um cavalinho murzelo. Ele parou, tirou o quepe verde de pele da cabeça e, com uma voz fina e suave, perguntou-me se eu tinha visto alguém cavalgando um alazão. Respondi que sim.

— Para que lado ele foi? — prosseguiu, com a mesma voz, e sem colocar o quepe.

— Para lá, meu senhor.

— Sou-lhe imensamente grato, meu senhor.

Estalou os lábios, deu com os pés nas ancas do cavalinho e se arrastou a trote — *toc, toc* — na direção indicada. Fiquei olhando para ele até perder de vista entre os ramos seu quepe pontudo. Esse novo desconhecido não parecia guardar semelhança alguma com seu predecessor. Seu rosto, roliço e redondo como uma bola, exprimia acanhamento, bondade e dócil resignação; o nariz, também roliço e redondo, cortado por veias azuis, denunciava sua volúpia. Na frente da cabeça não restava nem um pelinho, e, atrás, destacavam-se tufos castanhos e ralos; os olhinhos puxados piscavam afetuosos; os lábios vermelhos e polpudos sorriam com doçura. Usava uma sobrecasaca com gola vertical e botões de cobre, totalmente gasta, porém limpa; suas calças de feltro estavam bem erguidas; acima das orlas amarelas das botas dava para ver as panturrilhas gordas.

— Quem é esse? — perguntei a Iermolai.

— Esse aí? Nedopiúskin, Tíkhon Ivánitch. Mora na casa de Tchertopkhánov.

— Ele é pobre?

— Não é rico, mas Tchertopkhánov também não tem um tostão.

— E por que se instalou na casa do outro?

— Ah, veja, ficaram amigos. Um não vai a lugar algum

sem o outro... A verdade é que onde a vaca vai, o boi vai atrás...

Saímos das moitas; subitamente, dois galgos começaram a latir perto de nós, e uma lebre branca e robusta passou pelo campo de aveia, que já estava bastante alto. Os galgos vieram em seu encalço, da orla do bosque, e atrás dos cachorros apareceu Tchertopkhánov em pessoa. Ele não gritava, não perseguia, não acuava: sufocava, asfixiava; da boca escancarada escapavam de vez em quando sons entrecortados, disparatados; corria à rédea solta, com os olhos esbugalhados, e atiçava o infeliz cavalo freneticamente com a *nagaika*. Os galgos chegaram... a lebre se agachou, virou bruscamente para trás e se precipitou para as moitas, passando por Iermolai... Os galgos saíram a toda. "C-cor-re, c-cor-re!", balbuciou o caçador desfalecido, com esforço, como se tivesse a língua presa. "Cuidado, querido!" Iermolai atirou... A lebre ferida rolou aos trambolhões pela grama lisa e seca, deu um pulo para cima e soltou um grito de dor entre os dentes do cão que a alcançara. Os galgos chegaram imediatamente.

Tchertopkhánov aterrissou do cavalo como um pombo, sacou o punhal, saiu correndo de pernas abertas até os cachorros, arrancou deles, com imprecações furibundas, a lebre esfrangalhada e, entortando a cara, enfiou o punhal na garganta até o cabo... enfiou e caiu na gargalhada. Tíkhon Ivánitch apareceu na orla do bosque. "Ho-ho-ho-ho--ho-ho-ho-ho!", pôs-se a berrar Tchertopkhánov, pela segunda vez... "Ho-ho-ho-ho", repetiu seu camarada, com tranquilidade.

— Bem, na verdade é melhor não caçar no verão — observei, mostrando a Tchertopkhánov a aveia amarfanhada.

— O campo é meu — respondeu Tchertopkhánov, mal conseguindo respirar.

Cortou as patas da lebre, deu-as aos cães e atou o bicho à sela.

— Meu caro, pelas regras da caça, a carga de pólvora é por minha conta — afirmou, dirigindo-se a Iermolai. — E eu lhe agradeço, meu bom senhor — acrescentou, com aquela mesma voz entrecortada e aguda.

Montou no cavalo.

— Permita-me perguntar... eu me esqueci... nome e sobrenome?

Voltei a me apresentar.

— Muito prazer em conhecê-lo. Se tiver a ocasião, venha me visitar... Mas cadê o Fomka, Tíkhon Ivánitch? — prosseguiu, com raiva. — Pegamos a lebre sem ele.

— Um cavalo caiu em cima dele — respondeu Tíkhon Ivánitch, com um sorriso.

— Como caiu? Orbassan[193] caiu? Arre, arre!... Cadê ele, cadê?

— Lá, na floresta.

Tchertopkhánov deu com a *nagaika* no focinho do cavalo e saiu em desabalada carreira. Tíkhon Ivánitch me fez duas reverências — por si e pelo camarada — e voltou a trotar por entre as moitas.

Esses dois senhores despertaram-me uma forte curiosidade... Como tinha sido possível unir com laços indissolúveis de amizade dois seres tão heterogêneos? Saí em busca de informações. Eis o que apurei.

Panteliei Ieremêitch Tchertopkhánov era tido nas redondezas como um homem perigoso e estrambótico, um arrogante e briguento de primeira ordem. Serviu no exército por bem pouco tempo, reformando-se "por contrariedade", com aquela patente que fez com que se difundisse a opinião de

---

[193] Personagem de *Tancrède*, tragédia de Voltaire que estreou em 1760. (N. do T.)

Tchertopkhánov e Nedopiúskin

que galinha não é ave.[194] Era procedente de uma casa antiga e outrora rica; seus avós viveram com pompa, à moda da estepe, ou seja, recebiam convidados e não convidados, cevavam-nos, davam quartos de aveia aos cocheiros dos outros, mantinham músicos, cantores, bufões e cães, ofereciam ao povo vinho e *braga*[195] nos dias solenes, no inverno iam a Moscou em carruagens pesadas, e às vezes ficavam meses inteiros sem um tostão, alimentando-se dos animais domésticos. Coube ao pai de Panteliei Ieremêitch uma propriedade já em ruínas; por sua vez, ele também "desfrutou" bastante e, ao morrer, deixou a seu único herdeiro, Panteliei, a aldeola hipotecada de Bessônovo, com trinta e cinco almas do sexo masculino e sessenta e cinco do feminino, mais catorze *dessiatinas* e um *osminnik*[196] de terra inútil e baldia em Kolobrôdova, da qual, a propósito, nenhum título de compra foi achado entre os papéis do finado. Deve-se reconhecer que o finado se arruinou de forma estranhíssima: a "economia doméstica" foi o seu fim. Achava que os nobres não deviam depender dos comerciantes, habitantes das cidades e outros "bandidos" da mesma laia, como ele dizia; montou todas as oficinas e ateliês possíveis: "A economia doméstica é mais decente e mais barata!", dizia. Não se separou dessa ideia nefasta até o fim da vida; foi ela que o arruinou. Mas como se divertia! Não se privava de nenhum capricho. Entre outras invenções, fez construir, certa vez, de acordo com suas próprias ideias, uma carruagem familiar tão imensa que, apesar dos esforços conjuntos de todos os cavalos de camponeses da aldeia, junto com seus donos, no primeiro declive ela tombou

[194] A patente de *práporschik* (alferes). Reza o dito que "galinha não é ave, e alferes não é oficial". (N. da E.)

[195] Espécie de cerveja. (N. do T.)

[196] *Osminnik*: antiga medida russa, equivalente a um quarto de *dessiatina* (aproximadamente 0,27 ha). (N. do T.)

e se espatifou. Ieremei Lukitch (o pai de Panteliei se chamava Ieremei Lukitch) mandou erguer um monumento no declive, e não se abalou nem um pouco. Também teve a ideia de construir uma igreja — evidentemente sem ajuda de arquiteto. Queimou uma floresta inteira para fazer os tijolos, lançou alicerces enormes, que teriam servido para a catedral da província, ergueu paredes, começou a erigir a cúpula: a cúpula caiu. Erigiu de novo — a cúpula desmoronou de novo; uma terceira vez — a cúpula ruiu pela terceira vez. Meu Ieremei Lukitch ficou pensativo: isso não está certo... tem algum feitiço aí no meio... Daí de repente mandou açoitar todas as velhas da aldeia. As velhas foram açoitadas, mas nem assim a cúpula deu certo. Começou a reconstruir as isbás dos camponeses de acordo com uma planta nova, e tudo dentro da economia doméstica; a cada três pátios, formava um triângulo, no meio do qual levantava uma vara com uma casinha de estorninho pintada e uma bandeira. Todo dia inventava um capricho novo: ora fazia sopa de bardana, ora cortava as caudas dos cavalos para colocar nos quepes dos criados, ora tentava substituir linho por urtiga e alimentar os porcos com cogumelos... Certo dia, no *Notícias de Moscou*, leu um artiguinho de um fazendeiro de Khárkov, Khriak-Khrupiorski, sobre os benefícios da moral no modo de vida camponês,[197] e no dia seguinte mandou que todos os camponeses imediatamente decorassem o artigo do fazendeiro de Khárkov. Os

---

[197] O manuscrito deste conto trazia o começo do artigo de Khriak-Kupiorski: "... e ele começava assim: 'Com o aumento dos cuidados [por parte da chefia piedosa] dos piedosos amigos da humanidade, finalmente atingiu-se a elevada meta, preciosa para todos os autênticos filhos da pátria' etc". Aqui Turguêniev parodia o espírito e o estilo do jornal oficioso *Notícias de Moscou*, que publicava esse tipo de artigo na seção de "variedades". De 1813 a 1836, o redator-chefe do *Notícias de Moscou* foi o príncipe P. I. Chálikov (1768-1852), epígono do sentimentalismo, cuja atuação foi objeto constante de ridículo e epigramas. (N. da E.)

camponeses decoraram o artigo; o patrão perguntou: eles entenderam o que está escrito? O intendente respondeu que sim! Mais ou menos nessa época ordenou que todos os seus súditos, pelo bem da ordem e da economia doméstica, fossem numerados, e cada um costurasse seu número na gola. Ao encontrar o patrão, todos teriam que gritar: sou o número tal! E o patrão respondia, carinhoso: vá com Deus!

Entretanto, apesar da ordem e da economia doméstica, Ieremei Lukitch foi aos poucos chegando a uma situação totalmente constrangedora: primeiro, começou por hipotecar suas aldeolas, para depois passar a vendê-las; o último lar de seus bisavós, a aldeia com a igreja inacabada, passou para o erário, felizmente não durante a vida de Ieremei Lukitch — ele não suportaria o golpe —, mas duas semanas depois de seu fim. Conseguiu morrer em casa, na sua cama, rodeado pelos seus e sob a vigilância de seu médico; contudo, para o pobre Panteliei só sobrou Bessônovo.

Panteliei só ficou sabendo da doença do pai quando estava de serviço, no auge das "contrariedades" supracitadas. Tinha acabado de fazer dezenove anos. Não havia se afastado da casa paterna desde a infância e, sob a direção de sua mãe, Vassílissa Vassílievna, uma mulher bondosa, mas completamente tapada, cresceu travesso e mimado. Ela cuidava sozinha de sua educação; Ieremei Lukitch, imerso em suas reflexões sobre economia, não tinha tempo para isso. Verdade que certa vez castigou o filho por pronunciar uma palavra de maneira incorreta, mas é que naquele dia Ieremei Lukitch teve um pesar profundo e secreto: seu melhor cachorro fora esmagado por uma árvore. Além disso, os afazeres de Vassílissa Vassílievna a respeito da educação de Pantiucha[198] se limitaram a um esforço penoso: com o suor do rosto, contratou como preceptor um soldado alsaciano reformado, um

---

[198] Diminutivo de Panteliei. (N. do T.)

certo Birkopf, diante do qual ela estremeceria até o fim de seus dias — pensava, ah, o que vai ser de mim se ele se demitir? Estou frita! Para onde eu vou? Onde vou achar outro professor? Já tive o maior trabalho para tirar esse da vizinha! E Birkopf, sagaz, imediatamente começou a se aproveitar do caráter excepcional de sua situação: bebia até cair e ficava dormindo o dia inteiro. Ao terminar o "científico", Panteliei entrou para o serviço. Vassílissa Vassílievna não estava mais entre nós. Falecera meio ano antes desse importante acontecimento, de susto: apareceu-lhe em sonho um homem de branco montado em um urso. Ieremei Lukitch logo seguiu sua cara-metade.

Ao receber as primeiras notícias de sua doença, Panteliei partiu a toda velocidade, mas não conseguiu encontrar o pai entre os vivos. E qual não foi a surpresa do respeitoso filho ao se ver convertido, de forma completamente inesperada, de herdeiro rico em pobretão! Pouca gente tem condição de suportar tamanha reviravolta. Panteliei se tornou selvagem e duro. De homem honrado, pródigo e bondoso, ainda que estouvado e irascível, virou um arrogante briguento, deixou de se dar com os vizinhos — tinha vergonha dos ricos e nojo dos pobres — e se dirigia a todos, incluindo os poderes constituídos, com insolência inaudita: sou um fidalgo de quatro costados, dizia. Certa vez, quase atirou no comissário de polícia rural que havia entrado no seu quarto sem tirar o quepe da cabeça. Evidentemente, os poderes, por seu turno, não o deixavam em paz, e sempre aproveitavam a ocasião para se fazer notar; mesmo assim, tinham um pouco de medo dele, pois era terrivelmente irascível e na primeira divergência já propunha um duelo de facas. À menor objeção, os olhos de Tchertopkhánov começavam a se mover incessantemente, e sua voz embargava... "Ah, va-va-va-va-va — balbuciava —, eu aposto minha cabeça!..." E teimava! Porém, acima de tudo, era um homem honrado, sem envolvimento com nada

Tchertopkhánov e Nedopiúskin 367

escuso. Evidentemente, ninguém o visitava... Apesar disso tudo, sua alma era boa, até grandiosa a seu modo: não suportava a injustiça e a opressão vindas de fora; defendia seus mujiques a todo custo. "Como assim?", dizia, batendo freneticamente na própria cabeça. "Quer tocar nos meus, nos meus? Eu não seria Tchertopkhánov se..."

Tíkhon Ivánitch Nedopiúskin não podia seguir o exemplo de Panteliei Ieremêitch e se gabar de sua linhagem. Seu pai era um *odnovóriets*, e só chegou à nobreza depois de quarenta anos de serviço. O senhor Nedopiúskin pai pertencia ao tipo de pessoa que a infelicidade persegue com uma obstinação constante, infatigável, uma obstinação similar ao ódio pessoal. Ao longo de sessenta anos, desde o nascimento até a morte, o coitado lutou contra todas as necessidades, males e calamidades da gente humilde; bateu-se como peixe preso no gelo, passou fome, dormiu pouco, humilhou-se, rogou, desanimou e penou, tremeu a cada copeque, padeceu no serviço com uma "inocência" real e veio a morrer, por fim, em uma mansarda ou em um porão, sem conseguir ganhar o pão de cada dia nem para si, nem para os filhos. O destino o acossou, como galgos atrás de uma lebre. Era uma pessoa boa e honrada, mas recebia propinas — "de acordo com o cargo"[199] — de dez copeques a dois rublos. Nedopiúskin tinha uma mulher, magra e tuberculosa; também tinha filhos; felizmente, todos morreram cedo, à exceção de Tíkhon e da filha Mitrodora, apelidada "mercadora elegante", que, depois de várias aventuras tristes e ridículas, casou-se com um advogado aposentado. O senhor Nedopiúskin pai, ainda em vida, conseguiu colocar Tíkhon como funcionário extranumerário na chancelaria; porém, imediatamente após a morte do pai, Tíkhon se demitiu. Eternas inquietudes, a luta afliti-

---

[199] Citação da comédia *O inspetor geral*, de Nikolai Gógol (1809-1852). (N. da E.)

va contra o frio e a fome, o desalento angustiante da mãe, o desespero agitado do pai, a opressão rude dos proprietários e do merceeiro, todo esse pesar diário e incessante desenvolveu em Tíkhon uma timidez indizível: bastava ver o chefe e ele ficava trêmulo e estático como um passarinho engaiolado. Largou o serviço. Indiferente, e talvez também irônica, a natureza coloca nas pessoas capacidades e inclinações diversas, sem nenhuma conformidade com sua posição social e meios; com o desvelo e amor que lhe são peculiares, ela moldou Tíkhon, filho de um burocrata pobre, como uma criatura sensível, preguiçosa, suave, suscetível, uma criatura voltada apenas para o prazer, dotada de olfato e paladar extraordinariamente finos... Moldou, fez um arremate caprichado e deixou sua obra crescer à base de chucrute e peixe podre. Daí essa tal obra cresceu e começou, como dizem, a "viver". Foi um deus nos acuda. O destino, que torturara incessantemente Nedopiúskin pai, perseguiu também o filho: pelo visto, tomara gosto pela família. Só que com Tíkhon fez diferente; em vez de atormentá-lo, divertiu-se com ele. Não o levou nenhuma vez ao desespero, nem o forçou a experimentar o infame tormento da fome, mas o fez vagar por toda a Rússia, de Velíki-Ustiug a Tsárevo-Kokchaisk, de um emprego humilhante e ridículo a outro: ora o colocava de mordomo na casa de uma benfeitora rabugenta e biliosa, ora o punha como parasita de um rico comerciante sovina, ora o fixava como chefe do escritório doméstico de um senhor de olhos arregalados que usava o cabelo à inglesa, ora o promovia a meio mordomo, meio bufão de um amante da caça com cães... Em uma palavra, o destino obrigou o pobre Tíkhon a sorver, até a última gota, a bebida amarga e venenosa da vida de subalterno. Serviu durante seu tempo aos duros caprichos e ao tédio sonolento e raivoso dos senhores ociosos... Quantas vezes, solitário em seu quarto, finalmente liberado para ir "com Deus" por um bando de hóspedes que haviam se divertido à vontade, ele não jurou, ardendo de vergonha, com lágrimas frias de desespero nos olhos, fugir escondido no dia seguinte, tentar a sorte na cidade, encontrar para si uma carguinho de escrivão, ou morrer de fome no meio da rua de uma vez por todas. Só que, em primeiro lugar, Deus não lhe dera forças para tanto; em segundo lugar, a timidez o desarmava; e por fim, em terceiro lugar, como conseguir o cargo, a quem poderia pedir? "Não vão me dar — murmurava o infeliz, virando tristemente na cama —, não vão!" E no dia seguinte voltava à mesma labuta. Sua situação era mais aflitiva porque essa mesma natureza solícita não se dera ao trabalho de lhe conferir o menor bocado que fosse daquelas capacidades e dons sem os quais o ofício de bufão é quase impossível. Por exemplo, ele não sabia dançar até cair vestindo pele de urso do avesso, nem dizer gracejos e galanteios espontaneamente na proximidade de chicotes exaltados; ficar exposto nu a um frio de menos vinte graus às vezes o deixava resfriado, seu estômago não digeria vinho misturado com tinta ou outras porcarias, nem cogumelos venenosos picados ao vinagrete. Deus sabe o que teria sido de Tíkhon se o último de seus benfeitores, um arrecadador de impostos enriquecido, não tivesse, em um momento de alegria, a ideia de acrescentar a seu testamento: para Zioza (ou seja, Tíkhon) Nedopiúskin deixo em posse eterna e hereditária a aldeia de Besselendêievka, adquirida por mim, com todas suas dependências. Passados alguns dias, o benfeitor teve um ataque, ao tomar uma sopa de esturjão. Foi uma gritaria, veio o tribunal e lacrou a propriedade, como de praxe. Os parentes se reuniram; o testamento foi aberto; leram e chamaram Nedopiúskin. Nedopiúskin apareceu. A maior parte dos presentes sabia a função que Tíkhon Ivánitch desempenhava junto ao benfeitor: exclamações ensurdecedoras e felicitações irônicas choveram em cima dele. "Vejam só o latifundiário, o novo latifundiário!", gritavam os demais herdeiros. "Vejam só —

370   Memórias de um caçador

prosseguiu um deles, conhecido como terrível gozador —, ele é mesmo o que podemos chamar... ele é de verdade... mesmo... aquilo que chamamos... de... herdeiro." E todo mundo caiu na gargalhada. Por muito tempo, Nedopiúskin não queria crer na sua própria felicidade. Mostraram-lhe o testamento: ele enrubesceu, semicerrou os olhos, pôs-se a negar com as mãos e se debulhou em lágrimas. Os risos dos presentes se transformaram em um rugido denso e unido. A aldeia de Besselendêievka consistia em vinte e dois camponeses ao todo; ninguém sentia muita falta dela, então por que não dar risada? Apenas um herdeiro de São Petersburgo, um homem importante, de nariz grego e expressão facial nobre, Rostislav Adámitch Chtóppel, não se conteve, achegou-se a Nedopiúskin e olhou para ele com desdém, por cima do ombro. "Até onde pude perceber, meu bom senhor — pôs-se a falar, com desprezo e desdém —, sua função junto ao venerável Fiódor Fiódoritch era a de bufão, certo?" O senhor de São Petersburgo se expressava em um idioma insuportavelmente limpo, desenvolto e correto. Abalado e agitado, Nedopiúskin não ouviu as palavras do desconhecido, mas os demais se calaram na hora; o gozador abriu um sorriso condescendente. O senhor Chtóppel esfregou as mãos e repetiu a pergunta. Nedopiúskin ergueu os olhos com espanto e abriu a boca. Rostislav Adámitch franziu o cenho com sarcasmo.

— Eu o felicito, meu bom senhor, eu o felicito — prosseguiu. — Verdade que não se pode dizer que todos estariam de acordo de *ganharrr* assim o pão de cada dia; porém, *de gustibus non est disputandum*, ou seja, gosto não se discute... Não é verdade?

Alguém das filas de trás soltou um grito rápido, mas decoroso, de surpresa e admiração.

— Diga — prosseguiu o senhor Chtóppel, fortemente estimulado pelos sorrisos de todos os presentes —, a que talento em especial o senhor deve a sua felicidade? Não precisa ter vergonha, diga; aqui estamos todos *en famille*,[200] como dizem. Senhores, não é verdade que aqui estamos *en famille*?

O herdeiro ao qual Rostislav Adámitch dirigira por acaso essa pergunta infelizmente não sabia francês e, por isso, limitou-se a um leve gemido de aprovação. Porém, outro herdeiro, um jovem de manchas amareladas na testa, corroborou apressado: "Fiu, fiu, é claro".

— Talvez — voltou a dizer o senhor Chtóppel — o senhor saiba andar em cima das mãos, com as pernas para cima.

Nedopiúskin olhou ao redor angustiado; todos os rostos sorriam com maldade, todos os olhos estavam úmidos de satisfação.

— Ou talvez o senhor saiba cantar como um galo.

Uma gargalhada explodiu e parou imediatamente, abafada pela expectativa.

— Ou talvez o senhor use o nariz...

— Basta! — uma voz ruidosa e aguda interrompeu Rostislav Adámitch. — O senhor não tem vergonha de atormentar o coitado?

Todos olharam. Tchertopkhánov estava à porta. Por ser sobrinho de quarto grau do finado arrecadador, também recebera um convite para a reunião dos parentes. Durante a leitura, como sempre, guardara uma altiva distância dos demais.

— Basta — repetiu, erguendo a cabeça com altivez.

O senhor Chtóppel se virou com rapidez e, ao avistar um homem pobremente vestido e feioso, perguntou a meia-voz a um vizinho (cautela nunca é demais):

— Quem é?

---

[200] Em francês, no original: "em família". (N. do T.)

— Tchertopkhánov, peixe pequeno — respondeu-lhe o outro, ao ouvido.

Rostislav Adámitch assumiu um aspecto de desdém.

— E quem é o senhor para dar ordens? — disse pelo nariz, apertando os olhos. — Permita-me perguntar: que tipo de peixe o senhor é?

Tchertopkhánov detonou como pólvora em contato com fogo. A raiva lhe cortava a respiração.

— Ch-ch-ch-ch — chiava, como um esganado, e subitamente explodiu: — Quem sou eu? Quem sou eu? Sou Panteliei Tchertopkhánov, fidalgo de quatro costados, meus ancestrais serviram o tsar. E você, quem é?

Rostislav Adámitch empalideceu e deu um passo para trás. Não esperava tal reação.

— Sou um peixe, sou, sou um peixe... Ah, ah, ah!...

Tchertopkhánov se lançou para a frente; Chtóppel deu um pulo, bastante agitado, e os demais se lançaram na direção do fazendeiro irado.

— Um duelo, um duelo, vamos atirar já através de um lenço! — gritava Panteliei, furioso. — Ou então peça desculpas a mim, e também a ele.

— Peça desculpas, peça desculpas — balbuciavam os alarmados herdeiros em volta de Chtóppel —, veja como ele é louco, está pronto para matar.

— Desculpe, desculpe, eu não sabia — murmurou Chtóppel —, eu não sabia...

— Peça para ele também! — gritou Panteliei, persistente.

— Desculpe-me também o senhor — acrescentou Rostislav Adámitch, dirigindo-se a Nedopiúskin, que tremia, febril.

Tchertopkhánov se acalmou, foi até Tíkhon Ivánitch, tomou-o pelo braço, lançou em volta um olhar atrevido e, sem encontrar o olhar de ninguém, solenemente, em meio a profundo silêncio, saiu do aposento junto com o novo proprietário da aldeia adquirida de Besselendêievka.

Não se separaram mais desde aquele dia. (A aldeia de Besselendêievka ficava a oito verstas de distância de Bessônovo.) A gratidão ilimitada de Nedopiúskin logo chegou a devoção servil. Débil, suave e não totalmente puro, Tíkhon prostrava-se no pó diante do intrépido e desinteressado Panteliei. "Não é fácil — pensava às vezes, consigo mesmo — falar com o governador olhando diretamente nos olhos dele... Por Cristo, olhar desse jeito!"

Admirava-o ao ponto da perplexidade, até o limite de suas forças espirituais, tinha-o como uma pessoa extraordinária, sábia, culta. E por mais deficiente que tivesse sido a educação de Tchertopkhánov, podia ser chamada de brilhante se comparada à de Tíkhon. Verdade que Tchertopkhánov lia pouco em russo e entendia mal o francês, tão mal que, uma vez, à pergunta de um preceptor suíço: "*Vous parlez français, monsieur?*",[201] ele respondeu "*Je* não entendo — e, depois de refletir um pouco, acrescentou: — *pas*";[202] ainda assim, ele sabia que tinha existido um Voltaire, escritor agudíssimo, que franceses e ingleses estavam sempre em guerra e que Frederico, o Grande, rei da Prússia, distinguira-se no campo militar. Dentre os escritores russos, respeitava Derjávin, e gostava de Marlinski a ponto de dar o nome de Ammalat-Bek a seu melhor cachorro...[203]

Alguns dias depois de meu primeiro encontro com os amigos, fui à aldeia de Bessônovo, visitar Panteliei Ieremêitch.

---

[201] Em francês, no original: "O senhor fala francês?". (N. do T.)

[202] A resposta em francês seria *je ne comprends pas* ("eu não entendo"). (N. do T.)

[203] Marlinski era o pseudônimo de Aleksandr Aleksándrovitch Bestújev (1797-1837), escritor dezembrista, autor de *Ammalat-Bek* (1831), cujo protagonista é um herói romântico do Cáucaso. (N. da E.)

De longe se avistava sua casinha pequenina; ela se destacava em um lugar nu, a meia versta da aldeia, "ao ar livre", como dizem, como um açor em meio a um campo lavrado. A propriedade inteira de Tchertopkhánov consistia em quatro construções decrépitas de tamanhos diferentes: edícula, estrebaria, galpão e casa de banhos. Cada construção era isolada: não estavam cercadas, nem se via portão. Meu cocheiro parou, perplexo, em frente a um poço meio podre e entupido. Junto ao galpão, uns filhotes de galgo magros e de pelo eriçado dilaceravam um cavalo morto, provavelmente Orbassano; um deles ergueu o focinho ensanguentado, latiu apressado e se pôs novamente a roer as costelas nuas. Junto ao cavalo havia um rapaz de dezessete anos, de rosto rechonchudo e amarelo, vestido de cossaco e descalço; observava os cães colocados sob sua vigilância com ar sério, chicoteando esporadicamente os mais ávidos.

— O patrão está em casa? — perguntei.

— Só Deus sabe! — respondeu o rapaz. — Bata na porta.

Desci da *drójki* e fui até a varanda da edícula.

A moradia do senhor Tchertopkhánov tinha um aspecto bem triste. O madeirame havia enegrecido e botava a "barriga" para a frente, a chaminé estava caindo aos pedaços, os cantos balançavam, mofados, janelinhas de um azul opaco fitavam com um azedume indescritível por sob o teto hirsuto e baixo: algumas velhas meretrizes têm esse olhar. Bati; ninguém respondeu. Contudo, da porta ouvi proferirem nitidamente:

— A, B, C; não, seu idiota — dizia uma voz rouca —, A, B, C, D... Mas não! D, E, F! F! F!... Isso, seu idiota!

Bati mais uma vez.

A mesma voz gritou:

— Entre. Quem é?

Entrei na antessala pequena e vazia, e vi Tchertopkhánov através da porta aberta. De bata ensebada de Bukhará, bombachas largas e solidéu vermelho, estava sentado em uma cadeira, apertando com uma mão o focinho de um *caniche*[204] e segurando com a outra um pedaço de pão acima do nariz.

— Ah! — disse, com dignidade, e sem sair do lugar. — Sua visita me deixa muito feliz. Sente-se, por favor. Veja, estou cuidando de Viénzor... Tíkhon Ivánitch — acrescentou, erguendo a voz —, venha cá. Chegou visita.

— Já vou, já vou — respondeu Tíkhon Ivánitch, do quarto vizinho. — Macha, dê-me a gravata.

Tchertopkhánov voltou a se dirigir a Viénzor, colocando o pedaço de pão no seu nariz. Olhei em volta. No quarto, à exceção de uma mesa elástica torta com treze pernas de tamanho desigual e quatro cadeiras quebradas de palha, não havia mobília; paredes esbranquecidas há muito tempo, com manchas azuis em formato de estrelas, estavam descascando em muitos lugares; entre as janelas havia um espelhinho partido e opaco com uma enorme moldura de madeira vermelha. Nos cantos havia chibuques e espingardas; do teto vinham teias de aranha espessas e negras.

— A, B, C, D, E — proferia Tchertopkhánov, lentamente, para exclamar furioso: — F! F! F!... Ah, que bicho estúpido!... F!...

O malfadado *caniche*, porém, só fazia tremer, e não se decidia a abrir a boca; continuava sentado, com o rabo dolorosamente entre as pernas e, torcendo o focinho, piscava e apertava os olhos com tristeza, como se dissesse a si mesmo: claro, como quiser!

— Coma, então! Pegue! — repetia o incansável fazendeiro.

— O senhor o assustou — observei.

---

[204] Nome da raça poodle, em francês. (N. do T.)

— Então fora com ele!

Empurrou-o com o pé. O coitado se levantou em silêncio, deixou o pão cair do nariz e se encaminhou, como se estivesse na ponta das patas, para a antessala, profundamente ofendido. De fato, ser tratado daquele jeito, na frente de um estranho...

A porta do outro quarto rangeu com cuidado, e o senhor Nedopiúskin entrou, cumprimentando e sorrindo agradavelmente.

Levantei-me e cumprimentei.

— Não se incomode, não se incomode — balbuciou.

Sentamo-nos. Tchertopkhánov foi até o quarto vizinho.

— O senhor está há muito tempo em nossas paragens? — disse Nedopiúskin com voz suave, tossindo na mão com cuidado e, por decoro, com os dedos à frente dos lábios.

— Cheguei no mês passado.

— Sim, senhor.

Ficamos em silêncio.

— O tempo agora está uma beleza — prosseguiu Nedopsiukin, fitando-me com um olhar de gratidão, como se o tempo dependesse de mim. — Dá para dizer que o trigo está um assombro.

Inclinei a cabeça, em sinal de concordância. Voltamos a ficar em silêncio.

— Ontem Panteliei Ieremêitch pegou duas lebres — pôs-se a dizer, com esforço, visivelmente cioso de animar a conversa. — Sim, senhor, umas lebres bem grandes.

— O senhor Tchertopkhánov tem bons cães?

— Excepcionalíssimos, meu senhor! — replicou Nedopiúskin, com satisfação. — Pode-se dizer que são os melhores da província. (Aproximou-se de mim.) Sim, senhor! Panteliei Ieremêitch é um homem daqueles! É só querer, é só imaginar e veja, está tudo pronto, dá tudo certo. Vou lhe contar, Panteliei Ieremêitch...

Tchertopkhánov e Nedopiúskin

Tchertopkhánov entrou no quarto. Nedopiúskin sorriu, calou-se e o apontou com os olhos, como se quisesse me dizer: verifique o senhor mesmo. Pusemo-nos a falar de caça.

— Quer que eu lhe mostre a minha matilha? — perguntou-me Tchertopkhánov e, sem esperar resposta, chamou Karp.

Entrou um rapaz forçudo de cafetã de nanquim verde com gola azul-celeste e botões de libré.

— Mande Fomka trazer Ammalat e Saigá — disse Tchertopkhánov, com voz entrecortada —, mas em ordem, entendeu?

Karp abriu um sorriso de boca inteira, emitiu um som indeterminado e saiu. Apareceu Fomka, penteado, paramentado: de botas e com os cachorros. Por cortesia, admirei aqueles animais estúpidos (todos os galgos são de uma estupidez extraordinária). Tchertopkhánov cuspiu nas narinas de Ammalat, o que, por sinal, evidentemente não deu ao cachorro a menor satisfação. Nedopiúskin também acariciou Ammalat, por trás. Voltamos a tagarelar. Aos poucos, Tchertopkhánov foi abrandando de todo, deixando de se exaltar e bufar; a expressão de seu rosto mudou. Olhou para mim e para Nedopiúskin...

— Ei! — exclamou de súbito. — Por que ela ficou sozinha? Macha! Ei, Macha! Venha cá.

Alguém se mexeu no quarto vizinho, mas não houve resposta.

— Ma-a-cha — repetiu Tchertopkhánov, carinhoso —, venha cá. Está tudo bem, não tenha medo.

A porta se abriu em silêncio, e vi uma mulher de vinte anos, alta e esbelta, rosto cigano e moreno, olhos castanhos amarelados e tranças negras como azeviche; grandes dentes brancos brilhavam sob lábios vermelhos e carnudos. Trajava um vestido branco; um xale azul, preso ao pescoço por um alfinete dourado, cobria até a metade seus braços delgados e aristocráticos. Deu uns dois passos com a acanhada falta de jeito dos selvagens, parou e baixou os olhos.

— Bem, tenho o prazer de lhes apresentar — disse Panteliei Ieremêitch. — Não é minha mulher, mas é como se fosse.

Macha corou ligeiramente e sorriu confusa. Fiz uma profunda reverência. Ela me agradou muito. O nariz fino e aquilino com narinas abertas e meio transparentes, o desenho ousado das sobrancelhas altas, as faces pálidas e algo encovadas, todos os traços de seu rosto exprimiam uma paixão caprichosa e uma audácia despreocupada. A partir das tranças enroladas e ao longo do largo pescoço desciam duas melenas de cabelos brilhantes, sinal de sangue e força.

Ela foi até a janela e se sentou. Eu não queria aumentar seu embaraço, e me pus a falar com Tchertopkhánov. Macha virou a cabeça de leve e começou a me olhar de soslaio, de modo furtivo, assustado, rápido. Seu olhar cintilava como peçonha de serpente. Nedopiúskin sentou-se perto dela e lhe cochichou alguma coisa no ouvido. Ela voltou a sorrir. Ao sorrir, franziu ligeiramente o nariz e ergueu o lábio superior, conferindo a seu rosto uma expressão de gata ou de leoa...

Ah, você é do tipo "não me toque", pensei, fitando por meu turno de soslaio seu corpo flexível, peito encovado e movimentos canhestros e rápidos.

— Então, Macha — perguntou Tchertopkhánov —, seria bom oferecer alguma coisa à nossa visita, não?

— Temos geleia — ela respondeu.

— Bem, traga geleia, e também vodca. E escute, Macha — gritou, na direção dela —, pegue também o violão.

— O violão? Para quê? Não vou cantar.

— Por quê?

— Não quero.

— Ah, bobagem, você vai querer, se...

— O quê? — indagou Macha, franzindo rapidamente as sobrancelhas.

— Se pedirem — disse Tchertopkhánov, não sem embaraço.

— Ah!

Ela saiu, voltou logo com a geleia e a vodca e novamente se sentou à janela. Ainda dava para ver a ruga em sua testa; as sobrancelhas subiam e desciam como antenas de vespa... Leitor, você já notou como o rosto da vespa é bravo? Bem, pensei, vai ter tempestade. A conversa não andava. Nedopiúskin calou-se de vez e passou a sorrir, tenso; Tchertopkhánov bufava, corava e esbugalhava os olhos; eu já estava me preparando para sair... De repente, Macha se levantou, abriu a janela de um só golpe, pôs a cabeça para fora e gritou com raiva para uma mulher que passava: "Aksínia!". A mulher se assustou, tentou se virar, escorregou e caiu pesadamente no chão. Macha virou para trás e soltou uma gargalhada sonora; Tchertopkhánov também riu, Nedopiúskin pôs-se a piar de enlevo. Ficamos todos animados. A tempestade limitou-se a apenas um relâmpago... E o ar ficou limpo.

Meia hora mais tarde, ninguém nos teria reconhecido: tagarelávamos e brincávamos como crianças. Macha era a mais travessa; Tchertopkhánov a devorava com os olhos. O rosto dela ficara mais pálido, suas narinas mais abertas, o olhar ardia e escurecia ao mesmo tempo. A selvagem se divertia. Nedopiúskin cambaleava atrás dela com suas perninhas grossas e curtas, como um pato atrás da pata. Até Viénzor saiu de debaixo do balcão da antessala, parou na soleira, olhou para nós e logo se pôs a pular e ladrar. Macha saiu voando para o outro quarto, trouxe o violão, tirou o xale dos ombros, sentou-se rapidamente, ergueu a cabeça e se pôs a cantar uma canção cigana. Sua voz ressoava e tremia como um sino de vidro rachado; inflamava-se e se extinguia... O coração experimentava deleite e angústia. "Ah, queime, diga!"[205] Tchertopkhánov caiu na dança. Nedopiúskin batia os pés e mexia as pernas. Macha se sacudia toda, como uma casca de bétula no fogo; os dedos finos corriam ligeiros pelo violão, a garganta morena sacolejava lentamente sob um colar duplo de âmbar. Ora se calava de repente, prostrada, como se dedilhasse as cordas a contragosto, Tchertopkhánov parava, encolhendo os ombros sem sair do lugar, e Nedopiúskin balançava a cabeça, como um chinês de porcelana; ora voltava a cantar como uma louca, aprumava o corpo e empinava o peito, e Tchertopkhánov voltava a se sentar no chão, saltar até o teto, rodar como um pião e gritar: "Mais rápido!"...

— Mais rápido, mais rápido, mais rápido, mais rápido! — apoiava Nedopiúskin, falando com velocidade.

Era tarde da noite quando saí de Bessônovo...

[205] Trecho do refrão de uma canção cigana. (N. da E.)

O FIM DE TCHERTOPKHÁNOV

I

Dois anos depois de minha visita a Panteliei Ieremêitch, começaram suas catástrofes — catástrofes de verdade. Descontentamentos, fracassos e até infelicidades haviam lhe acontecido antes disso, mas ele não prestava atenção, e continuava "reinando" como antes. A primeira catástrofe que o surpreendeu foi a que ele mais sentiu: Macha se separou dele.

Difícil dizer o que a forçou a abandonar o teto ao qual parecia tão bem habituada. Até o fim de seus dias, Tchertopkhánov agarrou-se à convicção de que o culpado pela traição de Macha fora um certo vizinho jovem, um capitão reformado dos ulanos chamado Iaff, que, nas palavras de Panteliei Ieremêitch, só a levou porque enrolava os bigodes sem parar, passava pomada em excesso e grunhia consideravelmente; porém, é de se supor que a maior influência tenha sido o sangue nômade de cigano que corria nas veias de Macha. Seja como for, em uma bela tarde de verão, Macha, com os trapos embrulhados em uma trouxinha, saiu da casa de Tchertopkhánov.

Antes disso, tinha ficado três dias sentada em um canto, encolhida e grudada na parede, como raposa ferida, sem dirigir a palavra a ninguém; só fazia mover os olhos, meditar, contrair as sobrancelhas, arreganhar os dentes e encolher os braços, como se estivesse se agasalhando. Esse tipo de "mania" já havia acontecido antes, mas nunca durava muito; Tchertopkhánov sabia disso e, por esse motivo, não se incomodou, nem a incomodou. Mas quando, ao voltar do canil, onde, nas palavras do matilheiro, seus dois últimos galgos "tiveram fim", encontrou uma serva que, com voz trêmula, informou-lhe que Mária Akinfiêievna mandava saudações e desejava tudo de bom, mas não voltaria mais para ele. Tchertopkhánov, depois de girar sem sair do lugar e soltar um bramido rouco, lançou-se imediatamente no encalço da fugitiva, aproveitando para pegar a pistola.

Alcançou-a a duas verstas de casa, perto do bosque de bétulas, na grande estrada que leva à cidade do distrito. O sol estava baixo no horizonte, e tudo em volta se fizera vermelho: árvores, grama e terra.

— Para a casa de Iaff! Para a casa de Iaff! — gemeu Tchertopkhánov assim que avistou Macha. — Para a casa de Iaff! — repetia, correndo na direção dela e tropeçando a cada passo.

Macha parou e virou o rosto para ele. Estava de costas para a luz, e parecia toda negra, como se fosse feita de árvore escura. Só o branco dos olhos se distinguia, como amêndoas de prata, e os olhos em si — as pupilas — estavam ainda mais negros.

Largou a trouxa e cruzou os braços.

— Estava indo para a casa de Iaff, sua tratante! — repetiu Tchertopkhánov, querendo tomá-la pelos ombros, mas, quando seu olhar encontrou o dela, ficou boquiaberto e parou no lugar.

— Eu não estava indo para a casa do senhor Iaff, Panteliei Ieremêitch — respondeu Macha, calma e precisa. — Só não posso mais viver com o senhor.

— Como não pode viver? Por que isso? Eu a ofendi?

Macha negou com a cabeça.

— O senhor não me fez ofensa alguma, Panteliei Ieremêitch, mas eu fiquei com saudades... Obrigado pelo passado, mas não posso ficar. Não!

Tchertopkhánov ficou pasmo; chegou a bater nas coxas e pular.

— Como assim? Você estava lá, não tinha nada que não fosse satisfação e tranquilidade e, de repente, sente saudades! Vou-me embora! Pegue, ponha um lenço na cabeça e parta. Foi respeitada como uma senhora...

— Eu não precisava disso — interrompeu Macha.

— Como não precisava? Uma patife de uma cigana virou uma senhora. Como não precisava? Como não precisava, sua criança bruta? Dá para acreditar nisso? Aqui tem traição, traição!

Ele voltou a chiar.

— Não havia traição alguma na minha mente — afirmou Macha, com voz melodiosa e nítida. — Eu já lhe disse: fui tomada pela saudade.

— Macha! — exclamou Tchertopkhánov, batendo no próprio peito com o punho. — Pare, chega, tenha piedade... Já basta! Pelo amor de Deus! Pense só no que Ticha[206] vai dizer; tenha dó dele, pelo menos!

— Cumprimente Tíkhon Ivánovitch de minha parte e diga-lhe...

Tchertopkhánov agitou os braços.

— Não, é mentira, você não está indo embora! Esse seu Iaff não vai levar você!

— O senhor Iaff — tentou começar Macha...

— Que se-nhor Iaff, que nada! — arremedou Tchertopkhánov. — É um tratante, um patife e tem cara de macaco!

Tchertopkhánov ficou brigando com Macha uma boa

---

[206] Diminutivo de Tíkhon. (N. do T.)

meia hora. Ora se aproximava dela, ora se afastava, ora a ameaçava, ora lhe fazia profundas reverências, chorava, xingava...

— Não posso — repetia Macha —, estou muito triste... A saudade me atormenta.

Gradualmente seu rosto foi assumindo uma expressão tão indiferente, quase sonolenta, que Tchertopkhánov perguntou-lhe se não lhe tinham dado algum narcótico.

— É a saudade — afirmou pela décima vez.

— E se eu te matar? — ele gritou de repente, sacando a pistola do bolso.

Macha sorriu; seu rosto se animou.

— E então? Mate, Panteliei Ieremêitch: seja feita a sua vontade; mas voltar, eu não volto.

— Não volta? — Tchertopkhánov armou o cão da pistola.

— Não volto, meu pombinho. Nunca mais na minha vida. Estou falando sério.

Tchertopkhánov imediatamente enfiou a pistola na mão dela e se sentou no chão.

— Bem, então *me* mate! Não quero viver sem você. Se você está farta de mim, eu estou farto de tudo.

Macha se abaixou, ergueu a trouxa, deixou a pistola na grama com a boca longe de Tchertopkhánov e se aproximou dele.

— Ei, meu pombinho, por que você fica se torturando? Por acaso não sabe como são as ciganas? São os nossos usos e costumes. Quando chega a saudade, essa separadora, e convoca a alma para um lugarzinho distante, para que ficar? Lembre-se da sua Macha — você nunca vai encontrar amiga igual —, que eu jamais vou esquecê-lo, meu falcão; mas a nossa vida juntos acabou!

— Eu te amei, Macha — murmurou Tchertopkhánov nos dedos que lhe seguravam o rosto...

— Eu também te amei, Panteliei Ieremêitch, meu queri-do!

— Eu te amei, eu te amo loucamente, perdidamente, e quando penso agora que você, sem como nem por quê, sem mais aquela, está me abandonando para cair no mundo, imagino que se eu não fosse um pobre coitado você não me abandonaria!

Essas palavras só fizeram Macha rir.

— E ainda dizia que eu era desinteressada! — afirmou, dando um golpe vigoroso no ombro de Tchertopkhánov.

Ele se ergueu de um salto.

— Então pelo menos pegue um dinheiro; como vai sair sem um tostão? Mas o melhor é você me matar! Estou falando sério: mate-me de uma vez!

Macha voltou a negar com a cabeça.

— Matar? Meu pombinho, e por que é que mandam gente para a Sibéria?

Tchertopkhánov estremeceu.

— Então é só por causa disso, por medo das galés...

Voltou a cair na grama.

Macha ficou ao seu lado, de pé, em silêncio.

— Tenha pena de mim, Panteliei Ieremêitch — disse, suspirando —, você é um homem bom... Mas não há o que fazer: adeus!

Deu meia-volta e se afastou dois passos. A noite caía, e sombras pálidas vinham de todos os lados. Tchertopkhánov se levantou rapidamente e tomou Macha por trás, por ambos os cotovelos.

— Então está indo embora, sua cobra? Para a casa de Iaff!

— Adeus! — Macha repetiu, de modo significativo e brusco, escapou e partiu.

Tchertopkhánov olhou na direção dela, correu até o lu-gar em que a pistola jazia, pegou-a, apontou e atirou... Po-

O fim de Tchertopkhánov

rém, antes de apertar o gatilho, virou a mão para cima: a bala passou zunindo acima da cabeça de Macha. No caminho, ela olhou para ele acima do ombro e seguiu adiante, bamboleando, como para provocá-lo.

Ele cobriu o rosto e saiu correndo...

Contudo, não havia corrido quinze passos e subitamente parou, plantado no chão. Chegou-lhe uma voz conhecida, conhecida demais. Macha estava cantando. Ela estava cantando "Doces dias da juventude";[207] cada som se alastrava no ar da noite de modo queixoso e abrasador. Tchertopkhánov aguçou o ouvido. A voz se distanciava cada vez mais; ora se extinguia, ora voltava a se ouvir, quase inaudível, mas sempre com um fluxo ardente...

"Isso é para me aborrecer", pensou Tchertopkhánov; logo, porém, gemeu: "Oh, não! Ela está se despedindo de mim para sempre", e se debulhou em lágrimas.

No dia seguinte, ele apareceu no apartamento do senhor Iaff, que, como autêntico homem do mundo, não suportava a solidão do campo e se instalara na cidade do distrito, "mais perto das damas", como dizia. Tchertopkhánov não encontrou Iaff: nas palavras do camareiro, partira na véspera para Moscou.

— Ah, então é assim! — exclamou Tchertopkhánov, com fúria. — Estavam mancomunados; ela fugiu com ele... Mas deixe estar!

Apesar da oposição do camareiro, prorrompeu no gabinete do jovem capitão. Acima do sofá, havia um retrato a

---

[207] Canção popular do repertório dos ciganos de Moscou, com letra de Nikolai Mikháilovitch Kônchin (1793-1859) e música de Aleksandr Lvóvitch Gurliov (1803-1858). (N. da E.)

óleo do proprietário em farda de ulano. — Ah, você está aí, seu macaco sem rabo! — bradou Tchertopkhánov pulando no sofá e abrindo um grande buraco na tela com um soco.

— Diga ao vagabundo do seu patrão — disse, dirigindo-se ao camareiro — que, na impossibilidade de encontrar seu focinho nojento, o fidalgo Tchertopkhánov estropiou o seu retrato; e que, se ele desejar satisfações, sabe onde encontrar o fidalgo Tchertopkhánov! Senão eu é que vou encontrá-lo! Vou buscar o vil macaco até no fundo do mar!

Ao proferir essas palavras, Tchertopkhánov saltou do sofá e se afastou solenemente.

O capitão Iaff, porém, não exigiu nenhuma satisfação — nem se encontrou com ele —, Tchertopkhánov não pensou em ir buscá-lo, e não houve história alguma entre eles. Logo depois disso, a própria Macha sumiu sem deixar rastros. Tchertopkhánov começou a beber, mas "voltou a si". Ocorreu-lhe, contudo, uma segunda desgraça.

II

Para ser exato: seu amigo íntimo Tíkhon Ivánovitch Nedopiúskin faleceu. Dois anos antes do fim, sua saúde começou a falhar: passou a sofrer de dispneia, dormia o tempo todo e, depois de acordar, tardava em voltar a si; o médico do distrito assegurou que eram "achaques". Nos três dias que precederam a partida de Macha, aqueles três dias nos quais ela estava "passando saudades", Nedopiúskin ficou deitado em casa, em Besselendêievka: estava com um resfriado forte. Por isso, a conduta de Macha foi ainda mais inesperada para ele: ficou mais espantado que o próprio Tchertopkhánov. Devido à brandura e timidez de seu modo de ser, à exceção de uma terna compaixão pelo amigo e de uma perplexidade dolorida, não demonstrou nada... Contudo, tudo nele gorou e decaiu. "Ela arrancou a minha alma", cochichava para si mesmo, sentado no seu querido sofazinho de oleado e enrolando os dedos uns nos outros. Mesmo quando Tchertopkhánov se recuperou, ele, Nedopiúskin, não se recuperou, e continuou a sentir um "vazio interior". "Aqui", dizia, apontando para o meio do peito, acima do estômago. Arrastou-se desse jeito até o inverno. Com o primeiro frio, a dispneia se suavizou, mas, em vez de um achaque, teve um ataque de verdade. Não perdeu a memória imediatamente; ainda conseguia reconhecer Tchertopkhánov, e quando o amigo exclamou, desesperado "O que é isso, Ticha, como você vai me deixar sem minha permissão, que nem Macha?", ele tartamudeou: "Mas eu, P... a... lei Ie... ie... êitch, ce... vou obe... de... cer". Isso, contudo, não o impediu de morrer no mesmo dia, sem esperar pela chegada do médico do distrito, ao qual, diante do corpo que nem havia esfriado, só restou, com a triste consciência da efemeridade das coisas terrenas, pedir "vodca com lombo de salmão salgado". Tíkhon Ivánovitch deixou sua propriedade, como era de se esperar, a seu venerabilíssimo benfeitor e magnânimo protetor, "Panteliei Ieremêitch Tchertopkhánov"; porém, ela não foi de grande valia ao venerabilíssimo protetor, e logo foi vendida em hasta pública, em parte para cobrir as despesas do monumento fúnebre, da estátua que Tchertopkhánov (reflexo evidente da mania de seu pai!) teve a ideia de erigir para os restos mortais do amigo. A estátua devia representar um anjo rezando, e foi encomendada de Moscou; porém, o corretor que lhe recomendaram, imaginando que há poucos entendidos em escultura na província, no lugar de um anjo mandou-lhe uma deusa Flora, que há muitos anos enfeitava um dos jardins dos tempos de Catarina, a Grande, abandonados nos arredores de Moscou, já que essa estátua, que a propósito era bastante graciosa, em estilo rococó, com mãos roliças, uma guirlanda de rosas no peito desnudo e corpo arqueado, havia saído de graça ao corretor. Desde então, a deusa mitológica, graciosamente erguida em uma perna só, se ergue sobre a tumba de Tíkhon Ivánovitch e, com autênticos trejeitos pompadourianos, contempla as vitelas e ovelhas que vagueiam ao seu redor, esses inabaláveis visitantes dos nossos cemitérios rurais.

III

Privado de seu fiel amigo, Tchertopkhánov voltou a se entregar à bebida, e dessa vez com muito mais afinco. Seus negócios degringolaram de vez. Não tinha como caçar, o último dinheiro acabou, os derradeiros empregados se dispersaram. Panteliei Ieremêitch ficou completamente sozinho: não tinha com quem trocar uma palavra, que dirá abrir o coração. Só o orgulho não diminuía. Pelo contrário: quanto piores ficavam suas circunstâncias, mais arrogante, altivo e inacessível ele se tornava. Por fim, virou um completo selvagem. Sobrou-lhe apenas um prazer, uma felicidade: um assombroso cavalo de sela de cor cinza, da raça do Don, chamado Málek-Adel,[208] um animal realmente notável.

Ele conseguiu a montaria da seguinte maneira:

Passando um dia a cavalo pela aldeia vizinha, Tchertopkhánov ouviu um alarido e gritos de uma multidão, perto de um botequim. No meio dessa multidão, sem sair do lugar, braços forçudos subiam e desciam sem parar.

---

[208] Nobre e valente líder dos muçulmanos contra os cruzados, Málek-Adel era o herói do romance *Mathilde ou Mémoires tirés de l'histoire des Croisades* [Mathilde ou memórias tiradas da história das Cruzadas] (1805), de Sophie Cottin (1770-1807). Muito popular na Rússia, Málek-Adel é citado no *Ievguêni Oniéguin*, de Púchkin, e na novela *Primeiro amor*, de Turguêniev. (N. da E.)

O fim de Tchertopkhánov   391

— O que acontece? — perguntou, no tom imperioso que lhe era peculiar, a uma velha que estava de pé na soleira de uma isbá.

Apoiada no dintel, como se estivesse cochilando, a velha olhava na direção do botequim. Um menino loiro de camisa de chita e uma cruz de cipreste no peito nu estava sentado entre as alpargatas dela, com as perninhas abertas e os punhos cerrados; um frango bicava a casca endurecida de um pão de centeio.

— Só Deus sabe, meu pai — respondeu a velha e, se inclinando para a frente, colocou a mão enegrecida na cabeça do menino. — Dizem que nossos rapazes estão batendo em um judeu.

— Judeu? Que judeu?

— Só Deus sabe, meu pai. Apareceu por aqui um judeu qualquer; quem sabe de onde ele veio? Vássia, menino, vá com a mamãe; passa, passa, seu asqueroso!

A mulher enxotou o frango, e Vássia se agarrou à sua saia.

— Então estão batendo nele, meu senhor.

— Batendo como? E por quê?

— Não sei, meu pai. Motivo tem. Por que não bater? Meu pai, eles crucificaram Cristo!

Tchertopkhánov ululou, chicoteou o pescoço do cavalo, correu a toda na direção da multidão e, irrompendo no meio dela, começou a bater indiscriminadamente nos mujiques com a *nagaika*, à esquerda e à direita, dizendo, com voz entrecortada:

— Que des... mando! Des... man... do! Quem deve julgar é a lei, e não, in... di... ví... du... os... pri... va... dos! A lei! A lei!! A... le... ei!!!

Não passaram dois minutos e a multidão refluiu em todas as direções; no chão, em frente à porta do botequim, havia uma criatura pequena, magricela, de cafetã de nanquim, desgrenhada e martirizada... Rosto pálido, olhos virados, boca aberta... O que era aquilo? O pavor da morte ou a própria morte?

— Por que vocês mataram o judeu? — gritou Tchertopkhánov, com voz forte, brandindo a *nagaika* com ar de ameaça.

A resposta da multidão foi um débil zunido. Um mujique coçou os ombros, outro os quadris, um terceiro o nariz.

— Esse aí bate forte! — ouviu-se nas filas de trás.

— Com uma *nagaika*! Assim qualquer um faz! — afirmou outra voz.

— Por que vocês mataram o judeu? Estou lhes fazendo uma pergunta, seus asiáticos endiabrados! — repetiu Tchertopkhánov.

Mas nessa hora o ser que jazia no solo levantou-se de um salto e, correndo até Tchertopkhánov, agarrou convulsivamente a borda de sua sela.

Uma gargalhada em uníssono estourou em meio à multidão.

— Está vivo! — ouviu-se novamente nas fileiras de trás.

— É um gato!

— Defenda-me, *ezelênzia*, *zalve-me*! — balbuciava enquanto isso o infeliz judeu, estreitando o peito contra a perna de Tchertopkhánov. — Eles vão me matar, vão me matar, *ezelênzia*!

— Por que eles estão atrás de você? — perguntou Tchertopkhánov.

— Pelo amor de Deus, não sei dizer! O gado deles *comezou* a morrer... daí eles *comezaram* a desconfiar... mas eu não...

— Bem, depois veremos isso! — interrompeu Tchertopkhánov. — Agora se segure na sela e venha comigo. E vocês! — acrescentou, voltando-se para a multidão. — Vocês me conhecem? Sou o fazendeiro Panteliei Tchertopkhánov, e moro na aldeia de Bessônovo. Isso quer dizer que podem dar queixa contra mim, se quiserem, e também contra o judeu!

— Para que dar queixa? — disse, fazendo uma profunda reverência, um mujique solene, de barba grisalha, um vetusto patriarca, sem tirar nem pôr. (Que, a propósito, não surrou o judeu menos do que os outros.) — Panteliei Ieremêitch, nosso pai, conhecemos bem a sua graça; agradecemos muito à sua graça por nos ter ensinado!

— Para que dar queixa? — corroboraram outros. — Ainda vamos pegar esse infiel de jeito! Ele não nos escapa! Vamos caçá-lo que nem uma lebre no campo...

Tchertopkhánov alisou os bigodes, bufou e foi a pé até sua aldeia, seguido do judeu que tinha liberado de seus perseguidores do mesmo jeito que outrora libertara Tíkhon Nedopiúskin.

IV

Alguns dias depois, o único *kazatchok* restante de Tchertopkhánov informou-lhe a chegada de um cavaleiro, que desejava falar com ele. Tchertopkhánov saiu à varanda e viu seu conhecido judeu montado em um magnífico cavalo da raça do Don, imóvel e orgulhoso no meio do pátio. O gorro do judeu não estava na cabeça: segurava-o debaixo do sovaco, e seus pés não estavam no estribo, mas em suas correias; as abas rotas do cafetã pendiam de ambos os lados da sela. Ao avistar Tchertopkhánov, estalou os lábios, puxou os cotovelos e sacudiu as pernas. Porém, Tchertopkhánov não apenas não respondeu sua saudação, como ainda se zangou; de repente, ficou todo melindrado: como um judeu tinhoso ousava montar um cavalo tão maravilhoso... Que indecência!

— Ei, cara de etíope! — pôs-se a gritar. — Pode apear agora mesmo se não quiser ser arrastado na lama!

O judeu obedeceu imediatamente, desceu da sela como um saco e, segurando as rédeas com uma só mão, sorriu, fez uma reverência e se aproximou de Tchertopkhánov.

— O que deseja? — perguntou Panteliei Ieremêitch, com dignidade.

— *Voza ezelênzia ze* dignaria a examinar *eze* cavalo? — afirmou, sem deixar de fazer reverências.

— Ahn... bem... o cavalo é bom. Como você o conseguiu? Deve ter roubado?

— *Ezelênzia*, como *zeria pozível*? *Zou* um *zudeu* honrado, não roubei, eu apenas o *conzegui* para *voza ezelênzia*! Foi um *esforzo*, um *esforzo*! Veja que cavalo! No Don inteiro não se *conzegue* encontrar um outro *azim*. Veja, *ezelênzia*, que cavalo! Venha cá, por favor! Upa... upa... dê a volta, fique de lado! Vamos tirar a sela. Que beleza! E então, *ezelênzia*?

— É um bom cavalo — repetiu Tchertopkhánov, com indiferença fingida, enquanto o coração lhe batia forte no peito. Era um apaixonado por "carne de cavalo", e um perito no assunto.

— Pode *acariziar, ezelênzia*! *Acarizie* o *pescozo*, hi-hi-hi! Veja *zó*!

Como que a contragosto, Tchertopkhánov colocou a mão no pescoço do cavalo, deu duas palmadas, depois deslizou os dedos da crina até as costas e, chegando a um determinado lugar em cima dos rins, fez uma leve pressão, como um perito. O cavalo arqueou a espinha imediatamente e, fitando Tchertopkhánov de soslaio com seus altivos olhos negros, resfolegou e moveu as patas dianteiras.

O judeu sorriu e aplaudiu de leve.

— *Reconhezeu* o dono, *ezelênzia*, o dono!

— Ah, não minta — interrompeu Tchertopkhánov, irritado. — Comprar esse cavalo de você... eu não tenho como, e um presente desses não dá para aceitar nem de Nosso Senhor, quanto mais de um judeu!

— Eu não ousaria lhe dar nada de presente, tenha misericórdia! — exclamou o judeu. — Compre, *ezelênzia*... e o dinheiro, eu espero.

Tchertopkhánov refletiu.

— Quanto você quer? — disse, por fim, entredentes.

O judeu deu de ombros.

— O que eu paguei. Duzentos rublos.

O cavalo valia o dobro, talvez o triplo da soma.

Tchertopkhánov virou de lado e bocejou febrilmente.

— E quando... o dinheiro? — perguntou, franzindo as sobrancelhas de modo forçado e não olhando para o judeu.

— Quando for conveniente para *voza ezelênzia*.

Tchertopkhánov jogou a cabeça para trás, mas sem erguer os olhos.

— Isso não é resposta. Fale com clareza, filho de Herodes! Quer que eu seja seu devedor?

— Bem, *fazamos azim* — disse o judeu, apressadamente. — Daqui a *zeis* meses... De acordo?

Tchertopkhánov não respondeu. O judeu tentou fitá-lo nos olhos.

— De acordo? Vamos mandá-lo à estrebaria?

— Não preciso da sela — disse Tchertopkhánov, com voz entrecortada. — Você vai levar a sela, está me ouvindo?

— Como não, como não, eu levo, eu levo — murmurou o judeu, alegre, colocando a sela no ombro.

— Quanto ao dinheiro — prosseguiu Tchertopkhánov —, daqui a seis meses. E não vão ser duzentos, mas duzentos e cinquenta. Calado! Estou lhe dizendo, duzentos e cinquenta! Na minha conta.

Tchertopkhánov não conseguia se decidir a levantar os olhos. Jamais seu orgulho sofrera tanto. "É claro que é um presente — pensou —, que esse diabo está me oferecendo por gratidão!" Queria abraçar aquele judeu, e também dar-lhe uma surra...

— *Ezelênzia* — começou o judeu, animando-se e sorrindo —, de acordo com o costume russo, eu deveria entregar o cabresto de aba para aba...

— Está pensando o quê? Um hebreu... falando de costume russo! Ei! Quem está aí? Pegue o cavalo e leve para a estrebaria. E pode fartá-lo de aveia. Estou indo já para dar uma olhada. E fique sabendo que o nome dele é Málek--Adel!

Tchertopkhánov fez menção de subir até a varanda, mas se virou bruscamente nos tacões e, correndo até o judeu, apertou-lhe a mão com força. Este se inclinou e já ia oferecendo os lábios, mas Tchertopkhánov recuou e afirmou, a meia-voz: "Não conte para ninguém!", desaparecendo atrás da porta.

V

A partir daquele dia, Málek-Adel passou a ser o assunto mais importante, a principal preocupação e a alegria da vida de Tchertopkhánov. Amou-o como não amara nem Macha, e se apegou a ele mais do que a Nedopiúskin. E que cavalo era aquele! Era o fogo, o próprio fogo, pura pólvora, e com a compostura de um boiardo! Incansável, resistente, ia submisso para onde você quisesse; e não precisava de nada para alimentá-lo: se não tivesse mais nada, engolia a terra debaixo de suas patas. Quando ia a passo, era como se carregasse você nos braços; a trote, como se o embalasse em um berço; galopando, nem o vento poderia alcançá-lo! Nunca ficava sem ar, pois tinha muito fôlego. As pernas eram de aço; quanto a tropeçar, isso nem se cogitava! Saltar uma vala ou uma cerca

O fim de Tchertopkhánov

não lhe custava nada; e como era inteligente! Corria ao comando da voz, levantando a cabeça; se você lhe ordenasse ficar parado e fosse embora, ele não se mexia; só quando você estivesse voltando, ele relinchava: "Estou aqui". E não tinha medo de nada: achava o seu caminho no escuro, no meio de uma nevasca; e não dava confiança para estranhos: despedaçava-os com os dentes! Cachorro que não chegasse perto dele: uma patada na testa e *toc*! Assunto liquidado. Era um cavalo com amor-próprio: se você agitasse a vergasta na frente dele de brincadeira, que Deus lhe guardasse de tocá-lo! Não há por que ficar falando muito: não era um cavalo, era um tesouro!

Quando Tchertopkhánov se punha a descrever o seu Málek-Adel, que palavras ele empregava! E como o cuidava e mimava! Seu pelo brilhava como prata, não da antiga, da nova, com um lustro escuro; passar a mão em cima dele era sentir um veludo! Sela, xairel, freio, todos os arreios estavam tão bem ajustados, em ordem e limpos, que pareciam um desenho feito a lápis! Tchertopkhánov em pessoa — quem mais? —, com as próprias mãos, trançava o topete de seu favorito, banhava seu rabo com cerveja e mais de uma vez até untou seus cascos com graxa...

Acontecia dele montar Málek-Adel e sair, não para visitar os vizinhos — pois, como antes, continuava a não se dar com eles —, mas pelos campos deles, através de suas propriedades... Podem admirar de longe, seus trouxas, dizia ele. E, se ouvia dizer que estavam organizando uma caçada em algum lugar — no campo distante de algum senhor rico —, partia imediatamente para lá e corcoveava à distância, no horizonte, assombrando os espectadores com a beleza e a velocidade de seu cavalo, sem deixar ninguém chegar perto. Certa vez, um caçador chegou a ir atrás dele com todo o seu séquito; vendo que Tchertopkhánov se afastava, começou a gritar esbaforido, galopando a toda: "Ei, você! Escute! Por esse cavalo, pode pegar o que quiser! Dou mil rublos sem dó! Dou minha mulher, meus filhos! Leve minhas últimas coisas!".

Tchertopkhánov freou bruscamente Málek-Adel. O caçador foi voando até ele.

— Meu pai! — gritou. — Diga o que quer. Pai eterno!

— Se você fosse o tsar — disse pausadamente Tchertopkhánov (que jamais ouvira falar de Shakespeare) — e me oferecesse todo o seu reino por um cavalo, nem assim eu aceitaria! — Falou, soltou uma gargalhada, empinou Málek-Adel, fê-lo girar no ar sobre as patas traseiras, como um pião ou uma carrapeta, e pernas para que te quero! Brilhava intensamente sobre o restolho. E o caçador (dizem que um príncipe riquíssimo) jogou o gorro no chão e enfiou a cara nele! Ficou uma meia hora deitado desse jeito.

E como Tchertopkhánov poderia não dar valor ao seu cavalo? Não foi graças a ele que voltou a ter indubitável superioridade, sua última superioridade sobre todos os vizinhos?

VI

Enquanto isso o tempo passava, o prazo do pagamento se aproximava, e Tchertopkhánov não apenas não tinha duzentos e cinquenta rublos, como não tinha nem cinquenta. Que fazer, quem poderia ajudar? "Sabe o quê?", decidiu, por fim. "Se o judeu não tiver misericórdia e não quiser esperar mais, vou lhe dar minha casa e minha terra, e parto a cavalo, para onde a vista alcança! Posso morrer de fome, mas não entrego Málek-Adel!" Estava muito preocupado, até pensativo; mas daí o destino — pela primeira e última vez — teve piedade dele e lhe sorriu: uma tia distante, da qual Tchertopkhánov não sabia nem o nome, deixou-lhe em testamento uma soma imensa a seus olhos: dois mil rublos ao todo! Re-

O fim de Tchertopkhánov

cebeu esse dinheiro no momento mais propício, como dizem: um dia antes da chegada do judeu. Tchertopkhánov quase ficou louco de alegria, mas nem pensou em vodca: desde o dia em que Málek-Adel chegou em sua casa, não colocara uma gota de álcool na boca. Correu à estrebaria e deu um beijo em ambos os lados do focinho do amigo, acima das narinas, lá onde os cavalos são macios. "Agora não vamos mais nos separar!", exclamou, dando tapas no pescoço de Málek-Adel, debaixo da crina penteada. Ao voltar para casa, contou e colocou em um pacote lacrado duzentos e cinquenta rublos. Depois se pôs a sonhar, deitado de costas e fumando um cachimbo, em como disporia do dinheiro restante — na verdade, em que cachorros ia arranjar: autênticos de Kostromá, e necessariamente com manchas vermelhas! Chegou até a falar com Perfíchka,[209] ao qual prometeu um redingote novo com galões amarelos em todas as costuras, e foi dormir com o melhor dos estados de espírito.

Teve um sonho ruim. Saíra para caçar, mas não com Málek-Adel, e sim com um animal estranho, semelhante a um camelo; em sua direção veio correndo uma raposa branca, branca como a neve... Tenta brandir o chicote, quer mandar os cães em cima dela mas, em lugar do chicote, tem nas mãos um esfregão, e a raposa corre em sua direção e lhe arranca a língua. Apeia do camelo, tropeça, cai... e cai diretamente nas mãos de um gendarme, que o leva para o governador-geral, no qual ele reconhece Iaff...

Tchertopkhánov acordou. O quarto estava escuro; os galos acabavam de cantar pela segunda vez...

Em algum lugar, bem ao longe, um cavalo relinchou.

Tchertopkhánov ergueu a cabeça... Novamente soou um relincho agudo, agudo.

---

[209] Diminutivo de Porfíri. (N. do T.)

"É Málek-Adel relinchando!", pensou... "Esse é o relincho dele! Mas por que está tão longe? Meu Deus... Não pode ser..."

Tchertopkhánov de repente ficou todo gelado, pulou da cama em um instante, procurou as botas tateando, vestiu-se e, tirando a chave da estrebaria de debaixo da cabeceira, acorreu ao pátio.

VII

A estrebaria ficava bem no fim do pátio; uma de suas paredes dava para o campo. Tchertopkhánov não conseguiu inserir de pronto a chave na fechadura — suas mãos tremiam —, nem girar logo a chave... Permanecia imóvel, prendendo a respiração: se pelo menos houvesse algum movimento atrás da porta! "Málechkin! Máletz!", gritava, a meia-voz: silêncio de morte! Tchertopkhánov puxou a chave a contragosto: a porta rangeu e abriu... Não devia estar trancada. Cruzou a soleira e voltou a chamar o cavalo, dessa vez pelo nome completo: "Málek-Adel!". Mas o amigo fiel não respondeu, e só se ouviu o murmúrio de um rato em meio à palha. Então Tchertopkhánov se precipitou para aquele dos três compartimentos no qual Málek-Adel ficava. Chegou diretamente na baia, embora em volta fizesse uma escuridão de vazar os olhos... Vazia! A cabeça de Tchertopkhánov dava voltas, como se um sino repicasse em seu crânio. Quis dizer alguma coisa, mas só conseguiu chiar, e, vasculhando com os braços para cima e para baixo e de um lado para o outro, passou de uma baia para a outra, ofegante e com os joelhos dobrados... na terceira, repleta de feno quase até o teto, deu com uma parede, depois com outra, caiu, rodou por cima da própria cabeça, levantou-se e subitamente saiu correndo a toda a pressa pela porta entreaberta para dar no pátio...

O fim de Tchertopkhánov

— Roubo! Perfichka! Perfichka! Roubo! — berrou como possesso.

Aos trancos e barrancos, o *kazatchok* Perfichka, de camisa, saiu voando da despensa em que dormia...

Ambos — o patrão e seu único servo — trombaram como bêbados no meio do pátio; como doidos, um girava na frente do outro. Nem o patrão conseguia explicar o que tinha acontecido, nem o servo conseguia entender o que se exigia dele. "Que desgraça! Que desgraça!", balbuciava Tchertopkhánov. "Que desgraça! Que desgraça!", repetia o *kazatchok*. "Uma lanterna! Uma lanterna, acenda uma lanterna! Luz! Luz!", Tchertopkhánov finalmente deixou escapar de seu peito a desfalecer. Perfichka se lançou para dentro da casa.

Só que não era fácil acender a lanterna e conseguir luz: fósforos de enxofre eram uma raridade na Rússia daqueles tempos; as últimas brasas da cozinha haviam se extinguido há tempos; demoraram para encontrar fuzil e pederneira, que funcionaram mal. Tchertopkhánov arrancou-os das mãos do perplexo Perfichka com um ranger de dentes e se pôs a fazer fogo ele mesmo: as fagulhas se espalhavam com abundância, e com abundância ainda maior se espalhavam as maldições e os gemidos, mas a mecha ou não se acendia, ou se apagava, apesar dos esforços conjuntos de quatro faces e lábios tensos! Finalmente, depois de cinco minutos, não antes disso, acendeu-se o toco de vela de sebo no fundo da lanterna quebrada, e Tchertopkhánov, seguido de Perfichka, precipitou-se na estrebaria, ergueu a lanterna acima da cabeça e olhou...

Tudo vazio!

Saiu correndo para o pátio, percorreu-o em todas as direções, e nada do cavalo! A cerca que circundava a propriedade de Panteliei Ieremêitch estava arruinada faz tempo e, em muitos lugares, tombada e encostada no chão... Perto da estrebaria ela estava arriada de todo, ao largo de uma arquina. Perfichka apontou esse lugar para Tchertopkhánov.

— Patrão! Olhe aqui: hoje isso não estava assim. Até as estacas estão fora da terra: quer dizer que alguém veio e arrancou.

Tchertopkhánov deu um pulo com a lanterna e aproximou-a do solo...

— Cascos, cascos, pegadas de ferradura, pegadas, pegadas frescas! — balbuciava, atropelando as palavras. — Foi levado por aqui, por aqui, por aqui!

Pulou a cerca instantaneamente e saiu correndo no campo aos gritos de: "Málek-Adel! Málek-Adel!".

Perfichka ficou parado, perplexo, junto à cerca. O círculo luminoso da lanterna desapareceu-lhe da vista, engolido pela treva espessa da noite sem estrela nem lua.

Os brados desesperados de Tchertopkhánov ouviam-se mais e mais fracos...

VIII

A aurora já despontava quando ele voltou para casa. Não parecia humano, a lama cobria-lhe as vestes por inteiro, o rosto assumira uma expressão selvagem e terrível, os olhos fitavam de modo sombrio e atoleimado. Dispensou Perfichka com um cochicho rouco e se trancou em seu quarto. De cansaço, mal se aguentava nas pernas, porém não se deitou na cama, mas sim sentou-se na cadeira perto da porta e agarrou a cabeça.

— Roubo!... Roubo!

Mas de que jeito o ladrão tinha conseguido roubar Málek-Adel à noite, de dentro de uma estrebaria trancada? Málek-Adel, que nem de dia deixava um estranho se aproximar, roubado sem ruído, sem barulho? E como explicar que ne-

O fim de Tchertopkhánov

nhum dos vira-latas latiu? Verdade que eram só dois, dois cachorrinhos, enfiados na terra com frio e com fome. Mas mesmo assim!

"E agora, que vou fazer sem Málek-Adel?", pensou Tchertopkhánov. "Fui privado de minha última alegria; agora, só me resta morrer. Comprar outro cavalo, já que estou com dinheiro? Mas onde vou encontrar outro cavalo daqueles?"

— Panteliei Ieremêitch! Panteliei Ieremêitch! — um grito tímido soou atrás da porta.

Tchertopkhánov se colocou de pé em um salto.

— Quem é? — gritou, com uma voz que não era a sua.

— Sou eu, Perfichka, seu *kazatchok*.

— O que você quer? Ele foi encontrado? Voltou para casa?

— Não, senhor Panteliei Ieremêitch; mas o judeu que o vendeu...

— O que tem?

— Chegou.

— Oh-oh-oh-oh-oh! — bradou Tchertopkhánov, enquanto escancarava a porta. — Traga-o para cá, traga! Traga!

Diante da aparição repentina da figura desgrenhada e selvagem de seu "protetor", o judeu, que estava às costas de Perfichka, teve vontade de dar no pé; Tchertopkhánov, porém, alcançou-o em dois pulos, agarrando-o pela garganta como um tigre.

— Ah! Veio atrás do dinheiro! Do dinheiro! — gritou, rouco, como se não estivesse enforcando, e sim sendo enforcado. — Roubou de noite, e de dia veio atrás do dinheiro. Hein? Hein?

— Perdão, *vo... za eze... lênzia* — gemia o judeu.

— Diga, cadê o meu cavalo? O que você fez? Vendeu para quem? Diga, diga, diga já!

O judeu não conseguia nem gemer; até a expressão de susto tinha sumido de seu rosto azulado. Os braços pendiam inertes; todo o seu corpo, sacudido violentamente por Tchertopkhánov, balançava para a frente e para trás, como um caniço.

— Eu pago em dinheiro, eu pago tudo, até o último copeque — gritava Tchertopkhánov —, mas vou esganá-lo como o pior dos frangos se você não me disser agora...

— Mas o senhor já o estrangulou, patrão — observou humildemente o *kazatchok* Perfichka.

Só então Tchertopkhánov voltou a si. Soltou o pescoço do judeu, que desabou imediatamente no chão. Tchertopkhánov agarrou-o, colocou-o em um banco e lhe enfiou um copo de vodca na garganta, para que recobrasse os sentidos. Depois de fazê-lo, entabulou uma conversação com ele.

Revelou-se que o judeu não tinha a menor ideia do roubo de Málek-Adel. Aliás, por que iria roubar um cavalo que ele mesmo havia arrumado para o "venerabilíssimo Panteliei Ieremêitch"?

Então Tchertopkhánov o levou à estrebaria.

Examinaram juntos as baias, manjedouras, trancas das portas, revolveram o feno, a palha, passando depois ao pátio; Tchertopkhánov mostrou ao judeu as pegadas de casco junto à cerca, e de repente deu um tapa na coxa.

— Pare! — exclamou. — Onde você comprou o cavalo?

— No distrito de Maloarkhánguelsk, na feira de Verkhossensk — respondeu o judeu.

— De quem?

— De um *cozaco*.

— Para! Um cossaco jovem ou velho?

— De meia idade, *zerimonioso*.

— E como era? Que aparência tinha? Imagino que um pulha.

— Devia ser um pulha, excelência.

— E então, o que esse pulha disse? O cavalo era dele faz tempo?

O fim de Tchertopkhánov 405

— Lembro-me de que *dize* que fazia tempo.

— Então, ninguém mais poderia roubar, senão ele. Venha cá, julgue você mesmo... Como você se chama?

O judeu estremeceu e ergueu os olhos negros para Tchertopkhánov.

— Como *eu* me chamo?

— Isso mesmo: qual o seu nome?

— Moshel Leiba.

— Pense bem, Leiba, meu amigo, você é uma pessoa inteligente: nas mãos de quem Málek-Adel iria se entregar, se não nas do antigo dono? Pois ele o selou, colocou o freio e tirou o xairel, que está lá em cima do feno!... Como se estivesse em casa! Pois se fosse qualquer outro que não o dono, Málek-Adel teria aniquilado com as patas! Concorda comigo?

— Concordo, *ezelênzia*, concordo...

— Quer dizer que, antes de tudo, temos que achar esse cossaco!

— Mas achar de que *zeito*, excelência? Eu *zó* o vi uma vezinha. Cadê ele hoje? E como ele *ze* chama? Ai, ai, ai! — acrescentou o judeu, sacudindo com pesar os longos cachos.

— Leiba! — gritou Tchertopkhánov, de súbito. — Leiba, olhe para mim! Eu perdi a razão, estou fora de mim!... Vou dar um fim em mim mesmo se você não me ajudar!

— Mas como eu *pozo*...

— Venha comigo e vamos buscar esse ladrão!

— Mas vamos aonde?

— Às feiras, às grandes estradas, às estradas pequenas, aos ladrões de cavalo, às cidades, às aldeias, às granjas — a todos os lugares, a todos os lugares! Quanto ao dinheiro, não se preocupe: meu irmão, recebi uma herança! Posso gastar até o meu último copeque, mas vou recuperar meu amigo! E aquele cossaco celerado não vai escapar de nós! Aonde ele for, nós iremos também! Se ele se enfiar debaixo da terra, nós também iremos para debaixo da terra! Se ele for para o diabo, nós iremos até satã!

— Ah, para que *zatan?* — notou o judeu. — Podemos *pazar zem* ele.

— Leiba! — continuou Tchertopkhánov. — Leiba, embora você seja um hebreu e a sua fé seja sórdida, sua alma é melhor do que a de qualquer cristão! Tenha compaixão de mim! Não tenho como ir sozinho, sozinho não tenho como resolver esse assunto. Sou esquentado, enquanto você tem cabeça, uma cabeça de ouro! A sua raça é assim: consegue tudo sem ciência! Talvez você tenha dúvidas a respeito da procedência do meu dinheiro. Entre no meu quarto e vou lhe mostrar o dinheiro todo. Leve-o, leve a cruz que tenho no pescoço, mas me devolva Málek-Adel, devolva!

Tchertopkhánov tremia, febril; o suor corria em bicas sobre seu rosto e, misturado com as lágrimas, perdia-se no seu bigode. Apertava as mãos de Leiba, implorava e estava a ponto de beijá-lo... Caíra em delírio. O judeu tentava retrucar, assegurava-lhe que não podia se ausentar, que tinha outros assuntos... Para quê? Tchertopkhánov não queria nem ouvi-lo falar. Não havia o que fazer: o pobre Leiba concordou.

No dia seguinte, Tchertopkhánov saiu de Bessônovo com Leiba em uma telega de camponês. O judeu tinha o aspecto algo perturbado, segurava na borda com uma só mão, com o corpo mole dando saltos no assento sacolejante; estreitava a outra mão contra o peito, onde trazia um pacote de notas de dinheiro, envoltas em papel jornal; Tchertopkhánov estava imóvel como uma estátua, movendo apenas os olhos ao redor, e respirando a plenos pulmões, com um punhal na cintura.

— Bem, meu rival canalha, prepare-se agora! — balbuciou ao entrar na estrada grande.

Confiou a casa ao *kazatchok* Perfichka e à cozinheira, uma velha surda que acolhera por compaixão.

O fim de Tchertopkhánov

— Ou volto com Málek-Adel ou não volto! — gritou, à despedida.

— Você deveria pelo menos se casar comigo! — brincou Perfichka, dando uma cotovelada nas ancas da cozinheira. — Se formos ficar esperando o patrão, vamos morrer de tédio!

IX

Passou um ano... um ano inteiro sem chegar notícia alguma de Panteliei Ieremêitch. A cozinheira morreu; Perfichka já se preparava para abandonar a casa e partir para a cidade, para onde estava sendo atraído por um primo que era aprendiz de barbeiro, quando de repente se difundiu o boato de que o patrão estava voltando! O diácono da paróquia recebeu uma carta do próprio Panteliei Ieremêitch, na qual este notificava sua intenção de ir a Bessônovo e pedia-lhe que prevenisse a criadagem para que preparasse devidamente o encontro. Perfichka entendeu que essas palavras queriam dizer que deveria dar uma limpada na poeira, embora não pusesse muita fé na notícia; contudo, teve que se convencer de que o diácono falava a verdade quando, alguns dias mais tarde, Panteliei Ieremêitch em pessoa apareceu no pátio da casa senhorial, montado em Málek-Adel.

Perfichka se lançou ao encontro do patrão e, segurando o estribo, quis ajudá-lo a descer do cavalo; contudo, o outro apeou sozinho e, lançando ao redor um olhar de triunfo, exclamou, retumbante: "Disse que ia achar Málek-Adel e achei, contra meus inimigos e até o destino!". Perfichka quis beijar sua mão, mas Tchertopkhánov não deu atenção ao zelo do criado. Conduzindo Málek-Adel atrás de si pelas rédeas, dirigiu-se à estrebaria a passos largos. Perfichka lançou um olhar perscrutador ao patrão, e ficou acanhado: "Ah, como ele emagreceu e envelheceu em um ano — e o seu rosto ficou tão rígido e severo!". Tinha a impressão de que Panteliei Ieremêitch deveria estar alegre por ter conseguido o que queria; e estava realmente alegre... mesmo assim, Perfichka ficou acanhado, chegando até a se angustiar. Tchertopkhánov instalou o cavalo na baia que ele antes ocupava, deu-lhe um tapinha na garupa e afirmou: "Bem, você está de volta para casa! Olha lá!". Nesse mesmo dia contratou um homem livre e solteiro como vigia, voltou a se instalar em seu quarto e a viver como antes...

Só que não exatamente como antes... Mas disso falarei mais tarde.

No dia seguinte a seu regresso, Panteliei Ieremêitch chamou Perfichka e, na falta de outro interlocutor, pôs-se a contar-lhe — sem perder, naturalmente, o sentimento de dignidade pessoal, e com voz de baixo — de que jeito conseguira encontrar Málek-Adel. Ao longo do relato, Tchertopkhánov ficou sentado, com o rosto virado para a porta, e fumando um longo cachimbo; já Perfichka estava de pé, na soleira da porta, com as mãos para trás e, contemplando com respeito o pescoço de seu senhor, ouvia a narrativa de como, depois de muitas tentativas frustradas e desencontros, Panteliei Ieremêitch finalmente foi parar na feira de cavalos de Romní, já sozinho, sem o judeu Leiba que, por fraqueza de caráter, não aguentou e fugiu; de como, no quinto dia, já se preparando para partir, passou pela última vez pela fila das telegas e avistou de repente, entre três outros cavalos, Málek-Adel, atado ao comedor de aveia! De como ele imediatamente o reconheceu, e de como imediatamente foi reconhecido por Málek-Adel, que se pôs a relinchar, a se debater e escavar o solo com os cascos.

— E ele não estava com um cossaco — prosseguiu Tchertopkhánov, sempre sem virar a cabeça, e com a mesma voz de baixo —, mas com um revendedor cigano; eu evidente-

O fim de Tchertopkhánov

409

mente peguei meu cavalo na hora, querendo tomá-lo de volta à força; mas a besta do cigano começou a vociferar como um gato, para a praça inteira ouvir, jurando por Deus que tinha comprado o cavalo de outro cigano, e querendo convocar testemunhas... Cuspi e paguei em dinheiro: o diabo que o carregue! O mais importante para mim era ter encontrado meu amigo e recuperado a paz de espírito. Só que, quando estava no distrito de Karátchev, dei com o cossaco que coincidia com a descrição de Leiba, tomei-o pelo ladrão de cavalos e lhe quebrei a cara; mas o tal cossaco era filho de um pope e me arrancou cento e vinte rublos pela afronta. Enfim, dinheiro é coisa que se arranja; o principal é que Málek-Adel está comigo de novo! Agora estou feliz, e vou desfrutar da minha tranquilidade. E para você, Porfiri, uma instrução: que Deus nos guarde, mas, assim que você avistar um cossaco nas cercanias, não diga uma palavra, mas, no mesmo segundo, corra e me traga minha espingarda, que eu vou saber o que fazer!

Foi o que Panteliei Ieremêitch disse a Perfichka; foi o que seus lábios exprimiram; contudo, no fundo do coração não havia toda essa tranquilidade que ele assegurava ter.

Ai! É que, no fundo da alma, ele não estava completamente certo de que o cavalo que trouxera era mesmo Málek-Adel!

X

Vieram tempos difíceis para Panteliei Ieremêitch. Tranquilidade foi o que ele menos teve. Verdade que houve dias bons: parecia-lhe que as dúvidas que tivera eram bobagens; expulsava a ideia absurda como uma mosca inoportuna e até chegava a rir de si mesmo; mas também houve dias ruins: insistente, aquela ideia voltava a aparecer furtivamente, consumindo e roendo seu coração como um rato do subsolo, e ele padecia de um mal corrosivo e secreto. Ao longo do memorável dia em que encontrou Málek-Adel, Tchertopkhánov sentiu apenas uma alegria beata... Porém, na manhã seguinte, quando, sob o acanhado alpendre da hospedaria, pôs-se a selar seu achado, perto do qual passara a noite inteira, sentiu pela primeira vez uma pontada... Deu apenas uma sacudida na cabeça; contudo, a semente estava lançada. Ao longo da viagem de regresso para casa (que durou uma semana) foi raro ser assaltado pelas dúvidas: elas se tornaram mais fortes e mais evidentes quando voltou a Bessônovo, assim que se encontrou no lugar onde tinha vivido o Málek-Adel anterior e indiscutível... Fizera o caminho a passos largos, balançando, olhando para os lados, fumando seu pequeno chibuque sem pensar em nada; ou então meditando consigo mesmo — "Quando um Tchertopkhánov quer alguma coisa, consegue! Isso mesmo!" — e rindo; contudo, ao chegar em casa, foi outra coisa. Claro que guardou tudo isso para si; seu amor-próprio não lhe permitiria exprimir a angústia interna. Teria "rachado no meio" qualquer um que fizesse alusão, ainda que distante, ao fato de que o novo Málek-Adel não parecia o antigo; recebeu cumprimentos pelo "feliz achado" de várias pessoas com as quais se deparou; mas não buscava tais cumprimentos, e fugia dos encontros com as pessoas ainda mais do que antes — um *mau* sinal! Examinava Málek-Adel quase o tempo todo, se é possível usar tal expressão; saía com ele até algum lugar distante, no campo, e o punha à prova; ou entrava furtivamente na estrebaria, fechava a porta atrás de si e, em pé, bem na frente da cabeça do cavalo, fitava-o nos olhos e perguntava, aos sussurros "Você é ele? Você é? Você é?...", ou então o observava em silêncio, fixamente, por horas inteiras, e ora se alegrava e murmurava "Sim! É ele! Claro que é ele!", ora ficava perplexo e até desconcertado.

O fim de Tchertopkhánov

Tchertopkhánov não ficava desconcertado apenas com as diferenças físicas entre *este* Málek-Adel e o *outro*... Aliás, elas eram poucas: o rabo e a crina do *outro* pareciam mais finos, as orelhas mais pontiagudas, as quartelas mais curtas, e os olhos mais claros, e isso podia ser apenas uma impressão; Tchertopkhánov também ficava desconcertado com as diferenças que podemos chamar de morais. Os hábitos do *outro* eram diferentes, seu jeito não era aquele. Por exemplo: o *outro* Málek-Adel olhava ao redor e dava uma relinchada assim que Tchertopkhánov entrava na estrebaria; *este*, contudo, ficava mascando seu feno como se nada estivesse acontecendo, ou então cochilava, cabisbaixo. Nenhum deles saía do lugar quando o dono apeava da sela; só que o *outro*, quando chamado, ia imediatamente atrás da voz, enquanto *este* ficava imóvel como um paspalho. O *outro* galopava à mesma velocidade, mas pulava mais alto e mais longe; *este* tinha o passo mais livre, mas trotava aos solavancos, "trombando" às vezes as ferraduras, ou seja, batendo a da frente com a de trás: uma vergonha dessas jamais acontecera com o *outro* — Deus me livre! *Este*, pensava Tchertopkhánov, fica mexendo as orelhas o tempo todo, que nem um bobo, enquanto o *outro*, pelo contrário: punha uma orelha para trás e a mantinha nessa posição, de olho no dono! O *outro*, quando via uma sujeira, dava na hora um golpe com a pata dianteira na parede da baia; já *este* não fazia nada, nem que tivesse estrume na barriga. Se você colocasse o *outro*, por exemplo, contra o vento, ele iria imediatamente aspirar o ar a plenos pulmões e se animar, enquanto *este* só ia resfolegar; o *outro* ficava incomodado com a umidade da chuva, enquanto *este* não estava nem aí...

Este era mais tosco, mais tosco! Não tinha o charme do outro, e era mais lerdo de rédea — falar o quê? Aquele era um cavalo encantador, mas este...

Isso é o que Tchertopkhánov pensava de vez em quando, e tais pensamentos o deixavam amargurado. Em compensação, em outras horas, soltava o cavalo a toda velocidade por um campo recém-arado, ou o fazia despencar no fundo de uma ribanceira derrubada para sair de novo pela escarpa mais abupta, e seu coração desfalecia de êxtase, um uivo bem alto lhe escapava dos lábios, e ele sabia, sabia com certeza, que tinha embaixo de si o verdadeiro e indubitável Málek-Adel, pois que outro cavalo estava em condições de fazer o que este fazia?

Entretanto, nem assim se livrou dos males e da desgraça. A busca prolongada de Málek-Adel custou muito dinheiro a Tchertopkhánov; já não sonhava com os cães de Kostromá, vagando pelos arredores tão solitário quanto antes. Certa manhã, Tchertopkhánov, a cinco verstas de Bessônovo, deparou-se com o mesmo séquito de caça do príncipe diante do qual tinha caracolado com tanta valentia um ano e meio atrás. E a mesma circunstância se repetiu: assim como naquele dia, agora também uma lebre estava fugindo de cães em um declive! "Pega, pega!" Todo o séquito foi atrás, inclusive Tchertopkhánov, só que não com eles, mas uns duzentos passos para o lado, exatamente como antes. Um enorme leito de rio cortava o declive de forma oblíqua e, erguendo-se cada vez mais alto, ia ficando cada vez mais estreito, impedindo a passagem de Tchertopkhánov. O lugar em que teria que saltar sobre ele — e onde realmente saltara um ano e meio atrás — tinha uns oito passos de largura e duas *sájens*[210] de profundidade. Prevendo o triunfo, uma repetição tão miraculosa de seu triunfo, Tchertopkhánov deu uma gargalhada vitoriosa, brandiu a *nagaika* — os caçadores galopavam, sem, contudo, tirar os olhos do audaz ginete — seu cavalo voou como uma flecha, já tinha o leito de rio debaixo do nariz — é agora, vai, vai, como naquele dia!

---

[210] *Sájen*: medida russa equivalente a 1,83 m. (N. do T.)

Málek-Adel, porém, refugou bruscamente, desviou para a esquerda e galopou *ao largo* do precipício, por mais que Tchertopkhánov tentasse virar sua cabeça para o lado, na direção do leito de rio.

Acovardara-se, ou seja, não tinha confiança em si mesmo!

Então Tchertopkhánov, ardendo por inteiro de vergonha e de raiva, a ponto de chorar, deixou cair a rédea e mandou o cavalo para a frente, para a colina, para longe, para longe dos caçadores, apenas para não escutar seus achincalhes, apenas para desaparecer o quanto antes de seus olhos malditos!

Málek-Adel galopou para casa com os flancos lacerados, todo coberto de baba, e Tchertopkhánov imediatamente se encerrou em seu quarto.

"Não, não é ele, não é o meu amigo! Aquele teria quebrado o pescoço antes de me trair!"

XI

O que fez Tchertopkhánov "dar um basta", como dizem, foi o seguinte. Montado em Málek-Adel, ele ia certa vez pelos arrabaldes dos popes, em volta da igreja a cuja paróquia a aldeia de Bessônovo pertencia. Com o gorro alto de pele enterrado até os olhos, encurvado e com as duas mãos no arco da sela, avançava devagar; tinha a alma infeliz e inquieta. De repente, alguém chamou.

Parou o cavalo, ergueu a cabeça e avistou seu correspondente, o diácono. Com um gorro castanho de orelheiras por cima do cabelo castanho trançado, envolto em um cafetã de nanquim amarelado e cingido por um farrapo azul bem abaixo da cintura, o servidor do altar saíra para dar uma olhada em suas "dependências", e, ao surpreender Panteliei Ieremêitch, considerou um dever apresentar-lhe seus respeitos — e aproveitar para lhe pedir algo. Sem esse tipo de segunda intenção, como se sabe, as pessoas do espírito não dirigem a palavra aos seculares.

Só que Tchertopkhánov não estava com cabeça para o diácono; mal respondeu à sua saudação e, rosnando entredentes, já estava com a *nagaika* no ar...

— Que cavalo magnífico é o seu! — apressou-se a acrescentar o diácono. — Ele lhe traz muita honra. É verdade: o senhor é um homem de grande inteligência, quase um leão! — O diácono era célebre pela eloquência, o que aborrecia bastante o pope, que não fora agraciado com o dom da palavra: nem a vodca destravava a sua língua. — A injúria da gente má o privou de um animal — prosseguiu o diácono —, porém, sem desanimar, mas, pelo contrário, confiando enormemente na divina providência, o senhor adquiriu outro, que não é inferior em nada, talvez até superior... já que...

— Que mentira é essa? — interrompeu Tchertopkhánov, sombrio. — Como assim, outro cavalo? É o mesmo; é Málek-Adel... Eu o encontrei. Está falando bobagem...

— Ei! Ei! Ei! Ei! — disse pausadamente o diácono, como se protelasse a resposta, brincando com os dedos na barba e mirando Tchertopkhánov com os olhos claros e ávidos. — Como assim, meu senhor? Que Deus me ajude a lembrar, mas o seu cavalo foi roubado no ano passado, duas semanas depois da festa do manto da Virgem; e agora estamos no fim de novembro.

— E então, o que é que tem?

O diácono continuou a brincar com os dedos na barba.

— Quer dizer que passou mais de um ano, e o seu cavalo continua sendo cinza malhado, como naquela época; até deu uma escurecida. Como pode ser? Em um ano, os cavalos cinza ficam bem mais claros.

O fim de Tchertopkhánov

Tchertopkhánov estremeceu... Era como se lhe acertassem o coração com um chuço. De fato: a cor cinza muda! Como uma ideia tão simples não tinha lhe vindo à mente até então?

— Seu excomungado! Saia de mim! — vociferou de súbito, com os olhos brilhando de cólera, e sumindo instantaneamente da vista do pasmo diácono.

— Então está tudo acabado!

E realmente estava tudo acabado, falido, a última cartada fora derrotada! Tudo ruíra em um instante com apenas uma palavra: "claros"!

Os cavalos cinza ficam mais claros!

Galope, galope, maldito! Dessa palavra você não escapa!

Tchertopkhánov chegou em casa voando e voltou a se trancar a chave.

XII

De que aquela porcaria de rocim não era Málek-Adel, de que entre ele e Málek-Adel não existia a menor semelhança, de que qualquer pessoa minimamente sensata devia reparar nisso à primeira vista, de que ele, Panteliei Tchertopkhánov tinha se enganado do jeito mais torpe, ou não, de que ele de forma deliberada e premeditada tapeara a si mesmo, lançara aquela bruma sobre si mesmo — disso tudo já não restava a menor dúvida! Tchertopkhánov andava no quarto, para a frente e para trás, girando monotonamente sobre os calcanhares ao chegar na parede, como uma fera enjaulada. Seu amor-próprio padecia de modo insuportável; mas não era só a dor da ferida do amor-próprio que o dilacerava: o desespero se apoderara dele, o ódio sufocava-o, a sede de vingança ardia dentro de si. Mas contra quem? De quem tirar a desforra? Do judeu, de Iaff, de Macha, do diácono, do ladrão cossaco, da vizinhança toda, do mundo inteiro, enfim, de si mesmo? Sua cabeça se embaralhava. A última cartada fora derrotada! (Tal comparação o agradava.) E ele voltava a ser insignificante, objeto do desprezo das pessoas, do escárnio geral, um bufão, tolo a não mais poder, motivo de riso para o diácono!... Imaginava e via com clareza aquele infame contando por aí do cavalo cinza do senhor estúpido... Ah, maldição!... Tchertopkhánov tentava em vão segurar a bílis; esforçava-se em vão para se convencer de que esse... cavalo talvez não fosse Málek-Adel, mas contudo era... bom, e poderia servi-lo por muitos anos: no momento, afastava de si de forma irada essa ideia, como se ela encerrasse uma nova ofensa *àquele* Málek-Adel, com o qual ele já se sentia em dívida de qualquer maneira... Era só o que faltava! Como um cego, como um bobalhão, ele quis equiparar essa pileca, esse rocim a Málek-Adel! Quanto ao serviço que esse rocim ainda poderia prestar... poderia ele merecer a honra de ser montado? De jeito nenhum! Jamais!... Seria dado para um tártaro, ou serviria de comida para os cães; não merecia outra coisa... Sim! Melhor fazer isso!

Tchertopkhánov vagou por seu quarto por mais de duas horas.

— Perfichka! — ordenou, de repente. — Vá agora mesmo ao botequim; traga-me meia garrafa de vodca! Está me ouvindo? Meia garrafa, e rápido! Quero a vodca na minha mesa imediatamente.

A vodca não tardou em aparecer na mesa de Panteliei Ieremêitch, e ele se pôs a beber.

XIII

Quem olhasse para Tchertopkhánov naquela hora, quem pudesse testemunhar a sombria exasperação com a qual ele esvaziava copo atrás de copo possivelmente sentiria um temor involuntário. Fez-se noite; uma vela de sebo ardia embaciada sobre a mesa. Tchertopkhánov tinha parado de errar de um canto para outro; estava sentado, vermelho, de olhos turvos, que ele ora baixava para o chão, ora voltava com obstinação para a porta escura; levantava-se, servia-se de vodca, bebia, voltava a se sentar, voltava a cravar os olhos em um ponto, sem se mexer; apenas sua respiração se acelerava, e o rosto ficava ainda mais vermelho. Nele parecia amadurecer alguma resolução que o perturbava, mas à qual ele ia se habituando gradualmente; esse mesmo pensamento ia avançando, chegando mais e mais perto, insistente e contínuo, essa mesma imagem ia se desenhando de modo mais e mais claro, e no coração, sob a pressão incandescente da embriaguez pesada, o rancor exasperado já se transformava em ferocidade, e um risinho sinistro lhe assomava aos lábios...

— Bem, chegou a hora! — afirmou em tom prático, quase fastidioso. — Senão vai ficar tarde!

Tragou o último copo de vodca, tirou a pistola de cima da cama — a mesma pistola com a qual disparara contra Macha —, carregou-a, colocou umas cápsulas no bolso para "quaisquer eventualidades" e se dirigiu à estrebaria.

O vigia fez menção de correr em sua direção quando ele se pôs a abrir a porta. Gritou para ele: "Sou eu! Não está vendo? Vá embora!". O guarda deu uns passos para o lado. "Vá dormir!", Tchertopkhánov voltou a gritar para ele. "Aqui não tem nada para você espiar! Grande coisa, que tesouro!" Entrou na estrebaria. Málek-Adel... o falso Málek-Adel estava deitado em seu leito. Tchertopkhánov cutucou-o com o pé, dizendo: "Levante, paspalho!". Daí desprendeu o cabresto da manjedoura, tirou o xairel, jogou-o no chão e, girando bruscamente o resignado cavalo dentro da baia, conduziu-o até o pátio, e do pátio para o campo, para extremo assombro do vigia, que jamais conseguiu compreender para onde o patrão estava indo à noite, com o cavalo desenfreado, a rédea solta. De perguntar, evidentemente, ele tinha medo, limitando-se a segui-lo com os olhos, até desaparecer na curva da estrada que levava ao bosque vizinho.

XIV

Tchertopkhánov caminhava a passos largos, sem se deter nem olhar; Málek-Adel — vamos chamá-lo por este nome até o fim — seguia-o submisso. Era uma noite bem clara; Tchertopkhánov podia distinguir o contorno denteado do bosque, escuro, na sua frente, como uma mancha espessa. Abarcado pelo frio da noite, possivelmente teria ficado embriagado com a vodca que tinha bebido, se... se uma outra embriaguez, mais forte, não tivesse se apoderado dele. A cabeça pesava, o sangue batia com força na garganta e nos ouvidos, mas ele caminhava com firmeza e sabia para onde ia.

Decidira matar Málek-Adel; só tinha pensado naquilo o dia inteiro... E agora estava decidido!

Realizava aquela tarefa não apenas com tranquilidade, mas de modo seguro, irrevocável, como um homem que obedece ao senso de dever. Para ele, aquela "coisa" era muito "simples": ao aniquilar o impostor, saldava as contas com "todos" e, ao mesmo tempo, se punia por sua estupidez, justificava-se perante seu amigo e demonstrava para o mundo inteiro (Tchertopkhánov se preocupava bastante com o "mundo inteiro") que não estava para brincadeiras... E o mais importante: junto com o impostor, aniquilaria a si mesmo, pois para que ainda iria viver? Como tudo isso se ajeitou na cabeça dele e por que lhe pareceu tão simples não é fácil de explicar, embora não seja completamente impossí-

O fim de Tchertopkhánov

419

vel: ofendido, solitário, sem uma alma próxima, sem um tostão, e ainda com o sangue quente pelo álcool, encontrava-se em uma condição próxima à loucura, e não há dúvida de que nos atos mais disparatados dos loucos existe, aos olhos deles, um tipo de lógica e até de direito. De seu direito, Tchertopkhánov estava, em todo caso, completamente certo; não vacilava, apressava-se para cumprir a sentença contra o culpado, por sinal sem ter plena consciência de quem exatamente estava designando assim... Para falar a verdade, pensava pouco no que estava prestes a fazer. "Preciso, preciso acabar — repetia para si mesmo, obtuso e rígido —, tenho que acabar!"

E o inocente culpado ia a trote curto atrás dele... Tchertopkhánov, contudo, não tinha dó no coração.

XV

Não muito longe da orla do bosque para onde o cavalo foi levado, estendia-se uma pequena ribanceira, invadida até a metade por arbustos de carvalho. Tchertopkhánov se encaminhou para lá... Málek-Adel tropeçou e quase caiu em cima dele.

— E ainda quer me esmagar, seu maldito? — gritou Tchertopkhánov, sacando a pistola do bolso, como se fosse para se defender. Não estava mais exasperado, mas experimentava aquele peculiar sentimento de impassibilidade que, segundo dizem, se apossa da pessoa antes de cometer um crime. Mas sua própria voz o assustava, de tão selvagem que soava sob a cobertura escura dos ramos, na umidade empesteada e putrefata da ribanceira da floresta! Ainda por cima, respondendo sua exclamação, um grande pássaro subitamente se agitou na copa de uma árvore, acima de sua cabeça... Tchertopkhánov se sobressaltou. Era como se tivesse despertado uma testemunha do seu ato, e onde? Nesse lugar ermo, onde não devia encontrar nenhuma criatura viva...

— Vá, seu diabo, corra aos quatro ventos! — disse entredentes e, soltando a rédea de Málek-Adel, bateu-lhe com força nas juntas com a coronha da pistola. Málek-Adel recuou imediatamente, saiu da ribanceira com dificuldade... e se pôs a correr. Porém, o ruído de seus cascos se fez ouvir por pouco tempo. O crescente vento misturava e nublava todos os sons.

Por seu turno, Tchertopkhánov saiu lentamente da ribanceira, alcançou a orla do bosque e arrastou-se pelo caminho de casa. Estava insatisfeito consigo mesmo; o peso que sentia na cabeça e no coração se espalhou por todos os membros; estava zangado, sombrio, frustrado, com fome, como se alguém o tivesse ofendido e lhe tomado a presa, o alimento...

O suicida que foi impedido de realizar seu intento conhece esse tipo de sensação.

De repente, algo o empurrou por trás, entre os ombros. Olhou... Málek-Adel estava no meio do caminho. Viera atrás do dono, cutucara-o com o focinho... dando-se a conhecer...

— Ah! — gritou Tchertopkhánov. — Você veio atrás da morte, você mesmo! Então toma!

Em um piscar de olhos sacou a pistola, armou o cão, apontou o cano para a testa de Málek-Adel, disparou...

O pobre cavalo saltou de banda, empinou, afastou-se um dez passos para logo desabar, pesadamente, e, enrouquecido, tombar convulsivo por terra...

Tchertopkhánov tapou as orelhas com ambas as mãos e saiu correndo. Seus joelhos dobraram. A embriaguez, a raiva e a obtusa autoconfiança se dissiparam de um só golpe. Só restava uma sensação vergonhosa e hedionda, e a consciência, a indubitável consciência de que, dessa vez, também tinha acabado consigo próprio.

O fim de Tchertopkhánov

XVI

Seis semanas depois, o *kazatchok* Perfichka achou que era seu dever interpelar o comissário de polícia, que estava passando pela propriedade de Bessônovo.

— O que é? — perguntou o guardião da ordem.

— Excelência, tenha a bondade de vir à nossa casa — respondeu o *kazatchok*, com uma profunda reverência. — Acho que Panteliei Ieremêitch está querendo morrer; estou com medo.

— O quê? Morrer? — voltou a perguntar o comissário.

— Exatamente, meu senhor. Primeiro passou a tomar vodca todo dia, e agora fica deitado na cama, e emagreceu bastante. Acho que agora ele nem entende mais nada. Está completamente sem fala.

O comissário desceu da telega.

— Você pelo menos mandou buscar um padre? Seu patrão se confessou? Comungou?

— Nada disso, meu senhor.

O comissário franziu o cenho.

— Como assim, meu irmão? Será possível? Será que você não sabe... que tem uma grande responsabilidade por isso, hein?

— Mas eu perguntei anteontem e ontem — disse o *kazatchok*, assustado —: Panteliei Ieremêitch, não deseja mandar buscar um padre? "Calado, seu idiota. Não se meta em um assunto que não é seu", disse. E hoje, quando comecei meu relatório, ele só olhava para mim, puxando o bigode.

— E tomou muita vodca? — perguntou o comissário.

— Demais! Mas tenha a bondade, excelência, de entrar no quarto dele.

— Bem, conduza-me! — resmungou o comissário, indo atrás de Perfichka.

Um espetáculo surpreendente o aguardava.

422   Memórias de um caçador

No quarto de trás da casa, úmido e escuro, em uma cama miserável, coberto com um xairel de cavalo, com uma *burka*[211] hirsuta fazendo as vezes de travesseiro, jazia Tchertopkhánov, que não estava mais pálido, mas de um verde amarelado, cor de moribundo, com os olhos afundados sob as pálpebras lustrosas e o nariz pontiagudo, mas ainda avermelhado, sob os bigodes eriçados. Jazia trajado com o indefectível *arkhaluk* com cartuchos no peito e bombachas circassianas azuis. O gorro alto de pele com a parte superior cor de framboesa cobria-lhe a testa até as sobrancelhas. Em uma mão Tchertopkhánov segurava a *nagaika* de caça; na outra, uma bolsa para fumo bordada, último presente de Macha. Na mesa ao lado da cama havia uma garrafa vazia; e na cabeceira, presas à parede com alfinetes, viam-se duas aquarelas: em uma, até onde era possível entender, estava representado um homem gordo com um violão na mão, provavelmente Nedopiúskin; a outra retratava um cavaleiro a galope... O cavalo se parecia com aqueles animais de contos de fadas que as crianças desenham nas paredes e nas cercas; porém, as manchas cuidadosamente sombreadas de seu pelo e os cartuchos no peito do cavaleiro, os bicos pontudos de suas botas e os imensos bigodes não deixavam margem a dúvida: esse desenho devia representar Panteliei Ieremêitch montado em Málek-Adel.

Surpreso, o comissário de polícia não sabia o que fazer. Um silêncio de morte reinava no quarto. "Acho que já faleceu", pensou e, levantando a voz, disse:

— Panteliei Ieremêitch! Ei, Panteliei Ieremêitch!

Daí aconteceu algo raro. Os olhos de Tchertopkhánov se abriram lentamente, as pupilas apagadas se moveram primeiro da direita para a esquerda, depois da esquerda para a direita, detiveram-se no visitante, viram-no... Alguma coisa

---

[211] Capa de feltro usada no Cáucaso. (N. do T.)

O fim de Tchertopkhánov

tremeluziu na brancura opaca, como se um olhar se manifestasse; os lábios azulados se descolaram gradualmente, e se ouviu uma voz rouca, sepulcral:

— Panteliei Tchertopkhánov, fidalgo de quatro costados, está morrendo; quem pode impedi-lo? Não deve nada a ninguém, nem exige nada... Deixem-no em paz, gente! Vão embora!

A mão com a *nagaika* tentou se erguer... Inútil! Os lábios voltaram a se grudar, os olhos se fecharam, e Tchertopkhánov continuou deitado em sua cama dura, do mesmo jeito que antes, esticado, com os pés juntos.

— Dê-me a conhecer quando ele tiver falecido — o comissário cochichou para Perfichka, ao sair do quarto —, e agora creio que devemos ir atrás do pope. Precisamos respeitar a ordem e garantir que ele receba a extrema-unção.

Perfichka foi atrás do pope no mesmo dia; na manhã seguinte, deu a conhecer ao comissário que Panteliei Ieremêitch falecera naquela mesma noite.

Quando foi enterrado, seu caixão foi acompanhado por duas pessoas: o *kazatchok* Perfichka e Moshel Leiba. A notícia do falecimento de Tchertopkhánov chegou de alguma forma ao judeu, que não perdeu a oportunidade de prestar uma última homenagem a seu benfeitor.

RELÍQUIA VIVA

Terra natal da longa paciência,
Terra do povo russo!

F. Tiútchev[212]

Reza um provérbio francês: "Pescador seco e caçador molhado são uma visão triste".[213] Sem jamais ter tido queda pela pesca, não tenho como julgar o que o pescador sente com tempo bom e claro, nem o quanto, em tempo chuvoso, a satisfação que lhe é propiciada por uma captura abundante prevalece sobre a contrariedade de estar molhado. Para a caça, contudo, a chuva é uma calamidade. Iermolai e eu fomos submetidos exatamente a esse tipo de contrariedade em uma de nossas excursões atrás de tetrazes, no distrito de Beliov. A chuva não deu trégua desde o amanhecer. O que não fizemos para nos livrar dela! Erguemos nossas capas de borracha até a cabeça e ficamos embaixo das árvores para receber menos água... Os impermeáveis, sem falar que atrapalhavam na hora do tiro, deixavam a água passar do jeito mais vergonhoso; e embaixo das árvores, no começo, era como se não chovesse, mas, depois, o líquido acumulado nas folhas irrompia subitamente, e cada galho era uma canaleta a nos

---

[212] Trecho do poema "Essas pobres aldeias" (1857), de Fiódor Ivánovitch Tiútchev (1803-1873). (N. da E.)

[213] Esta frase não consta das coletâneas de provérbios e ditos franceses. (N. da E.)

banhar com uma torrente de água fria que se introduzia embaixo do colarinho e corria pela coluna vertebral... Aquilo era o cúmulo, como dizia Iermolai.

— Não, Piotr Petróvitch — exclamou, por fim. — Assim não dá!... Não dá para caçar hoje. Os cachorros perderam o faro; as espingardas estão falhando... Arre! Que problema!

— Que fazer? — perguntei.

— O seguinte. Vamos para Aleksêievka. Talvez o senhor não saiba, mas lá tem uma fazendinha que pertence à sua mãe; são oito verstas daqui. Passamos a noite lá, e amanhã...

— Voltamos para cá?

— Não, para cá não... Conheço uns lugares lá por Aleksêievka... Muito melhores em tetrazes que os de hoje.

Não perguntei a meu fiel companheiro de viagem por que ele não me tinha levado direto para esses tais lugares, e nesse mesmo dia chegamos ao sitiozinho de mamãe, de cuja existência devo admitir que até então nem suspeitava. Essa fazendinha tinha uma casinha dos fundos bem velha, mas desabitada e, portanto, limpa; nela passei uma noite bem tranquila.

No dia seguinte, acordei cedinho. O sol acabara de nascer; não havia nuvem no céu; tudo ao redor resplandecia com brilho dobrado: o brilho dos raios do começo da manhã e do aguaceiro da véspera. Enquanto atrelavam minha charrete fui passear pelo jardinzinho, outrora um pomar, hoje selvagem, que cercava a casinha dos fundos por todos os lados com seu aroma suculento. Ah, como era bom estar ao ar livre, sob o céu claro, onde se agitavam as cotovias, de onde elas aspergiam as pérolas prateadas de suas vozes sonoras! Certamente levavam nas asas gotas de orvalho, que pareciam irrigar seu canto. Cheguei a tirar o chapéu e respirar com alegria, enchendo o peito... Na encosta de uma ribanceira rasa, bem ao lado da cerca, avistava-se um colmeal; uma vereda estreita levava até ele, serpenteando por entre os muros contínuos de ervas daninhas e urtiga, sobre os quais se erguiam, sabe Deus vindos de onde, os caules pontiagudos do cânhamo verde-escuro.

Dirigi-me a essa vereda e cheguei ao colmeal. Ao seu lado havia um galpãozinho de vime, chamado de *amchánik*, onde colocavam as colmeias no inverno. Olhei pela porta entreaberta: estava escuro, silencioso, seco; cheiro de menta e de melissa. No canto estavam acomodados uns andaimes, e neles, coberto com uma manta, um pequeno vulto... Eu estava para sair...

— Patrão, ei, patrão! Piotr Petróvitch! — ouvi uma voz fraca, lenta e rouca, como o farfalhar do espargânio do pântano.

Parei.

— Piotr Petróvitch! Aproxime-se, por favor! — repetia a voz. Vinha do canto, dos andaimes em que eu tinha reparado.

Cheguei perto — e fiquei petrificado de espanto. Diante de mim jazia um ser humano, mas o que era aquilo?

A cabeça completamente murcha, monocromática, cor de bronze, um ícone antigo, sem tirar nem por; o nariz estreito como o fio de uma faca; quase não se viam os lábios, só o branco dos dentes e dos olhos, e debaixo do lenço escapavam para a testa ralas mechas de cabelo loiro. Junto ao queixo, na dobra da manta, moviam-se, girando lentamente os dedos como pauzinhos, duas mãos minúsculas, também cor de bronze. Fixei o olhar nela com muita atenção: o rosto não apenas não era feio, como chegava a ser bonito, embora terrível e incomum. Mais terrível me parecia aquele rosto quando nele, em seus zigomas metálicos, eu via esforço... O esforço por um sorriso que não conseguia abrir.

— Patrão, o senhor não está me reconhecendo? — a voz voltou a sussurrar; era como se ela se evaporasse dos lábios praticamente imóveis. — Mas como poderia reconhecer? Sou

Relíquia viva

Lukéria... Lembra, eu é que liderava as brincadeiras de roda na propriedade de sua mãe, em Spásskoie... Eu também era a primeira cantora do coro, lembra?

— Lukéria! — exclamei. — É você? Será possível?

— Sim, patrão, sou eu, eu. Eu sou Lukéria.

Eu não sabia o que dizer, e ficava olhando pasmado para aquele rosto escuro e imóvel, com olhos claros e mortos fixos em mim. Seria possível? Aquela múmia era Lukéria, a primeira beldade dentre todas as nossas servas, alta, roliça, branca, corada, amiga do riso, da dança e do canto! Lukéria, a esperta Lukéria, cortejada por todos os nossos rapazes, pela qual eu mesmo suspirava em silêncio, eu, um menino de dezesseis anos!

— Perdão, Lukéria — disse, por fim —, o que aconteceu com você?

— Uma desgraça enorme! Patrão, não tenha repugnância, não tenha nojo da minha infelicidade; sente aqui no barrilete, mais perto, senão não vai me escutar... Veja o estado da minha voz!... Enfim, estou bem contente de tê-lo visto! Como o senhor veio parar em Aleksêievka?

Lukéria falava bem baixo e fraco, mas sem interrupções.

— Foi o caçador Iermolai quem me trouxe. Mas me conte...

— Contar a minha desgraça? Pois não, patrão. Já faz tempo que aconteceu, uns seis ou sete anos. Tinha acabado de ficar noiva de Vassíli Poliakov, lembra-se, um esbelto, de cabelo cacheado, que era copeiro da sua mãe? O senhor não estava mais na aldeia; tinha ido estudar em Moscou. Vassíli e eu nos amávamos muito; ele não me saía da cabeça; e a coisa foi na primavera. Certa noite... Pouco antes do amanhecer... E eu não conseguia dormir: tinha um rouxinol no jardim, cantando com uma doçura tão espantosa!... Não me contive, levantei-me e saí à varanda para ouvi-lo. Ele cantava, e cantava... De repente, tive a impressão de que alguém

428   Memórias de um caçador

me chamava, com a voz de Vássia, baixinho: "Lucha!...".[214] Olhei para o lado, acho que estava meio dormida, tropecei e despenquei lá embaixo. Estatelando-me no chão! Não achava que tinha me machucado muito, pois logo me levantei e voltei para o meu quarto. Só que era como se alguma coisa dentro de mim, nas entranhas, tivesse rasgado... Preciso tomar fôlego... Um minutinho... Patrão.

Lukéria se calou, e eu a fitei assombrado. Estava particularmente assombrado por ela conduzir seu relato quase com alegria, sem queixumes nem suspiros, nem a se lamentar ou implorar compaixão.

— Desde então — prosseguiu Lukéria — passei a murchar, a definhar; minha pele escureceu; comecei a ter dificuldade em caminhar, e até mesmo em me valer das pernas; não conseguia ficar de pé nem sentada; ficava deitada o tempo todo. Não tinha vontade de beber, nem de comer: ia ficando pior, cada vez pior. Sua mãe, por bondade, trouxe médicos e me mandou para o hospital. Mas eu não melhorava de jeito nenhum. Nenhum médico conseguiu dizer nem qual era a minha doença. E o que não fizeram comigo: queimaram-me as costas com ferro incandescente, fizeram-me sentar em gelo rachado, e nada. No fim, fiquei paralisada... Daí os senhores decidiram que não tinham mais como me tratar, e manter uma inválida na casa da patroa era incômodo... Daí me mandaram para cá, por ter parentes aqui. E aqui estou vivendo, como o senhor pode ver.

Lukéria voltou a se calar e voltou a se esforçar para sorrir.

— Mas como é terrível a sua situação! — exclamei... E, sem saber o que mais dizer, indaguei: — E Vassíli Poliakov? — Uma pergunta muito estúpida.

Lukéria desviou ligeiramente o olhar.

[214] Diminutivo de Lukéria. (N. do T.)

— Poliakov? Sofreu, sofreu e se casou com outra, uma moça de Glínnoie. Conhece Glínnoie? Não é longe daqui. Chama-se Agrafiena. Ele me amava muito, mas era jovem, não ia ficar solteiro. Que tipo de companheira eu podia ser para ele? Encontrou uma mulher ótima, bondosa, e teve filhos. É o intendente de um vizinho: sua mãe o liberou com um passaporte, e ele está muito bem, graças a Deus.

— Então você fica deitada assim o tempo todo? — voltei a perguntar.

— Fico deitada assim, patrão, há sete anos. No verão fico deitada aqui, nesse cestinho, e, quando fica frio, levam-me para o vestiário dos banhos. E fico deitada lá.

— Quem zela por você? Quem cuida?

— Aqui também tem gente boa. Não me abandonam. E eu não dou muito trabalho. Não como quase nada, e a água fica ali, naquela caneca: sempre está cheia de água pura, da fonte. Dá para alcançar a caneca sozinha: ainda consigo mover um dos braços. Ah, e também tem uma moça, uma órfã; de vez em quando vem me visitar, sou agradecida. Estava aqui agora mesmo... O senhor chegou a encontrá-la? Uma belezinha, branquinha. Ela me traz flores; gosto muito delas, dessas flores. Não temos flores de jardim — havia, mas sumiram. Mas as flores do campo também são boas, e cheiram até melhor que as de jardim. Veja esses lírios-do-vale... Tem coisa melhor?

— Mas isso não é tedioso, não é ruim, minha pobre Lukéria?

— E o que fazer? Não quero mentir — no começo era bem difícil; mas depois habituei-me, me acostumei, não me importo; tem quem viva ainda pior.

— De que jeito?

— Tem gente que não tem abrigo! Tem gente cega e surda! E eu, graças a Deus, vejo muito bem e escuto tudo, tudo. Uma toupeira vasculhando embaixo da terra; até isso eu escuto. Consigo sentir todos os cheiros, mesmo os mais fracos! Se o trigo sarraceno começar a florescer no campo, ou a tília no jardim, ninguém precisa me contar: sou a primeira a perceber, aqui. Basta a brisa soprar de lá. Não, por que provocar a cólera divina? Muita gente está bem pior que eu. Veja bem: uma pessoa saudável pode pecar com muita facilidade; já de mim o pecado se afastou. Outro dia, o padre Aleksei me deu a comunhão e disse: "Não precisa se confessar: você teria como pecar na sua situação?". Respondi-lhe, porém: "E o pecado em pensamento, meu pai?". — "Ah — ele disse, entre risos —, esse pecado não é grande."

— E eu não devo pecar muito em pensamento — prosseguiu Lukéria —, já que me habituei a não pensar e, mais ainda, a não recordar. O tempo passa mais rápido.

Confesso que me surpreendi.

— Você está sozinha o tempo todo, Lukéria; como consegue impedir que os pensamentos venham à cabeça? Ou você fica dormindo o tempo todo?

— Ah não, patrão! Nem sempre consigo dormir. Embora eu não tenha mais grandes dores, é dolorido lá dentro, nas entranhas, e nos ossos também; não dá para dormir direito. Não... E assim eu fico deitada, estirada e deitada, sem pensar; sinto que estou viva, respiro, e é isso. Vejo, escuto. As abelhas zumbem e zunem no colmeal; um pombo pousa no telhado e se põe a arrulhar; uma galinha choca entra com os pintinhos para bicar migalhas; passa voando um pardal ou uma borboleta — tudo isso me agrada muito. No ano retrasado, as andorinhas chegaram a fazer ninho ali no canto e deram cria. Como era interessante! Uma chega voando, gruda no ninhozinho, dá de comer às crias e vai embora. Você olha, e já tem outra no lugar dela. Às vezes ela nem entra, só passa em frente à porta aberta, e os filhotes imediatamente começam a piar e abrir o bico... Esperei-as no ano seguinte, mas dizem que um caçador daqui matou-as com sua

Relíquia viva

espingarda. E com que proveito? Se uma andorinha não é maior do que um besouro... Como vocês são malvados, senhores caçadores!

— Não atiro em andorinhas — apressei-me em observar.

— E uma vez — reiniciou Lukéria — foi bem engraçado! Uma lebre entrou correndo, de verdade! Uns cachorros vinham em seu encalço, e ela atravessou a porta com tudo!... Sentou-se pertinho de mim e ficou um tempão daquele jeito, mexendo o nariz e contraindo os bigodes, como um autêntico oficial! E olhava para mim. Ou seja, entendeu que eu não era perigosa. Por fim se levantou, foi até a porta aos pulos, deu uma olhada quando chegou à soleira, e já era! Tão engraçada!

Lukéria me contemplava... "Mas não é divertido?", dizia. Ri para agradá-la. Ela mordia os lábios ressequidos.

— Claro que no inverno é pior, pois está escuro; dá pena de acender a vela; e, também, para quê? Embora eu seja alfabetizada e sempre tenha gostado de ler, o que vou ler agora? Aqui não tem livros, e, ainda que tivesse, como eu iria segurá-los? Para minha distração, o padre Aleksei me trouxe uns calendários; porém, ao ver que não tinham utilidade, levou-os de volta. Mas mesmo quando está escuro há algo para escutar: um grilo cricrilando, ou um rato a roer. Daí que é bom não pensar!

— E faço orações — prosseguiu Lukéria, depois de breve descanso. — Só que eu não conheço muitas dessas orações. E para que vou ficar aborrecendo o Senhor? O que vou lhe pedir? É ele quem sabe melhor o que preciso. Mandou-me minha cruz, sinal de que me ama. Assim nos é ordenado compreender. Rezo o Pai-Nosso, a Ave-Maria, o acatisto a todos os aflitos, e volto a ficar deitada sem o menor pensamento. E tudo bem!

Passaram-se dois minutos. Não quebrei o silêncio nem me mexi no barrilete estreito que me servia de assento. A imobilidade cruel e pétrea do ser vivo e infeliz que jazia diante de mim me contagiou: eu também estava como entorpecido.

— Escute, Lukéria — comecei, finalmente. — Escute a proposta que lhe faço. Você quer que eu mande levá-la para um hospital, para um bom hospital na cidade? Quem sabe, talvez você seja curada! Em todo caso, não vai ficar sozinha...

Lukéria moveu um pouquinho as sobrancelhas.

— Ah não, patrão — afirmou, com um sussurro preocupado —, não me leve para o hospital, não mexa comigo. Lá só vou ter grandes suplícios. Como vão me curar?... Uma vez um doutor veio aqui; queria me examinar. Pedi: "Não me perturbe, por Cristo". Qual! Começou a me revirar, a desentorpecer braços e pernas, a esticar; dizia: "Estou fazendo isso pela ciência; sou um servo da ciência, um cientista! E você — dizia — não tem direito de se opor a mim, pois foi por meu trabalho que recebi essa condecoração, e é por idiotas como vocês que eu me empenho". Puxou daqui, puxou dali, disse o nome da minha doença — bem complicado — e daí se foi. Depois, passei uma semana inteira com todos os meus ossos doendo. O senhor diz que eu fico sozinha, o tempo todo sozinha. Não, não é o tempo todo. Vêm me visitar. Sou tranquila, não incomodo. Moças camponesas passam e conversam; uma romeira entra, começa a contar de Jerusalém, de Kíev, das cidades sagradas. E eu não tenho medo de ficar sozinha. Ei, ei, é até melhor! Patrão, não mexa comigo, não me mande para o hospital... Eu agradeço, o senhor é bom, só não mexa comigo, meu querido.

— Bem, Lukéria, como quiser, como quiser. Eu só queria o seu bem...

— Patrão, eu sei que é para o meu bem. Mas meu querido patrão, quem é que pode ajudar o próximo? Quem consegue penetrar em sua alma? A pessoa tem que ajudar a si mesma! O senhor não vai acreditar, mas aqui às vezes eu fico

Relíquia viva   433

tão sozinha que é como se não tivesse mais ninguém no mundo. Só eu estou viva! E eu tenho umas visões, umas coisas me vêm à cabeça... Sou tomada por umas meditações que são até espantosas.

— No que você medita, Lukéria?

— Isso não dá para dizer, patrão: não dá para explicar. E depois você esquece tudo. Chega como uma nuvem, asperge, tudo fica fresco e gostoso, mas você não entende o que era aquilo! Só penso que, se tivesse gente perto de mim, nada disso teria acontecido, e eu não sentiria nada além da minha infelicidade.

Lukéria respirava com dificuldade. O peito não lhe obedecia, assim como os demais membros.

— Patrão, quando eu olho para o senhor — retomou — vejo muita pena de mim. Mas na verdade não precisa ter pena demais! Veja, por exemplo, o que vou dizer: às vezes, e mesmo agora... O senhor deve se lembrar de como eu era alegre. Doidinha! E sabe o quê? Ainda hoje eu canto.

— Canta? Você?

— Sim, canto, canções antigas, de roda, de festa, de Natal, todas! Muitas eu já sabia e não esqueci. Só não canto as de dança. Não combinam com meu estado atual.

— Então você canta... para si mesma?

— Para mim mesma e em voz alta. Não consigo cantar alto, mas dá para entender. Como eu já lhe contei, uma moça vem me visitar. Uma órfã, quer dizer, muito esperta. Eu a ensinei; ela já aprendeu quatro canções comigo. Não acredita? Espere, eu já...

Lukéria tomou fôlego... A ideia de que aquela criatura semimorta estava se preparando para cantar despertou-me um pavor involuntário. Porém, antes que eu pudesse proferir palavra, tremia em meus ouvidos um som arrastado, quase inaudível, porém puro e preciso... A esse se seguiram um segundo e um terceiro. Lukéria cantava "Nos prados". Can-

434   Memórias de um caçador

tava sem mudar a expressão do rosto petrificado, com os olhos fixos. Mas como soava comovente aquela pobre vozinha, vacilante como um filete de fumaça esforçando-se de desejo de extravasar toda a sua alma... Já não sentia pavor: indizível pena me oprimia o coração.

— Ah, não consigo! — ela disse, de repente. — Faltam-me as forças... Fiquei feliz demais ao vê-lo.

Fechou os olhos.

Coloquei a mão em seus minúsculos dedinhos gelados... Olhou para mim, e suas pálpebras escuras, cobertas de cílios dourados, como uma estátua antiga, voltaram a se fechar. Em um instante brilhavam na penumbra... Uma lágrima os umedecia.

Continuei sem me mexer.

— Veja como eu sou! — Lukéria disse subitamente, com força inesperada, e, abrindo bem os olhos, esforçava-se para afugentar a lágrima. — Não é uma vergonha? O que é isso? Fazia tempo que isso não me acontecia... Desde o dia em que Vássia Poliakov me visitou, na primavera passada. Enquanto estava sentado e conversando comigo, tudo bem; bastou ele ir embora e fiquei chorando na solidão! De onde veio isso! Mulher chora de graça. Patrão — acrescentou Lukéria —, diga, o senhor não teria um lencinho... Não se enoje, enxugue-me os olhos.

Apressei-me a realizar seu desejo, e deixei o lenço para ela. Inicialmente recusou... Disse, o que vou fazer com um presente desses? O lenço era muito simples, mas limpo e branco. Depois apanhou-o com seus dedos fracos e não mais os abriu. Após me acostumar com a escuridão em que ambos nos encontrávamos, pude distinguir com clareza seus traços, pude até reparar no leve rubor que transparecia por entre o bronze de seu rosto, pude descobrir naquele rosto — pelo menos essa era a minha impressão — traços de sua antiga beleza.

Relíquia viva

— Patrão, o senhor me perguntou — voltou a dizer Lukéria — se eu durmo. Durmo sim, pouco, mas sonho sempre, uns sonhos lindos! Nunca me vejo doente: em sonho estou sempre saudável e jovem... A única desgraça é que, ao despertar, queria dar uma boa espreguiçada, mas é como se estivesse acorrentada. Uma vez tive um sonho maravilhoso! Quer que eu conte? Bem, escute. De repente eu me vi no campo, e ao redor o centeio, bem alto, maduro, bem dourado!... E comigo havia um cachorro ruivo, bem raivoso, que queria me morder o tempo todo. E eu tinha nas mãos uma foice, não uma foice comum, mas que nem a lua, quando ela fica em forma de foice. Com essa lua eu tinha que ceifar todo o campo de centeio. Só que o calor me debilitava muito, a lua me cegava, e fui tomada pela preguiça; em volta cresciam centáureas, tão imensas! Todas viravam a cabeça para mim. E eu pensei: vou colher essas centáureas; Vássia prometeu vir, vou fazer uma coroa antes; ainda vai dar tempo de ceifar. Comecei a colher as centáureas, mas elas se desfaziam e se desfaziam entre os meus dedos, de todo jeito! E não conseguia fazer a minha coroa. Enquanto isso, ouvi alguém vindo até mim, bem perto, e chamando: Lucha! Lucha!... Pensei: ai, que desgraça, não deu tempo! Tudo bem, coloquei a lua na cabeça, em vez das centáureas. Coloquei a lua na cabeça, como um *kokóchnik*, e fiquei toda radiante, iluminando todo o campo ao meu redor. Olhei e por cima das espigas alguém deslizava rápido na minha direção — só que não era Vássia, mas o próprio Cristo! Não sei dizer como eu soube que era Cristo, pois não estava do jeito que é representado, mas era ele! Sem barba, alto, jovem, todo de branco — só o cinto era dourado —, esticando-me a mão. "Não tenha medo — disse —, minha noiva paramentada, venha comigo; você vai dirigir os coros do reino dos céus e cantar canções do Paraíso." Como eu grudei na mão dele! O cachorro estava nos meus calcanhares... Mas levantamos voo imediatamente! Ele na frente... Suas asas se desenrolaram por todo o céu, longas como as de uma gaivota, e eu atrás dele! O cachorro teve que ficar para trás. Só então compreendi que o cachorro era minha doença, que não tinha lugar no reino dos céus.

Lukéria ficou um minuto em silêncio.

— E tive outro sonho — recomeçou —, ou talvez uma visão, já não sei. Tive a impressão de estar nesse mesmo cestinho e ser visitada por meus finados pais — papai e mamãe —, que me fizeram uma profunda reverência, mas não disseram nada. Perguntei a eles: papai e mamãe, por que essa reverência? Eles disseram: como você sofreu muito nesse mundo, não apenas aliviou sua própria alma, mas também tirou um grande peso de cima de nós. As coisas ficaram muito melhores para nós no outro mundo. Você já expiou os seus pecados; agora está redimindo os nossos. Depois de dizer isso, meus pais voltaram a fazer a reverência, e se tornaram invisíveis: só dava para ver as paredes. Depois eu duvidei muito do que me aconteceu. Até contei para o padre, em confissão. Só que ele acredita que não foi uma visão, pois as visões só aparecem a membros do clero.

— E veja ainda que outro sonho eu tive — prosseguiu Lukéria. — Eu me vi sentada na estrada principal debaixo de um salgueiro, segurando um bastão aplainado, um alforje nos ombros e a cabeça envolta em um lenço; uma autêntica romeira! Encaminhava-me para bem longe, em peregrinação. Romeiras passavam por mim o tempo todo; caminhavam em silêncio, como se fosse contra a vontade, todas na mesma direção; seus rostos eram todos tristes, e muito parecidos uns com os outros. E eu avistei se agitando e irrompendo entre elas uma mulher, uma cabeça mais alta do que as outras, e com um vestido peculiar, que não parecia nosso, não parecia russo. E o rosto também era peculiar, um rosto tristonho, severo. Todas as outras pareciam se afastar dela, que de repente se virava, e vinha direto na minha direção. Parou e

Relíquia viva   437

olhou; seus olhos de falcão eram amarelos, grandes e claros, muito claros. Perguntei: "Quem é você?". E ela me disse: "Sou a sua morte". Devia me assustar, mas, pelo contrário, fiquei alegre, bem alegre, e fiz o sinal da cruz! E essa mulher, a minha morte, me disse: "Tenho pena de você, Lukéria, mas não posso levá-la comigo. Adeus!". Senhor! Como fiquei triste!... Eu disse: "Leve-me, mãezinha, querida, leve-me!". E a minha morte se voltou para mim e começou a me falar... Entendi que ela estava fixando a minha hora, mas de modo muito incompreensível, obscuro... Depois do dia de São Pedro, disse... E daí eu acordei... Esses são os sonhos espantosos que eu tenho!

Lukéria ergueu os olhos para o alto... Refletia...

— Minha única desgraça é que pode passar uma semana inteira sem que eu durma nenhuma vez. No ano passado, veio uma fidalga, me viu e me deu um frasquinho com um remédio contra insônia; prescreveu que eu tomasse dez gotas. Foi de grande serventia, e eu dormi; só que agora faz tempo que o frasquinho está vazio... O senhor não sabe que remédio era esse, e como posso consegui-lo?

Pelo visto, a fidalga de passagem ministrara ópio a Lukéria. Prometi obter outro frasquinho daqueles e novamente não consegui não louvar em voz alta sua paciência.

— Ah, patrão! — retrucou. — Como assim? Que paciência? A paciência de Simeão Estilita[215] é que era grande: ficou trinta anos em cima de uma coluna! E outro santo se enterrou até o peito, e as formigas devoraram o seu rosto...[216] E tem também o que um estudioso me contou: houve um país que foi conquistado pelos agarenos, que torturaram e mataram

---

[215] Asceta e santo das igrejas Ortodoxa e Católica. (N. do T.)

[216] Referência ao relato do "pacientíssimo João, o Eremita" e sua luta contra as tentações, contido no *Livro dos Santos de Kíev-Petchersk*. (N. da E.)

todos os seus habitantes; por mais que esses habitantes fizessem, não conseguiam se libertar. E apareceu entre esses habitantes uma virgem santa; ela tomou uma grande espada, investiu-se de uma armadura de dois *puds*, foi até os agarenos e expulsou-os para o mar. Assim que os expulsou, disse a eles: "Agora me queimem, pois eu prometi morrer por meu povo pelo fogo". Os agarenos tomaram-na e queimaram-na, mas seu povo, desde então, está livre para sempre! Isso sim é uma proeza! E eu fiz o quê?

Admirei-me comigo mesmo ao ver de qual forma a lenda de Joana d'Arc tinha chegado até ela, e, depois de breve silêncio, perguntei a Lukéria quantos anos ela tinha.

— Vinte e oito... ou nove... Trinta não. Mas para que contar os anos? Ainda tenho algo a lhe dizer...

Lukéria subitamente deu uma tossida seca e deixou escapar um *ai*...

— Você fala muito — reparei —, isso pode lhe fazer mal.

— Verdade — murmurou, quase inaudível —, é o fim da nossa conversa; fomos longe! Agora, quando o senhor for embora, vou cansar de ficar calada. Pelo menos desabafei...

Comecei a me despedir dela, repeti a promessa de mandar remédio, voltei a pedir que pensasse bem e me dissesse se precisava de algo.

— Não preciso de nada; estou satisfeita com tudo, graças a Deus — proferiu, com enorme esforço, mas comovida.

— Que Deus dê saúde a todos! Mas o senhor, patrão, convença a sua mãe — os camponeses daqui são pobres — a abaixar o tributo daqui, nem que seja um pouquinho! A terra deles é insuficiente, eles não têm benefícios... Eles rezariam a Deus pelo senhor... Mas eu não preciso de nada — estou satisfeita com tudo.

Dei a Lukéria minha palavra de satisfazer seu pedido, e quando já estava chegando perto da porta... ela me chamou de novo.

Relíquia viva 439

— Patrão, o senhor se lembra — disse, e algo de maravilhoso cintilou em seus olhos e lábios — da trança que eu tinha? Lembra? Chegava até o joelho! Fiquei muito tempo sem decidir: um cabelo daqueles!... Mas onde iria pentear? Na minha situação!... Daí que eu cortei: Sim... Mas adeus, patrão! Não posso mais...

Naquele mesmo dia, antes de ir para a caça, falei de Lukéria com o policial rural da fazenda. Fiquei sabendo dele que a haviam apelidado na aldeia de "Relíquia viva", por não incomodar ninguém; não se ouvia dela murmúrio nem queixa. "Não pede nada para si, pelo contrário, é grata por tudo; é quietinha, tão quietinha quanto alguém pode ser. Deus a deve ter punido — assim concluiu o policial — por seus pecados; mas nós não entramos no mérito. Condená-la, por exemplo, quanto a condená-la, não, nós não a condenamos. Que fique em paz!"

Algumas semanas mais tarde, fiquei sabendo do falecimento de Lukéria. A morte a buscou... "depois do dia de São Pedro". Contam que no dia de seu falecimento ela ficou escutando sons de sinos o tempo todo, embora de Aleksêievka até a igreja fossem pouco mais de cinco verstas, e se tratasse de um dia de semana. Aliás, Lukéria dizia que o som não vinha da igreja, mas "de cima". Provavelmente não ousava dizer: do céu.

UM BARULHO!

— Devo lhe informar — afirmou Iermolai, entrando na minha isbá; eu tinha acabado de comer e estava deitado na cama de campanha para descansar um pouco depois de uma exitosa porém cansativa caça a tetrazes; era por volta de dez de julho, e fazia um calor terrível —, devo lhe informar que o nosso chumbo acabou.

Pulei da cama.

— O chumbo acabou? Como assim? Se nós trouxemos umas trinta libras da aldeia! Um saco inteiro!

— Exatamente; e o saco era grande: dava para duas semanas. Vai saber! Talvez tenha aberto um buraco, mas o fato é que estamos sem chumbo... ou melhor, tem para dez cargas.

— O que vamos fazer agora? Os melhores lugares estão à nossa frente; prometeram-nos seis ninhadas para amanhã...

— Mande-me para Tula. Não é longe: no máximo quarenta e cinco verstas. Saio voando e trago o chumbo — um *pud* inteiro, se quiser.

— E quando você vai?

— Agora mesmo. Para que adiar? Só que vamos ter que alugar cavalos.

— Para que alugar cavalos? E os nossos?

— Não dá para ir nos nossos. O cavalo de varas está manco... Dá pena!

— Desde quando?

— Foi outro dia, quando o cocheiro o levou para ferrar. Ele foi ferrado. O ferreiro devia ser desajeitado. Agora ele não consegue nem apoiar a pata no chão. A pata dianteira. Ele a arrasta... como um cachorro.

— E daí? Pelo menos foi desferrado?

— Não, não foi; mas tem que desferrar sem falta. Parece que o cravo entrou na carne dele.

Mandei chamar o cocheiro. Iermolai não estava mentindo: o cavalo de varas realmente não conseguia apoiar a pata. Imediatamente mandei que fosse desferrado e colocado no barro úmido.

— E então? O senhor quer que alugue cavalos para ir a Tula? — insistia Iermolai.

— E será que a gente acha cavalo nesse fim de mundo? — exclamei, com irritação involuntária...

A aldeia na qual nos encontrávamos era erma, deserta; todos os seus habitantes pareciam miseráveis; foi com dificuldades que achamos uma isbá sem chaminé, mas pelo menos espaçosa.

— É possível — respondeu Iermolai, impassível como sempre. — O que o senhor disse dessa aldeia é verdade; porém, nesse mesmo lugar vivia um camponês. Inteligentíssimo! Rico! Tinha vinte cavalos. Morreu, e hoje quem manda é o filho mais velho. É o mais estúpido dos estúpidos, mas ainda não conseguiu acabar com os bens do pai. Vamos arranjar cavalos com ele. Se o senhor mandar, eu o trago. Ouvi dizer que seus irmãos são espertos... mas ele é que manda.

— Por que isso?

— Porque é o mais velho! Ou seja, os mais novos têm que obedecer! — E Iermolai se referiu aos irmãos mais novos em geral com uma opinião forte, imprópria para ser posta no papel. — Vou trazê-lo. É um simplório. Não há como não entrar em acordo com ele.

Enquanto Iermolai ia atrás do "simplório", veio-me à cabeça se não seria melhor ir a Tula eu mesmo. Em primeiro lugar, a experiência me ensinou a não confiar muito em Iermolai; mandei-o uma vez à cidade fazer compras, ele prometeu trazer minhas encomendas em um dia e ficou uma semana inteira, bebeu todo o dinheiro e voltou a pé, embora tivesse ido em uma *drójki* ligeira. Em segundo lugar, em Tula eu conhecia um revendedor; podia comprar dele um substituto para o meu cavalo de varas manco.

"Está decidido!", pensei. "Vou eu mesmo; posso dormir na estrada; o tarantás é tranquilo."

— Está aqui! — exclamou um quarto de hora depois Iermolai, irrompendo na isbá. Atrás dele vinha um mujique alto de camisa branca, calças azuis e alpargatas, cabelo loiro desbotado, míope, barbicha ruiva pontiaguda, nariz comprido e gordo e boca aberta. Parecia mesmo um "simplório".

— Tenha a bondade — afirmou Iermolai —, ele tem cavalos e está de acordo.

— Ou seja, quer dizer, eu... — pôs-se a falar o mujique de voz rouca, embaraçado, sacudindo os cabelos ralos e remexendo com os dedos a barra do gorro que tinha na mão. — Eu, quer dizer...

— Como você se chama? — perguntei.

O mujique baixou a cabeça, como se pensasse.

— Como eu me chamo?

— Sim; qual o seu nome?

— O meu nome seria Filofiei.

— Bem, é o seguinte, meu caro Filofiei; ouvi dizer que você tem cavalos. Traga-me três, vamos atrelá-los ao meu tarantás — que é ligeiro — e você me leva até Tula. Hoje teremos noite de luar, está claro e fresco para viajar. Como é o caminho?

— O caminho? O caminho é tranquilo. Até a estrada principal devem ser umas vinte verstas ao todo. Só tem um lugarzinho... ruim; o resto é tranquilo.

Um barulho!

— Que lugarzinho ruim é esse?

— Tem que passar um riacho a vau.

— Então o senhor vai para Tula em pessoa? — quis saber Iermolai.

— Sim, em pessoa.

— Certo! — afirmou meu fiel servidor, balançando a cabeça. — Ce-er-to! — repetiu, cuspiu e saiu.

Pelo visto, a viagem a Tula não tinha mais nenhum atrativo para ele, e se tornara uma coisa insignificante e desinteressante.

— Você conhece bem o caminho? — indaguei a Filofiei.

— Como não? Só que eu, quer dizer, perdoe-me, mas não posso... assim tão de repente...

É que Iermolai, quando trouxe Filofiei, declarou que ele não precisava ter dúvidas, que ele, o estúpido, seria pago... e só! Filofiei, embora — nas palavras de Iermolai — estúpido, não ficou feliz com essa declaração. Pediu-me cinquenta rublos em papel moeda, um preço altíssimo; propus dez rublos, um preço baixo. Começamos a negociar; Filofiei inicialmente teimou, depois começou a ceder, mas com dificuldades. Iermolai entrou por um instante e me assegurou que "esse estúpido — 'pelo jeito, gostou da palavra!', observou Filofiei, a meia-voz — não tem a menor noção do valor do dinheiro", e, a propósito, lembrou-me de como, vinte anos antes, uma hospedaria construída pela minha mãe em um lugar movimentado, no cruzamento de duas grandes estradas, entrara em total decadência porque o velho criado que colocaram para administrar o lugar não tinha noção do valor do dinheiro, e o avaliava de acordo com a quantidade; ou seja, dava, por exemplo, uma moeda de prata de vinte e cinco copeques em troca de seis de cobre de cinco, e ainda xingava.[217]

---

[217] Moedas de prata e de cobre tinham valores diferentes. A de prata de 25 copeques equivalia a um rublo em papel moeda. (N. do T.)

— Ei, Filofiei, você é mesmo um Filofiei! — exclamou, por fim, Iermolai, batendo a porta com raiva ao sair.

Filofiei não retrucou, como que reconhecendo que se chamar Filofiei realmente não era muito sagaz de sua parte, e que a pessoa merecia ser recriminada por esse nome, embora aqui o verdadeiro culpado fosse o pope que, no batismo, não recebera a recompensa de praxe.

Finalmente chegamos a um acordo por vinte rublos. Ele foi atrás do cavalo e, em uma hora, trouxe cinco para serem escolhidos. Os cavalos se mostraram razoáveis, embora a crina e o rabo fossem emaranhados e a barriga, grande e esticada com um tambor. Filofiei veio com dois irmãos, nada parecidos com ele. Pequenos, de olhos negros e nariz pontiagudo, passavam realmente a impressão de serem "espertos", falavam muito e rápido — "uma algaravia", como dizia Iermolai —, mas se submetiam ao mais velho.

Tiraram o tarantás de debaixo do alpendre e dedicaram uma hora e meia a ele e aos cavalos; ora soltavam os tirantes de cordas, ora os atavam com muita força! Os irmãos mais novos queriam forçosamente atrelar no meio o "ruano", porque "descia a montanha melhor", mas Filofiei se decidiu pelo desgrenhado! Então alojaram o desgrenhado.

Encheram o tarantás de feno e meteram embaixo do assento a coleira do cavalo manco, para o caso de precisar colocá-la no novo cavalo que eventualmente seria comprado em Tula... Filofiei, que conseguira correr até em casa e voltar de lá com um sobretudo camponês branco e longo de seu pai, um chapéu alto em forma de cone e botas alcatroadas, subiu solenemente na boleia. Sentei-me e olhei para o relógio: dez e quinze. Iermolai nem se despediu de mim, ocupado em bater no seu Valetka; Filofiei puxou as rédeas e gritou, com voz fininha: "Vamos, pequeninos!"; seus irmãos saltaram de ambos os lados, chicotearam as barrigas dos cavalos, e o tarantás arrancou, contornando o portão e saindo à rua; o desgre-

Um barulho!   445

nhado teve vontade de dar uma passada em seu pátio, mas Filofiei fê-lo criar juízo com golpes de cnute, e nós saímos da aldeia e rodamos por um caminho bastante liso, entre contínuos e espessos arbustos de aveleira.

A noite era silenciosa, agradável, a mais propícia para viagens. O vento ora farfalhava nos arbustos, balançando seus galhos, ora parava por completo; no céu, avistavam-se, em alguns lugares, imóveis nuvens de prata; a lua estava alta, iluminando os arredores com clareza. Estiquei-me no feno e já estava para cochilar... quando me lembrei do "lugar ruim" e estremeci.

— E aí, Filofiei? O vau está longe?

— O vau? Umas oito verstas.

"Oito verstas", pensei. "Não chegamos antes de uma hora. Posso dormir até lá."

— Filofiei, você conhece bem o caminho? — voltei a perguntar.

— Como eu não ia conhecer *esse* caminho? Não é a primeira vez...

Acrescentou algo mais, mas não ouvi... Dormia.

Fui acordado não devido à minha intenção de despertar uma hora depois, mas a um estranho e débil chapinhar e grugulejar bem embaixo dos meus ouvidos. Ergui a cabeça...

Que prodígio era aquele? Assim como antes, eu continuava deitado no tarantás, só que, em volta do tarantás — e a meia arquina de sua borda, não mais do que isso — o espelho d'água, iluminado pela lua, agitava-se e se ondulava em turbilhões pequenos e nítidos. Olhei para a frente: na boleia, de cabeça baixa e curvado, Filofiei estava firme como uma estátua e, mais adiante — acima da água a murmurar —, a linha curva do arco e as cabeças e dorsos dos cavalos.

E era tudo tão imóvel, tão silencioso, como em um reino encantado, em um sonho, em um sonho de conto de fadas... O que queria dizer aquilo? Olhei para trás, por debaixo da cobertura do tarantás... Estávamos bem no meio do rio... A margem estava a uns trinta passos de nós!

— Filofiei! — gritei.

— O que é? — retrucou.

— Como assim? Pelo amor de Deus! Onde nós estamos?

— No rio.

— Já vi que estamos no rio. Mas assim nós vamos afundar. É assim que você cruza o vau? Hein? Filofiei, você está dormindo! Responda!

— Eu me enganei um bocadinho — afirmou o meu cocheiro. — Desviei para o lado, infelizmente, e agora tem que esperar.

— Como *tem* que esperar? Vamos esperar o quê?

— O desgrenhado dar mais uma olhada: para onde ele se virar é para onde teremos que ir.

Levantei-me no feno. A cabeça do cavalo de varas, acima da água, não se mexia. À luz clara da lua só dava para ver uma de suas orelhas a se mexer um pouco, ora para trás, ora para a frente.

— Mas ele também está dormindo, o seu desgrenhado!

— Não — respondeu Filofiei —, ele está cheirando a água.

E tudo voltou a ficar em silêncio, só se ouvia o débil chapinhar de antes. Também fiquei entorpecido.

O luar, a noite, o rio, nós dentro dele...

— Que silvo é esse? — perguntei a Filofiei.

— Esse? Uns patinhos nos juncos... ou então cobras.

De repente, o cavalo de varas sacudiu a cabeça, ficou de orelhas em pé, pôs-se a bufar, a se revirar.

— Oh-oh-oh-ooh! — pôs-se a berrar Filofiei, a plenos pulmões, erguendo-se e agitando o cnute. O tarantás deu

Um barulho! 447

um tranco súbito, arrancou para a frente cortando a água do rio e partiu, sacolejando e balançando... Primeiro tive a impressão de que estávamos submergindo, indo a pique, mas, depois de dois ou três abalos e mergulhos, a superfície da água começou a baixar... Ia baixando cada vez mais, o tarantás ia emergindo dela, até que se mostraram as rodas, os rabos dos cavalos, e, erguendo uns respingos grandes e fortes, como feixes de diamantes — diamantes não, safiras — a esvoaçar ao brilho opaco da lua, os cavalos nos puxaram, alegres e com ímpeto, até o areal e tomaram o caminho da colina, batendo de modo intermitente as reluzentes patas molhadas.

Veio-me à cabeça: "O que Filofiei vai dizer agora? Veja só como eu tinha razão, ou algo do gênero?". Mas ele não disse nada. Por isso, não considerei necessário repreendê-lo pela imprudência e, deitando-me no feno, tentei dormir de novo.

Só que não consegui dormir; não por estar cansado da caça, nem pela inquietação ter liquidado meu sono, mas devido à extrema beleza dos lugares que percorríamos. Tratava-se de prados alagadiços vastos, amplos, cheios de grama, com inúmeras pocinhas, laguinhos, regatos, enseadas com salgueirais e vimeiros em suas extremidades, lugares autenticamente russos, amados pelos russos, similares àqueles percorridos pelos heróis de nossas antigas canções de gesta quando iam atirar em cisnes brancos e patos cinza. O caminho estreito se enroscava como uma fita amarela, os cavalos corriam ligeiros, e eu não conseguia pregar os olhos de deleite! Tudo isso flutuava de modo suave e harmonioso à benévola luz da lua. Filofiei também ficou impressionado.

— Esses são os prados de São Gregório — disse. — Atrás deles são os do Grão-Príncipe; não tem prados como esses na

Rússia inteira... Veja que beleza! — O cavalo de varas bufou e deu um solavanco... — Que o Senhor esteja com você! — disse Filofiei, sério e a meia-voz. — Que beleza! — repetiu e suspirou, para depois soltar um grasnido prolongado. — A sega logo vai começar, e vão amontoar todo esse feno — uma pena! E as enseadas também têm muito peixe. Cada brema! — acrescentou, arrastando as palavras. — Eu digo: para que morrer?

De repente, ergueu o braço.

— Eia! Olhe lá! Em cima do lago... É uma garça? Será que ela também pesca à noite? Ah, não! É um galho, não é uma garça. Errei feio! É que a lua confunde tudo.

E assim nós fomos, e fomos... Daí chegamos ao final do prado, apareceram uns bosquetes, campos arados; uma aldeola cintilava ao lado com duas ou três luzinhas, faltando umas cinco verstas até a estrada principal. Dormi.

De novo, não acordei sozinho. Dessa vez, fui despertado pela voz de Filofiei.

— Patrão... Ei, patrão!

Levantei-me. O tarantás estava em um lugar plano, no meio da estrada principal; voltando a cara da boleia para mim, e abrindo amplamente os olhos (cheguei até a ficar espantado, por não imaginar que eles fossem tão grandes), Filofiei cochichou de modo significativo e misterioso:

— Um barulho!... Um barulho!

— O que você está dizendo?

— Disse que tem um barulho! Incline-se e tente escutar. Está ouvindo?

Pus a cabeça para fora do tarantás, prendi a respiração e, efetivamente, ouvi bem ao longe um débil barulho intermitente, como uma roda em movimento.

— Está ouvindo? — repetiu Filofiei.

— Ah, sim — respondi. — É um veículo qualquer.

— Mas não está ouvindo... ah! Olhe... uns guizos... e

Um barulho!

também assobio... Está ouvindo? Tire o gorro... Vai ouvir melhor.

Não tirei o gorro, mas apurei o ouvido.

— Ah, sim... Pode ser. E daí?

Filofiei virou a cara para os cavalos.

— É uma telega... Sem bagagens, com as rodas ferradas — afirmou, apanhando as rédeas. — Patrão, é gente ruim; aqui na região de Tula tem assalto... Muito.

— Que bobagem! Por que você acha que tem que ser gente ruim?

— Estou falando a verdade. Guizos... Telega vazia... Quem mais seria?

— Mas então, ainda estamos longe de Tula?

— Faltam ainda umas quinze verstas, e não tem casa nenhuma por aqui.

— Então vamos rápido, sem perda de tempo.

Filofiei brandiu o cnute, e o tarantás voltou a se colocar em marcha.

Embora não pusesse fé em Filofiei, não consegui mais dormir. E se fosse aquilo mesmo? Uma sensação desagradável se agitou dentro de mim. Sentei-me no tarantás — até então, estava deitado — e me pus a olhar para os lados. Enquanto eu dormia, uma leve neblina aparecera, não na terra, mas no céu; pairava alto, e a lua se pendurava nela como uma mancha branca em meio à fumaça. Tudo estava fosco e confuso, embora perto do chão se visse melhor. Ao redor, lugares tristes e planos: campos, sempre campos, aqui e ali uma moita, uma ribanceira, e de novo os campos, na maioria sem cultivar, com ralas ervas daninhas. Vazios... Mortos! Se pelo menos se ouvisse o canto de alguma codorniz...

Rodamos por uma meia hora. Filofiei agitava o cnute de vez em quando e estalava os lábios, mas nem ele, nem eu

450   Memórias de um caçador

proferíamos palavra. Subimos uma elevação... Filofiei parou os cavalos e disse na hora:

— O barulho... O barulho, patrão!

Voltei a sair do tarantás, mas podia ter ficado embaixo da cobertura, pois já chegava com clareza a meus ouvidos, embora ainda distante, o barulho das rodas da telega, assobio de gente, o tilintar dos guizos e até o tropel dos cavalos; achei até que estava ouvindo cantos e risos. Verdade que o vento estava soprando de lá, mas não restava dúvida de que os desconhecidos tinham se aproximado uma versta de nós, talvez duas.

Eu e Filofiei nos entreolhamos. Ele só fez passar o gorro da nuca para a testa e, inclinando-se sobre as rédeas, imediatamente se pôs a fustigar os cavalos. Lançaram-se no galope, mas não conseguiram galopar muito tempo e voltaram a trotar. Filofiei continuou a fustigá-los. Tínhamos que escapar!

Dessa vez, sem me dar conta, eu, que não compartilhara das suspeitas de Filofiei, de repente tive a convicção de que vínhamos sendo perseguidos por gente ruim... Não ouvira nada de novo: os mesmos guizos, o mesmo barulho da telega sem carga, os mesmos assobios, o mesmo alarido vago... Só que agora não me restavam dúvidas. Filofiei não podia estar errado!

Passaram-se de novo vinte minutos... Ao longo desses últimos vinte minutos, entre o barulho e o estrondo do nosso veículo, ouvimos o barulho e o estrondo de outro...

— Filofiei, pare — eu disse. — Dá na mesma. O fim vai ser igual!

Filofiei soltou um "upa" medroso. Os cavalos pararam instantaneamente, como se estivessem alegres com a possibilidade de descansar.

— Meu pai! Os guizos simplesmente estão tilintando às nossas costas, a telega está retinindo, as pessoas estão assobiando, gritando e cantando, os cavalos vêm fungando e batendo com os cascos no chão...

Fomos alcançados!

— Que des-gra-ça! — disse Filofiei, a meia-voz, arrastando as palavras e, estalando os lábios com indecisão, pôs-se a apressar os cavalos. Contudo, naquele mesmo instante, era como se alguma coisa despencasse, rugisse, estourasse, e uma grande telega bamba, atrelada a três cavalos magros, ultrapassou-nos bruscamente, como um turbilhão, galopou à nossa frente e imediatamente desacelerou o passo, obstruindo o caminho.

— Truque de bandido — sussurrou Filofiei.

Admito que meu coração congelou... Pus-me a fitar com tensão a penumbra do luar, coberta pela bruma. Na telega, à nossa frente, nem sentados e nem deitados, havia seis homens de camisa e casaco desabotoado; dois estavam de cabeça descoberta; os pés grandes, calçados com botas, pendiam ao lado do veículo, os braços subiam e baixavam a esmo... os corpos tremiam... Uma coisa era clara: estavam bêbados. Alguns se esgoelavam contra quem estivesse na frente; um deles assobiava de modo muito penetrante e límpido, outro praguejava; um grandalhão de peliça curta estava sentado na boleia e dirigia. Iam a passo lento, como se não estivessem prestando atenção em nós.

Que fazer? Fomos até eles também a passo lento... A contragosto.

Percorremos um quarto de versta dessa forma. A espera era aflitiva... Salvar-se, defender-se... De que jeito? Eles eram seis, e eu não tinha nem um bastão! Voltar? Eles nos alcançariam na hora. Lembrei-me do verso de Jukóvski (nos quais fala do assassinato do marechal de campo Kamenski):

O machado do desprezível bandido...

Se não, ser estrangulado com uma corda imunda... em uma vala... agonizar lá e se debater como uma lebre na armadilha...

Ah, que horror!

Eles continuavam a andar tão lentamente quanto antes, sem prestar atenção em nós.

— Filofiei — sussurrei —, tente ir pela direita e passar por eles.

Filofiei tentou ir pela direita... mas eles imediatamente também foram pela direita... e a ultrapassagem ficou impossível.

Filofiei fez mais uma tentativa: pegou a esquerda... Mas eles novamente não nos deixaram ultrapassar a telega. E até riram. Ou seja, não iam dar passagem.

— Bandidos mesmo — Filofiei cochichou para mim, por cima do ombro.

— Mas o que ainda estão esperando? — perguntei, também aos cochichos.

— É que lá na frente, na baixada, tem um pontilhão em cima do rio... Lá é que vai ser! É sempre assim... Perto de pontes. Patrão, nosso caso está claro! — acrescentou, com um suspiro. — É pouco provável que nos deixem vivos, pois para eles é importante apagar os vestígios. Só lamento a perda dos meus cavalos, que não vão ficar para meus irmãos.

Deveria ter me admirado que, numa hora daquelas, Filofiei ainda pudesse se preocupar com seus cavalos, mas confesso que nem pensei nele... "Vão mesmo matar?", repetia mentalmente. "Por quê? Se eu vou dar tudo o que tenho."

E o pontilhão ia se aproximando, ia ficando cada vez mais visível.

Subitamente ouviu-se um grito cortante, e diante de nós os três cavalos deles empinaram, dispararam e, chegando ao pontilhão a galope, pararam de chofre, desviando um pouco para um dos lados do caminho. Meu coração parou.

Um barulho!   453

— Ah, Filofiei, meu irmão — disse —, vamos morrer juntos. Perdoe-me por tê-lo arruinado.

— Não é culpa sua, patrão! Não se pode evitar o destino! Ah, desgrenhado, meu cavalinho fiel — disse Filofiei ao cavalo de varas —, siga avante, meu irmão! Cumpra sua última tarefa! Dá tudo na mesma... Senhor! Tende piedade!

E fez os cavalos trotarem.

Aproximamo-nos do pontilhão, daquela terrível telega imóvel... Estava em completo silêncio, que parecia deliberado. Nem um pio! É o silêncio do lúcio, do açor, do animal de rapina quando a presa está se aproximando. Emparelhamos com a telega... De repente o grandalhão de peliça curta apeou e veio direto até nós!

Ele não disse nada a Filofiei, que, contudo, puxou as rédeas imediatamente... O tarantás parou.

O grandalhão colocou ambas as mãos na porta e, inclinando para frente a cabeça peluda, disse, a sorrir, com voz calma e uniforme, e sotaque de fábrica, o seguinte:

— Respeitável senhor, estamos saindo de uma festa honesta, de um casamento; quer dizer que casamos um amigo nosso; ou seja, o colocamos na cama; somos todos jovens, de mente ousada, bebemos demais e não temos nada para curar a ressaca; o senhor não poderia nos fazer a gentileza, não teria como nos conceder um dinheirinho bem mísero só para dar um trago aos seus irmãos? Vamos beber à sua saúde, louvaremos sua mercê, mas, se isso não for de seu agrado, pedimos que não se zangue!

"O que é isso?", pensei... "Uma brincadeira? Um escárnio?"

O grandalhão continuava de pé, com a cabeça inclinada. Nesse mesmo instante, a lua saiu e iluminou seu rosto. Aquele rosto sorria com os olhos e com os lábios. E não se via ameaça nele... Era como se ele estivesse alerta, nada mais... E os dentes eram tão brancos e grandes...

— Com prazer... tome... — disse eu apressadamente e, sacando o porta-moedas do bolso, tirei dois rublos; naquela época, moedas de prata ainda circulavam na Rússia. — Veja se é suficiente.

— Muito agradecido! — bradou o grandalhão, de forma marcial, e seus dedos grossos em um relance arrancaram de minhas mãos não todo o porta-moedas, mas apenas aqueles dois rublos. — Muito agradecido! — Sacudiu os cabelos e correu para a telega.

— Rapazes! — gritou. — Nosso senhor viajante nos agraciou com dois rublos! — De repente, todos caíram na gargalhada... O grandalhão se jogou na boleia...

— Fique bem!

E foi a última coisa que vimos deles! Os cavalos arrancaram, a telega ribombou pela colina, voltou a surgir momentaneamente no traço escuro que separava a terra do céu, desceu e desapareceu.

Não ouvíamos mais o barulho, os gritos e os guizos...

Fez-se um silêncio de morte.

Filofiei e eu demoramos a nos recompor.

— Ah, que brincalhão você é! — disse ele, por fim e, tirando o gorro, fez o sinal da cruz. — Brincalhão de verdade — acrescentou, virando-se para mim, todo alegre. — E ele deve ser uma pessoa boa de verdade. Ei, ei, ei, pequeninos! Mexam-se! Estão salvos! Estamos todos salvos! Ele é que não nos estava deixando passar; ele é que conduzia os cavalos. Que cara brincalhão! Ei, ei, ei, ei! Vamos com Deus!

Fiquei em silêncio, mas com paz de espírito. "Estamos salvos!", repetia para mim mesmo, voltando a me deitar no feno. "Saiu barato!"

Cheguei até a ficar com um pouco de vergonha por ter me lembrado dos versos de Jukóvski.

Um barulho!   455

De repente uma ideia me veio à cabeça:

— Filofiei!

— O quê?

— Você é casado?

— Sou.

— E tem filhos?

— Tenho.

— Como é que você não se lembrou deles? Lamentou os cavalos, mas e a mulher, os filhos?

— E por que iria lamentá-los? Eles não iam cair nas mãos dos ladrões. Mas eu os tinha em mente o tempo todo, e ainda os tenho... é isso.

Filofiei se calou.

— Talvez... Deus tenha se apiedado de nós por causa deles.

— Como, se não eram bandidos?

— Como saber? E dá para entrar na alma dos outros? Como se sabe, a alma dos outros é a escuridão. E estar com Deus é sempre melhor. Não... penso sempre na família... Ei, ei, ei, pequeninos, vamos com Deus!

Já era quase de manhã quando começamos a nos aproximar de Tula. Eu estava deitado, entorpecido, meio dormido...

— Patrão — Filofiei me disse, de repente —, olhe lá; eles estão no botequim... É a telega deles.

Ergui a cabeça... eram mesmo eles: sua telega e seus cavalos. No limiar da casa de bebidas apareceu subitamente nosso conhecido grandalhão de peliça.

— Senhor! — exclamou, agitando o gorro. — Estamos bebendo o seu dinheiro! E então, cocheiro — acrescentou, balançando a cabeça para Filofiei —, olhe que você estava com medo, não?

— Que pessoa mais alegre — observou Filofiei, depois de se afastar do botequim umas vinte *sájens*.

Chegamos, por fim, a Tula; comprei chumbo, e ainda chá, bebida alcoólica e até um cavalo do revendedor. Regressamos ao meio-dia. Ao passar pelo lugar no qual pela primeira vez ouvimos o barulho da telega que vinha atrás de nós, Filofiei, que depois de beber em Tula revelou-se uma pessoa bem faladora — chegou até a me contar causos —, ao passar por aquele lugar, se pôs subitamente a rir.

— Patrão, lembra-se de que eu dizia o tempo todo: um barulho... um barulho, dizia, um barulho!

Dizia isso fazendo um gesto amplo com a mão... Parecia achar a palavra muito engraçada.

Na mesma noite, estávamos de volta à sua aldeia.

Informei o que nos aconteceu a Iermolai. Como estava sóbrio, não exprimiu qualquer simpatia, e apenas bufava — creio que nem ele mesmo sabia se em aprovação ou reprovação. Dois dias depois, porém, ele me informou com satisfação que na mesma noite em que eu estava indo para Tula com Filofiei — e naquela mesma estrada — um comerciante tinha sido roubado e morto. Primeiro não acreditei na notícia, mas depois passei a crer; a investigação do comissário de polícia rural assegurou-me de sua veracidade. Não seria aquele o "casamento" de que estavam voltando nossos valentões e aquele o tal "amigo" que, nas palavras do grandalhão piadista, eles tinham colocado na cama? Fiquei mais cinco dias na aldeia de Filofiei. Toda vez que o encontrava, dizia-lhe: "E então? Tem barulho?".

— Que pessoa animada — respondia-me toda vez, rindo.

Um barulho!

A FLORESTA E A ESTEPE

> ... *E aos poucos começou a ser puxado*
> *De volta: à aldeia, ao jardim escuro,*
> *Onde as tílias são tão imensas, tão umbrosas*
> *E os lírios-do-vale exalam aroma tão virginal,*
> *Onde os salgueiros redondos sobre a água*
> *Se inclinam, em fileiras, desde a represa,*
> *Onde o frondoso carvalho sobre o frondoso trigal cresce,*
> *Onde o cheiro é de cânhamo e urtiga...*
> *Para lá, para lá, para os campos infinitos,*
> *Onde a terra fica negra como veludo,*
> *Onde o centeio, para onde sua vista estiver voltada,*
> *Flui silencioso, em ondas suaves.*
> *E cai um pesado raio amarelo*
> *Por detrás das diáfanas, brancas e redondas nuvens;*
> *Ali é bom...*
>
> (de um poema entregue às chamas)

O leitor possivelmente já está farto das minhas memórias; apresso-me a tranquilizá-lo com a promessa de me limitar aos trechos publicados; porém, à despedida, não tenho como não dizer algumas palavras sobre a caça.

A caça com espingarda e cão é maravilhosa em si mesma, *für sich*,[218] como diziam antigamente; mas suponhamos que você não tenha nascido caçador: ainda assim, ama a natureza; consequentemente, não tem como não nos invejar... Escute.

Você sabe, por exemplo, a delícia que é partir de manhã, antes da alvorada? Você sai à varanda... Aqui e ali, no céu cinza escuro, cintilam umas estrelas; um ventinho úmido aparece de vez em quando, em leves lufadas; ouve-se o murmúrio

---

[218] Em alemão, no original: "por si". (N. do T.)

contido e indistinto da noite; as árvores farfalham debilmente, cobertas pelas sombras. Daí colocam o tapete na telega e depositam a seus pés uma caixa com o samovar. Os cavalos atrelados se agitam, bufam e mexem as patas com elegância; um casal de gansos brancos recém-acordados cruza a estrada devagar e em silêncio. Atrás da cerca, no jardim, o vigia ronca tranquilamente; cada som fica como que suspenso no ar imóvel, suspenso e sem se mexer. Daí você se senta; os cavalos arrancam de uma vez, a telega faz um barulho ruidoso... Você vai em frente, passa pela igreja, pela direita da colina, através da represa... O tanque começa a se cobrir de uma leve fumaça. Você sente um pouco de frio e tapa o rosto com a gola do capote; você cochila. Os cavalos chapinham sonoramente nas poças; o cocheiro assobia. E eis que você percorreu umas quatro verstas... A orla do céu está escarlate; nas bétulas, as gralhas despertam e levantam voo, desajeitadas; os pardais chilram junto à meda escura. O ar fica iluminado, o caminho mais visível, o céu mais claro, as nuvens mais brancas, os campos mais verdes. Nas isbás, as lascas ardem com fogo vermelho, atrás de seus portões ouvem-se vozes sonolentas. Enquanto isso, a aurora arde; tiras douradas já se estendem pelo céu, nuvens de vapor se elevam nas ribanceiras; as cotovias cantam sonoramente, sopra o vento matutino, e o rubro sol emerge. A luz jorra aos borbotões; seu coração se agita como as asas de um pássaro. Que frescor, que alegria, que prazer! Em volta, dá para ver bem longe. Lá atrás do bosque, uma aldeia; lá, mais longe, uma outra, com uma igreja branca, acolá um bosque de bétulas em uma colina; atrás dela o pântano para o qual você vai... Mais rápido, cavalos, mais rápido! Avante, com um trote mais forte!... Faltam três verstas, não mais. O sol se alça rapidamente; o céu está limpo... Vai fazer um tempo maravilhoso. Um rebanho se arrasta da aldeia, na sua direção. Você sobe a colina... Que vista! O rio, de um azul opaco em meio à neblina, corre umas dez verstas; atrás dele, prados verde-água; atrás dos prados, montes inclinados; ao longe, abibes sobrevoam o pântano aos gritos; por entre o brilho úmido que se espalha pelo ar, a distância se mostra com clareza... Não como no verão. Com que liberdade o peito respira, com que agilidade os membros se movem, como se fortalece a pessoa envolvida pelo sopro fresco da primavera!

E as manhãs de verão, em julho? Quem, além do caçador, experimentou o prazer de vagar na alvorada por entre as moitas? Seus pés deixam um traço verde ao pisar a grama esbranquecida pelo orvalho. Basta você afastar o arbusto molhado para ser coberto pelo tépido odor acumulado da noite; o ar está todo impregnado do amargor suave do absinto, do melífluo trigo sarraceno e do trevo; ao longe, um bosque de carvalhos se ergue como uma muralha, branca e escarlate ao sol; ainda está fresco, mas a proximidade do calor já se faz sentir. A cabeça gira languidamente devido ao excesso de perfumes. Os arbustos não têm fim... Aqui e ali, ao longe, avista-se o centeio amarelo, maduro, o trigo sarraceno vermelho, em listras estreitas. Uma telega se põe a ranger; um mujique se aproxima a pé, depois de deixar o cavalo na sombra... Você o cumprimenta, se afasta, e o rangido sonoro da gadanha se ouve às suas costas. O sol está cada vez mais alto. A grama seca rapidamente. Agora já está quente. Passa uma hora, depois outra... As extremidades do céu escurecem; o ar imóvel irradia um ardor penetrante.

— Meu irmão, onde consigo beber por aqui? — você pergunta ao ceifeiro.

— Lá na ribanceira tem um poço. Por entre espessos arbustos de aveleira, emaranhados em ervas pegajosas, você desce até o fim da ribanceira. Bem embaixo do precipício esconde-se uma nascente; um arbusto de carvalho estende avidamente sobre a água os ramos em forma de palmeira; grandes bolhas prateadas se erguem, ondulando, do fundo

A floresta e a estepe

coberto de musgo fino e aveludado. Você se joga no chão, bebe, mas tem preguiça de se mexer. Você está na sombra, aspirando a umidade cheirosa; sente-se bem e, do outro lado, as moitas estão incandescentes, como se amarelassem ao sol. Mas o que é isso? De repente o vento passa em uma rajada rápida; o ar treme ao redor: será um trovão? Você sai da ribanceira... Que faixa de chumbo é essa no horizonte? É o calor que está apertando? Uma nuvem que está se mexendo?... Mas eis que um relâmpago brilha debilmente... Ai, então é tempestade! O sol ainda brilha bem claro ao redor: ainda dá para caçar. Só que a nuvem cresce: sua parte dianteira se estica como se fossem braços formando uma abóbada. A grama, os arbustos, tudo ao redor escureceu... Mais rápido! Parece que tem um celeiro lá na frente... Mais rápido!... Você corre, entra... Que chuva! Que relâmpagos! Através do teto de palha, a água pinga no feno perfumado... Mas eis que o sol volta a brilhar. A tempestade passou; você sai. Meu Deus, com que alegria brilha tudo ao redor, como o ar é fresco e ligeiro, que cheiro de morangos e cogumelos!...

Entretanto, a tarde cai. O crepúsculo arde como um incêndio que toma metade do céu. O sol se põe. De perto, o ar é de uma transparência especial, como se fosse de vidro; ao longe, um vapor suave, de aspecto quente; junto com o orvalho, um brilho escarlate cai sobre as clareiras até pouco tempo banhadas de ouro líquido; longas sombras se projetam das árvores, dos arbustos, das altas medas de feno... O sol se pôs; uma estrela se acendeu, tremeluzindo no mar de fogo do poente... Este empalidece; o céu fica azul; as sombras isoladas desaparecem, o ar se enche de brumas. Está na hora de ir para casa, para a aldeia, para a isbá em que você vai passar a noite. Colocando a espingarda no ombro, você caminha rápido, apesar do cansaço... Enquanto isso, anoitece; não dá para ver mais nada a vinte passos; mal se avista a brancura dos cães em meio às trevas. Acima dos arbustos enegrecidos, a extremidade do céu tem um clarão confuso... O que é isso? Um incêndio?... Não, é a lua a nascer. E lá embaixo, à direita, já cintilam as luzinhas da aldeia... Finalmente você está na sua isbá. Através da janelinha você vê a mesa coberta com uma toalha branca, uma vela a arder, o jantar...

Ou então você manda atrelar uma *drójki* ligeira e vai à floresta, atrás de perdiz avelã. É gostoso percorrer a vereda estreita entre dois muros de centeio alto. As espigas batem suavemente na sua cara, as centáureas se agarram às suas pernas, as codornizes gritam ao redor, o cavalo avança com um trote preguiçoso. Eis a floresta. Sombra e silêncio. Os esbeltos choupos-tremedores murmuram no alto, acima de você; os longos galhos suspensos das bétulas mal se movem; o possante carvalho se ergue, como um guerreiro, junto à bela tília. Você caminha pela estradinha verde, salpicada de sombras; grandes moscas amarelas se detêm imóveis no ar dourado, para levantar voo de repente; mosquitos pairam em colunas que se iluminam à sombra e escurecem ao sol; os pássaros cantam tranquilamente. A voz dourada da toutinegra ressoa com uma alegria inocente e loquaz, que combina com o aroma do lírio-do-vale. Avante, avante, para as profundezas da floresta... A floresta é surda... Um inefável silêncio cai-lhe na alma; tudo em volta é modorra e silêncio. Mas eis que o vento começa a soprar, e as copas rumorejam como uma cascata. Por entre as folhas castanhas do ano passado, aqui e ali cresce uma grama alta; os cogumelos se isolam, debaixo dos seus chapéus. Uma lebre surge de repente, e um cachorro sai correndo atrás dela com um latido sonoro...

E como essa mesma floresta é bela no final do outono, quando aparecem as galinholas! Elas não ficam no fundo da mata: você tem que buscá-las na orla do bosque. Não há vento, nem sol, nem luz, nem sombra, nem movimento, nem ruído; semelhante ao aroma do vinho, o aroma do outono se derrama na suavidade do ar; uma tênue bruma paira ao lon-

A floresta e a estepe

ge, sobre os campos amarelados. O céu tranquilo e imóvel se faz branco por entre os galhos desfolhados e pardos das árvores; aqui e ali, as últimas folhas douradas pendem das tílias. A terra úmida cede sob seus pés; as hastes altas e secas não se mexem; os longos filamentos brilham na grama esbranquecida. O peito respira sereno, e na alma há uma estranha inquietude. Você vai pela orla do bosque, olha para o cachorro, e, enquanto isso, imagens queridas, rostos queridos, mortos e vivos, vêm à memória, e impressões adormecidas há muito tempo despertam inesperadamente; a imaginação se deixa levar e voa como um pássaro, e tudo se move e se detém com enorme clareza diante de seus olhos. O coração ora se põe a tremer e palpitar de súbito, lançando-se para a frente com paixão, ora afunda irremediavelmente nas lembranças. Toda a sua vida se desenrola ligeira e rápida, como um pergaminho; a pessoa agora toma posse de todo o seu passado, todos os seus sentimentos, forças, toda a sua alma. Nada em volta incomoda — nem o sol, nem o vento, nem o barulho...

E o dia de outono claro, um pouco frio, gelado pela manhã, quando a bétula, como uma árvore de conto de fadas, toda dourada, delineia-se lindamente contra o céu de um azul pálido, quando o sol baixo já não queima, mas brilha com mais ardor que no verão, o pequeno bosque de choupos reluz por inteiro, de ponta a ponta, como se estivesse feliz com sua nudez, a geada ainda brilha no fundo do vale, mas o vento suave sopra de mansinho e faz correr as folhas caídas e enrugadas, quando as ondas azuis do rio correm com alegria, erguendo cadenciadamente os gansos e patos distraídos; ao longe, o barulho do moinho, meio coberto pelos salgueiros, sobre o qual, matizando-se no céu iluminado, giram palomas, em alta velocidade...

Também são belos aqueles dias nebulosos de verão, embora não agradem aos caçadores. Nesses dias não dá para atirar: o pássaro que levanta voo debaixo do seu nariz desaparece imediatamente nas alvas brumas da neblina imóvel. Mas que calma, que calma indizível ao redor! Tudo acordou, mas está tudo em silêncio. Você passa ao lado de uma árvore e ela não se move: está entregue à lassidão. Através de um fino vapor, espalhado uniformemente pelo ar, uma longa faixa negra se estende diante de você. Você a toma por um bosque próximo; aproxima-se, e o bosque se converte em um alto canteiro de absintos na orla. Acima de você, ao seu redor, a neblina está em toda parte... O vento, entretanto, sopra de leve; um pedaço do céu azul pálido surge confuso por entre o vapor ralo e esfumaçado, um raio amarelo-ouro irrompe de súbito, forma uma longa torrente, golpeia os campos, espalha-se pelo bosque, e tudo volta a ficar anuviado. Essa luta se prolonga por muito tempo; porém, como o dia fica indizivelmente magnífico e claro quando a luz por fim triunfa, e as últimas ondas da neblina aquecida ora tombam e se estendem como uma toalha, ora se levantam e somem na profundidade do esplendor delicado das alturas...

Mas eis que você parte rumo a um terreno de caça afastado, na estepe. Depois de percorrer dez verstas de estrada vicinal, você chega finalmente à estrada principal. Passando por comboios infindáveis, por pátios de hospedaria com o samovar a chiar debaixo do alpendre, portões escancarados e poços, de uma aldeia a outra, por campos a perder de vista, ao largo de verdes canhameirais, você anda por um bom tempo. As pegas voam de salgueiro em salgueiro; mulheres com ancinhos compridos na mão vagam pelo campo; um transeunte em um cafetã de nanquim usado e um alforje nos ombros se arrasta, a passos cansados; a carruagem pesada de um fazendeiro, atrelada a seis cavalos altos e alquebrados, ruma ao seu encontro. Da janela se destaca a ponta de um coxim, e na traseira, em cima de um saco, segurando em uma corda, vai um lacaio de capote, sentado de lado, coberto de

A floresta e a estepe

465

manchas até as sobrancelhas. Eis a cidadezinha do distrito, com suas casinhas tortas de madeira, cercas infindáveis, edifícios de pedra desabitados, pertencentes a comerciantes, e uma ponte estranha em cima de uma ribanceira profunda... Avante, avante! Você chegou à estepe. Contempla as colinas: que vista! Montes redondos e baixos, lavrados e semeados até o topo, disseminam-se em ondas amplas; ribanceiras invadidas por moitas serpenteiam entre eles; pequenos bosques se espalham como ilhas oblongas; caminhozinhos estreitos correm de aldeia em aldeia; as igrejas destacam sua alvura; entre os salgueiros reluz um riacho, cortado por represas em quatro lugares; ao longe, no campo, abetardas passam em fila indiana; uma velha casa senhorial com suas dependências, pomar e eira se abriga atrás de um pequeno tanque. Mas você vai avante, avante. Os montes ficam menores, cada vez menores, as aldeias quase não se veem. Ei-la, finalmente, a estepe imensa, sem limites!

E sair pelos montes de neve em um dia de inverno, atrás de lebres, respirando o ar gelado e cortante, apertar os olhos involuntariamente com o brilho raso e cegante da neve suave, deleitar-se com a cor verde do céu sobre a floresta avermelhada!... E os primeiros dias da primavera, quando tudo brilha e desmorona ao redor, e o odor da terra aquecida já se faz sentir por entre o vapor pesado da neve derretida, e nos lugares degelados, sob os raios oblíquos do sol, as cotovias cantam confiantes, e, com mugido e rumor alegre, turbilhões de água acorrem de ribanceira em ribanceira...

Mas é hora de acabar. A propósito, já disse da primavera: na primavera é fácil se separar, na primavera até as pessoas felizes são atraídas pela distância... Adeus, leitor; desejo-lhe prosperidade constante.

TURGUÊNIEV APRESENTA SUAS ARMAS

Irineu Franco Perpetuo

Se a invasão da literatura russa no Ocidente é um fenômeno francês da década de 1880, Turguêniev pode ser tido como um precursor da vaga de nomes eslavos que varreram as costas do planeta desde então. Como Bruno Barretto Gomide assinala em *Da estepe à caatinga*,[1] autores como Púchkin, Gógol e Liérmontov sofriam pela falta de "medalhões" literários que pudessem endossar a qualidade de sua produção, e, antes de Turguêniev, apenas o polaco Adam Mickiewicz (1798-1855) teve alguma aceitação no Ocidente dentre os escritores eslavos. Dentro dessa perspectiva, *Memórias de um caçador* (título que também poderia ser traduzido como *Notas de um caçador*) desempenha um papel fundamental tanto na afirmação do nome de Turguêniev na Rússia, como em sua projeção para fora das fronteiras de sua pátria.

Uma frase esclarecedora do escritor é citada em sua biografia, escrita por André Maurois: "Quando não tenho figuras concretas diante de mim, encontro-me completamente perdido, e não sei o que fazer". Figuras concretas parecem ter constituído a inspiração direta de vários personagens literários de Turguêniev, e não seria ocioso buscar a origem das *Memórias de um caçador* em episódios de sua vida. A

---

[1] Bruno Barretto Gomide, *Da estepe à caatinga: o romance russo no Brasil (1887-1936)*, São Paulo, Edusp, 2011.

imaginação de Maurois se deixou levar pela linhagem materna de Turguêniev, que ele relata de forma colorida:

> "Turguêniev se serviu muito de sua terrível família materna para encontrar nela temas para seus relatos. Era de uma estirpe como a dos Borgia, selvagem e desenfreada. Crimes e incestos eram frequentes em sua história. A avó de Turguêniev, estando paralítica e incapaz de abandonar a cama, tinha a fama de ter ferido a golpes de muleta e sufocado com uma almofada o jovem criado que tomava conta dela. A mãe de Turguêniev herdou essa violência. Inclusive teve uma juventude um tanto extravagante, tendo vivido com um de seus tios em circunstâncias suspeitas, mas esse tio morreu, deixando-lhe uma grande propriedade, Spásskoie, uma fortuna, vinte aldeias e mais de cinco mil almas."

Turguêniev nasceu em Spásskoie, na região de Oriol, a aproximadamente 360 quilômetros a sudoeste de Moscou, filho de Serguei Nikoláievitch, coronel reformado dos couraceiros, descendente de tártaros, e de Varvara Petrovna Lutovinova, seis anos mais velha e a verdadeira mestra do lar. Maurois se delicia em descrever o ambiente em que o escritor cresceu, e que tanto se refletiria em suas *Memórias de um caçador*:

> "A senhora Turguênieva se considerava, em Spásskoie, uma pequena soberana. Chamava o mordomo de seu palácio de 'ministro da corte' e o encarregado de trazer a correspondência de 'ministro dos correios'. Tinha seu próprio chefe de polícia. Como nos castelos medievais, em Spásskoie se fazia

tudo que era necessário para a vida familiar. A senhora Turguênieva mantinha um verdadeiro exército de 'súditos'. Nas duas alas da casa, que compreendia mais de quarenta aposentos, alojavam-se, de um lado, os servos que teciam os vestidos e bordavam a roupa e, de outro, os músicos, também servos. Nessa época, um proprietário podia às vezes comprar toda uma orquestra de um vizinho. O coronel Turguêniev escolhia belas amantes entre suas criadas. Varvara Petrovna, esposa descontente, enganada, rancorosa, vingava-se nos servos. Na infância, Turguêniev viu dois jovens camponeses serem deportados à Sibéria por ordem da mãe, por terem se esquecido de se inclinar ao passar por cla no jardim. Ele mostrava uma janela aos visitantes de Spásskoie e dizia: 'Essa é a janela onde minha mãe se apoiava. Lembro perfeitamente. Era verão, a janela estava aberta, e eu estava ali quando dois homens, na véspera de sua deportação, aproximaram-se com a cabeça descoberta para se despedir dela'."

Turguêniev viveu em Spásskoie até os nove anos de idade. Em 1827, a família se mudou para Moscou, e Ivan ingressou na universidade local em 1833. No ano seguinte, entrou para a universidade de São Petersburgo. Perdeu o pai em 1836 e, dois anos mais tarde, prosseguiu os estudos em Berlim, onde, além de conhecer a filosofia de Hegel, travou conhecimento com intelectuais "progressistas" como Stankévitch, Herzen e o futuro líder anarquista Bakúnin — que serviria de modelo para o protagonista de seu romance *Rúdin*, e cuja irmã o escritor chegaria a cortejar.

De volta à Rússia, escreveu versos e narrativas gogolianas. 1843 foi um ano decisivo; não tanto pela publicação do hoje negligenciado poema *Paracha*, mas pela aparição, na vida de Turguêniev, de duas personalidades definidoras: o crítico literário Vissarion Bielínski (1811-1848) e a cantora lírica Pauline Viardot (1821-1910).

Ivan Panáev (1812-1862), amigo próximo de Bielínski, recorda como Turguêniev se aproximou de seu círculo:

> "Turguêniev logo virou amigo íntimo de Bielínski, e de todo o nosso círculo. Todos, começando por Bielínski, viemos a gostar muito dele, tendo nos convencido do fato de que, além de uma educação brilhante, mente e talento notáveis, ele tinha um coração muito bom e muito gentil... Naquela época, Turguêniev não estava livre da mesquinha vaidade mundana e da frivolidade que são comuns na juventude. Bielínski foi o primeiro de nós a notar essas suas fraquezas, e às vezes ria delas implacavelmente. Devo dizer que Bielínski era implacável apenas para com as fraquezas daqueles por quem sentia grande simpatia e afeto.
>
> Turguêniev respeitava muito Bielínski, e se submetia a sua autoridade moral sem questionamento. Tinha até um pouco de medo dele."

Escrevendo em 1869, o próprio Turguêniev conta:

> "Costumava visitá-lo bastante, à tarde... Eram tempos difíceis: a geração jovem de hoje não tem que passar por nada parecido com aquela época. Que o leitor julgue por si mesmo: digamos, de manhã as suas provas eram devolvidas, todas marcadas e desfiguradas pela tinta vermelha, como se estivessem cobertas de sangue. Talvez você tivesse até que visitar o censor, dando-lhe explicações vãs

e degradantes, ou justificações, e ouvir o seu veredito, frequentemente ridículo e inapelável... Daí talvez, na rua, você tivesse a sorte de encontrar o senhor Bulgárin ou seu amigo, o senhor Gretch; algum general, nem ao menos o diretor de seu departamento, mas simplesmente um general, interrompia-o, ou, pior ainda, encorajava-o... Se você lançasse um olhar mental a seu redor, veria o suborno a florescer, a servidão firme como uma rocha, barracas acima de tudo, nada de tribunais, numerosos rumores de que as universidades seriam fechadas... viagens ao exterior se tornando impossíveis, impossível encomendar um livro sensível no exterior, uma espécie de nuvem negra pairando constantemente acima da então chamada administração educada e literária. E, acima disso tudo, o silvo das denúncias rastejantes. Jovens sem laços em comum e interesses em comum, aterrorizados e subjugados... Bem, você chega ao apartamento de Bielínski, chega um segundo amigo, um terceiro, entabula-se uma conversa, e tudo se torna mais fácil."

Líder da chamada Escola Natural, Bielínski advogava uma literatura de compromisso político, expressando seus princípios de forma inflamada e veemente, como na carta de acusação a Gógol, cujo gênio ele havia aclamado e que, em 1847, exprimiu posições francamente reacionárias. Bielínski proclamava: "Não se pode guardar silêncio quando, sob a capa da religião, apoiada pelo látego, se predicam falsidade e imoralidade como verdade e virtude". Denunciando o obscurantismo do panorama intelectual russo, Bielínski dizia que "só nossa literatura, apesar de uma bárbara censura, dá sinais de vida e de avanço contínuo". Por isso, os escritores russos são os "únicos guias, defensores e salvadores das trevas da autocracia, da ortodoxia e do nacionalismo". Seu engajamento é claro: "Posso perdoar um mau livro, mas não um livro daninho".

Em *Pensadores russos*,[2] Isaiah Berlin retrata um Turguêniev dividido, por um lado, pela atração por Flaubert e sua elegância estilística e, por outro, "pela terrível aparição do amigo morto, que surgia perpetuamente diante de si". No juízo de Berlin, "Bielínski faleceu em 1848, mas sua presença invisível pareceu seguir rondando Turguêniev pelo resto de sua vida. Cada vez que, por debilidade, ou por amor às comodidades, ou pelo anseio de uma vida tranquila, ou pela suavidade de seu caráter, Turguêniev se sentiu tentado a abandonar a luta pela liberdade individual ou a decência comum, e fazer as pazes com o inimigo, talvez fosse a severa imagem de Bielínski que, como um ícone, a todo momento se interpusesse em seu caminho e o guiasse de regresso à tarefa sagrada. As *Memórias de um caçador* formam seu primeiro e mais perdurável tributo a seu já moribundo amigo e mentor".[3]

"A natureza é o modelo eterno da arte, mas o maior e mais nobre objeto da natureza é o homem", escreveu Bielínski, em seu *Olhar sobre a literatura russa em 1847*. E prosseguia: "Será que o mujique não é um homem? Mas o que

[2] Isaiah Berlin, *Pensadores russos*, Madri, Fondo de Cultura Económica, 1992.

[3] Embora seja legítimo ver influências ocidentais ao longo de toda a obra de Turguêniev, vale lembrar que, na época em que escreve as *Memórias*, ele ainda não conhece Flaubert, três anos mais jovem, cuja *Madame Bovary* só seria publicada em 1856-7. Assim, embora o nome do colega francês frequentemente apareça como emblema das inflexões ocidentalizantes da escrita de Turguêniev, nesse período ele ainda não tem como ser influenciado Flaubert.

Posfácio

pode ser interessante em um homem rude e inculto? Como assim? Sua alma, mente, paixões, inclinações — em uma palavra, tudo que existe em um homem instruído".

Dando voz e vez ao mujique russo, e aplicando o conceito de "esboço fisiológico", tão caro à Escola Natural, Turguêniev parece, assim, estar seguindo os preceitos de Bielínski quando publica em 1847 o relato "Khor e Kalínitch" na revista O Contemporâneo, que havia sido fundada por Púchkin e assumida, no ano anterior, pelo supracitado Panáev e pelo poeta Nikolai Aleksêievitch Nekrássov (1821-1871), autor de versos em defesa do campesinato que fizeram dele um dos mais aclamados da intelligentsia radical russa de seu tempo. Bielínski elogiou bastante o conto; Gógol também. O próprio Turguêniev mais tarde afirmou que, à época, estava insatisfeito com a literatura, pensando até em abandonar a pena, mas que o êxito de "Khor e Kalínitch" o fez desistir de parar de escrever.

Nascidas de uma narrativa isolada, as Memórias de um caçador gradualmente vão ganhando caráter de ciclo. Um ciclo profundamente russo em suas motivações, temática e personagens, porém ironicamente redigido, em sua quase totalidade, a 2.500 quilômetros de distância da Rússia. As razões para tal afastamento não foram de ordem estética ou política. Turguêniev obedeceu antes às celebres razões que a própria razão desconhece. Filha do afamado tenor espanhol Manuel Garcia e irmã da mezzo Maria Malibran, Pauline Viardot (1821-1910) foi aluna de piano de Liszt, mas acabou enveredando pelo caminho do canto, tendo sido chamada pelo compositor francês Hector Berlioz de "uma das maiores artistas (...) da História da Música, no passado e no presente". Seguindo os conselhos de George Sand, rejeitou o assédio do escritor Alfred de Musset e se casou, aos dezoito anos de idade, com outro literato, o crítico e diretor do Théâtre-Italien de Paris, Louis Viardot (1800-1883). Era já uma celebridade europeia quando chegou a São Petersburgo, em 1843, para interpretar óperas do bel canto italiano: Rossini (*Otello* e *Tancredi*), Donizetti (*Lucia di Lammermoor*) e Bellini (*La Sonnambula, I Capuletti e I Montecchi*).

Para o Turguêniev de 25 anos, foi amor à primeira vista — o nascimento de uma devoção, nas palavras do biógrafo Leonard Shapiro, "incondicional, submissa e sem exigências", que duraria até os últimos dias do escritor. Reza a lenda que ele subia aos telhados das casas para bradar os méritos da musa, para embaraço dos amigos. A Louis Viardot, declarou: "sua mulher é não apenas a maior, como a única cantora do mundo". Compartilhando de visões políticas e gostos literários similares, além da paixão pela caça, Turguêniev e Louis prontamente ficaram amigos, traduzindo para o francês, em parceria, diversas obras de autores russos, como Gógol e Púchkin. Em 1847, finalmente, o escritor resolveu partir para uma longa jornada europeia, seguindo os Viardot, com passagens por Dresden, Salzbrunn, Baden-Baden e Londres e uma permanência de dois anos e meio em solo francês, em Paris e na propriedade rural do casal, no castelo de Courtavenel, em Vaudoy-en-Brie, na Île-de-France.

Turguêniev ensinou russo a Pauline, escreveu libretos para três operetas com música dela (*Trop de femmes, L'ogre, Le dernier sorcier*) e seguiu de perto sua carreira como cantora. Reencontrou Bakúnin, estreitou a amizade com Herzen, foi apresentado a George Sand e expandiu gradualmente o círculo de conhecidos no meio literário francês, virando amigo de Flaubert e entrando em contato com Prosper Mérimée, Sainte-Beuve, Taine, Renan, Théophile Gautier, Victor Hugo etc.

Passar longos períodos na capital francesa acabaria se tornando um hábito para o escritor russo que, sintomaticamente, não faleceria em sua terra natal, mas sim em Bougival, perto de Paris. Sua primeira estadia prolongada em Courta-

Posfácio

venel acabou sendo decisiva para a redação das *Memórias de um caçador*, como ele narrou ao poeta Afanássi Fet:

> "Foi aqui que, sem ter os meios para viver em Paris, passei o inverno sozinho, alimentando-me de canja de galinha e de omeletes, que me eram preparados por uma velha doméstica. Foi aqui que, para ganhar dinheiro, escrevi a maior parte das minhas *Memórias de um caçador*, e ainda é aqui, como você viu, que veio morar minha filha de Spásskoie."

Sim, o escritor que jamais se casou tinha uma filha. A ligação entre Turguêniev e os Viardot era tão forte que o casal francês se encarregou da criação de Pelagueia (ou Paulinette), resultado dos amores de juventude do autor de *Pais e filhos* com uma costureira de sua mãe. Esse período, ainda, surpreende Turguêniev em Paris durante a revolução de 1848 — em cujas barricadas ele faria morrer o protagonista do romance *Rúdin*.

Seu "Relato exato do que eu vi no dia de segunda-feira, 15 de maio", em carta a Pauline Viardot, é marcado sobretudo pela perplexidade:

> "O que mais me espantou foi a impossibilidade em que eu me encontrava de perceber os sentimentos do povo em um momento daqueles; palavra de honra, eu não podia adivinhar o que eles desejavam, o que eles temiam, se eles eram revolucionários ou reacionários, ou simplesmente amigos da ordem. Pareciam esperar o fim da tempestade. Contudo, falei bastante com os operários... Eles esperavam... esperavam! O que é, então, a História? Providência, acaso, ironia ou fatalidade?"

Os eventos de 1848 abalaram toda a Europa, e as ressonâncias na Rússia de Nicolau I não foram poucas. Uma anedota apócrifa diz que, ao receber notícia dos acontecimentos de Paris, o tsar correu ao palácio do filho, prorrompeu no baile que por lá ocorria e proclamou: "Cavalheiros, aos cavalos! A França proclamou a República!".

Ainda que o relato não seja verídico, a Rússia se tornou uma espécie de "gendarme da Europa", e guardiã da contrarrevolução. Denúncias secretas de Bulgárin e Gretch (citados por Turguêniev acima, em seu depoimento sobre Bielínski) agravavam o clima de caça às bruxas; os diretores de *O Contemporâneo* foram chamados às falas, e, em 1849, desbaratou-se o círculo de pensadores radicais reunidos em torno de Mikhail Petrachévski, com prisão e exílio siberiano para os envolvidos (dentre os quais, um literato emergente que atendia pelo nome de Dostoiévski).

Esse era o clima político e intelectual que aguardava Turguêniev quando de seu retorno à Rússia, em 1850. Assim, a publicação das *Memórias de um caçador* em livro, em 1852, requeria uma estratégia especial: como a censura de São Petersburgo era tida como mais rígida, Turguêniev submeteu seu trabalho ao censor moscovita, o príncipe Lvov, que ele conhecia pessoalmente e que aceitou examinar o manuscrito em caráter informal e extraoficial, antes de sua entrega formal à censura.

As *Memórias* receberam autorização para serem impressas em março de 1852; no mês seguinte, seu autor foi preso e, posteriormente, condenado a prisão domiciliar em Spásskoie, devido à aparição, em Moscou, de seu elogio fúnebre a Gógol (morto no final de fevereiro do mesmo ano), que havia sido proibido em São Petersburgo. Em carta a Pauline, Turguêniev disse que o episódio Gógol era mero pretexto; as autoridades haviam aproveitado a primeira ocasião para "embargar" sua atividade literária.

Posfácio

A detenção do autor, contudo, não parou o processo de publicação de *Memórias de um caçador*, que saíram no início de agosto de 1852, causando furor nos meios intelectuais russos — a edição se esgotou em seis meses. Não demorou para as autoridades se darem conta de que haviam sido excessivamente lenientes com a obra. Um relatório interno enviado por um funcionário da censura ao ministro da Educação não deixa dúvidas: "Acho que o livro do senhor Turguêniev faz mais mal do que bem... e eis o porquê. Que utilidade tem, por exemplo, mostrar ao nosso povo letrado (é impossível negar que as *Memórias de um caçador*, como qualquer outro livro, podem ser lidas por camponeses letrados e outras pessoas de condição baixa) nossos *odnodvórtsi* e camponeses, que o autor tanto poetizou, como administradores, racionalistas, românticos, idealistas, gente entusiasmada e sonhadora (sabe Deus onde foi encontrá-los!), que nossos camponeses são oprimidos, que os proprietários de terras, que o autor tanto achincalha, expondo-os como torpes, selvagens e extravagantes, comportam-se de forma indecente e ilegal, que o clero das aldeias rasteja diante dos proprietários de terras, que *isprávniki* e outras autoridades aceitam suborno e que, obviamente, quanto mais livres os camponeses forem, melhor? Não acho que tudo isso possa trazer algum proveito ou satisfação ao leitor virtuoso; pelo contrário, todos os relatos desse gênero deixam uma sensação desagradável".

Como consequência, Lvov imediatamente perdeu o emprego de censor — com privação de pensão. Uma nova edição do livro só foi permitida em 1859, quando a Rússia já estava sob o reinado de Alexandre II, cujas reformas levariam à emancipação dos servos, em 1861. Em 1874, o livro ganhou sua forma atual, com a inclusão de mais três histórias: "O fim de Tchertopkhánov", "Relíquia viva" e "Um barulho!".

Na Rússia, o impacto da obra escrita em Paris foi imediato. Mesmo Tolstói, cuja relação para com Turguêniev e sua obra foi ambígua e tempestuosa, escreveu em seu diário, em 27 de julho de 1853: "Li as *Memórias de um caçador*, de Turguêniev, e como é difícil escrever depois dele".[4] A sombra de Turguêniev, estilista refinado, pairaria sobre os autores russos das gerações posteriores, como Tchekhov deixa claro na peça *A gaivota*, ao colocar na boca do personagem Trigórin o seguinte epitáfio: "Aqui jaz Trigórin. Foi um bom escritor, mas não escrevia tão bem quanto Turguêniev".

Memórias de um caçador foi tido como um livro decisivo para a abolição da servidão na Rússia, fato que deixava seu autor orgulhoso, como ele expõe em carta de 1871 a Pauline. Turguêniev se orgulhava de ter sido convidado para o jantar anual do comitê de trabalhos da reforma — o único dentre os presentes que não era membro do comitê. Os convivas brindaram à saúde do escritor, e pediram um discurso. Surpreso, Turguêniev mal conseguiu falar: "Balbuciei, com minha eloquência ordinária, algumas palavras ininteligíveis... Enfim, eles puderam ver que eu estava emocionado, o que era verdade".

Em 1879, Turguêniev foi chamado de "paladino da liberdade" ao receber o título de doutor *honoris causa*, em Oxford. Em ensaio do mesmo ano, Henry James saúda-o como "the novelist's novelist" e, para compreensão do leitor norte-americano, equipara-o a um senhor de escravos da Virgínia ou da Carolina que tivesse adotado pontos de vista "nortistas".

James compara a relevância das *Memórias* para o fim da servidão na Rússia com o papel de *A cabana do Pai Tomás*, de Harriet Beecher Stowe (1852), na abolição da escravidão nos EUA, "com a diferença, contudo, de não ter produzido agitação na época — de ter, em vez disso, apresentado o caso com uma arte insidiosa demais para reconhecimen-

---

[4] Agradeço a Lucas Simone pelo envio da citação.

to imediato, uma arte que mexia mais com as profundezas que com a superfície".

A opinião de James reflete o alcance internacional do nome de Turguêniev, devido não apenas à sua presença física na capital francesa, mas também à rápida difusão das *Memórias* em tradução. Em 1854, Ernest Charrière verteu a obra para o francês, no contexto da Guerra da Crimeia. Rússia e França estavam em campos opostos, e o livro foi utilizado como propaganda política, de denúncia da situação social na terra dos tsares. Turguêniev repudiou tal versão ("ele acrescentou páginas, inventou coisas e descartou outras", queixou-se) e, em 1858, Henri-Hippolyte Delaveau pôde publicar a "única versão autorizada pelo autor" das *Memórias*. De qualquer modo, no final da década de 1850, os leitores franceses tinham a seu dispor duas traduções da obra de Turguêniev para comparar. O autor recebeu elogios de Merimée, Lamartine, George Sand, Alphonse Daudet, Flaubert.

Em inglês, a primeira tradução completa foi feita a partir do francês por James Meiklejohn, e publicada em Edimburgo, em 1855, enquanto, em alemão, August Fiódorovitch Viedert já fazia traduções isoladas dos textos circularem antes mesmo de eles serem reunidos em livro. Desde então, as "paisagens maravilhosas povoadas por figuras inesquecíveis", como Joseph Conrad definiu as *Memórias* em carta, estiveram ao alcance dos leitores das principais línguas europeias.

De seu idílio no Ocidente, Turguêniev se empenhou em descrever com meticulosidade sua província natal. A fala dos camponeses é minuciosamente anotada, com observações em notas de rodapé, bem como sua fauna, flora, lendas populares, crenças, ritos fúnebres e tipos sociais específicos — como os *odnodvórtsi*. Geógrafo, Turguêniev chega até a anotar a existência de uma fonte, batizada de Água de Framboesa.

Não estamos lidando, contudo, com um observador neutro e desapaixonado. Ao mesmo tempo que precisas, suas descrições da natureza possuem forte carga poética. E o tom de ironia e denúncia para com os latifundiários tem como contrapartida não uma visão ingênua e idealizada do mujique russo, mas sim um afeto inegável e humano por ele. Para se ter ideia, no relato que abre o livro, Turguêniev inicialmente chegou a pensar em Goethe como modelo para Khor, e Schiller para Kalínitch. Antes do frequentador dos cafés parisienses e das termas de Baden-Baden, ninguém jamais retratara o camponês russo com tamanha dignidade.

SOBRE O AUTOR

Ivan Serguêievitch Turguêniev nasceu em 28 de outubro de 1818, em Oriol, na Rússia. De família aristocrática, viveu até os nove anos na propriedade dos pais, Spásskoie, e em seguida estudou em Moscou e São Petersburgo. Perdeu o pai na adolescência; com a mãe, habitualmente descrita como despótica, manteve uma relação difícil por toda a vida. Em 1838, mudou-se para a Alemanha com o objetivo de continuar os estudos. No mesmo ano, publicou sob pseudônimo seu primeiro poema na revista *O Contemporâneo (Sovremiênnik)*.

Em Berlim, estudou filosofia, letras clássicas e história; além disso, participava dos círculos filosóficos de estudantes russos, e nessa época se aproximou de Bakúnin. Em 1843, conheceu o grande crítico Bielínski e passou a frequentar seu círculo. As ideias de Bielínski a respeito da literatura exerceram profunda influência sobre as obras do jovem escritor, que pouco depois começaria a publicar contos inspirados pela estética da Escola Natural. Essas histórias obtiveram grande sucesso e anos depois foram reunidas no volume *Memórias de um caçador* (1852). O livro alcançou fama internacional e foi traduzido para diversas línguas ainda na mesma década, além de ter causado grande impacto na discussão sobre a libertação dos servos.

Também em 1843, conheceu a cantora de ópera Pauline Viardot, casada com o diretor de teatro Louis Viardot. Turguêniev manteve com ela uma longa relação que duraria até o fim da vida, e também travou amizade com seu marido; mais tarde, mudou-se para a casa dos Viardot em Paris e lá criou a filha, fruto de um relacionamento com uma camponesa. Durante sua permanência na França, tornou-se amigo de escritores como Flaubert, Zola e Daudet.

Turguêniev viveu a maior parte da vida na Europa, mas continuou publicando e participando ativamente da vida cultural e política da Rússia. Nos anos 1850 escreveu diversas obras em prosa, entre elas *Diário de um homem supérfluo* (1850), "Mumu" (1852), *Fausto* (1856), *Ássia* (1858) e *Ninho de fidalgos* (1859). Seu primeiro romance, *Rúdin* (1856), filia-se à tradição do "homem supérfluo" ao retratar um intelectual idealista extremamente eloquente, porém incapaz de transformar suas próprias ideias em ação. O protagonista encarnava a geração do autor que, depois de estudar fora, voltava para a Rússia cheia de energia, mas via-se paralisada pelo ambiente político da época de Nicolau I.

Em 1860 escreveu a novela *Primeiro amor*, baseada em um episódio autobiográfico. Dois anos depois publicou *Pais e filhos* (1862), romance considerado um dos clássicos da literatura mundial. Seu protagonista Bazárov tornou-se representante do "novo homem" dos anos 1860. Abalado pela polêmica que a obra suscitou na Rússia — acusada de incitar o niilismo —, o autor se estabeleceu definitivamente na França e começou a publicar cada vez menos. Entre suas últimas obras, as mais conhecidas são *Fumaça* (1867), *O rei Lear da estepe* (1870) e *Terra virgem* (1877).

Autor de vasta obra que inclui teatro, poesia, contos e romances, Ivan Turguêniev foi o primeiro grande escritor russo a se consagrar no Ocidente. Faleceu na cidade de Bougival, próxima a Paris, em 1883, aos 64 anos de idade.

SOBRE O TRADUTOR

Irineu Franco Perpetuo nasceu em São Paulo, em 1971. É jornalista e tradutor, colaborador da revista *Concerto* e jurado do concurso de música *Prelúdio*, da TV Cultura de São Paulo.

É autor de *Populares & eruditos* (Editora Invenção, 2001, com Alexandre Pavan), *Cyro Pereira, maestro* (DBA Editora, 2005), *O futuro da música depois da morte do CD* (Momento Editorial, 2009, com Sérgio Amadeu da Silveira), *História concisa da música clássica brasileira* (Alameda, 2018) e *Como ler os russos* (Todavia, 2021), além dos audiolivros *História da música clássica* (Livro Falante, 2008), *Alma brasileira: a trajetória de Villa-Lobos* (Livro Falante, 2011) e *Chopin: o poeta do piano* (Livro Falante, 2012).

Publicou as seguintes traduções, todas elas realizadas diretamente do russo: *Pequenas tragédias* (Globo, 2006) e *Boris Godunov* (Globo, 2007), de Aleksandr Púchkin; *Memórias de um caçador* (Editora 34, 2013), de Ivan Turguêniev; *A morte de Ivan Ilitch* (Coleção Folha Grandes Nomes da Literatura, 2016) e *Anna Kariênina* (Editora 34, 2021), de Lev Tolstói; *Memórias do subsolo* (Coleção Folha Grandes Nomes da Literatura, 2016), de Fiódor Dostoiévski; *Vida e destino* (Alfaguara, 2014, Prêmio Jabuti de Tradução em 2015 — 2º lugar) e *A estrada* (Alfaguara, 2015), de Vassili Grossman; *O mestre e Margarida* (Editora 34, 2017) e *Os dias dos Turbin* (Carambaia, 2018), de Mikhail Bulgákov; *Salmo*, de Friedrich Gorenstein (Kalinka, 2018, com Moissei Mountian); *Lasca*, de Vladímir Zazúbrin (Carambaia, 2019); *A infância de Nikita*, de Aleksei Tolstói (Kalinka, 2021, com Moissei Mountian); e *Meninas*, de Liudmila Ulítskaia (Editora 34, 2021).

ESTE LIVRO FOI COMPOSTO EM SABON
PELA BRACHER & MALTA, COM CTP
E IMPRESSÃO DA EDIÇÕES LOYOLA EM
PAPEL PÓLEN SOFT 80 G/M² DA CIA.
SUZANO DE PAPEL E CELULOSE PARA
A EDITORA 34, EM MARÇO DE 2022.